ମୂଳ ହିନ୍ଦି ରଚନା

କୁଶବାହା କାନ୍ତ

ଓଡ଼ିଆ ଅନୁବାଦ

ଚିତ୍ତରଞ୍ଜନ ପଟ୍ଟନାୟକ

ବ୍ଲାକ୍ ଇଗଲ୍ ବୁକ୍ସ

ଭୁବନେଶ୍ୱର, ଓଡ଼ିଶା

BLACK EAGLE BOOKS

Dublin, USA

ଲବଙ୍ଗ / ମୂଳ ହିନ୍ଦି ରଚନା- **କୁଶବାହା କାନ୍ତ**
ଓଡ଼ିଆ ଅନୁବାଦ - **ଚିତ୍ତରଞ୍ଜନ ପଟ୍ଟନାୟକ**
ବ୍ଲାକ୍ ଇଗଲ୍ ବୁକ୍ସ : ଭୁବନେଶ୍ୱର, ଓଡ଼ିଶା • ଡବ୍ଲିନ୍, ଯୁକ୍ତରାଷ୍ଟ୍ର ଆମେରିକା

BLACK EAGLE BOOKS

USA address:
7464 Wisdom Lane
Dublin, OH 43016

India address:
E/312, Trident Galaxy, Kalinga Nagar,
Bhubaneswar-751003, Odisha, India

E-mail: info@blackeaglebooks.org
Website: www.blackeaglebooks.org

First International Edition Published by
BLACK EAGLE BOOKS, 2023

LABANGA
by **Kushbaha Kant**
Translated by **Chittaranjan Patnaik**

Translation Copyright © **Chittaranjan Patnaik**

Cover Design: **Irina Bohidar**

Interior Design: Ezy's Publication

ISBN- 978-1-64560-496-9 (Paperback)

Printed in the United States of America

ଉତ୍ସର୍ଗ

ବୋଉ;

କାହିଁ କେତେଦିନରୁ ତୁ ଅଫେରା ରାଇଜକୁ ଚାଲିଗଲୁଣି । ହେଲେ ତୁ ପଢ଼ିଥିବା ତଥା ସଂଗ୍ରହ କରିଥିବା ଓଡ଼ିଆ, ହିନ୍ଦି, ବଙ୍ଗଳା ବହି ସବୁ ଏବେବି ମୋ ପାଖରେ ସାଇତା ହୋଇ ରହିଅଛି । ସେଇଥିରୁ ଅଣ୍ଡାଳୁଛି ତୋର ସ୍ମୃତି । ଲାଗେ ଯେମିତି ତୋ ପଣତ ଛାଇ ମୋ ମଥା ଉପରେ ଏବେବି ରହିଛି । ସେଥିରୁ ଖଣ୍ଡେ ବହି ପଢ଼ିଲାବେଳେ ଲାଗେ ଯେମିତି ତୁ ମୋ ପାଖରେ ବସିଛୁ । ସେମିତି ଦିନେ ଏହି 'ଲବଙ୍ଗ' ବହିଟି ପଢ଼ିଲାବେଳେ କାହିଁକି କେଜାଣି ଇଚ୍ଛା ହେଲା ତାହାକୁ ଓଡ଼ିଆ ଭାଷାରେ ଅନୁବାଦ କରିବା ପାଇଁ । ମୋ ଜନ୍ମ ପୂର୍ବର ଲିଖିତ ଏହି ବହିଟିକୁ ବାପା ତୋତେ ଉପହାର ଦେଇଥିଲେ ।

ମୋର ଏହି ଅନୁବାଦ ପୁସ୍ତକଟିକୁ ତୋର ଅଦୃଶ୍ୟ କରକମଳରେ ଅର୍ପଣ କରିବା ସହ ତୋର ଆଶୀର୍ବାଦ ଭିକ୍ଷା କରୁଛି ।

ପୁଅ ବୁଲୁ

ନିଜ କଥା

ସମସ୍ତଙ୍କର ଧାରଣା, ଅବସର ନେଲାପରେ ସମୟ ବହୁତ ମିଳେ । କିନ୍ତୁ ମୋ କ୍ଷେତ୍ରରେ ତାହା ସଂପୂର୍ଣ୍ଣ ବିପରୀତ । ଚାକିରୀ କାଳର ରୁଟିନ୍ ବନ୍ଧା କାମ ଭିତରେ ଅବନମିତ ହୋଇ ରହିଯାଇଥିବା ଇଚ୍ଛାଗୁଡ଼ିକ ପୁନର୍ଜୀବିତ ହୋଇ ଉଠିଥିଲେ । ସେଇଥିରେ ମୋର ସମୟ ଅତିବାହିତ ହୋଇଯାଉଥିଲା । ସେ ଭିତରେ ହଠାତ୍ କାହିଁକି ଗୋଟେ ଖିଆଲ ଆସିଲା, ମୁଁ ସଂଗ୍ରହ କରିଥିବା ପୁରୁଣା ବହିଗୁଡ଼ିକ ପୁଣିଥରେ ପଢ଼ିବାକୁ । ସେତିକିବେଳେ ମୁଁ ଆବିଷ୍କାର କଲି ମୋ ବାପା, ବୋଉଙ୍କର ଅନେକଗୁଡ଼ିଏ ହିନ୍ଦି, ବଙ୍ଗଳା, ଓଡ଼ିଆ ବହିଗୁଡ଼ିକୁ । ସେଥିରୁ ତ ଅନେକ ମୋ ଜନ୍ମ ଆଗର ଲେଖା । ମୋ ବୋଉ ଜଣେ ଭଲ ପାଠିକା ଥିଲେ । ବହି ଖଣ୍ଡେ ପାଇଲେ ସେ ଶେଷ ନକରି ରହିପାରୁ ନଥିଲେ । ସେହି ବହି ଭିତରୁ 'ଲବଙ୍ଗ' ଅନ୍ୟତମ । ଲବଙ୍ଗର ମୂଳ ହିନ୍ଦି ଲେଖକ ସ୍ୱର୍ଗତ କୁଶବାହା କାନ୍ତ ଏହାକୁ ବିଂଶ ଶତାବ୍ଦୀର ଚତୁର୍ଥ ଦଶକରେ ଲେଖିଥିଲେ । ସେଥିରେ ସେ ସେତେବେଳର ଅର୍ଥାତ୍ ଦେଶ ସ୍ୱାଧୀନ ହେବାର ଠିକ୍ ପୂର୍ବର ଏବଂ ପରବର୍ତ୍ତୀ କାଳର ସାମାଜିକ ତଥା ଅର୍ଥନୈତିକ ଅବସ୍ଥାର ସୁନ୍ଦର ଭାବରେ ଚିତ୍ରଣ କରିଥିଲେ । ମୋତେ ବହୁତ ଭଲ ଲାଗିଥିଲା, ତେଣୁ ତାକୁ ଓଡ଼ିଆ ଭାଷାରେ ଅନୁବାଦ କରିବାକୁ ମନସ୍ଥ କରିଥିଲି ।

ଏହି ମୂଳ ପୁସ୍ତକଟି ଲେଖା ହେଲାବେଳେ ସେତେବେଳର ଟଙ୍କା ପଇସା ଆମର ଏବେକାର ଚଳୁଥିବା ଟଙ୍କା ପଇସା ଠାରୁ ଅଲଗା ଥିଲା । ସେତେବେଳେ ଏକ ଟଙ୍କା ଷୋଳ ଅଣା ଏବଂ ଏକ ଅଣା ଚାରି ପଇସା ଥିଲା । ପୁଣି ଏକ ପଇସାର ଅଧାକୁ ଅଧୁଲି କୁହାଯାଉଥିଲା ଏବଂ ପଇସାର ଏକ ତୃତୀୟାଂଶକୁ ପାହୁଲି କୁହାଯାଉଥିଲା । ସେତେବେଳର

ବଜାର ଦରଦାମକୁ ନେଇ ଏତିକି କୁହାଯାଇପାରେ ଯେ, ସେତେବେଳେ ସୁନା ଏକଭରି (୧୧.୬୬ ଗ୍ରାମ)ର ମୂଲ୍ୟ ୯୯ ଟଙ୍କା ଥିଲା । ସେହି ପରିପ୍ରେକ୍ଷୀରେ ପାଠକମାନେ ଏହି ବହିଟିକୁ ପଢ଼ିବାକୁ ଅନୁରୋଧ ।

ଏହି ଅନୁବାଦଟିକୁ ଧାରାବାହିକ ଉପନ୍ୟାସ ଭାବରେ ସୁଧନ୍ୟା ପତ୍ରିକାରେ ପ୍ରକାଶିତ କରିଥିବାରୁ ମୁଁ ତାହାର ସଂପାଦିକା ଶ୍ରୀମତୀ ବୀଣା ପଟ୍ଟନାୟକ ଏବଂ ଏହାକୁ ଅନୁବାଦ କରିବାକୁ ଉତ୍ସାହିତ କରିଥିବାରୁ ଶ୍ରୀଯୁକ୍ତ ଲଳିତ ମୋହନ ପଟ୍ଟନାୟକଙ୍କୁ ଧନ୍ୟବାଦ ଦେଉଛି । ପୁସ୍ତକଟିର ନିର୍ଭୁଲ ଡିଟିପି କରିବାରେ ସହଯୋଗ କରିଥିବାରୁ ଶ୍ରୀଯୁକ୍ତ ବିଜୟ କୁମାର ମହାନ୍ତିଙ୍କୁ ମୁଁ ହାର୍ଦ୍ଦିକ ଧନ୍ୟବାଦ ଜଣାଉଛି ।

ବହିଟିର ପ୍ରଚ୍ଛଦପଟ୍ଟର ପରିକଳ୍ପନା ମୋର ଚଉଦ ବର୍ଷିଆ ନାତୁଣୀ ଇରିନାର, ଯେ କି ସଂପ୍ରତି ଆମେରିକାର କାଲିଫର୍ଣ୍ଣିଆ ରାଜ୍ୟର ସାନ୍ତାକ୍ଲାରାରେ ନିଜ ପିତାମାତାଙ୍କ ସହ ରହୁଛି, ତାକୁ ମୋର ସ୍ନେହାଶୀର୍ବାଦ ।

ଶେଷରେ ମୁଁ ବ୍ଲାକ ଇଗଲ୍ ବୁକ୍ସ ପ୍ରକାଶନୀ ସଂସ୍ଥା ଏହି ପୁସ୍ତକଟିକୁ ପ୍ରକାଶ କରୁଥିବାରୁ ଧନ୍ୟବାଦ ଅର୍ପଣ କରୁଛି ।

ଚିତ୍ତରଞ୍ଜନ ପଟ୍ଟନାୟକ

ଭ୍ରାମ୍ୟଭାଷ - ୯୯୩୭୫୪୨୯୧୫ /
୯୪୩୭୦୪୧୯୧୫

ପୁସ୍ତକହୀନ ଗୋଟିଏ ଘର ଆତ୍ମାବିହୀନ ଶରୀର ସାଙ୍ଗେ ସମାନ ।

- ମାର୍କସ ଟଫିନ୍‌ସ ସିସେରୋ

|| ୧ ||

ବୋତଲରୁ ପାନୀୟ ଧୀରେ ଧୀରେ ଗ୍ଲାସ୍‌ରେ ଢଳା ଯାଉଥିଲା । ତୃଷିତ ଓଠ ଏହି ହଳାହଳକୁ ପିଇକରି ନିଜର ତୃଷ୍ଣା ଶାନ୍ତ କରୁଥିଲା । ମଦିରାର ମାଦକତା ଆଖିର ଅସ୍ଥିରତାରୁ ପୁରା ବାରି ହୋଇ ଯାଉଥିଲା । ମନ ପୁରା ପବନରେ ଉଡ଼ିବାକୁ ଲାଗିଥିଲା । କିଛି ସମୟ ପାଇଁ ସେ ଦୁହେଁ ଦୁନିଆର ସବୁ କିଛି ଭୁଲିଯାଇଥିଲେ । ଶରାବର ଗ୍ଲାସ ଗୋଟେ ପରେ ଗୋଟେ ଶେଷ ହୋଇ ଚାଲିଥିଲା ଏବଂ ସେ ଦୁହେଁ ନିଜର ବୁଦ୍ଧି ଶୁଦ୍ଧି ହରାଇ ବସିଥିଲେ ।

ନଦୀର ସ୍ୱଚ୍ଛ ଜଳରାଶି ଉପରେ ଜୋସ୍ନା ଯେପରି ହସୁଥିଲା । ସେହି ଛୋଟିଆ ନୌକାଟି ଧୀରେ ଧୀରେ ଆଗକୁ ଗତି କରୁଥିଲା । ତାରି ଉପରେ ସେ ଦୁଇଜଣ ବସିଥିଲେ । ଜୋସ୍ନା ବିଧୌତ ରଜନୀରେ ନୌକା ବିହାର କରୁଥିଲେ । ଏ ଭିତରେ ଦୁଇଟି ବୋତଲ ଶେଷ ହୋଇ ଯାଇଥିଲା । ତୃତୀୟଟି ବି ଖାଲି ହେବା ଉପରେ ଥିଲା ।

"କେତେ ସୁନ୍ଦର ଚାନ୍ଦିନୀ ରାତି" - ଗୁଲଶନ କହିଲା ।

"କିନ୍ତୁ ଚାନ୍ଦ କ'ଣ କମ ସୁନ୍ଦର !" - ଜୟରାଜ ଗୁଲଶନର ଚିବୁକ ଧରି ଉପରକୁ ଉଠାଉ ଉଠାଉ କହିଲା ।

ଗୁଲଶନ ଓଠରୁ ବିଜୁଳି ପରି ହସ ଚମକି ଉଠିଲା । ଘୁମନ୍ତ ନୟନରୁ ଯମିତି ହଳାହଳ ଉଚ୍ଛୁଳି ପଡୁଥିଲା । ଜୟରାଜ ଗୁଲଶନକୁ ଆହୁରି ପାଖକୁ ଭିଡ଼ିଆଣି ନିବିଡ଼ ଅଶ୍ଲେଷରେ ନିଜର ନିଶାସକ୍ତ ଶରୀରରେ ଯାବୁଡ଼ି ଧରିଥିଲା । ଆକାଶରେ ଚମକୁଥିବା ଚାନ୍ଦ, ଦୁଇଟି ତୃଷିତ ଅଧରର ଯୁଦ୍ଧ ଦେଖୁଥିଲା, ବୋହିଯାଉଥିବା ବାୟୁ ଚୁମ୍ବନର ଏକ ମାଦକ ଧ୍ୱନି ଶୁଣିଥିଲା । ନଈର ବକ୍ଷସ୍ଥଳ ଏକ ମଦୁଆ ପରି ଅସ୍ଥିର ହୋଇ ଉଠିଥିଲା ।

ଜୟରାଜ ଜଣେ ଧନୀ ପିତାଙ୍କର ଏକମାତ୍ର ପୁତ୍ର ଥିଲା । ଶୈଶବରୁ ପିତାଙ୍କର ଅତ୍ୟଧିକ ସ୍ନେହ ତାକୁ ଉଚ୍ଛୃଙ୍ଖଳ କରିଦେଇଥିଲା । ଯୌବନର ଆଗମନରେ ସେହି ଉଚ୍ଛୃଙ୍ଖଳତା ଶରାବର ବୋତଲ ଏବଂ ସାକୀର ମାଦକ ମୟ ଆଖିରେ ଲୁପ୍ତ ହୋଇ ଯାଇଥିଲା । ଆଜିକାଲି ଜୟରାଜ ଏମିତି ଏକ ଶିକାରୀ ଥିଲା, ଯାହା ପାଖରେ ଟଙ୍କା ପଇସାର ତୀର ଥିଲା । ଯାହା ଉପରେ ସେ ତୀର ଚଳାଉଥିଲା ସେ ଆହତ ହେଉଥିଲା । ଯେଉଁ ବୋତଲକୁ ସେ ନଜର ଉଠାଇ ଦେଖୁଥିଲା ତାହା ତା'ର ପେଟରେ ହିଁ ପଡୁଥିଲା, ଯଉଁ ନାରୀକୁ ସେ ଲୋଭିଲା ଆଖିରେ ଦେଖୁଥିଲା, ସେ ନାରୀ ତା' କୋଳକୁ ଅନାୟାସରେ ଆସିଯାଉଥିଲା । ପ୍ରକୃତରେ ଟଙ୍କା ପଇସାର ତୀର ବଡ଼ ଶକ୍ତିଶାଳୀ ହୋଇଥାଏ ।

ଗୁଲଶନ ଗୋଟେ ବେଶ୍ୟା ଥିଲା । ଧନୀ ଯୁବକ ମାନଙ୍କୁ ତା'ର ପ୍ରେମଜାଲରେ ଫସେଇ କରି ସେମାନଙ୍କ ରକ୍ତମାଂସ ସହ ଧନ ଶୋଷଣ କରିବା ଥିଲା ତା'ର କାମ । ଆଜି ପର୍ଯ୍ୟନ୍ତ କେତେ କେତେ ଧନାଢ଼୍ୟ ବ୍ୟକ୍ତି ମାନଙ୍କୁ ସେ କାଙ୍ଗାଳ କରିଦେଇଛି, କେତେ କେତେ ଯୁବକ ଭିକାରୀ ହୋଇ ଦ୍ୱାର ଦ୍ୱାର ବୁଲୁଛନ୍ତି ।

ଗୁଲଶନ ଆଜି ପ୍ରଥମ କରି ଜୟରାଜ ପାଖକୁ ଆସିଥିଲା । ସେ ଭଲ ଭାବରେ ଏହି କୁପଥଗାମୀ ଧନୀକ ଯୁବକକୁ ବିଶ୍ଳେଷଣ କରୁଥିଲା । ସେ ଅନ୍ୟ ପଥଭ୍ରଷ୍ଟ ମଦ୍ୟପ ଯୁବକମାନଙ୍କ ଠାରୁ ଜୟରାଜକୁ ସଂପୂର୍ଣ୍ଣ ଅଲଗା ପାଇଥିଲା । ଗୁଲଶନ ପାଖରେ ମାଦକ ସୌନ୍ଦର୍ଯ୍ୟ ଥିଲା । ଯେମିତି ଘୁମନ୍ତ ଆଖି, ଓଠରେ ହସର ମାଧୁର୍ଯ୍ୟ ଏବଂ ସୁଢ଼ୋଳ ବକ୍ଷୋଜ ଉପରେ ଯୌବନର କମ୍ପନ । ଯିଏବି ଦେଖୁଥିଲା ସେ ମୋହିତ ହୋଇଯାଉଥିଲା । କିନ୍ତୁ ଜୟରାଜ ଉପରେ ଗୁଲଶନ ସୌନ୍ଦର୍ଯ୍ୟର ସେମିତି କିଛି ପ୍ରଭାବ ପଡ଼ି ନଥିଲା । ସେ ପ୍ରତିଦିନ ପରି ବଡ଼ ପଥରର ମୂର୍ତ୍ତି ପରି ମଦ୍ୟପାନ କରି ଚାଲିଥିଲା ଏବଂ ଗୁଲଶନ ଅଧରର ରସ ଆସ୍ୱାଦନ କରୁଥିଲା । ତା'ର ଚାଲିଚଳନରେ ଟିକେ ହେଲେ ଅସ୍ଥିରତା ଦେଖାଯାଉ ନଥିଲା, ତା'ର ଶରୀର ଟିକେ ହେଲେ ଉତ୍ତେଜିତ ହେଉ ନଥିଲା ।

"ଆପଣଙ୍କ ସାଙ୍ଗରେ ମୋତେ ବହୁତ ଆନନ୍ଦ ଲାଗିଲା"- ସେ କହିଲା, ମହୁ ପରି ମିଠା ସ୍ୱରରେ ।

"ମୋତେ ବି" - ଗୋଟେ ଛୋଟିଆ ଉତ୍ତର ଦେଇ ଜୟରାଜ ଚୁପ୍ ହୋଇଗଲା ।

"ଆଜି ପର୍ଯ୍ୟନ୍ତ..." ଗୁଲଶନ କହିଲା- "ଆପଣଙ୍କ ପରି ବିଶାଳ ହୃଦୟ ବାଲା ଧନାଢ଼୍ୟ ବ୍ୟକ୍ତି ମୋ ଭାଗ୍ୟରେ ଜୁଟି ନ ଥିଲେ ।"

"ତୁମକୁ ମୋ ଠାରେ ଅନ୍ୟ ଧନୀ ଯୁବକ ମାନଙ୍କଠାରୁ କିଛି ବ୍ୟତିକ୍ରମ ଦେଖା ଯାଇଥିବ, ନା କ'ଣ !" ଜୟରାଜ କହି ଚାଲିଲା - "ମୋର ଏବଂ ଅନ୍ୟ ଲୋକ ମାନଙ୍କ ମଧ୍ୟରେ ବହୁତ ତଫାତ ଅଛି । ଅନ୍ୟ ଲୋକ ମାନେ ତ ପତଙ୍ଗ ପରି, ଯେଉଁମାନେ ବେଶ୍ୟାମାନଙ୍କ ପାଖକୁ ଜଳିଯିବାକୁ ଆସନ୍ତି ଏବଂ ନିଜର ସବୁକିଛିକୁ ଜଳାଞ୍ଜଳି ଦେଇ ସତକୁ ସତ ଜଳି ଯାଆନ୍ତି, ବରବାଦ୍ ହୋଇ ଯାଆନ୍ତି । କିନ୍ତୁ ମୁଁ ? ...ମୁଁ କେବଳ ମନ ରଞ୍ଜନ ପାଇଁ ବେଶ୍ୟାର ସଙ୍ଗ ପସନ୍ଦ କରିଥାଏ । ସେମାନଙ୍କୁ ସେମାନଙ୍କର ଉଚିତ ପ୍ରାପ୍ୟ ବ୍ୟତୀତ ଗୋଟେ ପଇସା ବି ଅଧିକ ଦିଏ ନାହିଁ । ମଦ୍ୟପାନ କରି ମଧ୍ୟ କେବେ ହେଲେ ନିଶାକ୍ତ ହୁଏନାହିଁ । ବେଶ୍ୟାକୁ ନିଜ ପାଖରେ ରଖିକରି ବି ମୁଁ ତାକୁ କେବେହେଲେ ଜଣେ କଳଙ୍କିତ ନାରୀ ଅପେକ୍ଷା ଅଧିକ କିଛି ଭାବେ ନାହିଁ ।

କମ୍ପି ଉଠିଥିଲା ଗୁଲଶନ । ତା'ର ଘୁମନ୍ତ ଆଖି କ୍ରୋଧରେ ଲାଲ ପଡ଼ିଯାଇଥିଲା । କିନ୍ତୁ ସେ ଚୁପ୍ ରହିଥିଲା । ମାଛକୁ ଧରିବା ଆଗରୁ ତାକୁ ଥୋପ ଦିଆଯାଇଥାଏ ନା ।

"ଆଜି ପର୍ଯ୍ୟନ୍ତ ମୁଁ ମୋ ଅନ୍ତରରେ କେବେହେଲେ ପ୍ରେମର ପବିତ୍ର ଭାବନା ପାଇ ନାହିଁ । ମୋତେ ଏମିତି ଲାଗୁଛି, ଯେମିତି ମୋ ପାଖକୁ ଆସୁଥିବା ସବୁ ନାରୀ ଜଣେ ଜଣେ ବିଷାକ୍ତ ନାଗୁଣୀ । ତୁମକୁ ଶୁଣିକରି ଆଶ୍ଚର୍ଯ୍ୟ ଲାଗିବ ଯେ, ଏ ପର୍ଯ୍ୟନ୍ତ ମୋ ପାଖକୁ ପ୍ରତିଦିନ ନୂଆ ନୂଆ ଝିଅ ପିଲା ଏବଂ ନୂଆ ନୂଆ ବୋତଲ ସବୁ ଆସୁଛନ୍ତି । କିନ୍ତୁ ମୁଁ କେବେହେଲେ କୌଣସି ଝିଅଠାରୁ ବିଶ୍ୱସ୍ତତାର ବାସ୍ନା ପାଇନାହିଁ, କୌଣସି ବୋତଲରୁ ମହୁ ପରି ସ୍ୱାଦ ପାଇନାହିଁ । ତଥାପି ମୁଁ ଝିଅ ପିଲାଙ୍କ ସାଙ୍ଗରେ ମିଶୁଛି, ମଦ ପିଉଛି, କାହିଁକିନା ଏହା ଏକ ଅଭ୍ୟାସର ପଡ଼ିଗଲାଣି । ଏହାଠାରୁ ଖରାପ କଥା ଦୁନିଆରେ ଆଉ କିଛି ନାହିଁ । ସବୁ ଜାଣି ମଧ୍ୟ ନଜାଣିଲା ପରି ରହୁଛି । କାହିଁକିନା, କୌଣସି ପ୍ରକାରେ ଜୀବନର ଦିନ ଗୁଡ଼ିକ ପୁରା କରିବାକୁ ପଡ଼ିବ ।"

"ଆପଣ କାହିଁକି ବାହା ହୋଇଯାଉ ନାହାନ୍ତି ?" ଗୁଲଶନ ଉତ୍ସୁକତାର ସହ ପଚାରିଲା ।

"ବାହା ହେବି ତ କାହାକୁ ?" ଜୟରାଜ କହିଲା- " ବାପା ତ

ସବୁବେଳେ କହି ଆସୁଛନ୍ତି ଯେ ମୋ ପସନ୍ଦର କୌଣସି ଧନୀ ଘରର ଝିଅକୁ ବିବାହ କରିବାକୁ । କିନ୍ତୁ ଧନୀ ମାନଙ୍କର ତ ହୃଦୟ ହିଁ ନ ଥାଏ ।"

"ଆପଣ ତ ଧନୀ ! ତେବେ କ'ଣ ଆପଣଙ୍କର ହୃଦୟ ନାହିଁ ?" ଗୁଲଶନ ଆଉ ଟିକିଏ ଜୟରାଜ ପାଖକୁ ଲାଗି ଆସିଲା ।

"ହୃଦୟ ହିଁ ନାହିଁ । ଆଉ ସବୁକିଛି ଅଛି, ଗୁଲଶନ ।" -ଜୟରାଜ ଦୁଇ ହାତରେ ଗୁଲଶନର କୋମଳ ଶରୀରକୁ ଜୋରରେ ଭିଡ଼ି ଧରିଲା ଏବଂ ଦୁଇଜଣଙ୍କର ତୃଷିତ ଅଧର ପୁଣି ମିଶିଗଲେ ।

"ଆପଣଙ୍କ ହୃଦୟ କେଉଁଠି ହଜିଯାଇଛି - ଏହି କଥା ଠିକ୍ ନା ଜୟରାଜ ବାବୁ ?" ଗୁଲଶନ ତା' ଚିବୁକ ଉପରେ ଆଙ୍ଗୁଠି ରଖି ଆଶ୍ଚର୍ଯ୍ୟ ହେଲାପରି କହିଲା ।

"ତୁମେ ଠିକ୍ କହୁଛ । ମୋର ହୃଦୟ ହଜିଯାଇଛି ଏବଂ ସେଇଥିପାଇଁ ମୁଁ ସବୁବେଳେ କୌଣସି ଜିନିଷ ହଜାଇଥିବା ପରି ଅନ୍ୟମନସ୍କ ରହୁଛି ।"

"ଆପଣଙ୍କ ହୃଦୟ ମୁଁ ଫେରାଇ ଆଣିବି, କିନ୍ତୁ ସର୍ତ୍ତ ହେଉଛି ଯେ ଆପଣ ମୋତେ ପୁଣି ଆପଣଙ୍କର ସେବା କରିବା ପାଇଁ ଦୟାକରି ଡକାଇବେ ।" ଗୁଲଶନ ଜୟରାଜର ଛାତିରେ ଲତା ପରି ଗୁଡ଼େଇ ହୋଇ ଯାଇଥିଲା ।

"ମୁଁ ତୁମ ଉପରେ ବହୁତ ଖୁସି ଅଛି, ତୁମକୁ ନିଶ୍ଚୟ ଡକାଇବି ।" ଜୟରାଜ କହିଲା ।

"କିନ୍ତୁ ଆପଣ ତ ଅନ୍ୟମନସ୍କ ରହୁଛନ୍ତି, ହୋଇପାରେ ମୋତେ ଆପଣ ଡକାଇବା ଭୁଲିଯିବେ ?"

ତା' ହେଲେ ତୁମେ ନିଜେ ଆସିଯାଇପାର ।" - ଜୟରାଜ କହିଲା ।

"ଧନ୍ୟବାଦ ।" - ଗୁଲଶନ କହିଲା । ଏବେ ତାକୁ ଏହି ବିଚିତ୍ର ବାତରାର ହୃଦୟରେ ଗଭୀରତା ମିଳି ଯାଇଥିଲା ।

ଜୟରାଜ ଗୁଲଶନ ଆଡ଼କୁ ଅନାଇଲା ଏବଂ ଗୁଲଶନ ଶେଷ ମଦ ଟିକକ ଗ୍ଲାସରେ ଢାଳି ଦେଇଥିଲା । ଜୟରାଜର ଛାତିରେ ପୋଡ଼ି ଯାଉଥିବାର ଅନୁଭୂତି ଦେଇ ସେହି ହଳାହଳ ମଦ୍ୟ ତା' ପେଟ ଭିତରେ ବିଲୀନ ହୋଇ ଯାଇଥିଲା ।

ଚନ୍ଦିନୀ ରାତିର ସ୍ୱଚ୍ଛ ଆକାଶରେ ଧଳା ମେଘ ଖଣ୍ଡେ ପହଁରୁଥିଲା । ନୌକାଟି ଆସ୍ତେ ଆସ୍ତେ ଆଗକୁ ଆଗକୁ ଭାସି ଯାଉଥିଲା । ନଦୀର ଛାତିକୁ ସ୍ପର୍ଶ କରି ଉଡ଼ିଯାଇଥିବା ପବନ, ଗୁଲଶନ ଏବଂ ଜୟରାଜର ହୃଦୟରେ ଖୁସିର

ଲହର ସୃଷ୍ଟି କରୁଥିଲା । ଶରାବର ନିଶା ଏବଂ ପ୍ରକୃତିର ନିସ୍ତବତା ଭିତରେ ଏ ଦୁଇଜଣ ଜଣେ ଜଣଙ୍କର ଶରୀରରେ ଆବଦ୍ଧ ହୋଇ ସବୁକିଛି ଭୁଲି ଯାଇଥିଲେ ।

ଗୋଟିଏ ଇଶାରା ପାଇ ନୌକାଟି କୂଳ ଆଡ଼କୁ ମୁହାଁଇଲା । କୂଳକୁ ଆସି ଜୟରାଜ ଓ ଗୁଲଶନ ଓହ୍ଲାଇ ପଡ଼ିଥିଲେ । ଏହି ନୌକାଟି ଜୟରାଜର ନିଜ ନୌକା ଥିଲା ଯାହାକୁ ତା'ର ବାପା ନିଜ ସ୍ନେହର ପୁତ୍ରର ମନରଞ୍ଜନ ପାଇଁ ତିଆରି କରାଇଥିଲେ । ନୌକାରୁ ଓହ୍ଲାଇ ଦୁଇ ଜଣ ଜୟରାଜର କାର୍‌ରେ ବସିଗଲେ ଯାହାକି ସଡ଼କର ଗୋଟେ ପାର୍ଶ୍ୱରେ ଠିଆ ହୋଇଥିଲା । ନିଜେ ଜୟରାଜ କାର ଚଳାଉଥିଲା ଏବଂ ଗୁଲଶନ ତାକୁ ଲାଗିକରି ବସିଥିଲା ।

"ମୋତେ ଆପଣଙ୍କ ସାଙ୍ଗରେ ବହୁତ ଭଲ ଲାଗୁଛି"-ଗୁଲଶନ କହିବା ଆରମ୍ଭ କରିଥିଲା- "ମନ ତ ଚାହୁଁଛି, ଏମିତି ହିଁ ଆପଣଙ୍କ ପାଖରେ ବସି ରହିବାକୁ, କାର୍ ଏମିତି ଚାଲୁଥିବ ଆଉ ଆମେ ଆମର ଜୀବନ ଯାତ୍ରା ପୁରା କରିନେବା..."

"ତୁମେ ବହୁତ ଭାବୁକ ପ୍ରକୃତିର"- କହିକରି ଜୟରାଜ ତାକୁ ତା'ର ଆହୁରି ପାଖକୁ ଭିଡ଼ି ଆଣିଲା- "ବେଶ୍ୟାମାନଙ୍କ ଭିତରେ ନିର୍ମଳ ହୃଦୟର ଝଲକ ମୁଁ କେବେ ବି ଦେଖିନାହିଁ ।"

"ସରକାର କେବେହେଲେ ଗଣିକାମାନଙ୍କର ହୃଦୟ ପରୀକ୍ଷା କରିବାର ଚେଷ୍ଟା କରିଛନ୍ତି କି ? ଆଖିରେ ଯୌବନର ଚଞ୍ଚଳତା ଭରିକରି ସେ କହିଲା- "ପ୍ରତଦିନ ନୂଆ ନୂଆ ଗଣିକା ମାନଙ୍କୁ ଡକାଇ, ସକାଳୁ ମଲା ମାଛିପରି ଫୋପାଡ଼ି ଦେଉଛନ୍ତି । ପୁଣି ତା' ହୃଦୟର ଭାବାନା ଆପଣ କେମିତି ଜାଣି ପାରିବେ ? ଆପଣ କୌଣସି ଗଣିକାକୁ ନିକଟରୁ ଦେଖିବାର ଅନୁଗ୍ରହ କେବେ କଲେ ।" ଜୟରାଜ ଚୁପ୍ ରହିଥିଲା । ଆଜି ସେ ଅନ୍ୟଦିନମାନଙ୍କ ଠାରୁ ଅଧିକ ପିଇ ଦେଇଥିଲା । "କୁହନ୍ତୁ ମୋର ସରକାର । କିଛି ତ କୁହନ୍ତୁ !" ଗୁଲଶନ ତା'ର ହାତ ଜୟରାଜର କାନ୍ଧ ଉପରେ ରଖିଦେଲା ।

ନିସ୍ତବ୍ଧ ଜୟରାଜର ଆତୁର ଓଠ ଆଗକୁ ନଇଁ ଆସିଥିଲା ଆଉ ଗୁଲଶନର ନାଲି ନାଲି ଓଠକୁ ଚାପି ଦେଲ । - ଯେପରିକି ତା'ର କଥାର ଏହାହିଁ ଉତ୍ତର ଥିଲା ।

"ଏ ଦାସୀକୁ ଆଉ କେବେ ସରକାରଙ୍କ ପଦସେବା କରିବାର ସୌଭାଗ୍ୟ ଆସିବ କି ନାହିଁ ?" ଗୁଲଶନ ପଚାରିଲା ।

"ନିଶ୍ଚୟ ! ନିଶ୍ଚୟ !..." ଜୟରାଜ କହିଲା । "ସମ୍ଭବ ହେଲେ ମୁଁ କାଲି ନିଜେ ତୁମ ଘରକୁ ଯିବାକୁ ଚେଷ୍ଟା କରିବି ।"

"ଗୋଟେ ନିଃସ୍ୱ ଦାସୀର ଗରୀବ ଘରକୁ ଆସିବାକୁ ମୋର ସରକାର କାହିଁକି କଷ୍ଟ କରିବେ ? ମୋର ଧୃଷ୍ଟତା ଯଦି କ୍ଷମା କରନ୍ତି ତେବେ ମୁଁ କାଲି ଆପଣଙ୍କ ଦରବାରରେ ଉପସ୍ଥିତ ହୋଇଯିବି ।"

"ଏଥିରେ ଧୃଷ୍ଟତାର କ'ଣ କଥା ରହିଲା, ମୋର ରାଣୀ ! ତୁମେ ଖୁସୀରେ ଯେତେବେଳେ ଚାହିଁବ ସେତେବେଳେ ମୋ ଘରକୁ ଆସି ପାରିବ ।" ଜୟରାଜ କହିଲା ।

"ଏହି କ୍ରୀତଦାସୀର ଏହା ସୌଭାଗ୍ୟ ଅଟେ ।"- ଗୁଲଶନ କହିଲା ଏବଂ ନିଜର କୋମଳ ଶରୀରକୁ ବିଚିତ୍ର ଢଙ୍ଗରେ ବଙ୍କେଇ କରି ଭିଡ଼ିମୋଡ଼ି ହେଲା । ଯେପରି କି ଜୟରାଜକୁ ଆକୃଷ୍ଟ କରିବା ପାଇଁ ହେଉ ବା ଶରାବର ନିଶାକୁ ଦୂର କରିବାକୁ ।

ଜୟରାଜ କାର୍‌ର ବ୍ରେକ୍ ଦେଇଦେଲା । କାହିଁକିନା ଗୁଲଶନର ଘର ଆସିଯାଇଥିଲା । ଏବଂ ତାକୁ ଏହିଠାରେ ଓହ୍ଲାଇବାକୁ ପଡ଼ିଥିଲା । ଗୁଲଶନ କାର୍‌ରୁ ଓହ୍ଲାଇ ପଡ଼ିଥିଲା ଏବଂ ଦୁଇଜଣ ଶେଷଥର ପାଇଁ କ୍ଷୀର ନୀର ପରି ଏକ ହୋଇଯାଇଥିଲେ । ଚୁମ୍ବନର ଆଦାନ ପ୍ରଦାନ ହୋଇଥିଲା; ଅଭିଯୋଗ - ପ୍ରତି ଅଭିଯୋଗର ଫୁଆରା ଲାଗିଥିଲା । ତା'ପରେ ଯାଇ ଗୁଲଶନ ତା' ଘରକୁ ଚାଲିଯାଇଥିଲା । ଜୟରାଜ ତା'ର କାର୍ ନେଇ ନିଜ ବଙ୍ଗଳା ଆଡ଼କୁ ଫେରିଥିଲା ।

ଗୁଲଶନ ନିଜ ଘର ସିଡ଼ିର ପ୍ରଥମ ପାହାଚ ଉପରେ ପାଦ ରଖିଥିଲା ବେଳେ ତା'ର ଜଣେ ପୁରୁଣା ପ୍ରେମିକ ସାଙ୍ଗରେ ମୁହାଁ ମୁହିଁ ହୋଇଯାଇଥିଲା ।

"ଏବେ ତ ମୋର ସରକାର ନୂଆ ଚଢ଼େଇକୁ ଫାଶରେ ପକାଇଲେଣି"- ସେ କହିବାକୁ ଲାଗିଲା- "ଏବେ ଏ ଗରୀବକୁ କିଏ ପଚାରୁଛି ?"

"କ'ଣ କରିବି ବାବୁ ! ଟଙ୍କା ପାଇଁ ସବୁକିଛି କରିବାକୁ ପଡ଼େ ।" ଗୁଲଶନ ଏକ ମଧୁର କଟାକ୍ଷ ହାଣି କହିଲା ଏବଂ ସେହି ଲୋକର ହାତ ଧରି କୋମଳତାର ସହ ଚାପିଦେଲା । କାରଣ ସେ ତା'ର ପରିସ୍ଥିତି ତାଙ୍କ ଆଗରେ ପରିଷ୍କାର କରିଦେବାକୁ ଚାହୁଁଥିଲା ।

"ତୁମେ ତାହାଠାରୁ ଟଙ୍କା ପଇସା ପାଇବାର ଆଶା ଛାଡ଼ିଦିଅ । ମୋର ବୁଲ୍‌ବୁଲ୍ !" ସେ ବ୍ୟକ୍ତି କହିବାକୁ ଲାଗିଲା- "ସେ ଏକ ନମ୍ବର ବାତରା-ଧନୀକ,

ସବୁ ଗୁଣରେ ପରିପୂର୍ଣ୍ଣ କିନ୍ତୁ ଆଖିର ଅନ୍ଧ ନୁହେଁ। ସତରେ ସେ ଗୋଟେ ପକ୍କା ଖିଲାଡ଼ୀ।"

"ପକ୍କା ଖିଲାଡ଼ି !" ମୁଁ ଉପରେ ଜୋର ଦେଇ ସେ କହିଲା- "ମୁଁ ବି ଦେଖାଇ ଦେବି ଗୋଟେ ଗଣିକାର ଜାଲ କେତେ ସୁନେଲୀ ଓ ମଜଭୁତ ହୋଇଥାଏ।"

"ତୁମେ କ'ଣ ଏମିତି କରିପାରିବ ?" -ସେ ହସିବାରେ ଲାଗିଲା।

"ହଁ ! ହଁ ! ଦେଖିବ ! ଏମିତି ହିଁ କରିପାରିବି ଏବଂ ତା'ର ସବୁ ସମ୍ପତ୍ତି ଉପରେ କବ୍‌ଜା କରି ତୁମ ସାଙ୍ଗରେ ବିବାହ କରିବି ଓ ଆରାମରେ ବାକି ଜୀବନ କଟାଇବି।"

"କେଉଁ ସ୍ୱପ୍ନର କଥା କହୁଛ, ମୋର ଜୀବନ ! ଏମିତି ହୋଇ ପାରିବ ନାହିଁ। ତୁମେ ଏମିତି କରି ପାରିବ ନାହିଁ।"

"ଯଦି କରିକି ଦେଖାଇଦେବି, ତାହେଲେ ?" ଗୁଲଶନ ଉତ୍ତେଜିତ ସ୍ୱରରେ କହିଲା।

"ତା ହେଲେ ତୁମର ଏବଂ ମୋର ଓଠ ଭିତରେ ଯୁଦ୍ଧ ଲାଗିଯିବ।" ଏତିକି କହି ସେ ଗୁଲଶନକୁ ତା' ପାଖକୁ ଭିଡ଼ିନେଲା ଏବଂ ଜବରଦସ୍ତି ଏକ ଚୁମ୍ବନ ଦେଇଦେଲା। ସିଡ଼ି ଉପରେ ଅନ୍ଧକାରର ରାଜୁତି ଥିଲା ଆଉ ସଡ଼କ ଶୁନ୍‌ଶାନ୍ ଥିଲା। ତେଣୁ କେହି ଏହି ଦୃଶ୍ୟ ଦେଖି ପାରି ନଥିଲେ।

"ଶୈତାନ କାହାଁକା !" ଗୁଲଶନ ରାଗିକରି କହିଲା- "ଏମିତି ଜବରଦସ୍ତି କରୁଛ ଯେ ବେକାରରେ ରାଗ ଆସୁଛି।"

"କେବେହେଲେ ରାଗ କରିବନି, ମୋର ଜୀବନ ! ନ ହେଲେ ପୁଣି ସେମିତି ଦୁଷ୍ଟାମୀ ହୋଇଯିବ।" - କହିକରି ସେ ତାହାର ହାତରେ ଗୋଟେ ପାଞ୍ଚ ଟଙ୍କାର ନୋଟ ରଖିଦେଲା।

"ଏଇଟା କ'ଣ ?" ଗୁଲଶନ ପଚାରିଲା।

"ମୋର ଦୁଷ୍ଟାମୀର ମୂଲ୍ୟ, ସୁଧ ସହ।" - ସେ ପୁଣି ସେହିପରି ଦୁଷ୍ଟାମୀ କରି ନିଜର ରାସ୍ତାରେ ଚାଲିଗଲା।

॥୨॥

ଜୟରାଜ କାର୍‌କୁ ଗ୍ୟାରେଜରେ ରଖିଲା ଏବଂ ତା'ର ଡ୍ରଇଁ ରୁମ୍ ଆଡ଼କୁ ଚାଲିଲା । ସେ ଦୁଆର ପାଖକୁ ଯାଇ ଚମକି ପଡ଼ି ରହିଗଲା । ସେ ଆଶ୍ଚର୍ଯ୍ୟ ହୋଇ ଦେଖିଲା ଯେ, ଏହି ଅଧ ରାତିରେ ବି ତା'ର ବାପା ତା' ଡ୍ରଇଁ ରୁମ୍‌ରେ ବସିଥିଲେ ।

ରାୟବାହାଦୁର ସେଠ୍ ଗଙ୍ଗାଦାସ ଜୟରାଜର ପିତା ଥିଲେ । ଜୟରାଜ ସେଠ୍‌ଜୀଙ୍କର ଏକମାତ୍ର ପୁତ୍ର ଥିଲା । ତେଣୁ ସେଠ୍‌ଜୀ ତାକୁ ବହୁତ ସ୍ନେହ କରୁଥିଲେ । ପିତାଙ୍କର ଅପାର ସ୍ନେହ ପାଇ ଜୟରାଜ ପଥଭ୍ରଷ୍ଟ ହୋଇଯାଇଥିଲା । ଏହାର ଉତ୍ତର ଦାୟିତ୍ୱ ତା'ର ପିତା ରାୟବାହାଦୁର ସେଠ୍ ଗଙ୍ଗାଦାସଙ୍କର ହିଁ ଥିଲେ । ସେଠ୍‌ଜୀ ନିଜର ବ୍ୟବସାୟ ନିଜେ ଦେଖାଶୁଣା କରୁଥିଲେ । ଆଜି ପର୍ଯ୍ୟନ୍ତ ସେ ଜୟରାଜକୁ ପୁରା ସ୍ୱାଧୀନତା ଦେଇଥିଲେ । ତାକୁ ଗୋଟେ ଅଲଗା ବଙ୍ଗଳା, ମୋଟର କାର, ନୌକାର ଚାକର ପ୍ରଭୃତି ସବୁ ପ୍ରକାର ସୁଖ ସୁବିଧା ଯୋଗାଇ ଦେଇ ସେ ନିଶ୍ଚିନ୍ତ ହୋଇ ଯାଇଥିଲେ । ଭାବିଥିଲେ, ଏବେ ତ ଜୟରାଜର କିଛି ଅଭିଜ୍ଞତା ନାହିଁ, କିଛି ସମୟ ଖୁସି କରିନେଉ, ପୁଣି ତ ତାକୁ ସାରାଜୀବନ ବ୍ୟବସାୟର ଝନ୍‌ଝଟରେ ବିତାଇବାକୁ ପଡ଼ିବ । ଜୟରାଜ ଦିନ ରାତି ନିଜର ବଙ୍ଗଳାରେ ରହୁଥିଲା । ବେଳେବେଳେ ସେଠ୍‌ଜୀ ମଧ୍ୟ ତା'ବଙ୍ଗଳାକୁ ଆସି ତାକୁ ଦେଖି ଯାଉଥିଲେ । କିନ୍ତୁ ଏହି ସମୟରେ କେବେ ଆସି ନ ଥିଲେ । ଜୟରାଜ ଭଲ ଭାବରେ ଜାଣିଥିଲା ଯେ, ତା'ର ବାପା ବହୁତ ସାଧାସିଧା ବ୍ୟକ୍ତି । କିନ୍ତୁ ବେଳେବେଳେ ତାଙ୍କର ଗମ୍ଭୀର ମୁଖ ମଣ୍ଡଳ ଦେଖି ତାକୁ ତାଙ୍କର ଚରିତ୍ର ବହୁତ ଗଭୀର ଜଟିଳ ଜଣା ପଡୁଥିଲା । ଜୟରାଜ ପାଦ ଚାପି ଚାପି ଘର ଭିତରକୁ ଯାଇଥିଲା । ସେଠ୍‌ଜୀ ତା' ଆଡ଼କୁ ଅନାଇଲେ ।

"ତୁମେ ଆସିଗଲ ।" - ସେ କହିଲେ- "ମୁଁ ତିନି ଘଣ୍ଟା ହେଲା ତୁମର

ଅପେକ୍ଷା କରୁଛି ।" ଜୟରାଜ ଚୁପ୍‌ଚାପ୍ ଠିଆ ହୋଇ ରହିଥିଲା । ସେ ତା' ବାପାଙ୍କର ପରବର୍ତ୍ତୀ ବାକ୍ୟ ଶୁଣିବାକୁ ଚାହୁଁଥିଲା ।

"କୁଆଡ଼େ ଯାଇଥିଲ, ଜୟରାଜ ?"

"ଏମିତିକା ବୁଲିବାକୁ ଚାଲିଯାଇଥିଲି, ବାପା ।" ଜୟରାଜ କଥା ଲୁଚାଇବାକୁ ଚାହୁଁଥିଲା ।

"କିନ୍ତୁ କୁଆଡ଼େ ?"

"ଏମିତି ହିଁ ।"

"କ'ଣ ମୁଁ ସେ ଯାଗାର ନାମ ଶୁଣିପାରିବିନି, ଯେଉଁଠାକୁ ତୁମେ ବୁଲିବାକୁ ଯାଇଥିଲ ?" ତା' ବାପାଙ୍କର କଣ୍ଠସ୍ୱର ଭାବପ୍ରବଣତାରେ ଥରି ଉଠିଥିଲା ।

"ବୋଟିଙ୍ଗ କରିବାକୁ ଯାଇଥିଲି, ବାପା ।" ଜୟରାଜ କହିଲା । କିନ୍ତୁ ତା'ର ଛାତି ଜୋର୍ ଜୋର୍‌ରେ ଧଡ଼ ଧଡ଼ ହେଉଥିଲା । କ'ଣ ପାଇଁ କେଜାଣି ।

"ଏକା ଯାଇଥିଲା ନା ଆଉ କିଏ ସାଙ୍ଗରେ ଥିଲା ?"

"ଏକାହିଁ ଯାଇଥିଲି ।" -ଜୟରାଜ ଉତ୍ତର ଦେଲା ।

ଜୟରାଜ ଗୁଲଶନ ସାଙ୍ଗରେ ଥିବା କଥା ଲୁଚାଇବାଟା ହିଁ ଉଚିତ ଭାବିଥିଲା । କାହିଁକିନା ସେ ଜାଣିଥିଲା । ଯଦି ତା'ର ବାପାଙ୍କୁ ଜଣା ପଡ଼ିଯିବ ଯେ ସେ ମଦ୍ୟପାନ କରି ବେଶ୍ୟା ମାନଙ୍କ ସାଙ୍ଗରେ ବାତରାଙ୍କ ପରି ଚଲାବୁଲା କରୁଛି ତେବେ ସେ କ'ଣ କ'ଣ ଯେ କହିବେ କହି ହେବନାହିଁ ।

"କାହାକୁ ସାଙ୍ଗରେ ନେଇଯାଇ ଥିଲେ ଭଲ ହୋଇଥାନ୍ତା । ଏହିପରି ରାତିରେ ଏକୁଟିଆ କେଉଁଠାକୁ ଯାଅନାହିଁ ।" ସେଠ୍‌ଜୀ ଚୌକୀରୁ ଉଠି ଠିଆହେଲେ । ଜୟରାଜ ବୁଝିଗଲା ଯେ ଏବେ ସେ ଯିବାକୁ ଚାହୁଁଛନ୍ତି ।

"ଆଉ ଦେଖ !" ସେଠ୍‌ଜୀ ରହିକରି କହିଲେ- "ବହୁତ ଦିନ ହେଲା ତୁମେ କୋଠୀକୁ ଆସିନାହଁ ।" କୋଠୀର ତାତ୍ପର୍ଯ୍ୟ ସେଠ୍‌ଜୀଙ୍କ ନିଜର ବଙ୍ଗଲା ଥିଲା ଯେଉଁଟା କି ଜୟରାଜର ବଙ୍ଗଲା ଠାରୁ ବହୁତ ଦୂର ଥିଲା ।

"କାଲି ଯିବି, ବାପା ।" ଜୟରାଜ ତ କହିଦେଲା । କିନ୍ତୁ ପ୍ରଥମରୁ ବିଳାସ ବ୍ୟସନରେ ଜୀବନ ବ୍ୟତୀତ କରିବା ତା' ଅଭ୍ୟାସରେ ପଡ଼ିଯାଇଥିଲା । ସେଥିପାଇଁ ସେ ତା' ବାପାଙ୍କ ବଙ୍ଗଲାକୁ ବହୁତ କମ୍ ଯାଉଥିଲା । କାରଣ ସେଠାକୁ ଗଲେ ବ୍ୟବସାୟିକ ମାମଲାରେ ନିଜର ମୁଣ୍ଡ ଖେଳାଇବା, ତାକୁ ବେକାର କାମ ପରି ଲାଗୁଥିଲା । ଜୟରାଜ ଜାଣିଥିଲା ଯେ ତା'ର ବାପାଙ୍କ ପାଖରେ ଏତେ ଅଚଳାଚଳ

ସମ୍ପତ୍ତି ଅଛି ଯାହାକୁ ସେ କେତେ ଜନ୍ମ ସାବଧାନତା ପୂର୍ବକ ଶୁରା ଆଉ ସାକୀରେ ଉଡ଼ାଇଲେ ମଧ୍ୟ ସରିବ ନାହିଁ ।

"କାଲି ନିଶ୍ଚୟ ଆସିବ ।" - ସେଠ୍‌ଜୀ ଶେଷଥର ପାଇଁ କହିଲେ- "ଏବେ ତୁମେ ବହୁତ ବୁଲାବୁଲି କରିନେଲ । କିଛି ନିଜର ବ୍ୟବସାୟ ମଧ୍ୟ ଦେଖ । ମୋ ପରେ କେବଳ ତୁମେ ଅଛ ଯେ କି ଏହି ସବୁ ବ୍ୟବସାୟ ଦେଖାଶୁଣା କରିବ । ତୁମର ମା' ମଧ୍ୟ ନାହିଁ ଯିଏକି ମୋ ପରେ ତୁମକୁ କିଛି ଶିଖାଇ ପାରିଥାନ୍ତା ।"

ଜୟରାଜର ମା' ମରିବାର ଆଜିକୁ ସାତବର୍ଷ ହୋଇ ଗଲାଣି । ଯେତେବେଳେ ତା'ର ମା'ଙ୍କର ମୃତ୍ୟୁ ହୋଇଥିଲା ସେତେବେଳେ ଜୟରାଜ ପନ୍ଦର ବର୍ଷର ଥିଲା ଏବଂ ନବମ ଶ୍ରେଣୀରେ ପଢୁଥିଲା । ବାପାଙ୍କ ମୁହଁରୁ ନିଜ ମା'ଙ୍କ ନାଁ ଶୁଣିକରି ଜୟରାଜର ଆଖି ଆଗରେ ସାତ ବର୍ଷ ଆଗର ଦୃଶ୍ୟ ଚିତ୍ର ପରି ଭାସି ଉଠିଥିଲା ।

ସେହି ସମୟରେ ସେ ସ୍କୁଲରୁ ଆସିଥିଲା । ସ୍କୁଲ ବ୍ୟାଗ ରଖିକରି ସେ ତା' ମା'ଙ୍କ କୋଠରୀକୁ ଯାଇଥିଲା । ସେ ଦେଖିଥିଲା ସେଠାରେ ଡାକ୍ତରମାନେ ଜମା ହୋଇଥିଲେ । ତା'ର ବାପା ମଧ୍ୟ ସେଠାରେ ଉପସ୍ଥିତି ଥିଲେ । ସମସ୍ତଙ୍କ ମୁହଁ ଗମ୍ଭୀର ଏବଂ ଆଶଙ୍କାରେ ଛାଇ ଯାଇଥିଲା । ଜୟରାଜକୁ ଦେଖିକରି ତା' ବାପା ଉଠିଆସି ତାକୁ ଛାତିରେ ଭିଡ଼ି ଧରି ଥିଲେ । ତାଙ୍କ ଆଖିରୁ ଝରଝର ହୋଇ ଲୁହ ବୋହି ଚାଲିଥିଲା । ବାଳକ ଜୟରାଜ କିଛି ବୁଝି ପାରି ନଥିଲା । ସେଠ୍‌ଜୀ ତାକୁ ନେଇ ସେହି ପଲଙ୍କ ପାଖକୁ ଆସିଲେ, ଯେଉଁଥିରେ ଯନ୍ତ୍ରଣାରେ କୁନ୍ଥାଉଥିବା ତା'ର ମା' ସେଠାନୀ ପଡ଼ି ରହିଥିଲେ । ଜୀବନର ଲକ୍ଷଣ ଶେଷ ହୋଇ ଯାଉଥିଲା । ତାଙ୍କର ଚେହେରା ମୃତ୍ୟୁ ପରି ଶେତା ଦେଖା ଯାଉଥିଲା । ଶ୍ୱାସ ପ୍ରଶ୍ୱାସ ଖୁବ୍ ଧୀରେ ଧୀରେ ଚାଲୁଥିଲା । ନିଜ ମା'ଙ୍କର ଚିନ୍ତାଜନକ ଅବସ୍ଥା ଦେଖି କରି ବାଳକ ଜୟରାଜ ଆଶ୍ଚର୍ଯ୍ୟ ଚକିତ ହୋଇ ଉଠିଥିଲା । ଏଇ ସକାଳେ ଯେତେବେଳେ ସେ ସ୍କୁଲ ଯାଉଥିଲା ତା'ର ଆଦରର ମା' ତାକୁ ନିଜେ ପାଖରେ ବସାଇ ଖୁଆଇ ଦେଇଥିଲେ । ତେବେ ଏତିକି ସମୟ ଭିତରେ ତାଙ୍କର କ'ଣ ହୋଇଗଲା ? ତାଙ୍କ ଉପରେ କେଉଁ ବିପତ୍ତି ମାଡ଼ି ଆସିଲା, କେଉଁ ବଜ୍ର ପଡ଼ିଗଲା ?

"ମା" କହିକରି ଜୟରାଜ ନିଜ ମା'ଙ୍କର ଛାତି ଉପରେ ଅଜାଡ଼ି ହୋଇ ପଡ଼ିଥିଲା । ରୋଗିଣୀ ମା'ଙ୍କର ଆଖି ଆସ୍ତେ ଖୋଲି ଯାଇଥିଲା । ଦୂର୍ବଳ ହାତରେ

ନିଜ ହୃଦୟର ଅଂଶକୁ, ନିଜ ରକ୍ତ-ମାଂସକୁ ନିଜ ଛାତିରେ ଜଡ଼େଇ ଧରିଥିଲେ । ମରଣାପର୍ଣ୍ଣ ଅଧରରେ ନିଜ ପୁଅର କପାଳରେ ଶୁଭ ଆଶୀର୍ବାଦର ଶେଷ ସଂକେତ ଆଙ୍କି ଦେଇଥିଲେ ।

"ଇଏ ହେଉଛି ମୋର ଶେଷ ଚିହ୍ନ ।" ଖଣ୍ଡି ଖଣ୍ଡି ଶବ୍ଦରେ ସେ ସେଠ୍‌ଜୀଙ୍କୁ କହିଲେ- "ତାହାର ଖିଆଲ ରଖିବ । ଯେମିତି ତାକୁ ଦୁଃଖ ନ ହୁଏ । ତାହାର...ବିବାହ...ବିବାହ...ତା'ର ଇଚ୍ଛା ଅନୁସାରେ...କରିଦେବ..." - କହୁ କହୁ ସେଠାନୀଙ୍କର ଜୀବନ ପ୍ରଦୀପ ଲିଭିଯାଇଥିଲା । ଯୁଗ ଯୁଗ ଧରି ପିଞ୍ଜରାରେ ବନ୍ଦ ହୋଇ ରହିଥିବା ପକ୍ଷୀ ସୁଯୋଗ ପାଇ ଉଡ଼ି ଯାଇଥିଲା ।

ସେଠ୍‌ଜୀ ମୃତ ଶରୀର ଉପରେ ଗଛକାଟିଲା ପରି ପଡ଼ିଯାଇଥିଲେ ।

ଜୟରାଜ "ମା'-ମା" କହିକରି ଜୋରରେ କାନ୍ଦି ଉଠିଥିଲା ।

ଅକର୍ମଣ୍ୟ ଡାକ୍ତରମାନେ ନିରୁପାୟ ହୋଇ ଠିଆ ହୋଇ ରହିଥିଲେ ଏବଂ ମୃତ୍ୟୁର ଭୀଷଣ ଛାୟା ନିଜର ଶୀକାର ନେଇ ଚାଲିଯାଇଥିଲା ।

ଏକ ସାଧାରଣ ହୃଦୟର ରୋଗ ସେଠାନୀଙ୍କୁ ସେଠ୍‌ଜୀ ଏବଂ ଜୟରାଜ ଠାରୁ ଅଲଗା କରି ଦେଇଥିଲା । ରୋଗ ପାଇଁ ଔଷଧ ଅଛି କିନ୍ତୁ ମୃତ୍ୟୁ ପାଇଁ ନାହିଁ । ସାତ ବର୍ଷ ଆଗର ଏହି ଦୃଶ୍ୟ ଜୟରାଜ ଆଖି ଆଗରେ ଚଳଚିତ୍ର ପରି ଭାସି ଉଠିଥିଲା । ନିଜ ଆଦରର ମାତାଙ୍କର ସ୍ମୃତିରେ ତା' ଆଖିରେ ଅଜାଣତରେ ଅଶ୍ରୁ ଭରି ଦେଇଥିଲା । ଜୟରାଜ ଆଖିରେ ଅଶ୍ରୁବିନ୍ଦୁ ଦେଖି ଆଗରେ ଠିଆ ହୋଇଥିବା ସେଠ୍‌ଜୀ ଚମକି ପଡ଼ିଥିଲେ । ତାଙ୍କୁ ଲାଗିଥିଲା ଯେମିତି ତାଙ୍କର କୌଣସି କଥାରେ ଜୟରାଜକୁ ଭୀଷଣ ଆଘାତ ଲାଗିଛି ।

"ରାତି ବହୁତ ହୋଇ ଗଲାଣି । ଏବେ ତୁମେ ବିଶ୍ରାମ ନିଅ । ମୁଁ ଯାଉଛି" କହିକରି ସେଠ୍‌ଜୀ ବୁଲି ପଡ଼ିଲେ ଏବଂ ଦ୍ୱାର ଦେଇ ବାହାରକୁ ବାହାରି ଗଲେ । ସଡ଼କ ଉପରେ ସେଠ୍‌ଜୀଙ୍କର ନିଜ କାର୍ ଥୁଆ ହୋଇଥିଲା । ସେଠ୍‌ଜୀଙ୍କୁ ଆସିବାର ଦେଖି ଡ୍ରାଇଭର କାର୍‌ର ଡୋର ଖୋଲିଦେଲା । ସେଠ୍‌ଜୀ କାର୍‌ରେ ବସିଗଲେ । କାର୍ ଜୋର୍‌ରେ ଦୌଡ଼ି ଚାଲିଲା ।

।। ୩ ।।

ରୁପର ଏହି ଦୁନିଆରେ ବହୁତ ରଙ୍ଗ ବେରଙ୍ଗୀ ଖେଳ ହୁଏ । ମଦିରାର ବନ୍ୟା ବୋହିଯାଏ, ଧନର ଯୋରରେ ନିରୀହ ଝିଅ ମାନଙ୍କର ଶରୀର ଆଉ ଯୌବନ କିଣା ଯାଇଥାଏ । ଏହି ଦୁନିଆରେ ଏକ ମଧୁର ସ୍ମିତ ହସରେ ଟଙ୍କାର ବର୍ଷା ହୋଇଥାଏ, ଏକ କଟାକ୍ଷରେ ହୃଦୟ, କ୍ଷତାକ୍ତ ଚଢ଼େଇ ପରି ଛଟପଟ ହୋଇଥାଏ । ଅଧରର ଏକ ମାଦକ ସ୍ପର୍ଶରେ ମୋତିର ଝରଣା ବୋହିଯାଇଥାଏ । ଏହି ଦୁନିଆରେ ଦିନର ମୂଲ୍ୟ କିଛି ନ ଥାଏ କିନ୍ତୁ ରାତିର ମୂଲ୍ୟ ବହୁତ ଅଧିକା ହୋଇଥାଏ । ଏହି ଦୁନିଆରେ କେତେ କେତେ ଯୁବକ, ଭ୍ରାନ୍ତ ପ୍ରଜାପତି ମାନଙ୍କର ରୁପ ମାଧୁରୀରେ ମୁଗ୍ଧ ହୋଇ ନିଜର ସବୁ କିଛି ହରାଇ ବସନ୍ତି ଏବଂ ଭିକାରୀ ହୋଇଯାଇ ପୁଣି ସେହି ପ୍ରଜାପତି ମାନଙ୍କ ଦ୍ୱାରରେ ଭିକ ମାଗିଥାନ୍ତି ।

ଏହି ପ୍ରଜାପତି ମାନେ ଦିନର ଶୁଭ୍ର ଆଲୋକରେ ଡାହାଣୀ ପରି ଦେଖା ଯାଆନ୍ତି କିନ୍ତୁ ରାତ୍ରିର ଆଗମନରେ କୃତ୍ରିମ ଉପାଦାନ ସହାୟତାରେ ନିଜକୁ ପରୀ ପରି ସଜାଇ ଦିଅନ୍ତି, ଆଉ ଗୋଟେ ସୁନେଲୀ ଜାଲ ବିଛେଇ ଦିଅନ୍ତି ନିଜର ଶୀକାର ପାଇଁ । ଏମାନେ ଏମିତି ପ୍ରଜାପତି, ଯେଉଁମାନଙ୍କର ଅଙ୍ଗ ପ୍ରତ୍ୟେଙ୍ଗର ସୁନ୍ଦରତା ଟଙ୍କାରେ ଓଜନ ହୋଇଥାଏ । ସେମାନଙ୍କର ସ୍ମିତ ହସ ପାଇଁ, ସେମାନଙ୍କର କଟାକ୍ଷ ପାଇଁ, ସେମାନଙ୍କର ଅପରାଧ ପାଇଁ, ସେମାନଙ୍କର କଣ୍ଠ ପାଇଁ, ସେମାନଙ୍କର ବକ୍ଷସ୍ଥଳ ପାଇଁ, ସେମାନଙ୍କର ଅଣ୍ଟା ପାଇଁ ଏବଂ ସେମାନଙ୍କର ଘୃଣିତରୁ ଘୃଣିତ ଅଙ୍ଗ ପାଇଁ ଯଥେଷ୍ଟ ମୂଲ୍ୟ ଦେବାକୁ ପଡ଼ିଥାଏ । ଆଉ ଏ ଅନ୍ଧ ଲୋକମାନେ ଦେଉଥିଲେ ମଧ୍ୟ । କାହିଁକି ନା ସେଥିରେ ସୌନ୍ଦର୍ଯ୍ୟ ଥାଏ, ଉଚ୍ଛୁଳି ପଡୁଥିବା ହଳାହଳ ବିଷ ପରି - ସେଥିରେ ମାଦକତା ଥାଏ, ଯାହା ଚତୁରତାରେ ପରିପୂର୍ଣ୍ଣ ।

ଏହି ଦୁନିଆର ମଧ୍ୟ ଭାଗରେ ସୁନ୍ଦରୀ ଗୁଲଶନର ଘର ଥିଲା । ରାତିରେ ସ୍ୱର୍ଗର ଅପସରା ପରି ଦେଖା ଯାଉଥିବା ପରୀ ଏହି ସମୟରେ ସକାଳ ହୋଇଗଲା ପରେ ଦୁଷ୍ଟ କୁକୁର ମାନଙ୍କ ଦ୍ୱାରା ରାତି ସାରା ଝୁଣି ହୋଇଥିବା ଏକ ତୁଚ୍ଛ ବସ୍ତୁ ପରି ନିଜ ବିଛଣାରେ ପଡ଼ି ରହିଥିଲା । ଗୁଲଶନର ତାବଲା ବାଦକ ମିୟାଁ ତାଲ ଖାଁ ଯେତେବେଳେ ତା'ର ଦ୍ୱାର ପାଖକୁ ଆସିଥିଲା, ତାକୁ ନିଘୋଡ଼ ନିଦରେ ଶୋଇଥିବାର ଦେଖିଥିଲା । ମିୟାଁ ତାଲ ଖାଁର ବୟସ ପାଖା ପାଖି ଷାଠିଏ ବର୍ଷ ହେବ । ମୁଣ୍ଡ ଏବଂ ଦାଢ଼ୀ ନିଶର ବାଳ ଅଧା ଅଧା ପାଚି ଗଲାଣି । ଶେରଓ୍ୟାନି ପିନ୍ଧି ରଖିଥିଲା । ଯୌବନ ପକ୍ଷୀ ପରି ଉଡ଼ି ଯାଇଥିଲା ।

"ବିବି !" ମିୟାଁ ତାଲ ଖାଁ ବିଛଣା ପାଖକୁ ଆସି ଡାକିଲା ।

"ଉହୁଁ...ଉହୁଁ !" କହି ଗୁଲଶନ ଆଖି ଖୋଲିଦେଲା ଆଉ ଉଠି ବସିଲା ।

"ଏ ପର୍ଯ୍ୟନ୍ତ ତୁମେ ଶୋଇ ରହିଛ ?" - ମିୟା ତାଲ ଖାଁ ଖଟ ଉପରେ ବସୁ ବସୁ କହିଲା ।

"କ'ଣ କରିବି ଓସ୍ତାଦ !" କହିକରି ଗୁଲଶନ ଜୋରରେ ଗୋଟେ ହାଇ ମାରିଲା ଏବଂ ପିଲାଳିଆମି କଲାପରି ଓସ୍ତାଦର କୋଳରେ ଢଳି ପଡ଼ିଲା । ଓସ୍ତାଦ ତାଲ ଖାଁ ସେହି କୋମଳ ଶରୀର ଉପରେ ହସ୍ତ ସଂଚାଳନ କରି ଏହା ବତାଇ ଦେଇଥିଲା ଯେ, ଏହି ବୁଢ଼ା ବୟସରେ ମଧ୍ୟ ବିତିଯାଇଥିବା ଯୌବନର ସୁନେଲୀ ଦିନ ଗୁଡ଼ିକୁ ସେ ଭୁଲି ନାହିଁ ।

"ବା-ବା !" ଓସ୍ତାଦ କହିଲା- "ଏବେ ତ ତୁମ ଆଖିରୁ ସବୁ ଶରାବ ନିଶେଷ ହୋଇଯାଇଛି । ଏବେ ତ ଖାଲି ଖାଲି ଗ୍ଲାସ ଅଛି, ଯେଉଁଥିରେ ଶରାବର ଗୋଟେ ବୁନ୍ଦା ମଧ୍ୟ ନାହିଁ, ନିଶାର ଏକ ଛିଟିକା ମଧ୍ୟ ନାହିଁ ।"

"ସକାଳୁ ସକାଳୁ ତୁମର କଥା ଗୁଡ଼ାକ ବିଜୁଳି ବେଗରେ ଚାଲିଛି ନା, ଓସ୍ତାଦ" ଶୋଇ ଶୋଇ ଗୁଲଶନ କହିଲା ।

"ଉଠ-ଉଠ !" ଓସ୍ତାଦ ତାକୁ ଜବରଦସ୍ତ ଉଠାଇବାକୁ ଚାହିଁଲା- "ଟିକିଏ ଝରକା ପାଖକୁ ଆସି ଉଦୀୟମାନ ସୂର୍ଯ୍ୟଙ୍କୁ ତୁମ ରୂପରୁ ଉଚ୍ଛୁଳି ପଡୁଥିବା ଶରାବ ଟିକେ ପିଆଇ ଦିଅ ।"

"ତୁମେ ବଡ଼ ଦୁଷ୍ଟ, ଓସ୍ତାଦ !"

"ହଁ-ହଁ ! ମୁଁ ବଡ଼ ଦୁଷ୍ଟ । ଯେତେବେଳେ ତୁମେ ପିଲାଥିଲ, ସେତେବେଳେ ମୁଁ ଯୁବକ ଥିଲି ଏବଂ ଏବେ ତୁମର ଯୌବନ ଅଛି ଆଉ ମୁଁ ବୁଢ଼ା ।"

"ବୃଦ୍ଧାବସ୍ଥା ବଡ଼ ମଜାଦାର ସମୟ ନା, ଓସ୍ତାଦ !"

"ତା' ତ ନିଶ୍ଚୟ ।" - ଓସ୍ତାଦ ତାଲ ଖାଁ କହିଲା- "କିନ୍ତୁ ତୁମର ବୃଦ୍ଧାବସ୍ଥା ଭଗବାନ ଜାଣନ୍ତି କ'ଣ ବିପତ୍ତି ଆଣିକି ଆସିବ । ସେତେବେଳେ ଦେଖି ପାରିବ କେତୋଟି ପତଙ୍ଗ ପୋଡ଼ି ମରିବାକୁ ଆସୁଛନ୍ତି !"

ବୃଦ୍ଧାବସ୍ଥାର ଦିନ ଗୁଡ଼ିକ ମନେ ପକାଇ ଗୁଲଶନ ଥରି ଉଠିଥିଲା । କେଉଁଠି ଏହି ମାଦକ ଯୌବନ, ନିଦୁଆ ନିଦୁଆ ଆଖି, ଖଣ୍ଡାଧାର ପରି ତୀକ୍ଷ୍ଣ ଚହାଣୀ, ସେଓ ପରି ଗାଲ, ଅଙ୍ଗୁର ପରି ମିଠାଯୁକ୍ତ ଅଧରଦ୍ୱୟ, ଡାଳିମ୍ବ ମଞ୍ଜି ପରି ଦନ୍ତପଂକ୍ତି, କୋଇଲି ପରି କଣ୍ଠସ୍ୱର, ଉତ୍ତେଜନକାରୀ ବକ୍ଷସ୍ଥଳ ଏବଂ ମଧୁର କମ୍ପନରେ ଥରି ଉଠୁଥିବା ପତଳା କମର....

ଆଉ କେଉଁଠି ଜରାଜୀର୍ଣ୍ଣ ବୃଦ୍ଧାବସ୍ଥା, ଶୁଷ୍କ ନୟନ, ଶୁଖିଲା କଣ୍ଟା ପରି ଚହାଣୀ, ଖଜୁରୀ ପରି ଗାଲ, ଛାତି ଉପରେ ଯେପରି ଲଟକିଥିବା ଦୁଇଟା ମଲା କୁକୁଡ଼ା ଏବଂ ନଇଁଯାଇଥିବା ଡାଲ ପରି କମର । ହାୟ.... ହାୟ....

"ବୃଦ୍ଧାବସ୍ଥାର ନାଁ ଶୁଣିକରି ବହୁତ ଭୟଭୀତ ହୋଇପଡ଼ିଲ ।" ଓସ୍ତାଦ ତାଲ ଖାଁ କହିଲା । "ଏବେ ତ ଉଠ୍ ଟିକେ ଅଗଣାକୁ ଯାଇ ମୁହଁ ହାତ ଧୋଇ ନିଅ ଏବଂ ଗୋଲାପର ଗମଲା ପାଖରେ ଠିଆ ହୋଇ ଟିକେ ଅଣ୍ଟା ସିଧା କର । ଭିଡ଼ି ଭାଡ଼ି ହୁଅ, ତା' ହେଲେ ଅଧା ଫୁଟିଥିବା ଗୋଲାପ କଢ଼ି ଖୁସିରେ ତୁମ ରୂପର ପ୍ରଶଂସା କରିବାରେ ଲାଗିବ ।"

"ଓସ୍ତାଦ୍ !" ସ୍ୱରରେ କୃତିମ କ୍ରୋଧ ନେଇ ତଥା ଆଖିରେ ହଳାହଳ ଭର୍ତ୍ତିକରି କହିଲା ଗୁଲଶନ- "ତୁମର ଜିଭ ବହୁତ ତୀକ୍ଷ୍ଣ ହୋଇଗଲାଣି । ଇଚ୍ଛା ହେଉଛି ଧରି ବାହାରକୁ ଭିଡ଼ି ଆଣିବାକୁ ।"

"ଜିଭ ନିଶ୍ଚୟ ଭିଡ଼ିନିଅ । ଦଉଡ଼ି ଟଣାର ମଜା ଆସିଯିବ ।" ଓସ୍ତାଦ କହିଲା । ଦୁଇ ଜଣ ହସି ପକାଇଲେ ।

ସେତେବେଳେ ଗୋଲାକାର ସୂର୍ଯ୍ୟ ବହୁତ ଉପରକୁ ଉଠିଯାଇଥିଲେ ଏବଂ ଝରକା ବାଟରେ ଗୁଲଶନର ସୌନ୍ଦର୍ଯ୍ୟ ଉପଭୋଗ କରୁଥିଲେ ।

"କାଲିର ଘଟଣା ବିଷୟରେ ମୋତେ ତ ଜଣାଇଲ ନାହିଁ, ବିବି !" ଓସ୍ତାବ ତାଲ ଖାଁ କହିଲା- "କାଲି ତ ତୁମର ପ୍ରେମ ଜଣେ କଞ୍ଜୁସ ଧନୀ ଲୋକ ସାଙ୍ଗରେ ହୋଇଥିଲା । କ'ଣ ହେଲା ? କିଛି ମିଳିଲା ନା ନାହିଁ ?"

"କେବଳ ପଚାଶ ଟଙ୍କା ମିଳିଲା । ସେ ଜୟରାଜ ଥିଲା । ତାକୁ ଜାଣି ଛ ନା ଓସ୍ତାଦ !" ଗୁଲଶନ ଓସ୍ତାଦ ତାଲ ଖାଁ ଆଡ଼େ ପ୍ରଶ୍ନିଳ ଦୃଷ୍ଟିରେ ଚାହିଁଲା ।

"ସେ ବାତରା ଧନୀକକୁ କୋଉ ମରଦ ପିଲା ଜାଣିନାହିଁ ।" ଓସ୍ତାଦ କହିଲା- "ଶରାବ ପିଇକରି ବି ପୁରା ହୋସରେ ରହିପାରେ । ସେ ଗୋଟେ ଶୈତାନ, ବିବି ! ଶୈତାନ ।"

"ସେ ଶୈତାନର ଶୈତାନୀ ମୁଁ ଶେଷ କରିଦେବି, ଓସ୍ତାଦ"- ଗୁଲଶନ କହିଲା- "ମୋର ପୁରା ରୁପରଙ୍ଗ ମୁଁ ତା' ଉପରେ ଚଢ଼େଇ ଦେଇଛି । ସେ ମୋତେ କେବେହେଲେ ଭୁଲି ପାରିବ ନାହିଁ ।"

"ସେ କେବେ ଯଦି ଭୁଲି ବି ଯିବ ତେବେ ତୁମେ ତାକୁ କେବେ ଭୁଲି ପାରିବନି, ବିବି । ନିଜର ହୃଦୟ ଉପରେ ନିୟନ୍ତ୍ରଣ ରଖ । ତା'ର ଚିତାକର୍ଷକ ଚେହେରା ତୁମକୁ ବୋକା ବନାଇ ନ ଦେଉ ।"

"କେମିତି କଥା କହୁଛ ଓସ୍ତାଦ ! ଗୋଟେ ଗଣିକାର ହୃଦୟ ପଥରର ହୋଇଥାଏ । ଯିଏ କି ଭାଙ୍ଗିଯିବ ପଛେ ତରଳିବ ନାହିଁ ।" - ଗୁଲଶନ କହିଲା ।

"ତୁମେ ଗୋଟେ ଗଣିକା ହୋଇପାର" - ଓସ୍ତାଦ କହିଲା- "କିନ୍ତୁ ଏ କଥା ଭୁଲିଯାଅନା କି ତୁମେ ଜଣେ ନାରୀ ମଧ୍ୟ । ଗଣିକା ତୁମେ ଏଇ କେତେବର୍ଷ ହେଲା ହେଲ କିନ୍ତୁ ନାରୀ ତ ତୁମେ ସେହି ମୁହୂର୍ତ୍ତରୁ ଅଛ ଯେବେଠାରୁ ତୁମେ ଏହି ଦୁନିଆକୁ ପ୍ରଥମେ ଦେଖିଥିଲ ।"

"ନାରୀ ହେଲେ କ'ଣ ହେବ, ଓସ୍ତାଦ !"

"ତୁମେ ଭାବି ନେଇଛ ଯେ ନାରୀର ହୃଦୟ ପଥର ପରି ହୋଇଥାଏ । କିନ୍ତୁ ଏହା ଜାଣିରଖ ଯେ, ନାରୀମାନେ ସେମାନଙ୍କର ଦୁର୍ବଳତା ବୁଝି ପାରନ୍ତି ନାହିଁ ଏବଂ ଏହା ସତ ଯେ ସେମାନେ ନିଜର ମହମ ପରି ମୁଲାୟମ ହୃଦୟକୁ ପଥରର ଚଟାଣ ପରି ଭାବିବାରେ ଲାଗନ୍ତି ।

"ଓସ୍ତାଦ ! ତୁମର କହିବାର ଅର୍ଥ ଯେ ମୁଁ ଦୁର୍ବଳ !" - ଗୁଲଶନ ମୁହଁରେ ଆଶ୍ଚର୍ଯ୍ୟର ଚିହ୍ନ ଥିଲା ।

"ନିଶ୍ଚୟ !" - ଓସ୍ତାଦ କହିଲା- "ସମୟ ପଡ଼ିଲେ ତୁମେ ଖସଡ଼ାରେ ଖସିଲା ପରି ଖସିଯାଇ ପାର ।"

"ଏ ସବୁ କଥାକୁ ଛାଡ଼ିଦିଅ ଓସ୍ତାଦ ! ଦେଖାଯିବ-ଏବେ ତ ପକ୍ଷୀଟି ଫାଶରେ ପଡିଛି । ଆଗକୁ ଆଗକୁ ଦେଖ କ'ଣ ହେଉଛି ?" କହିକରି ଗୁଲଶନ

ଉଠିଗଲା ଏବଂ ତା'ର ନିତ୍ୟକର୍ମ ଆଦି ଆବଶ୍ୟକ କାମରେ ଲାଗିଗଲା । ଓସ୍ତାଦ ତାଲ ଖାଁ ତା'ର କାମ୍ ଶେଷ ହେବାଯାଏଁ ଅପେକ୍ଷା କରୁଥିଲା ।

ଏକଘଣ୍ଟା ପରେ, ଗୋଟେ ଗାଢ଼ ରଙ୍ଗର ଦାମୀ ଶାଢ଼ୀ ପିନ୍ଧି ସେ ଆସିଲା ଏବଂ ଗୋଟେ ବଡ଼ ଦର୍ପଣ ଆଗରେ ଠିଆ ହୋଇ ନିଜର ବାଳକୁ ପାନିଆରେ କୁଣ୍ଡାଇବାକୁ ଲାଗିଲା । ନାଗୁଣୀ ପରି ବାଳ ତା'ର ତରଙ୍ଗାୟିତ ହୋଇ କମର ଉପରେ ଲହରି ଭାଙ୍ଗୁଥିଲା । ଓସ୍ତାଦ ତାଲ ଖାଁ ନିଶ୍ଚଳ ହୋଇ ବସି ରହିଥିଲ । ସେହି ପରୀର ସୌନ୍ଦର୍ଯ୍ୟ ଦେଖିକରି ।

"ଅସଲାମ ଓ୍ୟାଲେକୁମ" - ହଠାତ୍ ପାଟିକରି ଉଠିଲା ଓସ୍ତାଦ, ଜୟରାଜକୁ କବାଟ ପାଖରେ ଠିଆ ହୋଇଥିବାର ଦେଖିକରି- "ଆସନ୍ତୁ ହଜୁର । ଆପଣଙ୍କୁ ସ୍ୱାଗତ ।"

ସତରେ ସେ ଜୟରାଜ ଥିଲା । ଧୀରେ ଧୀରେ ଘର ଭିତରକୁ ଆଗମନ କଲା । ଗୁଲଶନ ବୁଲିପଡ଼ି ଜୟରାଜ ଆଡ଼କୁ ଦେଖିଲା । ଓଠ ଉପରେ ମଧୁର ହସ ଖେଳି ଯାଇଥିଲା । ଓସ୍ତାଦ ମଧ୍ୟ ହସି ଉଠିଥିଲା, ଗୁଲଶନର ସଫଳତା ଦେଖି କରି ।

"ଦାସୀ ସଲାମ କରୁଛି, ମୋର ରାଜା !" - ନଇଁପଡ଼ି ଗୁଲଶନ ଏକ ଲମ୍ବା ସଲାମ ପକାଇଲା ।

ଜୟରାଜ ନଇଁ ପଡ଼ି ତାକୁ ଧରି ପକାଇଥିଲା, କହିଲା "ସଲାମ ମୋର ପରୀ ! ଏତେ ନଇଁ ପଡ଼ିବାର ଆବଶ୍ୟକତା ନାହିଁ ।"

"ହଜୁର ଠିକ୍ କହୁଛନ୍ତି" - ଓସ୍ତାଦ ତାଲ ଖାଁ କହିଲା- "ଅତି କମରେ ତାକୁ ତା'ର ନରମ କମର ଉପରେ ଦୟା ରଖିବା ଉଚିତ, ବେଶୀ ନଇଁଲେ ଅଣ୍ଟାରେ ରକା ପଶିଯିବ ।"

ଗୁଲଶନ ତା'ର ବାଳରେ ପାନିଆ ଚଳାଇବାରେ ଲାଗିଲା । ଜୟରାଜ ତା'ର ଏକଦମ୍ ପାଖରେ ଛିଡ଼ା ହୋଇ ତା'ର ସୌନ୍ଦର୍ଯ୍ୟର ମାଧୁର୍ଯ୍ୟ ପାନ କରିବାରେ ଲାଗିଲା । କାହିଁକିନା ଜଳପାନର ସମୟ ଥିଲା ନା । ଓସ୍ତାଦ ତାଲ ଖାଁ ସେହି ସମୟରେ ସେଠାରୁ ଚାଲିଯିବାଟା ହିଁ ଉଚିତ ଭାବିଲା ଏବଂ ସେ ଘର ବାହାରକୁ ଯାଇ ସାରଙ୍ଗ ବାଦକ ତାନ ଖାଁ ପାଖରେ ବସିଗଲା ।

"ଭଲ ଅଛନ୍ତି ତ ଗରୀବଙ୍କ ତ୍ରାଣକର୍ତ୍ତା !" ଓଠରେ ଲିପ୍‌ଷ୍ଟିକ ଲଗାଉ ଲଗାଉ ସେ ପଚାରିଲା ।

"ତୁମର ଅନୁଗ୍ରହରୁ" - ହସିକରି ଜୟରାଜ କହିଲା ।

ସେହି ସମୟରେ ଗୁଲଶନର ଖୋଲିଯାଇଥିବା ମସ୍ତକ ଉପରେ କଳା ମେଘପରି ଘନ କେଶ ଲହରି ମାରୁଥିଲା । ଚେହେରା ମଧ୍ୟ ଚମକୁଥିଲା, ଯେପରିକି ଘନ କଳା ମେଘ ଭିତରେ ଚନ୍ଦ୍ରମାର କିରଣ । ଠିକ୍ ସେହି ସମୟରେ ଯେତେବେଳେ ଗୁଲଶନ ନିଜର କୋମଳ ଦେହକୁ ଜୋର୍ ଲଗାଇ ଭିଡ଼ିମୋଡ଼ି ହୋଇ ହାଇ ମାରିଲା ସେତେବେଳେ ତାହାର ଉନ୍ନତ୍ତ ବକ୍ଷସ୍ଥଳର ଉତ୍ତେଜକ କମ୍ପନ ଦେଖିକରି ଜୟରାଜ ଦେହର ତନ୍ତ୍ରୀ ଗୁଡ଼ାକ ଉତ୍ତେଜିତ ହୋଇ ଉଠିଥିଲେ । ସେ ଆଗକୁ ବଢ଼ିଲା । ଗୁଲଶନର ମାଦକ ଆଖିର ଶାଣିତ କଟାକ୍ଷ ତଥା ରକ୍ତବର୍ଣ୍ଣ ଅଧରରେ ନାଚି ଉଠୁଥିବା ମନମୁଗ୍ଧକର ହସ ତାକୁ ଆହୁରି ବିମୋହିତ କରିଥିଲା । ପର ମୁହୂର୍ତ୍ତରେ ସେ ସୌନ୍ଦର୍ଯ୍ୟର ପ୍ରତିମା ଜୟରାଜର କୋଳରେ ଥିଲା ।

ରାତି ସାରା ଅଲଗା ରହି ବିଚଳିତ ହୋଇ ପଡ଼ିଥିବା ଦୁଇଟି ଉଲ୍ଲସିତ ହୃଦୟ ଜଣେ ଆଉ ଜଣଙ୍କ ପ୍ରତି ଅତିଶୟ ଆକର୍ଷିତ ହୋଇ ପଡ଼ିଥିଲେ । ଜୟରାଜର ତୃଷ୍ଣାତୁର ଓଠ ବାସନାପୂର୍ଣ୍ଣ ଭଙ୍ଗୀରେ ଗୁଲଶନର ଓଠ ପାଖକୁ ଲାଗି ଆସିଥିଲା । କିନ୍ତୁ ଗୁଲଶନ ତା' ଓଠ ଉପରେ ଆଙ୍ଗୁଠି ରଖି ତାକୁ ମନା କରିଦେଇଥିଲା ।

"ଏବେ ନୁହେଁ ।" - ସେ କହିଲା- "ଏବେ ଓଠ ଉପରେ ଲାଗିଥିବା ଲିପଷ୍ଟିକ ଓଦା ଅଛି । ମୋ ରାଜାଙ୍କର ଓଠ ଲାଲ ଲାଲ ହୋଇଯିବ ।"

"ସକାଳୁ ଗୋଟେ ଟୋପା ବି ନ ପିଇ ମୁଁ ତୁମ ପାଖକୁ ଚାଲି ଆସିଛି-" ଜୟରାଜ କହିଲା- "ଏବେ ତ ଦୟାକରି ତୁମ ଅଧରର ମଦିରା ପିଆଇ ଦିଅ ।"

"ବହୁତ ଅଧୈର୍ଯ୍ୟ ହୋଇଯାଉଛ, ମୋ ରାଜା ! ଯଦି ଚାହୁଁଛ ଶରାବ ପିଆଇ ଦେବି ।" କହିକରି ଗୁଲଶନ ଉଠିଗଲା । ଆଲମାରୀ ଖୋଲି ଜନ୍ ଡିବ୍ସ ବୋତଲ ବାହାର କଲା ଏବଂ ରୁପାର ଗ୍ଲାସରେ ଢାଳି ଜୟରାଜର ଆଗରେ ରଖିଦେଲା । ଜୟରାଜ ଚୁପ୍ ଚାପ ଏହି ଆଧୁନିକ-ବିଷ ପିଇ ଦେଇଥିଲା । ଜୟରାଜର ଅନୁରୋଧରେ ଗୁଲଶନ ମଧ୍ୟ ଟିକିଏ ପିଇଦେଇଥିଲା । ତା'ପରେ ଦୁଇଜଣ ଆସି ଖଟ ଉପରେ ବସି ଯାଇଥିଲେ । ଗୁଲଶନ ଆଜି ନିଜ ଅନ୍ତରରେ ଏକ ବିଚିତ୍ର ପରିବର୍ତ୍ତନର ବୀଜ ଅଙ୍କୁରିତ ହେଉଥିବାର ଅନୁଭବ କରିପାରିଥିଲା । ଆଜି ପର୍ଯ୍ୟନ୍ତ ତା'ର ଯେଉଁ ହୃଦୟକୁ ସେ ପଥର ବୋଲି ଭାବୁଥିଲା, ଏବେ ତାହା ମହମ ପରି ତରଳିବା ମନେ ହେଉଥିଲା । ମତୁଆଲା ଯୌବନରେ ପରିପୂର୍ଣ୍ଣ

ତାହାର କୋମଳ ଅଙ୍ଗରେ ଆଜି ପର୍ଯ୍ୟନ୍ତ କୌଣସି ପୁରୁଷକୁ ଦେଖିକରି, ଛୁଇଁକରି ବି ମୃଦୁ କମ୍ପନ ହୋଇନାହିଁ । ତାହାର ହୃଦୟରେ କେବେହେଲେ ଯୌବନର ଉତ୍ତାଳ ଲହର ଖେଳିଯାଇନାହିଁ । ଆଜି ପର୍ଯ୍ୟନ୍ତ କାମ ପିପାସୁ ମଣିଷ ମାନଙ୍କୁ ଦେଖିକରି ତାହାର ହୃଦୟ ଘୃଣାରେ ଭରି ଯାଉଥିଲା ।

କିନ୍ତୁ ଆଜି ଜୟରାଜର ଆଲିଙ୍ଗନ ତା'ର ମତୁଆଲା ଯୌବନରେ ତରଙ୍ଗ ସୃଷ୍ଟି କରି ପାରିଥିଲା । ସେ ନିଜ ଭିତରେ ଗୋଟେ ବିରାଟ ଅଭାବ ଅନୁଭବ କରି ଥରି ଉଠିଥିଲା । ଆଜିଯାଏଁ ଯିଏ ପୁରୁଷ ସମାଜକୁ ଘୃଣା ଚକ୍ଷୁରେ ଦେଖୁଥିଲା, ସେ ଏହି କ୍ଷଣିକ ପରିବର୍ତ୍ତନରେ ବିଚଳିତ ହୋଇ ଉଠିଥିଲା ।

ଜୟରାଜ ମନରେ କୌଣସି ପରିବର୍ତ୍ତନ ପରିଲିଖିତ ହୋଇ ନଥିଲା । ହଁ ! ଅନ୍ୟ ସାଧାରଣ ବେଶ୍ୟା ମାନଙ୍କ ଅପେକ୍ଷା ଗୁଲଶନ ତାକୁ ଅଧିକ ଆକର୍ଷଣ ଲାଗୁଥିଲା । ଏବଂ ଏହି କାରଣ ଯୋଗୁ ଯିଏ କେବେବି କୌଣସି ବେଶ୍ୟାର ସଂପର୍କରେ ପ୍ରଭାବିତ ହୋଇ ନ ଥିଲା, ସେ ଆଜି ଏମିତି ଗୁଲଶନ ଘରକୁ ଆସିଯାଇଥିଲା ।

"ଆପଣଙ୍କୁ ଏଠାକୁ ଆସିବାରେ ବହୁତ କଷ୍ଟ ହେଲା ।" ଗୁଲଶନ କହିଲା । ତାହାର ଫୁଲପରି ଶରୀର ଜୟରାଜର କୋଳରେ ଥିଲା ।

"ମଣିଷକୁ ଯେତେବେଳେ କଷ୍ଟ ହୁଏ, ଯନ୍ତ୍ରଣା ହୁଏ ସେତେବେଳେ ତ ସିଏ ଡାକ୍ତରଙ୍କ ପାଖକୁ ଆସିଥାଏ ।" ମୁଗ୍ଧ ଦୃଷ୍ଟିରେ ଗୁଲଶନର ଓଠ ଆଡ଼କୁ ଅନାଇ ଜୟରାଜ କହିଲା । ବୋଧହୁଏ ସେ ଜାଣିବାକୁ ଚାହୁଁଥିଲା ଯେ ସେହି ମାଦକ ଅଧର ଉପରେ ଲାଗିଥିବା ଲିପ୍‌ଷ୍ଟିକର ଲାଲରଙ୍ଗ ଶୁଖିଲାଣି ନା ନାହିଁ ।

"ତେବେ ମୁଁ କ'ଣ ଡାକ୍ତର, କ'ଣ ଭଗବାନ ?" ଗୁଲଶନ ପଚାରିଲା ।

"ଯାହା ପାଖରେ ଔଷଧ ଥାଏ ସେହି ତ ଡାକ୍ତର ହୋଇଥାଏ ।"

"ତେବେ ମୋ ପାଖରେ କ'ଣ ଏପରି ଔଷଧ ଅଛି ? ମୋ ହଜୁର !" ଗୁଲଶନର ହସରେ ମଦିରାର ନିଶା ଉଛୁଳି ପଡୁଥିଲା ।

"ମୋର ତୃଷିତ ଅଧର ପାଇଁ ତୁମ ପାଖେ ଚୁମ୍ବନର ଔଷଧ ଅଛି, ମୋର ଦଗ୍ଧ ହୃଦୟ ପାଇଁ ତୁମ ପାଖେ ଥଣ୍ଡା ମଲମ ଅଛି, ବୁଝିଲ !" ଜୟରାଜ ହାତର ବନ୍ଧନ ଗୁଲଶନର ମୁଲାୟମ ଶରୀର ଉପରେ ଦୃଢ଼ ହୋଇ ଉଠୁଥିଲା ।

"କଥା ବହୁତ ସୁନ୍ଦର ବନେଇ ଚୁନେଇ କହି ପାରୁଛ, ମୋର ଭୋଳା ରାଜା । ତୁମ ଉପରେ ମୋର ସବୁକିଛି ଉତ୍ସର୍ଗ କରିଦେବାକୁ ମନ ଚାହୁଁଛି ।"

"ସବୁ କିଛି ?" ଜୟରାଜ ପଚାରିଲା- "ନିଜର ନିରୀହ ଯୌବନକୁ ବି ?"

"ହଁ !"...

"ତୁମର ହସ ଖୁସି ମଧ୍ୟ ?"

"ଆଜ୍ଞା ହଁ !"

"ତୁମର ଆଶା ଆକାଂକ୍ଷା ମଧ୍ୟ ?"

"ନିଶ୍ଚୟ !"

"ଟଙ୍କା ପଇସାର ଭୋକ, ନିଜ ହୃଦୟର ଧୋକା ମଧ୍ୟ ?"

"କେମିତି କଥା କହୁଛନ୍ତି ଆପଣ ।" - ସେ ନମ୍ର ସ୍ୱରରେ କହିଲା ।

"ଚୁପ୍ ରୁହ !" - ରାଗିକରି ଜୟରାଜ କହିଲା- "ଆଜିକୁ କେତେବର୍ଷ ହେଲା ମୁଁ ତୁମ ଦୁନିଆରେ ଘୁରି ବୁଲୁଛି । ମୋତେ କଞ୍ଚା ଖେଳୁଆଡ଼ ଭାବିବ ନାହିଁ । ମୁଁ ଜାଣିଛି ଯେ, ଏହି ସବୁ ମଧୁର, କପଟ ବାକ୍ୟରେ ତୁମେମାନେ ନିରୀହ ଯୁବକମାନଙ୍କର ଯୌବନ ଏବଂ ଧନ ସମ୍ପତ୍ତି ଲୁଟି ନେଇଥାଅ । ମୋ ଆଗରେ ସେଇ ବେଶ୍ୟା ଭଲ ଯିଏ ନିଜ କପଟପୂର୍ଣ୍ଣ ମନକୁ ନ ଲୁଚାଇ ଲୋକ ମାନଙ୍କ ଠାରୁ ବେଶୀ ଟଙ୍କା ଦାବି କରନ୍ତି । କିନ୍ତୁ ସେ ବେଶ୍ୟା-ସେ ବେଶ୍ୟା ଯିଏ ନିଜ ହୃଦୟର କପଟତାକୁ ମିଛର ଆବରଣରେ ଲୁଚାଇ, ସାତ୍ତ୍ୱିକ ପ୍ରେମର ନାଟକ କରନ୍ତି ଏବଂ ମୂର୍ଖ ଯୁବକ ମାନଙ୍କ ଉପରେ ନିଜ ବିଷାକ୍ତ ଶବ୍ଦର ମୋହିନୀ ଜାଲ ପକାଇ, ତାହାର ଧନ ଏବଂ ଯୌବନ ଲୁଟି ନିଅନ୍ତି, ତାକୁ ଭିକାରୀ ବନାଇ ଦିଅନ୍ତି, ଏପରି ବେଶ୍ୟାକୁ ମୁଁ ଘୃଣା ଦୃଷ୍ଟିରେ ଦେଖିଥାଏ ।"

ଗୁଲଶନ ଗୋଟେ ଶବ୍ଦ ମଧ୍ୟ କହିପାରି ନ ଥିଲା ।

"କାଲି ତୁମ ବ୍ୟବହାର ମୋତେ ଆକର୍ଷିତ କରିଥିଲା ।" - ଜୟରାଜ କହି ଚାଲିଥିଲା- "କିନ୍ତୁ ଆଜି ସେହି ଆକର୍ଷଣ ତୁମର କପଟପୂର୍ଣ୍ଣ କଥାରେ ନଷ୍ଟ ହୋଇଗଲା । ମୁଁ ପସନ୍ଦ କରିପାରେ ଯେ, ତୁମେ ତୁମ ଯୌବନର ମୂଲ୍ୟ ପଚାଶ ଶହେଟଙ୍କା ଅଧିକା ମାଗ କିନ୍ତୁ ଏହା ଚାହୁଁ ନାହିଁ ଯେ, ତୁମେ ସତ ସତିଆ ପ୍ରେମର ବାହାନା କରି ମୋତେ ଧୋକାରେ ପକାଇବ । ମୁଁ ଜାଣିଛି, ବେଶ୍ୟା କେବେ ହେଲେ ପ୍ରେମ କରନ୍ତି ନାହିଁ, ସେମାନେ କେବଳ କପଟ କରିଥାନ୍ତି ।

"କ'ଣ କୌଣସି ଗଣିକାର ହୃଦୟ ନ ଥାଏ ?" ବହୁତ ଚେଷ୍ଟାକରି ଗୁଲଶନ ପଚାରିଥିଲା ।

"ହୃଦୟ ?" କହିଲା ଜୟରାଜ- "ବେଶ୍ୟା ମାନଙ୍କର ହୃଦୟ ଥିଲେ ଆଜିର ଏ ଜାଜୁଲ୍ୟମାନ ହେଉଥିବା ସୌନ୍ଦର୍ଯ୍ୟର ଦୁନିଆ ଲୁପ୍ତ ହୋଇ ଯାଇଥାନ୍ତା ଏବଂ ଏ ସଂସାରରୁ ବେଶ୍ୟା ମାନଙ୍କ ନାଁ ଆଉ ରହିନଥାନ୍ତା ।" ଉଠିକରି ଠିଆ ହୋଇଗଲା ଜୟରାଜ ।- "ତୁମେ ସେହି ବେଶ୍ୟାମାନଙ୍କ ପରି ଯେଉଁମାନେ ତାଙ୍କ ଯୌବନର ସୌଦା ଟଙ୍କା ପଇସା ପାଇଁ କରିଥାନ୍ତି । ତୁମର ଟଙ୍କା ଦରକାର ! ନିଜ ପେଟ ପୁରଣ କରିବା ପାଇଁ ତୁମର ଟଙ୍କା ଦରକାର, ପିନ୍ଧିବାକୁ ଟଙ୍କାର ଦରକାର, ତୁମ ସାଙ୍ଗରେ ଶୋଇବାକୁ ଟଙ୍କା ଦରକାର ।" କିଛି ସମୟ ଅଟକିଗଲା ଜୟରାଜ । "ତୁମ ଶରୀର ଅଙ୍ଗ ପ୍ରତ୍ୟେଙ୍ଗ ପାଇଁ ଟଙ୍କା ଦରକାର, ଟଙ୍କାର ଦାସୀ ! ନିଅ, ଟଙ୍କା ନିଅ ।" ଜୟରାଜର ହାତ ପକେଟକୁ ଗଲା । ପରମୁହୂର୍ତ୍ତରେ ଦଶ ଦଶ ଟଙ୍କାର କେତେକ ନୋଟ ଗୁଲଶନ ଆଗରେ ପବନରେ ଉଡ଼ିବାର ଦେଖାଗଲା । ଗୁଲଶନ କାଠ ପିତୁଳା ପରିବସି ରହିଥିଲା । ଜୟରାଜ ତୁରନ୍ତ ଘର ଭିତରୁ ବାହାରିଗଲା ।

ଯଦିଓ ଜୟରାଜ ମଦ୍ୟପାନ କରି କେବେହେଲେ ନିଜର ହୋସ ହବାସ ହରାଉ ନଥିଲା ତଥାପି ରାତିରେ ଏବଂ ପୁଣି ସକାଳେ ଅତ୍ୟଧିକ ମଦିରାପାନ କରିବା କାରଣରୁ, ତା'ର ମନ, ମସ୍ତିସ୍କ ବିକୃତ ହୋଇଯାଇଥିଲା । ଏବଂ ସେ ସେହି ସମୟରେ ଯେଉଁ କଥାଗୁଡ଼ା କହିଥିଲା ତାହା ତା'ର ଅନ୍ତରର ଭାବନା ନ ଥିଲା ବରଂ ଶରାବର ନିଶା ଥିଲା ଯାହା ବାକ୍ୟ ଦ୍ୱାରା ବାହାରି ଆସିଥିଲା । ଏହି କାରଣ ଥିଲା ଜୟରାଜ ହଠାତ୍ ଉତ୍ତେଜିତ ହୋଇ ଉଠିଥିବାର ।

କିନ୍ତୁ ଗୁଲଶନ ଏ ସବୁ ବୁଝି ପାରିନଥିଲା । ସେ ଜୟରାଜର କଥାକୁ ନିଜର ଅପମାନ ବୋଲି ଭାବି ନେଇଥିଲା । ନାରୀ ସବୁକିଛି ସହ୍ୟ କରିପାରେ କିନ୍ତୁ ନିଜର ଅପମାନ ସେ କେବେହେଲେ ସହି ପାରି ନ ଥାଏ - ସେ ବେଶ୍ୟା ହେଉପଛେ, ଯାହାର ରୁପ ରୁପକ ଅଗ୍ନିରେ କେତେକେତେ ମନୁଷ୍ୟ ରୁପି କୀଟ ଭସ୍ମ ହୋଇଯିବାକୁ ପ୍ରସ୍ତୁତ ରହିଥାଆନ୍ତି । ଗୁଲଶନ ହୃଦୟରେ ଉଠିଆସୁଥିବା ପରିବର୍ତ୍ତନ ଭାବନା ଦୂରକୁ ଘୁଞ୍ଚିଯାଇଥିଲା । ତା'ର ଅନ୍ତରାତ୍ମା ଅପମାନଯୁକ୍ତ କଥାରେ କ୍ଷୁବ୍‌ଧ ହୋଇ ଉଠିଥିଲା । ତାହାର ହୃତସ୍ପନ୍ଦନ ବଢ଼ିଯାଇଥିଲା ।

"ଓସ୍ତାଦ !" - ସେ ତୀବ୍ର ସ୍ୱରରେ ଡାକ ପକାଇଲା ।

ଓସ୍ତାଦ ତାଲ ଖାଁ ସାଙ୍ଗେ ସାଙ୍ଗେ ଦୌଡ଼ି ଆସିଥିଲା- "କ'ଣ ହେଲା ବିବି ! କ'ଣ ହେଲା ?"

"ସେ ମୋ ସାଙ୍ଗରେ ଅପମାନଜନକ ବ୍ୟବହାର କରିଛି ।" ଗୁଲଶନ କହିଲା । ଓସ୍ତାଦ ଲକ୍ଷ୍ୟ କଲା ଗୁଲଶନର ପଡୁଥିବା ଉଠୁଥିବା ଛାତିକୁ ଏବଂ ଅନୁମାନ କରିପାରିଲା ଯେ, ନିଶ୍ଚୟ ଜୟରାଜ ଓ ଗୁଲଶନ ଭିତରେ କିଛି ଗୋଟେ ହୋଇଛି ।

"ଅଶିଷ୍ଟତା ତ ସବୁ ଲୋକ ତୁମ ସାଥିରେ କରି ପାରିବେ ।" ଓସ୍ତାଦ କହିଲା- "ତୁମେ ତୁମର ପେଶାକୁ ଭୁଲି ଯାଅନା ।"

"ମୋର କହିବାର ଅର୍ଥ ତାହା ନୁହେଁ ।" - ଗୁଲଶନ କହିଲା- "ଜୟରାଜ ମୋର ବେଇଜ୍ଜତ କରିଛି ।"

"କେବଳ କଥାରେ ନା କାର୍ଯ୍ୟ କଳାପ ଦ୍ୱାରା ?"

"କଥାରେ, ଶବ୍ଦରେ"- ଗୁଲଶନ କହିଲା- "ମୁଁ ତା' ଉପରେ ପ୍ରତିଶୋଧ ନେବାକୁ ଚାହୁଁଛି, ଓସ୍ତାଦ ! ସେ ମୋର ବହୁତ ଅସମ୍ମାନ କରିଛି ।"

"ଏମିତି କୁହ ଯେ ସେ ତୁମର ଅସମ୍ମାନ କରିଛି । ବେଇଜ୍ଜତ ଶବ୍ଦ ମୁହଁକୁ ଆଣ ନାହିଁ । ବେଶ୍ୟା ମାନଙ୍କର ଇଜ୍ଜତ କେଉଁଠି ଅଛି ?"

"ଓସ୍ତାଦ ! ଟିକିଏ ଗମ୍ଭୀରତା ସହ କଥାବାର୍ତ୍ତା କର । ମୋ ହୃଦୟରୁ ରକ୍ତ ଝରୁଛି ।"

"ତାକୁ ଝରିବାକୁ ଦିଅ । ସେ ବି ତୁମ ସୌନ୍ଦର୍ଯ୍ୟର କିଛି ମଜା ନେଇଯାଉ"- କହି କରି ତାଲ ଖାଁ ହୋ ହୋ ହୋଇ ହସିବାକୁ ଲାଗିଲା ।

"କିଛି ଉପାୟ ବତାଇ ଦିଅ, ଓସ୍ତାଦ !"

"କେଉଁ ଉପାୟ ?" ପିଲାମାନେ ନ ଜାଣିଲା ପରି ଅଭିନୟ କରି ଓସ୍ତାଦ ପଚାରିଲା ।

"ପ୍ରତିଶୋଧ ନେବାର ଉପାୟ ।"

"ପ୍ରତିଶୋଧ ?" ହସି ପକାଇଥିଲା ତାଲ ଖାଁ - "ବେଶ୍ୟାକୁ କାହା ଉପରେ ପ୍ରତିଶୋଧ ନେବାର ଚିନ୍ତା ସ୍ୱପ୍ନରେ ମଧ୍ୟ କରିବା ଉଚିତ ନୁହେଁ ।"

"ହସ ମଜା କରନା, ଓସ୍ତାଦ !"

"ତୁମର ପ୍ରତିଶୋଧ ଏହା ହୋଇପାରେ ଯେ, ତୁମେ ତା' ସାଙ୍ଗରେ ଭଲ ଭାବରେ ମିଶିଯାଅ । ଏବଂ ସୁବିଧା ସୁଯୋଗ ଦେଖି ସେ ମୂଲ୍ୟହୀନ କୀଟକୁ ଆପଣାର ମନମୁଗ୍ଧରେ ସୌନ୍ଦର୍ଯ୍ୟରେ ଜଳାଇ ଶେଷ କରିଦିଅ ।" ଓସ୍ତାଦ ଉପାୟ ବତାଇଦେଲା ।

"ସେହିପରି ହେବ ।" - ଗୁଲଶନ କହିଲା । ତା'ର ମୁଖମଣ୍ଡଳରେ ଦୃଢ଼ ସଂକଳ୍ପର ଚିହ୍ନ ଆଙ୍କି ହୋଇ ଉଠିଥିଲା । ତା'ର ସୌନ୍ଦର୍ଯ୍ୟ ଆହୁରି ଚମକି ଉଠିଥିଲା, କିନ୍ତୁ ସେହି ସୌନ୍ଦର୍ଯ୍ୟ ପ୍ରତିମାର ଅନ୍ତରାଳରେ ଏକ ଅଗ୍ନିକଣା, ଏକ ଅହମ-ଭାବନାର ଜ୍ୱାଳା ଅନ୍ତର୍ନିହିତ ଥିଲା । ଚେହେରାରେ ମଧୁରତା କିନ୍ତୁ ହୃଦୟରେ ବିଷ । ଏହା ହେଉଛି ଏକ ବେଶ୍ୟାର ପରିଭାଷା ।

॥ ୪ ॥

ସହର ବାତାବରଣ ଠାରୁ ଦୂରରେ ବନ୍‌ଜାର (ଏକ ଆଦିବାସୀ ସଂପ୍ରଦାୟ) ମାନଙ୍କର ଗୋଟେ ଛୋଟ ବସ୍ତି ଥିଲା । ସେଠାରୁ ସହର ପ୍ରାୟ ଚାରି ମାଇଲ ଦୂର ଥିଲା । ଏମାନେ ନାମକୁ ମାତ୍ର ବନ୍‌ଜାର ଥିଲେ । ବନ୍‌ଜାର ମାନେ ପ୍ରାୟତଃ ନିଜର ସ୍ତ୍ରୀ, ପିଲା, ଗଧ ତଥା ଅନ୍ୟ ପାଳିତ ପଶୁ ମାନଙ୍କୁ ନେଇ ବିଭିନ୍ନ ଜାଗାକୁ ଭିନ୍ନ ଭିନ୍ନ ସମୟରେ ବୁଲୁଥିଲେ । କେତେବେଳେ ଏଠି ତ କେତେବେଳେ ସେଠି । କିନ୍ତୁ ଅମୟା ଗାଁର ବନ୍‌ଜାର ମାନେ ଏପରି ନ ଥିଲେ । ସେମାନେ ନିଜ ନିଜର କୁଡ଼ିଆ ତିଆରି କରି ସ୍ଥାୟୀ ଭାବରେ ରହିଯାଇଥିଲେ । କେତେ ପୁରୁଷ ହେଲା ଏହା ଚଳି ଆସୁଥିଲା । ଯଦିଓ ଆଧୁନିକ ସଭ୍ୟତାର ଆଲୋକ ସେଠାରେ ପ୍ରବେଶ କରି ପାରି ନ ଥିଲା ତଥାପି ସେମାନେ ସେମାନଙ୍କର ପରମ୍ପରାରେ ହିଁ ଖୁସିରେ ଥିଲେ ।

କିଛି ବନ୍‌ଜାର ସହରକୁ ଯାଇ ମୂଲ ମଜଦୁରୀ କରୁଥିଲେ କିନ୍ତୁ ସେମାନଙ୍କ ମଧ୍ୟରୁ ଅଧିକାଂଶ ଗୋଟେ ଦୁଇଟା ମାଙ୍କଡ଼ ନ ହେଲେ ବଡ଼ ଭାଲୁ ପାଳନ କରିଥିଲେ । ସକାଳ ହେଲା ମାତ୍ରେ ଗୋଟେ ହାତରେ ସେମାନଙ୍କର ଡୁଗଡୁଗି ଧରି, ଆର ହାତରେ ମାଙ୍କଡ଼ ନ ହେଲେ ଭାଲୁ ବେକରେ ବନ୍ଧା ହୋଇଥିବା ରଶି ଧରି ସହରକୁ ଚାଲି ଯାଉଥିଲେ ଏବଂ ସହରର ଗଳି କନ୍ଦି ବୁଲି ଭାଲୁ ମାଙ୍କଡ଼ ନାଚ ଦେଖାଇ ପେଟ ପୂରଣ ପାଇଁ ଯଥେଷ୍ଟ ପଇସା କମାଇ ପାରୁଥିଲେ ।

ସେମାନଙ୍କର ସ୍ତ୍ରୀ ଲୋକମାନେ ମଧ୍ୟ ମୁଣ୍ଡ ଉପରେ "ବାୟସ୍କୋପ"ର ବାକ୍ସ ରଖି ସହରକୁ ଆସିଯାଉଥିଲେ ଏବଂ ପିଲା ମାନଙ୍କୁ ଏକ ପଇସାରେ ବାୟସ୍କୋପର ତାମସା ଦେଖାଉ ଥିଲେ । ସେମାନଙ୍କ ମୁହଁରୁ ବାହାରୁଥିବା ବାକ୍ୟ "ଦେଖରେ ଭାଇ ଦେଖ ! ...ତୁ ଦେଖରେ ଭାଇ ଦେଖ" ତଥା ସେମାନଙ୍କର

ଆଙ୍ଗୁଠିରେ ଲାଗିଥିବା ଲୁହା ଗୋଲେଇର ବାୟସ୍କୋପ ବାକ୍ସ ସାଙ୍ଗରେ ବାଜି "ଟକଟକନା" ଶବ୍ଦ ଶୁଣି ପିଲାମାନେ ଖୁସିରେ ନାଚି ଉଠୁଥିଲେ ।

ଗାଁର ସୀମାକୁ ଛୁଇଁ ଗୋଟିଏ ଛୋଟ ନଦୀ ବୋହିଯାଉଥିଲା । ଯାହା ଗ୍ରୀଷ୍ମଋତୁରେ ଶୁଖିଯାଉଥିଲା କିନ୍ତୁ ଶୀତ ଓ ବର୍ଷାଋତୁରେ ସେଥିରେ ବହୁତ ପାଣି ରହୁଥିଲା । ସକାଳେ ଆଉ ସଂଧ୍ୟାରେ ସୁନ୍ଦରୀ ବନ୍‌ଜାର ଲଳନା ମାନଙ୍କର ହର୍ଷ ଧ୍ୱନିରେ ନଦୀର ଜଳରାଶି ଆନନ୍ଦ ଅତିଶଯ୍ୟାରେ ଉଚ୍ଛୁଳି ପଡୁଥିଲା । ଯେତେବେଳେ ସେହି ସୁନ୍ଦରୀ ମାନେ ସେମାନଙ୍କ କମରରେ ମାଠିଆ ଧରି ନଈ କୂଳକୁ ଆସୁଥିଲେ ସେତେବେଳେ ସେଠାରେ ଯେପରି ଗୋଟେ ସୌନ୍ଦର୍ଯ୍ୟର ହାଟ ବସିଯାଉଥିଲା ।

ଏହି ସମୟରେ ଦିନର ଶେଷ ସୁନେଲୀ ରେଖା ଗୁଡ଼ିକ ପଶ୍ଚିମ ଆକାଶରେ ଲୁପ୍ତ ହୋଇଯାଉଥିଲା । ସଂଧ୍ୟାର ଅନ୍ଧକାର ଯେପରି ସଂସାର ଉପରେ ତା'ର ରାଜୁତି କରିବାକୁ ଚାହୁଁଥିଲା । ଦୁଇଜଣ ବନ୍‌ଜାରା ଲଳନା, ଭୁଇଁ ଉପରେ ଖାଲି ମାଠିଆ ରଖିକରି ନଈ କୂଳରେ କଥାବାର୍ତ୍ତାରେ ମଗ୍ନ ଥିଲେ । ଦୁଇଜଣ ସମବୟସ୍କ ଥିଲେ । ଯୌବନର ହାତରେ ଯେମିତି ପିଲାଳିଆମିର ଅଜ୍ଞାନତା ଦୂର ହୋଇ ଯାଇଥିଲା । ଯୌବନର କଢ଼ି ମୁକୁଳିତ ହେଉଥିଲା । ଚକ୍ଷୁରେ ଯୌବନ ଜନିତ ଉତ୍ତେଜନା ପ୍ରବାହିତ ହେଉଥିଲା । ବକ୍ଷସ୍ଥଳରେ ଯେମିତି ବୃକ୍ଷର କୋମଳ ପତ୍ରର କମ୍ପନ ଅନୁଭୂତି ହେଉଥିଲା । ହୃଦୟର କୌଣସି ଏକ କୋଣରେ ଏକ ମଧୁର ଅଭାବର ଅନୁଭବ ବାରି ହୋଇ ପଡୁଥିଲା ।

"ଲବଙ୍ଗ !" ଜଣେ ଅନ୍ୟ ଜଣଙ୍କୁ ଡାକିଲା ।

ଦ୍ୱିତୀୟ ସଖୀଟି ନିରୀହ ହରିଣ ପରି ଚକ୍ଷୁ ଦ୍ୱୟରେ ପ୍ରଥମ ସାଙ୍ଗ ଆଡ଼କୁ ଚାହିଁଲା, ଯେମିତି ସେ ଠାର ଦ୍ୱାରା ପଚାରୁଥିଲା- "କ'ଣ ହେଲା ?"

"ତୁ ଆଜିକାଲି ବହୁତ ଗମ୍ଭୀର ରହିବାରେ ଲାଗିଛୁ, ଲବଙ୍ଗ !" ପ୍ରଥମ ସାଙ୍ଗ ପଚାରିଲା ।

"ତୁ ସବୁବେଳେ ମୋ ସାଙ୍ଗରେ ଥଟ୍ଟା ମଜା କରୁଛୁ । ଆଜି ନିଶ୍ଚୟ ଭାଇ କି କହିଦେବି ।"

"କ'ଣ କହିଦେବୁ ?"

"କହିଦେବି କି..." ଲବଙ୍ଗ କହିଲା- "କେସର ମୋ ସାଙ୍ଗରେ ଖରାପ ବ୍ୟବହାର କରୁଛି ।"

"କେସର କୋଉ ଯୁବକ ନୁହେଁ ଯେ ତୋ ସାଙ୍ଗରେ ଖରାପ ବ୍ୟବହାର କରିବ । ମୁଁ ବି ଜଣେ ମହିଳା, ତୋରି ପରି ।" କେସର କହିଲା ।

"ମହିଳା ବୋଲି ତ ପଞ୍ଚମ ଭାଇ ସାଙ୍ଗରେ..." ବାକ୍ୟ ଶେଷ ନ ହେଉଣୁ କେସର ଲବଙ୍ଗର ମୁହଁ ଉପରେ ତା' ହାତ ଦବାଇ ଦେଇଥିଲା ।

ନଈର ଲହରି ଜୋର୍‌ରେ କୂଳ ଆଡ଼କୁ ମାଡ଼ି ଆସିଥିଲା ଏବଂ ଲବଙ୍ଗ ତଥା କେସର ଉପରେ ପାଣିର ମଧୁର ଛିଟିକା ପକାଇ ସେମାନଙ୍କ ଦେହ ମନରେ ଶିହରଣ ଖେଳାଇ ଦେଇଥିଲା ।

"ଅନ୍ୟମାନଙ୍କର ବହୁତ ଦୋଷ ଦେଖୁଛୁ" - କେସର ଲବଙ୍ଗର ହାତ ତା'ର ଦୁଇ ପାପୁଲି ମଝିରେ ରଖି କହିଲା । - " ତୋ ନିଜର ଦୋଷ କାହିଁକି କହୁନୁ ?"

"ମୋର କ'ଣ କହିବି ?" ସାଙ୍ଗେ ସାଙ୍ଗେ ଲବଙ୍ଗ କହିଲା- "ମୁଁ କ'ଣ କରିଛି ?"

"କହିବି, ତୁ କ'ଣ କରିଛୁ ?"

"କୁହ !"

"ଆଜିକୁ କିଛିଦିନ ହେଲା ବିବି ବହୁତ ଅସ୍ଥିର ଜଣା ପଡୁଛନ୍ତି, ତାହାର କାରଣ କ'ଣ ? ଏହା ନୁହେଁ ତ, ଏବେ ଲବଙ୍ଗ ବିବିଙ୍କର ଯୌବନର ମଦିରା ଉଛୁଳି ପଡୁଛି । ହୃଦୟରେ ଗୋଟେ ମଧୁର ଜ୍ୱାଳା ସୃଷ୍ଟି ହୋଇ ଯାଉଛି । ଏ ଫୁଲର ହାର ପରି ବାହୁ ଯୁଗଳ କେଉଁ ପୁରୁଷର ଗଳାରେ ଛନ୍ଦି ହେବାକୁ ବ୍ୟସ୍ତ ହୋଇ ଉଠୁଛି । ହୃଦୟର ପକ୍ଷୀ ପର ଝାଡ଼ିକରି ଉଡ଼ିଯିବାକୁ ଚାହୁଁଛି । ଏ କଥା ସତ ନା, ଲବଙ୍ଗ !" କେସର କହିଲା ।

ଲବଙ୍ଗର ଗାଲ ଲାଜରେ ଲାଲ ହୋଇ ଉଠିଥିଲା । ବଡ଼ ବଡ଼ ଚକ୍ଷୁଦ୍ୱୟ ଭୂମିର ଛାତି ଉପରେ କିଏ ଜାଣେ କ'ଣ ଖୋଜି ଚାଲିଥିଲା ।

"କ'ଣ ହେଲା !" - କେସର ଲବଙ୍ଗର ଚିବୁକ ଧରି ମୁହଁ ଉପରକୁ ଉଠାଇଲା - "ମନ ଭିତରର ଭେଦ ଧରିଦେଲି ନା ମୁଁ ? ଏବେ ଲାଜ କାହିଁକି କରୁଛୁ ? ତୋର ଗୋପନ କଥା କହି ଦିଅନା ।"

"ଗୋପନ କଥା କିଛି ନାହିଁ, କେସର !" ଲବଙ୍ଗ କହିଲା ।

"ତା' ହେଲେ କ'ଣ ଅଛି ?" - କେସର ଉତ୍ସୁକତା ପୂର୍ଣ୍ଣ ସ୍ୱରରେ ପଚାରିଲା ।

"ଦିନକ ତଳେ ଗୋଟେ ଦୃଶ୍ୟ ମୁଁ ଦେଖିଥିଲି । ସେହି ଦୃଶ୍ୟ କାହିଁକି କେଜାଣି ମୋତେ ଅସ୍ଥିର କରି ରଖିଛି ।" - ଲବଙ୍ଗ ମୁଣ୍ଡ ତଳକୁ କରି କହିଲା ।

"କେମିତି ଦୃଶ୍ୟ ତାହା ଥିଲା । ମୁଁ ଟିକିଏ ଶୁଣେ ।" କେସର କହିଲା ।

"ସେଦିନ ରାତିରେ ତୁ ଯେତେବେଳେ ଚାଲିଯାଇଥିଲୁ ସେତେବେଳେ ମୁଁ ଏହି ନଈ ମଝିରେ ଯାଉଥିବା ଗୋଟେ ଛୋଟ ନୌକା ଦେଖିଥିଲି ।" ଲବଙ୍ଗ କହିଲା ।

"ସେ ନୌକାରେ କ'ଣ ଥିଲା ?"

"ସେ ନୌକାରେ ଦୁଇଜଣ ବ୍ୟକ୍ତି ଥିଲେ । ସେଥିରୁ ଜଣେ ତ କେଉଁ ଧନୀ ଯୁବକ ଥିଲା ଏବଂ ଦ୍ୱିତୀୟ ଜଣକ ଜଣେ ଅଳ୍ପ ବୟସ୍କା ଝିଅ, ଯିଏକି ଦେଖିବାକୁ ବେଶ୍ୟାପରି ଲାଗୁଥିଲା ।"

"ବେଶ୍ୟା ?" କେସର ଆଶ୍ଚର୍ଯ୍ୟ ହୋଇଗଲା ।

"ହଁ !" ଲବଙ୍ଗ କହିଲା- "ବୋଧହୁଏ ବେଶ୍ୟା ହିଁ ଥିଲା । ସେହି ଯୁବକର କୋଳରେ ଶୋଇଥିଲା । ଚୁମ୍ବନର ଯେମିତି ଝଡ଼ ଲାଗିଯାଇଥିଲା । ସେ ଝିଅଟି ସେ ଯୁବକର ଛାତିରେ ଏମିତି ଜଡ଼େଇ ହୋଇ ଯାଇଥିଲା ଯେମିତି ତୁମ ଛାତିରେ ଓଦା ବ୍ଲାଉସ ଚାପି ହୋଇଯାଇଥାଏ ।"

"ତୁ କ'ଣ ଏହା ସବୁ ନିଜ ଆଖିରେ ଦେଖିଛୁ ?"

"ହଁ !" ଚାନ୍ଦିନୀ ରାତି ଥିଲା । ସବୁ କିଛି ପରିଷ୍କାର ଦେଖାଯାଉଥିଲା ।" - ଲବଙ୍ଗ କହିଲା ।

"ଏହି ଦୃଶ୍ୟ ଦେଖିଲା ପରେ କ'ଣ କୌଣସି ଯୁବତୀର ମନ ସ୍ଥିର ରହି ପାରିବ ?"

"ଏହାକୁ ଶୁଣିକରି ତ ମୋ ଦେହରେ ଶିହରଣ ଖେଳି ଯାଉଛି, ଦେଖିବାକୁ କିଏ କହୁଛି ।" - କେସର କହିଲା ।

"ତୋର ଅସ୍ଥିରତା ଦୂର କରିବା ପାଇଁ ପଞ୍ଚମ ଭାଇ ତ ଅଛି । ମୁଁ ତାକୁ ତୋ ପାଖକୁ ଆଜି ପଠାଇ ଦେବି ।" ଲବଙ୍ଗ ହସି ହସି କରି କହିଥିଲା ।

"ତୋର ଭାଇ ସାଙ୍ଗରେ ମୁଁ ତ ଖୋଲାଖୋଲି ଭାବରେ ମିଶି ପାରିବି ନାହିଁ । ତା' ହେଲେ କେମିତି ଅସ୍ଥିରତା କମ୍ ହେବ, ଲବଙ୍ଗ ! ଇଏତ ଆହୁରି ବଢ଼ିଯିବ ।" କେସର ଗୋଟେ ଦୀର୍ଘ ନିଶ୍ୱାସ ନେଲା ।

ଏହି ସମୟରେ ଦୂରରୁ କାହାର କ୍ଷୀଣ କଂଠରେ ଡାକିବାର ଆବାଜ ଆସିଥିଲା- "ଲବଙ୍ଗିୟା ! ଆରେ ଲବଙ୍ଗିୟା !" ତା'ର ନାମ ଥିଲା ଲବଙ୍ଗ

ଲତା । କିନ୍ତୁ ଏବେ ବିଗିଡ଼ି ବିଗିଡ଼ି ଲବଙ୍ଗିୟା ହୋଇଯାଇଥିଲା । ବଡ଼ ମାନେ ବୁଢ଼ାମାନେ ତାକୁ ଏହି ନାମରେ ହିଁ ଡାକୁଥିଲେ ।

"ମା' ଡାକୁଛି" - ଲବଙ୍ଗ କହିଲା- "ଏବେ ଯିବାକୁ ପଡ଼ିବ । ବହୁତ ଡେରି ହୋଇଗଲାଣି ।"

"ଚାଲ, ଚାଲିଯିବା" - କେସର କହିଲା ।

ଦୁଇଜଣ ନିଜ ନିଜର ଖାଲି ମାଠିଆ ଉଠାଇଲେ ଏବଂ ସେଥିରେ ପାଣି ଭର୍ତ୍ତି କରି ନିଜ ନିଜ ଘରକୁ ଚାଲିଯାଇଥିଲେ । କେସରର ଘର ଗାଁର ଆରପଟ ଶେଷ ଆଡ଼କୁ ଥିଲା । ସେ ବନ୍‌ଜାର ମାନଙ୍କ ଚୌଧୁରୀର ଝିଅ ଥିଲା । ଲବଙ୍ଗ ପାଣିରେ ଭର୍ତ୍ତି ହୋଇଥିବା ମାଠିଆ ଧରି ନିଜ କୁଡ଼ିଆର ଦୁଆର ପାଖରେ ଆସି ଠିଆ ହେଲା । ଜଣେ ବୁଢ଼ୀ ଦ୍ୱାର ପାଖରେ ଠିଆ ହୋଇଥିଲା । ସେ ଲବଙ୍ଗର ମା' ଥିଲା ।

"କେଉଁଠି ଥିଲୁ ଏତେବେଳେ ପର୍ଯ୍ୟନ୍ତ?" ବୁଢ଼ୀ ପଚାରିଲା- "କେତେବେଳୁ ଡାକୁଛି ।"

"କେସର ସାଙ୍ଗରେ ଦେଖା ହୋଇଗଲା, ଟିକେ କଥା ହେଉଥିଲୁ, ମା" ଲବଙ୍ଗ ଆସ୍ତେ କରି ଉତ୍ତର ଦେଲା ।

"କଥା ହେଉଥିଲୁ !" - ବ୍ୟଙ୍ଗଭରା ସ୍ୱରରେ ବୁଢ଼ୀ କହିଲା- "କେସର ସାଙ୍ଗରେ କଥା ହେଲାବେଳେ ତୋର ଅନ୍ୟ କୌଣସି ପ୍ରତି ଧ୍ୟାନ ରହୁନାହିଁ । ଠିକ୍ କହିଲିନା !"

ଲବଙ୍ଗ ମୁଣ୍ଡ ତଳକୁ କରି ହସୁଥିଲା । କାହିଁକିନା, ସେ ଜାଣିଥିଲା ଯେ ତା' ମା'ର କ୍ରୋଧ କୃତ୍ରିମ ଏବଂ କ୍ଷଣିକ ।

"ପଚାଶ ଥର କହିଲିଣି ଯେ" - ବୁଢ଼ୀ କହୁଥିଲା- "କହିଥିଲି ଯେ କେସର ଯେବେ ତୋର ଭାଉଜ ହୋଇ ଏଠାକୁ ଆସିଯିବ ତେବେ ତା' ସାଙ୍ଗରେ ମନଇଚ୍ଛା ଗପ କରିବୁ; କିନ୍ତୁ ଏ ଝିଅ କେବେ ମୋ କଥା ମାନୁନି ।"

"ପଞ୍ଚମ ଭାଇ ଏତେବେଳଯାଏଁ ଆସିନି, ମା' !" ପଞ୍ଚମ ଲବଙ୍ଗର ନିଜ ଭାଇ ଥିଲା ।

"ସେ ବି ତୋ ପରି ଅମାନିଆ ହୋଇ ଗଲାଣି । ତାକୁ କହିଥିଲି, ପୁଅ କିଛି ଧନ୍ଦା, ମଜୁରୀ କରି ପେଟ ପୋଷେ ଏବଂ ଏ ଭାଲୁ ନଚାଇବା କାମ ଛାଡ଼ି ଦେ । ମୋ ଆଗରେ ସେ ହଁରେ ହଁ ମିଳାଇ ଦେଲା କିନ୍ତୁ ସକାଳ ହେଉ ହେଉ ସେହି

ଭାଲୁର ରଶି ଧରିକରି, ଡୁଗ୍ ଡୁଗୀକୁ ଡୁଗ୍ ଡୁଗ୍ କରି ବାହାରି ପଡ଼ିବ । ଏହି ଭାଲୁ ତା' ଉପରେ ଯାଦୁ କରି ଦେଉଛିରେ ଯାଦୁ...." ବୁଢ଼ୀ ଏମିତି ଠିଆ ହୋଇ ଅଭିଯୋଗ କରିବାକୁ ଲାଗିଥିଲା । ଲବଙ୍ଗ ମାଠିଆ ନେଇ ଚୁପ୍ ଚାପ୍ ଠିଆ ହୋଇଥିଲା ।

"ମାଠିଆ ନେଇକରି ଭିତରେ ରଖି ଦେ ଏବଂ ଚଞ୍ଚଳ ଖାଇବା ତିଆରି କର । ପଞ୍ଚମ ଆସିଲେ କ'ଣ ଖାଇବ ? ମୋ ମୁଣ୍ଡ ?" ଲବଙ୍ଗ ମାଠିଆ ନେଇକରି କୁଡ଼ିଆର ଦ୍ୱାର ଆଡ଼କୁ ଚାଲିଲା ।

"ଆରେ ଶୁଣ !" ବୁଢ଼ୀ ପୁଣି ଡାକିଲା ।

ଲବଙ୍ଗକୁ ଅଟକିବାକୁ ପଡ଼ିଥିଲା- "କ'ଣ ହେଲା ମା !" - ସେ ପଚାରିଲା ।

"ଛୋଟ ହାଣ୍ଡିରୁ ଅଳ୍ପ ଅଟା ଆଣି ଜମ୍ବୁର କୁଣ୍ଡରେ ପକାଇ ଦେ । ବିଚରା ଦିନସାରା ନାଚି ନାଚି ହାଲିଆ ହୋଇ ଆସିଥିବ ।" ବୁଢ଼ୀ କହିଲା । ଜମ୍ବୁ ପଞ୍ଚମର ଭାଲୁର ନାମ ଥିଲା ।

ଲବଙ୍ଗ କୁଡ଼ିଆ ଭିତରକୁ ଯାଇ ପଥର ଖଣ୍ଡ ଉପରେ ମାଠିଆ ରଖି ଦେଇଥିଲା ଏବଂ ହାଣ୍ଡିରୁ ଅଳ୍ପ କିଛି ଅଟା ଆଣି ବାହାରକୁ ଆସିଲା । ଜମ୍ବୁର କୁଣ୍ଡରେ ଅଟା ପକାଇ ଦେଇ ସେ ହାତ, ମୁହଁ ଆଉ ଗୋଡ଼ ଧୋଇନେଲା । ତା'ପରେ ଚୁଲି ପାଖରେ ବସି ବାଜରାର ଅଟା ଚକଟିବାକୁ ଲାଗିଲା ।

ବୁଢ଼ୀ କୁଡ଼ିଆ ବାହାରେ ଗୋଟେ ପିଢ଼ା ଉପରେ ବସି କ'ଣ ସବୁ ମନେ ମନେ ଗପି ଚାଲିଥିଲା । କିଛି ସମୟ ପରେ ସେ ଉଠିଲା ଏବଂ କୁଡ଼ିଆ ଭିତରକୁ ଗଲା । କୋଣରେ ଥୁଆ ହୋଇଥିବା ତା'ର ବାଡ଼ି ଧରିଲା ଆଉ ଦୁଆର ଆଡ଼େ ଚାଲିଲା ।

"କୁଆଡ଼େ ଯାଉଛୁ ନା କ'ଣ ? ମା' !" ଲବଙ୍ଗ ପଚାରିଲା ।

"ଯାଉଛି ତାକୁ ଟିକେ ଦେଖି ଆସେ" - ବୁଢ଼ୀ କହିଲା- "ଏତେ ରାତି ହୋଇ ଗଲାଣି । ଏ ପର୍ଯ୍ୟନ୍ତ ଆସିଲାନି ।" ବାଡ଼ିକୁ ଠକ୍ ଠକ୍ କରି ବୁଢ଼ୀ ଗାଁ ଗୋହିରୀରେ ଆଗକୁ ଆଗକୁ ଚାଲିଲା । ବୃଦ୍ଧାବସ୍ଥାର ଶରୀର ଥିଲା । ଆଖିର ଜ୍ୟୋତି ଧୀମା ପଡ଼ିଯାଇଥିଲା । ତଥାପି ପୁଅ ପାଇଁ ସ୍ନେହ ପ୍ରବଳ ଥିଲା । ସେହି ପୁତ୍ର ପ୍ରେମର ପ୍ରେରଣାରେ ବୁଢ଼ୀ ଚାଲି ଯାଉଥିଲା ।

"କୁଆଡ଼େ ଯାଉଛୁ, ଖୁଡ଼ୀ" - ରାସ୍ତାରେ ଜଣେ ବାଳକ ପଚାରିଲା ।

"ତୋ ଶଶୁର ଘରକୁ ଯାଉଛି" - ବୁଢ଼ୀ ବିଗିଡ଼ିଯାଇ କରି କହିଲା ।

"ରାଗିଯାଅ ନାହିଁ, ଖୁଡ଼ୀ" - ପିଲାଟି କହିଲା- "ମୁଁ ତ ଏଇଥିପାଇଁ ପଚାରୁଥିଲି ଯେ ତୁମକୁ ଆଖିରେ ଅଳ୍ପ ଅଳ୍ପ ଦେଖା ଯାଉଛି । ଦ୍ୱିତୀୟରେ ଆଜି ଏଇପଟେ କେଉଁ ଗୋଟେ ଭୂତ ଆସିଯାଇଛି ।"

"ଭୂତ !" ଚମକି ଯାଇ ସେ ଠିଆ ହୋଇଗଲା ।

"ହଁ ଖୁଡ଼ୀ, ଭୂତ ଆସି ଯାଇଛି । ଆଜି ଚୌଧୁରୀଙ୍କ ଘରଠୁ ଏବେ ଶୁଣିକରି ଆସିଅଛି ।" ସେ ପିଲାଟି କହିଲା ।

"ଚଗଲାମୀ କରନା, ଠିକ୍ ଠିକ୍ କୁହ ।" ବୁଢ଼ୀ ତାକୁ ଧମକାଇ ସତ କ'ଣ ଜାଣିବାକୁ ଚାହିଁଥିଲା ।

"ଠିକ୍ କଥା କହୁଛି, ଖୁଡ଼ୀ ! ତୁମ ମୁଣ୍ଡର ରାଣ ।"

"କାହିଁକିରେ, ତୋ ମୁଣ୍ଡର ରାଣ ପକାଉନୁ ।" - ବୁଢ଼ୀ କହିଲା ।

"ଯେତେବେଳେ ତୁମେ ମାନୁନାହିଁ, ଖୁଡ଼ୀ, ତେବେ ତୁମେ ଯାଅ । ମୁଁ ତୁମକୁ ଅଟକାଇବି ନାହିଁ ।"

ସେତେବେଳେ ସଂଧ୍ୟାର ଅନ୍ଧକାର ଘୋଟି ଆସୁଥିଲା । ବୁଢ଼ୀ କହିଲା- "ମୁଁ କ'ଣ କରିବିରେ ? ପଞ୍ଚମ ଏ ପର୍ଯ୍ୟନ୍ତ ଆସିନାହିଁ । ବହୁତ ନିରୀହ ପିଲାଟିଏ । ତାକୁ ତା' ନିଜର ଯତ୍ନ ତ ନେଇ ଆସିନାହିଁ, ନିଜ ମା'ର ମଧ ଯତ୍ନ ସେ କରୁନାହିଁ ।"

"ପଞ୍ଚମ ଭାଇ ତ ଏତେ ଡେରି କେବେ କରନ୍ତି ନାହିଁ, ଖୁଡ଼ି ।"

"ହଁରେ । କିନ୍ତୁ ଆଜି ତ ସେ ଏତେ ଡେରି କରି ଦେଲା ନା ।" - ବୁଢ଼ୀ କହିଲା ।

ସେହି ସମୟରେ ଅଣଓସାରିଆ ଗୋହିରୀ ରାସ୍ତାରେ ଆସୁଥିବା କୌଣସି ଲୋକର ଛାଇ ସେ ବାଳକଟି ଦେଖି ପାରିଥିଲା । "ଖୁଡ଼ୀ, ପଞ୍ଚମ ଭାଇ ଆସିଗଲେ ।" ସେ ଚିତ୍କାର କରି ଉଠିଥିଲା ।

"ଆସିଗଲା !" - ବୁଢ଼ୀ କହିଲା- "ସେ କେଉଁଠି ।"

"ସେ ଆସୁଛନ୍ତି ।" - ବାଳକଟି କହିଲା ।

କିଛି ସମୟ ପରେ ୨୨ ବର୍ଷର ଜଣେ ବନ୍‌ଜାର ଯୁବକ ତା' ଆଗରେ ଆସି ଠିଆ ହୋଇଯାଇଥିଲା । ତାହାର ଡାହାଣ ହାତରେ ଗୋଟେ ଡୁଗ୍ ଡୁଗି ଥିଲା ଏବଂ ବାମ ହାତରେ ଗୋଟେ ଭୟାନକ ଭାଲୁର ବେକରେ ବନ୍ଧା ହୋଇଥିବା

ଦଉଡ଼ି ଧରିଥିଲା । ତା’ ଦେହରେ ଗରୀବ ଲୋକଙ୍କ ପରି ପୋଷାକ ଥିଲା । କିନ୍ତୁ ଶରୀର ହୃଷ୍ଟପୁଷ୍ଟ ଥିଲା । ମୁଖ ମଣ୍ଡଳର ଆକୃତି ସୁନ୍ଦର ଥିଲା । ସେ ହିଁ ପଞ୍ଚମ ଥିଲା । ଲବଙ୍ଗର ନିଜ ଭାଇ ଏବଂ କେସରର ପ୍ରେମିକ ।

"ମା’ ! ତୁମେ ଏଠାରେ କାହିଁକି ଠିଆ ହୋଇଛ ?" ପଞ୍ଚମ ପଚାରିଲା ।

"ଏଠାରେ ଠିଆ ହେବିନିତ ଆଉ କ’ଣ ମୋ ମୁଣ୍ଡ ଉପରେ ଠିଆ ହେବି ?" -ବୁଢ଼ୀ ବିଗିଡ଼ି ଗଲା- "ଏତେ ଡେରି କରିଦେଲୁ, ଏବେ ପଚାରୁଛୁ- ମା’ ଏଠାରେ କାହିଁକି ଠିଆ ହୋଇଛୁ ? ଆଜି ରାତିରେ ତୋ ଡୁଗ୍‌ଡୁଗି ନେଇ ମୁଁ ନଈର ସ୍ରୋତରେ ଫୋପାଡ଼ି ଦେବି, ତେବେ ତୁ ମାନିବୁ । ଆଉ ଶୁଣ ! ଏ ଭାଲୁକୁ ନେଇ ଯା, ମଝି ଜଙ୍ଗଲରେ ଛାଡ଼ି ଦେଇ ଆସ । ବିଚରାର ବେକ ବାନ୍ଧିକି ରଖିଛୁ ।"

"ଏବେ ତ ସେହିଦିନ ଏହାକୁ ନେଇ ଜଙ୍ଗଲ ଯାଇଥିଲି ଛାଡ଼ି ଦେବାକୁ ।" -ପଞ୍ଚମ କହିଲା- "ସେଠାରେ ପହଞ୍ଚି ମୁଁ ତାକୁ ଛାଡ଼ି ଦେଇଥିଲି । ତା’ର ବେକରୁ ମୋର ରଶି ମଧ୍ୟ ବାହାର କରି ଦେଇଥିଲି । କିନ୍ତୁ ସେ ତ ମୋରି ପାଖରେ ବସି ରହିଥିଲା । ଯେତେବେଳେ ମୁଁ ଉଠିକରି ଆସିବାକୁ ଲାଗିଲି, ସେତେବେଳେ ସେ ବି ମୋ ପଛେ ପଛେ ଚାଲି ଆସିଥିଲା । ମୁଁ କ’ଣ କରିବି, ମା’ ?"

"ସେ ମୋତେ ବହୁତ ଭଲ ପାଉଛିନା ! ତେଣୁକରି ମୋତେ ଛାଡ଼ିକରି ସେ କେଉଁଆଡ଼େ ଯାଉନାହିଁ ।" ବ୍ୟଙ୍ଗାତ୍ମକ ସ୍ୱରରେ ବୁଢ଼ୀ କହିଥିଲା ।

"ଠିକ୍ କହିଛୁ ମା’ !" ପଞ୍ଚମ କହିଲା- "ପିଲାଦିନରୁ ହିଁ ସେ ମୋ ସାଙ୍ଗରେ ରହିଛି । ଏବେ ସେ କୁଆଡ଼େ ଯାଇ ପାରିବ ନାହିଁ ।"

"ଆଚ୍ଛା, ତାହେଲେ ତାକୁ ଖୁଣ୍ଟରେ ବାନ୍ଧିକରି ଖୁଆଅ ପିଆଅ ଏବଂ ତୁ କୌଣସିଠାରେ ଚାକିରୀ କରି ଯା ।" - ବୁଢ଼ୀ ମୁଣ୍ଡ ଉପରେ ଚାକିରୀ ଭୁତ ଚଢ଼ିଥିଲା ।

"ଯେତେବେଳେ ଭାଲୁକୁ ନେଇକରି ବଜାର ଯାଉଛି ସେତେବେଳେ ଚାକିରୀ ଖୋଜୁଛି, ମା’ ! ଯେଉଁଦିନ କୌଣସି ଚାକିରୀ ମିଳିଯିବ, ମୁଁ ଏ ମଦାରୀ କାମ ଛାଡ଼ି ଦେବି, ବୁଝିଲୁ ।" - ପଞ୍ଚମ କହିଥିଲା ।

"ଆଚ୍ଛା ! ଶୀଘ୍ର ଘରକୁ ଚାଲ । ଲବଙ୍ଗ ରୁଟି ତିଆରି କରି ବସିଥିବ ଆଉ ଆମର ଯିବା ବାଟକୁ ଅନାଇ ରହିଥିବ । ତା’ ଉପରେ ତୋର କ’ଣ କିଛି ଦୟା ଆସୁନାହିଁ ? ସବୁଦିନ ଏମିତି ଡେରି କରି ଦେଉଛୁ ।" ଆଗେ ଆଗେ ବୁଢ଼ୀ ବାଡ଼ି

ବାଡ଼େଇ ବାଡ଼େଇ ଚାଲିଲା ଏବଂ ତା' ପଛେ ପଛେ ଭାଲୁର ଦଉଡ଼ି ଧରି ପଞ୍ଚମ । କୁଡ଼ିଆକୁ ଆସି ପଞ୍ଚମ ଜମ୍ବୁକୁ ଖୁଣ୍ଟରେ ବାନ୍ଧିଦେଲା । ଜମ୍ବୁ ଆନନ୍ଦରେ କୁଣ୍ଡରେ ରଖା ଯାଇଥିବା ଅଟା ଖାଇବାରେ ଲାଗିପଡ଼ିଲା । ପଞ୍ଚମ ହାତ ମୁହଁ ଧୂଆଧୋଇ ହୋଇକରି ରୋଷେଇ ଘରେ ଯାଇ ବସିଯାଇଥିଲା । ଲବଙ୍ଗ ତାକୁ ବାଜରାର ରୋଟି ଏବଂ ଚଟଣୀ ପରସି ଦେଇଥିଲା । ପଞ୍ଚମ ଖାଇବାକୁ ଲାଗିଲା ।

"ଭୁତ !" - ଖାଉ ଖାଉ ପଞ୍ଚମ କହିଲା- "ଚୌଧୁରୀ ଘର ପାଖକୁ ଶହ ଶହ ଭୁତ ଆସୁଛନ୍ତି , ମା' ।"

"ଶହ ଶହ ଭୁତ !" ଆଶ୍ଚର୍ଯ୍ୟରେ ପାଟି କରି ଉଠିଲା ବୁଢ଼ୀ ।

"ହଁ ! ହଁ !" - ପଞ୍ଚମ କହିଲା- "ଚୌଧୁରୀଙ୍କ ଘର ଭୁତ ମାନଙ୍କର ମିଳନ ସ୍ଥଳୀ ପାଲଟି ଯାଇଛି ।"

"ତେବେ ତ ବିଚାରୀ କେସର ଡରି ଯାଉଥିବ ।" - ବୁଢ଼ୀ କହିଲା- "ଦେଖ ପଞ୍ଚମ, ତୁ ଅତିଶୀଘ୍ର ଚାକିରୀ କରି ନେ ଏବଂ କେସରକୁ ବୋହୂ ବନେଇକି ଘରକୁ ନେଇ ଆସ । ମୁଁ ଦିନେ ଚୌଧୁରୀଙ୍କୁ ପଚାରି ମଧ୍ୟ ଥିଲି । ସେ ରାଜି ଅଛନ୍ତି । କେସରର ବାହାଘର ତୋ ସାଙ୍ଗରେ କରିବାକୁ ସେ ପ୍ରସ୍ତୁତ ଅଛନ୍ତି । ବିଚାରୀ କେସର ଡରି ଯାଉଥିବ । ଶହ ଶହ ଭୁତ ! ବାପରେ ବାପ !" ବୁଢ଼ୀ ଭୟଭୀତ ହୋଇ ଉଠିଥିଲା । ପଞ୍ଚମ ଖାଉ ଖାଉ ହସୁଥିଲା ।

"ଚୌଧୁରୀଙ୍କ ଚୌତରାରେ ପ୍ରତିଦିନ ସଂଧ୍ୟାରେ ଥକି ଯାଇଥିବା, ହାଲିଆ ହୋଇଯାଇଥିବା ବନ୍‌ଜାର ମାନେ ଏକତ୍ରିତ ହୁଅନ୍ତି, ମା'। ଦୁନିଆ ଯାକର ଲୁଚ୍ଚା ଲଫଙ୍ଗା ସେଠାରେ ଏକାଠି ହୋଇଥାନ୍ତି । ଚୌଧୁରୀ ଘରେ ଦେଶୀ ମଦ ତିଆରି ହୁଏ ନା ! ସେଇଥିପାଇଁ ।' - ପଞ୍ଚମ କହିଲା ।

"ସେଇମାନେ କ'ଣ ଭୁତ ?" - ଲବଙ୍ଗ ପଚାରିଥିଲା ।

"ଆଉ ନୁହେଁ ତ କ'ଣ ? - ପଞ୍ଚମ କହିଲା- "ବୋତଲ ବୋତଲ ଦେଶୀ ମଦ ପିଇ କରି ସେମାନେ ନିଜ ନିଜ ଭିତରେ ଗାଳି ଗୁଲଜ କରନ୍ତି ଏବଂ ଚୌଧୁରୀଙ୍କର ଚାନ୍ଦିନିରେ ବସିକରି ତାସ ଆଉ ଲୁଡୁ ଖେଳୁଥାନ୍ତି । ସତସତିଆ ଭୁତ ପରି ସେମାନେ ଦେଖା ଯାଆନ୍ତି, ମା' ।"

"ଏମିତି କଥା ?" ବୁଢ଼ୀ କହିଲା ।

"ରାତିରେ ଦୁଇ ବାଜିବା ପର୍ଯ୍ୟନ୍ତ ଚୌଧୁରୀଙ୍କ ଚୌତରାରେ ଭୁତ ମାନଙ୍କ ଆଡ୍ଡା ଜମି ରହୁଛି ।" ପଞ୍ଚମ ସେତେବେଳକୁ ଖାଇ ସାରିଥିଲା । ବାହାରକୁ ଯାଇ

ହାତ ମୁହଁ ଧୋଇଥିଲା ଏବଂ ଚିରି ଯାଇଥିବା ଶାର୍ଟ ପକେଟରୁ ଗୋଟେ ବିଡ଼ି ବାହାର କରି ଲଗାଇଥିଲା । ଥରେ ଦୁଇଥର ଫକ୍ ଫକ୍ କରି ଧୂଆଁ ବାହାର କଲା । ଜମ୍ବୁ ପାଖକୁ ଆସି ପଞ୍ଚମ ତା'ର ପିଠି ଥାପୁଡ଼ାଇଥିଲା ।

"ଅଟା ଖାଇ ସାରିଲୁ, ପୁଅ !" ବିଡ଼ିକୁ ଟାଣି ଟାଣି ପଞ୍ଚମ ଗାଁର ଗୋହିରୀ ଆଡ଼େ ଚାଲିଲା ।

"କୁଆଡ଼େ ଯାଉଛୁ ?" - ମା' ପଚାରିଲା ।

"ଭୂତଙ୍କ ଆଡ୍ଡାକୁ ।" ପଞ୍ଚମ କହିଲା ଏବଂ ଚୌଧୁରୀଙ୍କ ଚୌତରା ଆଡ଼େ ଆଗେଇ ଚାଲିଲା ।

|| ୫ ||

ଚୌଧୁରୀଙ୍କ ଚାନ୍ଦନୀରେ ଭୁତ ମାନଙ୍କ ଆଡ୍ଡା ଜମି ଯାଇଥିଲା । ବହୁତ ପାଟି ତୁଣ୍ଡ ହେଉଥିଲା । ଶରାବର ନିଶାରେ ମସଗୁଲ୍ ବନ୍‌ଜାର ମାନେ, ସେ ସମୟରେ ଭୁତ ମାନଙ୍କ ପରି ଦେଖା ଯାଉଥିଲେ । ଗାଳି ଫଜିତରେ ବାତାବରଣ ସରଗରମ ଥିଲା ।

ଚୌଧୁରୀ ଗୋଟେ ଉଚା ଛୋଟ ଖଟିଆ ଉପରେ ବସି ରହି ଏହି ବନ୍‌ଜାର ମାନଙ୍କର ତାମ୍‌ସା ଦେଖୁଥିଲା । ତା' ଆଗରେ ମଦର କେତେକ ବୋତଲ ରଖା ଯାଇଥିଲା ଏବଂ ସେ ବନ୍‌ଜାର ମାନଙ୍କୁ ସେମାନଙ୍କର ଆବଶ୍ୟକତା ଅନୁସାରେ ପଇସା ନେଇ ମଦ ବିକୁଥିଲା । ସେ ସବୁ ଚୌଧୁରୀ ଘରେ ରନ୍ଧା ହୋଇଥିବା ଦେଶୀ ମଦ ଥିଲା । ମହୁଲର ମଦ । ମହୁଲୀ ।

ଚାନ୍ଦିନୀ ଉପରେ ବନ୍‌ଜାର ମାନଙ୍କର କେତେ ପ୍ରକାର ଦଳ ଥିଲେ । କିଛି ତ ଗୋଟେ କୋଣରେ ବସି ତାସ ଖେଳୁଥିଲେ ଏବଂ ରହି ରହି କରି ମଝିରେ ମଝିରେ ଚିତ୍କାର କରି ଉଠୁଥିଲେ- "ଇଏ ନେ ନାଲିପାନ ଦଶ !" ଆଉ କିଛି ଅନ୍ୟ ଗୋଟେ କୋଣରେ ବସି ଲୁଡୁ ଖେଳୁଥିଲେ, କିଛି ତିନିପତି ଖେଳିବାରେ ନିମଗ୍ନ ଥିଲେ, ଆଉ କିଛି ଏମିତିକା ଖାଲିରେ ବସି ଗପସପ କରୁଥିଲେ । ପୁଣି ଆଉକିଛି କେଉଁ ଅଶ୍ଳୀଳ ଗୀତ ଗାଇକରି ନିଜର ସଭ୍ୟତା ପ୍ରକଟ କରୁଥିଲେ । ଚାନ୍ଦିନୀର ଗୋଟେ କୋଣରେ ତେଲର ଗୋଟେ ଦୀପ ତା'ର ସ୍ୱଳ୍ପ ଆଲୋକ ବିତରଣ କରୁଥିଲା ।

ଦୁର ଅନ୍ଧାରରେ ଠିଆ ହୋଇ ପଞ୍ଚମ ଆଖି ଦୌଡ଼ାଇ ଏ ସବୁ ଦେଖି ନେଇଥିଲା ଓ ସେ ଧୀରେ ଧୀରେ ପାଦ ଚିପି ଚିପି ଚାନ୍ଦିନୀର ଦୁଆର ଆଡ଼କୁ ଆଗେଇ ଚାଲିଲା । ସମସ୍ତଙ୍କ ଚକ୍ଷୁ ଆଢୁଆଳରେ ସେ ଦ୍ୱାର ଡେଇଁ ଭିତରକୁ

ପ୍ରବେଶ କରିଥିଲା । ଭିତରେ ଖଟ ଉପରେ ବସି କେସର ତା'ର ନାଗୁଣୀ ପରି ବାଳରେ ଖେଳୁଥିଲା । ସତରେ ତା'ର ନିତମ୍ବକୁ ଛୁଇଁଥିବା ଲମ୍ବା ଲମ୍ବା ବାଳ ନାଗୁଣୀ ପରି ହିଁ ଦେଖାଯାଉଥିଲା । ଘରର ଗୋଟେ କୋଣରେ, କେତେକ ଡ୍ରମରେ ଭର୍ତ୍ତି ହୋଇ ଦେଶୀ ମଦ ରଖାଯାଇଥିଲା । କିଛି ଭଙ୍ଗାରୁଜା ବାସନ କୁସନ ପାଖରେ ପଡ଼ିଥିଲା । ପାଦ ଚପି ଚପି କରି ଯାଇ ପଞ୍ଚମ କେସରର ଆଖି ବନ୍ଦ କରିଦେଇଥିଲା । କେସର ଚମକି ପଡ଼ିଥିଲା କିନ୍ତୁ ପଞ୍ଚମକୁ ଦେଖି ହସି ପକାଇଥିଲା ।

"ତୁମେ ଗୋଟେ ବଡ଼ ଚୋର !" ଆଖିରେ କଟାକ୍ଷ ହାଣି କେସର କହିଲା ।

"ତୁମେ ଗୋଟେ ବଡ଼ ଡାକୁ !" ତା' ପାଖରେ ଖଟରେ ବସିକରି କହିଲା ପଞ୍ଚମ ।

"ମୋତେ ଡାକୁ କାହିଁକି କହୁଛ ? କ'ଣ ପାଇଁ ? - କେସର ପଚାରିଲା ।

"ତୁମେ ତ ଗୋଟେ ବଡ଼ ଡାକୁ ।"

"ମୋତେ କୁହ, କେମିତି !"

"ତୁମେ ଜହ୍ନର ଅପାର ସୌନ୍ଦର୍ଯ୍ୟକୁ ଲୁଟିକରି ନିଜ ଚେହେରାରେ ଲଗାଇ ଦେଇଛ, ଗୋଲାପର ଲାଲିମା ନେଇକରି ନିଜ ଗାଲରେ ମାଖି ଦେଇଛ, ମହୁର ମଧୁରତା ଛଡ଼ାଇ କରି ନିଜ ଓଠରେ ରଖି ଦେଇଛ ।" ପଞ୍ଚମ ଏମିତି କହି ଚାଲିଥିଲା ବେଳେ କେସର ନିଜର ଦୁଇ ହାତରେ ତା'ର ମୁହଁ ବନ୍ଦ କରିଦେଇଥିଲା । ଦୁଇଜଣଙ୍କର ଶରୀର ଏକଦମ୍ ନିକଟକୁ ଆସି ଯାଇଥିଲା । ଗରମ ନିଶ୍ୱାସ ପ୍ରଶ୍ୱାସରେ ଦୁଇଜଣଙ୍କ ହୃଦୟରେ ମଦିରାର ମାଦକତା ଭରି ଦେଇଥିଲା ।

"କେସର !" ପଞ୍ଚମର ସ୍ୱରରେ ପ୍ରେମର ମାଧୁର୍ଯ୍ୟ ଭରି ରହିଥିଲା ।

"ତୁମେ ବଡ଼ ଦୁଷ୍ଟ ।" - କେସର କହିଲା "ମୁଁ ତୁମ ସାଙ୍ଗରେ କଥା ହେବିନାହିଁ ।" କେସରର ଚକ୍ଷୁ ଯୁଗଳରେ ଅକୃତ୍ରିମ ସୌନ୍ଦର୍ଯ୍ୟ ଉଚ୍ଛୁଳି ପଡୁଥିଲା ।

ସେହି ସମୟରେ ବାହାର ଚାନ୍ଦିନୀରେ କିଏ ଜଣେ ଚିତ୍କାର କରି ଉଠିଥିଲା, ଶଳା ! କହୁଛି ଯେ ମୋର ଠିକିରୀର ଟିକା ଅଛି । ପଇସା ଆଣ- ନାହିଁ ତ ଭାବି ନେ ଯେ....। ଦ୍ୱିତୀୟ ସ୍ୱର ଶୁଣାଗଲା- "ଚୌଧୁରୀ ତିନି ପା ଦେଇଦିଅ - ପଇସା ନିଅ ।" ଚୌଧୁରୀଙ୍କୁ କୋଉ ବନ୍‌ଜାର ମଦ ମାଗୁଥିଲା ।

ଭିତରେ ବସିଥିବା କେସର ଆଉ ପଞ୍ଚମ ବାହାରେ ହେଉଥିବା ହୋ ହଲ୍ଲାକୁ ଖାତିର ନକରି, ପ୍ରେମାଳାପରେ ମଗ୍ନ ଥିଲେ । କେସରର ସୁକୁମାର ଦେହ ପଞ୍ଚମର କୋଳରେ ଆରାମରେ ଆଉଜି ପଡ଼ିଥିଲା ଆଉ ପଞ୍ଚମ ପୁରା ବିଭୋର ଥିଲା ।

"ପିଇବ ?" କେସର ପଚାରିଥିଲା ।

"ପିଆଅ !" ପଞ୍ଚମ କହିଲା ।

କେସର ଉଠି ଠିଆହେଲା । ଥାକ ଉପରେ ଥୁଆ ହୋଇଥିବା ଗୋଟେ ବୋତଲ ଉଠାଇ ଆଣିଲା ଏବଂ ପଞ୍ଚମ ହାତରେ ଦେଇ ଦେଲା । ପଞ୍ଚମ ବୋତଲର ଠିପିକୁ ଖୋଲିକରି ତା'ର ମୁହଁକୁ ନିଜ ମୁହଁରେ ଲଗାଇ ଦେଇଥିଲା ଏବଂ ଗୋଟିଏ ନିଶ୍ୱାସରେ ଅଧା ବୋତଲ ପିଇ ଦେଇଥିଲା ।

"ବାସ୍ ବାସ୍ ସେତିକି ।" କେସର କହିଲା । ପଞ୍ଚମ ତାକୁ ବୋତଲ ଫେରାଇ ଦେଇଥିଲା । କେସର ବୋତଲରେ ପାଣି ଭର୍ତ୍ତି କରି ପୁଣି ତାକୁ ପୂରା କରିଦେଲା ଆଉ ଯଥା ସ୍ଥାନରେ ରଖିଦେଇଥିଲା ।

ଦ୍ୱାର ଆଡୁ କିଛି ଗୋଟେ ଶବ୍ଦ ଆସିଥିଲା । ପଞ୍ଚମ ଚଟାପଟ ଖଟିଆ ତଳେ ଲୁଚିଯାଇଥିଲା । କେସର ସେମିତିକା ଖଟିଆ ଉପରେ ବସି ରହିଥିଲା । ଚୌଧୁରୀ ଭିତରକୁ ଆସିଲା । ଭଲ କରି ସେ କେସର ଆଡ଼କୁ ଅନାଇଲା । "ଏବେ ତୁ କାହା ସାଙ୍ଗରେ କଥା ହେଉଥିଲୁ, ଝିଅ ? ଚୌଧୁରୀ ପଚାରିଥିଲା ।"

"ମନକୁ ମନ କଥା ହେଉଥିଲି, ଦାଦା ।" - କେସର କହିଲା ।

"ନିଜ ମନ ସାଙ୍ଗରେ ?" ଚୌଧୁରୀ ହସି ପଡ଼ିଲା । "ନିଜ ମନ ସାଙ୍ଗରେ କିଏ କ'ଣ କଥା ହୋଇଥାଏ ? ଶୋଇ ଯା । ବେଶୀ ସମୟ ଚିଆଁଇବା ଠିକ୍ ନୁହେଁ ।"

"କେମିତି ଶୋଇବି ? ଏଇ ପାଟି ତୁଣ୍ଡରେ ନିଦ ମଧ୍ୟ ଡରିକରି ଦୂରକୁ ଦୌଡ଼ି ପଳାଉଛି ।" - କେସର କହିଲା ।

"ହୋ, ହୋ, ହୋ, ହୋ" - ହସି ଉଠିଲା ଚୌଧୁରୀ- "ଏଇ ପାଟିତୁଣ୍ଡରେ ତ ଆମର ପେଟ ପୁରୁଛି, ଝିଅ । ତୋରି ପାଇଁ ତ ସବୁ କିଛି କରୁଛି । ତା'ହେଲେ ବାହାହେବା ପରେ ସୁଖରେ ରହିପାରିବୁ । ଆରେ ହଁ, ଏବେ ଭାବୁଛି ତୋର ବାହାଘର ହୋଇଗଲେ ଭଲ ହେବ । ଆଜି ସକାଳେ ପଞ୍ଚମର ମା' ଆସିଥିଲା । ତୋତେ ମାଗୁଥିଲା । ମୁଁ ଭାବିକରି ଜବାବ ଦେବି ବୋଲି କହିଛି ।"

କେସର ମନର ଖୁସି ଆକାଶରେ ଉଡୁଥିଲା । "ପଞ୍ଚମଟି ମଧ୍ୟ ଭଲ

ପିଲାଟିଏ ।" ଚୌଧୁରୀ କହିଲା- "ମୋତେ ଭାଲୁର ନାଚ ବହୁତ ଦେଖାଇବୁ, କ'ଣ କେସର !"

"ଚୁପ୍ ରୁହ ଦାଦା ! ତୁମେ କ'ଣ ପାଇଁ ଭିତରରୁ ଆସିଥିଲ ?" - କେସର ଚାହୁଁଥିଲା ଚୌଧୁରୀ ଖୁବ୍ ଶୀଘ୍ର ଚାଲିଯାଉ । - "ବୋତଲ ନେଇକରି ଯାଅ ଦାଦା ! ମୁଁ ଶୋଇବି ।"

ଚୌଧୁରୀ ବୋତଲ ନେଇଗଲା ଏବଂ ବାହାରକୁ ଚାଲିଗଲା । କେସର ଉଠିକରି ଦୁଆର ଭିତର ପଟୁ ବନ୍ଦ କରିଦେଲା ଓ ଖଟିଆ ଉପରେ ଆସି ବସି ପଡ଼ିଲା । ହସି ହସି ପଞ୍ଚମ ଖଟିଆ ତଳୁ ବାହାରି ଆସିଥିଲା ।

"ନିଜ ମନ ସାଙ୍ଗରେ କଥା ହେଉଥିଲ, ନୁହେଁ ।" - ପଞ୍ଚମ କହିଲା "ମୁଁ କ'ଣ ତୁମର ମନ ?"

"ଆଉ ତାହେଲେ ତୁମେ କ'ଣ ?" ଲାଜ ଲାଜ ହୋଇ କେସର କହିଲା ।

ପଞ୍ଚମ ତାହାର ହାତ ଧରି ତାକୁ ଜାବୁଡ଼ି ଧରିଥିଲା । କେସରର ହାତ ଦୀପ ଉପରେ ପଡ଼ିଯାଇଥିଲା । ଦୀପ ହଠାତ୍ ଲିଭିଯାଇଥିଲା ଏବଂ ସେହି ସ୍ଥାନରେ ଘନ ଅନ୍ଧକାର ଛାଇଯାଇଥିଲା । ଆଲୋକ ଉଷ୍ମତାର ପ୍ରତୀକ ଏବଂ ଅନ୍ଧାର ଶୀତଳତାର । ସେହି ଅନ୍ଧକାର ଦୁଇଟି ଉତ୍ତପ୍ତ ହୃଦୟ ଉପରେ ଶୀତଳତାର ବର୍ଷା କରିଦେଇଥିଲା । ଜଳୁଥିବା ଦୁଇଟି ମନ ମିଶିଯାଇକରି ସେହି ଅନ୍ଧକାରର କାଳିମାରେ ଲୁପ୍ତ ହୋଇଯାଇଥିଲେ ।

ବାହାରେ ଏ ପର୍ଯ୍ୟନ୍ତ ନିଶାଶକ୍ତ ବନ୍‌ଜାର ମାନଙ୍କର କୋଳାହଳ ଶୁଣା ଯାଉଥିଲା । ଚୌଧୁରୀ ଏବେବି ଉଚ୍ଚା ଖଟିଆ ଉପରେ ବସିକରି ଦେଶୀ ମଦ ବିକ୍ରୀ କରୁଥିଲା ।

॥ ୬ ॥

ନଦୀର ବକ୍ଷସ୍ଥଳରେ ଓଜାଡ଼ି ହୋଇ ପଡ଼ିଥିବା ସକାଳ ସୂର୍ଯ୍ୟର ସୁନେଲୀ କିରଣ, ଧୀରେ ଧୀରେ ବୋହୁଥିବା ପ୍ରାତ ସମୀରଣ, କିଚିରି ମିଚିରି କରୁଥିବା ଛୋଟ ଚଢ଼େଇ ମାନେ, ନଦୀ କୂଳରେ ଗୋଟେ ଗୋଡ଼ରେ ମାଛ ଶୀକାର ଆଶାରେ ଠିଆ ହୋଇଥିବା ବଗମାନେ, ଗାଁର ଏହାହିଁ ସକାଳର ଦୃଶ୍ୟ ।

ଭୋର ଚାରିଟାରୁ ଲବଙ୍ଗ ମା'ର ନିଦ ଭାଙ୍ଗିଯାଇଥିଲା ଓ ସେ ଏ ପର୍ଯ୍ୟନ୍ତ ଭାଙ୍ଗିଯାଇଥିବା ଖଟିଆ ଉପରେ ବସି, କନ୍ଥା ଘୋଡ଼ାଇ ହୋଇ ରାମ ନାମ ଜପ କରୁଥିଲା । ମଝିରେ ମଝିରେ ଖେଁଖେଁ କରି ଖାସି ବି ଦେଉଥିଲା । "ଦେଖ ଏ ଝିଅକୁ । ରୋଗୀଣା ବୁଢ଼ୀ ପରି ପଡ଼ି ରହିଛି ଖଟିଆ ଉପରେ ।" ଲବଙ୍ଗକୁ ଏ ପର୍ଯ୍ୟନ୍ତ ଶୋଇବା ଦେଖିକରି ବୁଢ଼ୀ ଗରଗର ହୋଇ କହୁଥିଲା ।

ପଞ୍ଚମ ରାତିରେ ବହୁତ ଡେରିରେ ଫେରିଥିଲା ଏବଂ ଚୁପ୍ ଚାପ୍ ଯାଇକରି ଖଟିଆ ଉପରେ ଶୋଇ ଯାଇଥିଲା, ଯେପରିକି ବୁଢ଼ୀ କିଛି ଜାଣି ପାରିବନି । ସବୁଦିନ ସକାଳୁ ସକାଳୁ ପଞ୍ଚମ ଉଠି ଯାଉଥିଲା । ଆଜି ମଧ୍ୟ ଉଠିକରି ସେ ନଈ ଆଡ଼େ ତା'ର ନିତ୍ୟକର୍ମ ଶେଷ କରିବାକୁ ଚାଲିଯାଇଥିଲା ।

"ଆରେ ଉଠୁଛୁ ନା କାନ ପାଖରେ ପେଁକାଳି ବାଜିଲେ ଉଠିବୁ ?" ବୁଢ଼ୀ ଜୋର୍‌ରେ ପାଟି କରି ଡାକିଥିଲା । - "ଲବଙ୍ଗିୟା । ଏ ଲବଙ୍ଗିୟା !"

"ଉଠୁଛି ମା !" ଭିଡ଼ିମୋଡ଼ି ହୋଇ ଉଠୁ ଉଠୁ ଲବଙ୍ଗ କହିଲା ।

"ଉଠୁଛି ମୋ ମୁଣ୍ଡ ! ପଚାଶ ଥର ପାଟି କଲିଣି ତଥାପି ମଧ୍ୟ ଖଟ ସୁଂଘି କି ପଡ଼ି ରହିଛୁ !"

ଲବଙ୍ଗ ଉଠିକରି କୁଡ଼ିଆ ଭିତରକୁ ଝାଡୁରେ ଓଳେଇଲା, ପୁଣି ରାତିରୁ ରହିଯାଇଥିବା ପାଣିରେ ବାସନ କୁସନ ମାଜିକରି ସଫାକଲା । ତା'ପରେ ଜମ୍ବୁର

କୁଣ୍ଡରେ ପାଣି ଢାଳିକରି ତାକୁ ପିଆଇଲା । ମାଠିଆ ଖାଲି ହୋଇ ଯାଇଥିଲା । ନଦୀରୁ ପାଣି ଆଣିବା ଆବଶ୍ୟକ ଥିଲା ।

"ମା' ପାଣି ନାହିଁ । ନଈକୁ ଯାଇ ନେଇ ଆସିବି ?" ସେ ତା' ମା'କୁ ପଚାରିଲା ।

"ଯା, କିନ୍ତୁ ଜଲ୍‌ଦି ଆସିବୁ" - ବୁଢ଼ୀ କହିଲା- "ଶୀଘ୍ର ଶୀଘ୍ର ନିଜର କାମ ଶେଷ କରିଦେଇ ବଜାର ଚାଲି ଯା ଏବଂ ତାମସା ଦେଖାଇ ଦୁଇ ଚାରି ପଇସା ରୋଜଗାର କରି ଆଣ । ବିଚରା ପଞ୍ଚମ ଆଉ କେତେ ପରିଶ୍ରମ କରିବ ?"

ଅଣ୍ଟା ଉପରେ ଖାଲି ମାଠିଆ ରଖିକରି ସେ ନଈକୂଳ ଆଗକୁ ଚାଲିଲା । ସେହି ସମୟରେ ବୃକ୍ଷମାନଙ୍କର ଶିଖର ଉପରେ ସୂର୍ଯ୍ୟଙ୍କର ସୁନେଲୀ କିରଣ ନୃତ୍ୟ କରୁଥିଲା । ନଦୀ କୂଳରେ ପହଞ୍ଚି ଲବଙ୍ଗ ଦେଖିଲା, ସେଠାରେ ପଞ୍ଚମ ଏବଂ କେସର ଉପସ୍ଥିତ ଥିଲେ । ସେହି ଦୁଇ ଜଣଙ୍କ ବ୍ୟତୀତ ଆଉ କେହି ନ ଥିଲେ । ନଦୀ କୂଳ ଜନଶୂନ୍ୟ ଥିଲା । ଲବଙ୍ଗକୁ ଦେଖିକରି ପଞ୍ଚମ ସହମୀ ଯାଇଥିଲା ଏବଂ ଚଞ୍ଚଳ କୁଡ଼ିଆ ଆଡ଼କୁ ଚାଲି ଆସିଥିଲା । ଲବଙ୍ଗ କେସରର ମାଠିଆ ପାଖରେ ନିଜ ମାଠିଆ ରଖିଦେଲା ଏବଂ କେସର ପାଖରେ ପଥର ଚଟାଣ ଉପରେ ବସି ପଡ଼ିଥିଲା ।

"ଆମର ଭାଉଜ ବହୁତ ଖୁସି ଅଛନ୍ତି" - ଲବଙ୍ଗ ଥଟ୍ଟାରେ କହିଲା ।

"ତୁ ବଡ଼ ଶୈତାନ ହୋଇ ଯାଉଛୁ, ଲବଙ୍ଗ !" - କେସର ଚଟାପଟ୍ କହିଲା ।

"ଆମ ଘରର ସମସ୍ତେ ଶୈତାନ" - ଲବଙ୍ଗ କହିଲା- "ପଞ୍ଚମ ଭାଇକୁ ଦେଖ ! ଆମର ନିରୀହ ଭାଉଜକୁ ଚିନ୍ତାରେ ପକାଇ ଦେଇଛି ।"

"ତୁମକୁ କଥାରେ କେହି ପାରି ପାରିବେନି ।" - କେସର କହିଲା- "ଆଖି ତୀକ୍ଷ୍ଣଧାର ତଲୱାର ହେଲେ କଥା ଗୁଡ଼ା କଟୁରୀ ପରି ।" କେସର ଆଞ୍ଜୁଳାଏ ପାଣି ଉଠେଇକି ଲବଙ୍ଗ ମୁହଁକୁ ଛାଟି ଦେଲା । ତା'ପରେ ଆଉ କ'ଣ ଥିଲା । ଲବଙ୍ଗ କେସରର ହାତ ଧରି ପାଣି ଭିତରକୁ ଘୋଷାଡ଼ି ନେଇଥିଲା । ଦୁଇଜଣ ପହଁରି ପହଁରି ପାଣି ଭିତରେ ଖେଳିବାକୁ ଲାଗିଲେ ।

"ଶୁଣିଲି କାଲି ତୁମ ଘର ପାଖକୁ ଭୁତ ଆସିଥିଲେ !" ଲବଙ୍ଗ ପଚାରିଲା ।

"ତୁମକୁ କିଏ କହୁଥିଲା ?"

"ମା' କହୁଥିଲା ।"

"ହଁ ! କେବଳ ଗୋଟିଏ ଭୁତ ମୋ ପାଖରେ ଥିଲା ।" - କେସର କହିଲା ।

"ତୁମେ ଡରିଲ ନାହିଁ ?"

"ଡରିବି କାହିଁକି ? ମୁଁ ତ ତାକୁ ସବୁଦିନ ଦେଖୁଛି । ସେ ମୋ ପାଖକୁ ପ୍ରତିଦିନ ଆସେ ।"

"ସେ କିଏ ସେ ?" ଲବଙ୍ଗ ଉତ୍ସୁକତା ପୂର୍ବକ ପଚାରିଲା ।

"ତୁମର ଭାଇ !" - କହିକରି ହସି ପକାଇଲା କେସର ।

ଲବଙ୍ଗ ପାଣି ଭିତରେ ଆଗକୁ ଯାଇ କେସରର ଅଣ୍ଟା ଭିଡ଼ି ଧରିଥିଲା । ବହୁତ ସମୟ ଯାଏଁ ଦୁଇଜଣଙ୍କ ଭିତରେ ମରାମରି ଚାଲିଥିଲା । ଶେଷରେ ଦୁଇଜଣ ପାଣିରୁ ବାହାରି ଆସିଥିଲେ । ନିଜ ନିଜର ମାଠିଆ ଭର୍ତ୍ତିକରି, ସେହି ଓଦା ଲୁଗା ପିନ୍ଧି ସେଠାରୁ ଚାଲି ଆସିଥିଲେ । ସେହି ସମୟରେ ସେହି ଦୁଇଜଣଙ୍କର ଓଦା ଲୁଗା ସେମାନଙ୍କର ହୃଷ୍ଟ ପୃଷ୍ଟ ଶରୀରରେ ଚିପିକି କରି ଲାଗି ରହିଥିଲା ଯେଉଁଥିରେ ସେମାନଙ୍କର ସୌନ୍ଦର୍ଯ୍ୟ ଆହୁରି ପ୍ରସ୍ଫୁଟିତ ହୋଇ ଉଠୁଥିଲା ।

ପାଣି ନେଇ କରି ଯେତେବେଳେ ଲବଙ୍ଗ କୁଡ଼ିଆରେ ପହଞ୍ଚିଥିଲା ସେତେବେଳକୁ ପଞ୍ଚମ ତାହାର ଭାଲୁ ଧରି ସହରକୁ ଚାଲିଯାଇଥିଲା ଏବଂ ବୁଢ଼ୀ ବାହାରେ ଖରାରେ ତା'ର ମସ୍ତକର କେଶ ଖୋଲାକରି ବସି ରହିଥିଲା । ଲବଙ୍ଗ ପାଣି ମାଠିଆ କୁଡ଼ିଆରେ ରଖିଦେଲା ଓ ଗୋଟେ ଶୁଖିଲା ଲୁଗା ପିନ୍ଧି ପକାଇଥିଲା । ତା'ପରେ କୋଣରେ ରଖାଯାଇଥିବା ତା'ର ଖେଳ ଦେଖାଇବା ବାକ୍ସ ଓ ଛୋଟିଆ ଘଣ୍ଟିଟିଏ ଉଠାଇଲା ଏବଂ କୁଡ଼ିଆ ବାହାରକୁ ଚାଲି ଆସିଥିଲା ।

ଖଣ୍ଡେ ଚିରା କନା ନେଇ ସେ ତାମସା ବାଲା ବାକ୍ସକୁ ଝାଡ଼ି ଦେଇଥିଲା ଏବଂ ଚାବି ବୁଲାଇ ଦେଖିନେଲା ଯେ ଭିତରର ସବୁ ଛବି ଠିକ୍ ଭାବରେ ବୁଲୁଛି ନା ନାହିଁ । "ମୁଁ ଆସୁଛି ମା" - ଲବଙ୍ଗ କହିଲା ଏବଂ ବାୟସ୍କୋପ ବାକ୍ସ ଉଠାଇ କରି ମୁଣ୍ଡ ଉପରେ ରଖିଲା, ହାତରେ ଘଣ୍ଟି ଥିଲା ଏବଂ ମସ୍ତ ଯୌବନ ଦ୍ୱାରା ଭାରି ହୋଇ ଯାଇଥିବା ପାଦକୁ ଆସ୍ତେ ଆସ୍ତେ ଉଠାଇ ସେ ଚାଲିଥିଲା ସହର ଆଡ଼କୁ ।

॥ ୭ ॥

ବିଶାଳ ସହରର କୋଳାହଳ, ମୋଟର ଗାଡ଼ିର ଯିବା ଆସିବା, ଟାଙ୍ଗା ଗୁଡ଼ିକର ଗଡ଼ ଗଡ଼ ଶବ୍ଦ, ଲୋକମାନଙ୍କର ବ୍ୟସ୍ତତା ଏବଂ ସାଇକେଲ ମାନଙ୍କର ଯାତାୟତର ମଝିରେ ଲବଙ୍ଗ ପହଞ୍ଚି ଯାଇଥିଲା ସହରରେ । ମୁଣ୍ଡ ଉପରେ ତା'ର ବାୟସ୍କୋପ ଦେଖାଇବା ବାକ୍ସ, ମୁଖମଣ୍ଡଳରେ ଅନୁପମ ସୌନ୍ଦର୍ଯ୍ୟ ତଥା ବକ୍ଷସ୍ଥଳରେ ମାଦକ ବୋଝ ଲଦି କରି । ଗୋଟେ ବିଶାଳ ଅଟ୍ଟାଳିକାର ଆଗ ରାସ୍ତାରେ ସେ ତା'ର ବାକ୍ସ ଓହ୍ଲାଇ କରି ତା'ର ଷ୍ଟାଣ୍ଡ ଉପରେ ରଖିଲା ଏବଂ ଘଣ୍ଟି ବଜାଇବାକୁ ଲାଗିଲା ।

"ବାଇସ୍କୋପ ବାଲି ଆସିଗଲା...ବାଇସ୍କୋପ ବାଲି ଆସିଗଲା..." ବୋଲି କେତେକ ଏକା ଥରକେ ଦୌଡ଼ି ଆସିଥିଲେ । "ମୋତେ ତାମସା ଦେଖାଅ, ମୁଁ ବାଇସ୍କୋପ ଦେଖିବି" ବୋଲି ବାଳକମାନେ ଏକା ଥରକେ କହି ଉଠିଥିଲେ । ଲବଙ୍ଗ ଚାରିଜଣ ବାଳକଙ୍କ ଠାରୁ ଏକ ଏକ ପଇସା ନେଇ ପକେଟରେ ରଖିଥିଲା ଏବଂ ବାକ୍ସ ଆଗରେ ଲାଗିଥିବା ଚାରିଟି କାଚ ଉପରୁ ଢାଙ୍କୁଣୀ ଖୋଲି ଦେଇଥିଲା । ସବୁ କାଚର ଆଗରେ ଜଣେ ଜଣେ ବାଳକ ଆଖି ଲଗାଇ ଠିଆ ହୋଇଯାଇଥିଲେ । ଲବଙ୍ଗ ହାତରେ ଧରିଥିବା ଘଣ୍ଟିକୁ ବାକ୍ସ ଉପରେ ରଖିଦେଲା । ଡାହାଣ ହାତ ଫଟୋକୁ ବୁଲାଉଥିବା ହାଣ୍ଡେଲ ଉପରେ ରଖିଥିଲା ଏବଂ ବାମ ହାତର ଆଙ୍ଗୁଠିରେ ଲୁହାର ଛୋଟ ଗୋଲେଇଟିକୁ ବାକ୍ସ ଉପରେ ଠକ୍ ଠକ୍ ବାଡ଼େଇ ସୁମଧୁର ଆବାଜ ବାହାର କରୁଥିଲା । ତା' ସାଙ୍ଗରେ ଲବଙ୍ଗ ମୁହଁରୁ ସୁଲଳିତ ସ୍ୱର ବାହାରି ଆସିଥିଲା ଯେମିତିକି କୋଇଲିଟି ମଧୁର ସ୍ୱରରେ କୁହୁତାନ କରୁଛି ।

"ଦେଖରେ ଭାଇ ଦେଖ ! ତୁ ଭାଇ ଦେଖିଯାଅ, ଦେଖିଯାଅ ତାମସା

ଦେଖିଯାଅ, ମନ ପୁରାଇ କରି ଦେଖିନିଅରେ ଭାଇ ଦେଖ, ଦେଖ !" ଲବଙ୍ଗର ଡାହାଣ ହାତ ଫଟୋବାଲା ହ୍ୟାଣ୍ଡେଲକୁ ଘୁରାଇ ଯାଉଥିଲା ଏବଂ ବାଳକ ମାନଙ୍କ ଆଖି ଆଗରେ ଗୋଟେ ପରେ ଗୋଟେ ଚିତ୍ର ଧୀରେ ଧୀରେ ଅପସରି ଯାଉଥିଲା । ଲବଙ୍ଗର ସୁମଧୁର ସ୍ୱର ଏତେବେଳ ପର୍ଯ୍ୟନ୍ତ ଚାଲୁ ରହିଥିଲା ।"ଦେଖରେ ଭାଇ ଦେଖ ! ତାଜ ବିବିର ବଗିଚା ଦେଖ, ଦିଲ୍ଲୀର ବିଲେଇ ଦେଖ, କୃଷ୍ଣଙ୍କ ଦୋଳି ଦେଖ, ଦଉଡୁଥିବା ରେଳଗାଡ଼ି ଦେଖ....ଦେଖରେ ଭାଇ ଦେଖ !

ଖେଳ ଶେଷ ହୋଇଯାଇଥିଲା ଏବଂ ଅନ୍ୟ ବାଳକ ମାନେ ପଇସା ଦେଇ କରି କାଚରେ ଆଖି ଲଗାଇଥିଲେ । ଲବଙ୍ଗର କାମ ପୂର୍ବପରି ଚାଲୁ ରହିଥିଲା । ଏହି ପ୍ରକାର ପ୍ରାୟ ଦୁଇ ଘଣ୍ଟା କାଳ ସେହି ବଡ଼ କୋଠା ଆଗରେ ଲବଙ୍ଗ ତାମସା ଦେଖାଇ ଚାଲିଥିଲା । ଦେଖିବା ବାଲା ପିଲାମାନଙ୍କର ଆସିବା ଶେଷ ହେଉ ନ ଥିଲା କି ଲବଙ୍ଗର କାର୍ଯ୍ୟ ବନ୍ଦ ହେଉ ନଥିଲା ।

ସହରୀ ଗୁଣ୍ଡା ମାନଙ୍କର ଗୋଟେ ଦଳ, ମଦ ନିଶାରେ ଚୁରହୋଇ ସେହି ବାଟରେ ଆସି ପହଞ୍ଚି ଯାଇଥିଲେ । ତିନି ଚାରିଜଣ ଗୁଣ୍ଡା ଥିଲେ । ସମସ୍ତଙ୍କର ପାଦ ନିଶାରେ ଟଳୁଥିଲା । ଲବଙ୍ଗର ଚାରିପଟେ ଆସି ଠିଆ ହୋଇଯାଇଥିଲେ । ତାକୁ ତୀକ୍ଷ୍ଣ ଦୃଷ୍ଟିରେ ଦେଖିବାକୁ ଲାଗିଥିଲେ । ଲବଙ୍ଗ ମନରେ ଡର ପଶିଯାଇଥିଲା ।

"ଆମେ ତାମସା ଦେଖିବୁ" - ଜଣେ ଖନେଇ ଖନେଇ କହିଲା ।

"ମୁଁ ବି ଦେଖିବି" - ଦ୍ୱିତୀୟ ଜଣକ କହିଥିଲା ।

"ଦେଖାଇଦିଅ ମୋର ପ୍ରଜାପତି ।" - ତୃତୀୟ ଜଣକ ନିଶାରେ ଝୁଲି ଝୁଲି କହିଥିଲା ଏବଂ ଚାରିଜଣ ଯାକ ଗୁଣ୍ଡା କାଚରେ ସେମାନଙ୍କ ଆଖି ଲାଗାଇଦେଲେ ।

"ପଇସା ଦେଇଦିଅ ବାବୁ !" ଲବଙ୍ଗ ଡରିଯାଇଥିବା ସ୍ୱରରେ କହିଥିଲା ।

"ପଇସା ?" - ଜଣେ କହିଲା- "ଦେଖାଇ ଦେ ମୋର ବୁଲ୍ ବୁଲ୍ । ପରେ ପଇସା ନେଇଯିବୁ । ଆମେ କୋଉ ଗୁଣ୍ଡା ବଦ୍‌ମାସ ନୋହୁଁ ।"

ବିଚାରୀ ଲବଙ୍ଗକୁ ତାମସା ଦେଖାଇବାକୁ ପଡ଼ିଥିଲା । ତା'ର କାମ ଯଥାରିତି ଆରମ୍ଭ ହୋଇଯାଇଥିଲା । ମୁହଁରୁ କୋଇଲି ପରି ସ୍ୱର ବାହାରି ଆସିଥିଲା । ଜଣେ ଗୁଣ୍ଡା ଯେ କି ଲବଙ୍ଗର ପାଖରେ ଥିଲା, ବହୁତ ପିଇ ଦେଇଥିଲା । ସେ ତାମସା ଦେଖିବା ବଦଳରେ ଲବଙ୍ଗର ଆଖିକୁ ଚାହିଁ ରହିଥିଲା । "ରହିମ ! ଏ ତ ଅଦ୍‌ଭୁତ ସୌନ୍ଦର୍ଯ୍ୟ ।" ସେ ତା'ର ଜଣେ ସାଥୀକୁ କହିଲା- ଏବଂ ତା'ର ଦୁଷ୍ଟାମୀ ହାତ ଲବଙ୍ଗର ଛାତି ଉପରେ ଯାଇ ପଡ଼ିଥିଲା । ଲବଙ୍ଗ

ଚମକି ଯାଇ ଠିଆ ହୋଇଯାଇଥିଲା । ତା'ର ଗାଲ ରାଗ ତଥା ଲଜ୍ଜାରେ ରକ୍ତବର୍ଣ୍ଣହୋଇ ଉଠିଥିଲା । ସେ କହିଲା "ଆପଣ ମାନେ ଯାଆନ୍ତୁ ।"

"ଯିବାକୁ କହୁଛ !" ଗୋଟେ ଗୁଣ୍ଡା ତା' ଆଡ଼କୁ ଦୁଇପାଦ ଆଗକୁ ଆସି କହିଥିଲା- "ପଇସା ତ ପ୍ରଥମରୁ ନେଇଯାଇଛୁ । ଏବେ ତାମସା ନ ଦେଖାଇ ଯିବାକୁ କହୁଛୁ ।"

"ଭଲଦଶା ଅଛି ତ ଆମକୁ ପୁରା ତାମସା ଦେଖାଅ"- ଦ୍ୱିତୀୟ ଜଣକ କହିଲା ।

ତୃତୀୟ ଜଣକ, ଯିଏକି ଲବଙ୍ଗ ସାଙ୍ଗରେ ଅସଦ୍ ବ୍ୟବହାର କରିଥିଲା, କହିଲା- "ଏମିତି ହେବନି, ତାକୁ ଘୋଷାଡ଼ି କରି ଆମ ଘରକୁ ନେଇ ଚାଲ । ଆଉ ସେଠାରେ ମଜାରେ ତାମସା ଦେଖାହେବ..," ସେ ନିଶାଶକ୍ତ ଗୁଣ୍ଡା ଲବଙ୍ଗ ଆଡ଼କୁ ଆସିଥିଲା ଏବଂ ଲବଙ୍ଗ ର ହାତକୁ ଜୋର୍‌ରେ ଧରି ଭିଡ଼ିବାକୁ ଲାଗିଲା । ବିଚାରୀ ଲବଙ୍ଗ ଭୟରେ ଚିତ୍କାର କରି ଉଠିଥିଲା ।

ତା'ର ସେତେବେଳେ ପଞ୍ଚମ ମନେ ପଡ଼ିଥିଲା । ସେତେବେଳେ ଯଦି ପଞ୍ଚମ ସେଠାରେ ଥାଆନ୍ତା । ତେବେ ଲବଙ୍ଗ ଆଡ଼କୁ କୁଦୃଷ୍ଟିରେ ଦେଖିବାକୁ କାହାର ସାହାସ ହୋଇ ନ ଥାନ୍ତା । ସେ ବଳିଷ୍ଠ ଯୁବକ ଏକୁଟିଆ ହିଁ ଏହି ଚାରି ଚାରି ଗୁଣ୍ଡାଙ୍କ ପାଇଁ ଯଥେଷ୍ଟ ଥିଲା ଏବଂ ତା' ସାଥୀରେ ଭାଲୁ ଜମ୍ବୁ । ସେ ବି ପଞ୍ଚମର ଇଶାରା ପାଇଥିଲେ ରକ୍ତପାତ କରିଦେଇଥାନ୍ତା । କିନ୍ତୁ ଲବଙ୍ଗର ଦୁର୍ଭାଗ୍ୟ ଯେ ପଞ୍ଚମ ସେଠାରେ ନ ଥିଲା । ପଞ୍ଚମ ଏବଂ ଲବଙ୍ଗ ଦୁଇ ଭାଇ ଭଉଣୀ, ଜଣେ ଅନ୍ୟ ଜଣଙ୍କୁ ବହୁତ ଭଲ ପାଉଥିଲେ । ପଞ୍ଚମର ହୃଦୟରେ ଲବଙ୍ଗ ପ୍ରତି ଅସରନ୍ତି ସ୍ନେହ ତଥା ମମତା ଥିଲା । ଯେଉଁଦିନ ସେ ଲବଙ୍ଗର ଟିକିଏ ହେଲେ ବି ଦେହ ଖରାପ ହେବାର ଦେଖେ, ସେ ସାଙ୍ଗେ ସାଙ୍ଗେ ତା'ର ସେବା ଶୁଶ୍ରୁସାରେ ଲାଗିଯାଏ । ଏପରିକି ନିଜର ଖାଇବା ପିଇବା ମଧ୍ୟ ଭୁଲିଯାଏ । ଲବେଙ୍ଗ ମଧ୍ୟ ପଞ୍ଚମକୁ ବହୁତ ଆଦରର ଦୃଷ୍ଟିରେ ଦେଖୁଥିଲା । ତା' ଭାଇର ଯେମିତିକା କୌଣସି କଷ୍ଟ ନ ହୁଏ, ସେଥିପ୍ରତି ସେ ସବୁବେଳେ ଧ୍ୟାନ ରଖୁଥିଲା । କିନ୍ତୁ ଏହି ସଂକଟ ସମୟରେ ପଞ୍ଚମ କେଉଁଠି ଥିଲା ? କେଉଁଠି ଥିଲା ତା'ର ଭାଇ ?

ସେ ଗୁଣ୍ଡା ଲବଙ୍ଗଙ୍କୁ ଘୋଷାରି ଘୋଷାରି ନେଉଥିଲା । ଲବଙ୍ଗ ବାରମ୍ବାର ଚିତ୍କାର କରୁଥିଲା । ସେହି ସମୟରେ ଗୋଟେ ଚକ୍ ଚକ୍ କରୁଥିବା କାର ଆସି ସେହି କୋଠା ଆଗରେ ରହିଯାଇଥିଲା ଏବଂ ସେଥିରୁ ମୂଲ୍ୟବାନ ପୋଷାକ

ପରିହିତ ଜଣେ ସୁନ୍ଦର ଯୁବକ ଓହ୍ଲାଇଥିଲେ । ସେ ଜୟରାଜ ଥିଲା । ସହର ଯାକର ଗୁଣ୍ଡା, ବଦ୍‌ମାସ ଏବଂ ମଦୁଆ ମାନଙ୍କର ଭିତରେ ସବୁଠାରୁ ବଡ଼ । ସେସମୟରେ ସେ ଗୁଲଶନ ସାଙ୍ଗରେ ଝଗଡ଼ା କରି ଆସିଥିଲା ।

ଜୟରାଜକୁ ଦେଖିକରି, ସେ ଗୁଣ୍ଡାମାନେ ଲବଙ୍ଗର ହାତ ଛାଡି ଦେଇଥିଲେ ଏବଂ ସବୁ ଗୁଣ୍ଡା ଜୟରାଜକୁ ସଲାମ କରି ସେଠାରୁ ଯିବାକୁ ବାହାରିଥିଲେ ।

"ରହିଯାଅ !" - ରାଗିକରି ଜୟରାଜ ଡାକିଲା ।

ଚାରି ଗୁଣ୍ଡାଙ୍କର ପାଦ ଯେମିତି ଭୂମି ସାଙ୍ଗରେ ଅଠାପରି ଲାଗିଯାଇଥିଲା । ଗୋଟେ ପାଦ ମଧ୍ୟ ଆଗକୁ ନ ଯାଇ ସେହି ସ୍ଥାନରେ ଠିଆ ହୋଇ ରହିଯାଇଥିଲେ ।

"ମୋ ବଙ୍ଗଳା ଆଗରେ ତୁମେମାନେ ଏମିତି ଉତ୍ପାତ କାହିଁକି କରୁଥିଲ ?" ଜୟରାଜ ଗର୍ଜନ କରି କହିଥିଲା- "ଆଉ ତୁ...ରହିମ ! ତୁ ଏ ଝିଅର ହାତକୁ ଧରି କାହିଁକି ଭିଡୁଥିଲୁ ?" ଜୟରାଜ ଦୁଇପାଦ ଆଗକୁ ଆସିଥିଲା । ତା'ର ହାତ ଉପରକୁ ଉଠି ରହିମ ନାମକ ଗୁଣ୍ଡାର ଗାଲରେ ଜୋରଦାର ଜାବ୍‌ଡ଼ା ମାରିଥିଲା । "ଚାଲିଯାଅ ବେଇମାନ ସବୁ"- ପାଟିକରି ଜୟରାଜ କହିଲା । ଆଜି ପ୍ରକୃତରେ ସେ କ୍ରୋଧିତ ଥିଲା । ଗୁଲଶନ ଘରେ ଶରାବର ନିଶା ସହଜରେ ତା' ମନରେ କ୍ରୋଧ ଉତ୍ପନ୍ନ କରି ଦେଇଥିଲା ଯାହାକି ଏ ପର୍ଯ୍ୟନ୍ତ କମି ନ ଥିଲା । କୋଉ ଗୁଣ୍ଡାର ଏମିତି ଶକ୍ତି ନାହିଁ, ଯେ ସେ ଗୁଣ୍ଡା ମାନଙ୍କର ରାଜା, ଧନୀକ ବାତରା ଜୟରାଜର ମୁକାବିଲା କରିପାରିବ । ସମସ୍ତେ ମୁଣ୍ଡ ତଳକୁ କରି ଚାଲିଯାଇଥିଲେ ।

"ଆଉ ତୁମେ !" - ଭାବାବେଗରେ ଚାରିପାଦ ଆଗକୁ ଆସି ଲବଙ୍ଗ ଆଗରେ ଛିଡ଼ା ହୋଇଗଲା ଜୟରାଜ । "ତୁମେ ଏତେ ସୁନ୍ଦରୀ ହୋଇ କେଉଁ ସାହାସରେ ସହରକୁ ଆସୁଛ ? ସହରରେ ଭଦ୍ର ଗୁଣ୍ଡା ମାନେ ରହନ୍ତି । କେଉଁଦିନ ତୁମର ରକ୍ଷା ପାଇବା ମୁସ୍କିଲ ହୋଇଯିବ ।"

"କ'ଣ କରିବି ସରକାର ! ପେଟ ପାଇଁ..."

"ତୁମର ପେଟ ନର୍କକୁ ଯାଉ" - ରାଗିକରି ଜୟରାଜ କହିଥିଲା- "ପେଟର ଯଦି ଏତେ ଚିନ୍ତା ଅଛି ତେବେ ଇଜ୍ଜତର ଚିନ୍ତା ଛାଡ଼ିଦିଅ । ତେବେ ଦେଖିବ ତୁମ ଉପରେ ଟଙ୍କା ତ କିଛି ନୁହେଁ, ସୁନାର ବର୍ଷା ହେବାକୁ ଲାଗିବ । କିନ୍ତୁ ଯଦି ପେଟ ସାଙ୍ଗରେ ଇଜ୍ଜତର ଚିନ୍ତା ଅଛି ତେବେ ମରିଯାଅ, ନର୍କକୁ

ଯାଅ ।" ରୁକ୍ଷ ଭାଷା ଶୁଣିକରି ଲବଙ୍ଗ ଆଖିକୁ ଲୁହ ଆସିଯାଇଥିଲା । "ଦୁନିଆଯାକର ଗରିବ ଲୋକ ଏ ପୃଥିବୀ ଉପରେ ଅକାରଣରେ ବୋଝ ହୋଇ ରହିଛନ୍ତି । ସେମାନେ ମରିଯିବା ଦରକାର । ଏଠାରୁ ଚାଲିଯାଅ ।" ରାଗିକରି ଜୟରାଜ କହିଲା ।

ଲବଙ୍ଗ ଆଖିରୁ କେତେ ଟୋପା ଲୁହ ଜୟରାଜ ଆଗରେ ଭୂମି ଉପରେ ପଡିଯାଇଥିଲା । ଲବଙ୍ଗ ବାକ୍ସ ଉଠାଇ ତା' ମୁଣ୍ଡ ଉପରେ ରଖିଲା ଏବଂ ହାତରେ ଘଣ୍ଟି ଧରି ଆସ୍ତେ ଆସ୍ତେ ଚାଲିଯିବାକୁ ଲାଗିଲା । ଯାଉ ଯାଉ ବୁଲିପଡ଼ି ସେ ତା'ର ଅଶ୍ରୁପ୍ଲାବିତ ନେତ୍ରରେ ଜୟରାଜକୁ ଥରେ ଦେଖିଥିଲା । ସେହି ନେତ୍ରଦ୍ୱୟରେ ଅଗାଧ କରୁଣା ଝଲକୁ ଥିଲା । ମଦ ନିଶାରେ ଜୟରାଜ ମନକୁ ଆସିଥିବା ଗର୍ବ, ଅହଂକାର ତା' ନିଜକୁ ଧିକ୍କାରି ଉଠିଥିଲା । ସେ ମୁଣ୍ଡ ତଳକୁ କରି ବଙ୍ଗଳା ଭିତରକୁ ପଶିଯାଇଥିଲା ।

ବଙ୍ଗଳାରେ ସେ ଏକୁଟିଆ ରହୁଥିଲା । ଏମିତି ତ ଚାକର ବାକର ବହୁତ ଥିଲେ । ସ୍ତ୍ରୀ ନ ଥିଲେ । କାହିଁକି ନା ସେ ଏ ପର୍ଯ୍ୟନ୍ତ ଅବିବାହିତ ଥିଲା । ନିଜ ରୁମ୍‌କୁ ଆସି ସେ ସୋଫା ଉପରେ ବସିଗଲା । ଚାକର ଲଖନା ଆଗକୁ ଯାଇ ତା' ପାଦରୁ ଯୋତା ଖୋଲି ଦେଇଥିଲା । ଟୋପି ନେଇ ଖୁଣ୍ଟି ଉପରେ ଟାଙ୍ଗି ଦେଇଥିଲା ଏବଂ ଦେହରୁ କୋଟ ଖୋଲି ହ୍ୟାଙ୍ଗରରେ ଝୁଲାଇ ଦେଇଥିଲା । ଜୟରାଜ ସ୍ଥାଣୁ ଅବସ୍ଥାରେ ସୋଫା ଉପରେ ବସି ରହିଥିଲା । ତାକୁ ଲାଗୁଥିଲା, ସେ ଆଜି ଗୋଟେ ବହୁତବଡ଼ ଅନୁଚିତ କାମ କରିଦେଇଛି । ଯେମିତିକି ସେ ସେହି ଝିଅଟି ଉପରେ ବିନା କାରଣରେ ରାଗିକରି ଅପରାଧ କରିଛି; ଯେମିତିକି ସେ ଝିଅଟିର ଚାହାଁଣୀ ଗୋଟେ ଧାରୁଆ ଛୁରୀ ପରି ତା' ହୃଦୟରେ ପଶିଯାଉଛି, ଯେମିତିକି ସେହି ଯୌବନଭରା ଆଖିର ଅଶ୍ରୁ ଜୟରାଜର ଅନ୍ତ ପ୍ରଦେଶରେ ପ୍ରବେଶ କରି ତା'ର ପ୍ରତି କୋଣ ଅନୁକୋଣରେ ପ୍ଲାବିତ ହୋଇଯାଉଛି । ଜୟରାଜ ଆଖି ଆଗରେ ଏକ କ୍ଷଣ ପାଇଁ ଲବଙ୍ଗର ନିରୀହ ଚେହେରା ଭାସି ଉଠିଥିଲା । ସେହି ପ୍ରତିମାର ଅକୃତ୍ରିମ ସୌନ୍ଦର୍ଯ୍ୟ ଦେଖିକରି ଜୟରାଜ ମୁଗ୍ଧ ହୋଇ ଉଠିଥିଲା । କିନ୍ତୁ ପ୍ରତିମାର ନୟନ ଯୁଗଳରେ ଅଶ୍ରୁ ? ଟପ୍ ଟପ୍ ହୋଇ ଖସି ପଡୁଛି ଜୟରାଜ ଆଗରେ । ଯେମିତିକି ଜୟରାଜ ହୃଦୟର ରକ୍ତ ସେହି ଅଶ୍ରୁବିନ୍ଦୁ ରୂପରେ ଶୁଖିଲା ଭୂମି ଉପରେ ଖସି ପଡୁଛି । ଜୟରାଜ ଶରୀର କିଛି ସମୟ ପାଇଁ ଥରି ଉଠିଥିଲା ।

ଶରାବର ନିଶା ଆସ୍ତେ ଆସ୍ତେ କମିଯାଇଥିଲା ଏବଂ ଜୟରାଜ ତା'ର

ସାଧାରଣ ଅବସ୍ଥାକୁ ଫେରି ଆସୁଥିଲା । ସେ ତା'ର ଶୂନ୍ୟ ହୃଦୟରେ ଏକ ଅଦ୍‌ଭୁତ ପରିବର୍ତ୍ତନର ବୀଜ ଅଙ୍କୁରିତ ହେଉଥିବାର ଅନୁଭବ କରୁଥିଲା । ଦୟା ! ଆଜ୍ଞା ହଁ ! ଆଜି ତା'ର କଠୋର ହୃଦୟରେ ଗୋଟେ ଗରିବ ଦୁଃଖିନୀ ଆଖିର ଲୁହ ଦେଖିକରି ଦୟାର ଲହରି ଖେଳିଯାଉଥିଲା । ଆଜି ପର୍ଯ୍ୟନ୍ତ ଜୟରାଜ ମନରେ ମଦ୍ୟର ମାଦକତା ଏବଂ ସୌନ୍ଦର୍ଯ୍ୟର ବିଭୋରତା ବ୍ୟତୀତ ଦୟା, ସଦ୍‌ଭାବନା ପାଇଁ ଟିକିଏ ବି ଯାଗା ନ ଥିଲା । କିନ୍ତୁ ଆଜି ! ଆଜି ତା'ର ହୃଦୟ ସାଗର ପରି ବିଶାଳ ହୋଇଯାଇଥିଲା । ହୃଦୟର କେଉଁ ଏକ ଅଜ୍ଞାତ କୋଣରେ ମଧୁର ଏକ ଅବ୍ୟକ୍ତ ବେଦନାର ଲହରି ଖେଳି ବୁଲୁଥିଲା । ଜୟରାଜ ଭାବିବାକୁ ଲାଗିଥିଲା, ତା'ର କ'ଣ ଅଧିକାର ଥିଲା ଗୋଟେ ଗରୀବ ଝିଅକୁ ରାଗିକରି କହିବାକୁ ? ତା'ର କ'ଣ ଅଧିକାର ଥିଲା ଈଶ୍ୱରଙ୍କ ନିୟମ ବିରୁଦ୍ଧରେ ଧନୀ ମାନଙ୍କର ଗୁଣ ଗାନ କରିବାକୁ ଆଉ ଗରିବ ମାନଙ୍କୁ ଗାଳି ଗୁଲଜ କରିବାକୁ । ଧନୀ ଏବଂ ଗରିବ । ଦୁନିଆର ଦୁଇଟା ଶ୍ରେଣୀ । ଅମୀର ମାନେ ଫୁଲର ଶେଯରେ ଶୁଅନ୍ତି ଏବଂ ଗରିବ ମାନେ କଣ୍ଟକିତ ଶଯ୍ୟାରେ ରାତ୍ରିଯାପନ କରିଥାନ୍ତି । ଅମୀର ଆଉ ଗରିବର ସଂପର୍କ କେବଳ ଫୁଲ ଆଉ କଣ୍ଟା ପରି ।

"ଲଖନା !" - ଜୟରାଜ ଡାକିଲା ।

"ଆଜ୍ଞା, ସରକାର !" ଲଖନା ପାଖରେ ହିଁ ଠିଆ ହୋଇଥିଲା ।

"ଦୌଡ଼ିଯାଇ ତାକୁ ଡାକି ଆଣ ।"

"କାହାକୁ, ସରକାର !"

"ତାହାକୁ !" - ଜୟରାଜ ବ୍ୟଗ୍ରତାର ସହ କହିଥିଲା- "ସେହି ତାମସା ଦେଖାଉଥିବା ଝିଅକୁ । ଦୌଡ଼ି କରି ଯାଆ ।"

ମାଲିକଙ୍କର ଆଜ୍ଞା ପାଇ ଲଖନା ସଡ଼କକୁ ଯାଇ ଦୌଡ଼ି ଦୌଡ଼ି ଖୋଜିବାକୁ ଲାଗିଥିଲା ।

॥ ୮ ॥

ସଡ଼କ ଉପରେ ଚାଲି ଚାଲି ଯାଉଥିବା ଲବଙ୍ଗର ମନ କହୁଥିଲା ଯେମିତି କାନ୍ଦି କାନ୍ଦି ସେ ଅଞ୍ଚଳ ଫଟାଇ ଦିଅନ୍ତା । ଲୁହର ପ୍ରାବଲ୍ୟରେ ଆଖି ଭାରି ହୋଇପଡୁଥିଲା । ପାଦ ଯେମିତି ଆଉ ଉଠିବାକୁ ଚାହୁଁ ନ ଥିଲା । ଆଜି ଜଣେ ଯୁବକ ତା'ର ଗରିବ ପଣିଆକୁ ତାଚ୍ଛଲ୍ୟ କରିଥିଲା । ତା'ର ସୌନ୍ଦର୍ଯ୍ୟ ଉପରେ ପଙ୍କ ଲେପନ କରିଥିଲା । କିନ୍ତୁ ସେ ସେହି ଯୁବକ ଉପରେ ଅସନ୍ତୁଷ୍ଟ ନ ଥିଲା । ଏ ତ ସବୁ ତା'ର ଭାଗ୍ୟର ଦୋଷ ଥିଲା, ନିୟତିର ଚକ୍ର ଥିଲା । ଜୟରାଜର ବାକ୍ୟ ବାଣ ଲବଙ୍ଗ ହୃଦୟରେ ଦୁଃଖର ସ୍ରୋତ ପ୍ରବାହିତ କରି ଦେଇଥିଲା । ସେ ତା'ର ଗରିବର ଅଭିଶାପ ଏବଂ ନିଜ ସୌନ୍ଦର୍ଯ୍ୟର ବାସ୍ତବିକତା ବିଷୟରେ ଭାବି ଭାବି ଚାଲିଯାଉଥିଲା । ଜୟରାଜ ଉପରେ ତା'ର ରାଗ ନ ଥିଲା । ଯଦିଓ ତା' କଥାଗୁଡ଼ାକ ଉତ୍ତେଜକ ତଥା କ୍ରୋଧପୂର୍ଣ୍ଣ ଭଙ୍ଗୀରେ କୁହାଯାଇଥିଲା ତଥାପି କାହିଁକି କେଜାଣି ଲବଙ୍ଗର ବିଶ୍ୱାସ ହେଉଥିଲା କି ଜୟରାଜ ଯେଉଁ ସବୁ କଟୁ ବାକ୍ୟ କହିଥିଲା ତାହା ତା'ର ପ୍ରକୃତ ଅନ୍ତରର କଥା ନୁହେଁ ବରଂ କ୍ଷଣିକ ଭାବପ୍ରବଣତା ଦ୍ୱାରା ଉତ୍ପନ୍ନ ହୋଇଥିଲା । ଜୟରାଜର ମୁଖ ମଣ୍ଡଳରେ କୃତ୍ରିମ ରାଗର ଝଲକ ଲବଙ୍ଗ ଲକ୍ଷ୍ୟକରି ପାରିଥିଲା ଏବଂ ବୁଝିଯାଇଥିଲା ଯେ ସେହି ଯୁବକ ଶବ୍ଦରେ ଯାହା କହୁଛି ତାହା ତା'ର ଅନ୍ତରର ଭାଷା ନୁହେଁ । ତାହାର ମୁଖର ଶବ୍ଦ ଆଉ ମନ ଅଲଗା ଅଲଗା । ତାହାର ପାଟିରୁ କଟୁ ଶବ୍ଦ ବାହାରିପାରେ କିନ୍ତୁ ତା'ର ମନ ଜଳ ପରି ତରଳ ଏବଂ ସ୍ୱଚ୍ଛ ଅଟେ । ଜୟରାଜ ପ୍ରତି ଲବଙ୍ଗ ମନରେ କେମିତି ଗୋଟେ ଶ୍ରଦ୍ଧା ଭାବ ଉତ୍ପନ୍ନ ହୋଇଯାଇଥିଲା । ଏହି ସବୁ ଭାବନାରେ ବୁଡି ରହି ସେ ଚାଲିଯାଉଥିଲା । ଆଉ ଗୋଟେ କଥା । ଜୟରାଜର ଚେହେରା ଲବଙ୍ଗଙ୍କୁ କିଛିକିଛି ପରିଚିତ ପରି ଲାଗୁଥିଲା । ସେ ଭାବି ଭାବି କରି ଜାଣି ପାରୁ ନ ଥିଲା ଯେ ସେ ତାକୁ କେଉଁଠି ଦେଖିଥିଲା ।

ଲବଙ୍ଗର ଆଖି ଆଗରେ ବିଗତ କିଛିଦିନର ଘଟଣାବଳୀ ନୃତ୍ୟ କରିବାରେ ଲାଗିଥିଲେ । ବୋଧହୁଏ ସେ ସେହି କଥାକୁ ମନେ ପକାଇବାକୁ ଚେଷ୍ଟା କରୁଥିଲା ଯେ ସେ ଜୟରାଜ ଚେହେରାକୁ କେଉଁଠାରେ ଏବଂ କେଉଁ ପରିସ୍ଥିତିରେ ଦେଖିଥିଲା । ଶେଷରେ ତା'ର ମନେ ପଡ଼ିଯାଇଥିଲା । ତା'ର ଆଖି ଆଗରେ ଗୋଟେ ଦୃଶ୍ୟ ଜାଜ୍ଜୁଲ୍ୟମାନ ହୋଇ ଉଠିଥିଲା । ସେ ସେହିଥିରେ ହଜି ଯାଇଥିଲା । ସେଇ ଚାନ୍ଦିନୀ ରାତି । ନଈର ପାଣିରେ ଗୋଡ଼ ଲମ୍ବାଇ ବସିଥିଲା ଲବଙ୍ଗ । ନଦୀର ବକ୍ଷସ୍ଥଳରେ ଧୀରେ ଧୀରେ ଚାଲୁଥିବା ଏକ ନୌକା । ସେହି ନୌକା ଉପରେ ବସିଥିବା ଜଣେ ଯୁବକ ଏବଂ ଜଣେ ବେଶ୍ୟା । ଦୁଇଜଣଙ୍କର ପ୍ରଗାଢ଼ ଆଲିଙ୍ଗନ, ଚୁମ୍ବନର ଆଦାନ ପ୍ରଦାନ । ଚାନ୍ଦିନୀ ରାତିରେ ଲବଙ୍ଗ ସବୁକିଛି ଭଲ ଭାବରେ ଦେଖିଥିଲା । ନୌକା ସ୍ପର୍ଶ କରି ବୋହି ଆସୁଥିବା ମଧୁର ପବନ ନଦୀର ଛାତି ଉପରେ ଦୌଡ଼ି ଦୌଡ଼ି ଲବଙ୍ଗ ପାଖକୁ ଚାଲି ଆସିଥିଲା ଆଉ ତା'ରି ସଂସ୍ପର୍ଶରେ ତା' ଅନ୍ତରରେ ଯେମିତି ଅପୂର୍ବ ପ୍ରଫୁଲ୍ଲତା ସୃଷ୍ଟି ହୋଇଥିଲା । ଯେମିତିକି ତା'ର ହୃଦୟକୁ ନିଶାକ୍ତ କରିଦେଇଥିଲା । ଯେମିତିକି ତା' ମନ ଭିତରେ ଶୋଇ ରହିଥିବା ଏକ ମଧୁର ପିଡ଼ାକୁ ସେ ଉଠାଇ ଦେଇଥିଲା, ଯେମିତିକି ଯୌବନ ଭାରାକ୍ରାନ୍ତ ଶରୀରରେ ଗୋଟେ ମଧୁର କମ୍ପନ ସୃଷ୍ଟି କରିଥିଲା । ସେହିଦିନ ପ୍ରଥମ କରି ଲବଙ୍ଗକୁ ନିଜ ଶରୀରର ଅତୁଳନୀୟ ଯୌବନର ଜ୍ଞାନ ଆସିଥିଲା । ତାହାର ବକ୍ଷ ସ୍ଥଳରେ ଗୋଟେ ମଧୁର ଅନୁଭବ ଖେଳି ଯାଇଥିଲା । ଆଜି ମଧ୍ୟ ସେହି ଘଟଣା ମନେ ପକାଇ ଲବଙ୍ଗର ଭରା ଯୌବନର ଶରୀର ଶିହରି ଉଠିଥିଲା । ପାଦ ଗୁଡ଼ା ଭାରି ଭାରି ଲାଗୁଥିଲା ।

"ତାମସା ....ଓ ତାମସା ବାଲୀ !" - ପଛରୁ ଲଖନା ପାଟି କରି କରି ଆସୁଥିଲା ।

ଲବଙ୍ଗ ଅଟକି ଯାଇଥିଲା । ଲଖନା ତା' ପାଖକୁ ଚାଲି ଆସିଲା ।

"କ'ଣ ହେଲା ?" ଲବଙ୍ଗ ପଚାରିଲା ।

"ଚାଲ ! ଆମ ସରକାର ତୋର ତାମସା ଦେଖିବେ । ଶୀଘ୍ର ଚାଲ !" ଲଖନାକୁ କ'ଣ ଜଣା ଥିଲା ଯେ ବାସ୍ତବିକ କଥା କ'ଣ ? ସେ ତ କେବଳ ବୁଝିଥିଲା ଯେ ସରକାର ତାମସା ବାଲୀକୁ ଏତେ ଶୀଘ୍ର ଡକାଇବାର କାରଣ କେବଳ ତାଙ୍କର ତାମସା ଦେଖିବାର ଇଚ୍ଛା ।

"ତୁମ ସରକାର କିଏ ସେ ?"

"ଏଇ ଯେଉଁ କୋଠାଘର ଦେଖା ଯାଉଛି, ତା'ରି ମାଲିକ ।" - ଲଖନା ତା' ଆଙ୍ଗୁଠିର ଇଶାରାରେ ଜୟରାଜର ବଙ୍ଗଳା ଦେଖାଇ ଦେଇଥିଲା ।

ଲବଙ୍ଗ ବୁଝିଯାଇଥିଲା, କିଏ ସେ ତାକୁ ଡକାଇଛି । ସେ କିଛି ସମୟ କ'ଣ କ'ଣ ସବୁ ଭାବି ଚାଲିଥିଲା । ତା'ପରେ କିଛି କଥାବାର୍ତ୍ତା ନ କରି ଲଖନା ସାଙ୍ଗରେ ବୁଲିପଡ଼ି ଚାଲିଲା । ସେ ସମୟରେ ଲବଙ୍ଗର ମାନସିକ ସ୍ଥିତି ଅସ୍ତବ୍ୟସ୍ତ ଥିଲା । ଲଖନାର ସରକାର ତାକୁ କାହିଁକି ଡକାଇ ପଠାଇଲେ ? କ'ଣ ପୁଣି ଆଉକିଛି ଗାଳିମନ୍ଦ କରିବା ପାଇଁ ? ଅଥବା ଦୁଇ ଚାରି ହୃଦୟସ୍ପର୍ଶୀ କଥା କହି କରି ତାକୁ ପୁଣି କନ୍ଦାଇବା ପାଇଁ ? କିନ୍ତୁ ସେ କାନ୍ଦିଲା କାହିଁକି ? କ'ଣ ଏଇଥିପାଇଁ ଯେ ସେ ଜଣେ ଗରିବ ଲୋକ, କ'ଣ ଏଇଥିପାଇଁ ଯେ ତା' ପାଖରେ ପଇସା ପତ୍ର ନାହିଁ, ଧନ ନାହିଁ, ଅନ୍ନ ନାହିଁ । ସେ ଧନୀ ଲୋକ । ତାଙ୍କ ପାଖରେ ଧନ ଅଛି । ସେ ତାକୁ ଶହ ଶହ କଟୁ ବାକ୍ୟ କହି ପାରିବେ ଏବଂ ସେ ନିଜର ନିର୍ଦ୍ଧନତାର ଛାଇରେ ଠିଆ ହୋଇ ସବୁକିଛି ସହିଯାଇ ପାରିବ, ସବୁକିଛି ବରଦାସ୍ତ କରି ପାରିବ । ପୁଣି ସେ କାନ୍ଦିବ କାହିଁକି ?

॥ ୯ ॥

ଜୟରାଜ ମାନସିକ ଅଶାନ୍ତିରେ ଅସ୍ଥିର ହୋଇ ଉଠିଥିଲା । ତା'ର ମନ ଗୋଟେ ତୀବ୍ର ଘୃଣାରେ ପୁରି ଉଠିଥିଲା । ବୋଧହୁଏ ମଦର ନିଶା କମ୍ ହୋଇ ଯିବାରୁ ଏପରି ହୋଇଥିଲା । କିନ୍ତୁ କ୍ଷଣକ ପାଇଁ ଜୟରାଜ ନିଶ୍ଚିତ ଭାବରେ ଅନ୍ୟମନସ୍କ ତଥା ଅସ୍ଥିର ହୋଇ ଉଠିଥିଲା । ସୋଫାରୁ ଉଠି ସେ ଆଲମାରୀ ପାଖକୁ ଯାଇଥିଲା । ପକେଟରୁ ଚାବି ବାହାର କରି ତାହାର ତାଲା ଖୋଲିଲା ଏବଂ ଜନ୍ ଡିବ୍‌ସର ଗୋଟେ ବୋତଲ ଆଉ ରୁପାର ଗୋଟେ ଗ୍ଲାସ ବାହାର କରିଥିଲା । ଟେବୁଲ ପାଖରେ ଥିବା ଚୌକି ଉପରେ ଆସି ବସିଗଲା । ଶୀତଳ ହାତରେ ବୋତଲର ଠିପି ଖୋଲିଥିଲା ଏବଂ ଗ୍ଲାସରେ ଢାଳି ଢକ ଢକ କରି ପିଇ ଦେଇଥିଲା । କେବଳ ଦୁଇ ପେଗ୍ ସେ ପିଇ ପାରିଥିଲା । କାହିଁକି ନା ସେହି ସମୟରେ ଦ୍ୱାର ଦେଇ ଲଖନା ସାଙ୍ଗରେ ଲବଙ୍ଗ ସେଠାରେ ପହଞ୍ଚି ଯାଇଥିଲା । ଲବଙ୍ଗ ମୁଣ୍ଡ ଉପରେ ତାମସା ବାଲା ବାକ୍‌ସ ଥିଲା, ଯାହାକୁ ସେ ଧୀରେ ଓହ୍ଲାଇ କରି ତଳେ ଭୂମି ଉପରେ ରଖି ଦେଇଥିଲା । ଜୟରାଜ ବିଶ୍ଳେଷଣାତ୍ମକ ଦୃଷ୍ଟିରେ ଲବଙ୍ଗର ମୁଣ୍ଡରୁ ପାଦ ଯାଏଁ ଦେଖି ନେଇଥିଲା । ଲବଙ୍ଗର ରୁପରେଖା ଜୟରାଜକୁ ବହୁତ ଭଲ ଲାଗିଥିଲା । ତାହାର ଆଖିରେ ଦୁଃଖର ଛାୟା ଦେଖି ଜୟରାଜ ଭାବିଥିଲା ଯେ ତାହାର ରୁକ୍ଷ ବ୍ୟବହାରରେ ସେ ଅତ୍ୟଧିକ ଆଘାତ ପାଇଛି । ଲବଙ୍ଗ ମୁଣ୍ଡ ତଳକୁ କରି ଠିଆ ହୋଇଥିଲା । ସେ ତା'ର ଶରୀରକୁ ସଂକୁଚିତ କରି ରଖିଥିଲା । ତା' ହେଲେ ଘାବରାଇ ଯାଇଥିବା ଯୋଗୁଁ ତା' ଛାତି ଉଠ୍ ପଡ଼୍ ହେଉଥିବା ସେ ଦେଖି ପାରିବନି । ଜୟରାଜ ବହୁତ ଗମ୍ଭୀର ଥିଲା । ସେ ଚୌକି ଉପରେ ବସି କ'ଣ ସବୁ ଭାବୁଥିଲା ।

"ସରକାର ମୋତେ ଡାକିଛନ୍ତି ?" - ବହୁତ ଚେଷ୍ଟା କରି ଲବଙ୍ଗର ମୁହଁରୁ ଏହି ଶବ୍ଦ ବାହାରିଥିଲା ।

"ହଁ...ତୁ ଚାଲିଯା ।" - ଜୟରାଜ କହିଲା ତା' ବାକ୍ୟର ଶେଷ ଭାଗ ଲଖନାକୁ ସମ୍ବୋଧିତ କରି କୁହାଯାଇଥିଲା, ଯିଏକି ଏ ପର୍ଯ୍ୟନ୍ତ ଠିଆ ହୋଇ ଜୟରାଜର ଆଦେଶକୁ ଅପେକ୍ଷା କରିଥିଲା । ଜୟରାଜର ଆଦେଶ ପାଇ ସେ ଦ୍ୱାର ଦେଇ ବାହାରକୁ ଚାଲିଯାଇଥିଲା ।

"ବସିଯାଅ !" - ନମ୍ର ସ୍ୱରରେ ଜୟରାଜ ଲବଙ୍ଗଙ୍କୁ କହିଲା ।

"ସରକାର ! ତାମସା ଦେଖିକରି ମୋତେ ଶୀଘ୍ର ଛୁଟି ଦେଇଦିଅ । ଗରିବ ଲୋକ । ଗୋଟେ ଜାଗାରେ ଅଟକି ଗଲେ ତ ପେଟ ପୁରା ହେବନାହିଁ ।" କାରପେଟ ବିଛା ହୋଇଥିବା ଚଟାଣରେ ଲବଙ୍ଗ ବସିଗଲା । କିନ୍ତୁ ତା'ର ଛାତି ଜୋର୍‌ରେ ଥରି ଉଠୁଥିଲା । ଆଜି ତାକୁ ସହରୀ ଗୁଣ୍ଡା ମାନଙ୍କ ଠାରୁ ଯେଉଁ କଟୁ ଅନୁଭବ ମିଳିଥିଲା, ତାକୁ ଦେଖିକରି ତାହାର କୌଣସି ସହରୀ ମଣିଷ ପ୍ରତି ବିଶ୍ୱାସ ଆସି ପାରୁ ନ ଥିଲା । ତା'ପରେ ଜୟରାଜ ମଧ୍ୟ କେଉଁ ସଭ୍ୟ ବ୍ୟକ୍ତି ପରି ଦେଖାଯାଉ ନ ଥିଲା । ତା'ର କଥାବାର୍ତ୍ତା ଗୁଡ଼ା ଅସଂଲଗ୍ନ ଲାଗୁଥିଲା । ସାମନା ଟେବୁଲ ଉପରେ ଖୋଲା ମଦ ବୋତଲ ଥୁଆ ହୋଇଥିଲା । ଲବଙ୍ଗ ନିଜ ଆଖିରେ ତାକୁ ମଦ୍ୟ ପାନ କରିବାର ଦେଖି ନେଇଥିଲା । ତେଣୁ ତା' ମନ ଭିତରେ ଡର କାହିଁକି ହେବନାହିଁ ।

"ତା' ହେଲେ ତୁମେ ବହୁତ ଗରିବ ?" - ଜୟରାଜ ପଚାରିଲା ।

"ହଁ ଆଜ୍ଞା ।" - ଲବଙ୍ଗ ବଡ଼ ଉଦ୍‌ବିଗ୍ନ ହୋଇ କହିଥିଲା- "ମୋତେ ଯିବାକୁ ଦିଅନ୍ତୁ, ମୋ ମା' ବ୍ୟସ୍ତ ହେଉଥିବ ।" ଲବଙ୍ଗକୁ ଜୟରାଜର ରଙ୍ଗ ଢଙ୍ଗ ଖରାପ ଲାଗୁଥିଲା । ଏହା ମଧ୍ୟ ସତ ଥିଲା ଯେ, ଲବଙ୍ଗ ମନର ଆଶଙ୍କା ଆଧାରହୀନ ନ ଥିଲା । ଜୟରାଜ ପାଖରେ ଧନ ଥିଲା ଏବଂ ତାକୁ ଖରାପ ବାଟରେ ନେଇଯିବା ପାଇଁ ବନ୍ଧୁ ମଧ୍ୟ ଥିଲେ । ଆଉ କଠିନ କାମକୁ ହାସିଲ କରିବା ପାଇଁ ପର୍ଯ୍ୟାପ୍ତ ସାଧନ ମଧ୍ୟ ଥିଲା ।

"ତୁମର ମା' ମଧ୍ୟ ଅଛନ୍ତି ?" - ଜୟରାଜ ପଚାରିଲା ।

"ହଁ ସରକାର ! ମୋତେ ଯିବାକୁ ଦିଅନ୍ତୁ ।" - ଲବଙ୍ଗ ପ୍ରାର୍ଥନା କଲାପରି କହିଥିଲା ଏବଂ ଯିବା ପାଇଁ ଉଠି ଠିଆ ହୋଇଯାଇଥିଲା ।

"ବସ !" ଜୋର୍‌ରେ ଜୟରାଜ କହିଲା । ମଦର ନିଶା କମ୍ ହୋଇଯିବା ଯୋଗୁଁ ଜୟରାଜ ମନରେ ଲବଙ୍ଗ ପ୍ରତି ଯେଉଁ ସହାନୁଭୂତି ଉତ୍ପନ୍ନ ହୋଇଥିଲା ତାହା ଦୁଇ ତିନି ପେଗ୍ ପିଇଦେଲା ପରେ ଲୁପ୍ତ ହୋଇଯାଇଥିଲା ।

ଥରି ଥରି ଲବଙ୍ଗ ପୁଣି ତଳେ ବସି ପଡ଼ିଥିଲା । ନିଜର ଅସହାୟତା ଯୋଗୁଁ ତା' ଆଖି ଲୁହ ଛଳ ଛଳ ହୋଇଯାଇଥିଲା ।

"କାନ୍ଦ ନାହିଁ ।" ସ୍ୱରରେ ଯଥା ସମ୍ଭବ ନମ୍ରତା ଆଣି ଜୟରାଜ କହିଲା । "ମୁଁ ତୁମକୁ ଟିକିଏ ହେଲେବି କଷ୍ଟ ଦେବି ନାହିଁ ।" କିନ୍ତୁ ଲବଙ୍ଗକୁ ଯେମିତି ବିଶ୍ୱାସ ହେଉ ନ ଥିଲା ।

ଜୟରାଜ ବୋତଲର ଠିପି ଖୋଲି ପୁଣି ଗ୍ଲାସରେ ଅଜାଡ଼ିଲା । ଶରାବ ଗଳାର ତଳକୁ ଚାଲିଗଲା ପରେ ତା'ର ଚକ୍ଷୁଦ୍ୱୟ ପୁଣି ଅଧିକ ରକ୍ତିମ ହୋଇ ଉଠିଥିଲେ । ଦ୍ୱିତୀୟ ଗ୍ଲାସ ପୂର୍ଣ୍ଣ କରି ସେ ତାହାକୁ ହାତରେ ଧରି ଚୌକି ଉପରୁ ଉଠିପଡ଼ି ଠିଆ ହୋଇଗଲା ଏବଂ ଅସ୍ଥିର ପାଦରେ ଲବଙ୍ଗ ଆଡ଼କୁ ଆଗେଇ ଚାଲିଥିଲା ।

ଲବଙ୍ଗର ଭୟ ବହୁଗୁଣିତ ହୋଇ ଉଠିଥିଲା । ପାଖରେ ତାକୁ ସାହାଯ୍ୟ କଲାବାଲା କେହି ନ ଥିଲେ । ଚାକରକୁ ମଧ୍ୟ ଏହି ମଦୁଆ ଚାଲିଯିବାକୁ ଆଦେଶ ଦେଇଥିଲା । ଲବଙ୍ଗ ହୃଦୟର ସ୍ପନ୍ଦନ ତୀବ୍ର ହୋଇ ଉଠିଥିଲା । ସେ ଉଠିକରି ଠିଆ ହୋଇଗଲା ଏବଂ ଭୟଭୀତ ହରିଣୀ ପରି କିଛି ପାଦ ପଛକୁ ହଟିଯାଇଥିଲା । ଜୟରାଜ ଆଗକୁ ବଢ଼ି ଆସୁଥିଲା ।

"ତୁମର ତାମସା ଠିକ୍ କର । ମୁଁ ଦେଖିବି ।" ଜୟରାଜ କହିଲା ।

ଲବଙ୍ଗର ଡର ତଥାପି ମଧ୍ୟ ଦୂର ହୋଇ ନ ଥିଲା । ତାମସା ଦେଖିବା ସମୟରେ ହିଁ ଗୋଟେ ଗୁଣ୍ଡା ତା' ପ୍ରତି ଅସଭ୍ୟ ଆଚରଣ କରିଥିଲା । କେଜାଣି ଇଏ ମଧ୍ୟ ସେମିତି କିଛି କରିବନିତ ?

"ଶୀଘ୍ର କର ।" - ଜୟରାଜ ତା' ସ୍ୱରରେ ଗମ୍ଭୀରତା ତଥା ନମ୍ରତା ଆଣି କହିଥିଲା ।

ବିଚାରୀ ଲବଙ୍ଗ ଡରି ଡରି ଆଗକୁ ଆସିଥିଲା । ବାକ୍ସକୁ ଟେବୁଲ ଉପରେ ରଖିଥିଲା ଏବଂ ଗୋଟେ କାଚର ଢାଙ୍କୁଣୀ ଖୋଲି ଦେଇଥିଲା ।

ଜୟରାଜ ତା' ଗ୍ଲାସକୁ ଟେବୁଲ ଉପରେ ରଖିଦେଲା ଆଉ କାଚ ଉପରେ ଆଖି ଲଗାଇ ଦେଇଥିଲା । ଲବଙ୍ଗ ତା'ର ଡାହାଣ ହାତରେ ବାୟସ୍କୋପର ହ୍ୟାଣ୍ଡେଲ ଘୁରାଇବାକୁ ଲାଗିଲା । ବାଁ ହାତର ଆଙ୍ଗୁଠିରେ ଲୁହା ଗୋଲେଇ ଠକ୍ ଠକ୍ କରି ବାକ୍ସ ଉପରେ ବାଜିବାରୁ ଲାଗିଥିଲା, ତା' ସାଙ୍ଗରେ ଲବଙ୍ଗର ଭୟ ମିଶ୍ରିତ ସ୍ୱର ଶୁଣାଯାଉଥିଲା । "ଦେଖରେ ବାବୁ ଦେଖ...।" ଲବଙ୍ଗ ଖେଳ

ଦେଖାଇ ଚାଲିଥିଲା ଏବଂ ଜୟରାଜ ଆଡୁ ଭୟଭୀତ ମଧ୍ୟ ଥିଲା । କିନ୍ତୁ ଜୟରାଜ ଚୁପ୍ ଚାପ୍ ତାମସା ଦେଖୁଥିଲା । ତା'ର କୌଣସି ବ୍ୟବହାରରେ ସେ ଅଭଦ୍ରତା ଦେଖାଇ ନ ଥିଲା । ପିଲାଙ୍କ ପରି ପୁରା ଧ୍ୟାନରେ ତାମସା ଦେଖୁଥିଲା, ଜୟରାଜ ।

ଲବଙ୍ଗ କହିଯାଉଥିଲା- "ଦେଖରେ ବାବୁ ଦେଖ, ଚଳନ୍ତା ରେଳ ଗାଡ଼ି ଦେଖ..."

ସ୍ୱୟଂକ୍ରିୟ ଭାବରେ ଜୟରାଜର ବାମ ହାତ ଠକ୍ ଠକ୍ କରୁଥିବା ଲବଙ୍ଗର ବାମ ହାତ ଉପରେ ପଡ଼ିଯାଇଥିଲା । କିନ୍ତୁ ତାହାର ଆଖି ସେହି କାଚ ଉପରେ ଲାଗି ରହିଥିଲା । ଜୟରାଜ ହାତର ସ୍ପର୍ଶ ପାଇ ଚମକି ଉଠିଥିଲା ଲବଙ୍ଗ । ତାହାର ପୁରା ଶରୀର ଶିହରୀ ଉଠିଥିଲା, ଯେମିତିକି ତାହାର ଶିରା ପ୍ରଶିରାରେ ବିଦ୍ୟୁତ ଧାର ପ୍ରବାହିତ ହୋଇ ଉଠିଥିଲା, ଯେମିତିକି କିଏ ଜଣେ ଗୋଟେ ଗ୍ଲାସ ଶରାବ ତାକୁ ପିଆଇ ଦେଲା । ଚମକି ଯାଇ କରି ବି, ଶିହରୀ ଉଠିକି ବି ସେ ତା'ର ହାତ ସେଠାରୁ ଘୁଞ୍ଚାଇ ନ ଥିଲା । ଖେଳ ପୂର୍ବପରି ଚାଲୁ ରହିଥିଲା । କେବଳ ଠକ୍ ଠକ୍ ଶବ୍ଦ ବନ୍ଦ ହୋଇଯାଇଥିଲା । ଲବଙ୍ଗ ହୃଦୟର ସ୍ପନ୍ଦନ ସେହି ମାନବ ହାତର ସ୍ପର୍ଶରେ ଆହୁରି ବଢ଼ିଯାଇଥିଲା । ତାହାର ଅନ୍ତରରେ ମାଦକତାର ସୃଷ୍ଟି ହୋଇଥିଲା । ଜୟରାଜର ହାତ ଲବଙ୍ଗ ହାତ ଉପରେ ପଡ଼ି ରହିଥିଲା । କେହି ହେଲେ ତାହା ବାରଣ କରି ନ ଥିଲେ । ଯେମିତିକି ଦୁଇଜଣଙ୍କୁ ପରସ୍ପର ପ୍ରତି ସମ୍ପର୍କ ବହୁତ ଭଲ ଭାବରେ ଜଣା ପଡ଼ିଯାଇଥିଲା ।

ତାମସାର ଚିତ୍ର ସବୁ ଶେଷ ହୋଇଯାଇଥିଲା । ଲବଙ୍ଗ ନିରୀହ ଭାବରେ ଠିଆ ହୋଇ ରହିଥିଲା । ଜୟରାଜକୁ କହିବି ପାରିଲାନି ଯେ ଖେଳ ଶେଷ ହୋଇଗଲା । ଜୟରାଜ ମଧ୍ୟ ସେ କାଚରେ ଆଖି ଲଗାଇ ରହିଥିଲା । କେତେ ମିନିଟ୍ ବ୍ୟତୀତ ହୋଇଯାଇଥିଲା ।

"ତାମସା ଦେଖାଅ !" - ଜୟରାଜ କହିଲା ।

"ଏବେ ଶେଷ ହୋଇଗଲା, ସରକାର ।" - ଲବଙ୍ଗ ହଠାତ୍ ଚମକି କରି କହିଲା ।

"ଶେଷ ହୋଇଗଲା ! ଏତେ ଶୀଘ୍ର ।" - ଜୟରାଜ ଲବଙ୍ଗର ଆଖିକୁ ଅନାଇ କହିଲା । ଲବଙ୍ଗର ଚକ୍ଷୁଦ୍ୱୟ ଅବନତ ହୋଇଯାଇଥିଲା ।

"ବହୁତ ଭଲ ଲାଗିଲା ତୁମର ତାମସା ।" - ଜୟରାଜ କହିଲା- "ବହୁତ ପସନ୍ଦ ଆସିଲା ।"

"ଆପଣଙ୍କର ବହୁତ ଦୟା ସରକାର !" - ଲବଙ୍ଗ ପ୍ରଥମ କରି ତା' ଆଡ଼କୁ ଅନାଇ କରି କହିଲା । କାହିଁକି କେଜାଣି ଲବଙ୍ଗ ମନର ସବୁ ଡର ଭୟ, ଜୟରାଜ ହାତର ସ୍ପର୍ଶରେ ଦୂରେଇ ଯାଇଥିଲା ।

"ତୁମର ଡେରି ହେବ, ଏବେ ତୁମେ ଯାଇ ପାର ।" - କହି କରି ଜୟରାଜ ଲବଙ୍ଗ ହାତରେ ପାଞ୍ଚ ଟଙ୍କା ରଖିଦେଲା ।

"ମୋତେ କେବଳ ଏକ ପଇସା ଦରକାର, ସରକାର । ମୁଁ ଏ ଟଙ୍କା ନେଇ କ'ଣ କରିବି ?" ଲବଙ୍ଗ ଜୟରାଜକୁ ଟଙ୍କା ଫେରାଇ ଦେଇ କହିଥିଲା ।

ଜୟରାଜ ଟଙ୍କା ସହ ଲବଙ୍ଗର ହାତ ତା' ଦୁଇ ହାତରେ ଜାବୁଡ଼ି ଧରିଥିଲା । ଲବଙ୍ଗର ଗାଲ ଲାଜରେ ନାଲି ପଡ଼ି ଯାଇଥିଲା । ସେ କିଛି କହି ପାରିଲା ନାହିଁ । ଜୟରାଜ ତା'ର ହାତ ଚଞ୍ଚଳ ଛାଡ଼ି ଦେଇଥିଲା ।

"ନେଇଯାଅ, ତୁମର କାମରେ ଆସିବ ଏ ଟଙ୍କା, ତମେ ଗରିବ ପରା !" - ସେ କହିଲା ।

"ଆମକୁ ଦାରିଦ୍ର୍ୟ ହିଁ ଭଲ, ସରକାର" - ଲବଙ୍ଗ କହିଲା- "ଗୋଟିଏ ପଇସା ବଦଳରେ ଏତେ ଟଙ୍କା ନେଇ ନେଇ ଆମେ ତ ବହୁତ ଶୀଘ୍ର ଧନୀ ହୋଇଯିବୁ ।" - ଲବଙ୍ଗର କଥା ବାସ୍ତବିକ ଥିଲା । ଛଳ କପଟ ଦ୍ୱାରା ଏକ ପଇସା ବଦଳରେ ଏତେ ଟଙ୍କା ନେଇ ନେଇ ତ ଲୋକମାନେ ଧନୀ ହୋଇ ଯାଆନ୍ତି ଏବଂ ଏକ ପଇସା ନେବା ବାଲା ସବୁବେଳେ ଗରୀବ ହୋଇ ହିଁ ରହିଯାଇଥାଆନ୍ତି ।

ଜୟରାଜ ଭଲ ଭାବରେ ଏ କଥା ବୁଝିପାରିଥିଲା । "ନେଇ ନିଅ ଏହି ଟଙ୍କାକୁ ।" - ଜୟରାଜ କହିଲା- "ମୋ ତରଫରୁ ରଖିନିଅ ।" - ଲବଙ୍ଗ ଜୟରାଜ ଆଡ଼କୁ ଅନାଇଲା । ତାହାର ଆଗରେ ଜଣେ ସୁନ୍ଦର ମଦୁଆ ଯୁବକ ଠିଆ ହୋଇଥିଲା । ଯାହା ପାଖରେ ଅପର୍ଯ୍ୟାପ୍ତ ଧନ ଅଛି କିନ୍ତୁ ସେ ଧନକୁ ଉଚିତ ଉପଯୋଗ କରିବାର ଉପଦେଶ ଦେବାକୁ କେହି ବନ୍ଧୁ ନ ଥିଲେ । ତା' ଆଖି ମାନଙ୍କରେ ଦୁଃଖର ଭଣ୍ଡାର ପୁରି ହୋଇ ରହିଥିଲା କିନ୍ତୁ ସେ ଦୁଃଖକୁ ନିଜର ଭାବି କେହି ଜଣେ ନିଜ ଜୀବନକୁ ତା' ପାଇଁ ବଳିଦାନ କରିବାକୁ ରାଜି ନ ଥିଲେ ।

ଲବଙ୍ଗ ଭାବୁଥିଲା କି ଏହି ବାତରା ଧନୀ ଯୁବକ ପାଇଁ ଜଣେ ଜୀବନ ସାଥୀର ଅତ୍ୟନ୍ତ ଆବଶ୍ୟକତା ରହିଛି, ଯିଏ କି ତା'ର ଶରୀର ଆଉ ମନ ଉପରେ ପ୍ରଭାବ ପକାଇ ଏହି ଅବ୍ୟବସ୍ଥିତ ଜୀବନ ଶୈଳୀକୁ ବ୍ୟବସ୍ଥିତ କରିପାରିବ । ଯିଏ

ତା'ର ଚାଲିଚଳନରେ ହସ୍ତକ୍ଷେପ କରି ମଦ୍ୟପାନକୁ ଘୃଣା କରିବା ଶିଖାଇ ପାରିବ, ଯିଏ ତାହାର ଜୀବନରେ ନିଜର ଅପୂର୍ବ ଯୌବନ ସମ୍ଭାରକୁ ସମର୍ପଣ କରି, ବେଶ୍ୟା ମାନଙ୍କ ଘରର ବାଟ ବନ୍ଦ କରିପାରିବ। ଯଦି ଲବଙ୍ଗ ଏ ସବୁ କରି ପାରନ୍ତା ! ଯଦି କରି ପାରନ୍ତା ତେବେ ସେ ତା'ର ଜୀବନ ଯୌବନ ସବୁକିଛି ସମର୍ପଣ କରି ଏହି ଯୁବକକୁ ସତ୍‌ମାର୍ଗକୁ ଆଣି ପାରନ୍ତା ଏବଂ ଏ ଦୁନିଆ ଦେଖନ୍ତା କି କାଲିର ବାତରା ଜୟରାଜ ଆଜି ଏକ ଶୁଦ୍ଧ ପବିତ୍ର ଯୁବକ ଯାହାର ହୃଦୟରେ ରୋଗୀ ମାନଙ୍କ ପାଇଁ ଔଷଧ ଅଛି, ଯାହାର ଟ୍ରେଜେରୀରେ ଗରିବଙ୍କ ପାଇଁ ଧନ ଅଛି ଏବଂ ଯାହାର ଆଖିରେ ଦଳିତ, ପ୍ରପୀଡ଼ିତଙ୍କ ପାଇଁ ଲୁହ ଅଛି। କିନ୍ତୁ ଏ ଧନୀ ଗରିବର ବନ୍ଧନ ! ଏହା ତ ତା' ପାଇଁ ଅଭିଶାପ। ସେ ଗରିବ ଆଉ ଦଳିତ ବି।

"ଯଦି ପୁଣି କେବେ କୌଣସି ଜିନିଷର ଆବଶ୍ୟକ ପଡ଼େ, ତେବେ ଚଞ୍ଚଳ ଏଠାକୁ ଆସିଯିବ।" ଜୟରାଜ କହିଲା - "ମୋ ପାଖରେ କୌଣସି ସ୍ତ୍ରୀ ଲୋକ ମାନଙ୍କର ଶାଢ଼ୀ ନାହିଁ। ଥିଲେ ତୁମକୁ ଦେଇ ଦେଇଥାନ୍ତି।"

"ଆପଣ ବହୁତ ଦେଲେ, ସରକାର" - କହିକରି ଲବଙ୍ଗ ସେ ପାଞ୍ଚ ଟଙ୍କାକୁ ତା' କୁର୍ତ୍ତାର ପକେଟରେ ରଖିଲା।

"ତୁମେ ସବୁଦିନ ଏଠାକୁ ଆସି ଥରେ ମୋତେ ତାମସା ଦେଖାଇ ଯାଅ। ତୁମର ତାମସା ମୋତେ ବହୁତ ପସନ୍ଦ ଲାଗୁଛି।" - ଜୟରାଜ କହିଥିଲା।

"ଅନ୍ୟ ଦିନ ମାନଙ୍କରେ ମୁଁ ତାମସା ଦେଖାଇବା ପାଇଁ ଗୋଟେ ପଇସାରୁ ଅଧିକା ନେବିନାହିଁ, ସରକାର।" ଲବଙ୍ଗ କହିଥିଲା। ଜୟରାଜ ହୃଦୟରେ ଅପାର ଦୟା ଥିବାର ଆଭାସ ତାକୁ ମିଳିଯାଇଥିଲା।

"ଆଚ୍ଛା, ନ ନିଅ ପଛେ କିନ୍ତୁ ନିଶ୍ଚୟ ଆସିବ।"

ଚୁପ୍ ଚାପ୍ ଲବଙ୍ଗ ନିଜ ମୁଣ୍ଡ ଉପରେ ବାକ୍ସ ଉଠାଇ କରି ରଖିଲା ଏବଂ ଯିବାକୁ ଲାଗିଲା।

"ଶୁଣ !" - ସେ ଅଟକି ଯାଇଥିଲା। ବୁଲିପଡ଼ି ଜୟରାଜ ଆଡ଼କୁ ଅନାଇଲା। ସାବଲୀଳ କ୍ରମେ ତା' ଓଠରେ ସ୍ମିତ ହାସ୍ୟ ଲାଗି ରହିଥିଲା।

"ତୁମର ଶାଢ଼ୀ ପଛରୁ ବହୁତ ଚିରି ଯାଇଛି।" - ଜୟରାଜ କହିଥିଲା- "ମୋର ଚାକର ତୁମ ସାଙ୍ଗରେ ଯିବ। ସେ ତୁମ ପାଇଁ ଶାଢ଼ୀ କିଣାଇ ଦେବ।"

"ମୁଁ ଶାଢ଼ୀ ଚାହୁଁନାହିଁ, ସରକାର। ଆପଣଙ୍କ ଦୟା ହିଁ ଆମ ପାଇଁ

ବହୁତ ।” ଲବଙ୍ଗ କହିଥିଲା । କିନ୍ତୁ ଜୟରାଜ ମାନି ନ ଥିଲା । ସେ ଡାକିଲା- “ଲଖନା, ଆରେ ଏ ଲଖନା ।”

“ଆସୁଛି ସରକାର” - କହିକରି ଲଖନା ଦୌଡ଼ି ଆସିଥିଲା ।

“ଦେଖ ! କୌଣସି ଦୋକାନରୁ ଭଲ ଶାଢ଼ୀ ଏହାଙ୍କ ପାଇଁ କିଣି ଦେବୁ, ଏଇ ଟଙ୍କା ନେ ।” ଜୟରାଜ ଲଖନା ହାତରେ ଦଶ ଟଙ୍କାର ନୋଟ ଧରାଇ ଦେଇଥିଲା ।

“ତୁମେ ତୁମର ନାଁ ତ କହିଲନି !” - ଜୟରାଜ ପଚାରିଲା ।

“ସରକାର, ମୋର ନାଁ ଲବଙ୍ଗ ।” - ସଂକୁଚିତ ହୋଇ ସେ କହିଥିଲା ।

“ବହୁତ ବଢ଼ିଆ ନାଁ ।” - ଜୟରାଜ କହିଲା- “ଦେଖ ଲବଙ୍ଗ ! ମୁଁ ଏ ସହରରେ ପୁରା ବଦ୍‌ନାମ ହୋଇଯାଇଛି । ଲୋକ ମୋ ନାଁ ଶୁଣି ଭୁଇଁ ଉପରେ ଛେପ ପକାଉଛନ୍ତି । ଲୋକମାନଙ୍କର ଏହି ଅବହେଳା ପାଇଁ ହିଁ ମୋ ଜୀବନର ଗୋଟେ ଅଭାବ ଏ ପର୍ଯ୍ୟନ୍ତ ପୁରଣ ହୋଇପାରିନାହିଁ ।” ଜୟରାଜ ଜୀବନରେ କ'ଣ ଅଭାବ ଅଛି ତାହା ଲବଙ୍ଗ ଜାଣିଯାଇଥିଲା ।

“କିନ୍ତୁ ତୁମେ ଏ ଉପରେ ଧ୍ୟାନ ଦେବ ନାହିଁ । ପ୍ରତିଦିନ ଏଠାକୁ ଆସିଯିବ ।” - ବୁଲିପଡ଼ି ଜୟରାଜ ସୋଫା ଉପରେ ଯାଇ ବସିପଡ଼ିଥିଲା ।

ଲବଙ୍ଗ ଏବଂ ଲଖନା ଘରୁ ବାହାରକୁ ଚାଲି ଆସିଲେ । ତା'ପରେ ଜୟରାଜ ଉଠିଥିଲା । ଟେବୁଲ ପାଖରେ ଥିବା ଚୌକି ଉପରେ ବସି ପଡ଼ିଲା । ବୋତଲରୁ ମଦ ଗ୍ଲାସରେ ଢାଳିଲା ଆଉ ପାଟିରେ ଲଗାଇଥିଲା । ତା' ଆଗରେ ଦୁନିଆ ରଙ୍ଗୀନ ପରୀ ପରି ନାଚି ଉଠିଥିଲା ।

॥ ୧୦ ॥

ଦୁନିଆରେ ଯଦି କେଉଁ ଘୃଣିତ ଠାରୁ ଆହୁରି ଘୃଣିତ ବସ୍ତୁ ଥାଏ ତ ତାହା ହେଉଛି ମଦ । ମଣିଷର ମୁଣ୍ଡକୁ ସବୁବେଳେ ଅସ୍ଥିର, ବିଚଳିତ ରଖିବା ପରି ଏହି ଜିନିଷ । ଏହାକୁ ପିଇ କରି କୌଣସି ଭଲ ବିଷୟରେ ଚିନ୍ତା ବି କରି ହେବନାହିଁ ।

ଜୟରାଜ ବହୁତ ପିଉଥିଲା । ପିଇ ପିଇ କରି ଅନ୍ଧାଧୁନ ପଇସା ଖର୍ଚ୍ଚ କରୁଥିଲା ସୁନ୍ଦରୀ ବେଶ୍ୟା ମାନଙ୍କ ପଛରେ । ଜୟରାଜ ପାଖରେ ପଇସାର ଅଭାବ ନ ଥିଲା, ବାପା ତାକୁ ଦେଇଥିବା ସମ୍ପୂର୍ଣ୍ଣ ସ୍ୱତନ୍ତ୍ରତା ଥିଲା ଏବଂ ବହୁତ ମଦ୍ୟପାନ କରି ନିଶାକ୍ତ ହୋଇ ବିକୃତ ମସ୍ତିଷ୍କ ମଧ୍ୟ ଥିଲା ।

ଲବଙ୍ଗ ଚାଲିଯିବା ପରେ ଜୟରାଜ ଟେବୁଲ ପାଖରେ ବସିକରି କିଛି ଚିନ୍ତାରେ ବୁଡ଼ିଯାଇଥିଲା । ଏକ କ୍ଷଣ ପାଇଁ ଲବଙ୍ଗର ସୌନ୍ଦର୍ଯ୍ୟ, ଲବଙ୍ଗର ନିରୀହ କୋଇଲି ପରି କଣ୍ଠସ୍ୱର, ଲବଙ୍ଗର ଅସହାୟତା ଛାଇ ଯାଇଥିବା ଚକ୍ଷୁଦ୍ୱୟରେ ଅଶ୍ରୁର ଝଲକ ଜୟରାଜକୁ ଗୋଟେ ଅଲଗା ଦୁନିଆରେ ପହଞ୍ଚାଇ ଦେଇଥିଲା । ସେ ଦୁନିଆରେ ଶରାବର ମାଦକତା ନ ଥିଲା, ସେହି ଦୁନିଆରେ ବେଶ୍ୟା ମାନଙ୍କର ଅପୂର୍ବ ସୌନ୍ଦର୍ଯ୍ୟ ଦ୍ୱାରା ପ୍ରଭାବିତ ହୃଦୟର ଉଦ୍‌ବେଳିତ ମନ୍ଥନ ନ ଥିଲା । ଏହି ଦୁନିଆରେ ଅମୃତର ରସ ପରି ଶୀତଳତା ଥିଲା, ପ୍ରାକୃତିକ ସୌନ୍ଦର୍ଯ୍ୟ ପରି ହୃଦୟରେ ଏକ ଅପୂର୍ବ ଶାନ୍ତି ଥିଲା । କିନ୍ତୁ ସେ ଅଧିକ ସମୟ ପର୍ଯ୍ୟନ୍ତ ଏହି ବିଷୟ ଉପରେ ଚିନ୍ତା କରି ପାରି ନଥିଲା । ମଦର ତୀବ୍ର ପ୍ରଭାବ ତା'ର ମନକୁ ପୁଣି ସେହିଆଡ଼େ ମୋଡ଼ିଦେଲା ଯେଉଁଠି ସାଧାରଣତଃ ମଦ୍ୟପ ମାନଙ୍କର କ୍ରୀଡ଼ାସ୍ଥଳୀ ହୋଇଥାଏ । ଅର୍ଥାତ୍ ବେଶ୍ୟାଳୟ । ଜୟରାଜ ଆଖି ସାମନାରେ ସେହି ରୁପର ଦୁନିଆର ଚିତ୍ର ଝିଲିମିଲି କରିବାକୁ ଲାଗିଥିଲା । ଗୁଲଶନର ମୋହକ ସୌନ୍ଦର୍ଯ୍ୟର ଛାୟା, ସ୍ୱର୍ଗର ଅପସରା ପରି ତା' ଆଗରେ ନୃତ୍ୟ କରି ଉଠିଥିଲା । ଜୟରାଜର

ହୃଦୟ ଏକ ମନଲୋଭା ସଂଗୀତ ଝଙ୍କାର ରେ ପରିପୂର୍ଣ୍ଣ ହୋଇ ଉଠିଥିଲା । ଗୁଲଶନ ! ଓଃ ! କ୍ଷଣିକ ଆବେଗରେ ଆସି ସେ ଗୁଲଶନ ସାଙ୍ଗରେ କେମିତି ଅନ୍ୟାୟ କରିପାରିଲା । ସେ କ'ଣ ବା କହିଥିଲା । କିଛି ବି ତ ନୁହେଁ । ସେ କେବଳ ସେହି କଥା ଗୁଡ଼ିକ କହିଥିଲା ଯାହା ସାଧାରଣତଃ ଅନ୍ୟ ବେଶ୍ୟାମାନେ ଯୁବକ ମାନଙ୍କ ଉପରେ ନିଜର ଆଧିପତ୍ୟ ଜମାଇବାକୁ କହିଥାନ୍ତି- "ମୋର ରାଜା ! ତୁମ ଉପରେ ସବୁକିଛି ଉତ୍ସର୍ଗ କରି ଦେବାକୁ ମନ ଚାହୁଁଛି ।" ଏବଂ ଆଜି ପର୍ଯ୍ୟନ୍ତ ଶହ ଶହ ଥର ମଧ୍ୟ ଜୟରାଜ ଏହି ବାକ୍ୟ ଭିନ୍ନ ଭିନ୍ନ ବେଶ୍ୟା ମାନଙ୍କ ଠାରୁ ଶୁଣି ଆସିଛି । ସେତେବେଳେ ତ ସେ ଟିକିଏ ହେଲେ ରାଗି ନ ଥାଏ କି ଟିକେ ହେଲେ ଅସନ୍ତୁଳିତ ହୋଇ ନ ଥାଏ । ତେବେ ଗୁଲଶନ ଯେତେବେଳେ ସେହି ଏକା କଥାକୁ ଦୋହରାଇଥିଲା, ସେ ହଠାତ୍ କାହିଁକି କ୍ରୋଧିତ ହୋଇ ଉଠିଥିଲା ? କାହିଁକି ସେ ଜଣେ ନିର୍ଦ୍ଦୋଷୀକୁ ରାଗିକରି ଇଆଡୁ ସିଆଡୁ ଶୁଣେଇ ଦେଲା ? ତା'ର ଅପରାଧ ବା କ'ଣ ଥିଲା ? କେତେ ଥିଲା ? ଭାବି ଭାବି ଜୟରାଜ ବିବ୍ରତ ହୋଇ ଉଠିଥିଲା । ସେ ଚୌକି ଉପରୁ ଉଠି ଘର ଭିତରେ ବୁଲିବାକୁ ଲାଗିଥିଲା- ଏପଟରୁ ସେପଟକୁ, ସେପଟରୁ ଏପଟକୁ ।

"ମୁଁ ଭିତରକୁ ଆସି ପାରେ କି, ହଜୁର !" ଏକ ସ୍ୱର ଶୁଣାଗଲା ।

ଜୟରାଜ ଚମକି ପଡ଼ି ମୁଣ୍ଡ ଉଠାଇ ଦେଖିଲା ଦ୍ୱାରା ବାହାରେ ଅତି ବିନୟ ପୂର୍ବକ ଭାବରେ ତାଲ ଖାଁ ଠିଆ ହୋଇଛି ।

"ଆସ ତାଲ ଖାଁ ! ଚାଲି ଆସ ।" କହିକରି ଜୟରାଜ ପୁଣି ଟେବୁଲ ପାଖରେ ଥିବା ଚୌକି ଉପରେ ବସିପଡ଼ିଲା ।

"ହଜୁରଙ୍କ ଦେହ ଖରାପ ଅଛି ନା କ'ଣ ?" ଓସ୍ତାଦ ପଚାରିଲା ।

"ଠିକ୍ ଅଛି, ବିଲକୁଲ ଠିକ୍ ।" - ଜୟରାଜ କହିଲା ।

ଲମ୍ବା ଚଉଡ଼ା ଭୂମିକା ପରେ ଓସ୍ତାଦ ତାଲ ଖାଁ ତାକୁ ଯେଉଁ କଥା କହିବାକୁ ଚାହୁଁଥିଲା କିମ୍ବା ଯେଉଁ କଥା କହିବାକୁ ଆସିଥିଲା, ସେ ସବୁ ଜୟରାଜ ଭଲ ଭାବରେ ଜାଣିଥିଲା ।

"କ'ଣ ଦାସୀ ଗୁଲଶନ କେଉଁ ଭୁଲ କରିଦେଇଛି, ହଜୁର ?" ଓସ୍ତାଦ କିଛି କିଛି ବାଟକୁ ଆସିଥିଲା ।

"ନାହିଁ" ଜୟରାଜ ଗୋଟେ ଛୋଟିଆ ଉତ୍ତର ଦେଇଥିଲା ।

"ତା' ହେଲେ ସେହି ନଗଣ୍ୟ ଦାସୀ ଉପରେ ଆପଣ କାହିଁକି ରାଗିକରି

ଚାଲିଆସିଲେ, ହଜୁର !" ଓସ୍ତାଦ ତାଲ ଖାଁ କହିବାରେ ଲାଗିଲା- "ଯଦି ସେ ଆପଣଙ୍କୁ କିଛି ଖରାପ ଭାଷାପ୍ରୟୋଗ କରିଥିଲା ତେବେ ଆପଣ ମୋତେ କହି ପାରିଥାନ୍ତେ, ମୁଁ ସେହି ଅଭଦ୍ର ଝିଅର ବୁଦ୍ଧି ଠିକଣାରେ ଲଗାଇ ଦେଇଥାନ୍ତି । ମୁଁ ସେହିଦିନ ଆପଣଙ୍କୁ କହିଥିଲି କି ହଜୁର, ଗୁଲଶନ କୌଣସି ବେଶ୍ୟାର ଝିଅ ନୁହେଁ । ସେ ତ ଭଲ ଘରର ପିଲା ଥିଲା । କେଉଁ ଶୈତାନ କୌଣସି ନିରୀହ ଝିଅର ଇଜ୍ଜତ ଲୁଟି ନେଇଥିଲା ଏବଂ ତା'ର ଫଳାଫଳ ଏହି ସୁନ୍ଦରୀ ପିଲା ରୂପରେ ଏହି ଦୁନିଆକୁ ଆସିଥିଲା । ତାକୁ ସଡ଼କ ଉପରେ ପଡ଼ିଥିବା ଦେଖି କରି ମୁଁ ଏହା ଭାବିନେଇଥିଲି, ହଜୁର !"

ଜୟରାଜ ଚୁପ୍ ଚାପ୍ ଶୁଣି ଯାଉଥିଲା ।

"ମୁଁ ପିଲା ଦିନୁ ହିଁ ତା'ର ପ୍ରତିପାଳନ କରିଥିଲି । ନିଜର ପିଲା ଭାବିକରି ନୁହେଁ- ଏହା ଭାବିକରି ଯେ ଆଜି ଯେଉଁ ଅନାଥ ଶିଶୁ ଭାଗ୍ୟର ଧକ୍କା ଖାଇକରି ସଡ଼କ ଉପରେ ପଡ଼ି ରହିଛି, ସେ ଦିନେ ନିଜର ଅପରୁପ ରୁପ ସମ୍ଭାରରେ, ନିଜର ଅପୂର୍ବ ଭାବ ଭଙ୍ଗୀରେ, ନିଜର ସୌନ୍ଦର୍ଯ୍ୟରେ ଏ ଦୁନିଆରେ ବଜ୍ରପାତ କରିଦେବ । ହଟ ଚମଟ ସୃଷ୍ଟି କରିଦେବ । ଆଜି ବର୍ଷ ବର୍ଷର ମୋର ଆଶା ପୁରଣ ହୋଇଛି । ଗୁଲଶନ ରୂପର ନିଆଁରେ ସେ ପତଙ୍ଗ ମାନେ ମରି ମରି ଜିଉଁଛନ୍ତି ଏବଂ ଜିଉ ଜିଉ ମରୁଛନ୍ତି । ସହରରେ ଏମିତି କିଏ ନାହିଁ ଯିଏ କି ତା' ପାଇଁ ଲାଳାୟିତ ନୁହେଁ । କିନ୍ତୁ ହଜୁରଙ୍କ କଥା ଅଲଗା । ହଜୁର ଅନ୍ୟ ମାନଙ୍କ ପରି କଞ୍ଚା ଖେଳୁଆଡ଼ ନୁହନ୍ତି । ହଜୁର ପ୍ରଥମେ ସୁନା ପରୀକ୍ଷା କରନ୍ତି, ତା'ପରେ ତା'ର ମୂଲ୍ୟ ଦିଅନ୍ତି, ହଜୁର ପ୍ରଥମେ ଯୌବନକୁ ପରୀକ୍ଷା କରନ୍ତି ତା'ପରେ ତାଙ୍କୁ କ୍ରୟ କରିଥାନ୍ତି, ଆପଣ ସୌନ୍ଦର୍ଯ୍ୟ ଦୁନିଆର ଅନୁଭବି ଗରାଖ ଅଟନ୍ତି। ଗୁଲଶନ ଆପଣଙ୍କ ପାଦର ଯୋତା ହୋଇ ରହିବା ପାଇଁ ଯୋଗ୍ୟା, ପରିତ୍ୟାଗ କରିବା ପରି ସେ ନୁହେଁ ।"

"ମୁଁ ତାକୁ ଗଳାର ହାର କରି ପିନ୍ଧିବି, ତାଲ ଖାଁ" - ଜୟରାଜ କହିଲା- "ଆଜି ସକାଳେ ନିଶା କିଛି ଅଧିକ ଥିଲା । ତେଣୁ ବିନା କିଛି କାରଣରେ ଗୁଲଶନ ଉପରେ ବିଗିଡ଼ି ଯାଇଥିଲି । ସତରେ ନିଶା ବହୁତ ଅଧିକ ହୋଇଯାଇଥିଲା ।"

"ନିଶା ? ନିଶା ଅଧିକ ହୋଇଯାଇଥିଲା ।" - ହସି ଉଠିଥିଲା ଓସ୍ତାଦ- "ହଜୁର ମୋ ସାଙ୍ଗରେ ଥଟ୍ଟା ଖେଳୁଛନ୍ତି ।"

"ଥଟ୍ଟା କରିବା ପାଇଁ ତୁମର ଏବେ ବୟସ ନାହିଁ, ତାଲ ଖାଁ । ମୁଁ ଠିକ୍ କଥା କହୁଛି ।"

"ଅସମ୍ଭବ !" - ଓସ୍ତାଦ ତାଲ ଖାଁ କହିଲା- "ଆଜି ପର୍ଯ୍ୟନ୍ତ ହଜୁରଙ୍କୁ ନିଶା ଉପରେ ଚଢ଼ିବାର ଦେଖିଛି । ଏହା କେବେହେଲେ ଦେଖିନାହିଁ ଯେ ନିଶା ହଜୁରଙ୍କ ଉପରେ ଚଢ଼ିଯାଇଛି । ଆଜିଠୁ କେତେବର୍ଷ ହେଲା ହଜୁରଙ୍କୁ ଜାଣିଛି । ମୋ ଆଗରେ ଶହ ଶହ ବୋତଲ ପିଇଛନ୍ତି । କିନ୍ତୁ ଇଏ କ'ଣ ମଜ୍ଜା ହୋଇଛି କି ଦୁଇ ଚାରି ଆଞ୍ଜୁଳା ପିଇକରି ନିଶା ହୋଇଯିବ ? ଇସ୍ପାତ ପରି ଶରୀର ଆପଣଙ୍କର ହଜୁର ।"

କିଛି ସମୟ ଅଟକି ଗଲା ତାଲ ଖାଁ । ପୁଣି କହି ଚାଲିଲା ।

"କିନ୍ତୁ ଛାଡ଼ନ୍ତୁ ! ଆଜି ଏହା ଶୁଣିବାର ଥିଲା ଆଉ ଶୁଣି ବି ନେଲି ଯେ ହଜୁରଙ୍କ ଉପରେ ନିଶା ଚଢ଼ିଯାଏ । କିନ୍ତୁ ଗୁଲଶନର ଏଥିରେ କ'ଣ ଦୋଷଥିଲା, ହଜୁର !"

"କିଛି ନାହିଁ ! କିଛି ନାହିଁ ତାଲ ଖାଁ ! - ଜୟରାଜ କହିଲା- "ବେକାର ହିଁ ତା' ଉପରେ ରାଗିଯାଇଥିଲି ।"

"ଭଗବାନ ଜାଣନ୍ତି, ହଜୁର ଯେବେଠାରୁ ଚାଲିଆସିଛନ୍ତି, ଗୁଲଶନ ଅତ୍ୟଧିକ ଦୁଃଖରେ ମଲା ପରି ପଡ଼ି ରହିଛି । ଚେହେରାର ସୌନ୍ଦର୍ଯ୍ୟ କର୍ପୁର ପରି ସଫେଦ ପଡ଼ିଯାଇଛି, ଲାଲ ଲାଲ ଓଠ ଆଲକାତରା ପରି କଳା ପଡ଼ିଯାଇଛି, ଝିଟିପିଟିର ଲାଞ୍ଜ ପରି ନରମ ଶରୀର ଥରି ଉଠୁଛି । ହଜୁର ! ତା'ର ଦୋଷା ଦୋଷ କ୍ଷମା କରି ଦିଅନ୍ତୁ, ତାକୁ ପାଦର ଧୂଳି ପରି ଭାବି ନିଅନ୍ତୁ ।"

ଜୟରାଜ ହସି ପକାଇଥିଲା । ଓସ୍ତାଦ ତାଲ ଖାଁ କଥାବାର୍ତ୍ତା କରିବାରେ ନିପୁଣ ଥିଲା ଏବଂ କଥା କଥାରେ ମଜାଳିଆ କଥାର ରଙ୍ଗ ଚଢ଼େଇ କଥାକୁ ସରସ କରି ପାରୁଥିଲା ।

"ମୁଁ ଆଜି କୌଣସି ସମୟରେ ଗୁଲଶନ ପାଖକୁ ଯାଇ କ୍ଷମା ମାଗିନେବି ।" - ଜୟରାଜ କହିଲା ।

"ସେ ନିଜେ କ୍ଷମା ମାଗିବା ପାଇଁ ହଜୁରଙ୍କ ପାଖକୁ ଲୁଚିକରି ଦୌଡ଼ି ଆସିଛି ।"

"ସେ କେଉଁଠି ?" - ଜୟରାଜ ପଚାରିଲା ।

"ବାହାର ଦୁଆର ପାଖରେ ଠିଆ ହୋଇଛି, ହଜୁର !" - ଓସ୍ତାଦ କହିଲା ।

"ଡାକ, ତାଙ୍କୁ ଭିତରକୁ ଡାକ, ତାଲ ଖାଁ" - ଜୟରାଜ ଉଠିକରି ଠିଆ ହୋଇଗଲା ।

ଓସ୍ତାଦ ତାଲ ଖାଁ ଡାକିବା ଆଗରୁ ଗୁଲଶନ ଦୁଆର ବାଟେ ଦଉଡ଼ି ଆସିଥିଲା ଏବଂ ଜୟରାଜର ପାଦ ତଳେ ଲୋଟିଯାଇଥିଲା । "ମୋତେ କ୍ଷମା କରିଦିଅ, ମୋର ରାଜା ।" - ସେ କହିଥିଲା ।

ଜୟରାଜ ତାକୁ ହାତର ସାହାଯ୍ୟ ଦେଇ ଉଠାଇ ଦେଇଥିଲା । ଗୁଲଶନ ଭୟଭୀତ ହରିଣୀ ପରି ତା'ର ଛାତିର ଲାଗିଗଲା ଯେମିତିକି ଦୁଇଜଣଙ୍କର ଯୁଗ ଯୁଗ ପରେ ମିଳନ ହେଉଛି ।

ଓସ୍ତାଦ ତାଲ ଖାଁ ସେ ଘରୁ ବାହାରକୁ ଚାଲି ଆସିଥିଲା ।

ଭୋଳା ଜୟରାଜକୁ ଠକିବା ପାଇଁ ସୁନେଲୀ ଜାଲ ପ୍ରସ୍ତୁତ ହୋଇଯାଇଥିଲା ।

॥ ୧୧ ॥

ଲୋକମାନେ କୁହନ୍ତି ବେଶ୍ୟା ମାନଙ୍କ ହୃଦୟରେ ବିଷ ଥାଏ । ବେଶ୍ୟା ନିଜ ହାବ ଭାବରେ ସ୍ୱାଭାବିକ ପ୍ରେମର ନାଟକ ଖେଳିପାରେ ଏବଂ ଦରକାର ପଡ଼ିଲେ ସେହି ବେଶ୍ୟା କିଛି ଟଙ୍କା ପାଇଁ ନିଜ ପ୍ରେମିକର ଗଳା ମଧ୍ୟ ଚିପି ଦେଇପାରେ ।

ଗୁଲଶନ ଜୟରାଜ ଉପରେ ନିଜ ମାଦକ ସୌନ୍ଦର୍ଯ୍ୟର ସୁନେଲୀ ଜାଲ ପକାଇବାକୁ ଚେଷ୍ଟା କରିଥିଲା । କିନ୍ତୁ ଚାଲାକ ପକ୍ଷୀ ପରି ଜୟରାଜ ଡେଣା ଫଡ଼ଫଡ଼ କରି ଉଡ଼ି ଯାଇଥିଲା । ଏଥିରେ ଗୁଲଶନର ଆତ୍ମ ସମ୍ମାନ ଉପରେ ଗଭୀର ଆଘାତ ଲାଗିଥିଲା । ଜଣେ ନାରୀ ଯେତେବେଳେ ଗଭୀର ଆଘାତ ପାଇ ପ୍ରତିଶୋଧ ନେବା ପାଇଁ ମନସ୍ଥ କରିନେଇଥାଏ ସେତେବେଳେ ତା'ର ରୁପ ଭୟଙ୍କର ହୋଇଉଠିଥାଏ । ଏ ନାରୀ ବି କିଏ ସେ ? ଗୋଟେ ବେଶ୍ୟା ! ଯାହାର ପାଦ ତଳେ ମଦ୍ୟପ ପୁରୁଷମାନେ ରାତି ଦିନ ନାକ ରଗଡ଼ନ୍ତି, ଯାହା ଆଗରେ ଲୋକମାନେ ଅଲସୁଆ କୁକୁର ପରି ହସ୍ତ ପ୍ରସାରଣ କରି ଠିଆ ହୋଇ ରହିଥାନ୍ତି । ଯାହାର ରୁପର ଅଗ୍ନିରେ ତୁଚ୍ଛ ପତଙ୍ଗ ମାନେ ସେମାନଙ୍କର ଜୀବନ ବଳିଦାନ କରିବାକୁ ପ୍ରସ୍ତୁତ ରହିଥାନ୍ତି । ତେବେ ଜଣେ ବେଶ୍ୟାର ପ୍ରତିଶୋଧର ଅଗ୍ନି କେତେ ଭୟଙ୍କର ହେବ ?

ପ୍ରତିଶୋଧର ଜ୍ୱାଳା ଶାନ୍ତ କରିବା ପାଇଁ ଏକ ବେଶ୍ୟା ପାଖରେ ଶାରିରୀକ ଶକ୍ତି ଯେପରି ଭାଲା, ବର୍ଚ୍ଛା, ଖଣ୍ଡା ଇତ୍ୟାଦି ନ ଥାଏ । ତା' ପାଖରେ ଥାଏ ଯୌବନ - ମହୁଠାରୁ ମିଠା, ମଧୁର ଦୁଷ୍ଟାମୀ-ଶରାବ ଠାରୁ ମଧ୍ୟ ମାଦକ, ହୃଦୟ-ବିଷ ଠାରୁ ମଧ୍ୟ ତୀବ୍ର । ଛଳ କପଟର ଲୁଚା ଛପାର ଖେଳ ହିଁ ବେଶ୍ୟା ମାନଙ୍କର ଶକ୍ତିଶାଳୀ ଅସ୍ତ୍ର ହୋଇଥାଏ । ଗୁଲଶନ ତା'ର ଶୀକାର ଜୟରାଜକୁ ଏହି ଅସ୍ତ୍ର ଦ୍ୱାରା ପରାସ୍ତ କରିବ ବୋଲି ଭାବି ନେଇଥିଲା । ନିଜ ବାର୍ତ୍ତାଳାପକୁ ଆହୁରି ଆକର୍ଷଣୀୟ

କରି, ଆଖିରେ ଉଛୁଳି ପଡୁଥିବା ଶରାବ ଭର୍ତ୍ତିକରି, ସୌନ୍ଦର୍ଯ୍ୟ ଏବଂ ଆକର୍ଷଣ ଭର୍ତ୍ତିକରି, ସେ ଚାହୁଁଥିଲା ଜୟରାଜକୁ ନିଜ ଉପରେ ମୁଗ୍ଧ କରି ନେବା ପାଇଁ। ଆକର୍ଷଣ ଏ ସଂସାରରେ ଏମିତି ଏକ ବସ୍ତୁ ଯାହା ଆଗରେ ମଣିଷ ସବୁବେଳେ ହାରିଯାଇଥାଏ। ବେଶ୍ୟା ମାନଙ୍କ ପାଖରେ ତୀବ୍ର ଆକର୍ଷଣ ଥାଏ। ବୋଧହୁଏ ସେଇଥିପାଇଁ ହିଁ ପୁରୁଷ ମାନେ ବେଶ୍ୟା ମାନଙ୍କର ବଶୀଭୁତ ହୋଇଯାଆନ୍ତି। ଜୟରାଜ ଉପରେ ମଧ୍ୟ ଗୁଲଶନ ଏହି ଯାଦୁ ଚଳାଇବାକୁ ଚାହିଁଥିଲା।

"ବହୁତ ଶୀଘ୍ର ରାଗି ଯାଆନ୍ତି, ସରକାର !" - ଚାହାଣୀରେ ମାଦକତା ଆଣି ଗୁଲଶନ କହିଲା।

"କ୍ଷମା କରିଦିଅ ମୋର ପ୍ରଜାପତି ! ମୋର ମନ ସେତେବେଳେ ଠିକ୍ ନଥିଲା।" - ଜୟରାଜ କହିଲା।

"ଏମିତି କ'ଣ ଅସନ୍ତୁଷ୍ଟ ହେଲ ଯେ, କିଏ କାନ୍ଦି କାନ୍ଦି ମରିଗଲେ ବି ଆଉ କାହାର ଯେମିତି କିଛି ଚିନ୍ତା ମଧ୍ୟ ନାହିଁ।" ସେ ତା' ଚେହେରା ଉପରେ ଦୁଃଖର ଛାୟା ଆଣି କହିଥିଲା।

ଜୟରାଜ ହୃଦୟର ସଦ୍‌ଭାବନା ଗୁଡ଼ାକ ଲୋପ ପାଇ ଯାଇଥିଲା। ଲବଙ୍ଗର ଚେହେରା ଆଖି ଆଗରୁ ଦୂରକୁ ଚାଲିଯାଇଥିଲା। ଏହି ସମୟରେ ତ ଗୁଲଶନର ଭରା ଯୌବନର ମାଦକ ଚେହେରା ତା' ଆଗରେ ଥିଲା। ଜୟରାଜକୁ ଆହୁରି ଭୁଲେଇ ଦେବାକୁ ଗୁଲଶନ ଗ୍ଲାସରେ ମଦ ଭର୍ତ୍ତିକରି ନିଜ ହାତରେ ଜୟରାଜକୁ ପିଆଇ ଦେଇଥିଲା। ଜୟରାଜର ଓଠ ଏମିତି ପ୍ରକାର ଆନନ୍ଦିତ ହୋଇ ଉଠିଥିଲେ ଯେମିତିକି ସେମାନେ ଯୁଗ ଯୁଗ ଧରି ତୃଷାର୍ତ୍ତ ଥିଲେ। ଦୁଇ ପେଗ୍ ପିଇଲା ପରେ ଜୟରାଜ ସବୁକିଛି ଭୁଲିଯାଇଥିଲା। ସେତେବେଳେ ସେ କେବଳ ଗୁଲଶନ ଆଉ ତା' ନିଜର ଅସ୍ତିତ୍ୱକୁ ହିଁ ଅନୁଭବ କରିପାରୁଥିଲା। ଗୁଲଶନ ତା'ର କୋଳରେ ପଡ଼ି ରହିଥିଲା। ଜୟରାଜ ପାଇଁ ସେହି ସମୟରେ, ସେ ଦୁଇଜଣଙ୍କ ବ୍ୟତୀତ ସାରା ସଂସାର ଶୂନ୍ୟ ଥିଲା।

"ତୁମକୁ ହଜାଇ କରି ପୁଣି ଥରେ ପାଇଛି, ମୋର ପ୍ରାଣ ! ଏବେ ତୁମେ କୁଆଡ଼େ ଯାଇ ପାରିବ ନାହିଁ।" - ଗୁଲଶନ କହିଲା ଏବଂ ଜୟରାଜକୁ ନିଜ ଓଠର ରସ ପିଆଇ ଦେଇଥିଲା।

"କୌଣସି ଜିନିଷ ହଜାଇ କରି ପୁଣି ପାଇବାରେ ବହୁତ ଆନନ୍ଦ ଆସେ, ଗୁଲଶନ ! ନୁହେଁ ?" - ଜୟରାଜ କହିଲା।

"ଠିକ୍ କହିଛନ୍ତି, ମୋ ସରକାର !" ଗୁଲଶନ କହିଲା- "ଦାସୀର ଭୁଲ ଯଦି କ୍ଷମା କରିଦେଇଛନ୍ତି ତେବେ ଗୋଟେ କଥା ଅନୁରୋଧ କରି ପାରିବି ?"

"ନିଶ୍ଚିନ୍ତରେ କୁହ, ମୋର ରାଣୀ ! କୁହ, କ'ଣ କହିବାକୁ ଚାହୁଁଛ ।"

"ମସ୍ତକର ଟୋପି ନ ହେଲେ ନାହିଁ ପାଦର ଜୋତା ପରି ତ ମୋତେ ଆପଣ ରଖି ପାରିବେ ?"

"ତୁମକୁ ସବୁବେଳେ ମୁଣ୍ଡେଇକି ରଖିବି, ଗୁଲଶନ !"

"ଦାସୀକୁ ଏତେ ଉଚ୍ଚ ସମ୍ମାନ ଦିଅନ୍ତୁନି, ମୋ ସରକାର !" - ଗୁଲଶନ କହିଲା- "ପେଟର ନାଟ ସବୁ, ନ ହେଲେ ମୁଁ ନିଜେ ଦାସୀ ହୋଇ ସରକାରଙ୍କ ଘରେ ପଡ଼ି ରହନ୍ତି, ଏହାତ ମୋର ଇଚ୍ଛା ଅଛି, ଦେଖିବା ଭଗବାନ କେବେ ପୁରା କରୁଛନ୍ତି ?"

"ଏବେ ତୁମକୁ କାହାକୁ ହେଲେ ଅପେକ୍ଷା କରିବାକୁ ପଡ଼ିବନି, ଗୁଲଶନ ! ଆଜିଠାରୁ ତୁମେ ମୋର । ମୋ ଆପଣାର ଗୁଲଶନ ।"

"ଭଗବାନ ଆପଣଙ୍କର ଧନ ଦୌଲତ, ଇଜ୍ଜତ ବୃଦ୍ଧି କରନ୍ତୁ, ମୋର ରାଜା ।" - ଖୁବ ଖୁସିରେ କହିଲା ଗୁଲଶନ - "ଓହ ! ମୁଁ ଆଜି କେତେ ଖୁସି ଅଛି । ଭଗବାନ ଜାଣନ୍ତି ମୁଁ ପାଗଳ ହୋଇଯିବି ।"

"ଡରି ଯାଅନି, ମୋ ପ୍ରଜାପତି, ମୁଁ ପାଖରେ ଅଛି ।" - ଜୟରାଜ କହିଲା ।

କଳ୍ପିତ ପ୍ରେମର ଅଭିନୟ କରୁଥିବା ଜଣେ ବେଶ୍ୟା ଏବଂ ବିକୃତ ମସ୍ତିଷ୍କ ବାଲା ଜଣେ ଧନାଢ଼୍ୟ ମଦ୍ୟପ, ଏକ ଲତା ପରି ପରସ୍ପର ଛନ୍ଦି ହୋଇଯାଇଥିଲେ । ସେମାନଙ୍କ ଆଗରେ ବାସନାରେ କୃତ୍ରିମ ସୌନ୍ଦର୍ଯ୍ୟ ଝଲମଲ୍ କରି ଉଠିଥିଲା । ଦୁଇଜଣ ପାଗଳ ପରି ହୋଇଉଠିଥିଲେ ।

॥ ୧୨ ॥

କବାଟ ଉପରେ ଠକ୍ ଠକ୍ ଶବ୍ଦ ଶୁଣାଯାଇଥିଲା । ଦୁଇଜଣ ଜଣେ ଅନ୍ୟ ଜଣଙ୍କୁ ଛାଡ଼ି ଅଲଗା ହୋଇଯାଇଥିଲେ । ଜୟରାଜ ଉଠିକରି ଦ୍ୱାର ପାଖକୁ ଆସିଲା ଏବଂ ଧୀରେ ଧୀରେ ତାହାକୁ ଖୋଲିଥିଲା । ବାହାରେ ତା'ର ଚାକର ଲଖନା ଠିଆ ହୋଇଥିଲା ।

"କ'ଣ ହେଲା ଲଖନା ?" - ଜୟରାଜ ପଚାରିଲା ।

"ସରକାର ! ବଡ଼ ସରକାର ଆସୁଛନ୍ତି ।" -ଲଖନା କହିଥିଲା ।

"ବାପା ! ବାପା ଆସୁଛନ୍ତି ?" ଅସ୍ତ ବ୍ୟସ୍ତ ସ୍ୱରରେ କହି ଉଠିଲା ଜୟରାଜ । ବାପାଙ୍କର ଅସମୟରେ ଆସିବା ଶୁଣିକରି ଜୟରାଜ ଘାବରାଇ ଯାଇଥିଲା । ଏ ସମୟ ତ ତାଙ୍କର ଅଫିସରେ ରହିବାର ଥିଲା ।

"ହଁ" ଲଖନା କହିଲା- "ଏବେ ଏବେ କାରରୁ ଓହ୍ଲାଇଲେ । ତରତର ହୋଇ ଏ ଆଡ଼କୁ ଆସୁଛନ୍ତି ।"

"ଗୁଲଶନ !" ଜୟରାଜ ଗୁଲଶନକୁ କ'ଣ କହିବାକୁ ଚାହୁଁଥିଲା ।

"ଦାସୀ ପାଇଁ କ'ଣ ଆଦେଶ ଅଛି ?"

"ତୁମେ ପଛପଟ କବାଟ ଦେଇ ଘରକୁ ଚାଲିଯାଅ । ବାପା ଆସୁଛନ୍ତି । ତୁମର ତାଙ୍କ ଆଗକୁ ଏବେ ଆସିବା ଠିକ୍ ହେବନାହିଁ ।" - ଜୟରାଜ କହିଲା ।

"ଯାହା ଆଦେଶ ।" - ଗୁଲଶନ କହିଥିଲା ।

"ଆଉ ତୁମର ଏଠାକୁ ଯିବା ଆସିବା ଠିକ୍ ହେବନାହିଁ । ସମୟ ମିଳିଲେ ମୁଁ ତୁମ ପାଖକୁ ଯିବା ଆସିବା କରିବି ।"

"ଏହା ହିଁ ଠିକ୍ ହେବ ।"- ଗୁଲଶନ କହିଲା ।

"ଜୟରାଜ ଘରର ପଛପଟ କବାଟ ଖୋଲିଦେଲା । ଲଖନା ସାଙ୍ଗରେ ଗୁଲଶନ ସେହି ଦ୍ୱାର ଦେଇ ବାହାରକୁ ଚାଲିଯାଇଥିଲା ।

ଜୟରାଜ ଟେବୁଲ ଉପରେ ରଖାଯାଇଥିବା ବୋତଲ ଏବଂ ଗ୍ଲାସ ଉଠାଇ କରି ଚଞ୍ଚଳ ଆଲମାରୀରେ ବନ୍ଦ କରିଦେଲା ଏବଂ ନିଜର ଅବ୍ୟବସ୍ଥିତ ଚେହେରାକୁ ଠିକ୍ କରି ନେଇଥିଲା । ସେହି ସମୟରେ ରାୟ ବାହାଦୁର ସେଠ୍ ଗଙ୍ଗାଦାସ ସେଠାରେ ପ୍ରବେଶ କରିଥିଲେ । ଘରର ଚର୍ତୁଦିଗରେ ଧ୍ୟାନପୂର୍ବକ ଦୃଷ୍ଟି ବୁଲାଇ ନେଲାପରେ ସେ ଯାଇ ଚଉକି ଉପରେ ବସି ପଡ଼ିଥିଲେ ।

"ବହୁତ ଦୁର୍ଗନ୍ଧ ଆସୁଛି ତୁମ ଘରୁ, ଯେମିତି କେଉଁଠି ସ୍ପିରିଟ୍ ଛିଞ୍ଚା ଯାଇଛି ।" ସେ କହିଲେ, ଜୟରାଜ ଚମକି ପଡ଼ିଥିଲା । କେଉଁ ମୁହଁରେ ସେ କହିବ ଯେ, ଏ ମଦର ଦୁର୍ଗନ୍ଧ ବୋଲି ।

"ତୁମ ନିଜର କଥା ତ ତୁମେ ଭୁଲିଗଲ ।" -ସେଠ୍‌ଜୀ କହିଲେ- "ଆଜି ସକାଳୁ ତୁମର କୋଠୀକୁ ଆସିବାର ଥିଲା ନା ? କାହିଁକି ଆସିଲନି ?"

"କ'ଣ କହିବି ବାପା ! ଗୋଟେ ଜରୁରୀ କାମରେ ଲାଗିଯାଇଥିଲି ।"- ଜୟରାଜ ଦ୍ୱିଧାଭରା ସ୍ୱରରେ କହିଥିଲେ ।

"ବହୁତ ଜରୁରୀ କାମ ଥିଲା ନା ?"- ପରିହାସ ପୂର୍ବକ ହସି ଉଠିଥିଲେ ସେଠ୍‌ଜୀ- "ସେଥିପାଇଁ ତ ତୁମକୁ ଏ ପର୍ଯ୍ୟନ୍ତ ଗାଧୋଇବାକୁ ସମୟ ମିଳିନି । ମୁଣ୍ଡର ବାଳକୁ ଦେଖ । ଏମିତି ଠିଆ ହୋଇ ରହିଛି ଯେମିତିକି ତା' ଉପରେ ମାସ ମାସ ଧରି ତେଲ ଆଉ ପାଣି ଲାଗିନି ।"

"ଏବେ ତ ମୁଁ କାଲି ଗାଧୋଇଥିଲି, ବାପା !"

"ଛାଡ଼୍ !"- ଟିକିଏ ରହିକରି ସେଠ୍‌ଜୀ କହିଲେ ।

"ଏବେ ଏବେ ତୁମେ କାହା ସାଙ୍ଗରେ କଥାବାର୍ତ୍ତା କରୁଥିଲ ?"

ଜୟରାଜ ଶରୀର ଆଶଙ୍କାରେ ଥରେ ଶିହରୀ ଉଠିଥିଲା । "କଥାବାର୍ତ୍ତା ? ମୁଁ ତ କାହା ସାଙ୍ଗରେ କଥା ହେଉ ନ ଥିଲି, ବାପା ! ମୁଁ ତ ଏଠାରେ ଏକୁଟିଆ ବସିଥିଲି ।"

"ତୁମେ ମୋ ଠାରୁ ଏତେ ଦୂରେଇ ରହିବାକୁ କାହିଁକି ଚେଷ୍ଟା କରୁଛ ?" ସେଠ୍‌ଜୀ କହିଲେ 'ଶୀଘ୍ର ଗାଧୋଇ ପଡ଼ି ମୋ ସାଙ୍ଗେ ଯିବାକୁ ପ୍ରସ୍ତୁତ ହୋଇପଡ଼ ।"

ଜୟରାଜ ଚୁପ୍ ଚାପ୍ ସ୍ନାନାଗାରରେ ପଶିଗଲା ଏବଂ ଅଧଘଣ୍ଟାକ ଭିତରେ ଗାଧୁଆ ପାଧୁଆ ଶେଷ କରି ପ୍ରସ୍ତୁତ ହୋଇଯାଇଥିଲା । ଲଖନା ଚା ଟ୍ରେ ଟେବୁଲ ଉପରେ ରଖିଦେଲା । ଜୟରାଜ ଦୁଇକପ୍ ଚା ତିଆରି କରିଦେଲା । ବାପ ପୁଅ ଚା ପିଇବାରେ ଲାଗିଥିଲେ ।

"ଜୟରାଜ !" -ଟିକେ ପିଉ ପିଉ ସେଠ୍‌ଜୀ ଡାକିଲେ।

"ଆଜ୍ଞା !" -ଜୟରାଜ ଧୀର ସ୍ୱରରେ କହିଥିଲା। ନିଜ ବାପାଙ୍କର ମନ ତାକୁ ବହୁତ ଗମ୍ଭୀର ଲାଗୁଥିଲା।

"ମଣିଷ ପାଖରେ ଭଲ ଚରିତ୍ର ରହିବା ଜରୁରୀ।"

"ଆଜ୍ଞା !"

"ଚରିତ୍ରବାନ ମଣିଷ ହିଁ ନିଜର ପ୍ରତିଷ୍ଠା ତଥା ଧନର ଉଚିତ ଉପଯୋଗ କରି ତାକୁ ଅକ୍ଷୁର୍ଣ୍ଣ ରଖିପାରିବ।"

"ଆଜ୍ଞା !" -ଜୟରାଜ ଶଙ୍କିତ ହୋଇ ଉଠିଥିଲା।

"ମଦ ଏକ ଏମିତି ପଦାର୍ଥ ଯାହା ମଣିଷକୁ ଚରିତ୍ରଭ୍ରଷ୍ଟ କରିଦେଇଥାଏ।"

"ଆଜ୍ଞା !"

"ଆଉ ବେଶ୍ୟା ଏମିତି ଏକ ଗାଡ଼ି ଯାହା ପଛରେ ମଣିଷ ପାଗଳ ପରି ଘୁରିବୁଲେ ଏବଂ ଦିନେ ସତକୁ ସତ ପାଗଳ ହୋଇଯାଏ। ଏହିସବୁ କଥା ତୁମକୁ ଏଇଥିପାଇଁ କହୁଛି ଯେ, ଆଗକୁ ମୋର ସବୁ କାରବାର ତଥା ବ୍ୟବସାୟର ଦାୟିତ୍ୱ ତୁମ ଉପରେ ପଡ଼ିବ ଏବଂ ଯଦି ତୁମେ ଚରିତ୍ରବାନ ନ ହୁଏ ତେବେ ମୋର ପ୍ରତିଷ୍ଠା ଏବଂ ସମ୍ପତ୍ତି, ଯାହାକୁ ମୁଁ ରକ୍ତକୁ ପାଣି କରି ଅର୍ଜନ କରିଛି, ସବୁ ଧୂଳିରେ ମିଶିଯିବ।"

ଜୟରାଜ କିଛି କହିପାରିନଥିଲା। ମୁଣ୍ଡ ତଳକୁ କରି ଠିଆ ହୋଇ ରହିଥିଲା। କିଛି ସମୟରେ ଟିକେ ଶେଷ ହୋଇଯାଇଥିଲା। ସେଠ୍ ଗଙ୍ଗାଦାସ ଉଠିପଡ଼ି ଠିଆ ହୋଇଗଲେ ଏବଂ ବଙ୍ଗଳାର ବାହାରକୁ ଚାଲିଥିଲେ। ଜୟରାଜ ତାଙ୍କ ପଛେ ପଛେ ଚାଲିଥିଲା। ସଡ଼କ ଉପରେ ସେଠ୍‌ଜୀଙ୍କର ଚମକୁ ଥିବା ଫୋର୍ଡ଼ କାର ଠିଆ ହୋଇଥିଲା। ଦୁଇଜଣ ଯାଇ ସେହିଥିରେ ବସିଯାଇଥିଲେ। ଡ୍ରାଇଭର ଗାଡ଼ି ଷ୍ଟାର୍ଟ କଲା। ଦଶ ମିନିଟ୍ ପରେ କାର୍ ଗୋଟେ ବିଶାଳକାୟ ଅଟ୍ଟାଳିକା ପାଖରେ ଅଟକି ଯାଇଥିଲା। ସେହି କୋଠା ଉପରେ ଗୋଟେ ବଡ଼ ସାଇନବୋର୍ଡ଼ ଲାଗିଥିଲା। "ରାୟବାହାଦୁର ସେଠ୍ ଗଙ୍ଗା ଦାସ ଆଣ୍ଡ ସନ୍‌ସ-ବ୍ୟାଙ୍କର୍‌ସ।" ତାହା ସେଠ୍‌ଜୀଙ୍କର କୋଠୀ ଥିଲା। ସେଠ୍‌ଜୀ ସହରର କୋଟିପତି ମାନଙ୍କ ମଧ୍ୟରୁ ଅନ୍ୟତମ ଥିଲେ। ଦୁଇଜଣ କାରରୁ ଓହ୍ଲାଇ କୋଠୀ ଭିତରକୁ ଚାଲିଯାଇଥିଲେ।

॥୧୩॥

ଅସ୍ତଗାମୀ ସୂର୍ଯ୍ୟଙ୍କର ରକ୍ତିମ କିରଣ ଏବେବି ପୃଥିବୀ ପୃଷ୍ଠରେ କେଉଁଠି କେଉଁଠି ନାଚି ଉଠୁଥିଲା । ବନ୍‌ଜାର ଝିଅମାନେ ଦିନସାରା ସହରରେ ତାମସା ଦେଖାଇ କରି ସଂଧ୍ୟା ର ଆଗମନରେ ଗୀତ ଗାଇ ଗାଇ ଘରକୁ ଫେରୁଥିଲେ । ବନ୍‌ଜାର ଝିଅ ମାନଙ୍କର ଗୋଟେ ଦଳ ବାୟସ୍‌କୋପର ବାକ୍ସକୁ ମୁଣ୍ଡ ଉପରେ ରଖିକରି, ଶୁଖିଲା ଗୋହିରୀ ଉପରେ ଚାଲି ଚାଲି ଆସୁଥିଲେ । ଲବଙ୍ଗ ମଧ୍ୟ ସେହି ଦଳରେ ଥିଲା । ତା'ର କାଖରେ ଏକ ଜୋଡ଼ା ଭଲ ଶାଢ଼ୀ ଚପି ହୋଇ ରହିଥିଲା ।

"ଆଜି ତ ଲବଙ୍ଗ ବିବିର ଭାଗ୍ୟ ଖୋଲି ଯାଇଛି ।" ଜଣେ କହିଲା- "ଗୋଟେ ଜୋଡ଼ା ଶାଢ଼ୀ କାହାଠୁ ମାଗି ଆଣିଛୁ ?"

"କୁଆଡୁ ପାଇଗଲୁ ଏ ଶାଢ଼ୀ ଗୁଡ଼ାକ, ଲବଙ୍ଗ !" - ଦ୍ୱିତୀୟ ଜଣକ ଲବଙ୍ଗକୁ ପଚାରିଥିଲା ।

"ଆରେ ଭଉଣୀ !" - ପ୍ରଥମ ଜଣକ କହିଲା- "କୋଉ ସହରୀ ଗୁଣ୍ଡା ମିଳିଯାଇଥିବ ।"

ସମସ୍ତେ ଠୋ ଠୋ କରି ହସି ଉଠିଥିଲେ ।

"ତୁମେ ସବୁ ମୋ ସାଙ୍ଗରେ ଥଟ୍ଟା କରୁଛ । କହିଦେବି ପଞ୍ଚମ ଭାଇକୁ" -ଲବଙ୍ଗ ରାଗିବା ସ୍ୱରରେ କହିଲା ।

"ଆରେ ବାରେ, ପଞ୍ଚମ ଭାଇର ଆଦରର ଭଉଣୀ ! ପଞ୍ଚମ ଭାଇକୁ କାହିଁକି କହିବୁ ? କହିଦେ ସେ ସହରୀ ଗୁଣ୍ଡାକୁ । ଭଲ ହେବନା ? ଆମକୁ ମଧ୍ୟ ଦୁଇ ଚାରିଟା ଶାଢ଼ୀ ମିଳିଯିବ"। ତୃତୀୟ ଜଣକ କହିଥିଲା ।

"ଆରେ ଭଉଣୀ" - ଚତୁର୍ଥ ଜଣକ କହିବାକୁ ଲାଗିଲା- "ଏ ସହରୀ ଗୁଣ୍ଡା

ପୁରା ବେପାରୀ ଅଟନ୍ତି, ବେପାରୀ । ଚଢ଼େଇକୁ ଦାନା ଦେବା ସେମାନେ ଭଲ ଭାବରେ ଜାଣନ୍ତି ।"

ଲବଙ୍ଗ ଭାବିବାକୁ ଲାଗିଲା, ତେବେ କ'ଣ ତାକୁ ମଧ୍ୟ ଚଢ଼େଇ ପରି ଫଶେଇବାକୁ ଶିକାରୀ ଜୟରାଜ ଏହି ଜାଲ ପକାଇଛି ! ନାଁ ! ଏମିତି ହୋଇ ପାରିବନି । ଜୟରାଜର ମନ ଭିତରେ ସଦ୍‌ଭାବନା ଦବିକରି ଅଛି । କେବଳ ତାକୁ ବାହାର କରିବାକୁ କୌଣସି ସଚା ଶୁଭଚିନ୍ତକର ପ୍ରେରଣାର ଆବଶ୍ୟକତା ରହିଛି । ରାସ୍ତା ସାରା ଲବଙ୍ଗର ସାଙ୍ଗ ମାନେ ଥଟ୍ଟା ପରିହାସ ଚଳେଇଥିଲେ । ନାରୀ ମାନଙ୍କ ଭିତରେ ଅନ୍ୟର ଉନ୍ନତି ଦେଖିକରି ପ୍ରଗାଢ଼ ଈର୍ଷାଭାବ ଜାଗ୍ରତ ହୋଇଥାଏ । କିନ୍ତୁ ଲବଙ୍ଗ ଚୁପ୍ ରହିଥିଲା । କେଜାଣି କେଉଁ କେଉଁ ଭାବନାରେ ମଗ୍ନ ରହିଥିଲା ।

"ଏହାର ପଞ୍ଚମ ଭାଇରର ମଧ୍ୟ ଆଜିକାଲି ଭଲଦିନ ଚାଲିଛି ।" - କେହି ଜଣେ କହିଲା । ସେମାନଙ୍କର କଥାବାର୍ତ୍ତାର ଧାରା ଏ ପର୍ଯ୍ୟନ୍ତ ଚାଲିଥିଲା

"କଣରେ କଲ୍ଲୋ ?"- ଆଉ ଜଣେ ନ ଜାଣିଲା ପରି ପଚାରିଲା- "କେଉଁ କଥା ତୁ କହୁଛୁ ?"

"ମୁଁ କ'ଣ ମିଛ କଥା କହୁଛି !"- ପ୍ରଥମ ଜଣକ କହିଲା- "ଚୌଧୁରୀର ଗେଲ୍‌ହା ଝିଅ କେସର ନା, ତାହାରି ସାଙ୍ଗରେ ।"

"ଆରେ ଚୁପ୍ !" ଚୌଧୁରୀ ଦାଦା ଶୁଣିବେ ତ ତୋ ମୁଣ୍ଡରୁ ବାଳ କାଟି ଲଣ୍ଡା କରିଦେବେ ।"

"ଆରେ ସେ କ'ଣ କରିବେ ? ସେ ତ ନିଜେ ଚାହୁଁଛନ୍ତି କେସରର ବିବାହ ପଞ୍ଚମ ସାଙ୍ଗରେ ହେଇଯାଉ । ତାଙ୍କୁ ଦୁଇଜଣଙ୍କର ଯୋଡ଼ି ବହୁତ ପସନ୍ଦ ଲାଗୁଛି ନା !"

"କେସର ବି ଦେଖିଲା ଟୋକା ତାଗଡ଼ା ଅଛି । ବାସ୍, ଯୌବନର ଡୋର ଧରାଇଦେଲା ପଞ୍ଚମ ହାତରେ । ଏହା ବି ଭାବିଲାନି ଯେ ବାହାଘର ହେବାଯାଏଁ ଅପେକ୍ଷା କରିବାକୁ ।"

"କେସର ତ ବୋକୀ । ତା' ଉପରେ କେତେ ଭଲ ଭଲ ଟୋକା ମରିବାକୁ ପ୍ରସ୍ତୁତ ହୋଇଯାଇଥାନ୍ତେ । ବାସ୍, ଗୋଟେ ଦିନ ତାମସା ବାକ୍ସ ମୁଣ୍ଡ ଉପରେ ରଖି ସହର ଯିବାର ଆବଶ୍ୟକତା ଥିଲା ।"

"ତା'ପରେ ତ କେତେ କେତେ ସହରୀ ପଥଭ୍ରଷ୍ଟ ଖେଳାଳୀ ଖୋଲା ହାତରେ ନିମନ୍ତ୍ରଣ କରିଥାନ୍ତେ ।"

"ଭଉଣୀ !" ଜଣେ ଯିଏକି ଏ ପର୍ଯ୍ୟନ୍ତ ଚୁପ୍ ରହିଥିଲା, କହିଲା- "ଲବଙ୍ଗ ବାସ୍ତବିକରେ ଚତୁର କାମ କରିଛି । ଭାବିଲା, ଏ ବନ୍‌ଜାର ମାନଙ୍କ ପାଖରେ କ'ଣ ଅଛି । ଯାଇକରି କୌଣସି ସହରୀ ଧନୀ ଲୋକର ପ୍ରିୟ ଭାଜନ ହୋଇଯାଅ । ତାହେଲେ ଏମିତି ଦୁଇ ଚାରିଟା ଶାଢ଼ୀ ପୁଣି ଖାଇବା ପାଇଁ କଚୁଡ଼ି, ମିଠା ତ ମିଳିଯିବ ।

"ବା, ଭଉଣୀ ବା ! ପୁରା ଠିକ୍ କଥା କହିଲ ତୁମେ" - ସମସ୍ତେ ଠୋ ଠୋ କରି ହସି ଉଠିଥିଲେ ।

ଲବଙ୍ଗକୁ ଲାଗିଥିଲା ଯେମିତି ତା'ର କଲିଜା ତା' ମୁହଁ ପାଖକୁ ଚାଲି ଆସୁଛି । ବ୍ୟଙ୍ଗ ଭରା କଥା ଶୁଣି ଶୁଣି ସେ କାନ୍ଦ କାନ୍ଦ ହୋଇଯାଇଥିଲା । ହେ ଭଗବାନ ! କେଉଁ ମୁହୂର୍ତ୍ତରେ ଜୟରାଜ ଆଉ ତା'ର ସାକ୍ଷାତ ହୋଇଥିଲା ? କିନ୍ତୁ ସେ ଶାଢ଼ୀ ଆଣିଲା କାହିଁକି ? ଏହା ତ ତାରି ହିଁ ଭୁଲ । ଜୟରାଜ ତାକୁ ଶାଢ଼ୀ ଦେଲା, ତା'ର ନିର୍ଦ୍ଧନତାକୁ ଉପହାସ କରିବା ପାଇଁ । ସେଥିପାଇଁ ନୁହେଁ ଯେ ସେ ଗରିବ, ପାଖରେ ପଇସା ନାହିଁ, ଖାଇବାକୁ ଦାନା ନାହିଁ, ପିନ୍ଧିବାକୁ ବସ୍ତ୍ର ନାହିଁ । ସେଥିପାଇଁ ଯେ ଧନାଢ଼୍ୟ ଜୟରାଜ ନିଜ ଧନର ଅହଙ୍କାରରେ ତା' ଉପରେ ତା'ର ଉପକାରର ବୋଝ ଲଦି ଦେବାକୁ ସେ ଶାଢ଼ୀ ଦେଇଥିଲା । ସେହି ପ୍ରକାର ଯେମିତିକି ଭୋକିଲା କୁକୁର ଆଗରେ ଶୁଖିଲା ରୁଟିର ଗୋଟେ ଅଂଶ ଫୋପାଡ଼ି ଦିଆଯାଇଥାଏ । ତେବେ କ'ଣ ଗରିବର ଜୀବନ ଗୋଟେ କୁକୁରର ଜୀବନ ପରି ? କ'ଣ ଧନୀ ଲୋକମାନେ ଫିଙ୍ଗି ଦେଉଥିବା ରୁଟି ଖଣ୍ଡ ଖାଇକରି ଗରିବର ଜୀବନ ବ୍ୟତୀତ ହେଉଛି ? କ'ଣ ଗରିବ ମାନଙ୍କର ଅସ୍ତିତ୍ୱ ଏ ସଂସାରରେ କିଛି ହେଲେ ନାହିଁ ? କିଛି ନାହିଁ ! ଗରିବର ଅସ୍ତିତ୍ୱ ଏ ସଂସାରରେ କିଛି ନାହିଁ । ଧନୀ ମାନଙ୍କର ଅସ୍ତିତ୍ୱ ଏ ସଂସାରରେ ସବୁ କିଛି । ଧନୀ ହସୁଥିଲେ ସେ ହସ ପଛରେ ସେମାନଙ୍କ ଧନର ଅହଙ୍କାର ଅର୍ନ୍ତନିହିତ ଥାଏ । ଆଉ ଗରିବ ହସିଲେ ସେ ହସ ପଛରେ ତା' ଦୈନ୍ୟର ବିକଳତା ଅର୍ନ୍ତନିହିତ ରହିଥାଏ । ଲବଙ୍ଗର ଆଖିରେ ଲୁହ ଭରି ଆସିଥିଲା ସେହି ବନ୍‌ଜାର ଝିଅମାନଙ୍କର କଟୁ ବାକ୍ୟ ଶୁଣିକରି । ଯଦି ସ୍ତ୍ରୀ ଲୋକମାନେ କାନକୁହା ହୋଇ ନ ଥାନ୍ତେ ତେବେ ସଂସାରରୁ କଳହର ନାଁ ଉଠିଯାଇଥାନ୍ତା ।

"ଦେଖ ଭାଇ !" ପୋତା ଯାଇଥିବା ଶବକୁ ଜଣେ ଯେପରି ବାହାର କରିଦେଇଥିଲା- "ଈଶ୍ୱର ଯାହାକୁ ଦେଉଛନ୍ତି, ତାକୁ ହିଁ ଦିଅନ୍ତୁ । ଆମେ କାହିଁକି

ଈର୍ଷା କରିବା ? ଈଶ୍ୱର ଏହି ଦେବା ବାଲାଙ୍କୁ ଖୁସିରେ ରଖିଥାନ୍ତୁ । ଯିଏ କି ଅତି କମ୍‌ରେ ଚେହେରାର ସୁନ୍ଦରତା ଦେଖି କିଛି ଦାନ ତ କରିଦେଉଛନ୍ତି ।"

"ପଞ୍ଚମ ମଧ୍ୟ କେତେ ପରମ ମୂର୍ଖ ଯେ ସେ କେସର ପଛରେ ପାଗଳ ପରି ପଡ଼ିଛି ।" ଦ୍ୱିତୀୟ କହିଲା- "ତାକୁ ବି ଦରକାର କୌଣସି ସହରୀ ଝିଅ ସାଙ୍ଗରେ ପିରତୀ ଲଗାଇବା, ତାହେଲେ ତାକୁ ମଧ୍ୟ ଅତି କମ୍‌ରେ ଦୁଇ ଘରି ଜିନିଷ ପିନ୍ଧିବାକୁ ମିଳିଯିବ । ସତରେ ବିଚରୀ କେସର ପାଖରେ କ'ଣ ବା ଅଛି ? ହଁ, ବେଳେବେଳେ ଚୌଧୁରୀ ଦାଦାର ବୋତଲରୁ ଚୋରୀ ଚୋରୀ ଦୁଇ ଘରି ଆଞ୍ଜୁଳା ତାକୁ ପିଆଇ ଦେଉଥିବ ଆଉ ପୁଣି ପାଣି ଭର୍ତ୍ତି କରି ବୋତଲର ଖାଲିକୁ ପୁରଣ କରିଦେଉଥିବ । କିନ୍ତୁ ଏଥିରେ କ'ଣ ହେବ ?"

"ଈଶ୍ୱର କେବେ ହେଲେ ସମସ୍ତଙ୍କର ଭଲ କରିବେ । ତୁମେମାନେ ବ୍ୟସ୍ତ ହୁଅନାହିଁ ।" ଜଣେ ତା'ର ବୁଦ୍ଧି ଖଟାଇ କହିଲା ।

ଗାଁର ସୀମା ଆସିଯାଇଥିଲା । ଗାଁ ମୁଣ୍ଡରେ ହିଁ ଲବଙ୍ଗର କୁଡ଼ିଆ ଥିଲା । "ଦେଖ, ଲବଙ୍ଗ ବିବିର ଘର ତ ଆସିଗଲା । ଏବେ ଆମ ସମସ୍ତଙ୍କୁ ଆରପଟକୁ ଯିବାକୁ ପଡ଼ିବ ।" ଜଣେ ବ୍ୟଙ୍ଗ କରି କହିଥିଲା । ଲବଙ୍ଗ ନିଜ କୁଡ଼ିଆ ଆଡ଼କୁ ମୁହାଁଇଥିଲା ।

॥୧୪॥

ଲବଙ୍ଗର ମା' କୁଡ଼ିଆ ବାହାରେ, କବାଟ ପାଖରେ ଗୋଟେ ଭଙ୍ଗା ଖଟିଆ ଉପରେ ବସି ତା'ର ମୁଣ୍ଡ କୁଣ୍ଡାଉ ଥିଲା ଏବଂ ବାଳ ଭିତରୁ ଉକୁଣୀ ଖୋଜି ଖୋଜି ତାକୁ ତା'ର ନଖରେ ମାରି ଦେଉଥିଲା । ସେହି ସମୟରେ ଲବଙ୍ଗ ଆସି ପହଞ୍ଚି ଯାଇଥିଲା । ତା'ର ମୁଣ୍ଡ ଉପରେ ତାମସା ବାକ୍ସ ଥିଲା ଏବଂ କାଖରେ ଶାଢ଼ୀ ଜାକି ଧରିଥିଲା । ଚେହେରାରେ ଗମ୍ଭୀରତା ଥିଲା ଆଉ ଆଖି ଦୁଇଟିରୁ ଯେପରି ଲୁହଗୁଡ଼ା ବାହାରି ଆସିବାକୁ ଚାହୁଁଥିଲେ । ବୁଢ଼ୀ ଲବଙ୍ଗ ଆଡ଼କୁ ଚାହିଁଲା ପୁଣି ତାମସା ବାକ୍ସ ଆଡ଼କୁ ଆଉ କାଖରେ ଚାପି ହୋଇ ରହିଥିବା ଶାଢ଼ୀଙ୍କୁ । ଲବଙ୍ଗ ପାଖରେ ନୂଆ ଶାଢ଼ୀ ଦେଖି କରି ବୁଢ଼ୀ ଆଶ୍ଚର୍ଯ୍ୟ ହୋଇଯାଇଥିଲା ।

ସେ ଠେଙ୍ଗା ସାହାଯ୍ୟରେ ଠିଆହେଲା ଏବଂ ଅସାମଞ୍ଜସ୍ୟ ଭାବରେ ପାଦ ପକାଇ ଲବଙ୍ଗ ପାଖକୁ ଆସିଥିଲା । ଥରିଲା ହାତରେ ସେ ଶାଢ଼ୀକୁ ଛୁଇଁଥିଲା ଯେମିତିକି ତାକୁ ବିଶ୍ୱାସ ହେଉ ନଥିଲା । ଲବଙ୍ଗ କିଛି ନ କହି କୁଡ଼ିଆ ଭିତରକୁ ଚାଲିଗଲା । ମୁଣ୍ଡ ଉପରୁ ବାକ୍ସ ଓହ୍ଲାଇ ଗୋଟେ କୋଣରେ ରଖିଦେଲା, ଶାଢ଼ୀ ତା' ଉପରେ ଫୋପାଡ଼ି ଦେଲା ଏବଂ ଭଙ୍ଗା ଖଟିଆ ଉପରେ ଗଡ଼ି ପଡ଼ିଥିଲା । ଆଖିରେ ଲୁଚି ରହିଥିବା ଅସରନ୍ତି ଅଶ୍ରୁ କଣିକା ଅବାରିତ ଗତିରେ ବୋହି ଚାଲିଥିଲା । ବୁଢ଼ୀକୁ ଲବଙ୍ଗର ଗମ୍ଭୀର ମୁଖମଣ୍ଡଳ କିଛି ସନ୍ଦେହ ଜନକ ଲାଗିଥିଲା । ସେ ଲାଠିର ସାହାଯ୍ୟରେ ଭିତରକୁ ଆସିଲା । ଭିତରେ ଲବଙ୍ଗଙ୍କୁ କାନ୍ଦୁଥିବାର ଦେଖି ଆଶ୍ଚର୍ଯ୍ୟ ହୋଇଯାଇଥିଲା ।

"ତୋର କ'ଣ ହୋଇଛି ଲବଙ୍ଗ ? ହେଲା କ'ଣ ?" ଲବଙ୍ଗ ପାଖରେ ବସି ବୁଢ଼ୀ ତାକୁ ଶାନ୍ତ୍ୱନା ଦେବାରେ ଲାଗିଥିଲା । ଶାନ୍ତ୍ୱନା ବାଣୀ ଶୁଣିଲାପରେ ହୃଦୟର ଦୁଃଖ ଆହୁରି ତୀବ୍ରତର ହୋଇଉଠେ, ଆଖିରୁ ଲୁହ ସବୁ ଝରଣା ପରି

ଝରିବାକୁ ଲାଗେ । ଲବଙ୍ଗ ଜୋର୍‌ରେ କାନ୍ଦିବାକୁ ଲାଗିଲା । ବୁଢ଼ୀ ବହୁତ କଷ୍ଟକରି ତାକୁ ଚୁପ୍ କରାଇଥିଲା ।

"ଝିଅ, ତୋର କ'ଣ ହୋଇଛି ? ମୋତେ କୁହ । ଆଜି ତ ତୁ ଖୁସି ହେବା କଥା ଯେ ତୁ ଏତେ ପଇସା ରୋଜଗାର କଲୁ ଯାହାଦ୍ୱାରା ତୋ ପାଇଁ ଦୁଇଟା ଶାଢ଼ୀ କିଣି ପାରିଲୁ । ତୋର ଶାଢ଼ୀ ଦରକାର ମଧ୍ୟ ଥିଲା । ତୋ ଶାଢ଼ୀକୁ ଦେଖ । ଚିରି ଫାଟି ଗଲାଣି..." ବୁଢ଼ୀ କହିଥିଲା ।

"ଏ ଶାଢ଼ୀ ଗୁଡ଼ାକ ମୁଁ କିଣିନାହିଁ, ମା" - ଲବଙ୍ଗ କହିଲା ।

"ତେବେ କେଉଁଠାରୁ ଏହାକୁ ପାଇଗଲୁ ?"

"ଏକ ଧନୀ ଲୋକକୁ ତାମସା ଦେଖାଇଥିଲି, ମା' । ସେ ମୋର ଗରିବ ଅବସ୍ଥା ଦେଖି ଦୟାକରି ଏ ଶାଢ଼ୀ ମୋ ପାଇଁ କିଣି ଦେଇଛନ୍ତି ।"

"ଧନୀ ଲୋକ ! ସେ ଧନୀ ଲୋକ ତୋ ପାଇଁ ଶାଢ଼ୀ କିଣି ଦେଇଛି ? "ବୁଢ଼ୀ କିଛି ଭାବିବାକୁ ଲାଗିଲା । ଏକ ଧନୀକର ସହୃଦୟର କଥା ଶୁଣି ତାକୁ କମ ଆଶ୍ଚର୍ଯ୍ୟ ଲାଗି ନ ଥିଲା ।

"କିନ୍ତୁ ଏ କଲ୍ଲୋ, ଜଗନୀ, ଅମଓ୍ୟା, ଛବିୟା, ତିଲ୍ଲୋ, ନନ୍‌ହଟୀ କାହାର ଉନ୍ନତି ଦେଖି ପାରନ୍ତିନି, ମା' । ରାସ୍ତାରେ ଦେଖା ହୋଇଯାଇଥିଲା । ମୋତେ ବହୁତ ଥଟ୍ଟା, ପରିହାସ, ବ୍ୟଙ୍ଗ କରିଥିଲେ ।" - ଲବଙ୍ଗ କହିଲା ।

"ଆଉ ସେଇଥିପାଇଁ ତୁ କାନ୍ଦୁଥିଲୁ ? ଆରେ ପାଗଳୀ ! ଏଇ ଝିଅ ମାନଙ୍କର ବୁଦ୍ଧି କେତେ ? ତୁ ସେମାନଙ୍କ କଥାକୁ ଜମାରୁ ଧ୍ୟାନ ଦିଏ ନାହିଁ । ଯଦି କୌଣସି ଲୋକ ଆମର ଦାରିଦ୍ର୍ୟ ଉପରେ ଦୟା ଦେଖାଇ ଆମକୁ ଦଶ କୋଡ଼ିଏ ଟଙ୍କା ଦେଇଦେଲା ତେବେ ଏମାନଙ୍କ ଆଖି କାହିଁକି ଫୁଟି ଯାଉଛି ? ଆସ, ତୁ ତୋ ନିଜ କାମ କର । ଶୀଘ୍ର ଶୀଘ୍ର ସବୁ କାମ ଶେଷକରି ନଈକୁ ଚାଲିଯିବୁ ଏବଂ ହାତମୁହଁ ଧୋଇକରି ନୂଆ ଶାଢ଼ୀ ପିନ୍ଧି ନେବୁ ।"

"ହଉ ।" ମା'ର ଶାନ୍ତ୍ୱନା ଭରା କଥାରେ ଲବଙ୍ଗ ମନର କଷ୍ଟ କିଛି କମ ହୋଇଥିଲା- "ମା', ଗୋଟେ କଥା କହିବି ?"

"କହୁନୁ କାହିଁକି ଯେ ! ଆଜି ବହୁତ ପ୍ରହେଳିକାପୂର୍ଣ୍ଣ କଥା କହୁଛୁ ।"

"ଏହିଥିରୁ ଗୋଟେ ଶାଢ଼ୀ କେସରକୁ ଦେଇଦେବି ?"

"ହଁ ଭାଇ ! କେସରକୁ କାହିଁକି ଦେବୁନି, ତୋର ଭାଉଜ ହେବନା ?" - ବୁଢ଼ୀ କହିଲା ।

"ଆଚ୍ଛା, ତାହେଲେ ତୁ ଗୋଟେ ନେଇଯା, ମା'। ଦୁଇଟା ଶାଢ଼ୀ ନେଇକରି ମୁଁ କ'ଣ କରିବି ? ଦେଇଦେବି ଗୋଟେ ତୋତେ ?"

"ନାଇଁରେ ନାଇଁ ! ନେଇଯା ଗୋଟେ ତୋର ଭାଉଜକୁ ଦେଇଦେବୁ। ଦେଖୁଛି କେବେ କେସର ବୋହୂ ହୋଇ ଏ ଘରକୁ ଆସିବ ?" - ବୁଢ଼ୀ ପୁଣି ଯାଇ ଖଟିଆ ଉପରେ ବସିଗଲା।

ଲବଙ୍ଗ ହାତରେ ଝାଡ଼ୁ ନେଇ କୁଡ଼ିଆ ଓଳାଇବାକୁ ଲାଗିଲା। ଝାଡ଼ୁ ମାରି ଜମ୍ବୁର କୁଣ୍ଡ ସଫା କରିଦେଲା। ତା'ପରେ କାନ୍ଧରେ ଦୁଇଟା ଶାଢ଼ୀ ତଥା ଅଣ୍ଟା ଉପରେ ମାଠିଆ ଥୋଇ ନଈ ଆଡ଼େ ଚାଲିଲା। ସେ ସମୟରେ ସୂର୍ଯ୍ୟ ଦେବତା ଅସ୍ତ ହୋଇ ଯାଇଥିଲେ। ପଶ୍ଚିମ ଆକାଶ ରକ୍ତ ରଂଜିତ ହୋଇ ଉଠିଥିଲା।

॥୧୫॥

ନଦୀର ଜଳରାଶି ଲହରେଇ ଲହରେଇ ବୋହି ଯାଉଥିଲା । ନଦୀର ଆର ପାରିରେ ଶୁଖିଲା ବାଲି ଖେଳିଯାଇଥିଲା, ଯାହାକି ଦେଖିଲା ବାଲାର ହୃଦୟରେ ତାରି ପରି ଶୁଷ୍କତା ଭରି ଦେଉଥିଲା । ପ୍ରଳୟର ଭୟାନକ ତାଣ୍ଡବର ଇତିହାସ ସେହି ବାଲୁକାମୟ ଭୂମିର ପ୍ରତିଟି କୋଣରେ ଫୁଟି ଉଠୁଥିଲା । କେସର ନଦୀ କୂଳରେ ଗୋଟେ ପଥର ଉପରେ ବସି ଲବଙ୍ଗର ପ୍ରତୀକ୍ଷା କରୁଥିଲା । ଖାଲି ମାଠିଆ ପାଖରେ ପଡ଼ି ରହିଥିଲା । କେସର କେଉଁ ଗଭୀର ଚିନ୍ତାରେ ମଗ୍ନ ଥିଲାପରି ଦେଖାଯାଉଥିଲା ।

"ଆରେ ବା ! ତୁମେ ଏଠାରେ ବସିଛ ।" ପଛରୁ ଆବାଜ ଆସିଥିଲା । ଏହା କୌଣସି ପୁରୁଷର ସ୍ୱର ଥିଲା । କେସର ଚମକି ପଡ଼ି ପଛକୁ ଅନାଇ ଦେଖିଲା । ନଦୀ ବନ୍ଧରୁ ଧୀରେ ଧୀରେ ଓହ୍ଲାଇ ଆସୁଥିବା ଜଣେ ବନ୍‌ଜାର ଯୁବକ ଦୃଷ୍ଟିଗୋଚର ହୋଇଥିଲା । ସେ ଯୁବକ କେସର ପାଖକୁ ଆସି ସେହି ପଥର ଉପରେ ବସିଗଲା । କେସର ଘୁଞ୍ଚିଯାଇ ଟିକେ ଦୂରରେ ଯାଇ ବସିଥିଲା । ଏମିତି ଲାଗୁଥିଲା ଯେ, ସେ ଯୁବକର ଆସିବାଟା କେସରକୁ ବିଲକୁଲ୍ ପସନ୍ଦ ନ ଥିଲା । କେବଳ ତା' ନୁହେଁ, ତାକୁ ଦେଖିକରି କେସର ମୁଖମଣ୍ଡଳରେ ଏକ ଅବ୍ୟକ୍ତ ଘୃଣାର ଭାବ ଫୁଟି ଉଠିଥିଲା । କିନ୍ତୁ ସେହି ଯୁବକର ଏହି ସବୁ କଥାରେ କୌଣସି ଧ୍ୟାନ ହିଁ ନ ଥିଲା ।

"ଘରକୁ ଯାଇଥିଲି, ଚୌଧୁରୀ ଦାଦା କହିଲେ ତୁମେ ନଈଆଡ଼େ ଆସିଛ ।" ଯୁବକ କହିଲା ।

"ଦେଖ ଧନ୍ନା !" କେସର କହିଲା- "ମୋତେ ହଇରାଣ କରିବା ଠିକ୍ ହେବନାହିଁ ।"

"କିନ୍ତୁ ମୁଁ ତୁମକୁ ହଇରାଣ କେବେ କରୁଛି ? - ଯୁବକ ପଚାରିଥିଲା ।

"ହଇରାଣ କରିବାକୁ ନୁହେଁତ ଆଉ କ'ଣ ମୋର ପୂଜା କରିବାକୁ ଆସିଛୁ ?"

"ସେଇଥିପାଇଁ ତ ଆସିଛି, କେସର ।" ଯୁବକ କିଛି ଘୁଞ୍ଚିକରି କେସର ପାଖକୁ ଚାଲି ଆସିଥିଲା । କେସରର ହାତ ଧରିବାକୁ ସେ ଚାହିଁଥିଲା କିନ୍ତୁ କେସର ଗୋଟେ ଝଟକା ଦେଇ ତା' ହାତ ଛଡ଼ାଇ ନେଇଥିଲା । ଯୁବକ କହିଲା- "ତୁମର ପୂଜା କରିବାକୁ ହିଁ ମୁଁ ଆସିଛି । ତୁମେ ବେକାରରେ ଚିନ୍ତା କରୁଛ ।"

"ଏବେ ଆଜି ଦ୍ୱିପ୍ରହରରେ ତୁ ମୋତେ କେତେ ହଇରାଣ କରିଥିଲୁ ।"

"ଦି ପହରରେ" - ଧନ୍ନା ହସି ହସି କହିଲା- "ଦି'ପହରରେ ତ ମୁଁ ତୁମକୁ ମୋ ହୃଦୟର କାହାଣୀ କହିଥିଲି । ନିଜ ଦୁଃଖର ସ୍ଥିତି ଜଣାଇଥିଲି । ନିଜ ପ୍ରେମର ଦୁନିଆ ତୁମ ପାଦ ତଳେ ରଖିଦେଇଥିଲି ।"

"କ'ଣ ତୁମେ ଯେଉଁ ଘଣ୍ଟେକାଳ ବକ୍ ବକ୍ କରୁଥିଲ, ତାହା ତୁମ ହୃଦୟର କାହାଣି ଥିଲା ? ତୁମ ଦୁଃଖର ସ୍ଥିତି ଥିଲା ? ତୁମ ପ୍ରେମର ଦୁନିଆ ଥିଲା ? ଆଶ୍ଚର୍ଯ୍ୟ !" ଥୋଡ଼ି ଉପରେ ଆଙ୍ଗୁଠି ରଖି କେସର ଆଶ୍ଚର୍ଯ୍ୟ ହେଲା ପରି ଅନାଇଲା । ସେହିଁ ଆକର୍ଷକ ଭଙ୍ଗୀରେ କେସରର ସୌନ୍ଦର୍ଯ୍ୟ ବହୁ-ଗୁଣିତ ହୋଇ ଉଠିଥିଲା ।

"କେସର ! ସତ କହୁଛି, ମୁଁ ତୁମକୁ ଭଲ ପାଉଛି ।"

"ମଣିଷ ତ ପଥରର ମୂର୍ତ୍ତିକୁ ପ୍ରେମ କରିପାରେ, ପୁଣି ମୁଁ ସଜୀବ । କିନ୍ତୁ ତୁମ ପ୍ରେମର ଗଛରେ ଫଳ ଆସି ପାରିବନି, ଧନ୍ନା । ବୋଧହୁଏ ସେହି ଗଛ ଛଟପଟ ହୋଇ ପାଣିବିନା ଶୁଖିଯିବ ଏବଂ ତୁମ ପ୍ରେମର ଦୁନିଆ ଉଜୁଡ଼ି ଯିବ ।" - କେସର କହିଲା ।

"ଏହା ହୋଇ ପାରିବନି, କେସର ! ମୁଁ ଏପରି ହେବାକୁ ଦେବି ନାହିଁ ।" ଧନ୍ନାର ସ୍ୱରରେ ଦୃଢ଼ତା ଥିଲା ।

"ସେହିପରି ହିଁ ହେବ, ଧନ୍ନା ! ଜରୁର ହେବ ।" - କେସର ଉତ୍ତେଜିତ ସ୍ୱରରେ କହିଲା ।

"କେସର ! ମୁଁ ଜାଣିଛି ଯେ ତୁ କାହା ବଳରେ, କାହା ଅହଙ୍କାରରେ ମୋ ସାଙ୍ଗରେ ଲଢ଼ି ପାରୁଛୁ ।" - ଧନ୍ନା ରାଗିକରି କହିଲା- "ଏହା ଜାଣିଥା ଯେ ଏବେ ଧନ୍ନାର ଶରୀରରେ ଯୌବନର ଗରମ ରକ୍ତ ପ୍ରବାହିତ ହେଉଛି । ସେ ଜିଇଁ ଥାଉ

ଥାଉ ଆଉ କାହାକୁ ତୋ ଉପରେ ଅଧିକାର ସାବ୍ୟସ୍ତ କରିବା ଦେଖି ପାରିବନି । ଖୁନ୍ ହୋଇଯିବ । ଖୁନ୍ ।"

"ପଞ୍ଚମକୁ କମ୍ ଭାବିଛୁ ନା କ'ଣ ।" - କେସର କହିଲା- "ସବୁଠୁ ଭଲହେବ ଚୁପ୍ ଚାପ୍ ଏଠାରୁ ଚାଲିଯାଅ ।"

"ଯାଉଛି, କେସର ! କିନ୍ତୁ ମନେରଖ, ତୁ ହେବୁ ତ ମୋରି ହିଁ, ନାହିଁତ କାହାରି ନୁହଁ ।" ଧନ୍ନା ପଥର ଉପରୁ ଉଠି ଠିଆ ହୋଇଗଲା ଏବଂ ଜୋର୍ ଜୋର୍‌ରେ ଗୋହିରୀ ଆଡ଼େ ଚାଲିଲା । ତା'ର ମୁହଁରୁ ବିଶ୍ୱାସଘାତକତାର ପୁରା ଲକ୍ଷଣ ପରିଲକ୍ଷିତ ହେଉଥିଲା ।

ସବୁ ବନ୍‌ଜାର ମାନେ ଧନ୍ନାକୁ ଜାଣିଥିଲେ । ଏହା ମଧ୍ୟ ଜାଣିଥିଲେ ଯେ, ସେ ସେହି ସାପ, ଯିଏ ଦଂଶନ କରିଦେଲେ ତାହାର କୌଣସି ଔଷଧ ନାହିଁ, ସେ ସେହି ବିଷ ଯାହାକୁ ପିଇ ଦେଲେ ଜୀବନର କୌଣସି ଆଶା ରହେନାହିଁ । ସମସ୍ତେ ଧନ୍ନାକୁ ଡରୁଥିଲେ । କିନ୍ତୁ ପଞ୍ଚମ ଏବଂ ଧନ୍ନାର ଖୁବ୍ ମେଳ ଖାଉଥିଲା । ଧନ୍ନା ଗୋହିରୀ ଉପରେ ଚାଲିଯାଉଥିଲା ବେଳେ କିଏ ଜଣେ ପଛରୁ ଡାକିଲା ।

"ଧନ୍ନା ! ଆରେ ହେ ଧନ୍ନା ! ଛିଡ଼ା ହୁଅ ।"

ଧନ୍ନା ପଛକୁ ବୁଲିକରି ଅନାଇଲା । ଦେଖିଲା ପଞ୍ଚମ ସହରରୁ ଫେରୁଥିଲା; ହାତରେ ଭାଲୁର ରଶି ଏବଂ ଆର ହାତରେ ଡୁଗ୍‌ଡୁଗୀ ଧରିକରି । ଧନ୍ନା ଠିଆ ହୋଇ ରହିଲା । ପଞ୍ଚମ ପାଖକୁ ଆସିଗଲା ।

"ରାମ, ରାମ ପଞ୍ଚମ ଭାଇ !"

"ରାମ ରାମ ! ରାମ ରାମ ! କେଉଁଠୁ ଆସୁଛୁରେ ଧନ୍ନା ?" - ପଞ୍ଚମ ପଚାରିଲା ।

"ଏମିତି ବୁଲୁଥିଲି ଭାଇ ! ଆଜି ତୁମେ ସହରରୁ ଚଞ୍ଚଳ ଚାଲି ଆସିଲ ?"

"ହଁ କାମ କରିକି ପଇସା ମିଳି ଯାଇଥିଲା । ଭାବିଲି ବହୁତ ପଇସା ଜମାକରି ଧନୀ ତ ହେବାର ନାହିଁ । ତେଣୁ କରି ଫେରି ଆସିଲି ।"

"ଠିକ୍ କହିଲ ଭାଇ ! ଆମପରି ଲୋକମାନଙ୍କର ଗୁଜୁରାଣ ତ ଦୁଇ ତିନି ଅଣାରେ ହୋଇଯାଉଛି । ବେଶୀ ଆଣିକରି କ'ଣ କରିବା ?

"ତୁ ଆଜି କାମ କରିବାକୁ ଯାଇନାହୁଁ କି ?" - ପଞ୍ଚମ ପଚାରିଲା ।

"ଯାଇ ତ ଥିଲି, ପଞ୍ଚମ ଭାଇ କିନ୍ତୁ କାମ ମିଳିଲାନି । ତେଣୁ ବାରଟା

ବେଳେ ଫେରି ଆସିଥିଲି । ଏବେ ଏଠି ସେଠି ବୁଲାବୁଲି କରି ପାଦକୁ କଷ୍ଟ ଦେଉଛି ।

"କୁଆଡ଼େ ଯାଉଥିଲୁ ?"

"ଚାଲ ତୁମ ଘରକୁ ହିଁ ଯିବା । ଖୁଡ଼ୀଙ୍କୁ ଦେଖିବାର ବହୁତ ଦିନ ହୋଇଗଲାଣି ।" ଧନ୍ନା କହିଲା । ଦୁଇଜଣ ଗୋହିରୀ ରାସ୍ତାରେ ଆଗକୁ ବଢ଼ିବାରେ ଲାଗିଲେ ।

"ପଞ୍ଚମ ଭାଇ !" - କିଛି ଦ୍ୱନ୍ଦଭରା ସ୍ୱରରେ ଧନ୍ନା କହିଲା ।

"କ'ଣ ହେଲାରେ ।"

"ଗୋଟେ କଥା କହିବି, ଖରାପ ଭାବିବନି ତ ?"

"ନାଇଁରେ ! ତୁ ନିର୍ଭୟ ହୋଇକରି କୁହ ।"

"ନହଁକୀ କହୁଥିଲା କି, ଆଜି ଲବଙ୍ଗ ପାଇଁ କେଉଁ ବାବୁ ଜଣେ ଏକ ହଳ ଶାଢ଼ୀ କିଣି ଦେଇଛି ।"

"କିଣି ଦେଇଥିବ ।"- ଉପେକ୍ଷିତ ଭାବରେ ପଞ୍ଚମ କହିଲା । ଆଜିର ଦୁନିଆରେ ଦୟାବାନ ଲୋକଙ୍କର ଅଭାବ ନାହିଁ ।

ତୀର ଲକ୍ଷ ସ୍ଥଳରେ ନ ବାଜିବାର ଦେଖି ଧନ୍ନା ଚୁପ୍ ରହିଥିଲା । ଦୁଇଜଣ ସାଥୀ ହୋଇ ଚାଲିବାକୁ ଲାଗିଥିଲେ । ସୂର୍ଯ୍ୟ ଅସ୍ତହୋଇ ଯାଇଥିଲେ । ସଂଧ୍ୟାର ଆଗମନରେ ଅନ୍ଧକାର ଆସ୍ତେ ଆସ୍ତେ ଚାରିଆଡ଼େ ଖେଳି ଯାଉଥିଲା ।

॥୧୬॥

କେସରର ମନକୁ ଧନ୍ନାର କଥା ଗୁଡ଼ାକ ବହୁତ ଅସ୍ତବ୍ୟସ୍ତ କରି ଦେଇଥିଲା । ସେ ଅନ୍ୟମନସ୍କ ହୋଇ ନଈ କୂଳରେ ବସି ରହିଥିଲା । କିଏ ଜାଣେ କେତେ ସମୟ ସେ ଏହି ପ୍ରକାର ବସି ରହିଥାନ୍ତା ଯଦି ସେହି ସମୟରେ ଶାଢ଼ୀକୁ କାଖରେ ଜାକି ଏବଂ ମାଠିଆ ଅଣ୍ଟା ଉପରେ ରଖି ଲବଙ୍ଗ ସେଠାକୁ ଆସି ନ ଥାନ୍ତା ।

"ଆଜି ତ ବହୁତ ଉଦାସ ଦେଖା ଯାଉଛୁ ।" - ଆସିଲା ମାତ୍ରେ ଲବଙ୍ଗ ପଚାରିଥିଲା । କେସରର ଦୃଷ୍ଟି ଲବଙ୍ଗର ଶାଢ଼ୀ ଉପରେ ପଡ଼ିଥିଲା ।

"ଆଜି ବହୁତ ଭଲ ଶାଢ଼ୀ ଆଣିଛୁ ।" - କେସର ସ୍ମିତ ହସି କରି କହିଲା- "ଲାଗୁଛି ଆଜି ସେ ନୌକାବାଲା ବାବୁ ତୋତେ ମିଳିଗଲେ, ଯିଏ କି ଏହି ନଈର ମଝିରେ ନୌକା ଉପରେ ଯାଉଥିଲେ ଏବଂ ଯାହାଙ୍କର କାର୍ଯ୍ୟକଳାପ ଦେଖିକିର ତୋ ଦେହରେ ଯୌବନର ଲହରି ଉଠିଥିଲା ।" ଯଦିଓ କେସର ଏହି କଥା ଗୁଡ଼ାକ ଥଟ୍ଟାକରି କହିଥିଲା କିନ୍ତୁ କଥାଟା ବାସ୍ତବିକ ସତ ଥିଲା ।

"ହଁ କେସର ! ସେହି ବାବୁ ହଠାତ୍ ମିଳିଯାଇଥିଲେ, ବଡ଼ ସହଜରେ ।" -ଲବଙ୍ଗ କହିଲା ।

"ଆରେ, କ'ଣ ସତରେ ସେହି ବାବୁ ମିଳିଗଲେ ?" - କେସରକୁ ବହୁତ ଆଶ୍ଚର୍ଯ୍ୟ ଲାଗିଥିଲା ।

"ହଁ ! ବିଲକୁଲ ସତ କେସର ! ସେହି ବାବୁ ଥିଲେ । ବଡ଼ ମଦୁଆ । ମୋ ସାମନାରେ ହିଁ ବୋତଲର ଏକ ଚତୁର୍ଥାଂଶ ପିଇଗଲେ । ପ୍ରଥମେ ତ ମୁଁ ଡରି ଯାଇଥିଲି କିନ୍ତୁ ପରେ ବୁଝିପାରିଥିଲି ଯେ ତାଙ୍କର ହୃଦୟ ଅତ୍ୟନ୍ତ ଦୟାଶୀଳ । କଥା କଥାରେ ମୋତେ ଦୁଇଟା ଶାଢ଼ୀ ଦେଇଦେଲେ । କେବଳ ଥରଟେ ତାମସା ଦେଖିଥିଲେ ।

"କିନ୍ତୁ ତୋତେ ସେ କେମିତି ମିଳିଗଲେ ?" କେସର ପଚାରିଲା ।

"ବହୁତ ଲମ୍ବା କାହାଣୀ, କେସର !" - ଗଭୀର ନିଶ୍ୱାସ ନେଇ ଲବଙ୍ଗ କହିଲା ।

"ମୁଁ ବି ଟିକିଏ ଶୁଣେ, ଲବଙ୍ଗ ବିବି ! ବଡ଼ ଲମ୍ବା ନିଶ୍ୱାସ ନେଉଛୁ । ଯାହା ଜଣାପଡୁଛି ବାବୁଙ୍କ ଠାରୁ ଶାଢ଼ୀ ପାଇ ଶୀଘ୍ର ଶୀଘ୍ର ଚାଲି ଆସିଛୁ ଏବଂ ନିଜର ହୃଦୟ ସେଠାରେ ଭୁଲି ଆସିଛୁ ।"

"ମଜା କରୁଛ, ଭାଉଜ !"

"ଯଦି ଏବେ ଭାଉଜ କହିବୁ ତ..." କହୁ କହୁ କେସର ରହିଗଲା ।

"କ'ଣ ମୋ ମୁହଁରୁ ଭାଉଜ ଶବ୍ଦ ବହୁତ ଖରାପ ଲାଗୁଛି ?" - ଲବଙ୍ଗ ଆଖିରେ ପ୍ରଶ୍ନର ଭାବ ଏବଂ ଓଠରେ ଦୁଷ୍ଟାମୀର ହସ ନେଇ ପଚାରିଲା ।

"ନାହିଁ, ବହୁତ ମିଠା ଲାଗୁଛି ।" - କେସର କହିଲା- "ଏତେ ମିଠା ଯେ ତା'ର ମଧୁରତା ମୁଁ ସହି ପାରୁନାହିଁ । ଓଠରେ ତୋର ମହୁ ଭର୍ତ୍ତି ହୋଇ ରହିଛି । ଦେଖ କେତେବେଳେ ଭଅଁର ହଠାତ୍ ଆସି ବସିଯିବ ।"

"ପୁଣି ତୁମେ ଥଟ୍ଟା ଆରମ୍ଭ କରିଦେଲ ।"

"ଆଚ୍ଛା ତେବେ କୁହ, କ'ଣ ହୋଇଥିଲା, ସେ ବାବୁ ତୋତେ କେମିତି ମିଳିଗଲେ ?"

"କହୁଛି । ଆଜି ସକାଳେ ମୁଁ ଯେତେବେଳେ ତାମସା ଦେଖାଇବାକୁ ଯାଇଥିଲି ଏବଂ ଗୋଟେ ବଡ଼ କୋଠାଘର ଆଗରେ କିଛି ପିଲାମାନଙ୍କୁ ଖେଳ ଦେଖାଇବାରେ ଲାଗିଥିଲି, ସେତିକିବେଳେ କିଛି ଗୁଣ୍ଡା ସେଠାରେ ଆସି ପହଞ୍ଚି ଯାଇଥିଲେ ଏବଂ ବିନା ପଇସାରେ ତାମସା ଦେଖିବାକୁ କହିଥିଲେ । ମୁଁ ବିବଶ ଥିଲି । ତାମସା ଦେଖାଇବାକୁ ଲାଗିଲି । ତାଙ୍କ ଭିତରୁ ଗୋଟେ ଗୁଣ୍ଡା ଯିଏ ସବୁଠାରୁ ବଦ୍‌ମାସ ଥିଲା, ମୋ ପାଖକୁ ଆସି ଠିଆ ହୋଇଥିଲା ଏବଂ ହଠାତ୍ ସେ ଶୈତାନ ତା'ର ହାତ ବଢ଼ାଇ କରି..." କହୁ କହୁ ଲବଙ୍ଗ ଲାଜେଇ ଯାଇଥିଲା । କିନ୍ତୁ ତା'ର ଶବ୍ଦର ଅର୍ଥ କେସର ଭଲ ଭାବରେ ବୁଝିଯାଇଥିଲା । ସେ ବି ହସି ଉଠିଥିଲା ।

"ଆଚ୍ଛା । ତେବେ ତା'ପରେ କ'ଣ ହେଲା ?"

"ସେହି ସମୟରେ ଗୋଟେ ମଟର ଗାଡ଼ିରେ ସେ ବାବୁ ଆସି ପହଞ୍ଚିଯାଇଥିଲେ । ସେ କୋଠା ତାଙ୍କରି ଥିଲା । ସେହି ହିଁ ମୋତେ ସେଇ ଗୁଣ୍ଡା ମାନଙ୍କ କବଳରୁ ବଞ୍ଚାଇଥିଲେ ।"

"ଚାଲ, ଉପକାର ର ଭାରରେ ତୋତେ ପ୍ରଥମରୁ ସେ ଲଦିଦେଲେ" - ହସିକରି କେସର କହିଲା- "ଏବେ କେଉଁଦିନ ତାଙ୍କର ବେକରେ ଓହଳିକରି ଉପକାରର ବୋଝ ଉତାରି ଦେବୁ।"

"ଆଚ୍ଛା, ବେଶୀ ଥଟ୍ଟା କରନା।" - ଲବଙ୍ଗ କହିଲା - "ଏଇ ନେ ଗୋଟେ ଶାଢ଼ୀ। ତାକୁ ପିନ୍ଧିକରି ପଞ୍ଚମ ଭାଇକୁ ଆକୃଷ୍ଟ କରିବୁ।" ଲବଙ୍ଗ ଗୋଟେ ଶାଢ଼ୀ କେସର କୋଳରେ ରଖିଦେଲା।

"ତୋ ଭାଇ ତ ପ୍ରଥମରୁ ହିଁ ମୋ ପ୍ରତି ଅନୁରକ୍ତ ଅଛନ୍ତି। ଏବେ ତାଙ୍କୁ ଆଉ କ'ଣ ଆକୃଷ୍ଟ କରିବି ? ଆକୃଷ୍ଟ କରିବା, ଅନୁରକ୍ତ କରିବା, ପସନ୍ଦ କରିବା କୌଣସି ଶାଢ଼ୀରେ ହୋଇ ନ ଥାଏ, ଲବଙ୍ଗ। ଏହା ତ ହୃଦୟର ଭାବନା। ମନକୁ ମନ ଉତ୍ପନ୍ନ ହୋଇଥାଏ।

"ନେଇଯାଅ ଭାଉଜ ! ମା' କହିଛି, ତୁମକୁ ଏହା ନେବାକୁ ପଡ଼ିବ।"

"ତୁମର ଜିଦ୍ କରିବା କ'ଣ ଦରକାର ! ଯେବେ ମା' କହିଛନ୍ତି ତେବେ ମୁଁ ଏହାକୁ ନେଇଯାଉଛି।" - କେସର କହିଲା।

"ଚାଲ, ଗାଧୋଇ କରି ଏହାକୁ ପିନ୍ଧିନିଅ।"

"ଚାଲ।"

ଏବଂ ଦୁଇଜଣ ନଈକୁ ଛପାକ୍ ଛପାକ୍ କରି ଡେଇଁ ପଡ଼ିଥିଲେ। ଦୁଇଜଣ ଭଲ ଭାବରେ ପହଁରା ଜାଣିଥିଲେ। ପିଲାଦିନରୁ ହିଁ ଏହି ଦୁଇଜଣ ଏହି କଳାରେ ନିପୁଣ ଥିଲେ। ଘଣ୍ଟେ କାଳ ପହଁରି ପହଁରି ଦୁଇଜଣ ଗାଧୋଇବାକୁ ଲାଗିଲେ। କିନ୍ତୁ ରାତ୍ରିର ଘନ ଅନ୍ଧକାରର ଆଗମନ ଜାଣି ସେମାନଙ୍କୁ ପାଣିରୁ ବାହାରିବାକୁ ପଡ଼ିଥିଲା। ପାଣିରୁ ବାହାରି ଦୁଇଜଣ ନୂଆ ଶାଢ଼ୀ ପିନ୍ଧି ନେଲେ ଏବଂ ମାଠିଆରେ ପାଣି ଭର୍ତ୍ତିକରି ଚାଲି ଆସିଥିଲେ।

"ଓହୋ !" କହିକରି ଲବଙ୍ଗ ନିଜ ଛାତିକୁ ଜାବୁଡ଼ି ଧରିଲା। ମୁହଁ ଉପରେ ବ୍ୟସ୍ତତାର ଚିହ୍ନ ଫୁଟି ଉଠିଥିଲା, ଯେମିତିକି ତା'ର ଛାତିରେ ଭୀଷଣ କଷ୍ଟ ଅନୁଭୂତ ହେଉଥିଲା।

"କ'ଣ ହେଲା ଲବଙ୍ଗ ! କ'ଣ ହେଲା ?" କେସର ନିଜ ମାଠିଆ ଭୂମି ଉପରେ ରଖିକରି ଲବଙ୍ଗର ହାତ ନିଜ ହାତରେ ରଖି ପଚାରିଥିଲା।

"ଛାତିରେ ଯନ୍ତ୍ରଣା ହେଉଛି।" - ଭଙ୍ଗା ଭଙ୍ଗା ସ୍ୱରରେ ଲବଙ୍ଗ କହିଲା।

"ଛାତିରେ ଯନ୍ତ୍ରଣା ?" କେସର ବିଚଳିତ ହୋଇ ଉଠିଥିଲା- "କାହିଁକି କଷ୍ଟ ହେଉଛି ?"

"ତୁମର ସୁନ୍ଦରତା ଦେଖିକରି, ଭାଉଜ !" - ହସିକରି କହିଲା ଲବଙ୍ଗ- "ତୁମର ତନୁ ପାତଳୀ ଶରୀର ଉପରେ ଏ ଶାଢ଼ୀ ବହୁତ ଭଲ ଦେଖା ଯାଉଛି।" ଏହା ଏକ ଅଭିନୟ ଥିଲା।

କେସର ଏହା ସବୁ ବୁଝିଯାଇଥିଲା ଏବଂ ହସିକରି ଲବଙ୍ଗର ସୁନ୍ଦର ଗାଲ ଉପରେ ଆସ୍ତେ କରି ଗୋଟେ ଚାପୁଡ଼ା ମାରିଥିଲା।

॥ ୧୭ ॥

କବାଟ ପାଖରେ ବସି ରହି ପଞ୍ଚମ ବିଡ଼ି ଟାଣୁଥିଲା। ତା'ର ବୁଢ଼ୀ ମା' କୁଡ଼ିଆ ଭିତରେ ଖଟିଆ ଉପରେ ଶୋଇରହି ଖୁଁ ଖୁଁ ହୋଇ ଖାସୁଥିଲା। ସେହି ସମୟରେ ନଈ ପାଣିରେ ମାଠିଆ ଭର୍ତ୍ତି ପାଣି ମୁଣ୍ଡ ଉପରେ ରଖିକରି ଲବଙ୍ଗ ପହଞ୍ଚି ଯାଇଥିଲା। ପଞ୍ଚମ ଲବଙ୍ଗ ଆଡ଼କୁ ଅନାଇଲା ପୁଣି ମୁଣ୍ଡ ତଳକୁ କରି ବିଡ଼ି ପିଇବାରେ ଲାଗିଲା। ଲବଙ୍ଗ ଦେହରେ ଜୟରାଜ ଦେଇଥିବା ନୂଆ ଶାଢ଼ୀ ଥିଲା।

"ଖାଇବା କେତେବେଳେ ତିଆରି ହେବ, ଲବଙ୍ଗ ?" ପଞ୍ଚମ ପଚାରିଲା- "ନୂଆ ଶାଢ଼ୀ ପାଇବାର ଖୁସିରେ ମୋତେ ଖୁଆଇବାକୁ ବି ଭୁଲିଯିବୁନା କ'ଣ ?"

"ନଈ ପାଖରେ କେସର ସାଙ୍ଗରେ ଦେଖା ହୋଇଗଲା, ଭାଇ। ତେଣୁ ଟିକେ ଡେରି ହୋଇଗଲା। ମୁଁ ଏବେ ରାନ୍ଧି ଦେଉଛି।" ଲବଙ୍ଗ କହିଲା। ଅଧଘଣ୍ଟା ଭିତରେ ହିଁ ଲବଙ୍ଗ ରୋଟି ଏବଂ ବାଇଗଣ ଭରତା ତିଆରି କରିଦେଲା ଆଉ ପଞ୍ଚମକୁ ଡାକିକରି ତା' ଆଗରେ ମହୁଲ ପତ୍ରରେ ଖାଇବା ବାଢ଼ି ଦେଇଥିଲା।

"ତୋତେ ଏ ଶାଢ଼ୀ କିଏ ସେ ଦେଲା, ଲବଙ୍ଗ !" - ଖାଉ ଖାଉ ପଞ୍ଚମ ପଚାରିଲା।

"ଜଣେ ବାବୁ ଦେଲେ, ଭାଇ।" - ଲବଙ୍ଗ କହିଲା- "ବହୁତ ଦୟାଳୁ। ସେ ହିଁ ମୋତେ ଦେଇଛନ୍ତି।"

"ସେ ବାବୁ ଜଣଙ୍କ କେମିତି ?"

"ସେ ବହୁତ ଧନୀ, ଭାଇ ! ବୋଧହୁଏ ଘରେ ଏକୁଟିଆ ରହନ୍ତି। ଚାକର ବାକରଙ୍କ ଭିଡ଼ ସବୁବେଳେ ରହିଥାଏ।" କହୁ କହୁ ଲବଙ୍ଗର ଆଖି ଆଗରେ ଜୟରାଜର ଗମ୍ଭୀର ଚେହେରା ନାଚି ଉଠିଥିଲା। ସେହି ଚେହେରା ତା' ମନ

ଭିତରକୁ ଆସିଲାକ୍ଷଣି କାହିଁକି କେଜାଣି ଲବଙ୍ଗର ସାରା ଶରୀରରେ ମାଦକତା ପୂର୍ଣ୍ଣ ଶିହରଣ ଖେଳି ଯାଇଥିଲା ।

"ତାଙ୍କର ନାମ କ'ଣ ?" ପଞ୍ଚମ ପଚାରି ଥିଲା ।

"ନାଁ ତ ମୋତେ ଜଣା ନାହିଁ, ଭାଇ ! ସେ ବଡ଼ଲୋକ । ତାଙ୍କୁ କେମିତି ତାଙ୍କ ନାଁ ପଚାରିଥାନ୍ତି ?"

"ବୋକୀ କେଉଁଠିକାର ! ବଡ଼ ଲୋକ ମାନଙ୍କ ନାମ ସେମାନଙ୍କ ଚାକର ମାନଙ୍କୁ ପଚରା ଯାଇଥାଏ । ସେମାନଙ୍କୁ ନୁହେଁ ।" ପଞ୍ଚମ ଟିକେ ନରମିକରି ଗାଳି ଦେଇଥିଲା ।

"କାଲି ପଚାରିକି କହିବି, ଭାଇ ।" - ଲବଙ୍ଗ କହିଲା- "ନାଁ ଯାହାବି ହୋଇଥାଉ ସେ କିନ୍ତୁ ଦୟାଳୁ ।" ପୁଣିଥରେ ଲବଙ୍ଗର ମାନସପଟରେ ଜୟରାଜର ଚେହେରା ଆଙ୍କି ହୋଇଯାଇଥିଲା କିନ୍ତୁ ଏଥର ସେହି ପ୍ରତିମୂର୍ତ୍ତି ଝଲମଲ କରୁଥିଲା, ଯେମିତିକି ମଦ୍ୟପାନ କରି ରଖିଛି । ଚଞ୍ଚଳ ଲବଙ୍ଗର ମନେ ପଡ଼ିଗଲା ଯେ ତା'ର ବାବୁ ମଦ ମଧ୍ୟ ପିଅନ୍ତି ।

ମଦ ! ଯାହା ମଣିଷକୁ ପଶୁ ଏବଂ ମାନବକୁ ଦାନବରେ ପରିଣତ କରିଦିଏ । ଯାହା ଦେବତା ମାନଙ୍କର ସୋମରସ ଏବଂ ରାକ୍ଷାସ ମାନଙ୍କର ମଦିରା । ଯାହାକୁ କେଉଁ କେଉଁ ରୁପରେ ମଣିଷ ଅନାଦି କାଳରୁ ସେବନ କରି ଆସୁଛି । କିନ୍ତୁ ଏହା କେତେ ଘୃଣିତ ବସ୍ତୁ ? କେତେ ନୀଚ ସ୍ତରର ପାନୀୟ ? ମଣିଷର ଜିଭକୁ ଏହି ତରଳ ବିଷରୁ କେଜାଣି କେମିତି ମଧୁର ସ୍ୱାଦ ମିଳୁଛି ଯେ, ସେ ତାହାକୁ ମହୁ ପରି ପିଇ ଯାଉଛି । ମନୁଷ୍ୟ ଏମିତି ଏକ ମହାନ ଜୀବ ଯେକି ଏତେ ବଡ଼ ଖରାପ ଜିନିଷକୁ ମଧ୍ୟ ନିଜର ପାନୀୟ ବୋଲି ଭାବି ପାରୁଛି । ମଣିଷର ହୃଦୟରେ ଯଦି ଭଲ ମନ୍ଦ ଭାବିବାର ପର୍ଯ୍ୟାପ୍ତ ଶକ୍ତି ଥାନ୍ତା ତେବେ କେତେ ଭଲ ହୋଇଥାନ୍ତା । କିନ୍ତୁ ମଣିଷର ଏ ବିଶେଷତା ଅଛି ଯେ ସେ ଗୋଟେ ବିଷକୁ ଘୃଣା କରେ କିନ୍ତୁ ଆଉ ଗୋଟେ ବିଷକୁ ପିଇଯାଏ ।

"ଭାଇ !" - ଲବଙ୍ଗ କିଛି ସମୟ ଚୁପ୍ ରହିଲା ପରେ କଥାବାର୍ତ୍ତା ଚାଲୁ ରଖିଲା ।

"କ'ଣ ହେଲା, ଲବଙ୍ଗ !" ପଞ୍ଚମ ପଚାରିଲା ।

"ମଣିଷ ମଦ କାହିଁକି ପିଏ, ଭାଇ ।" ଲବଙ୍ଗ ନିରୀହ ଭାବରେ ପଚାରିଥିଲା ।

"ମାସକରେ ଥରେ ଅଧେ ପିଉଥିବା ଲୋକ ମଜା ପାଇଁ ପିଅନ୍ତି" - ପଞ୍ଚମ କହିଲା ।

"ଆଉ ସବୁଦିନ ପିଇବା ଲୋକ ?"

"ମୃତ୍ୟୁର ମୁହଁ ପାଖକୁ ଯିବା ପାଇଁ ।" - ହସିକରି କହିଲା, ପଞ୍ଚମ ।

ଲବଙ୍ଗ ଚମକି ପଡ଼ିଥିଲା । ତେବେ କ'ଣ ଯିଏ ସବୁଦିନ ମଦ୍ୟପାନ କରେ ସେ ନିଜେ ନିଜର ମରଣକୁ ଆମନ୍ତ୍ରିତ କରିଥାଏ ? କ'ଣ ସେ ଏଇଥିପାଇଁ ଅଧିକ ମାତ୍ରାରେ ମଦ୍ୟପାନ କରେ ଯାହାଦ୍ୱାରା ମୃତ୍ୟୁ ତାକୁ ଚଞ୍ଚଳ ତା' ପାଖକୁ ଭିଡ଼ିନେବ ଏବଂ ତାକୁ ଭଲପାଉଥିବା ଏ ଦୁନିଆର ଲୋକମାନେ ଦୁଃଖ କଷ୍ଟରେ ରହିଯିବେ ଆଉ ସେ ଏ ସଂସାରର ବନ୍ଧନରୁ ମୁକ୍ତି ପାଇଯିବ । କିନ୍ତୁ କେତେ କଷ୍ଟ ଦାୟକ ହେବ ସେ ମୃତ୍ୟୁ ? ଟିକିଏ ଟିକିଏ କରି ମରିବା ଆଉ ମରି ମରି କରି ବଞ୍ଚିବା ।

ସିଏ ବି ମଦ ପିଉଛନ୍ତି । ତେବେ କ'ଣ ତାଙ୍କୁ ବି ମୃତ୍ୟୁର ଇଚ୍ଛା ଅଛି ? ତାଙ୍କର କ'ଣ ମାନସିକ ଦୁଶ୍ଚିନ୍ତା ଅଛି ଯାହାଦ୍ୱାରା ଅତିଷ୍ଠ ହୋଇକରି ସେ ଅତିଶୀଘ୍ର ଏ ଦୁନିଆରୁ ବିଦାୟ ନେବାକୁ ଚାହୁଁଛନ୍ତି ? ଯଦି ସେ ମରିଯିବେ ? ତେବେ ? ହେ ଭଗବାନ ! ଭାବି ଭାବି ଲବଙ୍ଗର ଦେହ ଥରି ଉଠିଥିଲା । ମୁଣ୍ଡରେ ଯେମିତି ଗୋଟେ ଝଡ଼ ବୋହିଯାଇଥିଲା । ସେ ତାଙ୍କୁ ଶରାବ ପିଇବାରୁ ନିବୃତ୍ତ କରିବ । ସେ ତାଙ୍କୁ ଏମିତି ଏ ଦୁନିଆରୁ ଯିବାକୁ ଦେବନି ।

କିନ୍ତୁ କାହିଁକି ? ସେହି ବାତରା ଧନୀକ ମଦ୍ୟପ ତା'ର କ'ଣ ହେବ ଯେ ସେ ତାଙ୍କ ଲାଗି ଏତେ ଚିନ୍ତିତ ହେଉଛି ? ସେ କାହିଁକି ଏପରି ଏକ ବ୍ୟକ୍ତିର ହିତ କାମନା କରୁଛି, ଯିଏ ବଞ୍ଚି ରହିଲେ ମଧ୍ୟ ଏ ଦୁନିଆର କିଛି ବି ଭଲ ହେବ ନାହିଁ ବରଂ ଆହୁରି ଶହେ ଦୁଇଶହ ବୋତଲ ଖାଲି ହୋଇଯିବ, ଆଉ ଦଶ କୋଡ଼ିଏ ଜଣ ନାରୀଙ୍କର ଇଜ୍ଜତ ମାଟିରେ ମିଶିଯିବ । ଲବଙ୍ଗ ନିଜ ହୃଦୟ ଭିତରକୁ ଝାଙ୍କି ଖୋଜିଲା । "କିଛି" ଥିଲା । ଏକ ଅବ୍ୟକ୍ତ ପୀଡ଼ା ଥିଲା, ଏକ ମଧୁର ଅନୁଭୂତି ଥିଲା, ଏକ ଅପୂର୍ବ ମାଦକତା ଥିଲା । ଲବଙ୍ଗର ହୃଦୟ ସ୍ଥଳ ଏହି ସମୟରେ ଯୌବନର ମଧୁର କଳ୍ପନାର କ୍ରୀଡ଼ସ୍ଥଳୀ ପାଲଟି ଯାଇଥିଲା ।

ଏହି ଭିତରେ ପଞ୍ଚମ ଖାଇ ସାରିଥିଲା । ବାହାରକୁ ଆସି କରି ସେ ତା'ର ହାତମୁହଁ ଧୋଇଲା ଏବଂ ବିଡ଼ିଟେ ଲଗାଇ ଚୌଧୁରୀର ଚାନ୍ଦିନୀ ଆଡ଼େ ଚାଲିଲା । ପଞ୍ଚମ ଯାଇ ସାରିବା ପରେ ଲବଙ୍ଗ ନିଜେ ଖାଇ ନେଇଥିଲା ଏବଂ ବୁଢ଼ୀକୁ ମଧ୍ୟ

ଖୁଆଇଥିଲା । ଖାଇ ସାରିବା ପରେ, ବଳିଯାଇଥିବା ଖାଦ୍ୟ ନେଇ ଜମ୍ମୁର କୁଣ୍ଡରେ ଢାଳି ଦେଇଥିଲା ଏବଂ ବାସନ କୁସନ ସଫା କରି ଦେଇଥିଲା । ତା'ପରେ କୁଡ଼ିଆର କବାଟ ବନ୍ଦ କରି ମା' ଝିଅ ଦୁଇଜଣ ଗୋଟିଏ ଖଟିଆ ଉପରେ ଶୋଇଯାଇଥିଲେ ।

ବୁଢ଼ୀ ଖଟିଆରେ ଗଡ୍ଡୁ ଗଡ୍ଡୁ ଘୁଂଗୁଡ଼ି ମାରିବାରେ ଲାଗିଲା କିନ୍ତୁ ଲବଙ୍ଗ ଆଖିରେ ନିଦର ନାମ ମାତ୍ର ନ ଥିଲା । ତା' ମସ୍ତିଷ୍କରେ ଯେପରି ଅଗଣିତ ବିଚାର ଧାରାର ଲହରୀ ଉଠୁଥିଲା ଏବଂ ସେ ସେହି ବିଚାର ରେ ନିମଗ୍ନ ହୋଇ ଖଟିଆ ଉପରେ ପଡ଼ି ରହିଥିଲା, ବିନା ହଲଚଲରେ । କାହିଁକି ନା ହଲଚଲ ହେଲେ ବୁଢ଼ୀର ନିଦରେ ବିଘ୍ନ ଘଟିବାର ଡର ଥିଲା । ଲବଙ୍ଗ ଆଖି ବୁଜିକରି ପଡ଼ି ରହିଥିଲା । ତାକୁ ଏମିତି ଲାଗିଲା ଯେମିତି ତା' ଖଟିଆ ପାଖରେ ଜୟରାଜ ଠିଆ ହୋଇଛି । ଜୟରାଜର ଗୋଟେ ହାତରେ ବୋତଲ ଆଉ ଅନ୍ୟ ହାତରେ ଗ୍ଲାସ ଧରିଛି ଏବଂ ଜୟରାଜ ଗ୍ଲାସରେ ମଦ ଢାଳିକରି ଓଠରେ ଲଗାଇ ଦେଉଛି ।

"ନାହିଁ-ନାହିଁ" - ଆବେଗରେ ଚିତ୍କାର କରି ଉଠିଥିଲା ଲବଙ୍ଗ । "ମୁଁ ତୁମକୁ ମଦ ପିଇବାକୁ ଦେବିନାହିଁ । ପିଇବାକୁ ଦେବିନାହିଁ । ତୁମେ ମଦ ପିଇକରି ମରିବାକୁ ଚାହୁଁଛ ?" ବୋଧହୁଏ ଲବଙ୍ଗ ଅର୍ଦ୍ଧ ନିଦ୍ରିତ ଅବସ୍ଥାରେ ଥିଲା । ତେଣୁ ଜୋର୍‌ରେ ପାଟି କରି ଉଠିଥିଲା ।

"କ'ଣ ହେଲା ଲବଙ୍ଗିୟା ?" ବୁଢ଼ୀ ଲବଙ୍ଗକୁ ପାଟିକଲା- "ଟିକିଏ ବି ନିଦ ଲାଗିନାହିଁ କି ସ୍ୱପ୍ନରେ ବିଳିବିଳେଇଲୁ । ଏବେ ଯଦି ବିଳିବିଳେଇବୁ ମୁହଁ ଉପରେ ଭଲରେ ଥୋଇଦେବି । ଲବଙ୍ଗ ସଂକୁଚି ଯାଇ ଖଟିଆ ଉପରେ ପୁଣି ଗଡ଼ି ପଡ଼ିଥିଲା କିନ୍ତୁ ବହୁତ ସମୟ ଯାଏଁ ତାକୁ ନିଦ ଆସି ନ ଥିଲା । ପଶ୍ଚିମ ଆକାଶରେ ଶୁକ୍ର ତାରା ଉଠି ଆସିଥିଲା । ସେତେବେଳେ ଯାଇ ଲବଙ୍ଗର ଆଖି ଲାଗିଯାଇଥିଲା ।

॥ ୧୮ ॥

ଚୌକି ପରି ଉଚ୍ଚା ପିଣ୍ଡିରେ ବସି ମୁହଁରେ ହୁକାର ଲମ୍ବା ନଳୀ ଲଗାଇ ଚୌଧୁରୀ ତମାଖୁ ଟାଣୁଥିଲା । ସଂଧ୍ୟା ହୋଇଯାଇଥିଲା । ଏବେ ଏବେ ସେ ତା'ର ନିତ୍ୟ ନୈମିତିକ କାମ ସାରି ଆସିଥିଲା ଏବଂ ତମାଖୁ ଟାଣି କରି ରୋଜଗାରରେ ଲାଗିଯିବାକୁ ଚାହୁଁଥିଲା । ଚୌଧୁରୀର ବ୍ୟବସାୟ ସଂଧ୍ୟାରୁ ଆରମ୍ଭ ହୋଇ ରାତି ପ୍ରାୟ ଦୁଇଟି ଯାଏଁ ଚାଲୁ ରହୁଥିଲା । "ଭୁତ ମାନଙ୍କ ଆଡ୍ଡା"ର ସେ ଥିଲା ଅଧିଷ୍ଠାତା ।

"ଚୌଧୁରୀ ଦାଦା" - ଏକ ବନ୍‌ଜାର ଆସିଯାଇଥିଲା ।

"କ'ଣ ହେଲାରେ ଦୁଖିଆ ?" - ଚୌଧୁରୀ ପଚାରିଲା ।

"ଦାଦା ଦେଖ ! ଧନ୍ନା ନାହାକ ମୋର ଛୋଟ ଭାଇକୁ ଧରି ମାରୁଛି । ଏମିତି ଜବରଦସ୍ତି, ସେ ପୁଣି ତୁମେ ଥାଉ ଥାଉ । ଏବେ ବନ୍‌ଜାର ମାନଙ୍କର ଭଲ ପଣିଆ କେଉଁଠି ରହିଲା, କିଏ ବୁଝିପାରିବ ଯେ କିଏ ସେ ଆମର ମୁରବୀ ।

ନିଜର ଅସମ୍ମାନ ଶୁଣି ଚୌଧୁରୀ ମନରେ କ୍ରୋଧ ଜାତ ହୋଇଥିଲା ।

"ଧନ୍ନା କେଉଁଠାରେ" - ଚୌଧୁରୀ ପଚାରିଲା ।

"ମୋ ଘର ଆଗରେ ଦାଦା ! କିଏ ସେ ଲାଗିବ ସେ ଗୁଣ୍ଡା ହୁଣ୍ଡା ସାଙ୍ଗରେ ।"

"ମୁଁ ଦେଖୁଛି ଯେ, ସେ ପାଜି ଧନ୍ନା ଲୋକ ମାନଙ୍କୁ ଶାନ୍ତିରେ ଶୁଆଇ ଦେଉନାହିଁ ।" ଚୌଧୁରୀ କହିଲା ଏବଂ ପିଣ୍ଡି ଉପରୁ ଉଠି ଠିଆ ହୋଇଗଲା । କୁଡ଼ିଆ ଭିତରକୁ ଯାଇ ଦେଖିଲା ଯେ, କେସର ସେତେବେଳଯାଏଁ ନଈରୁ ଫେରିନାହିଁ । ତେଣୁ ସେ କବାଟ ବନ୍ଦ କରି ହାତରେ ଠେଙ୍ଗା ଧରିଥିଲା । "ଚାଲ"- କହିଲା ଦୁଖିଆକୁ । ଆଗେ ଆଗେ ଚୌଧୁରୀ ପଛେ ପଛେ ଦୁଖିଆ ଚାଲିଲା ।

ଧନ୍ନା ଗୋଟେ ଦଶ ବାର ବର୍ଷର ବାଳକକୁ ଧରିକରି ମାରୁଥିଲା ଏବଂ ମଝିରେ ମଝିରେ କହୁଥିଲା "କହ ଘୁଷୁରୀ ପୁଅ ! ମୋତେ କାହିଁକି ଗାଳି ଦେଉଥିଲୁ ?"

"ଧନ୍ନା-ପନ୍ନା !" ବାଳକ କାନ୍ଦୁ କାନ୍ଦୁ କହିଲା ।

"ପୁଣି...ପୁଣି ଗାଳି..." ଧନ୍ନା ସେ ବାଳକର ହାତ ମୋଡ଼ିକରି କହିଲା- "ଏବେ ଆଉ ଯଦି ଗାଳି ଦେବୁ ତେବେ ଖଟ୍ କରି ହାତ ଭାଙ୍ଗିଦେବି । ଦେଖିବି କେଉଁ ଘୁଷୁରୀ ତୋତେ ରକ୍ଷା କରିବାକୁ ଆସିବ ।" ସେହି ସମୟରେ ତା' କାନ୍ଧ ଉପରେ କାହାର ଓଜନିଆ ହାତ ଆସି ପଡ଼ିଥିଲା । ଚମକି କରି ଧନ୍ନା ଦେଖିଲା, ହାତରେ ଠେଙ୍ଗା ଧରି ଚୌଧୁରୀ ଠିଆ ହୋଇଛି ଏବଂ ତାଙ୍କ ପାଖରେ ଦୁଖିଆ । ଧନ୍ନା ଗୋଟେ ପାଦ ଘୁଞ୍ଚି ଠିଆହୋଇ ଯାଇଥିଲା । ଚୌଧୁରୀର ବୁଢ଼ା ବେଳର ବଳ ସେ ଜାଣିଥିଲା । ପୁଣି ତା' ହାତରେ ଲାଠି ଥିଲା । ଚୌଧୁରୀର ଆଖି ଜଳନ୍ତା ଅଙ୍ଗାର ପରି ଲାଲ ଥିଲା, ମୁଖମଣ୍ଡଳ ଅତ୍ୟନ୍ତ ଗମ୍ଭୀର ଥିଲା । ଆଗକୁ ବଢ଼ି ଚୌଧୁରୀ ଧନ୍ନାର କାନ ଧରିନେଲା ।

"ବେଇମାନ ! ଏବେ ଯଦି କୌଣସି ବନ୍‌ଜାର ସାଙ୍ଗରେ ଗଣ୍ଡଗୋଳ କରୁ ତେବେ ତୋର ହାତ ଗୋଡ଼ ଭାଙ୍ଗିଦେବି । ଚୌଧୁରୀକୁ ବୁଢ଼ା ବୋଲି ଭାବେ ନାହିଁ ।" ଚୌଧୁରୀ ରାଗିକରି ଜୋର୍‌ରେ କହିଥିଲା ଏବଂ ଚଟାଚଟ୍ ଦୁଇ ଚଟକଣା ଧନ୍ନାର ଗାଲରେ ମାରିଦେଇଥିଲା । ଧନ୍ନାର ଆଖି ସମାନାରେ ତାରାମାନେ ଚମକି ଉଠିଥିଲେ କିନ୍ତୁ ସେ କିଛି କହିପାରିଲା ନାହିଁ ।

"ଯା ପଳା କମିନା-କୁକୁର କାହାଁକା !" - ଚୌଧୁରୀ କହିଲା - "ବହୁତ ଦିନ ହେଲା ତୋର ଦୁଷ୍ଟାମୀ ଶୁଣି ଆସୁଥିଲି । ଏହା ଭାବ ନାହିଁ ଯେ ତୁ ଯୁବକ ଆଉ ମୁଁ ବୁଢ଼ା । ଏବେ ବି ମୋ ଶରୀରରେ ଯଥେଷ୍ଟ ଶକ୍ତି ରହିଛି ।"

ଧନ୍ନା ମୁଣ୍ଡ ତଳକୁ କରି ଚାଲିଯାଇଥିଲା । ଯଦିଓ ସେ କିଛି କହି ନ ଥିଲା ତଥାପି ତା'ର ଭାବଭଙ୍ଗୀ ଭୟଙ୍କର ହୋଇ ଉଠିଥିଲା । ତାହା ଏପରି ଏକ ଅଗ୍ନିଥିଲା ଯାହା ଧୀରେ ଧୀରେ କୁହୁଳି ହଠାତ୍ ତୀବ୍ର ରୁପରେ ପ୍ରଜ୍ଜଳିତ ହୋଇ ଉଠୁଥିଲା ।

ଚୌଧୁରୀ ନିଜର କୁଡ଼ିଆ ଆଡ଼େ ଚାଲିଲା । କେସର ନଦୀରୁ ଫେରି ଆସି ରୋଷେଇ କରୁଥିଲା । "କେସର !" - କବାଟ ପାଖରେ ପହଞ୍ଚି ଚୌଧୁରୀ ଜୋର୍‌ରେ ଡାକିଥିଲା । କେସର ଅଟା ଦଳୁଥିବା ହାତରେ ଦୌଡ଼ି ଆସିଥିଲା ।

ଚୌଧୁରୀର ଚେହେରା ସେତେବେଳେ ବି ରାଗ ତମତମ ଥିଲା ଯେପରିକି ସେହି ଛୋଟିଆ ଘଟଣାଟି ତା'ର ଅନ୍ତରରେ ଅସୀମ କ୍ରୋଧ ଜାତ କରିଦେଇଥିଲା । ଚୌଧୁରୀ ଲାଲ ଲାଲ ଆଖିରେ କେସରର ହାତକୁ ଦେଖିଲା ଯେଉଁଥିରେ ଚକଟା ହୋଇଥିବା ଅଟା ଲାଗିଥିଲା । ପୁଣି ତା'ର ଦୃଷ୍ଟି କେସର ପିନ୍ଧିଥିବା ଚମକୁଥିବା ନୂଆ ଶାଢ଼ୀ ଉପରେ ପଡ଼ିଥିଲା । କେସରକୁ ଲାଗିଲା ଯେମିତି ଚୌଧୁରୀର ଆଖି ଦୁଇଟି ସ୍ଥାନରେ ଦୁଇଟି ଜଳୁଥିବା କୋଇଲା ଥୁଆ ହୋଇଥିଲା । ସେ ଧ୍ୟାନଦେଇ ଦେଖିଲା । ଚୌଧୁରୀର ସାରା ଶରୀର ଏ ପର୍ଯ୍ୟନ୍ତ ଉତ୍ତେଜନାରେ ଥରୁଥିଲା । କେସର ଜାଣିଥିଲା ଯେ, ଚୌଧୁରୀ ଛୋଟ ଛୋଟ କଥାରେ ବହୁତ ଜୋର୍‌ରେ କ୍ରୋଧିତ ହୋଇଯାଉଥିଲା ଏବଂ କ୍ରୋଧ ଥରେ ଆସିଗଲା ପରେ ଚଞ୍ଚଳ ଶାନ୍ତ ମଧ୍ୟ ହେଉ ନ ଥିଲା । ଚୌଧୁରୀ ଆସି କରି ନିଜର ପିଣ୍ଡି ଉପରେ ବସିଗଲା । କେସର ମଧ୍ୟ ପାଖରେ ଭୁଇଁ ଉପରେ ବସିଯାଇଥିଲା ।

"କ'ଣ ହେଲା, ଦାଦା !" କେସର ନମ୍ର ସ୍ୱରରେ ପଚାରିଲା ।

"ସେ ବାଲୁଙ୍ଗା ଧନ୍ନା ଥିଲା ।" - ଚୌଧୁରୀ ଅସ୍ତବ୍ୟସ୍ତ ସ୍ୱରରେ କହିଲା- "ନିଜକୁ ବହୁତ ବଳୁଆ ଭାବୁଛି । କୁକୁର କାହାଁକା !"

"ଛାଡ଼ିଦିଅ ଦାଦା ! କୁକୁର ସାଙ୍ଗରେ ଲାଗିବା ଠିକ୍ ନୁହେଁ ।"

"ସେ ତ ଠିକ୍ କଥା । କେଉଁଦିନ ପୁଅକୁ ଦେଖିନେବି । ନିଜକୁ ପହଲବାନ ଭାବୁଛି । କାଲିର ଟୋକା !"

"ଏ ଶାଢ଼ୀ ଦେଖୁଛ, ଦାଦା !" କେସର କଥା ବଦଳାଇବା ଅଭିପ୍ରାୟରେ କହିଥିଲା । କାରଣ ସେ ଭଲ ଭାବରେ ଜାଣିଥିଲା ଯେ, ଯେତେବେଳେ କଥାବାର୍ତ୍ତାର ରାସ୍ତା ବଦଳିଯାଏ ସେତେବେଳେ ଚୌଧୁରର ରାଗ ଶାନ୍ତ ପଡ଼ିଆସେ ।

"ଦେଖୁଛି ତ, କ'ଣ ହେଲା ?" - ଚୌଧୁରୀ ରୁକ୍ଷ ସ୍ୱରରେ କହିଲା ।

"କେତେ ଭଲ ହୋଇଛି ଏଇଟା, ଦାଦା ! ହେଇଛି ନା ?"

"ଭଲ ହୋଇଛି ତ । ତୋତେ କେଉଁଠାରୁ ମିଳିଗଲା ?" - ଚୌଧୁରୀ କ୍ରୋଧର ପାରା କିଛି ଖସି ଆସିଥିଲା ।

"ଲବଙ୍ଗର ମା' ପଠାଇଥିଲା, ଦାଦା ।"

"ଲବଙ୍ଗର ମା' ?" ଆଶ୍ଚର୍ଯ୍ୟ ହୋଇ ପଚାରିଲା ଚୌଧୁରୀ- "ଲବଙ୍ଗର ମା' କ'ଣ ତୋ ପାଇଁ ପଠାଇଥିଲା ?"

"ହଁ ଦାଦା ।"

"ବୁଢ଼ୀ ତୋ ପାଇଁ ପାଗଳ ହୋଇଯାଇଛି ।" ଚୌଧୁରୀ କହିଲା- "ଆଜି ଦ୍ୱିପ୍ରହରରେ ବୁଲୁ ବୁଲୁ ମୁଁ ତାଙ୍କ ଘର ଆଡ଼େ ଯାଇଥିଲି । ସେ ମୋତେ ଖଟିଆରେ ବସାଇ ଚିଲମ ବନାଇ ଦେଇଥିଲା । ଯେବେ ମୁଁ ଆସିବାକୁ ବାହାରିଲି ସେତେବେଳେ ସେ କହିଥିଲା "ଚୌଧୁରୀ ଭାଇ, ଏବେ କେସର ବିନା ରହି ହେଉନାହିଁ ।" ଚୌଧୁରୀର ରାଗ ବାଷ୍ପ ପରି ଉଡ଼ି ଯାଇଥିଲା । ଚୌଧୁରୀର କଥା ଶୁଣି କେସର ଶରୀରରେ ଏକ ମଧୁର କମ୍ପନ ସୃଷ୍ଟି ହୋଇଥିଲା ।

"ମୋତେ ବି ଲବଙ୍ଗ ମା'ର ସେବା କରିବାକୁ ବହୁତ ଇଚ୍ଛା ଅଛି, ଦାଦା ।" ବହୁତ ଚେଷ୍ଟାକରି ସଂକୁଚିତ ଦ୍ୱିଧାଭରା ସ୍ୱରରେ କେସର କହିଥିଲା । କେସରର ଏହି ସିଧା ସାଧା ବାକ୍ୟରେ ତା'ର ମନର କଥା ନିହିତ ଥିଲା । ଏହି ଦୁଇ ଶବ୍ଦର ପଂକ୍ତିରେ ଯେପରି ତା'ର ସମସ୍ତ ଅଧୁରା ଆଶାମାନଙ୍କୁ ଗୋଟିଏ ସୁତାରେ ବାନ୍ଧି ଦିଆଯାଇଥିଲା । କିଛି ନ କହିବି ବି କେସର ପଞ୍ଚମ ପ୍ରତି ତା'ର ପ୍ରଗାଢ଼ ପ୍ରେମକୁ ପ୍ରଦର୍ଶିତ କରି ପାରିଥିଲା ।

କେସର ଭାଷାର ଅର୍ନ୍ତନିହିତ ଅର୍ଥକୁ ବୁଢ଼ା ଚୌଧୁରୀ ଭଲ ଭାବରେ ବୁଝି ପାରିଥିଲା ।

ତା' ହୃଦୟ ପ୍ରସନ୍ନତାରେ ପୁରି ଉଠିଥିଲା । ସେ ଭାବୁଥିଲା ପଞ୍ଚମ ପିଲାଟି କେତେ ଭଲ ? କେସର ଆଉ ତା'ର ଯୋଡ଼ି ଖୁବ୍ ଜମିବ । ହଟ୍‌ଟା କଟ୍‌ଟା ଅଛି ପୁଣି ବୁଦ୍ଧି ମଧ୍ୟ ଅଛି । ମୁଁ ମରିବା ପରେ ଏମିତି ବ୍ୟବସ୍ଥା କରିଯିବି ଯେ ସେ ବନ୍‌ଜାର ମାନଙ୍କର ଚୌଧୁରୀ ହୋଇଯିବ । ଭଲହେବ ଯଦି କେସର ଏବଂ ପଞ୍ଚମର ବାହାଘର ହୋଇଯିବ । ଝିଅ ପାଖରେ ହିଁ ରହିବ, କେଉଁ ଦୂରକୁ ବି ଯିବନି । କିମ୍ବା ବାହାଘର ପରେ ପଞ୍ଚମ, ଲବଙ୍ଗ ତଥା ବୁଢ଼ୀ ମଧ୍ୟ ଏଠାକୁ ଆଣି ଆସିବି । ସେମାନେ ଆମରି ଘରେ ରହିଯିବେ । ସେମାନଙ୍କ କୁଡ଼ିଆ ମଧ୍ୟ ଜୀର୍ଣ୍ଣ ଶୀର୍ଣ୍ଣ ହୋଇଗଲାଣି । ଚୌଧୁରୀ କେତେ ସମୟ ଯାଏଁ ଚୁପ୍ ଚାପ୍ ଭାବି ଚାଲିଥିଲା ।

"ଆଚ୍ଛା ! ତୁ ଶୀଘ୍ର ରୋଷେଇ କରି ଦେ, ଝିଅ ! ରାତି ହେବାକୁ ବସିଲାଣି । ଲୋକମାନେ ଏବେ ଆସୁଥିବେ ।" ଚୌଧୁରୀ କହିଥିଲା ।

"ସାଙ୍ଗେ ସାଙ୍ଗେ ଖାଇବା ତିଆରି କରି ଦେଉଛି, ଦାଦା !" କହିକରି କେସର ଉଠିକରି ଘର ଭିତରକୁ ଚାଲିଗଲା । ଚଞ୍ଚଳ ଚଞ୍ଚଳ ରୋଷେଇ କରି ଚୌଧୁରୀକୁ ଖାଇବାକୁ ଦେଇଦେଲା । ଖାଇସାରି ଚୌଧୁରୀ ମଦ ବୋତଲ ସବୁ

ନେଇ ଯାଇ ଚାନ୍ଦିନୀରେ ତା'ର ପିଢ଼ି ଉପରେ ବସିଗଲା । ଲୋକମାନଙ୍କର ଆସିବା ଆରମ୍ଭ ହୋଇ ଯାଇଥିଲା । ଦିନଯାକ ପରିଶ୍ରମ କରି ଥକି ଯାଇଥିବା ବନ୍‌ଜାର ମାନେ ମନକୁ ଖୁସି କରିବାର ଇଚ୍ଛାରେ ଚୌଧୁରୀର ଚାନ୍ଦିନୀରେ ଏକତ୍ରିତ ହେଉଥିଲେ । ଗୋଟେ ଘଣ୍ଟାରେ ହିଁ ଚାନ୍ଦିନୀ ପାଟି ତୁଣ୍ଡରେ ପୁରି ଉଠିଥିଲା । ଗାଳି ଗୁଲଜ ଏବଂ ଯୁକ୍ତି ତର୍କ ଆରମ୍ଭ ହୋଇଯାଇଥିଲା । ଚୌଧୁରୀ ଆଗରେ ଅଣି ଦିଅଣି ଠନ୍ ଠନ୍ ହେବାକୁ ଲାଗିଲେ । ବୋତଲର ଠିପି ଖୋଲିବାରେ ଲାଗିଲା । ମାଟିର ଗ୍ଲାସ ମାନଙ୍କରେ ମଦିରା ଭର୍ତ୍ତି ହେବାକୁ ଲାଗିଥିଲା, ଶୁଖିଲା ଓଠ ମାନେ ତୀବ୍ର ମଦିରାକୁ ଥଣ୍ଡା ପାଣିପରି ପିଇବା ଆରମ୍ଭ କରିଦେଇଥିଲେ ।

କୁଡ଼ିଆ ଭିତରେ କେସର ଖଟିଆ ଉପରେ ଗଡୁଥିଲା । ନିଦ ଆସୁ ନ ଥିଲା । ନିଦ ବି କେମତି ଆସିବ ? ପଞ୍ଚମର ଅପେକ୍ଷାରେ ଯେ ଥିଲା । ଚୁପି ଚୁପି ପାଦ ରଖି, ଲୋକମାନଙ୍କ ଆଖିରୁ ନିଜକୁ ଲୁଚାଇ ପଞ୍ଚମ ଆସି ପହଞ୍ଚି ଯାଇଥିଲା । କେସରକୁ ନୂଆ ଶାଢ଼ୀ ପିନ୍ଧି ଥିବାର ଦେଖି ଚମକି ପଡ଼ିଥିଲା । ତାକୁ ଲବଙ୍ଗ ପରି ଲାଗିଲା । ପୁଣି ଭାବିବାକୁ ଲାଗିଲା ଲବଙ୍ଗ ତ ଏବେ ଘରେ ହିଁ ଥିଲା, ସେ ଏତେ ରାତିରେ ଏଠାକୁ କ'ଣ କରିବାକୁ ଆସିବ । ପ୍ରେମିକର ତୃଷାର୍ତ୍ତ ଆଖି ଶେଷରେ ନିଜର ପ୍ରେମିକାକୁ ଚିହ୍ନି ପାରିଥିଲା । ଅର୍ଦ୍ଧନିଦ୍ରିତ କେସରର ଖଟ ଉପରେ ଯାଇ ବସିପଡ଼ିଲା । ଚମକି ପଡ଼ି କେସର ଉଠି ପଡ଼ିଥିଲା । କିନ୍ତୁ ପଞ୍ଚମକୁ ବସିଥିବାର ଦେଖିକରି ସନ୍ତୋଷର ନିଶ୍ୱାସ ନେଇ ହସି ଦେଇଥିଲା ।

"ଏହାତ କୁହ" ପଞ୍ଚମ କେସରକୁ ନିଜ ଆଡ଼କୁ ଭିଡ଼ି ଆଣି ପଚାରିଲା- "ଏ ଶାଢ଼ୀ କାହାର ଚୋରାଇ ଆଣିଛ ?"

"କହି ଦେବି ?" କେସର ନିଜ ଆଖିରେ ମାଦକତା ପୂର୍ଣ୍ଣ ଦୁଷ୍ଟାମୀ ଆଣି କହିଲା ।

"କୁହ !" ପଞ୍ଚମ ଆଖିରେ ପ୍ରେମର ସ୍ଫୁଲିଙ୍ଗ ଝଲକୁ ଥିଲା ।

"ପୁଣି ଥରେ ପଚାର, କ'ଣ ପଚାରୁଥିଲ ?"- କଥାବାର୍ତ୍ତା ବହୁତ ଧୀରେ ଧୀରେ ହେଉଥିଲା ଯେମିତିକି ବାହାରେ କୌଣସି ଲୋକର କାନରେ ଏ ଶବ୍ଦ ପହଞ୍ଚି ପାରିବନି ।

"ଏ ଶାଢ଼ୀ ତୁମେ କାହାର ଚୋରାଇ ଆଣିଛ ?" ପଞ୍ଚମ ନିଜ ପ୍ରଶ୍ନର ପୁନରାବୃତ୍ତି କରିଥିଲା ।

"ତୁମ ଭଉଣୀର।" ମଜାଳିଆ ଢଙ୍ଗରେ କେସର କହିଥିଲା ।

"ଧେତ୍ " କହିକରି ପଞ୍ଚମ କେସର ଦ୍ୱାରା କରାଯାଇଥିବା ଅପରାଧର ଦଣ୍ଡ ସ୍ୱରୂପ ତାକୁ ଗୋଟେ ମଧୁର ଚୁମ୍ବନ ଦେଇଥିଲା ।

ସେହି ସମୟରେ ଅନ୍ଧକାରର ବକ୍ଷ ଭେଦକରି ସପ୍ତମୀର ଚନ୍ଦ୍ର ଉଠି ଆସୁଥିଲା । ରାତ୍ରୀର ନୀରବତାରେ ଧରତୀ ଛାତି ଉପରେ ଧଳା ଆଉ କଳା ଛାଇର ଖେଳ ବଡ଼ ମନଛୁଆଁ ଲାଗୁଥିଲା । ପାଖ ଏକ ବୃକ୍ଷ ଉପରେ ଥିବା ବସାରୁ ପକ୍ଷୀର ଡେଣା ଫଡ଼ ଫଡ଼ ହେବାର ଶବ୍ଦ ତଥା କରୁଣ ଚିତ୍କାର ଶୁଣା ପଡ଼ିଥିଲା । ପୁଣି ଚର୍ତୁଦ୍ଦିଗରେ ନୀରବତା ଛାଇ ଯାଇଥିଲା ।

॥ ୧୯ ॥

ନିଜ ମନର ଅତୃପ୍ତ ତୃଷ୍ଣାକୁ ଶାନ୍ତ କରିବା ପାଇଁ ସେହିଦିନ ଜୟରାଜ ଗୁଲଶନର ଘରେ ରହିଯାଇଥିଲା । ମଦର ବୋତଲ ତଥା ଗୁଲଶନର ଯୌବନ ଭରା ଦେହ ସାଙ୍ଗରେ ବହୁତ ଖେଳ ଖେଳାଯାଇଥିଲା । ସେହି ରାତିରେ ସେ ସ୍ୱର୍ଗାଲୋକରେ ଥିଲା । ତା' ଆଗରେ ଏ ଦୁନିଆ ତୁଚ୍ଛ ଏବଂ ନିରସ ଥିଲା ।

ହଠାତ୍ କବାଟ ଉପରେ କରାଘାତ ହୋଇଥିଲା । ଗୁଲଶନ ଏବଂ ଜୟରାଜ ଅଲଗା ହୋଇଯାଇଥିଲେ । ଗୁଲଶନ ଆଗକୁ ଯାଇ ଆସ୍ତେକରି କବାଟ ଖୋଲିଥିଲା । ଆଗରେ ଓସ୍ତାଦ ତାଲ ଖାଁ ଠିଆ ହୋଇଥିଲା । ତା'ର ଚେହେରା ଅଶାନ୍ତ ଦେଖାଯାଉଥିଲା ।

"କ'ଣ ହେଲା ଓସ୍ତାଦ ?" - ଗୁଲଶନ ପଚାରିଲା ।

"ସେ ଆସିଛି ବିବି !" - ଓସ୍ତାଦ ଆସ୍ତେ ଆସ୍ତେ ଫୁସଫୁସ କରି କହିଲା, ଯେମିତିକି ତାହାର କଥାଗୁଡ଼ା ଜୟରାଜ ଶୁଣି ପାରିବନି । କିନ୍ତୁ ଓସ୍ତାଦର କଥାଗୁଡ଼ା ଏତେ ଜୋର୍‌ରେ ଥିଲା ଯେ ଜୟରାଜ ତାହାକୁ ଭଲ ଭାବରେ ଶୁଣି ପାରୁଥିଲା ।

"କିଏ ସେ ଆସିଛି, ଓସ୍ତାଦ, କିଏ ସେ ?"

"ସେହି ରାମଦାସ ସୁନାରୀ ।" - ଓସ୍ତାଦ କହିଲା- "ବହୁତ ବାଜେ କଥା ଗୁଡ଼ା ଶୁଣାଉଛି ବିବି ! କ'ଣ କହିବି ?"

"ସେ କ'ଣ କହୁଛି ?"

"ସେ କହୁଛି ଯେ ଏବେ ଏହିକ୍ଷଣି ମୋର ନଅ ଶହ ଟଙ୍କା ଦେଇଦିଅ । ନାହିଁ ତ ଏଠାରେ ଝଡ଼ ସୃଷ୍ଟି କରିଦେବି ।"

"ସେ କ'ଣ ତୋଫାନ ସୃଷ୍ଟି କରିବ, ନୀଚ କୁକୁର ? କହିଦିଅ ଏହିକ୍ଷଣି ଚାଲିଯିବାକୁ ।" କହି କହି ଗୁଲଶନ କିଛି ଉତ୍ତେଜିତ ହୋଇପଡ଼ିଥିଲା ।

ଜୟରାଜ ସବୁକଥା ଶୁଣି ପାରୁଥିଲା । ସେ ପୁରା ନିଶାରେ ଥିଲା । ଉଠିକରି ଗୁଲଶନ ପାଖକୁ ଆସିଲା । "କ'ଣ ହେଲା ଗୁଲଶନ ?" - ସେ ପଚାରିଲା ।

"କିଛି ନାହିଁ, ମୋ ସରକାର ! କିଛି ନାହିଁ । ଆପଣଙ୍କୁ କଷ୍ଟ କରିବା ଦରକାର ନାହିଁ । ଆପଣ ବିଶ୍ରାମ ନିଅନ୍ତୁ । ମୁଁ ଏବେ ସବୁକଥା ଠିକ୍ କରି ଦେଉଛି ।" - ଗୁଲଶନ ମଧୁର ସ୍ୱରରେ କହିଲା ।

"ପ୍ରକୃତରେ କଥା କ'ଣ ?" - ଜୟରାଜ ବ୍ୟସ୍ତ ହୋଇ ପଚାରିଲା- "ମୁଁ ବି ତ କିଛି ଶୁଣେ ! ତୁମେ କୁହ ତାଲ ଖାଁ ! କଥା କ'ଣ ? ସେ କିଏ ସେ ଯେ କି ଏହି ସମୟରେ ମୋ ଆନନ୍ଦରେ ବିଶୃଙ୍ଖଳା ଆଣୁଛି ?"

"କାହାର ଏମିତି ସାହାସ ଅଛି, ହଜୁର ! ଯେ କି ଆପଣଙ୍କ ଆରାମରେ ବ୍ୟାଘାତ ପହଞ୍ଚାଇବ ?" ଓସ୍ତାଦ ତାଲ ଖାଁ କହିଲା - "ଜଣେ ସାମାନ୍ୟ ସୁନାରୀ, ହଜୁର ।"

"ସେ ଏଠାକୁ କାହିଁକି ଆସିଛି ?" ଜୟରାଜ ପଚାରିଲା । ତାହାକୁ ସେ ବଣିଆ ଉପରେ ପ୍ରକୃତରେ କ୍ରୋଧ ଆସିଯାଇଥିଲା । କାହିଁକି ନା ସେ ବାରମ୍ବାର ତା' ସ୍ୱପ୍ନ ଜଗତରେ ବିଘ୍ନ ଘଟାଉଥିଲା ଏବଂ ସେ ହଠାତ୍ ସ୍ୱର୍ଗଲୋକ ଛାଡ଼ିକରି ମୃତ୍ୟୁ ଲୋକର ହା ହା କାର ମୟୀ ନଦୀରେ ବୁଡ଼ିବାକୁ ଲାଗିଥିଲା । ଗୋଟିଏ ମୁହୂର୍ତ୍ତ ? କେବଳ ଗୋଟିଏ କ୍ଷଣ ହିଁ ଡେରିଥିଲା । ଯଦି ସେ ବଣିଆ ଆଉ କିଛି ସମୟ ପର୍ଯ୍ୟନ୍ତ ଆସି ନ ଥାନ୍ତା ତେବେ ଜୟରାଜର ପ୍ରେମ ତା'ର ଚରମ ସୀମାକୁ ଅତିକ୍ରମ କରିସାରିଥାନ୍ତା; ମନର କୁତ୍ସିତ ବାସନା ନିଜର ଲକ୍ଷ ପାଇକରି ଶାନ୍ତ ହୋଇଯାଇଥାନ୍ତା । ଅଙ୍ଗ ପ୍ରତ୍ୟେଙ୍ଗରେ କ୍ରୋଧ ଜନିତ କମ୍ପନ ଜାଗାରେ ତୃପ୍ତିଭରା ଶିଥିଳତା ମିଳିଯାଇଥାନ୍ତା । କିନ୍ତୁ ସବୁକିଛି ଶେଷ କରିଦେଲା ସେହି ମୂର୍ଖ ବଣିଆ । ତାକୁ କ'ଣ ଏହି ସମୟରେ ଆସିବାର ଥିଲା ?

"ଓସ୍ତାଦ ତାଲ ଖାଁ !" ଓସ୍ତାଦ ଠାରୁ ତା' ପ୍ରଶ୍ନର କୌଣସି ଉତ୍ତର ନ ପାଇକରି ରାଗିକରି କହିଲା ଜୟରାଜ- "ମୁଁ ପଚାରୁଛି ଯେ ସେ ବଣିଆ ଏଠାକୁ କାହିଁକି ଆସିଛି ? କିନ୍ତୁ ତୁମେ ଚୁପ ରହିଛ । କୁହ ସେ କ'ଣ ଚାହୁଁଛି ?"

"ହଜୁର ! ତାହାର ଗୁଲଶନ ଉପରେ ନଅ ଶହ ଟଙ୍କା ବାକୀ ଅଛି । ତାହା ପାଖର ଗୁଲଶନ ଗୋଟେ ହାର ତିଆରି କରିଥିଲା ।" ଓସ୍ତାଦ ତାଲ ଖାଁ ଗୁଲଶନ ବେକରେ ପଡ଼ିଥିବା ଗୋଟେ ମୂଲ୍ୟବାନ ହାରକୁ ଦେଖାଇ କହିଥିଲା ।

"କ'ଣ କହିବି" ସଂକୋଚପୂର୍ଣ୍ଣ ସ୍ୱରରେ ଗୁଲଶନ କହିଲା- "ହାର ତିଆରି

କରି ସାରିବା ପରେ ଏତେ ଖରାପ ଦିନ ଆସିଲା ଯେ ଏ ପର୍ଯ୍ୟନ୍ତ ତା'ର ପଇସା ପାଇନାହିଁ ।" ଗୁଲଶନ ତା'ର ମୁଣ୍ଡ ତଳକୁ କରିନେଲା ।

"ରୁହ ! ମୁଁ ଦେଇ ଦେଉଛି । ମୋର କୋଟ ପକେଟରେ ଯଥେଷ୍ଟ ଟଙ୍କା ଅଛି ।" କହିକରି ଜୟରାଜ କାନ୍ଥ ହୁକରେ ଟଙ୍ଗା ଯାଇଥିବା କୋଟ ଆଡ଼େ ମୁହାଁଇଥିଲା କିନ୍ତୁ ଗୁଲଶନ ଅତ୍ୟନ୍ତ ସ୍ନେହରେ ତା'ର ହାତ ଧରିନେଇଥିଲା ।

"ମୋତେ ବେଶୀ ଲଜ୍ଜିତ କରନାହିଁ, ମୋର ରାଜା !" - ସେ କହିଲା- "ରହିବାକୁ ଦିଅ, ସେ ଆଉ କୌଣସି ଦିନ ଆସି ତା'ର ଟଙ୍କା ନେଇଯିବ ।"

"ତୁମେ ବ୍ୟସ୍ତ ହୁଅନାହିଁ ।" ଜୟରାଜ ପ୍ରେମରେ ତା'ର ନିଶାଶକ୍ତ ଆଖିକୁ ଗୁଲଶନର ଘୂର୍ଣ୍ଣମନ୍ତ ନୟନ ଉପରେ ପକାଇ କହିଥିଲା । ତା'ପରେ ତା' ପକେଟରୁ ଶହ ଶହର ନଅଟି ନୋଟ ବାହାର କରି ତାଲ ଖାଁର ହାତରେ ରଖିଦେଇଥିଲା ।

"ନିଅ ଓସ୍ତାଦ !" - ଜୟରାଜ କହିଲା- "ନେଇକରି ସେ ବଣିଆକୁ ଦେଇଦିଅ ।"

"ଲକ୍ଷ ଲକ୍ଷ ଧନ୍ୟବାଦ, ହଜୁର !" - ଆନନ୍ଦ ଉଲ୍ଲାସରେ ତାଲ ଖାଁ କହିଲା । ଓସ୍ତାଦ ଚାଲିଗଲା । ଗୁଲଶନ ଭିତରୁ କବାଟ ବନ୍ଦ କରି ପଲଙ୍ଗ ଉପରେ ବସିପଡ଼ିଲା । ଜୟରାଜ ମଧ୍ୟ ତା' ପାଖରେ ଆସି ବସିଯାଇଥିଲା । କିନ୍ତୁ ଗୁଲଶନର ମୁଖମଣ୍ଡଳ ବହୁତ ଉଦାସ ହୋଇଯାଇଥିଲା । ତା' ଚେହେରାର ଗମ୍ଭୀରତା ସାଙ୍ଗରେ ତା'ର ଚକ୍ଷୁ ଦ୍ୱୟରେ କେମିତି ଏକ କରୁଣାର ଭାବ ଫୁଟି ଉଠୁଥିଲା । ଏମିତି ମନେ ହେଉଥିଲା ଯେମିତି କି କୌଣସି ଘଟଣା ତା' କୋମଳ ହୃଦୟରେ ଅସହନୀୟ ଆଘାତ ଦେଇଛି ।

"ଚୁପ୍ ହୋଇ କାହିଁକି ବସିଛ, ମୋର ରାଣୀ !" ଜୟରାଜ ସ୍ନେହଭରା ଆଖିରେ ପଚାରିଲା ।

"ମୁଁ ଆପଣଙ୍କ ସାଙ୍ଗରେ କଥା ହେବିନାହିଁ !" ରାଗିବାର ଅଭିନୟ କରି ସେ କହିଲା ।

"କାହିଁକି ? କାହିଁକି କଥା ହେବନାହିଁ ?"

"ମୁଁ ଆପଣଙ୍କ ଉପରେ ରାଗିଛି ।"

"ମୋର କ'ଣ ଭୁଲ ହୋଇଗଲା ? କ'ଣ ଅପରାଧ ମୋ ଦ୍ୱାରା ହୋଇଗଲା ।" - ଜୟରାଜ କିଛି ନ ଜାଣିଲା ପରି ପଚାରିଥିଲା ।

"ଆପଣ ଟଙ୍କା କାହିଁକି ଦେଇଦେଲେ ?"

"ତାହା ମୋର କର୍ତ୍ତବ୍ୟ ଥିଲା, ଗୁଲଶନ !" - ଜୟରାଜ କହିଲା ।

"ଆପଣ ନିଜର କର୍ତ୍ତବ୍ୟକୁ ବହୁତ ଭଲ ଭାବରେ ଜାଣନ୍ତି ।" - ଗୁଲଶନ କୃତ୍ରିମ କ୍ରୋଧରେ କହିଲା- "କିନ୍ତୁ ଅନ୍ୟ ମାନଙ୍କର କର୍ତ୍ତବ୍ୟରେ ଆପଣ କିଛି ବି ଚିନ୍ତା କରନ୍ତିନି ।"

"ଅନ୍ୟ ମାନଙ୍କର କର୍ତ୍ତବ୍ୟ କେମିତି ?"

"ଆପଣ କ'ଣ ଏତେ ନିରୀହ ? ମୁଁ ଗହଣା ତିଆରି କରିଥିଲି । ତେବେ ଏହା କ'ଣ ମୋର କର୍ତ୍ତବ୍ୟ ନୁହେଁ ଯେ ମୁଁ ସେ ଟଙ୍କା ଦେବି ? ଆପଣ କ'ଣ ଏତିକି ବୁଝିପାରୁନାହାନ୍ତି ମୋର ରାଜା ।" ଗୁଲଶନ ଓଠକୁ ହସ ଆସିଯାଉଥିଲା ଯାହାକୁ ସେ ବଳପୂର୍ବକ ଦବାଇ ରଖିଥିଲା ।

"ତୁମ ବଦଳରେ ମୁଁ ଯଦି ପଇସା ଦେଇଦେଲି ତ କ'ଣ କ୍ଷତି ହୋଇଗଲା ?" ଜୟରାଜ ଗୁଲଶନର ଆହୁରି ପାଖକୁ ଆସି କହିଲା ।

"ବହୁତ ବଡ଼ କ୍ଷତି ହୋଇଗଲା" - ଗୁଲଶନ କହିଲା- "ଆପଣ ଏ ପର୍ଯ୍ୟନ୍ତ ମୋତେ ଗୋଟେ ମାମୁଲି ବେଶ୍ୟା ବୋଲି ଭାବୁଛନ୍ତି, ଯେ ଦଶ, କୋଡ଼ିଏ ଟଙ୍କା ପାଇଁ...।"

"ଏମିତି କୁହନାହିଁ, ମୋର ପ୍ରଜାପତି !"

"ଆପଣଙ୍କୁ ମୋ ପ୍ରେମର ଯେମିତି କିଛି ବି ଆଦର ନାହିଁ ।"

"ମୋର ଅପରାଧ ହୋଇଗଲା, ଗୁଲଶନ ! କ୍ଷମା କରିଦିଅ ।" - ଜୟରାଜ କହିଲା ।

"ମୁଁ କ୍ଷମା କରି ଦେଇ ପାରିବି କିନ୍ତୁ ଗୋଟେ ସର୍ତ୍ତରେ ।"

"ସେ ସର୍ତ୍ତ କ'ଣ ?" - ଜୟରାଜ ପଚାରିଲା ।

ଗୁଲଶନ ଓଠ ଉପରେ ଆଙ୍ଗୁଳି ରଖିକରି କିଛି ସଂକେତ ଦେଲା । ଇଶାରାରେ ଯେଉଁବସ୍ତୁ ଗୁଲଶନ ମାଗିଥିଲା ତାହା ତାକୁ ମିଳିଯାଇଥିଲା । ଏହା ସବୁ ନାଟକ ଥିଲା । ବଡ଼ କୌତୁହଳପ୍ରଦ ଏବଂ ରଙ୍ଗୀନ । ନାଟକର ପାତ୍ରମାନେ ଥିଲେ ବଣିଆ, ଓସ୍ତାଦ ତାଲ ଖାଁ, ଗୁଲଶନ ଏବଂ ଜୟରାଜ । ବଣିଆ ତା'ର ଟଙ୍କା ମାଗେ, ଓସ୍ତାଦ ତାଲ ଖାଁ ଗୁଲଶନକୁ ଖବର ଦିଏ; ଗୁଲଶନ ତା'ର ଦ୍ୱିଧା ତଥା ସଂକୁଚିତ ହେବା ପ୍ରକାଶ କରେ ଏବଂ ନାଟକର ସବୁଠାରୁ ସିଧା ସାଧା ବୋକା ପାତ୍ର ଜୟରାଜ ଚୁପ୍ ଚାପ୍ ନଅ ଶହ ଟଙ୍କା ବାହାର କରି ଓସ୍ତାଦ ହାତରେ ଦେଇଦିଏ । ନାଟକ ଥିଲା । ହିଁ ଆଜ୍ଞା ଏହା ପୁରାପୁରି ନାଟକ ହିଁ ଥିଲା । ସବୁ କିଛି କଳ୍ପନା କରାଯାଇଥିଲା ।

ବଣିଆର ଆସିବା, ନଅ ଶହ ଟଙ୍କାର ହାର, ସବୁ କିଛି ମିଥ୍ୟା ଥିଲା । ଏକ ନାଟକ ମାତ୍ର । (୧୯୫୦ମସିହାରେ ସୁନା ଦଶ ଗ୍ରାମର ମୂଲ୍ୟ ୯୯ଟଙ୍କା ଥିଲା)

କିନ୍ତୁ ଗୁଲଶନର ପାଲରେ ପଡ଼ିଥିବା ମୂର୍ଖ ଜୟରାଜର ଏତେ ଜ୍ଞାନ କାହିଁ ? ତାକୁ କ'ଣ ଜଣାଥିଲା ଯେ ବେଶ୍ୟା ମାନଙ୍କ ପାଖରେ, ସେମାନଙ୍କ ଅଭିଭାବକ ମାନଙ୍କ ପାଖରେ, ଅନ୍ଧ ଧନୀକ ମାନଙ୍କ ପାଖରୁ ଟଙ୍କା ଠକି ନେବାକୁ ବହୁତ ବଡ଼ ବଡ଼ କୌଶଳ ଥିଲା । ଗୁଲଶନ ଏବଂ ତାଲ ଖାଁ ମିଶିକରି ଜୟରାଜକୁ ଖୁବ୍ ମୂର୍ଖ ବନାଇଥିଲେ, କଥା କଥାରେ ନଅ ଶହ ଟଙ୍କା ଠକି ନେଇଥିଲେ ।

ଜୟରାଜ କେବେ ହେଲେ ମଧ୍ୟ ବେଶ୍ୟା ମାନଙ୍କ ଦ୍ୱାରା ଠକି ଯାଇ ନ ଥିଲା । ଏହା ତା' ସହ ପ୍ରଥମ ଥର ପାଇଁ ହୋଇଥିଲା, ଯେତେବେଳେ ସେ ମଦ ନିଶାରେ ଚୁର ହୋଇ ଏତେ ବଡ଼ କ୍ଷତି କରି ପକାଇଥିଲା । ଯଦି ଗୁଲଶନର ସୌନ୍ଦର୍ଯ୍ୟ ତାକୁ ପାଗଳ କରି ଦେଇ ନ ଥାନ୍ତା କିମ୍ବା ଅତ୍ୟଧିକ ମଦ୍ୟପାନ କରି ତା' ନିଜର ମନ ମସ୍ତିଷ୍କ ଅବ୍ୟବସ୍ଥିତ ହୋଇଯାଇ ନ ଥାନ୍ତା ତେବେ ସେ କେବେହେଲେ ଗୁଲଶନର ବିଶ୍ୱାସଘାତକତା ଦ୍ୱାରା ପ୍ରଭାବିତ ହୋଇ ନ ଥାନ୍ତା ।

ଓସ୍ତାଦ ତାଲ ଖାଁ ଗୁଲଶନର ଅଭିଭାବକ ଥିଲା ଆଉ ତାବଲା ବାଦକ ମଧ୍ୟ । ସେ ଏବଂ ଗୁଲଶନ ମଧ୍ୟରେ ଖୋଲାଖୋଲି କଥାବାର୍ତ୍ତା ହେଉଥିଲା । ଏମିତି ଜଣା ପଡୁ ନ ଥିଲା ଯେ ଏହି ବୁଢ଼ା ମୁସଲମାନ ତାବଲା ବାଦକ ନିଜର ବୁଢ଼ା ବୟସରେ ଗୁଜୁରାଣ ମେଣ୍ଟାଇବା ପାଇଁ ଗୁଲଶନକୁ ବାଲ୍ୟାବସ୍ଥାରୁ ହିଁ ପାଳନ କରିଛି ଏବଂ ତାକୁ ତା' ଜୀବନର ସବୁଠାରୁ ମୂଲ୍ୟବାନ ବସ୍ତୁ ଭାବିକରି ସଜାଇ ରଖିଛି । ଗୁଲଶନ ଜୀବନର ଏହି ସତ୍ୟ କେବଳ କିଛି ଲୋକହିଁ ଜାଣିଥିଲେ ।

କିଛି ବର୍ଷ ପୂର୍ବେ ଓସ୍ତାଦ ତାଲ ଖାଁ ଏକ ଶିଶୁର ଜୀବନ ବଞ୍ଚାଇ ଥିଲା ଏବଂ ତାକୁ ତା' ଘରକୁ ଆଣି ଯତ୍ନର ସହିତ ଲାଳନ ପାଳନ କରିଥିଲା । କିନ୍ତୁ ଏହା କ'ଣ ପରୋପକାର ଥିଲା ? ସେହି ସମୟରେ କ'ଣ ତାଲ ଖାଁ ହୃଦୟରେ ପରୋପକାରର ସଦିଚ୍ଛା ଥିଲା ? ସେ କ'ଣ ସେ ଝିଅଟିକୁ ନିଜର ଝିଅ ପରି ପାଳିଥିଲା ? ନାହିଁ ! ତାହା ପରୋପକାର ନ ଥିଲା । ସଦିଚ୍ଛା ନ ଥିଲା । ଓସ୍ତାଦ ମନରେ ସେ ପିଲାଟି ପ୍ରତି ନିଜ ଝିଅ ପରି ଭାବନା ମଧ୍ୟ ନ ଥିଲା ।

ମଣିଷ ସ୍ୱାର୍ଥପର ହୋଇଥାଏ । ଏହା ମଣିଷର ଏକ ସହଜାତ ପ୍ରକୃତି । ଓସ୍ତାଦ ତାଲ ଖାଁ ଏକ ଉତ୍କଟ ଲୋଭର ବଶବର୍ତ୍ତି ହୋଇ ସେ ବାଳିକାଟିର ଲାଳନ ପାଳନ କରିଥିଲା । ଓସ୍ତାଦ ଜାଣିଥିଲା ଯେ ବୟସ ଥିଲା ବେଳେ ଯୌବନରେ

ଯେତେ ଆନନ୍ଦରେ ସମୟ ଗୁଡ଼ିକ ଚାଲିଯାଇଥାଏ । ବୃଦ୍ଧାବସ୍ଥାରେ ସେତିକି ଦୁଃଖକଷ୍ଟରେ ସମୟ ଯାଇଥାଏ । ବୃଦ୍ଧାବସ୍ଥା ଏକ ଭୟଙ୍କର ଅଭିଶାପ । ବୃଦ୍ଧାବସ୍ଥା ମୃତ୍ୟୁର ଭୟଙ୍କର ପ୍ରତୀକ ହୋଇଥାଏ । ଏ ସବୁ ଓସ୍ତାଦ ଜାଣିଥିଲା । ତା'ର ଯୁବବୟସର ଦିନ ଗୁଡ଼ା ରୁପର ବଜାରରେ ଦଲାଲି କରି ଏବଂ ତାବଲା ବଜାଇ ବିତିଯାଇଥିଲା । କିନ୍ତୁ ବୁଢ଼ା ବୟସରେ ଗୁଜୁରାଣ ମେଣ୍ଟାଇବା ପାଇଁ ଓସ୍ତାଦଙ୍କୁ ଏମିତି ଏକ ପରୀର ଆବଶ୍ୟକତା ଥିଲା ଯିଏ କି ଲୋକ ମାନଙ୍କର ହୃଦୟରେ ବିଜୁଳି ହୋଇ ଖସି ପଡ଼ିବ ଏବଂ କଳା ବାଦଲ ଭିତରୁ ବର୍ଷାର ବିନ୍ଦୁ ପରି ଟଙ୍କାର ବର୍ଷା କରାଇ ପାରିବ । ସେଇଥିପାଇଁ ହିଁ ଓସ୍ତାଦ ଗୁଲଶନକୁ ପାଳି ପୋଷି ଏତେ ବଡ଼ କରିଥିଲା ।

ବାଲ୍ୟାବସ୍ଥାରୁ ହିଁ ଗୁଲଶନକୁ ଉଚିତ ଶିକ୍ଷା ଦିଆଯାଇଥିଲା । ସଙ୍ଗୀତ ତାଳର ଜ୍ଞାନ ଦିଆଯାଇଥିଲା । ନୃତ୍ୟର ଭାବ ଭଙ୍ଗୀ ବତାଇ ଦିଆଯାଇଥିଲା । କମରର ଗୋଟେ ଗୋଟେ ଲଚକରେ ଦେଖିବା ଲୋକର ହୃଦୟ ଶତ ଶତ ଖଣ୍ଡରେ ଭାଙ୍ଗି ଦେବାକୁ ଶିଖାଇ ଦିଆଯାଇଥିଲା । ଆଖିର ଧନୁରେ କଟାକ୍ଷର ତୀର ଯୋଖିକରି ଲକ୍ଷଭେଦ କରିବା ବତାଇ ଦିଆଯାଇଥିଲା । ବିଶି ଆଙ୍ଗୁଠିକୁ କଳାପୂର୍ଣ୍ଣ ଢଙ୍ଗରେ ଚିବୁକରେ ଲଗାଇ ବସିବା ମଧ୍ୟ ଶିଖାଇ ଦିଆଯାଇଥିଲା । ପିଲା ଦିନୁହିଁ ଲୋକ ମାନଙ୍କର ମନ ଜିତିବାର ପ୍ରତ୍ୟେକ କଳାର ଜ୍ଞାନ ତାକୁ ଦିଆଯାଇଥିଲା । ବୟସ ହେବାର ବହୁତ ଦିନ ଆଗରୁ ତାକୁ ନିଜ ଛାତିରୁ ଅସାବଧାନତା ପୂର୍ବକ ଶାଢ଼ୀ ଖସାଇ ମୃଦୁ ହସିବାର ଆଦବ କାଇଦା ବତାଇ ଦିଆ ଯାଇଥିଲା । ପ୍ରଥମରୁ ନୃତ୍ୟର ଅଭ୍ୟାସ କରିଥିବାରୁ ସେ ବହୁତ ଭଲ ନାଚି ପାରୁଥିଲା । ତାହାର ପ୍ରତିଟି କୋଣରେ "ବେଶ୍ୟାପଣ" ଜୋର୍ ଜବରଦସ୍ତ ଭରି ଦିଆଯାଇଥିଲା ।

ତାତ୍ପର୍ଯ୍ୟ ଏଇଆ ଯେ, ଓସ୍ତାଦ ତାଲ ଖାଁ ନିଜ ହାତରେ ଗୁଲଶନକୁ ଚିକଣ ଚାକଣ କରି ସଜାଇ ଥିଲା । ତାହାର ପ୍ରତିଟି ଠାଣୀରେ ସେ ନିଜ ମନର କଳୁଷତା ଭର୍ତ୍ତିକରି ଦେଇଥିଲା । ତାହାର ପ୍ରତିଟି ଅଙ୍ଗରେ ନିଜ ଅନ୍ତରର ବାସନା ପ୍ରବେଶ କରାଇ ଦେଇଥିଲା । ଗୁଲଶନକୁ ପୁରା ପକ୍କା ବନାଇବାକୁ ଓସ୍ତାଦ ବହୁତ ପରିଶ୍ରମ କରିଥିଲା। ପୁଣି ଏମିତି ଏକ ଦିନ ଆସିଲା ଯେତେବେଳେ ଗୁଲଶନର ନିରୀହ ଦେହରେ ଯୌବନର ଚାନ୍ଦ ଚମକି ଉଠିଥିଲା । ଆଖିରେ କୃତ୍ରିମ କାଜଲ ବଦଳରେ ଯୌବନର ଜାଜ୍ଜୁଲ୍ୟ ଖେଳିଯାଇଥିଲା । ଯୌବନ ଆସିଲା ପରେ ଗୁଲଶନର ଶୁଷ୍କ ନାଚଗୀତରେ ଏକେ ଜୀବନ୍ତ ମାଧୁର୍ଯ୍ୟ ଆସିଯାଇଥିଲା ।

ଦିନେ, ଯେତେବେଳେ ସାରା ସହର ଦୀପାବଳିର ଉତ୍ସବ, ଦୀପର ଆଲୋକରେ ପାଳୁଥିଲା, ବିଜୁଳୀବତିରେ ଅଧିକାଂଶ ଘର ସଜ୍ଜା ହୋଇଥିଲା, ସେତେବେଳେ ଯୌବନ ଭାରରେ ଲଦିହୋଇ, ଷୋହଳ ଶୃଙ୍ଗାର କରି, ନିଜ ଦେହ ନେଇକରି ଗୁଲଶନ କୋଠୀରେ ଆସି ପ୍ରଥମ ଥର ପାଇଁ ବସିଥିଲା । ଲୋକମାନଙ୍କ ନଜର ତା' ଉପରେ ପଡ଼ିଥିଲା । ପତଙ୍ଗ ମନେ ପର ଫଡ୍ ଫଡ୍ କରି ଉଡ଼ି ଆସିଥିଲେ ଜଳୁଥିବା ଦୀପ ପାଖକୁ । କେତେ ଜଣ ତାହାର ନୃତ୍ୟ ଦେଖିଲେ, କେତେକ ତାହାର ମୁଜରା ଶୁଣିଥିଲେ । ଗୋଟିଏ ସପ୍ତାହରେ ଗୁଲଶନର ନାଁ ସହର ଭିତରେ ଭୟଙ୍କର ଅଗ୍ନି ପରି ବ୍ୟାପ୍ତ ହୋଇଯାଇଥିଲା । ଓସ୍ତାଦ ତାଲ ଖାଁ ପାଖକୁ "ପ୍ରଥମ ରସମ" ପାଇଁ ଖବର ପରେ ଖବର ଆସିବାକୁ ଲାଗିଥିଲା ଏବଂ ଗୋଟେ କାଳ ରାତ୍ରୀରେ ସହରର ଜଣେ ନାମକରା ଧନୀକ ସେ "ରସମ"କୁ ପୁରା କରି ଦେଇଥିଲେ ।

॥ ୨୦ ॥

ରାୟ ବାହାଦୁର ସେଠ୍ ଗଙ୍ଗା ଦାସ, ଯାହାଙ୍କୁ ଲୋକମାନେ ଜଣେ ସାଧାସିଧା ଧନୀକ ଭାବୁଥିଲେ, ବାସ୍ତବରେ ଜଣେ ଛୁପା ରସ୍ତମ ଥିଲେ । ଦିନର ପ୍ରକାଶରେ ଶ୍ୱେତ ଚନ୍ଦନର ଟୀକା ଲଗାଉଥିବା ଆମ ସମାଜର କର୍ଣ୍ଣଧାର ରାତ୍ରୀର ନୀରବ ଅନ୍ଧକାରରେ କ'ଣ କ'ଣ ବା ନ କରୁଛନ୍ତି । ସେଠ୍ ଗଙ୍ଗା ଦାସ ହିଁ ଗୁଲଶନର "ପ୍ରଥମ ରସମ" କରିବା ଲୋକ ଥିଲେ । କିନ୍ତୁ ଆଜି ତାଙ୍କର ପୁତ୍ର ଜୟରାଜ ଗୁଲଶନର ପ୍ରେମିକ ପାଲଟି ଯାଇଥିଲା । ସେଠ୍ ଗଙ୍ଗା ଦାସ ନିଶ୍ଚୟ ବେଶ୍ୟାଗାମୀ ଥିଲେ କିନ୍ତୁ ଜୟରାଜ ପରି ନୁହନ୍ତି । ସେ ଭୀରୁ ଥିଲେ । ତାଙ୍କୁ ସମାଜର ଭୟ ଥିଲା, ନିଜ ଉଚ୍ଚ ସ୍ଥାନର ଜ୍ଞାନ ଥିଲା, ନିଜ ସମ୍ମାନର ଗର୍ବ ଥିଲା । ତାଙ୍କ ପାଇଁ ଦିନର ଆଲୋକ ଶୁଭକାମ କରିବାର ସୂଚକ ଥିଲା । କିନ୍ତୁ ଜୟରାଜ ପାଇଁ ଦିନ ଏବଂ ରାତି ଏକାପରି ଥିଲା ।

ବୋଧହୁଏ ଜୟରାଜକୁ ଏ ପର୍ଯ୍ୟନ୍ତ ଜଣା ନ ଥିଲା ଯେ ତାହାର ପିତା ସେଠ୍ ଗଙ୍ଗା ଦାସ ରୁପର ବଜାରରେ ଭ୍ରମଣ କରନ୍ତି । ତାକୁ ବା କେମିତି ଜଣା ପଡ଼ିଥାନ୍ତା ? ଯେତେବେଳେ ପ୍ରଥମରୁ ହିଁ ବାପ ପୁଅକୁ ଦୁରରେ ରଖିଥିଲେ । ତା'ର ଆରାମର ସବୁ ବ୍ୟବସ୍ଥା କରିଦେଇଥିଲେ କିନ୍ତୁ ତା'ର ଚରିତ୍ରର ପବିତ୍ରତା ପ୍ରତି ଟିକିଏ ମଧ୍ୟ ଧ୍ୟାନ ଦେଇ ନ ଥିଲେ ।

ସେଠ୍ ଗଙ୍ଗା ଦାସ ଭାବିଥିଲେ ଯେ, ପୁଅକୁ ନିଜଠାରୁ ଦୁରେଇ ଅନ୍ୟ ଏକ ବଙ୍ଗଳାରେ ରଖିଲେ, ସେ ବାପାଙ୍କ ଖରାପ ପ୍ରକୃତିର ଆଭାସ ପାଇ ପାରିବ ନାହିଁ । ଏବଂ ପିତାଙ୍କର ଦୁଷ୍ଟରିତ୍ରର ଛାଇ ତାହା ଉପରେ ପଡ଼ି ପାରିବ ନାହିଁ । କିନ୍ତୁ ତାଙ୍କର ଚିନ୍ତାଧାରା ସଂପୂର୍ଣ୍ଣ ଭୁଲ ପ୍ରମାଣିତ ହୋଇଥିଲା । ପିତାଙ୍କର ଦିଆଯାଇଥିବା ସ୍ୱତନ୍ତ୍ରତା ତଥା ଧନରାଶିର ଜୟରାଜ ଅନୁଚିତ ଉପଯୋଗ କରିଥିଲା । ମଦ୍ୟ ଏବଂ

ବେଶ୍ୟା ମାନଙ୍କ ପଛରେ ପାଣି ପରି ଟଙ୍କା ବୁହାଇବାରେ ଲାଗିଥିଲା । ଏମିତି ଦିନେ ସେଠ୍ ଗଙ୍ଗା ଦାସଙ୍କୁ ବିଶ୍ୱସ୍ତ ସୂତ୍ରରୁ ଖବର ମିଳିଥିଲା କି ତାଙ୍କର ପୁଅ ବାତରା, ମଦ୍ୟପ ଏବଂ ବେଶ୍ୟାଶକ୍ତ ହୋଇଯାଇଛି । ସେଠ୍‌ଜୀ ଆଶ୍ଚର୍ଯ୍ୟ ଚକିତ ହୋଇ ଉଠିଥିଲେ । ତାଙ୍କୁ କ୍ରୋଧ ଆସି ନ ଥିଲା ବରଂ ନିଜ କର୍ମର ପଶ୍ଚାତାପ ହିଁ ଆସିଥିଲା । କାହିଁକି ସେ ଜୟରାଜ ପ୍ରତି ଅବହେଳା କରିଥିଲେ ? କାହିଁକି ସେ ତାକୁ ଅତ୍ୟଧିକ ସ୍ୱାଧୀନତା ଦେଇଥିଲେ ? ସେ ଭାବୁଥିଲେ କିନ୍ତୁ ଜୟରାଜକୁ କିଛି କହି ନ ଥିଲେ । କେତେଥର ଜୟରାଜକୁ ଗାଳି ଗୁଲଜ କରିବା ଉଦ୍ଦେଶ୍ୟରେ ତା' ବଙ୍ଗଳାକୁ ଯାଇଥିଲେ କିନ୍ତୁ ଜୟରାଜକୁ ଆଗରେ ଦେଖିକରି ତାଙ୍କର ତଥାଗୁଡ଼ା ମୁହଁ ଭିତରେ ରହି ଯାଇଥିଲା ଏବଂ ସେ ଅଲଗା ବିଷୟରେ କଥାବାର୍ତ୍ତା କରିବାରେ ଲାଗୁଥିଲେ ।

ଜୟରାଜ ଉପରେ ଅତ୍ୟଧିକ ସ୍ନେହର ପରିଣାମ ସ୍ୱରୂପ ପିତା ପୁତ୍ର ଆଗରେ ଭୀରୁ ହୋଇଯାଇଥିଲେ । ପୁତ୍ର ପିତାଙ୍କ ବିନା ହସ୍ତକ୍ଷେପରେ ଅଧିକରୁ ଅଧିକତର ଉଶୃଙ୍ଖଳ ହୋଇଯାଇଥିଲା । ସେଠ୍ ଗଙ୍ଗା ଦାସ ଚାହୁଁଥିଲେ କି ଜୟରାଜର ଜୀବନ ଶୈଳୀର ଗତି ପରିବର୍ତ୍ତନ ହୋଇଯାଉ । ସେ ପ୍ରତିକୂଳ ଦିଗକୁ ଛାଡ଼ି ଅନୁକୂଳ ଦିଗ ଆଡ଼କୁ ବଢ଼ିଚାଲୁ । କିନ୍ତୁ ଏମିତି କରିପାରିବାର ବାଟ କ'ଣ ଥିଲା ସେ ତାହା ଜାଣି ପାରୁନଥିଲେ । ଗୋଟେ କଥା ସେଠ୍ ଗଙ୍ଗା ଦାସ ଯାହା କରିଥିଲେ ତାହାଥିଲା ଏବେ ସେ ଜୟରାଜ ଉପରେ ନିୟନ୍ତ୍ରଣ ରଖିବା ଆରମ୍ଭ କରି ଦେଇଥିଲେ । ତା'ର ପ୍ରତ୍ୟେକ କାର୍ଯ୍ୟର ଖବର ସେ ଗୁପ୍ତ ରୁପରେ ରଖୁଥିଲେ ଯଦିଓ ଏଥିରେ ତାଙ୍କର ସଫଳତାର ଆଶା କମ ଥିଲା । ଦିନ ରାତିରେ ଜୟରାଜ ଯାହା ବି କରୁଥିଲା । ସେ ସବୁର ଖବର ସେଠ୍ ଗଙ୍ଗା ଦାସଙ୍କ ପାଖରେ ପହଞ୍ଚାଇବା ଏକ କଠିନ କାମ ଥିଲା । ତଥାପି ଏବେ ରାୟବାହାଦୁର ସେଠ୍ ଗଙ୍ଗା ଦାସ ବହୁତ ସାବଧାନ ହୋଇଯାଇଥିଲେ ।

॥ ୨୧ ॥

ହୁକା ନଳୀକୁ ମୁହଁରେ ପୁରାଇ ସେଠ୍ ଗଙ୍ଗା ଦାସ ସୋଫା ଉପରେ ବସିଥିଲେ । ବେଳେବେଳେ ଥରେ ଦୁଇଥର ତାହାକୁ ଟାଣି ମୁହଁରୁ ଧୁଆଁ ବାହାର କରୁଥିଲେ । ସେ ସମୟରେ ତାଙ୍କର ମୁଖମଣ୍ଡଳ ଅତିଶୟ ଗମ୍ଭୀର ଥିଲା । ଚେହେରା ରାଗ ତମ୍‌ତମ୍ ଦେଖାଯାଉଥିଲା । ତାଙ୍କ ଆଗରେ ସମ୍ମାନର ସହ ଓସ୍ତାଦ ତାଲ ଖାଁ ଠିଆ ହୋଇଥିଲା ।

"ତାଲ ଖାଁ !" - ଗମ୍ଭୀର ସ୍ୱରରେ ସେଠ୍‌ଜୀ କହିଲେ- "ତୁମେ ନିଜକୁ ବହୁତ ଚଲାକି ବୋଲି ଭାବୁଛ ।"

"ସବୁ ଆପଣଙ୍କ ଅନୁଗ୍ରହର ଫଳ ।" - ଓସ୍ତାଦ କହିଲା- "ନ ହେଲେ ଏ ସାମାନ୍ୟ ଦାସ କୋଉ କାମର ?"

"ହୁଁ" - ସେଠ୍‌ଜୀ ଜ୍ୱଳନ୍ତ ଚକ୍ଷୁରେ ଓସ୍ତାଦକୁ ଅନାଇଲେ- "ତୁମେ ଏବେ ମୋରି ଛୁରୀ ମୋ ବେକରେ ଚଳାଇବା ଆରମ୍ଭ କରିଦେଲ ।"

"ଏହା କ'ଣ କେବେ ହୋଇ ପାରିବ ?"

"ହୋଇ ପାରିବ ନୁହେଁ, ଏବେ ହେଉଛି ।" - ସେଠୁଜୀ କହିଲେ- "ଏହା ଜାଣିକରି ବି ଜୟରାଜ ମୋର ପୁଅ ଏବଂ ଗୁଲଶନ ଏକ ରାତି ପାଇଁ ମୋ ସ୍ତ୍ରୀ ହୋଇଯାଇଛି, ତଥାପି ତୁମେ ଏହି ଦୁଇଜଣଙ୍କୁ କ'ଣ ପାଇଁ ମିଶିବାକୁ ଦେଉଛ ?"

"ହଜୁର ! ଆମ ଦୁନିଆରେ ଏହି ସବୁ ସମ୍ପର୍କର କୌଣସି ମାନେ ରୁହେ ନାହିଁ । ରାଗିବେ ନାହିଁ ତ ମୁଁ ଗୋଟେ କଥା କହିବି ଯେ ଆମେ ପଇସାର ଚାକର, ସେ ପଇସା ଆପଣଙ୍କର ହେଉ ବା ଆପଣଙ୍କ ପୁଅର । ବେଶ୍ୟା କେଉଁ ଜଣଙ୍କର ମାଲିକାନାରେ ରୁହେନାହିଁ, ହଜୁର ।"

"ତୁମେ ଠିକ୍ କହୁଛ । କିନ୍ତୁ ମୁଁ ମୋ ପୁଅକୁ ନଷ୍ଟ ହେବାର ଦେଖି ପାରିବିନି । ମୁଁ ଏହା କେବେହେଲେ ସହ୍ୟ କରି ପାରିବିନି ଯେ ମୋରି ଆଖି ଆଗରେ ମୋ ପୁଅ ଖରାପ ରାସ୍ତାରେ ପାଦ ରଖୁ ।" - ସେଠ୍‌ଜୀ କହିଲେ ।

"ଖୁଦା ଆପଣଙ୍କୁ ଲକ୍ଷେ ବର୍ଷ ଆୟୁଷ ଦିଅନ୍ତୁ, ହଜୁର । କୌଣସି ପିତା ନିଜ ପୁତ୍ରକୁ ପଥଭ୍ରଷ୍ଟ ହେବା ବରଦାସ୍ତ କରି ପାରିବ ନାହିଁ । କିନ୍ତୁ ପିତାକୁ ନିଜ କଥା ମଧ୍ୟ ଭାବିବାକୁ ପଡ଼ିବ, ହଜୁର । ନିଜର ଚାଲିଚଳନ ଉପରେ ମଧ୍ୟ ଧ୍ୟାନଦେବା ଦରକାର, ହଜୁର ! ମୋର ଧୃଷ୍ଟତା କ୍ଷମା କରିବେ ।"

ନିଜ ଚରିତ୍ର ଉପରେ ଉପହାସ ହେବାର ଦେଖି ସେଠ୍‌ଜୀ ରାଗରେ ଥରି ଉଠିଥିଲେ । କିନ୍ତୁ ବହୁତ କଷ୍ଟରେ ସେ ନିଜ କ୍ରୋଧ ସମ୍ବରଣ କରିଥିଲେ । ସେ ଜାଣିଥିଲେ ଯେ ତାଙ୍କର କ୍ରୋଧ ଅନ୍ୟମାନଙ୍କ ପାଇଁ ଭୟଙ୍କର ହୋଇପାରେ କିନ୍ତୁ ଓସ୍ତାଦ ତାଲ ଖାଁ ପାଇଁ ନୁହେଁ । କାହିଁକିନା ଓସ୍ତାଦ ତାଲ ଖାଁ ତାଙ୍କ ହୃଦୟର ଦୁର୍ବଳତା ଜାଣିଥିଲା, ତାଙ୍କ ଚରିତ୍ରର କଳଙ୍କିତ ଅଧ୍ୟାୟ ତାକୁ ଜଣାଥିଲା । ମନୁଷ୍ୟ ସବୁବେଳେ ନିଜ ଦୁର୍ବଳତା ପାଖରେ ନଇଁଯିବା ଶିଖିଥାଏ । ନିଜ ଦୁର୍ବଳତା ଧରି ନେଇଥିବା ଲୋକ ଆଗରେ ନିଜର ଚକ୍ଷୁ ଦ୍ୱୟ ଆପେ ଆପେ ତଳକୁ ନଇଁଯାଏ । ଏହି ଅବସ୍ଥା ସେଠ୍ ଗଙ୍ଗା ଦାସଙ୍କର ହୋଇଥିଲା ।

"ତୁମେ ବିଲକୁଲ ଠିକ୍ କହୁଛ ।" - ସେଠ୍‌ଜୀ କହିଲେ- "କିନ୍ତୁ ଏହା ବି ଭାବ ଯେ ଯେଉଁ ପିତା କୌଣସି ଭୁଲ କାରଣରୁ ଚରିତ୍ର ଭ୍ରଷ୍ଟ ହୋଇଯାଇଛି, ତେବେ ସେ କ'ଣ ଚାହିଁବ ଯେ ତାରି ପରି ତା'ରି ସନ୍ତାନ ମଧ୍ୟ ନଷ୍ଟ ଚରିତ୍ର ହୋଇ ସମାଜର କଳଙ୍କ ହୋଇଯାଉ ?"

"ନାଇଁ ହଜୁର, ନାଇଁ ।" - ତାଲ ଖାଁ କହିଲା- "କିନ୍ତୁ ସବୁ ଦୁଷ୍ଟଚରିତ୍ର ଲୋକ ସମାଜର ଆଖି ଆଗକୁ ଆସନ୍ତି ନାହିଁ । ହଜୁର ନିଜକୁହିଁ ଦେଖନ୍ତୁ । ଆପଣ ସବୁକିଛି କରି ସାରିବା ପରେ ମଧ୍ୟ ସମାଜର ସମ୍ମାନାସ୍ପଦ ଲୋକ ଭାବରେ ଗଣା ଯାଉଛନ୍ତି ।"

"ଠିକ୍ କହିଛ ତାଲ ଖାଁ ! କିନ୍ତୁ ମନେ ରଖ, ମୁଁ ବଞ୍ଚି ଥାଉ ଥାଉ ଜୟରାଜକୁ ତୁମ ହାତରେ ପଡ଼ିବାକୁ ଦେବିନାହିଁ । ମୁଁ ଜାଣିଛି ଯେ, ତୁମର ସମଗ୍ର ଶରୀରରେ ବିଷ ଭରି ହୋଇ ରହିଛି । ତୁମେ ଯାହାକୁ ଦଂଶନ କର ସେ ପୁଣି ଶ୍ୱାସ ମଧ୍ୟ ନେଇ ପାରିବନି ।"

"ମୁଁ କିଏ ସେ ଆଉ କେତେ ବିଷାକ୍ତ ତାହା ଆପଣଙ୍କ ପରି ଲୋକମାନେ

ନିଶ୍ଚୟ ଜାଣିଥିବେ । କାହିଁକି ନା ଦିନରେ ଭଲ ଭଲ କାମରେ ବ୍ୟସ୍ତ ରହି ରାତିରେ ବେଶ୍ୟା ମାନଙ୍କ ସନ୍ଧାନରେ ମୋ ପାଖକୁ ଆସନ୍ତି ଆଉ ମୁଁ ଟଙ୍କା ନେଇ ସେମାନଙ୍କ ମନକୁ ସନ୍ତୁଷ୍ଟ କରିଥାଏ । ସେଇଥିପାଇଁ ତ ମୁଁ ବିଷାକ୍ତ, ହଜୁର ।" - ତାଲ ଖାଁ କହିଲା ।

ଓସ୍ତାଦ ତାଲ ଖାଁର କଥା ଗୁଡ଼ାକରେ ଯେଉଁ ତୀକ୍ଷଣ ବ୍ୟଙ୍ଗ ଥିଲା ତାହା ସେଠ୍‌ଜୀଙ୍କ କ୍ରୋଧକୁ ବହୁଗୁଣିତ କରିବା ପାଇଁ ଯଥେଷ୍ଟ ଥିଲା କିନ୍ତୁ ସେଠ୍‌ଜୀଙ୍କର ଶାନ୍ତ ଭାବ ତାଙ୍କର କ୍ରୋଧ ଅପେକ୍ଷା ଅଧିକ ଥିଲା ଏବଂ ସେ ନିଜର କ୍ରୋଧକୁ ଶାନ୍ତ କରିବା ପାଇଁ ଚେଷ୍ଟା କରୁଥିଲେ ।

"ମୁଁ ଚାହୁଁଛି ଯେ, ମୋର-ତୁମର ଗୋଟେ ବୁଝାମଣା ହୋଇଯାଉ ।" - ସେଠ୍‌ଜୀ କହିଲେ- "ନହେଲେ ମୋ ସହିତ ଶତ୍ରୁତା କରି ତୁମର ଉନ୍ନତି ହୋଇ ପାରିବ ନାହିଁ । ମୋର ଗୋଟିଏ ଇଙ୍ଗିତରେ ତୁମର ପୁରା ବିନାଶ ହୋଇଯିବ ଏବଂ ତୁମେ ଚୁପ୍ ଚାପ୍ ଦେଖୁଥିବ ।"

"ଠିକ୍ କହୁଛନ୍ତି, ହଜୁର !" ତାଲ ଖାଁ ନିର୍ଭିକ ସ୍ୱରରେ ଉତ୍ତର ଦେଇଥିଲା । - "ଆମ ପରି ଗରୀବ ଲୋକ ମାନଙ୍କର ପେଟ ଉପରେ ଛୁରୀ ଚଳାଇବା ଆପଣଙ୍କ ପରି ଲୋକମାନେ ଠିକ୍ ଜାଣିଛନ୍ତି ।"

"ଚୁପ୍ ରୁହ ।" - ଜୋର୍‌ରେ ପାଟି କରି ଉଠିଥିଲେ ସେଠ୍ ଗଙ୍ଗା ଦାସ । କ୍ରୋଧ ସହନଶକ୍ତିର ସୀମାକୁ ଟପିଯାଇ ଉତୁରୀ ପଡ଼ିଥିଲା । ସେଠ୍‌ଜୀଙ୍କ ରାଗ ଦେଖିକରି ତାଲ ଖାଁ ନିସ୍ତବ୍ଧ ହୋଇଯାଇଥିଲା ।

"ହଜୁର ମୋତେ କ୍ଷମା କରି ଦିଅନ୍ତୁ । ମୁଁ ବହୁତ ଧୃଷ୍ଟତା କରିଛି" -ସେ କହିଲା- "ହଜୁର ଯେଉଁ ଆଦେଶ ଦେବେ ତାହା ମୁଁ କରିବାକୁ ରାଜି ଅଛି ?

"ଦେଖ !" - ସେଠ୍‌ଜୀ କହିଲେ- "ମୁଁ ତୁମକୁ ମାସକୁ ପାଞ୍ଚ ଶହ ଟଙ୍କାଦେବି । ତା'ର ବଦଳରେ ମୁଁ କେବଳ ଚାହୁଁଛି ଯେ ତୁମେ ଜୟରାଜର ପିଛା ଛାଡ଼ିଦିଅ । ତୁମର ସେ ବିଷାକ୍ତ ନାଗୁଣୀ ଗୁଲଶନକୁ ତାହାଠାରୁ ଦୁରେଇ ରଖ ।"

"ଯଦି ନିଜେ ଜୟରାଜ ବାବୁ ଆମର ପିଛା ଛାଡ଼ିବେନି ତେବେ ?"

"ତୁମକୁ ଏପରି କିଛି କରିବାକୁ ହେବ ଯେ ସେ ତୁମର ପିଛା ଛାଡ଼ି ଦେବ । ଯଦି ସେମିତି କରିବାକୁ ଜୟରାଜକୁ ଅପମାନିତ କରିବା ଆବଶ୍ୟକ ପଡ଼େ, ତେବେ ତୁମେ ଖୁସିରେ ତାହା କରିପାର । କୌଣସି ପ୍ରକାରେ ଏମିତି କରି ଦିଅ ଯେ ସେ ତୁମର ପିଛା ଛାଡ଼ିଦେବ ।"

"ଟଙ୍କା ମିଳିଲେ ଆମେ ବେକ ମଧ୍ଯ କାଟି ପାରିବୁ, ହଜୁର ! ଏହା ତ ସାଧାରଣ କଥା ।" ଓସ୍ତାଦ ତାଲ ଖାଁ କହିଲା ।

ଚୁପ୍ ଚାପ୍ ସେଠ୍ ଗଙ୍ଗା ଦାସ ଓସ୍ତାଦ ତାଲ ଖାଁ ହାତରେ ଦଶଟଙ୍କିଆ ପଚାଶ ଖଣ୍ଡ ନୋଟ ଗଣିଦେଲେ । ତାଲ ଖାଁ ତାହାକୁ ପକେଟରେ ରଖିଲା ଏବଂ ଗୋଟେ ପାଦ ପଛକୁ ଯାଇକରି ଗୋଟେ ଲମ୍ବା ସଲାମ ପକାଇଥିଲା ।

"ଦେଖ !" - ଯାଉଥିବା ତାଲ ଖାଁକୁ ଅଟକାଇ ସେଠ୍‌ଜୀ କହିଲେ- "ଏହି କାମ ଯେତେ ଶୀଘ୍ର ହୋଇ ପାରିବ ସେତେ ଭଲ । ତୁମେ ପ୍ରତି ମାସରେ ମୋ କୋଠୀକୁ ଆସି କରି ପାଞ୍ଚ ଶହ ଟଙ୍କା ନେଇଯିବ । ଯଦି କହିବତ ଗୋଟେ ସହମତି ଦସ୍ତାବିଜ (Agreement) ଲେଖିଦେବି ।"

"ହଜୁରଙ୍କ କଥା କେଉଁ ଏଗ୍ରିମେଣ୍ଟ ଠାରୁ କମ୍ କି । ଆପଣ ନିଶ୍ଚିତ ରୁହନ୍ତୁ । ସବୁ କାମ ଏତେ ସହଜ, ସୁବିଧାରେ ହୋଇଯିବ ଯେ, ଦେବତା ମଧ୍ଯ ଜାଣି ପାରିବେନାହିଁ । ତାଲ ଖାଁର ଦାଢ଼ୀ ଖରାରେ ଧଳା ହୋଇନାହିଁ, ହଜୁର ।" କହିକରି ତାଲ ଖାଁ ପୁଣିଥରେ ସଲାମ କରି ଚାଲିଯାଇଥିଲା । ସେଠ୍‌ଜୀ ହୁକାକୁ ମୁହଁରେ ଲଗାଇ ଥରେ ଦୁଇଥର ଟାଣିନେଲେ । ତା'ପରେ ଉଠିକରି ଆର ଘରକୁ ଚାଲିଯାଇଥିଲେ ।

ଆଜିକୁ ଦୁଇଦିନ ହେଲା ଜୟରାଜ, ସେଠ୍‌ଜୀଙ୍କ କୋଠୀକୁ ସମୟ ଅନୁସାରେ ଆସୁଥିଲା ଏବଂ ସବୁ ବ୍ୟବସାୟର କାର୍ଯ୍ୟ ପଦ୍ଧତିକୁ ନିରୀକ୍ଷଣ କରୁଥିଲା । ସେଠ୍‌ଜୀଙ୍କୁ ଆନନ୍ଦ ଆସୁଥିଲା ଯେ ସେ ଜୟରାଜର ଚଲାପଥରୁ ଗୋଟେ ଭୀଷଣ କଣ୍ଟା, ଗୁଲଶନକୁ, ସବୁଦିନ ପାଇଁ ହଟାଇ ଦେଇ ପାରିଛନ୍ତି ଏବଂ ଏବେ ଜୟରାଜ ଗୁଲଶନ ତରଫରୁ ନିରାଶ ହୋଇ ଆହୁରି ମନ ଲଗାଇ ସବୁ କାର୍ଯ୍ୟ ଦେଖିପାରିବ । କିନ୍ତୁ ସେଇଆ ହିଁ ହୁଏ ଯାହା ଭଗବାନଙ୍କ ଇଚ୍ଛା ଥାଏ ।

|| ୨୨ ||

ଜୟରାଜ ପ୍ରତିଦିନ ସକାଳ ନଅଟା ବେଳେ ଶଯ୍ୟାତ୍ୟାଗ କରେ । ଏହା ତା'ର ନିତି ଦିନିଆ ନିୟମ ଥିଲା । ବହୁତ କମ୍ ଥର ସେ ଏହା ଆଗରୁ ଉଠିଥାଏ । ରାତ୍ରୀର ବିଳମ୍ବିତ ପ୍ରହର ଯାଏଁ ଉଜାଗର ରହିବା କାରଣରୁ ଏହା ଆବଶ୍ୟକ ମଧ୍ୟ ଥିଲା ଯେ ସେ ତା'ର ନିଦ ପୁରା କରିବା ପାଇଁ ସକାଳ ନଅଟା ପର୍ଯ୍ୟନ୍ତ ଶୋଇ ରହିବାକୁ । ଆଜି ମଧ୍ୟ ନଅ ବାଜିକରି ପନ୍ଦର ମିନିଟରେ ତା'ର ନିଦ ଭାଙ୍ଗିଯାଇଥିଲା । ସେ କେବଳ ଖଟ ଉପରେ ପଡ଼ି ଅଳସୁଆମି ଦୂର କରୁଥିଲା । ଏତିକିବେଳେ ବଙ୍ଗଳା ବାହାରେ ସଡ଼କ ଉପରେ କୋଉ ଡୁଗଡୁଗି ବାଜିବାର ଶବ୍ଦ ଲଗାତାର ଭାସି ଆସିଥିଲା । ଯେମିତି ଲାଗୁଥିଲା ଯେ ବାହାରେ କେଉଁ ମଦାରୀ ଆସିଛି ଏବଂ ପିଲା ମାନଙ୍କୁ ମାଙ୍କଡ଼ ନାଚ ଦେଖାଇ କରି କିଛି ପଇସା ରୋଜଗାର କରିବାକୁ ଚାହୁଁଛି । ଡୁଗଡୁଗି ବାଜିବା, ତାହା ପୁଣି ତାହାରି ବଙ୍ଗଳା ସାମନାରେ ଏକଦମ୍ ସକାଳୁ ସକାଳୁ, ଏହା ଜୟରାଜକୁ ତ ଖରାପ ଲାଗିଥିଲା କିନ୍ତୁ ସେ ପିଲାବେଳୁ ହିଁ ଏହି ପ୍ରକାର ଖେଳକୁ ଭଲ ପାଉଥିଲା । ତେଣୁ ସେ ଖଟ ଉପରୁ ଉଠି ପଡ଼ିଥିଲା ଏବଂ ହାତ ବଢ଼ାଇ ପାଖରେ ଥିବା ଝରକାର କବାଟ ଖୋଲି ଦେଇଥିଲା । ତା' ହେଲେ ସେ ଖଟ ଉପରେ ବସି ହିଁ ବାହାର ସଡ଼କ ଉପରର ଦୃଶ୍ୟ ଦେଖି ପାରିବ । ଜୟରାଜ ଦ୍ୱିତୀୟ ମହଲାର ଗୋଟେ ଉତ୍ତମ ବାୟୁ ଚଳାଚଳ କରୁଥିବା ବଡ଼ ଘରେ ଶୋଉଥିଲା । ତାହାର କକ୍ଷ (Room) ସଡ଼କର ଠିକ୍ କଡ଼ରେ ଥିଲା । ଝରକାରୁ ଜୟରାଜ ତଳେ ସଡ଼କ ଆଡ଼କୁ ଦୃଷ୍ଟି ପକାଇଥିଲା ।

ଜଣେ ମଦାରୀ ଥିଲା । ଯୁବକ, ସୁନ୍ଦର, ଚିରା ଫଟା ପୋଷାକ ପିନ୍ଧିକରି ଏବଂ ଗୋଟେ ଭାଲୁ ଥିଲା । ବହୁତ ବଡ଼, ଭୟଙ୍କର, ଲମ୍ବା କଳା ବାଳ

ଥିଲାବାଲା । ତାହା ସାଙ୍ଗରେ ବହୁତ ପିଲା ଥିଲେ । ଖୁସି, ହସଉଲ୍ଲାସରେ ମାତିଥିଲେ, ମଦାରୀକୁ ଚରିଆଡ଼ୁ ଘେରିକରି । ମଦାରୀର ହାତରେ ଗୋଟେ ଡୁଗ୍‌ଡୁଗି ଥିଲା ଯାହାକୁ ସେ ଲଗାତାର ବଜାଉଥିଲା- ଯାହାଦ୍ୱାରା ପିଲାମାନେ ଉତ୍ସୁକ ହୋଇ ଅଧିକରୁ ଅଧିକ ସଂଖ୍ୟାରେ ଆସୁଥିଲେ ।

"ବେଟା ଜମ୍ବୁ !" ମଦାରୀ ଡାକିଲା ଏବଂ ଭାଲୁ ଏମିତି ସଜାଗ ହୋଇ ଠିଆ ହୋଇଗଲା ଯେ, ତାହାର ଚଲାକୀ ଦେଖି ଜୟରାଜ ଆଶ୍ଚର୍ଯ୍ୟ ହୋଇଗଲା । ମଦାରୀ ତା'ର ଫଟା କୁର୍ତ୍ତା ପକେଟରୁ ଦୁଇଟା ଘୁଙ୍ଗୁରୁ ବାହାର କରି ଭାଲୁ ଗୋଡ଼ରେ ବାନ୍ଧି ଦେଲା । ପୁଣି କହିଲା "ବେଟା ଜମ୍ବୁ ! ମଜଲିସ ମାନଙ୍କରେ ବେଶ୍ୟାମାନେ କେମିତି ନାଚନ୍ତି, ଟିକିଏ ବାବୁ ମାନଙ୍କୁ ଦେଖାଇ ଦେ ।" ସେ ବଡ଼ ଭାଲୁଟି ତା' ଗୋଡ଼ ଉପରେ ଠିଆ ହୋଇ ଛମ ଛମ କରି ନାଚିବାକୁ ଲାଗିଥିଲା ଏବଂ ମଦାରୀ ଗାଇବାକୁ ଲାଗିଲା "ଆହା ହା ! ନାଚ ଭଲରେ ନାଚ, ଭଲରେ ତୁ ନାଚ... ଆହା ହା, ନାଚ ମଜାରେ ନାଚ, ଛୁମ, ଛୁମ...ଛୁମ-ଛନନନ....." କିଛି ସମୟ ଯାଏଁ ଭାଲୁ ନାଚିବାକୁ ଲାଗିଥିଲା । ତା'ପରେ ମଦାରୀ ତା' ଗୋଡ଼ରୁ ଘୁଙ୍ଗୁରୁ ଖୋଲିଦେଇ ପୁଣି ତା' ପକେଟରେ ପୁରାଇ ଦେଲା ଏବଂ କହିଲା- "ଆରେ ହେ ଜମ୍ବୁ ଅଜା !" ସବୁ ପିଲାମାନେ ହୋ ହୋ ହୋଇ ହସି ଉଠିଥିଲେ ।

ମଦାରୀ କହିଚାଲିଥିଲା- "ଏ ଜମ୍ବୁ ଅଜା ! ଘରର ବୋହୂମାନେ କେମିତି ଓଢ଼ଣା ଖୋଲନ୍ତି ଟିକେ ଦେଖାଇ ଦେ, ହଁ ଧୀରେ ଧୀରେ । "ଭାଲୁ ତା' ଆଗ ଗୋଡ଼କୁ ତା' ମୁହଁ ଉପରକୁ ନେଇ ଓଢ଼ଣୀ ଖସାଇବାର ଅଭିନୟ କଲା ।

"ଏ ପୁଅ!" ମଦାରୀ କହିଲା- "ମଦିରାଳୟ ଯାଇକରି ବାବୁମାନେ କେମିତି ମଦ୍ୟପାନ କରିଥାନ୍ତି ଟିକିଏ ଦେଖାଇ ଦେ ।" ଭାଲୁ ତା'ର ଆଗ ଡାହାଣ ଗୋଡ଼କୁ ବୋତଲ ପରି କରି ମୁହଁରେ ଲଗାଇଦେଲା । ପିଲାମାନେ ହସିପଡ଼ିଥିଲେ ।

"ଆରେ ଜମ୍ବୁ ବାବା ! ମଦ ପିଇକରି ଲୋକମାନେ କେମିତି ନଳାରେ ଗଡ଼ନ୍ତି ?"

ଭାଲୁ ଭୂଇଁ ଉପରେ ପଡ଼ିଯାଇ ଏଠି ସେଠି ଗଡ଼ିବାକୁ ଲାଗିଥିଲା । "ସାବାସ ବେଟା ଜମ୍ବୁ !" ମଦାରୀ ଭାଲୁର ଭୟାନକ ମୁଣ୍ଡକୁ ଆଉଁସି ଦେଲା । "ଜମ୍ବୁ ବେଟା ଏହା ତ କହି ଦେ କି ସବୁ ଗୁଣରେ ପରିପୂର୍ଣ୍ଣ, ଆଖିର ଅନ୍ଧ ଏ ବାବୁ ଲୋକମାନେ ବେଶ୍ୟା ମାନଙ୍କ ପାଖକୁ ଯାଇ କ'ଣ କରନ୍ତି ?" ଭାଲୁ ତଳକୁ ନଇଁ

ଯାଇଥିଲା ଏବଂ ମଦାରୀର ପାଦ ଉପରେ ନାକ ଘସିବାକୁ ଲାଗିଥିଲା । ସେ ଦେଖାଇ ଦେଇଥିଲା ଯେ ବିଳାସୀ ଯୁବକ ମାନେ ବେଶ୍ୟା ମାନଙ୍କ ପାଖକୁ ଯାଇ ସେମାନଙ୍କ ପାଦ ଉପରେ ନାକ ରଗଡ଼ିଥାନ୍ତି । ସମସ୍ତେ ହୋ ହୋ ହୋଇ ହସି ପଡ଼ିଥିଲେ । ଝରକା ପାଖରେ ପୁରା ଖେଳ ଦେଖି କରି ଜୟରାଜ ମୁଖମଣ୍ଡଳରେ କ୍ରୋଧର ଆଭାସ ପରିଲକ୍ଷିତ ହୋଇଥିଲା ।

"ବେଟା ଜମ୍ବୁ !" ମଦାରୀ ପୁଣି ଭାଲୁକୁ ଡାକିଲା- "ଗାମାକୁ ଜାଣିଛୁ ନା ?" ଭାଲୁ ମୁଣ୍ଡ ହଲାଇ ନିଜର ସ୍ୱୀକୃତି ପ୍ରକଟ କରିଥିଲା ।

"ସେ କିଏ ସେ ?" - ଭାଲୁ ତାହାର ଜଙ୍ଘରେ ହାତ ବାଡ଼େଇ ବତାଇଦେଲା ଯେ, ଗାମା ହେଉଛି ପହଲବାନ ।

"ତୁ ମଧ୍ୟ ଗାମା ପହଲବାନ, ଜମ୍ବୁ ! କୁସ୍ତି ଲଢ଼ିବୁ ?" - ମଦାରୀ ପଚାରିଲା ।

ଭାଲୁ ମୁଣ୍ଡ ହଲାଇ ନିଜର ସମ୍‌ମତି ଜଣାଇଥିଲା ।

"ଦେଖ, ଏଠାରେ ଏତେ ଲୋକ ଅଛନ୍ତି ।" - ମଦାରୀ କହିଲା- "କୁହ କାହା ସାଙ୍ଗରେ ଲଢ଼ିବୁ ? ଯାହାକୁ ଚାହୁଁଛୁ ତାହାକୁ ବାଛିନେ ।" ହଡ଼ବଡ଼େଇ ଯାଇ ଲୋକମାନେ ଦୂରକୁ ଘୁଞ୍ଚିଯାଇଥିଲେ । କିଛି ଡରିଯାଇ ପଳାଇବାକୁ ଲାଗିଲେ । କାଳେ ଭାଲୁ ତାଙ୍କୁ ବାଛି ନ ଦେଉ । ଏହା ସେମାନେ ଭାବୁଥିଲେ କିନ୍ତୁ ଭାଲୁ ମଦାରୀକୁ ହିଁ ବାଛିଥିଲା ।

"ବା ବେଟା !" - ମଦାରୀ କହିଲା- "ମୋ ସାଙ୍ଗରେ ଲଢ଼ିବାକୁ ଚାହୁଁଛୁ ? ଆଚ୍ଛା ଆସି ଯା । ତୁ ମଧ୍ୟ ଦେଖି ନେ ମୋର କେତେ ବଳ ଅଛି ।" ମଦାରୀ ତା'ର ଚିରାଫଟା କୁର୍ତ୍ତା ବାହାର କରି ଗୋଟେ ଜାଗାରେ ରଖିଦେଲା ଏବଂ ଧୋତିକୁ ସଜାଇ ଅଣ୍ଟାରେ ବାନ୍ଧି ଦେଇଥିଲା । ତା'ପରେ ଭାଲୁ ବେକରେ ବନ୍ଧା ହୋଇଥିବା ଦଉଡ଼ିକୁ ଖୋଲି ଦୂରରେ ରଖିଦେଇଥିଲା ଏବଂ ଜଙ୍ଘରେ ତା'ର ହାତ ବାଡ଼େଇଲା ।

ପ୍ରବଳ ବେଗରେ ଦୁଇ ପ୍ରତିଦ୍ୱନ୍ଦି ନିଜ ନିଜ ଭିତରେ ଲଢ଼ିବାକୁ ଲାଗିଲେ । ଜୋର୍‌ରେ କୁସ୍ତି ହେବାକୁ ଲାଗିଥିଲା । ଭାଲୁର ଦେହରେ ବହୁତବଳ ଥିଲା ଏବଂ ମଦାରୀ ଶରୀରରେ ଅଦ୍‌ଭୁତ ଫୁର୍ତ୍ତିଥିଲା ଏବଂ ଦାଓଁ ପେଞ୍ଚ ମଧ୍ୟ ଭଲ ଭାବରେ ଜାଣିଥିଲା । କୁସ୍ତି ପୁରା ଜମିଯାଇଥିଲା । ହଠାତ୍ ଭାଲୁ ମଦାରୀକୁ ଗୋଟେ ଧକ୍କା ଦେଲା । ମଦାରୀ ସମ୍ଭାଳି ପାରି ନ ଥିଲା ଏବଂ ଭୂଇଁ ଉପରେ ମୁହଁ ମାଡ଼ିକରି

ପଡ଼ିଯାଇଥିଲା । ଭାଲୁ ତା' ପିଠି ଉପରେ ଚଢ଼ିଗଲା । ସେତେବେଳେ ମଦାରୀ ଭାଲୁର ଗୋଟେ ହାତ ତା' କାଖ ଭିତରେ ଦାବିକରି ଏମିତି ପେଞ୍ଚ ମାରିଥିଲା ଆଉ ସାଙ୍ଗେ ସାଙ୍ଗେ ଉଠିକରି ଛିଡ଼ା ହୋଇଯାଇଥିଲା । ଭାଲୁ ଭୂମି ଉପରେ ଚିତ୍ତ ହୋଇ ପଡ଼ିଯାଇଥିଲା । ମଦାରୀ କୁସ୍ତି ଜିତିଗଲା ଏବଂ ଭାଲୁ ହାରିଯାଇଥିଲା । ଭାଲୁର ବଡ଼ ବଡ଼ ନଖରେ ମଦାରୀର ଦେହ ରାମ୍ପି ହୋଇଯାଇଥିଲା ଏବଂ ରକ୍ତ ବୋହୁଥିଲା କିନ୍ତୁ ମଦାରୀର ଏଥିପ୍ରତି ଭ୍ରୁକ୍ଷେପ ନ ଥିଲା । ଏହା ତ ତା'ର ନିତିଦିନିଆ କାମ ଥିଲା । ମଦାରୀ ଭାଲୁ ଗଳାର ଦଉଡ଼ି ଆଣି ବାନ୍ଧିଲା ଏବଂ ନିଜର କୁର୍ତ୍ତା ପିନ୍ଧିଥିଲା ।

"ଏ ବେଟା ଜମ୍ବୁ !" ମଦାରୀ ଡାକିଲା - "ଦୁନିଆରେ ସବୁଠାରୁ ବଡ଼ ଜିନିଷ କ'ଣ ?"

ଜମ୍ବୁ ନିଜର ପେଟକୁ ଦେଖାଇଲା ।

"ଆମେ କୁସ୍ତି କାହିଁକି ଲଢ଼ିଥିଲେ ?"

ଜମ୍ବୁ ପୁଣି ତା'ର ପେଟ ଦେଖାଇ ବତାଇଦେଲା ଯେ, ପେଟ ପାଇଁ ସେମାନେ ଲଢୁଥିଲେ ।

"ଯେଉଁମାନେ ଆମର ଖେଳ ଦେଖିକରି ଆମର ପେଟ ପାଇଁ କିଛି ଦେବେ ନାହିଁ ସେମାନଙ୍କର କ'ଣ ହେବ ?" ଭାଲୁ ଦୁଇ ଚାରିପାଦ ଛୋଟେଇ ଛୋଟେଇ ଚାଲି ଜଣାଇଦେଲା ଯେ ସେମାନେ ଛୋଟା ହୋଇଯିବେ ।

"ଆଉ କ'ଣ ହୋଇଯିବେ ।" - ମଦାରୀ ପଚାରିଲା । ଭାଲୁ ତା'ର ଆଖି ଦୁଇଟାକୁ ବନ୍ଦକରି ବତାଇ ଦେଲା ଯେ, ସେମାନେ ଅନ୍ଧ ହୋଇଯିବେ ।

"ସାବାସ ବେଟା ! ଆଜି ତୋର ଭାଗ୍ୟ ଭଲ ଅଛି । ତୋତେ ପେଟ ଭର୍ତ୍ତି ଖାଇବାକୁ ମିଳିବ । ସଲାମ କର ବାବୁ ଲୋକ ମାନଙ୍କୁ ।" ଭାଲୁ ତା'ର ଡାହାଣ ହାତ ଟେକିକରି ସଲାମ କଲା ।

"ନିଜ ପେଟ ପାଇଁ ବାବୁ ମାନଙ୍କୁ ମାଗ !" ଭାଲୁ ନିଜ ପେଟ ଉପରେ ହାତ ରଖି ସମସ୍ତଙ୍କ ପାଖକୁ ଯିବାକୁ ଲାଗିଲା । କିଏ ଅଧୁଲି ଦେଲା, କିଏ ପଇସା, ଆଉ କିଏ ଚାଉଳ ଡାଲି, ପୁଣି ଆଉ କିଏ ଅଟା ଦେଇଥିଲେ । କେତେକ ମା' ମାନେ ନିଜ ପିଲା ମାନଙ୍କ ଉପରେ ପଡ଼ିଥିବା କୁଦୃଷ୍ଟିକୁ ଦୂର କରିବା ପାଇଁ ମଦାରୀକୁ ଦୁଇ ଚାରି ପଇସା ଦେଇକରି ପିଲାମାନଙ୍କୁ ଭାଲୁର ପିଠି ଉପରେ ବସାଇଥିଲେ ଏବଂ ଭାଲୁର ଦୁଇ ଚାରିଟା ବାଳ ନେଇ ତାବିଜ କରି ପିଲା ମାନଙ୍କ ବାହୁରେ ବନ୍ଧାଇଥିଲେ ।

ଜୟରାଜ ଖେଳ ଦେଖିବାରେ ଏତେ ମଗ୍ନ ଥିଲା ଯେ ତାକୁ ଜଣା ପଡ଼ି ନ ଥିଲା, ଲଖନା କେତେବେଳୁ ଚା' ଟ୍ରେ ଧରି କବାଟ ପାଖରେ ଠିଆ ହୋଇଥିଲା । ପାଶ୍ଚାତ୍ୟ ସଭ୍ୟତା ଦ୍ୱାରା ପ୍ରଭାବିତ ଜୟରାଜକୁ ସକାଳୁ ଖଟ ଉପରୁ ଉଠୁ ଉଠୁ ଗୋଟେ କପ୍ ଚା'ର ଆବଶ୍ୟତା ଥିଲା ନ ହେଲେ ଗୋଟେ ପେଗ୍ ହ୍ୱିସ୍କିର । ତା'ପରେ ମୁହଁରେ ବ୍ରଶ ନେଇ ପାଇଖାନା ଯାଉଥିଲା । ଏବଂ ଗରମ ପାଣିରେ ଗାଧେଇ ବାଳରେ ଲୋଶନ ଲଗାଉଥିଲା । ଏହାପରେ ଗୋଟେ କପ୍ ଚା' ସାଙ୍ଗେ ଗୋଟେ ଦୁଇଟା ଆମଲେଟ ଖାଇ ବଙ୍ଗଳା ବାହାରକୁ ବାହାରୁଥିଲା । ନିୟମ ଅନୁସାରେ ଆଜି ମଧ୍ୟ ଲଖନା ଚା' ନେଇକରି ପହଞ୍ଚିଥିଲା । ଜୟରାଜର ଦୃଷ୍ଟି ତା' ଉପରେ ପଡ଼ିଗଲା ।

"ଚା' ନୁହେଁ । ବିଅର ଆଣ ।"- ସେ କହିଲା । ଲଖନା ଲେଉଟିଗଲା ଏବଂ କାଚର ଗ୍ଲାସରେ ଟେନେଣ୍ଟ୍ସ ବିଅର ଭର୍ତ୍ତିକରି ଆଣିଥିଲା । ଜୟରାଜ ବିଅର ଗ୍ଲାସ ନେଇ ଗୋଟିଏ ଶ୍ୱାସରେ ପିଇ ନେଇଥିଲା । ଲଖନା ହାତ ବଢ଼ାଇ ଖାଲି ଗ୍ଲାସ ନେଇଗଲା ।

"ଲଖନା !" - ଜୟରାଜ ଡାକିଲା ।

"ଆଜ୍ଞା ସରକାର !" - ଯାଉଥିବା ଲଖନା ପୁଣି ଲେଉଟି ଆସିଥିଲା ।

"ସଡ଼କ ଉପରେ ଯେଉଁ ମଦାରୀ ଖେଳ ଦେଖାଉଥିଲା ତାକୁ ତଳେ ଆମ ବୈଠକଖାନାକୁ ଡାକି ଆଣ । ମୁଁ ସାଙ୍ଗେ ସାଙ୍ଗେ ଗାଧୋଇବା ଘରୁ ଆସୁଛି ।" ଲଖନା ଚାଲିଗଲା । ଜୟରାଜ ଗୋଟେ ସିଗାରେଟ ଟାଣିଲା ଏବଂ ଗାଧୋଇବା ଘର (Bath room) କୁ ଯାଇ ଭିତରୁ କବାଟ ବନ୍ଦ କରିଦେଇଥିଲା । ପ୍ରାୟ ଏକ ଘଣ୍ଟା ପରେ ଗାଧୁଆ ପାଧୁଆ ସାରି ସେ ବାହାରକୁ ଆସି ବୈଠକଖାନାକୁ ଯାଇଥିଲା । ସୋଫା ଉପରେ ବସିକରି ସେ ଲଖନାକୁ ଡାକିଲା । ଲଖନା ଚା'ର ଟ୍ରେ ଧରି ହାଜର ହୋଇଗଲା । ଜୟରାଜ ଚା' କପ୍ ଓଠରେ ଲଗାଇଲା ଏବଂ ଆମଲେଟରୁ ଖଣ୍ଡେ ପାଟିରେ ପୁରାଇଥିଲା ।

"ଏ ଆମଲେଟ କିଏ ତିଆରି କରିଛି ?" - ସେ ପଚାରିଲା ।

"ମହାରାଜ ବନାଇଛି, ସରକାର !" - ଲଖନା ଉତ୍ତର ଦେଲା ।

"ଅଣ୍ଡା କ'ଣ ଖରାପ ହୋଇଯାଇଥିଲା ?"

"ଆଜ୍ଞା ନାଇଁ, ସରକାର ! କାଲି ସଂଧ୍ୟାର ଅଣ୍ଡା । ମଗାଁରୁ ଖଟିକ୍ ପାଖରୁ ଆଣିଥିଲି । ଗୋଟେ ଯୋଡ଼ାକୁ ଦୁଇଅଣା ।"

"ଆମଲେଟ ନେଇ ଯା, ଠିକ୍‌ରେ ତିଆରି ହୋଇନାହିଁ - ଜୟରାଜ କହିଲା- "ହଁ ସେ ମଦାରୀ କାଇଁ ?

"ବଙ୍ଗଳା ବାହାରେ ଠିଆ ହୋଇଛି, ସରକାର !" ଲଖନା କହିଲା - "ଯିବା ପାଇଁ କହୁଥିଲା। ବଡ଼ କଷ୍ଟରେ ତାକୁ ଅଟକାଇ ରଖିଛି।"

"ତାକୁ ଏଠାକୁ ଡାକ।" -ଜୟରାଜ ଆଦେଶ ଦେଲା।

ଦୁଇ ମିନିଟ୍ ପରେ ନିଜ ଦାରିଦ୍ର୍ୟକୁ ନିଜ ଶରୀରେ ଲୁଚାଇ ମଦାରୀ ଆସିଥିଲା। ଜୟରାଜକୁ ଦୁଇ ହାତ ଉଠାଇ ସଲାମ କରିଥିଲା।

"ତୁମେ କ'ଣ ମଦାରୀ ?" - ଜୟରାଜ ପଚାରିଲା।

"ନାହିଁ ଆଜ୍ଞା, ମୁଁ ବନ୍‌ଜାର, ମଦାରୀର କାମ କରୁଛି, ସରକାର।"

"ତୁମର ନାମ କ'ଣ ?"

"ଆମ ଗରିବ ମାନଙ୍କର ନାମ କ'ଣ, ସରକାର, ଯାହା ପାରିବେ ଡାକି ଦିଅନ୍ତୁ।"

ସେ ପଞ୍ଚମ ଥିଲା। କିନ୍ତୁ ଜଣେ ବଡ଼ଲୋକ ପାଖରେ ସେ ତା'ର ନାଁ ଜଣାଇଲା ନାହିଁ। ଭାବିଥିଲା, ଧନୀଲୋକ ମାନଙ୍କର ଗରୀବ ମାନଙ୍କ ନାଁରେ ଏତେ ଚିନ୍ତା କାହିଁକି ?

"ତୁମର ଭାଲୁ କାଇଁ ?"

"ବାହାରେ ବାନ୍ଧି ଦେଇଛି, ସରକାର। ଭାବିଲି ବଙ୍ଗଳା ଭିତରକୁ ଆଣିବା ଠିକ୍ ହେବ ନାହିଁ। ହଜୁର ଖେଳ ଦେଖିବାକୁ ଚାହାନ୍ତି କି ?"

"ନାଁ ! ମୁଁ ତୁମର ଖେଳ ଉପର ଘରର ଝରକାରୁ ଦେଖି ସାରିଛି।" ଜୟରାଜ କହିଲା- "ତୁମର ଭାଲୁ ବହୁତ ଚାଲାକ।"

"ହଁ ଆଜ୍ଞା। ତାହାର ରୋଜଗାରରେ ତ ଆମ ଚାରି ପ୍ରାଣୀଙ୍କର ଗୁଜୁରାଣ ଚଳି ଯାଉଛି।"

"ତୁମ ପରିବାରରେ କିଏ ସବୁ ଅଛନ୍ତି ?"

"ମୁଁ, ମୋର ମା', ଛୋଟ ଭଉଣୀ ଏବଂ ଏହି ଜମ୍ଭୁ" - ପଞ୍ଚମ କହିଲା - "ଛୋଟବେଳୁ ଜମ୍ଭୁ ମୋରି ପାଖରେ ଅଛି, ସରକାର !"

"ସେଇଥିପାଇଁ ସେ ତୁମ ସାଙ୍ଗରେ ଏତେ ମିଳିମିଶି ଯାଇଛି।" - ଜୟରାଜ କହିଲା। ପ୍ରକୃତରେ ଜୟରାଜ ସେହି ଭାଲୁର ଚତୁରତା ଦେଖିକରି ବହୁତ ପ୍ରଭାବିତ ହୋଇଥିଲା ଏବଂ ତା' ଠାରୁ ଅଧିକ ପ୍ରଭାବିତ

ହୋଇଥିଲା ପଞ୍ଚମର ଗରିବ ସ୍ଥିତି ଦେଖିକରି । ଜୟରାଜର ମାନସିକ ସ୍ଥିତି କେବେହେଲେ ଏକାପରି ରୁହେନାହିଁ । କେତେବେଳେ ତା'ର ହୃଦୟ ଗରିବ ମାନଙ୍କ ପ୍ରତି ବିଦ୍ୱେଷ ଭାବନାରେ ପୁରି ଉଠେ । କ'ଣ ଅଧିକାର ଅଛି ଏହି କ୍ଷୀଣକାୟ ଗରିବ ମାନଙ୍କର ଏ ପୃଥିବୀ ଉପରେ ବୋଝ ହୋଇ ବଞ୍ଚିବା ପାଇଁ ? ନିଜର ଦାରିଦ୍ର୍ୟତାରେ ଲୋକମାନଙ୍କ ମନରେ ଘୃଣା ଉତ୍ପନ୍ନ କରିବା ପାଇଁ ? ନିଜର ଅପରିଷ୍କାର ହାତ ଲୋକମାନଙ୍କ ଆଗରେ ପାତିକରି ସହାୟତାର ଭିକ ମାଗିବା ପାଇଁ କିନ୍ତୁ କେବେ କେବେ ତା' ହୃଦୟର ସେହି ବିଦ୍ୱେଷ ଭାବନା, ଗରିବ ମାନଙ୍କ ପାଇଁ ପ୍ରଗାଢ଼ ସହାନୁଭୂତିରେ ପରିବର୍ତ୍ତିତ ହୋଇଯାଉଥିଲା । ସେତେବେଳେ ସେ ଭାବେ ଏ ଦରିଦ୍ରତା ମଧ୍ୟ ଗୋଟେ ଅଭିଶାପ । କେତେ କଷ୍ଟଦାୟକ ଜୀବନ ଏହି ଦରିଦ୍ର ମାନଙ୍କର । ଯେମିତିକି ଧନ ହିଁ ସଂସାରରେ ସବୁକିଛି । ଯେମିତିକି ଗରିବ ମାନଙ୍କର କୌଣସି ଅସ୍ତିତ୍ୱ ହିଁ ନାହିଁ ଏବଂ ଧନୀକ ମାନେ ହିଁ ସଂସାରର କର୍ଣ୍ଣଧାର । କିଛି ସମୟ ଚୁପ୍ ରହି ଜୟରାଜ ତା' ପକେଟରେ ହାତ ପୁରାଇ ପାଞ୍ଚ ଟଙ୍କାର ଦୁଇଟି ନୋଟ ବାହାର କରି ପଞ୍ଚମ ଆଗରେ ଫିଙ୍ଗିଦେଲା ।

"ତୁମର ଏବଂ ତୁମ ଭାଲୁର କୁସ୍ତି ଦେଖିକରି ମୁଁ ବହୁତ ଖୁସି ହୋଇଛି । ତୁମେ ବହୁତ ସୁନ୍ଦର ଲଢୁଛ । କିନ୍ତୁ ଘରକୁ ଯାଇ ତୁମ ଦେହର କ୍ଷତ ଉପରେ ପଟି ବାନ୍ଧିନେବ । ଭାଲୁର ନଖ ବିଷାକ୍ତ ଥାଏ ।" - ଜୟରାଜ କହିଥିଲା ।

"ଭାଲୁର ତ ଖାଲି ନଖ ବିଷାକ୍ତ ଥାଏ, ସରକାର ! କିନ୍ତୁ ମଣିଷର ସବୁ ଅଙ୍ଗ ପ୍ରତ୍ୟେଙ୍ଗରେ ଜହର ଭରି ରହିଛି । ମୁଁ ମଧ୍ୟ ମଣିଷ ।" - ପଞ୍ଚମ କହିଲା ।

ଜୟରାଜ ହସି ପକାଇ ଥିଲା, ଏକ ଗମ୍ଭୀର ହସ ।

"ମୁଁ ସତ କହୁଛି, ହଜୁର !" - ପଞ୍ଚମ କହିଲା- "ମଣିଷଠାରୁ ବିଷାକ୍ତ ଆଉ କୌଣସି ଜନ୍ତୁ ନାହାନ୍ତି । ଆଉ ମୁଁ ଏହା ଆଗରୁ କେତେଥର ମଧ୍ୟ ପଇସା ଲୋଭରେ ଜମ୍ବୁ ସାଙ୍ଗରେ କୁସ୍ତି କରିଛି । ସବୁଥର ଏମିତି ବହୁତ ରାମ୍ପୁଡ଼ା ଖାଇଛି । କେତେ ଆଉ ଖିଆଲ କରିବି ?"

ଜୟରାଜ ଜାଣି ନ ଥିଲା ଯେ ପଞ୍ଚମ ହିଁ ସେହି ସୌନ୍ଦର୍ଯ୍ୟମୟୀ ଲବଙ୍ଗର ଭାଇ ଥିଲା, ଯିଏକି ତାକୁ କିଛି ସମୟ ପାଇଁ ସବୁକିଛି ଭୁଲାଇ ଦେଇଥିଲା ଏବଂ ପଞ୍ଚମ ମଧ୍ୟ ଜାଣି ନ ଥିଲା ଯେ ତା'ର ପ୍ରିୟ ଭଉଣୀକୁ ଶାଢ଼ୀ ପ୍ରଦାନ କରିବା ବାଲା ଏହି ଜୟରାଜ ଥିଲା ।

"ଦେଖ ମଦାରୀ !" - ଜୟରାଜ କହିଲା- "ଏମିତି ତ ମୁଁ ଗରିବ ମାନଙ୍କ ପ୍ରତି କୌଣକି ସହାନୁଭୁତି ରଖେନାହିଁ । କିନ୍ତୁ ଅବସ୍ଥା ଦେଖିକରି ମୁଁ ଭାବୁଥିଲି ଯେ ନିଜର ଏହ ଅପବିତ୍ର ଜୀବନରେ ଟିକିଏ ପୂଣ୍ୟ ଅର୍ଜନ କରିଦିଏ ।"

"ଗରୀବ ମାନଙ୍କର ଭଲ କରିବା ଆପଣମାନଙ୍କ ପରି ଧନୀଲୋକଙ୍କର କାମ, ସରକାର !" - ପଞ୍ଚମ କହିଲା- "ଯଦି ଆପଣ ସାହାଯ୍ୟ କରିବେନି ତେବେ ଆମେମାନେ ଖାଇବୁ କ'ଣ ?"

"ତେଣୁ ଏବେ ଯେବେବି ତୁମ ଉପରେ କୌଣସି ଆପଦ ପଡ଼େ କିମ୍ବା ତୁମର ଟଙ୍କାର ଆବଶ୍ୟକତା ପଡ଼େ ତେବେ ତୁମେ ବିନା ସଂକୋଚରେ ମୋ ପାଖକୁ ଆସିଯିବ ।"

"ନିଶ୍ଚୟ ଆସିବି ହଜୁର ! ଆପଣଙ୍କ ପରି ପରୋପକାରୀ ଭଗବାନ କରନ୍ତୁ ସମସ୍ତଙ୍କୁ ମିଳନ୍ତୁ ।"

"ଏବେ ତୁମେ ଯାଇପାର ।" - ଜୟରାଜ କହିଲା ଏବଂ ପଞ୍ଚମ ସଲାମ କରି ଚାଲିଯାଇଥିଲା ।

ସୋଫା ଉପରୁ ଉଠି ଜୟରାଜ ରେଶମୀ ସୁଟ ପିନ୍ଧିଲା । ଲଖନା ଆସି ପାଦରେ ଜୋତା ପିନ୍ଧାଇଦେଲା । "ଡ୍ରାଇଭରକୁ କହିଦେ କାର ପ୍ରସ୍ତୁତ କରିବାକୁ" -ଜୟରାଜ ଲଖନାକୁ ଆଦେଶ ଦେଇଥିଲା । ଆଉ ଯେତେବେଳେ ପୂର୍ଣ୍ଣ ଭାବରେ ତିଆରି ହୋଇ ଜୟରାଜ ବାହାରକୁ ଆସିଥିଲା ସେତେବେଳେ ତା'ର ଛୋଟିଆ କାରକୁ ନେଇ ଡ୍ରାଇଭର ସଡ଼କ ଉପରେ ଠିଆ ହୋଇଥିଲା । ଜୟରାଜକୁ ଦେଖି ଡ୍ରାଇଭର କାରର ଡୋର ଖୋଲିଦେଲା । ଜୟରାଜ ଭିତରେ ବସିଗଲା ଏବଂ କାର ଅବିରାମ ଗତିରେ ଆଗକୁ ଗଡ଼ି ଚାଲିଲା ।

।। ୨୩ ।।

ନାଗୁଣୀ ପରି ଘନ କେଶ ପିଠି ଉପରେ ଲହରି ଭାଙ୍ଗୁଥିଲା । ଯେପରିକି ଶ୍ରାବଣ ଭାଦ୍ରବ ମାସରେ କଳା ବାଦଲ ଆକାଶରେ ଛାଇଯାଇଥିଲା । ସେ ହାତରେ ପାନିଆ ଉଠାଇନେଲା ଏବଂ ନିର୍ଜୀବ ପାନିଆ ତାହାର କୋମଳ ହାତର ସ୍ପର୍ଶ ପାଇ ସେହି ଘନ କେଶ ଉପରେ ଚାଲିବାକୁ ଲାଗିଲା । ଦର୍ପଣ ଆଗରେ ଠିଆ ହୋଇ ବାଳକୁ ପାନିଆରେ କୁଣ୍ଡାଉଥିବା ଗୁଲଶନ ବାସ୍ତବରେ ଗୋଟିଏ ସଦ୍ୟ ପ୍ରସ୍ଫୁଟିତ ମଲ୍ଲୀ ଫୁଲ ପରି ଦେଖାଯାଉଥିଲା । ତା'ର ଗୋରା ଦେହ ଆଇନାରେ ଆହୁରି ଗୋରା ତକ୍ ତକ୍ ଦେଖାଯାଉଥିଲା । ଗୁଲଶନ ଏବେ ଏବେ ଗାଧୋଇ କରି ଆସିଥିଲା । ତା' ଦେହରେ କେବଳ ଗୋଟିଏ ମହଙ୍ଗା ଶାଢ଼ୀ ଥିଲା । ଆଶ୍ଚର୍ଯ୍ୟର କଥା ଯେ ତାହା ଖସିକରି ତଳେ ଘୁଷୁରୁ ଥିଲା ଏବଂ ତା'ର ବକ୍ଷସ୍ଥଳ ପୁରା ନଗ୍ନ ଥିଲା । କିନ୍ତୁ ତାହାର ଘନ କେଶ ଏତେ ଚଲାକି ଥିଲେ ଯେ, ଆଗକୁ ଝୁଙ୍କି ପଡ଼ି ସେମାନେ ତାହାର ବକ୍ଷସ୍ଥଳର ନଗ୍ନତାକୁ ନିଜ ଦ୍ୱାରା ଆବୃତ କରି ଦେଇଥିଲେ । ବାଳ କୁଣ୍ଡାଇ ସାରି ଗୁଲଶନ ଶାଢ଼ୀ ଖୋଲିକରି ରଖିଦେଇଥିଲା । ଏବଂ ରେଶମର ଶାଲୱାର ଏବଂ ମଖମଲ୍ଲୀ କୁର୍ତ୍ତା ପିନ୍ଧି ନେଇଥିଲା । ପୁଣି ମୁଣ୍ଡ ଉପରେ ଗୋଟେ କାରୁକାର୍ଯ୍ୟପୂର୍ଣ୍ଣ ଓଢ଼ଣୀ ପକାଇଥିଲା । ତା'ପରେ ଗୋରା ଗୋରା ଗାଲ ଉପରେ ପାଉଡ଼ର ଲଗାଇ ତାକୁ ରୁପା ପରି ଚମକାଇଲା, ଓଠରେ ଲିପଷ୍ଟିକ ଲଗାଇ ତାହାର ନାଲି ରଙ୍ଗ ଯେମିତି ଯାଦୁର ମନ୍ତ୍ର ବଳରେ ଚମକି ଉଠିଲା ଏବଂ ସେତେବେଳେ ଯାଇ ଆଇନା ଆଗରେ ଟିକିଏ ହସିଦେଇ ନିଜର ଆକର୍ଷଣ ଉପରେ ଦୃଷ୍ଟି ପକାଇଥିଲା । ତାକୁ ସେତେବେଳେ ସନ୍ତୋଷ ଲାଗିଲା ଯେତେବେଳେ ସେ ଦେଖିନେଲା ଯେ ସେ ଏତେ ଆକର୍ଷିକ ହୋଇଯାଇଛି ଯାହାଦ୍ୱାରା ବାତରା ଧନୀକ ମାନଙ୍କ ଘନକଳାଛନ୍ନ ହୃଦୟରେ ସେ ବିଜୁଳି ହୋଇ ଚମକି ଯିବ ।

"ଓହୋ ! ଆଜି ତ ଶାଲଓ୍ୱାର ଏବଂ କୁର୍ତ୍ତାର ଭାଗ୍ୟ ଫିଟିଗଲା ।" - କବାଟ ପାଖରୁ ପାଟି ଶୁଣାଗଲା । ଗୁଲଶନ ବୁଲିପଡ଼ି ଦେଖିଲା ଯେ ଓସ୍ତାଦ ତାଲ ଖାଁ ମୃଦୁ ମୃଦୁ ହସି କବାଟ ପାଖରେ ଠିଆ ହୋଇଥିଲା, ପାନ ଖାଇକରି ଓଠ ଗୁଡ଼ା ନାଲି ହୋଇଯାଇଥିଲା ।

"ତୁମର ଆଖି ଫୁଟି ନ ଯାଉ ଓସ୍ତାଦ । ଏମିତି କହୁଛ ଯେ ମୋତେ ଯେମିତି ନଜର ନ ଲାଗି ରହିପାରିବନି ।" - ଗୁଲଶନ ରାଗିଲା ସ୍ୱରରେ କହିଲା ।

"ଆରେ ବା !" ତାଲ ଖାଁ ହସି ପକାଇଥିଲା- "କେତେ କେତେଙ୍କ ହୃଦୟରେ ଶର ହୋଇକରି ପଶିଯାଉଥିବା ଚେହେରାକୁ କ'ଣ କାହାର ଦୃଷ୍ଟି ଲାଗି ପାରିବ ?"

"ତୁମର ଦୃଷ୍ଟି ବଡ଼ ତୀକ୍ଷ୍ଣ ଓସ୍ତାଦ !"

"ନିଶ୍ଚୟ ମୋର ଦୃଷ୍ଟି ବଡ଼ ତୀକ୍ଷ୍ଣ ।" - ତାଲ ଖାଁ କହିଲା- "ସେଇଥିପାଇଁ ତ ତୋତେ ଗୋଟେ ପିଲା ରୁପରେ ସଡ଼କ ଉପରେ ପଡ଼ିଥିବା ଦେଖିକରି, ମୁଁ ଜାଣିପାରିଥିଲି ଯେ ଏ ପିଲା ଗୋଟେ ତୋଫାନ ଯିଏ କି ଏହି ପୃଥିବୀ ପୃଷ୍ଠକୁ ଗୋଟେ କନ୍ୟାର ରୁପ ନେଇ ଆସିଛି; ଗୋଟେ ପ୍ରଳୟ ଯିଏ କି ପ୍ରେମୀ ମାନଙ୍କର ହୃଦୟକୁ ଛିନ୍ନ ଭିନ୍ନ କରି ବରବାଦ କରିବାକୁ ଆସିଛି ।

"ଚଲ ! ତୁମେ ବଡ଼ ଦୁଷ୍ଟ, ଓସ୍ତାଦ ! ଯେମିତିକି ତୁମର ଭଦ୍ରତା ବୋଲି କିଛି ନାହିଁ ।"- ଗୁଲଶନ ମଧୁର ଭତ୍ସନା କଲା- "ଏହା ତ କୁହ ତୁମେ କେଉଁଠାରୁ ଆସିଲ ?"

"ଆଲ୍ଲା କରନ୍ତୁ, ଏହି ବିକୃତ ମସ୍ତିସ୍କ ଧନୀକ ମାନଙ୍କର ସ୍ୱାସ୍ଥ୍ୟ ହଜାର ବର୍ଷ ଯାଏଁ ସୁସ୍ଥ ରହୁ ଏବଂ ସେମାନଙ୍କ ଆଖିର ରୋଶନୀ ଏମିତି ଅନ୍ଧ ହୋଇଥାଉ ।"

"କଥା କ'ଣ ଓସ୍ତାଦ ? ଧନୀ ଲୋକମାନଙ୍କ ପାଇଁ ଆର୍ଶୀବାଦ ଆଉ ଅଭିଶାପ ଦୁଇଟା ଯାକ କାହିଁକି ଦେଉଛ ?" - ଗୁଲଶନ ପଚାରିଲା ।

"ଏହିକ୍ଷଣି ମୁଁ ସେଠ୍ ଗଙ୍ଗା ଦାସଙ୍କ ପାଖରୁ ଆସୁଛି ।"

"ସେଠ୍ ଗଙ୍ଗା ଦାସ କିଏ ସେ ?" - ଗୁଲଶନ ପଚାରିଲା ।

"ତୁମେମାନେ ବହୁତ ଅବିଶ୍ୱାସି ।"- ହସିକରି ଓସ୍ତାଦ କହିଲା- "ଆରେ, ସେଠ୍ ଗଙ୍ଗା ଦାସଙ୍କ ନାଁ ଏତେ ଶୀଘ୍ର ତୁମ ମନରୁ ଉଡ଼ିଗଲା ? ସାବାସ ! ତୁମେ ପୁରା ବେଶ୍ୟା ହୋଇଗଲ ।"

"ଆରେ, ସେ ସେଠ୍ ଗଙ୍ଗା ଦାସ କିଏ ସେ ? କୁହନା !"

"ସେହି ଲୋକ, ଯାହା ସାଙ୍ଗରେ ତୁମେ ତୁମର ପ୍ରଥମ ରାତିର ପ୍ରଥା ପୁରା କରିଥିଲ ।" - ତାଲ ଖାଁ କହିଲା- "ସେହି, ଯିଏକି ଦୁଇଘଣ୍ଟାର ମୌଜ ମସ୍ତୀ ପାଇଁ ଦୁଇ ହଜାର ଟଙ୍କା ଗୋଡ଼ି ମାଟି ପରି ବାହାର କରି ଫୋପାଡ଼ି ଦେଇଥିଲେ ।"

"ଓହୋ !"- ଗୁଲଶନ ମୁହଁରେ ଲାଜର ପତଳା ମେଘ ଖଣ୍ଡେ ଭାସିଯାଇଥିଲା- "ସେହି ଲୋକ !

"ହଁ !"- ତାଲ ଖାଁ କହିଲା- "ସେହି ଲୋକ । ଆଉ ତୁମେ ଏମିତି ଯେ ବିଚରାର ନାଁ ମଧ୍ୟ ଭୁଲିଗଲ ।"

"ମୁଁ ତାଙ୍କ ନାଁ କେବେ ପଚାରିଥିଲି ?"- ଗୁଲଶନ କହିଲା- "ଆଉ ତୁମେ ମଧ୍ୟ ତାଙ୍କ ନାଁ ମୋତେ କେବେ ଜଣାଇଥିଲ ?"

"ମୋର ଜଣାଇବା କ'ଣ ଦରକାର ଥିଲା । ତୁମର ତାଙ୍କର ଏକାନ୍ତରେ ବାର୍ତ୍ତାଳାପ ହେଉଥିଲା । ସେତେବେଳେ ତାଙ୍କର ନାଁ ପଚାରି ପାରିଥାନ୍ତ ।"

"ଛାଡ଼ । ଭୁଲ ହୋଇଗଲା । କିନ୍ତୁ କେବଳ ଥରେ ବ୍ୟତୀତ ସେ ଆଉ କେବେହେଲେ ଆସି ନାହାନ୍ତି, ଓସ୍ତାଦ । କାହିଁକି ଆସିଲେନି ?"

"ପକ୍କା ଖେଳାଳୀ ଗୋଟିଏ ଫୁଲକୁ ବାରମ୍ବାର ସୁଙ୍ଘନ୍ତି ନାହିଁ ଏବଂ ମଉଳି ଯାଇଥିବା ଫୁଲକୁ ଛୁଅନ୍ତି ନାହିଁ । ସେଠ୍ ଗଙ୍ଗା ଦାସ ହିଁ ଜୟରାଜର ପିତା । ସେ ମୋତେ ତାଙ୍କ ଚାକର ଦ୍ୱାରା ଡକାଇଥିଲେ ।

"କାହିଁକି ?" ଗୁଲଶନକୁ ଆର୍ଶ୍ଚେଯ୍ୟ ଲାଗିଥିଲା ।

"ଜୟରାଜର ଏଠାକୁ ଆସିବାଟା ସେଠ୍‌ଜୀ ପସନ୍ଦ କରୁନାହାନ୍ତି । କୌଣସି ପିତା ମଧ୍ୟ ତା'ର ସନ୍ତାନର ବରବାଦୀ ଦେଖି ପାରିବ ନାହିଁ ।

"ତା' ତ ଠିକ୍ ଅଛି । କିନ୍ତୁ ମୁଁ ଜୟରାଜକୁ ଫଶେଇ ରଖିବାକୁ ଚାହୁଁଛି ।"

"ସେଠ୍‌ଜୀ ମୋତେ ପ୍ରତି ମାସରେ ପାଞ୍ଚଶହ ଟଙ୍କା ଦେବାକୁ କହିଛନ୍ତି ।"- ତାଲ ଖାଁ କହିଲା ।

"କାହିଁକି ?"

"ଏଇଥିପାଇଁ ଯେ, ମୁଁ ଜୟାରାଜକୁ ଏଠାକୁ ଆସିବାକୁ ଦେବିନାହିଁ ।

"ଆଉ ଯଦି, ସେ ଆସିଯାଆନ୍ତି, ତେବେ ?"

"ତେବେ ତାଙ୍କୁ ଅପମାନିତ କରି ବାହାର କରିଦେବି ।"

"ସବୁ ରାସ୍ତା ତ ବନ୍ଦ ହୋଇଗଲା ।" - ଗୁଲଶନ କହିଲା- "କିନ୍ତୁ ଜୟରାଜ ଠାରୁ ମୋର ପ୍ରତିଶୋଧ ନେବା ତ ରହିଯିବ ।"

"ଜୟରାଜକୁ ଅପମାନିତ କରି ବାହାର କରିଦେଲେ ତୁମର ପ୍ରତିଶୋଧ ମଧ୍ୟ ପୁରା ହୋଇଯିବ ।" ଓସ୍ତାଦ ତାଲ ଖାଁ କହିଲା- "ଏମିତି କର ଯେ, ଆଜି ଯେତେବେଳେ ସେ ଆସିବ ସେତେବେଳେ ଭଲକରି ତାହାକୁ ଅପମାନିତ କର ।"

"ସେ ମୋ ସହିତ ଯେମିତି ବ୍ୟବହାର କରିଛି, ତା'ର ସଜ୍ଞା କେବଳ ଅସମ୍ମାନ ହୋଇ ନ ପାରେ, ଓସ୍ତାଦ !" ଗୁଲଶନ ଆବେଗଭରା ସ୍ୱରରେ କହିଲା- "ମୁଁ ତା'ର ଦୁନିଆ ପୁରା ଧୂଳିରେ ମିଶାଇ ଦେବାକୁ ଚାହେଁ, ମୁଁ ତା'ର ସବୁକିଛି ଲୁଟିକରି ତାକୁ ଦ୍ୱାର ଦ୍ୱାରର ଭିକାରୀ ବନେଇ ଦେବାକୁ ଚାହେଁ ।"

"ତା'ର ବାପା ପାଖରେ ଏତେ ଧନ ଦୌଲତ ଅଛି ଯେ ତୁମେ ବୁଢ଼ୀ ହୋଇଯିବ ପଛେ କିନ୍ତୁ ତାକୁ ଲୁଟି ପାରିବ ନାହିଁ ।"

"ଯାହା ବି ହୋଇଯାଉ, ମୁଁ ତାକୁ ମୋ ହାତରୁ ଖସି ଯିବାକୁ ଦେବିନାହିଁ ଯେତେବେଳେ ଯାଏଁ ତାକୁ ଦାନା ଦାନା ପାଇଁ କାନ୍ଦୁଥିବାର ନ ଦେଖିଛି ।"- ଗୁଲଶନ କହିଲା- "ତୁମେ ଗୋଟେ କାମ କର ଓସ୍ତାଦ ! ଆମେ ଜୟରାଜ ସାଙ୍ଗରେ ମିଳାମିଶା କରିବା ଏବଂ ଶେଠ୍ ଗଙ୍ଗାଦାସଙ୍କ ସାଙ୍ଗରେ ମଧ୍ୟ ।"

"କିନ୍ତୁ ଏହା କିପରି ସମ୍ଭବ ?"

"ଆମ ପାଖକୁ ଜୟରାଜ ଆଗ ପରି ଆସୁଥିବ ଏବଂ ସେଠ୍ ଗଙ୍ଗା ଦାସ ଏହା ଜାଣୁଥିବେ ଯେ ଆମେ ଜୟରାଜକୁ ଏଠାକୁ ଆସିବାକୁ ମନା କରି ଦେଇଛେ ।"

"କିନ୍ତୁ ସେଠ୍‌ଜୀ ବହୁତ ଚାଲାକ ଏବଂ ଧୂର୍ତ୍ତ ଅଛନ୍ତି । ଯଦି ସେ କେଉଁଠାରୁ ଖବର ପାଇଗଲେ" - ଓସ୍ତାଦ କହିଲା- "କିନ୍ତୁ ଖବର ପାଇଗଲେ ବି ସେ କ'ଣ କରିପାରିବେ ? ଏ ଧନୀ ଲୋକମାନେ ନିଜ ଇଜ୍ଜତକୁ ବହୁତ ଡରନ୍ତି । ସେଠ୍ ଗଙ୍ଗା ଦାସଙ୍କ ସବୁ ଇଜ୍ଜତ ଏବେ ମୋ ହାତରେ ଅଛି ।" ଓସ୍ତାଦର ମୁଖମଣ୍ଡଳରେ ନିଷ୍ଠୁରତାର ଛାଇ ଫୁଟି ଉଠିଥିଲା ।

"ମୁଁ କ'ଣ ଭିତରକୁ ଆସି ପାରିବି ?" ସେତିକିବେଳକୁ କବାଟ ପାଖରୁ ଶବ୍ଦ ଆସିଥିଲା ।

ଓସ୍ତାଦ ତାଲ ଖାଁ ଏବଂ ଗୁଲଶନ ଚମକି ପଡ଼ିଥିଲେ ଯେମିତି ପାଦ ପାଖରେ ସାପ ଦେଖିଦେଲେ । କବାଟ ପାଖରେ ଜୟରାଜ ଠିଆ ହୋଇଥିଲା । ତା'ର ଚେହେରା ଗମ୍ଭୀର ଥିଲା । ଆଖି ଗୁଡ଼ାକ ଲାଲ ଲାଲ ଦେଖାଯାଉଥିଲା ।

ଯେଉଁଟା ଅତିଶୟ କ୍ରୋଧ କାରଣରୁ ଜଣା ଯାଉଥିଲା । ଓସ୍ତାଦ ଏବଂ ଗୁଲଶନକୁ ବିଶ୍ୱାସ ହୋଇ ଯାଇଥିଲା ଯେ, ଜୟରାଜ ସେମାନଙ୍କ କଥା ଗୁଡ଼ାକ ନିଶ୍ଚୟ ଲୁଚିକରି ଶୁଣିଛି ଏବଂ ସେଇଥିପାଇଁ ତା'ର ମୁହଁ ଏତେ ଗମ୍ଭୀର ଦେଖା ଯାଉଛି ।

"ଆସନ୍ତୁ ହଜୁର ! ଆସନ୍ତୁ ।" ଓସ୍ତାଦ ନିଜର ଠାଣୀକୁ ଠିକ୍ କରି କହିଲା "ଆମର ଭାଗ୍ୟ ଯେ ଆପଣ ଆସିଲେ ।"

ଜୟରାଜ ଧୀରେ ଧୀରେ ଆଗକୁ ଆସିଲା । ସେ ତା'ର କ୍ରୋଧଭରା ଆଖିକୁ ଗୁଲଶନର ଆଖି ଉପରେ ସ୍ଥିର ରଖିଥିଲା । ଗୁଲଶନ ଥରିଯାଇ ନିଜର ମୁଣ୍ଡ ନୁଆଁଇ ନେଇଥିଲା ।

"ବସନ୍ତୁ ମୋ ସରକାର !" କୌଣସି ପ୍ରକାରେ ତା' ପାଟିରୁ ଏହି କେଇପଦ ଶବ୍ଦ ବାହାରିଥିଲା ।

ଜୟରାଜ ଖଟ ଉପରେ ବସିଗଲା । ତା' ମୁଖମଣ୍ଡଳରୁ କ୍ରୋଧର ଆଭା ଆସ୍ତେ ଆସ୍ତେ କମ ହେବାକୁ ଲାଗିଲା । ଓସ୍ତାଦ ତାଲ ଖାଁ ସେ ଘରୁ ବାହାରକୁ ଚାଲିଆସିଥିଲା । ଗୁଲଶନ କାଚ ଗ୍ଲାସରେ ବ୍ଲାକ୍ ଆଣ୍ଡ ହ୍ୱାଇଟ୍ ହ୍ୱିସ୍କି (Black and white whiskey)ର ଗୋଟେ ପେଗ ତିଆରି କରି ତା' ଆଗରେ ରଖିଦେଲା । ଜୟରାଜ ହାତ ବଢ଼ାଇ କରି ଗ୍ଲାସ ଧରିଲା ଏବଂ ପିଇଦେଲା । ମଦିରାର ତୀବ୍ର ନିଶା ହୃଦୟର ଶୁଷ୍କତା ଉପରେ ଯେମିତି ଶୀତଳ ବର୍ଷା କରିଦେଇଥିଲା ।

"ଏ ଶାଲଓ୍ୱାର କୁର୍ତ୍ତାରେ ତୁମେ ବହୁତ ସୁନ୍ଦର ଦେଖାଯାଉଛ" - ଜୟରାଜ କହିଲା ।

"ଏହା ଆପଣଙ୍କ ଦୟା"- ଗୁଲଶନ କହିଲା- "ଆପଣଙ୍କ ଆଖି ପରଶ ମଣି ହଜୁର । ଯିଏ ଲୁହାକୁ ବି ସୁନାରେ ପରିଣତ କରିଦିଏ ।"

ଜୟରାଜର ଢଙ୍ଗ ଢାଙ୍ଗରୁ ଗୁଲଶନର ଏହା ବିଶ୍ୱାସ ହୋଇଯାଇଥିଲା ଯେ, ତା'ର ଏବଂ ଓସ୍ତାଦ ତାଲ ଖାଁର କଥାବାର୍ତ୍ତା ସବୁ ଜୟରାଜର କାନରେ ପଡ଼ିପାରିନାହିଁ । ନ ହେଲେ ଏହି ପ୍ରକାରର ସାଧାସିଧା କଥା ହେବା ଆଗରୁ ସେ ରାଗିକରି ନିଆଁ ହୋଇଯାଇଥାନ୍ତା ।

"ଆଜି ତ ତୁମର ସୌନ୍ଦର୍ଯ୍ୟ ବହୁତ ଅନନ୍ୟ ଦେଖାଯାଉଛି, ଗୁଲଶନ !"

"ମୋର ରାଜାଙ୍କୁ କ'ଣ ପ୍ରେମ ହୋଇଯାଇଛି ?"

"ହଁ ! ମନ ହେଉଛି କି ତୁମର ଗାଲ ଉପରେ ପାଉଡ଼ର ହୋଇକରି ମାଖି

ହୋଇଯାନ୍ତି, ତୁମର ଓଠରେ ଲିପଷ୍ଟିକ ହୋଇ ଘସି ହୋଇଯାନ୍ତି ଆଉ ତୁମର ଛାତିରେ ବ୍ଲାଉଜ ହୋଇକରି ଲାଗି ରହିଥାନ୍ତି ।" ଜୟରାଜ କହିଥିଲା ।

"ଯାଆନ୍ତୁ ! ଆପଣ ବଡ଼ ଖରାପ ।"

"ବାପାଙ୍କ କୋଠାକୁ ଯାଉଥିଲି । ଭାବିଲି ତୁମ ସାଙ୍ଗରେ ଦେଖା କରିଦିଏ । ସେଥିପାଇଁ କାର ବନ୍ଦକରି ତୁମ ସାଙ୍ଗରେ ମିଶିବାକୁ ଚାଲି ଆସିଲି ।"- ଜୟରାଜ କହିଲା ।

"ଦାସୀ ଉପରେ ଆପଣ ବଡ଼ ଦୟା କଲେ ।"- ଗୁଲଶନ କହିଲା- "ଗୋଟେ କଥା କହିବାକୁ ମୋର ଇଛା ହେଉଛି ।"

"କୁହ !"

"ଚାଲନ୍ତୁ ! ଆଜି ନୌକାରେ ବୁଲିବାକୁ ଯିବା । ଆକାଶରେ ବାଦଲ ଖଣ୍ଡ ଖଣ୍ଡ ଭାସି ବୁଲୁଛି । ପାଗ ବହୁତ ସମ୍ମୋହିତ ଅଛି ।"

"ଚାଲ । ମୋର କୌଣସି ଆପତ୍ତି ନାହିଁ"- ଜୟରାଜ କହିଲା- "କାର ବାହାରେ ଥୁଆ ହୋଇଛି ।"

ଦୁଇଜଣ ଯାଇ କାରରେ ବସିଗଲେ ଏବଂ କାର ନଈକୂଳ ଆଡ଼କୁ ଚାଲିଲା । ନଈକୂଳରେ ପହଞ୍ଚି ଦୁଇଜଣ କାରରୁ ଓହ୍ଲାଇ ପଡ଼ିଲେ । ଜୟରାଜର ଛୋଟ ନୌକାଟି ନଦୀ କୂଳରେ ହିଁ ଥିଲା । ନାଉରୀ ଜୟରାଜକୁ ଦେଖି ସଲାମ କଲା । ଜୟରାଜ ଏବଂ ଗୁଲଶନ ଆସି ନୌକା ଉପରେ ବସିଗଲେ । ମନ୍ଥର ଗତିରେ ନୌକା ଆଗକୁ ଚାଲିଲା ।

"ମନ ଚାହୁଁଛି"- ଗୁଲଶନ କହିଲା- "କି ଏହି ଡଙ୍ଗା ମଝି ନଈରେ ବୁଡ଼ି ଯାଆନ୍ତା ଏବଂ ମୁଁ ଏହିପରି ଆପଣଙ୍କ ଆଲିଙ୍ଗନରେ ଆବଦ୍ଧ ହୋଇ ଯମ ଲୋକକୁ ଚାଲିଯାନ୍ତି ।"

ଜୟରାଜର ମୁହଁ ଘୃଣାରେ ପୁରି ଉଠିଥିଲା । କିନ୍ତୁ ସେ ବହୁତ ଚେଷ୍ଟା କରି ନିଜ ମୁହଁର ଏହି ଭାବନାକୁ ଲୁଚାଇ ଦେଇଥିଲା ।

"ଏମିତି କୁହନାହିଁ ମୋ ପ୍ରଜାପତି ! ତୁମେ ଏ ଦୁନିଆ ପାଇଁ ଚମକୁ ଥିବା ଚାନ୍ଦ ପରି । ତୁମେ ନ ରହିଲେ ଆମ ପରି ପ୍ରେମୀ ମାନଙ୍କ ଦୁନିଆ ଅନ୍ଧାର ହୋଇଯିବ ।"

ନୌକା ଧୀରେ ଧୀରେ ଚାଲିଯାଉଥିଲା । ଗୁଲଶନ ଆଉ ଜୟରାଜର ଅଙ୍ଗ ପ୍ରତ୍ୟେଙ୍ଗ ଏକ ହୋଇଯାଉଥିଲେ ।

॥୨୪॥

ଦୁନିଆ ନୀରସ ଥିଲା । ସେଥିରେ ସରସତା ଆଣିବା ପାଇଁ ନାରୀ ମାନଙ୍କର ସୃଷ୍ଟି କରାଯାଇଥିଲା । ନାରୀ ପାଖରେ ଆକର୍ଷଣ ଥିଲା, ତାକୁ ସୌନ୍ଦର୍ଯ୍ୟ ପ୍ରଦାନ କରାଗଲା । ସୌନ୍ଦର୍ଯ୍ୟ ନଗ୍ନଥିଲା ତେଣୁ ନାରୀକୁ ଲଜ୍ୟା ଦିଆଯାଇଥିଲା । ଲଜ୍ୟା ଶୁଷ୍କ ଥିଲା ତେଣୁ ନାରୀ ଦେହରେ ଭାବ ଭଙ୍ଗୀ (style) ଭର୍ତ୍ତି କରି ଦିଆଯାଇଥିଲା ଏବଂ ସେହି ଭାବ ଭଙ୍ଗୀକୁ ସହିପାରିବା ବାଲା, ତାହାର ବୋଝ ଉଠାଇ ପାରିବା ବାଲା କେହି ନ ଥିଲେ, ତେଣୁ ପୁରୁଷର ସୃଷ୍ଟି ହୋଇଥିଲା । ନାରୀର ମୂଲ୍ୟ ଆଙ୍କିବା ବାଲା ପୁରୁଷ ଏବଂ ପୁରୁଷକୁ ପଥଭ୍ରଷ୍ଟ କରିବା ବାଲା ନାରୀର ଅନୁପମ ସୌନ୍ଦର୍ଯ୍ୟ। ଅନନ୍ତ କାଳରୁ ଆଜି ପର୍ଯ୍ୟନ୍ତ ଏହି ସଂସାରରେ ଯେତେ ପରିବର୍ତ୍ତନ, ଯେତେ ବିପ୍ଲବ ହୋଇଛି, ଅଧିକାଂଶ ଥିରେ ନାରୀର ମାଦକ ସୌନ୍ଦର୍ଯ୍ୟର ହାତ ରହିଛି ।

ଲବଙ୍ଗ ଅସୀମ ସୌନ୍ଦର୍ଯ୍ୟ ନେଇକରି ଏ ସଂସାରକୁ ଆସିଥିଲା । କିନ୍ତୁ ତାହାର ପ୍ରାକୃତିକ ସୌନ୍ଦର୍ଯ୍ୟକୁ ବାହ୍ୟ ପ୍ରସାଧାନ ସାମଗ୍ରୀର ସାହାଯ୍ୟରେ ଆହୁରି ବହୁଗୁଣିତ କରିବାକୁ କିମ୍ବା ଆହୁରି ମାଦକତା ଭରିଦେବାକୁ ସୁଯୋଗ ମିଳି ନ ଥିଲା । ତା'ର ସୁନ୍ଦରତା ତା' ନିର୍ଧନତାର ବାନ୍ଧବୀ ହୋଇକରି ତାହାର ଅସ୍ତିତ୍ୱ ଭୁଲିଯାଇଥିଲା । ପଙ୍କରେ ଲୁଚି ଯାଇଥିବା ହୀରାର ଉଜ୍ଜଳତା ଉପରେ ସମୟ ଚକ୍ରର କୁହୁଡ଼ି ଢାଙ୍କି ଦେଇଥିଲା ।

ଆଜି ଏକ ସାଧାରଣ ଜିନିଷର ସହଯୋଗରେ ତା' ସୌନ୍ଦର୍ଯ୍ୟର ବାସ୍ତବିକ ରୂପ ଝଲକୁ ଥିଲା । ତା'ର ଶରୀର ଗୋଲାପ ଫୁଲ ପରି ଫୁଟି ଉଠିଥିଲା । ଜୟରାଜ ଦେଇଥିବା ଶାଢ଼ୀ ପିନ୍ଧି, ତା'ର ଖେଳ ଦେଖାଇବା ବାକ୍ସ ମୁଣ୍ଡ ଉପରେ ରଖି, ଯେତେବେଳେ ଲବଙ୍ଗ ସହର ଆସିଥିଲା, ସେତେବେଳେ ତାକୁ ଏମିତି

ଲାଗିଲା ଯେମିତି ସାରା ସହର ଆଜି ଝଲମଲ କରୁଛି, ଯେମିତି ସହରର କୋଣ ଅନୁକୋଣରେ ସୌନ୍ଦର୍ଯ୍ୟର ଜ୍ୟୋତି ଖେଳି ଯାଇଛି । ଲବଙ୍ଗର ମନ ଆଜି ପର୍ଯ୍ୟନ୍ତ ସରଳ, ନିରୀହ ପିଲାଖେଳରେ ଜଡ଼ିତ ଥିଲା । କିନ୍ତୁ ଏବେ ତା' ମନରେ ଏକ ମାଦକ ଭାବନା ସଜାଗ ହୋଇ ଉଠିଥିଲା । ତା'ର ଏହି ଜୀବନ କାଳ ଭିତରେ ସେ ବହୁତ ପୁରୁଷ ମାନଙ୍କ ସଂସ୍ପର୍ଶରେ ଆସିଥିଲା କିନ୍ତୁ କେବେହେଲେ ତା'ର ହୃଦୟ ଏପରି ସୁମଧୁର କଳ୍ପନା ମାନଙ୍କର କ୍ରୀଡ଼ାସ୍ଥଳ ହୋଇ ନ ଥିଲା । ସେ କେବେ ହେଲେ ଚିନ୍ତା କରି ପାରିନଥିଲା ଯେ ତା'ର ସରଳ ହୃଦୟ ଦିନେ ଏକ ଅବ୍ୟକ୍ତ ବେଦନାରେ ପୁରିଯିବ ଏବଂ ତା'ର ଆଖିର ନିଦ, ତା'ର ଶରୀରର ଚଞ୍ଚଳତା, ତା'ର ମନର ସୁଖଶାନ୍ତି ସବୁ ହଜିଯିବ ।

ତା'ର ଜୀବନରେ ଏକ ଭୟଙ୍କର ତୋଫାନ ଆସିଥିଲା ଏବଂ ସେହି ତୋଫାନର ପ୍ରବଳ ବେଗରେ ଶୁଖିଲା ପତ୍ର ପରି ଉଡ଼ିକରି ଜୟରାଜ, ତା' ଆଗରେ ଆସି ପଡ଼ିଥିଲା । ଶୁଖିଲା ପତ୍ର ପରି ଜୟରାଜ ! ଯିଏକି ପବିତ୍ର ପ୍ରେମ ରସର ଗୋଟେ ବୁନ୍ଦା ମଧ୍ୟ ଚାଖିନାହିଁ, ଯିଏକି କେବେହେଲେ କୌଣସି ବନ୍ଧୁଠାରୁ ପଦେ ହେଲେ ଶାନ୍ତ୍ୱନା ବାଣୀ ଶୁଣି ନାହିଁ, ଯିଏକି କେବେହେଲେ ଶରାବ ବୋତଲ ବ୍ୟତୀତ ମହୁର ରସ ଆସ୍ୱାଦନ କରିନାହିଁ, ଯିଏ ଶୁଖିଲା ପତ୍ର ପରି ସଂସାର ରୁପକ ଗଛରୁ ଖସିକରି ବିନା ସାହାରାରେ ଏଠି ସେଠି ବୁଲୁଅଛି, ଯାହାର ପୁରା ଶରୀର ହଳଦିଆ ପଡ଼ି ଯାଇଛି, ଏମିତି ଲାଗୁଥିଲା ଯେମିତିକି କିଛିଦିନ ଭିତରେ ତାହାର ଜୀବନ ଶକ୍ତି କ୍ଷୀଣ ହୋଇ ହୋଇ ମୃତ୍ୟୁର ଭୟାନକ କୋଳରେ ବିଲୀନ ହୋଇଯିବ । ସେହି ଜୟରାଜ ।

ଲବଙ୍ଗର ସରଳ ହୃଦୟରେ ସେହି ଶୁଖିଲା ପତ୍ରକୁ ଦେଖିକରି ଅତୀବ ଦୟା ଉତ୍ପନ୍ନ ହୋଇଥିଲା ଏବଂ ସେ ବହୁତ ମନଧ୍ୟାନ ଦେଇ ସେହି ତୁଚ୍ଛ ପତ୍ରକୁ ଉଠାଇ କରି ଛାତିରେ ଜାବୁଡ଼ି ଧରିଥିଲା । ହୃଦୟ ସିଂହାସନରେ ବସାଇ ଦେଇଥିଲା ।

କିନ୍ତୁ କ'ଣ ସେହି ତୁଚ୍ଛ ପତ୍ରକୁ ଏହା ଜଣାଥିଲା ? ନାହିଁ ! ସେ ପତ୍ର ତୋଫାନର ଭୟାନକ ଗତିର ସାହାରା ପାଇଥିଲା ଏବଂ ସେହି ସାହାରାରେ ସବୁଠୁ ଉପରେ ଉଡ଼ିକରି ଚାଲି ଆସିଥିଲା । ତାକୁ ଜଣା ନ ଥିଲା ଯେ,ସେ ଅତି ତୁଚ୍ଛ, ସେ ବୃକ୍ଷରୁ ବୃନ୍ତଚ୍ୟୁତ ହୋଇଯାଇଛି, ନିଜ ପବିତ୍ର କର୍ତ୍ତବ୍ୟ ପଥରୁ ମଧ୍ୟ ବିଚ୍ୟୁତ ହୋଇଯାଇଛି । ତେବେ ତାକୁ ଲବଙ୍ଗର ସ୍ନିଗ୍ଧ ଶୀତଳ ପ୍ରେମର ଆଭାସ କେମିତି ମିଳିଥାନ୍ତା ? ଲବଙ୍ଗ ହୃଦୟର ସ୍ପନ୍ଦନ ସାଙ୍ଗରେ ସେ ତୁଚ୍ଛ ପତ୍ର କିଛି ସମୟ

ପର୍ଯ୍ୟନ୍ତ ଲାଗି ରହିଥିଲା କିନ୍ତୁ ପୁଣି ତୋଫାନର ପ୍ରଚଣ୍ଡ ଗତି ପାଇକରି ଉଡ଼ିଯାଇଥିଲା, ଉପରକୁ ବହୁତ ଉପରକୁ। ଏହି ଅବସ୍ଥା ଥିଲା ଜୟରାଜର।

ଲବଙ୍ଗ ତା' ଖେଳ ବାକ୍ସକୁ ଜୟରାଜର ବଙ୍ଗଳା ଆଗରେ ସଡ଼କ ଉପରେ ଓହ୍ଲାଇଦେଲା। ଘଣ୍ଟିର ଶବ୍ଦ ଶୁଣି କିଛି ପିଲା ଦୌଡ଼ି ଆସିଥିଲେ। ଲବଙ୍ଗ ସେମାନଙ୍କୁ ଖେଳ ଦେଖାଇବାକୁ ଲାଗିଲା କିନ୍ତୁ ରହି ରହିକରି ତା'ର ଦୃଷ୍ଟି ଆଗରେ ଥିବା ବଙ୍ଗଳା ଆଡ଼କୁ ଲମ୍ବି ଯାଉଥିଲା। ତାକୁ ଏପରି ଲାଗୁଥିଲା ଯେପରିକି କେହି ଜଣେ ଲୁଚି ଲୁଚି ତା' ଆଡ଼କୁ ଅନାଇ ରହିଛି। ପ୍ରାୟ ଘଣ୍ଟେ କାଳ ଖେଳ ଦେଖାଇ ଲବଙ୍ଗକୁ ତିନିଅଣା ମିଳି ପାରିଥିଲା। ତାହାପରେ ପିଲାମାନଙ୍କର ଆସିବା ବନ୍ଦ ହୋଇଯାଇଥିଲା କିନ୍ତୁ ଲବଙ୍ଗ ସେହି ସ୍ଥାନରେ ଠିଆ ହୋଇ ରହିଥିଲା। ତା'ର ବିଶ୍ୱାସ ଥିଲା ଯେ ଘଣ୍ଟିର ଶବ୍ଦ ଶୁଣି ତାକୁ ନିଶ୍ଚୟ ଡକାଇବେ କିମ୍ବା କୌଣସି ଆବଶ୍ୟକ କାମରେ କୁଆଡ଼େ ଯାଇଥିଲେ ତେବେ ତାଙ୍କର ମୋଟର ଗାଡ଼ି ଏବେ ଆସୁଥିବ। ବହୁତ ସମୟ ପର୍ଯ୍ୟନ୍ତ ଲବଙ୍ଗ ସେହି ସ୍ଥାନରେ ଚୁପ୍ ଚାପ୍ ଏକୁଟିଆ ଠିଆ ହୋଇ ରହିଥିଲା। ଭାବୁଥିଲା, ସେ କ'ଣ ମୋତେ ଭୁଲିଗଲେ ? ନିଶ୍ଚୟ ଭୁଲି ଯାଇଥିବେ। ସେ ଧନୀକ, ପୁଣି ମଦୁଆ। ତାଙ୍କୁ ଲବଙ୍ଗ ପରି ଶହ ଶହ ମିଳି ପାରନ୍ତି କିନ୍ତୁ ଲବଙ୍ଗକୁ ତାଙ୍କ ପରି ବୋଧହୁଏ ଆଉ ଜଣେ ମିଳି ନ ପାରେ।

ଲଖନା ବଙ୍ଗଳାର କବାଟ ଖୋଲି ବାହାରକୁ ଆସିଥିଲା। ଆଗରେ ଫୁଟପାଥ ଉପରେ ଚୁପ୍ ଚାପ ଠିଆ ହୋଇଥିବା ଲବଙ୍ଗ ଉପରେ ତା'ର ଦୃଷ୍ଟି ପଡ଼ିଥିଲା। ସେ ସଡକ ପାର କରି ତା' ପାଖକୁ ଆସିଥିଲା।

"କାହିଁକି ଚୁପ୍ ଚାପ୍ ଛିଡ଼ା ହୋଇଛ ?" ଲଖନା ପଚାରିଲା।

"ସରକାର ନାହାନ୍ତି କି ?" ଲବଙ୍ଗ ତା' ପ୍ରଶ୍ନର ଉତ୍ତର ନ ଦେଇ ଆଉ ଏକ ପ୍ରଶ୍ନ ପଚାରି ବସିଲା।

"ସରକାର ପ୍ରତିଦିନ ଗୋଟିଏ ପ୍ରକାର ଖେଳ ଦେଖନ୍ତିନି।"- ହସିକରି ଲଖନା କହିଲା- "ତାଙ୍କୁ ସବୁଦିନ ନୂଆ ଖେଳ ଆଉ ନୂଆ ଖେଳ ଦେଖାଇବା ବାଲୀ ଦରକାର।"

ଲବଙ୍ଗର ଶରୀର ଥରେ ଶିହରୀ ଉଠି ଥରି ଉଠିଥିଲା।

"ତାଙ୍କର ଆଶା ଛାଡ଼ିଦିଅ। ଆଉ କେଉଁ ଜାଗାକୁ ଯାଇ ଖେଳ ଦେଖାଅ। ସେ ବୋଧହୁଏ ଯାଇଥିବେ ଗୁଲଶନ ବାଇ ଘରକୁ।"- କହିକରି ଲଖନା ନିଜ ରାସ୍ତାରେ ଚାଲିଯାଇଥିଲା।

ଲବଙ୍ଗର ପାଦ ଥଣ୍ଡା ପଡ଼ି ଯାଉଥିଲା । ତା' ଶରୀରରୁ ଯେପରି ପ୍ରାଣବାୟୁ ଉଡ଼ିଯାଉଥିଲା । ତାକୁ ସବୁ ଶୂନ୍ୟ ଶୂନ୍ୟ ଲାଗୁଥିଲା ।

"ତାଙ୍କୁ ସବୁଦିନ ନୂଆ ଖେଳ ଆଉ ନୂଆ ଖେଳ ଦେଖାଇବା ବାଲୀ ଦରକାର"- ଏ ଶବ୍ଦ ଗୁଡ଼ିକ ଯେମିତି ନିଷ୍ଠୁର ଅଟ୍ଟହାସରେ ପରିଣତ ହୋଇ ତା' କାନରେ ପ୍ରତିଧ୍ୱନିତ ହୋଇ ଉଠୁଥିଲା । ଯଦି ସେ ତା'ର ମୁଣ୍ଡକୁ ଜୋର୍‌ରେ ଧରି ସଡ଼କ ଉପରେ ବସିଯାଇ ନ ଥାନ୍ତା ତେବେ ବୋଧହୁଏ ତା'ର ଥରୁଥିବା ଗୋଡ଼ ତା' ଶରୀରର ଭାରକୁ ସମ୍ଭାଳି ପାରି ନ ଥାନ୍ତା ଏବଂ ସେ ଭୂମି ଉପରେ ପଡ଼ିଯାଇଥାନ୍ତା । ଗୁଲଶନର ନାଁ ଟା ତାକୁ ଆହୁରି ବ୍ୟଥିତ କରିଦେଇଥିଲା । କିଏ ହୋଇପାରେ ଏ ଗୁଲଶନ ? କ'ଣ ସେହି ବେଶ୍ୟା ନୁହେଁତ, ଯାହା ସାଙ୍ଗରେ ସେ ଜୟରାଜକୁ ସେହି ଚନ୍ଦିନୀ ରାତିରେ ଦେଖିଥିଲା, ଯେତେବେଳେ ସେହି ଦୁଇଜଣ ଆତ୍ମ ବିଭୋର ହୋଇ ନଦୀର ଛାତିରେ ନୌକାରେ ବିଚରଣ କରୁଥିଲେ ? ତେବେ କ'ଣ ଯେଉଁ ବୀଜକୁ ସେ ନିଜ ମଧୁର ଭାବନାର ଜଳ ସିଞ୍ଚନ କରି ତା'ର ହୃଦୟ-ଭୂମି ଉପରେ ଅଙ୍କୁରିତ କରିଥିଲା, ଏବେ ନିରାଶା ରୁପକ ବାୟୁର ଉଷ୍ଣ ପ୍ରବାହରେ ଏମିତି ଝାଉଁଳି ଯାଇ ଶୁଖିଯିବ ? ଲବଙ୍ଗର ଓଠ ଶୁଖି ଯାଉଥିଲା । ଚକ୍ଷୁ ଦ୍ୱୟରେ ଗଙ୍ଗାଯମୁନାର ସ୍ରୋତ ଉଚ୍ଛୁଳି ପଡୁଥିଲା । ସେ ଆସ୍ତେକରି ଖେଳ ବାକ୍ସକୁ ମୁଣ୍ଡ ଉପରକୁ ଉଠାଇଲା ଏବଂ ସେଠାରୁ ଚାଲିଆସିଥିଲା । ଲବଙ୍ଗକୁ ଲାଗୁଥିଲା ଯେମିତି ସାରା ସହର ଜଳି ଉଠୁଥିଲା । ସେ ଗାଁର ରାସ୍ତା ଧରି ଗାଁ ଆଡ଼କୁ ଚାଲିବାକୁ ଲାଗିଲା । ରାସ୍ତାରେ ଗାଁ ଆଡୁ ଆସୁଥିବା ଧନ୍ନା ସାଙ୍ଗରେ ଦେଖା ହୋଇଯାଇଥିଲା । ଧନ୍ନା ଲବଙ୍ଗକୁ ଉପରୁ ତଳ ଯାଏଁ ଘୁରି ଘୁରି କରି ଦେଖିଲା । ଲବଙ୍ଗ ମୁଣ୍ଡ ତଳକୁ କରିଦେଇଥିଲା ।

"କ'ଣ ସହରରୁ ଫେରୁଛୁ, ଲବଙ୍ଗିଯା ?" ଧନ୍ନା ପଚାରିଲା ।

"ମୁହଁରେ ପୋକ ପଡ଼ି ଯାଇଛି କିରେ ?"- ରାଗିଯାଇ ଲବଙ୍ଗ କହିଲା- "ସିଧା ସିଧା ଡାକି ପାରୁନୁ । ଲବଙ୍ଗିଯା ଯେମିତି ତୋ ବାପର ଚାକରାଣୀ ।"

"ଆରେ ବା ରେ !" ଧନ୍ନା ରୁକ୍ଷ ସ୍ୱରରେ କହିଲା- "ଏବେ ପିମ୍ପୁଡ଼ିର ବି ପର ବାହାରିଗଲାଣି । ଲବଙ୍ଗ କିଛି ନ କହି ଆଗକୁ ବଢ଼ି ଚାଲିଲା । ଧନ୍ନା ମଧ୍ୟ ସହର ଆଡ଼କୁ ଚାଲିଯାଇଥିଲା । ଗାଁ ମୁଣ୍ଡରେ ହିଁ ନଈଟି ବୋହି ଯାଇଥିଲା । ଲବଙ୍ଗ ସେହି ନଦୀର କୂଳକୁ ଆସି ଗୋଟେ ପଥର ଉପରେ ଚୁପ୍ ଚାପ୍ ବସିଗଲା । ଖେଳ ବାକ୍ସ ଭୂମି ଉପରେ ରଖିଦେଇଥିଲା । ସେ ସମୟରେ ନଈଘାଟ ଶୁନଶାନ ଥିଲା ।

କେହି ହେଲେ ସେଠାରେ ନ ଥିଲେ । କେବଳ ହାତରେ ଭରାଦେଇ ମୁଣ୍ଡ ନୁଆଁଇ ଲବଙ୍ଗ ବସିଥିଲା । ଟପ୍ ଟପ୍ ହୋଇ ଲୁହ ବିନ୍ଦୁ ଲବଙ୍ଗ ଆଖିରୁ ବାହାରି ନଦୀର ବକ୍ଷ ସ୍ଥଳରେ ଖସିପଡୁଥିଲା ଯାହାକୁ ନଦୀର ଲହରୀ ନିଜର ଜିହ୍ବା ବାହାର କରି ଶୋଷି ନେଉଥିଲା । ଗୋଟିଏ ମୁହୂର୍ତ୍ତରେ ସେହି ଲୁହ ବିନ୍ଦୁକୁ ଲବଙ୍ଗ ହୃଦୟ ବ୍ୟଥାର ଅନୁରୂପ, ନିଜ ଅନ୍ତରରେ ବିଲୀନ କରି ଦେଉଥିଲା ।

ଛପ୍ ଛପ୍, ଡଙ୍ଗାର ଝପ ଚଲାଇବାର ଶବ୍ଦ ଶୁଣାଗଲା ଏବଂ ଲବଙ୍ଗ ଚମକି କରି ନଦୀ ଆଡ଼କୁ ଦେଖିଥିଲା । ଗୋଟିଏ ନୌକା କୂଳ ଆଡ଼କୁ ଆସୁଥିଲା । ଧୀରେ ଧୀରେ ମନ୍ଥର ଗତିରେ । ଲବଙ୍ଗ ସେହି ସୁନ୍ଦର ନୌକାରେ ଦୁଇଟି ଆକୃତି ଦେଖିବାକୁ ପାଇଥିଲା । ଜଣେ ପୁରୁଷ ଅନ୍ୟ ଜଣକ ସ୍ତ୍ରୀ । ସେ ଆଖି ମଳିକରି ପୁଣି ଥରେ ଦେଖିଲା । ଜଣେ ଜୟରାଜ ଥିଲା ଆଉ ଜଣେ ଗୁଲଶନ ।

॥ ୨୫ ॥

ଦୂରରୁ ମାତାଲ ପରି ଦେଖାଯାଉଥିବା ବାତରା ଧନାଢ୍ୟ ଜୟରାଜ ପ୍ରକୃତରେ ସାଗର ପରି ଗମ୍ଭୀର ଥିଲା । ତା' ଗମ୍ଭୀରତାର କାରଣ ଗୁଲଶନ ଏବଂ ତାଲ ଖାଁକୁ ଜଣା ନ ଥିଲା ଯେ ସେ ଲୁଚି କରି ସେମାନଙ୍କ କଥା ଶୁଣି ଦେଇଥିଲା । ଜୟରାଜ ସବୁକିଛି ଏପରିକି ପ୍ରତ୍ୟେକ ଶବ୍ଦ କବାଟ ପାଖରେ ଠିଆ ହୋଇ ଶୁଣି ପାରିଥିଲା । କାହିଁକି ନା ସେ ଭଲ ଭାବରେ ଜାଣି ଥିଲା ଯେ ଏହି ଦୁଇଜଣ ବିଷାକ୍ତ ନାଗ । ସାରା ଇଜ୍ଜତ ସେମାନଙ୍କ ହାତରେ ଅଛି । ତେଣୁ ସେମାନଙ୍କୁ ଚୁନା କରିବାକୁ ପଡ଼ିବ ଯେମିତି ସାପ ମରିଯିବ କିନ୍ତୁ ଲାଠି ବି ଭାଙ୍ଗିବ ନାହିଁ । ସେଥିପାଇଁ ଅନିଚ୍ଛା ସତ୍ତ୍ୱେ ଜୟରାଜ ସେହି ଦିନ ଗୁଲଶନ ସାଙ୍ଗରେ ନୌକା ବିହାରରେ ଚାଲି ଆସିଥିଲା । ପ୍ରକୃତରେ ତା'ର ଏକ ଜରୁରୀ କାମ ଥିଲା ଏବଂ ସେହି କାର୍ଯ୍ୟ ସମ୍ବନ୍ଧରେ ସେ ତା'ର ପିତା ସେଠ୍ ଗଙ୍ଗା ଦାସଙ୍କ ସାଙ୍ଗରେ ଦେଖା କରିବା ଅନିର୍ବାଯ୍ୟ ଥିଲା । ତଥାପି ମଧ୍ୟ ସେ ସେଠାକୁ ଯାଇ ନ ଥିଲା ଏବଂ ଗୁଲଶନକୁ ନେଇ ନଦୀ ବକ୍ଷରେ ଆମୋଦ ପ୍ରମୋଦ କରିବା ପାଇଁ ଚାଲିଆସିଥିଲା । ନୌକା ଉପରେ ଗୁଲଶନ ଏବଂ ଜୟରାଜର କ'ଣ କ'ଣ କଥା ହେଲା, କ'ଣ କ'ଣ ମଉଜ ମଜଲିସ ହେଲା ତାହା ନ ଜାଣିବା କଥା ।

ହଁ ! ଗୋଟେ ଜାଗାରେ ନଦୀ ତଟରେ ଗୋଟେ ଗାଁ ଥିବାର ଦେଖି ଗୁଲଶନ କୂଳକୁ ଯିବାକୁ ଇଚ୍ଛା ପ୍ରକଟ କରିଥିଲା । କାହିଁକିନା ଏବେ ସେମାନେ ସହର ଠାରୁ କେତେ ମାଇଲ ଦୂରକୁ ଆସିଯାଇଥିଲେ । ନୌକା କୂଳରେ ଲାଗିଥିଲା । ଜୟରାଜ ଗୁଲଶନକୁ ସାହାରା ଦେଇକରି ନୌକାରୁ ତଳକୁ ଓହ୍ଲାଇଦେଲା । ପଥର ଚଟାଣ ଉପରେ ବସି ଲବଙ୍ଗ ସବୁକିଛି ଦେଖୁଥିଲା । ଦେଖୁଥିଲା ଯେ, ଯେଉଁ ଶୁଖିଲା ପତ୍ର ଉପରେ ସହାନଭୁତି ପ୍ରଦର୍ଶନ କରି, ସେ ତାକୁ ନିଜ ହୃଦୟରେ ସ୍ଥାନ ଦେଇଥିଲା,

ସେ ପୁଣି ତା' ହାତରୁ ଖସିକରି ତୋଫାନ ପାଖରେ ପହଞ୍ଚି ଯାଇଛି ଏବଂ ସେହି ତୋଫାନ ସାଙ୍ଗରେ ଉଡ଼ି ଉଡ଼ି ନିଜକୁ ଦୁନିଆ ଠାରୁ ବହୁତ ଉଚ୍ଚରେ ବୋଲି ଭାବୁଛି । ଏ ଯେଉଁ ଗୁଲଶନ, ତା' ପାଖରେ ତୋଫାନର ପ୍ରଚଣ୍ଡ ଗତି ପରି ଯୌବନର ଉନ୍ମାଦକାରୀ ଆକର୍ଷଣ ଅଛି ଏବଂ ଶୁଖିଲା ପତ୍ର ପରି ଜୟରାଜ ନିଜର ଅସ୍ତିତ୍ୱ ଭୁଲିକରି ସେହିଥିରେ ବିଭୋର ହୋଇଯାଇଛି ।

ଜୟରାଜର ଦୃଷ୍ଟି ଲବଙ୍ଗ ଉପରେ ପଡ଼ିଯାଇଥିଲା । ସେ ଚମକି ପଡ଼ିଲା ।

"ତୁମେ...ତୁମେ..." ସେ ମଥା ଉପରେ ଆଙ୍ଗୁଠି ରଖି ଏପରି ନାଟକ କରିଥିଲା ଯେପରିକି ସେ ଲବଙ୍ଗର ନାଁ ଭୁଲିଯାଇଛି । "ତୁମର ନାମ ଲବଙ୍ଗନା ?"- ପଚାରିକି ସେ ଲବଙ୍ଗ ଆଡ଼କୁ ଆସିଲା ।

"ଆଜ୍ଞା ସରକାର !" ଲବଙ୍ଗ ଉଠିକରି ଠିଆ ହୋଇଯାଇଥିଲା । ତା'ର ଅନ୍ଧକାର ପୂର୍ଣ୍ଣ ହୃଦୟରେ ଆଲୋକର ଏକ ରେଖା ପ୍ରକାଶିତ ହୋଇ ଉଠିଥିଲା, ଜୟରାଜକୁ ତା'ର ନାମ ନେବା ଶୁଣିକରି । ଏ କ'ଣ ତା' ପାଇଁ କମ୍ ସୌଭାଗ୍ୟର କଥା ଯେ ତା' ବାବୁ ତାହାର ନାମ ଭୁଲି ନାହାନ୍ତି ।

"ସେହି ଶାଢ଼ୀ ନା ! ବହୁତ ଭଲ ଲାଗୁଛି ।"- ଜୟରାଜ କହିଲା ।

ଆଉ ଲବଙ୍ଗ ଯେମିତି ଲାଜରେ ସଢ଼ି ଗଲା । ତାକୁ ତା'ର ସୌନ୍ଦର୍ଯ୍ୟ ଉପରେ ଈର୍ଷା ହେବାକୁ ଲାଗିଲା । ତା' ହୃଦୟର ସମସ୍ତ ଗ୍ଲାନି ଜୟରାଜର ଦୁଇଟି ସରଳ ବାକ୍ୟରେ ଦୂର ହୋଇଯାଇଥିଲା ।

"ତୁମକୁ ମୁଁ କିଛି କହିଥିଲି ନା, ମନେ ଅଛି କି ନାହିଁ ?"- ଜୟରାଜ ପଚାରିଲା ।

"ସରକାର କ'ଣ କହିଥିଲେ ? ମୁଁ ତ ଭୁଲି ଯାଇଛି ।"- କହୁ କହୁ ଲବଙ୍ଗର ନାଲି ନାଲି ଅଧର ଉପରେ ଏକ ମନ ମୁଗ୍ଧକର ମୃଦୁ ହସ ଖେଳି ଯାଇଥିଲା ।

"ମୁଁ ତୁମକୁ କହିଥିଲି, ସବୁଦିନ ସକାଳୁ ଆସିଯାଅ"- ଜୟରାଜ କହିଲା- "ମୁଁ ଖେଳ ଦେଖିବି ।"

"କିନ୍ତୁ ସରକାର ସେଠାରେ ଥିଲେ ତ"- ଲବଙ୍ଗ କହିଲା- "ନାହିଁ ତ କ'ଣ ଖାଲି ବଙ୍ଗଲା ଖେଳ ଦେଖିବ ?"

"ଓହୋ !" ହସିକରି ଜୟରାଜ ଦେଖିଲା ଲବଙ୍ଗକୁ- "ମୁଁ ଶୀଘ୍ର ଚାଲି ଆସିଥିଲି । ଆଚ୍ଛା, କାଲିଠାରୁ ନିଶ୍ଚୟ ଆସିବ । ମୁଁ ରହିବି ।

"ଠିକ୍ ଅଛି ।"- ଏକ ମୁହୂର୍ତ୍ତ ପାଇଁ ଲବଙ୍ଗର ଆଖି ଜୟରାଜର ପିପାସିତ ଚକ୍ଷୁ ସାଙ୍ଗରେ ମିଶି ଯାଇଥିଲା । ଦୁଇଜଣଙ୍କ ଶରୀରରେ ଶିହରଣ ଖେଳି ଯାଇଥିଲା । ଜୟରାଜ ସେହି ଚକ୍ଷୁଦ୍ୱୟରେ ପ୍ରାକୃତିକ ସୌନ୍ଦର୍ଯ୍ୟ ଦେଖି ପାରିଥିଲା, ଅପାର ସୁଖ, ଶାନ୍ତି ଦେଖି ପାରିଥିଲା । ସେ ଏକା ଥରକେ ସେହି ଚକ୍ଷୁଦ୍ୱୟର ରସ ପିଇଯିବାକୁ ଚାହୁଁଥିଲା କିନ୍ତୁ ଏହି ପ୍ରକାର ପାନ କଲେ କୁଆଡ଼େ ସୌନ୍ଦର୍ଯ୍ୟ କମ ହୋଇଯାଇଥାଏ ।

"ଖେଳ ବାକ୍ସ ଏଠାକୁ ଆଣ । ମୋତେ ଖେଳ ଦେଖାଅ ।"- ଜୟରାଜ କହିଲା । ଲବଙ୍ଗର ଶାନ୍ତ ସ୍ନିଗ୍ଧ ଆକର୍ଷଣରେ ସେ ଆଜି ବିଶେଷ ଭାବରେ ପ୍ରଭାବିତ ହୋଇଥିଲା ।

ଲବଙ୍ଗ ଖେଳ ବାକ୍ସ ଉଠାଇ ଆଣିଲା । ଜୟରାଜ କାଚରେ ତା' ଆଖି ଲଗାଇଦେଲା । ଚଳଚିତ୍ର ପରି ଚିତ୍ର ଚାଲିବାକୁ ଲାଗିଲେ ଏବଂ ସେହି ଚିତ୍ର ମାନଙ୍କର ବାଖ୍ୟା କରି ଲବଙ୍ଗ କୋଇଲି ସ୍ୱର ପରି ମଧୁର ସ୍ୱରରେ ବୋଲି ଚାଲିଥିଲା । କିଛି ସମୟ ପର୍ଯ୍ୟନ୍ତ ଏହି କ୍ରମ ଚାଲୁ ରହିଥିଲା । ଲବଙ୍ଗ କହିଚାଲିଥିଲା- "ତାଜ ବିବିର ରୋଜା ଦେଖ...ଦେଖରେ ବାବୁ ଦେଖ !"

"ବା !" ମଝିରେ ହଠାତ୍ ଜୟରାଜ କହିଲା, କିନ୍ତୁ ଆଖି କାଚ ଉପରୁ ଉଠାଇ ନ ଥିଲା- "ଏଠି ତ ଲଙ୍ଗଳା ନେଉଳ ଦେଖା ଯାଉଛି । ଆଉ ତୁମେ କହୁଛ ଯେ, ତାଜ ବିବିର ରୋଜା ଦେଖ, ଖୁବ୍ !" ଲବଙ୍ଗ ନିଜର ଭୁଲ ହୋଇଥିବାର ବିଶ୍ୱାସ ହୋଇ ନ ଥିଲା । ସେ ବାକ୍ସର ଆଉ ଗୋଟେ ଫାଟ ଜାଗାରେ ଭିତରକୁ ଦେଖିବାକୁ ତା' ମୁଣ୍ଡ ନୁଆଁଇ ଆଣିଥିଲା । ଏମିତି କରିବା ଫଳରେ ତାହାର ମୁଣ୍ଡ ଜୟରାଜର ମୁଣ୍ଡରେ ବାଜି ଯାଇଥିଲା ଏବଂ ଏକ ମୁହୂର୍ତ୍ତ ପାଇଁ ତା'ର ରକ୍ତିମ ଗାଲ ଜୟରାଜର ଗାଲରେ ଘସି ହୋଇଯାଇଥିଲା । ଲବଙ୍ଗକୁ ଏହି ସ୍ପର୍ଶ ବଡ଼ ମଜ୍ଜୁଆଲା ଲାଗିଥିଲା । ସେ ତା' ମୁଣ୍ଡ ହଟାଇ ନ ଥିଲା, କେବଳ ଗାଲ ଟିକିଏ ଘୁଞ୍ଚାଇ ଦେଇ ଭିତରକୁ ଅନାଇଲା । ଭିତରେ ତାଜ ବିବିର ରୋଜା ଥିଲା । ଜୟରାଜ ମିଛ କହିଥିଲା ।

"ବଡ଼ ମିଛୁଆ, ସରକାର !"- ଆସ୍ତେ ଆସ୍ତେ ଫୁସଫୁସ କରି ଲବଙ୍ଗ କହିଲା ।

"ତୁମେ ବହୁତ ନିରୀହ, ଲବଙ୍ଗ !" ଜୟରାଜ ଓଠରୁ ଏକ ମାଦକ ଶବ୍ଦ ବାହାରିଥିଲା- "ଆଖିର ତଲଓ୍ୱାରକୁ ତା' ଖୋଲରେ ରଖ, ରାଣୀ !"

ରାଣୀ ! କେତେ ମଧୁର ଶବ୍ଦ ଏହା । ଯେମିତି ଲବଙ୍ଗର ଅଙ୍ଗବସ୍ତ୍ରରେ ହାତ ପୁରାଇ କିଏ ଜଣେ କୁତୁକୁତୁ କରିଦେଲା । ଜୟରାଜ ଲବଙ୍ଗର ହାତକୁ ନିଜ ହାତରେ ଧରିକରି ଆସ୍ତେକରି ଦାବି ଦେଇଥିଲା । ଆତ୍ମବିସ୍ମୃତ ଲବଙ୍ଗର ଯେମିତି ହୋସ ଆସିଥିଲା । ବାୟସ୍କୋପ ଦେଖିକରି ଜୟରାଜ ଲବଙ୍ଗ ହାତରେ ଦୁଇଟଙ୍କା ରଖି ଦେଲା । ଲବଙ୍ଗ ନେଇ ନ ଥିଲା । କିନ୍ତୁ ଜୟରାଜ ନିଜେ ଆଗକୁ ଯାଇ ଲବଙ୍ଗର ଶାଢ଼ୀ କାନୀରେ ଟଙ୍କା ବାନ୍ଧି ଦେଇଥିଲା ।

"କାଲି ଆସିବନା ?"

"ଆଜ୍ଞା !"- ବାତାବରଣ ଏପରି ଏକ ରଙ୍ଗୀନ, ରୋମାଞ୍ଚକର ହୋଇଯାଇଥିଲା ଯେ, ଜୟରାଜ କିମ୍ବା ଲବଙ୍ଗକୁ ଗୁଲଶନର ଉପସ୍ଥିତିର ଜ୍ଞାନ ରହି ନ ଥିଲା । ଦୁଇଜଣ ସବୁକିଛି ଭୁଲିଯାଇ ଜଣେ ଅନ୍ୟ ଜଣଙ୍କ ସାଙ୍ଗେ ପୁରାପୁରି ନିମଗ୍ନ ହୋଇଯାଇଥିଲେ ।

ଆଉ ସେତେବେଳେ ଗୁଲଶନ ଧୀରେ ଖାସିଥିଲା । ଜୟରାଜ ଏମିତି ଚମକି ପଡ଼ିଥିଲା ଯେମିତିକି କିଏ ସେ ତାହାର ଚୋରୀ କରିବା ଧରିପକାଇଛି । ସେ ବୁଲିପଡ଼ି ଅନାଇଲା । ଗୁଲଶନ ଆଖିରେ ଘୃଣା ଏବଂ ବେଖାତିର ଭାବ ନେଇ ଟିକିଏ ଦୂରରେ ଠିଆ ହୋଇଥିଲା । ଲବଙ୍ଗ ଆଡ଼କୁ ଏମିତି ନଜରରେ ଦେଖୁଥିଲା ଯେମିତି ତାକୁ ଗୋଟା ପଣେ ଗିଳି ପକାଇବ ।

"ଏ କିଏ ସେ ?" ପ୍ରଚଣ୍ଡ କ୍ରୋଧରେ ଜଳିକରି ଗୁଲଶନ ଜୟରାଜକୁ ପଚାରିଲା ।

"ସେ ଏକ ଗରିବ ବାୟସ୍କୋପ ବାଲୀ ।"- ଜୟରାଜ ଉତ୍ତର ଦେଲା ।

"ଆପଣଙ୍କର ତା' ସାଙ୍ଗରେ ସମ୍ବନ୍ଧ କ'ଣ ?"- ଗୁଲଶନର ଏ ପ୍ରଶ୍ନ କିଛି ଆଦେଶ ଦେବା ଭଙ୍ଗୀରେ ଥିଲା ଯାହା ସ୍ୱାଭିମାନୀ ଜୟରାଜକୁ ଖରାପ ଲାଗିଥିଲା ।

"ଗୁଲଶନ !"- ରୁକ୍ଷ ସ୍ୱରରେ ସେ କହିଲା- "ମୋର ସରଳତାର ବେଶୀ ଫାଇଦା ଉଠାଇବାକୁ ଚେଷ୍ଟା କରନାହିଁ । ଏହା ଭୁଲି ଯାଅନା ଯେ, ମୁଁ ସେଠ୍ ଆଉ ତୁମେ ଦାସୀ । ମୋ ନିଜ ବ୍ୟାପାରରେ ହସ୍ତକ୍ଷେପ କରିବାକୁ ଚେଷ୍ଟା କରନାହିଁ ।" ଜୟରାଜର ଏହି ବାକ୍ୟରେ ଗୁଲଶନ ଶରୀରର ପ୍ରତ୍ୟେକ ଅଙ୍ଗ ପ୍ରତ୍ୟେଙ୍ଗ ଜଳି ଉଠିଥିଲା । କିନ୍ତୁ ସେ କ'ଣ ବା କରିପାରିଥାନ୍ତା ? ଅଗତ୍ୟା ଚୁପ୍ ରହିଥିଲା । କିନ୍ତୁ ତା'ର ହୃଦୟ ଜୟରାଜ ପ୍ରତି ପ୍ରତିଶୋଧ ଭାବନାର ତୀବ୍ର ଜ୍ୱାଳାରେ ଜଳି ଉଠିଥିଲା ।

ଗୁଲଶନ ମୁଣ୍ଡ ତଳକୁ କରି, ଆସି ନୌକାରେ ବସିଯାଇଥିଲା । ଜୟରାଜ ମଧ୍ୟ ତା' ପଛେ ପଛେ ଆସି ଯାଇଥିଲା । ନୌକା କୂଳ ଛାଡ଼ି ଆଗକୁ ବଢ଼ିଥିଲା । ରାସ୍ତା ସାରା କିଏ କିଛି କହି ନ ଥିଲେ । ନୌକାରୁ ଓହ୍ଲାଇ ଦୁଇଜଣ କାରରେ ଗୁଲଶନ ଘରକୁ ଆସିଥିଲେ । କାରରୁ ଓହ୍ଲାଇଲା ସମୟରେ ଗୁଲଶନ ଜୟରାଜକୁ କହିଲା- "ମୋତେ କ୍ଷମା କରିଦିଅ, ମୋର ରାଜା । ପ୍ରକୃତରେ ଯାହା ହେଲା ତାହା ମୋର ହିଁ ଭୁଲ ଥିଲା ।"

"କିଛି କଥା ନାହିଁ ।"- କହିକରି ଜୟରାଜ କାର ଆଗକୁ ନେବାକୁ ଡ୍ରାଇଭରକୁ କହିଲା । ଗୁଲଶନ ରାଗରେ ଦାନ୍ତ ଦବାଇ କରି ରହିଗଲା । ଏହା ମଧ୍ୟ ତା'ର ଅପମାନ ହିଁ ଥିଲା ।

॥ ୨୬ ॥

ପଞ୍ଚମ ଜମ୍ପୁର ଦଉଡ଼ି ଖୁଣ୍ଟରେ ବାନ୍ଧିଦେଲା ଏବଂ ଭଙ୍ଗା ଖଟିଆରେ ଯାଇ ବସିଗଲା । ଏବେ ଏବେ ସେ ସହରରୁ ଆସିଥିଲା । ଲବଙ୍ଗ ଆଉ ତା'ର ମା' କୁଡ଼ିଆ ଭିତରେ ଥିଲେ । ତେଣୁ ପଞ୍ଚମର ଆସିବା ସେମାନଙ୍କୁ ଜଣା ପଡ଼ି ନ ଥିଲା । ଲବଙ୍ଗ ଭିତରେ ତା' ମା'କୁ କହୁଥିଲା- "ସତ କଥା ମା' ! ମଦୁଆ ହେଲେ ମଧ୍ଯ ସେ ବାବୁ ବଡ଼ ଦୟାଳୁ । ଯେମିତିକି ତାଙ୍କ ଆଗରେ ଟଙ୍କାର କୌଣସି ମୂଲ୍ୟ ହିଁ ନାହିଁ ।"

"ଠିକ୍ ଅଛିରେ ।"- ତା' ମା' ଉତ୍ତର ଦେଲା- "ବହୁତ କମ ଧନୀ ଲୋକ ଏପରି ହୋଇଥାନ୍ତି । କିନ୍ତୁ ଅଧିକାଂଶ ଧନୀ ଲୋକ ମାନେ ଗରିବ ମାନଙ୍କୁ ଘୃଣା କରନ୍ତି । ଯଦି ଅମୀର ଲୋକ ମାନଙ୍କ ହୃଦୟରେ କରୁଣାର ଭାବ ଆସିଯାଏ ତେବେ ଏ ଦୁନିଆରେ ଗରିବଙ୍କ ସଂଖ୍ୟା ବହୁତ କମିଯିବ ।" ପଞ୍ଚମ ଧୀରେ ଧୀରେ କୁଡ଼ିଆ ଭିତରକୁ ଆସିଥିଲା । କବାଟ ପାଖରୁ ହିଁ କହିଲା "ଏବେ ମଧ୍ଯ ଗରିବ ମାନଙ୍କ ଉପରେ ଦୟା ଦେଖାଉଥିବା ଧନୀ ଲୋକଙ୍କର ଅଭାବ ନାହିଁ ।"

ଚମକି କରି ଲବଙ୍ଗ ଏବଂ ବୁଢ଼ୀ କବାଟ ଆଡ଼କୁ ଅନାଇଲେ । "କେତେବେଳୁ ତୁ ଆସିଲୁଣି ?" ବୁଢ଼ୀ ପଚାରିଲା ।

"ଏବେ ଏବେ ତ ଆସିଲି ମା' ! ପଞ୍ଚମ କହିଲା- "କଣରେ ଲବଙ୍ଗ ! କ'ଣ ବଢ଼ି ବଢ଼ି କରି କଥା କହୁଥିଲୁ ? ଦେଖେଇବି, ମୁଁ ଆଜି କେତେ ରୋଜଗାର କରିଛି ?"

"ଛାଡ଼ି ଦେ, ଛାଡ଼ି ଦେ ଭାଇ !" ଲବଙ୍ଗ ହସିକରି କହିଲା- "ଚାରି ଛ ଅଣା ଆଣି ଥିବୁ ।"

"ଆରେ ଉଠ୍ ! ଇଆଡ଼େ ଦେଖ..."- ପଞ୍ଚମ ପକେଟରୁ ଦଶଟଙ୍କା ବାହାର କରି ଲବଙ୍ଗ ଏବଂ ବୁଢ଼ୀକୁ ଦେଖାଇଲା ।

"ଆରେ ବା ! ଆଜି ପଞ୍ଚମ ଭାଇ ମଧ୍ୟ ଏତେ ପଇସା କମାଇ କରି ଆଣିଛି ।" ଲବଙ୍ଗ ଆଶ୍ଚର୍ଯ୍ୟ ହୋଇ କହିଲା ।

"ସେଇଥିପାଇଁ ତ କହୁଛି କି ଏବେ ମଧ୍ୟ ଏ ଦୁନିଆରେ ଦୟାଳୁ ଧନୀ ଲୋକଙ୍କର ଅଭାବ ନାହିଁ ।"- ପଞ୍ଚମ କହିଲା ।

"କେଉଁ ବଡ଼ ଲୋକ ତୋତେ ଏ ଟଙ୍କା ଦେଇଛି ?" ବୁଢ଼ୀ ପଚାରିଲା ।

"ହଁ ମା' !"- ପଞ୍ଚମ କହିଲା- "ବହୁତ ବଡ଼ ଲୋକ । ଲବଙ୍ଗର ବାବୁ କ'ଣ ଏମିତି ହେବେ ?"- ପଞ୍ଚମ ଲବଙ୍ଗଙ୍କୁ ଚିଡ଼ାଇବା ପାଇଁ କହିଲା ।

"ତୁମେ ମୋର ବାବୁଙ୍କୁ ଦେଖିଛ ନା ଏମିତି କହି ଦେଉଛ ?"- ଲବଙ୍ଗ ରାଗିକରି ଉତ୍ତର ଦେଲା । "ମୋ ବାବୁ ତୁମ ବାବୁ ଠାରୁ ବହୁତ ଧନୀ ।"

"ମୋ ବାବୁ ତମ ବାବୁଠାରୁ ବହୁତ ଧନୀ ।"- ପଞ୍ଚମ ଲବଙ୍ଗର ବାକ୍ୟକୁ ହିଁ ଦୋହରାଇ ଦେଇଥିଲା ।

ଦୁଇଜଣ ହିଁ ଜୟରାଜ ବିଷୟରେ କଥା ହେଉଥିଲେ ଏବଂ ଦୁଇଜଣଙ୍କୁ ଏହା ମଧ୍ୟ ଜଣା ନ ଥିଲା ଯେ ସେମାନଙ୍କର ବାବୁ ଅଲଗା ନୁହନ୍ତି ବରଂ ଜଣେ ବ୍ୟକ୍ତି ।

"ଦେଖ, ଆଜି ଆମ ବାବୁ ମୋତେ ଏତେ ଟଙ୍କା ଦେଇଛନ୍ତି ।"- ଲବଙ୍ଗ ଜୟରାଜ ଦେଇଥିବା ଟଙ୍କା ଦେଖାଇଥିଲା ଯାହାକୁ ସେ ନଦୀ କୂଳରେ ଦେଇଥିଲା- "ଆଜି ଏତିକି ଟଙ୍କା ଦେଇକରି ଗଲେ ଏବଂ ସେହିଦିନ ଏକହଳ ଶାଢ଼ୀ ଦେଇଥିଲେ ।"

"ଆରେ, ତେବେ ତୋର ବାବୁ ତ ବହୁତ ଧନୀ ପରି ଜଣା ପଡୁଛନ୍ତି ।"- ପଞ୍ଚମ କହିଲା ।

"ଆଜି ସେ ନୌକାରେ ବୁଲି ବୁଲି ଏଠାରେ ପହଞ୍ଚି ଯାଇଥିଲେ । ତୁମେ ଥରେ ତାଙ୍କୁ ଦେଖିଥାନ୍ତ, ଆମ ବାବୁ କେତେ ଭଲ ଲୋକ ।"- ଲବଙ୍ଗ କହିଲା ।

"ଆରେ ହୋଇଥିବ କେଉଁ ମାଙ୍କଡ଼ !"- ପଞ୍ଚମ ପୁଣି ଲବଙ୍ଗଙ୍କୁ ଚିଡ଼ାଇବାକୁ ଚେଷ୍ଟା କରିଥିଲା । -"ମୋତେ ମିଳିଯିବ ତ ତା' ବେକରେ ରଶି ବାନ୍ଧିକରି ନଚେଇବା ଆରମ୍ଭ କରିଦେବି, ନାଚ ବେଟା ! ତାକ୍ ଧିନା ଧିନ ।"

"ଦେଖ ମା' !" ଲବଙ୍ଗ ତା' ମା'କୁ କାନ୍ଦ କାନ୍ଦ ସ୍ୱରରେ କହିଲା- "ପଞ୍ଚମ ଭାଇ ମୋତେ ଚିଡ଼ାଇଛି । ମୋ ବାବୁଙ୍କୁ ଖରାପ ବୋଲି କହୁଛି ।"

"ପଞ୍ଚମ ତାକୁ ଚିଡ଼ାଅନା !- ବୁଢ଼ୀ ଚିଡ଼ିଯାଇ କହିଲା- "ସେ ଯଦି କାନ୍ଦିବା ଆରମ୍ଭ କରିଦେବ ତ ତାକୁ ମୋତେ ହିଁ ଚୁପ୍ କରାଇବାକୁ ପଡ଼ିବ ।"

"ମୁଁ ସତ କହୁଛି ମା' ! କିନ୍ତୁ ଦେଖ, ଇଏ ତ କାନ୍ଦିଲାଣି । ଏବେ ମୁଁ ଆଉ କିଛି କହିବି ନାହିଁ ।"- ପଞ୍ଚମ କହିଲା- "ମୋ ବାବୁ କହିଛନ୍ତି ଯେ ଯେତେବେଳେ କୌଣସି ଅସୁବିଧା ହେବ ମୋତେ କହିବୁ ।"

"ଏହାଠାରୁ ଆଉ କ'ଣ ଅସୁବିଧା ହେବ ଯେ ତୁ ଦିନଯାକ ଭାଲୁକୁ ନେଇ ସାରା ସହରରେ ଡବ୍ ଡବ୍ କରି ବୁଲୁଥିବୁ । ତେଣୁ ତୋ ବାବୁଠାରୁ ଗୋଟେ ଚାକିରୀ ମାଗିନେ । ଦେଖିବା ତୋ ବାବୁ କେତେ ଦୟାବାନ ।" ବୁଢ଼ୀ କହିଲା- "ଲବଙ୍ଗ ତୁ କାନ୍ଦେନା ! କାଲିକି ମନକୁ ଜଣା ପଡ଼ିଯିବ ।"

ପଞ୍ଚମ କିଛି ଭାବିବାକୁ ଲାଗିଥିଲା । ବୋଧହୁଏ ମା'ର କଥାଗୁଡ଼ାକ ତା' ମନକୁ ପାଇ ଯାଇଥିଲା । "ତୋ ବାବୁଠାରୁ କୌଣସି ଚାକିରୀ ମାଗିନେ ।" କଥାଟା ତାକୁ ବହୁତ ଭଲ ଲାଗିଥିଲା । "ସେମିତି ହିଁ କରିବି ମା' !"- ପଞ୍ଚମ କହିଲା- "ସେ ସମୟ ପଡ଼ିଲେ ସାହାଯ୍ୟ କରିବା ପାଇଁ କଥା ଦେଇଛନ୍ତି, ଚାକିରୀ ବି ଦେଇ ଦେବେ । କାଲି ମୁଁ ତାଙ୍କୁ ଚାକିରୀ ମାଗିବି ।" ପଞ୍ଚମ କେସରକୁ ଦେଖାକରି ତା' ବାବୁ ବିଷୟରେ ସବୁ କହିଥିଲା, ବହୁତ ପ୍ରଶଂସା କରିଥିଲା । ନିଜେ ଚାକିରୀ କରିବ ବୋଲି ତା'ର ଇଚ୍ଛା ପ୍ରକାଶ କରିଥିଲା । ଶୁଣିକରି ସେ ବହୁତ ଖୁସି ହୋଇଥିଲା । ବହୁତ ଖୁସିରେ ସେହିଦିନ ପଞ୍ଚମ ଟିକିଏ ଅଧିକା ପିଇ ନେଇଥିଲା ଏବଂ କେସର ମଧ୍ୟ ଖୁସି ମନରେ ତାକୁ ପିଆଇଥିଲା ।

॥ ୨୭ ॥

ଓସ୍ତାଦ ତାଲ ଖାଁ ଗୁଲଶନ ମୁହଁରେ ଘୃଣାର ଚିହ୍ନ ଦେଖି ପାରିଥିଲା । ସେ ଅନ୍ୟ କୌଣସି କାମ ନେଇ ଗୁଲଶନ ପାଖକୁ ଆସିଥିଲା । କିନ୍ତୁ ତାକୁ କ୍ରୋଧ ଏବଂ ଘୃଣା ଦ୍ୱାରା କବଳିତ ହେବାର ଦେଖି ସେ ତା'ର ନିଜ କଥା କହିବାକୁ ଭୁଲିଯାଇଥିଲା ।

"କଥା କ'ଣ ବିବି ?"- ଓସ୍ତାଦ ପଚାରିଲା ।

"ସେ ମୋତେ ପୁରାପୁରି ଛୋଟ ଲୋକ, ନିର୍ଲଜ ବୋଲି ଭାବୁଛନ୍ତି ।"- ଗୁଲଶନ ଅତ୍ୟନ୍ତ କ୍ରୋଧିତ ହୋଇ କହିଲା- "ମୁଁ ତା'ର ଦାସୀ ବୋଲି ସେ ଭାବୁଛି ଯାହାକୁ ସେ କିଛି ଟଙ୍କା ଦେଇ କିଣି ନେଇଛି ।"

"କ'ଣ ହେଲା ? କିଛି କୁହ ହେଲେ ।"

"ସେ ଭାବୁଛି ମୋତେ ଯେମିତି ପାରେ ସେମିତି ନଚାଇ ପାରିବ । ଯେମିତି କି ମୋର ଇଜ୍ଜତ, ମହତ କିଛି ହେଲେ ନାହିଁ ।"- ରାଗିପାଚି କରି ଗୁଲଶନ କହିଯାଉଥାଏ ।

"କିନ୍ତୁ କାହା କଥା କହୁଛ, ବିବି !"

"ସେହି ମୂର୍ଖ ଜୟରାଜର ! ଆଉ କାହାର ?"

"ସେ କ'ଣ କରିଛି ?" ଓସ୍ତାଦର ମୁଖମଣ୍ଡଳ ଗମ୍ଭୀର ହୋଇ ଉଠିଥିଲା ।

"ଆଜି ମୁଁ ଆଉ ସେ ନଦୀକୁ ନୌକା ବିହାରରେ ଯାଇଥିଲୁ ନା !"

"ହଁ ! ତେବେ କ'ଣ ହେଲା ?"

"ସହରରୁ ବହୁତ ଦୂର ଯାଇକରି ସେ ଗୋଟେ ଗାଁ ପାଖରେ ତାଙ୍କର ନୌକା ଲଗାଇବାକୁ କହିଥିଲେ । ସେଠାରେ ତାଙ୍କୁ ଜଣେ ବାୟସ୍କୋପ ଦେଖାଇବା ଝିଅ ମିଳି ଯାଇଥିଲା ।"

"ଝିଅ ! ବାୟସ୍କୋପ ଦେଖାଇବା ବାଲୀ !"- ତାଲ ଖାଁଙ୍କୁ ଆଶ୍ଚର୍ଯ୍ୟ ଲାଗିଥିଲା ।

"ହଁ ଓସ୍ତାଦ !"- ଗୁଲଶନ କହିଲା- "ଝିଅ କ'ଣ ଥିଲା । ଦେଖିଲେ ଲାଗୁଥିଲା ଚନ୍ଦ ଖଣ୍ଡେ ଖସି ପଡ଼ିଛି । ଗାଁର ମାଟିରେ ବଢ଼ିଥିଲା । ପଥରର ଛୋଟ ଛୋଟ ଖଣ୍ଡ ଭିତରେ ହୀରା ମଧ୍ୟ ସହଜରେ ବାରି ହୋଇଯାଏ, ଓସ୍ତାଦ ।"

"ଛାଡ଼ ! ତା'ପରେ କ'ଣ ହେଲା ?"

"ତାକୁ ଦେଖିବା କ୍ଷଣି ଜୟରାଜ ମୋତେ ଭୁଲି ଯାଇଥିଲା ଏବଂ ସେହି ଝିଅ ସାଙ୍ଗରେ ଅତି ଅନ୍ତରଙ୍ଗ ପରି କଥା ହେବାକୁ ଲାଗିଥିଲା । ତାହାର ଖେଳ ମଧ୍ୟ ଦେଖିଲା ଏବଂ ଏକ ପଇସା ଜାଗାରେ ଦୁଇ ଟଙ୍କା ଦେଇ ପକାଇଲା ।"

"ଆମକୁ ତ ସେ କେବେହେଲେ ଗୋଟେ ପଇସା ଅଧିକା ଦେଇନାହିଁ ?"- ଓସ୍ତାଦ କହିଲା ।

"ଆମକୁ କାହିଁକି ଦେବ? ସେ ଗୋଟେ ପକ୍କା ଶୈତାନ ।"- ଗୁଲଶନ କହିଲା- "ସେ ଝିଅ ଆଗରେ ସେ ମୋର ଅସମ୍ମାନ କଲା ।"

"ସେ କ'ଣ କହିଥିଲା ?"

"କହିଥିଲା, ଗୁଲଶନ ! ଏହା ଭୁଲ ନାହିଁ ଯେ ମୁଁ ସେଠ୍ ଆଉ ତୁମେ ଏକ ବେଶ୍ୟା ।" କହୁ କହୁ ଗୁଲଶନ ରାଗରେ ଦାନ୍ତ କଡ଼ମଡ଼ କରିଥିଲା ।

"ଗୋଟେ କଥା ମାନିବୁ, ଗୁଲଶନ !"

"କୁହ ଓସ୍ତାଦ ।"

"ଜୟରାଜର ପିଛା ଛାଡ଼ିଦିଅ"- ଓସ୍ତାଦ ତାଲ ଖାଁ କହିଲା- "ତୁମର ଅପରୁପ ସୌନ୍ଦର୍ଯ୍ୟ ଉପରେ ସବୁକିଛି ଉତ୍ସର୍ଗ କରି ଦେବା ପାଇଁ ଶହ ଶହ ଲୋକ ଅଛନ୍ତି ।"

"ତାହା ହୋଇ ପାରିବ ନାହିଁ ଓସ୍ତାଦ !" ଦୃଢ଼ ସ୍ୱରରେ ଗୁଲଶନ କହିଲା- "ଆଜି ତା'ର ତୀର ପରି ଶବ୍ଦବାଣ ଗୁଡ଼ାକ ମୋ ହୃଦୟର ତନ୍ତ୍ରୀ ଗୁଡ଼ାକ ଛିନ୍ନ ଭିନ୍ନ କରିଦେଲା । ମୁଁ ମୋର ଏହି ଅପମାନକୁ କେବେହେଲେ ଭୁଲି ପାରିବି ନାହିଁ । ସେ ନିଜକୁ କ'ଣ ବୋଲି ଭାବୁଛି ? ମୁଁ ତାହାର ମାନ ସମ୍ମାନ ଧୂଳିରେ ମିଶାଇ ଛାଡ଼ିବି ।"

"ବହୁତ ଦିନ ହେଲା ତୁମେ ତାକୁ ମାଟିରେ ମିଶାଇ ଦେଇ ବରବାଦ କରିଦେବାକୁ ଆଶା ବାନ୍ଧି ବସିଛି । କିନ୍ତୁ କେବେ ହେଲେ ତ ସଫଳତା ମିଳିନାହିଁ ।"

"ଅତି ଶୀଘ୍ର ସଫଳତା ମୋର ପାଦତଳେ ତା'ର ନାକ ରଗଡ଼ିବ, ଓସ୍ତାଦ !"

"ଖୁଦା କରନ୍ତୁ, ତୁମ କଥା ସତ ହେଉ ଏବଂ ତୁମର ଭାବ ଭଙ୍ଗୀରେ, ଠାଣୀରେ ଆଉ କିଛି ଗୁଣ ଗାରିମା ଆସି ମିଶିଯାଉ ।"- ଓସ୍ତାଦ ତାଲ ଖାଁ ହସି ପକାଇଲା- "ଆଚ୍ଛା ଏବେ ଯାଅ, ଲୁଗାପଟା ବଦଳାଇ ଟିକେ ଆରାମ କରିନିଅ । ସଂଧ୍ୟାରେ ଦୀପ ଜଳିବାର ସମୟ ଆସିଯିବ ଏବଂ ପତଙ୍ଗ ମାନେ ଆକୃଷ୍ଟ ହୋଇ ଦୌଡ଼ି ଆସିବେ ।"- ଓସ୍ତାଦ ତାଲ ଖାଁ ପୁଣି କହିଲା ।

"ଓସ୍ତାଦ ! ତୁମେ ମୋ ପାଖକୁ କ'ଣ ପାଇଁ ଆସିଥିଲ ?- ଗୁଲଶନ ପଚ୍ଚରିଲା ।

"ଏଇଥିପାଇଁ ଆସିଥିଲି ଯେ, ତୁମର ପ୍ରଥମ ରାତି ବାଲା ସେଠ୍‌ଜୀ ଆସିଛନ୍ତି । ଏତେ ଦିନ ପରେ ତୁମ ସାଙ୍ଗରେ ଦେଖା କରିବାକୁ ଚ୍ଚହୁଁଛନ୍ତି । କିନ୍ତୁ ମୁଁ ଭାବୁଛି ଯେ ଏହି ସମୟରେ ତୁମର ବିଶ୍ରାମ ନେବା ଭଲ ହେବ । ମୁଁ ତାଙ୍କୁ ଚ୍ଚଲି ଯିବାକୁ କହି ଦେଉଛି ।"

"ସେ କ'ଣ ସେଠ୍ ଗଙ୍ଗା ଦାସ ?" ଗୁଲଶନ ପଚ୍ଚରିଲା ।

"ହଁ !" ଓସ୍ତାଦ ତାଲ ଖାଁ ଉତ୍ତର ଦେଲା ।

"ତାଙ୍କୁ ଦେଖା କରିବାଟା ଠିକ୍ ହେବ, ଓସ୍ତାଦ ।"

"ନାହିଁ ! ତୁମେ ବିଶ୍ରାମ ନିଅ । ମୁଁ ଦେହ ଖରାପ ହେବାର ଛଳନା କରି ଦେଉଛି । ବୁଝିଲ !" ଓସ୍ତାଦ କବାଟ ଆଡ଼େ ମୁହାଁଇଥିଲା । କିନ୍ତୁ ହଠାତ୍ ସ୍ଥିର ହୋଇ ଠିଆ ହୋଇଗଲା । କବାଟର ଆରପଟେ ରାୟବାହାଦୁର ସେଠ୍ ଗଙ୍ଗା ଦାସ ଛିଡ଼ା ହୋଇଥିଲେ । ହାତରେ ରୁପା ମୁଠିର ବାଡ଼ି ଧରିକରି ।

"ମୁଁ ଭାବୁଛି ତୁମକୁ କୌଣସି ଛଳନା କରିବାର ଆବଶ୍ୟକତା ପଡ଼ିବ ନାହିଁ ।" ସେଠ୍‌ଜୀ ଗମ୍ଭୀର ସ୍ୱରରେ କହିଲେ- "କାହିଁକିନା ମୁଁ ଦେଖୁଛି ଯେ ଗୁଲଶନର ଦେହ ପୁରାପୁରି ଭଲ ଅଛି ଏବଂ ମୋ ସାଙ୍ଗରେ କଥା ହେବାପାଇଁ ପ୍ରସ୍ତୁତ ମଧ୍ୟ ଅଛି ।" ସେଠ୍‌ଜୀ ଘର ଭିତରକୁ ଆସିଯାଇଥିଲେ । ତାଙ୍କୁ ଦେଖିକରି ଗୁଲଶନ ଆଗକୁ ଦୌଡ଼ିଆସି ତାଙ୍କର ଛାତିରେ ଏମିତି ଲାଗିଯାଇଥିଲା, ଯେମିତି କୌଣସି ଗଛରୁ ପତ୍ର ଖସିପଡ଼ି ଭୂମିର ଛାତି ଉପରେ ଯାଇ ପଡ଼ିଯାଇଥିଲା ।

"ବହୁତ ଦିନ ପରେ ଆସିଲେ, ସେଠ୍‌ଜୀ । ମୋତେ ତ ପୁରାପୁରି ଭୁଲି ଯାଇଥିଲେ ।" ଗୁଲଶନ କୃତ୍ରିମ ଅଭିମାନ କରି କହିଥିଲା ।

"ତୁମ ପରି ଲୋକମାନଙ୍କୁ ମଣିଷ ଯେତେ ଶୀଘ୍ର ଭୁଲିଯିବ ସେତେ ଭଲ ।"- ସେଠ୍‌ଜୀ କହିଲେ ଏବଂ ଗୁଲଶନର ମଖମଲ୍ଲ ଗଦି ପଡ଼ିଥିବା ଖଟ ଉପରେ ବସି ପଡ଼ିଲେ । ଗୁଲଶନ ମଧ୍ୟ ତାଙ୍କ ପାଖରେ ଯାଇ ବସିଥିଲା । "ଦେଖ ଗୁଲଶନ !" ସେଠ୍‌ଜୀ କୌଣସି କଥା ଆରମ୍ଭ କରିବାକୁ ଚାହୁଁଥିଲେ ।

"କୁହନ୍ତୁ !"- ଗୁଲଶନ ସେଠ୍‌ଜୀଙ୍କୁ ଆକୃଷ୍ଟ କରିବାର ଭାବଭଙ୍ଗୀ ଜାରି ରଖିଥିଲା ।

"ମୁଁ ଏହି ସମୟରେ ତୁମ ପାଖକୁ ତୁମର ପ୍ରେମୀ, ତୁମର ଗରାଖ ହୋଇ ଆସିନାହିଁ ।"- ଗୁଲଶନ ଚୁପ୍ ରହି ଶୁଣୁଥିଲା ।- "ଏହି ସମୟରେ ଜଣେ ଅଭାଗା ବାପ ହିସାବରେ ତୁମ ପାଖକୁ ଆସିଛି ।"- ସେଠ୍‌ଜୀ କହିଲେ- "ଜଣେ ଅଭାଗା ବାପ ମଧ୍ୟ ନିଜ ପୁଅକୁ ନିଜ ଜୀବନ ଠାରୁ ଅଧିକ ଭଲ ପାଇଥାଏ ଏବଂ ସେ ଚାହିଁଥାଏ ଯେ ତା'ର ପୁଅ ବରବାଦ ହୋଇଯିବା ବଦଳରେ ସେହି ସମୟତକ ଭଲରେ ଥାଉ ଯେ ପର୍ଯ୍ୟନ୍ତ ତା'ର ଶ୍ୱାସ ପ୍ରଶ୍ୱାସ ଚାଲିଛି ।"

"ଆପଣ ତ ପ୍ରହେଳିକା ସୃଷ୍ଟି କରୁଛନ୍ତି, ସେଠ୍‌ଜୀ ।- "ଗୁଲଶନ କହିଲା- "ଟିକିଏ ବୁଝାଇକରି କୁହନ୍ତୁ ।"

"ତୁମେ ବୁଝିବାକୁ ଚେଷ୍ଟାକରୁ ନାହଁ ତ କେମିତି ବୁଝାଇବି ?"

"ଯେମିତିକା ପ୍ରଥମ ରାତିରେ ବୁଝାଇଥିଲେ ।"- ଗୁଲଶନ କଟାକ୍ଷରେ ତୀର ମାରିକରି କହିଲା । କିନ୍ତୁ ସେଠ୍‌ଜୀଙ୍କ ଶରୀର ଗୋଟେ ପାଚିଲା ପଣଶ ପରି ହୋଇଯାଇଥିଲା, ଯେଉଁଥିରେ ଛୁରୀ ଭୁସିଦେଲେ ମଧ୍ୟ କ୍ଷୀର ବାହାରୁ ନ ଥିଲା ।

"ମୁଁ ତାଲ ଖାଁକୁ ମୋ ଘରକୁ ଡକାଇ ଥିଲି ।" ସେଠ୍‌ଜୀ କହିଲେ- "ତାକୁ ମୁଁ ବୁଝାଇଥିଲି ଯେ, ମୁଁ ପ୍ରତି ମାସରେ ପାଞ୍ଚ ଶହ ଟଙ୍କା ଦେବାକୁ ପ୍ରସ୍ତୁତ ଅଛି । ତୁମେମାନେ ଜୟରାଜର ପିଛା ଛାଡ଼ିଦିଅ ।"

"ମୁଁ ଛାଡ଼ି ଦେବାକୁ ପ୍ରସ୍ତୁତ ଅଛି, ସେଠ୍‌ଜୀ !"

"ତୁମେ ପ୍ରସ୍ତୁତ ଅଛ ?"

"ଆଜ୍ଞା ହଁ ! କିନ୍ତୁ ଗୋଟେ ସର୍ତ୍ତରେ ।"

"ସେ ସର୍ତ୍ତ କ'ଣ ?"- ସେଠ୍‌ଜୀ ପଚାରିଲେ ।

"ସର୍ତ୍ତ ଏହି ଯେ, ଆପଣ ସବୁଦିନ ଏଠାକୁ ଆସିବେ ।"- ଗୁଲଶନ କହିଲା ।

ସେଠ୍‌ଜୀ ଜଳିଲା ଜଳିଲା ଆଖିରେ ଗୁଲଶନ ଆଖିକୁ ଅନାଇଲେ । "ତୁମେ

ଗୋଟେ ନାଗୁଣୀ ।" ରାଗିକରି ବସିବା ଜାଗାରୁ ଉଠି ଠିଆ ହୋଇଗଲେ ସେଠ୍‌ଜୀ । "ତୁମେ ଜୟରାଜ ବଦଳରେ ମୋତେ ଫସାଇବାକୁ ଚାହୁଁଛ । କାହିଁକିନା ତୁମେ ଜାଣିଛ ମୋ ପାଖରେ ପ୍ରଚୁର ସମ୍ପତ୍ତି ଅଛି । କିନ୍ତୁ ମନେରଖ, ଯଦି ମୁଁ ଏହି ଧନ ସମ୍ପତ୍ତି ତୁମ ମାନଙ୍କ ପଛରେ ଉଡ଼ାଇ ଦେବି ତେବେ ଜୟରାଜ କେବେହେଲେ ମୋତେ କ୍ଷମା କରିବନି । ମୁଁ ଜାଣିଛି ଯେ, ତୁମେ ମୋର ଏ ବୃଦ୍ଧାବସ୍ଥାର ବୁଦ୍ଧି ଉପରେ ତୁମ ରୂପର ଯାଦୁ ଖେଳାଇକରି ମୋ ଠାରୁ ସବୁ ସମ୍ପତ୍ତି ହାତେଇ ନେଇ ପାରିବ କିନ୍ତୁ ଜୟରାଜ କେବେବି ଏପରି କରିପାରିବ ନାହିଁ । ମୁଁ ମାନୁଛି ଯେ ଜୟରାଜ ଏହି ଦୁନିଆରେ ମୋ ଠାରୁ ବି ପକ୍କା ଖିଲାଡ଼ୀ ।"

ଗୁଲଶନ ସେଠ୍‌ଜୀଙ୍କ ହାତକୁ ନିଜ କୋମଳ ହାତରେ ଧରି ତାଙ୍କୁ ଖଟ ଉପରେ ବସାଇବାକୁ ଚାହିଁଥିଲା । କିନ୍ତୁ ସେଠ୍‌ଜୀ ରାଗରେ ହାତ ଛଡ଼ାଇ ଆଣିଥିଲେ । "ଏବେ ମୁଁ ତୁମ ପାଇଁ ଅଲଗା ରାସ୍ତା ଦେଖିବି ।"- କ୍ରୋଧରେ ସେଠ୍‌ଜୀ କହିଥିଲେ।

ଗୁଲଶନ ଜାଣିଥିଲା ଯେ ସେଠ୍ ଗଙ୍ଗା ଦାସ ସବୁ କିଛି କରିପାରିବେ । ତାହାର ଏହି ଘର ଯେଉଁଠାରେ ରାତି ରାତି ଧରି ଟଙ୍କା ପଇସା, ସୁନା ରୁପାର ସ୍ୱପ୍ନ ଦେଖା ଯାଉଛି, ସେଠ୍‌ଜୀଙ୍କ ଗୋଟେ ଇଙ୍ଗିତରେ ଧୂଳିରେ ମିଶିଯିବ । "ରାଗନ୍ତୁନି ମୋର ମାଲିକ !"- ଗୁଲଶନ କହିଲା- "ଥଣ୍ଡା ମଜ୍ଜାକୁ ଏମିତି ଦେହକୁ ନିଅନ୍ତୁନି । ମୁଁ ଆପଣଙ୍କର ପ୍ରତ୍ୟେକଟି କଥା ମାନିନେବି । ମୁଁ ତ ଏହା ଓସ୍ତାଦଙ୍କୁ ମଧ୍ୟ କହି ସାରିଛି ।"

ସେଠ୍‌ଜୀ କିଛିଟା ଶାନ୍ତ ହୋଇଥିଲେ । କହିଲେ- "ତୁମ ମାନଙ୍କର ଚାଲାକୀର ଭେଦ ଜାଣି ପାରିବା ଅସମ୍ଭବ । ମୁଁ ଯାଉଅଛି, ମୋ କଥା ମନେ ରଖିବ ।"

"ପୁଣି କେବେ ଆପଣଙ୍କ ଦର୍ଶନର ସୌଭାଗ୍ୟ ହେବ ?"

"କେବେ ନୁହେଁ ।" ସେଠ୍‌ଜୀ ରୁକ୍ଷ ସ୍ୱରରେ ଉତ୍ତର ଦେଇ ଚାଲିଯାଇଥିଲେ ।

ଯେତେବେଳେ ପର୍ଯ୍ୟନ୍ତ ସେଠ୍‌ଜୀ ଏବଂ ଗୁଲଶନର କଥାବାର୍ତ୍ତା ଚାଲିଥିଲା, ସେତେବେଳେ ପର୍ଯ୍ୟନ୍ତ ଓସ୍ତାଦ ତଲ ଖାଁ ବାହାରେ ଠିଆ ହୋଇଥିଲା । ସେଠ୍‌ଜୀ ଗଲା ସାଙ୍ଗେ ସାଙ୍ଗେ ସେ ଭିତରକୁ ଆସିଥିଲା ।

"ପ୍ରକୃତରେ ଏ ଅମୀର ସେଠ୍ ଆମ ମାନଙ୍କୁ କ'ଣ ବୋଲି ଭାବୁଛନ୍ତି ?"

ଘୃଣାପୂର୍ଣ୍ଣ ସ୍ୱରରେ ଗୁଲଶନ କହିଲା- "କେତେବେଳେ ବିଲେଇ ପରି ହେଉଛନ୍ତି ତ କେତେବେଳେ ସିଂହ ପରି ।"

"ଧନ ସମ୍ପତ୍ତିର ଗର୍ବ ଅହଂକାର ସୌନ୍ଦର୍ଯ୍ୟର ଅହଂକାର ଠାରୁ ଅଧିକ ଭାରୀ ହୋଇଥାଏ । ନିଜକୁ ଦେଖ । ପ୍ରତ୍ୟେକଟି ଶିରା ପ୍ରଶିରାରେ ଅହଂକାର ପୁରି ହୋଇ ରହିଛି ।"- ଓସ୍ତାଦ କହିଲା ।

"ଜୟରାଜର ପିଛା ଛାଡ଼ିବାକୁ କହୁଥିଲା, ନିକମା କାହାଁକା ।" ...ଗୁଲଶନ ଘୃଣାରେ ମୁହଁ ମୋଡ଼ିଥିଲା । ବେଶ୍ୟାର ଆଖିରେ ନିଶା ଉଚ୍ଛୁଳି ପଡ଼େ ଯେତେବେଳେ ସେ ପରିହାସ କରିଥାଏ । ସେ ହସିଲା ବେଳେ ଓଠରେ ବିଜୁଳିର ଚମକ ଖେଳିଯାଏ । କିନ୍ତୁ ଯେତେବେଳେ ତା' ମୁହଁରେ ଘୃଣା ଏବଂ କ୍ରୋଧର ଭାବ ପରିଲକ୍ଷିତ ହୋଇଥାଏ ସେତେବେଳେ ତା'ର ରୁପ ପ୍ରଳୟ ପରି ଭୟାନକ ହୋଇ ଉଠିଥାଏ ।

|| ୨୮ ||

ଜୟରାଜ ଏବେ ଏବେ ଗାଧୋଇ କରି ଆସିଥିଲା ଏବଂ ବଡ଼ ଦର୍ପଣ ଆଗରେ ଠିଆ ହୋଇ ବାଳ ଉପରେ ପାନିଆ ଚଲାଉଥିଲା । ଏହି ସମୟରେ ଟେଲିଫୋନର ଘଣ୍ଟି ବାଜି ଉଠିଥିଲା । ଜୟରାଜ ଯାଇ ଟେବୁଲ ଉପରେ ଥିବା ଫୋନ୍ ରିସିଭର୍ ଉଠାଇ ନେଲା । ତା'ର ବାପା ରାୟବାହାଦୁର ସେଠ୍ ଗଙ୍ଗା ଦାସ କହୁଥିଲେ । କ୍ରୋଧିତ ସ୍ୱର ଥିଲା । ଶବ୍ଦର ଗତିରେ ତୀବ୍ରତା ଥିଲା । ଜୟରାଜ ଶୁଣି ଯାଉଥିଲା ।

"ତୁମେ ବଜାରୁଣୀ କୁତି ମାନଙ୍କ ପଛରେ ଲାଞ୍ଜ ହଲାଇବା ବାଲା ଗୋଟେ ନୀଚ କୁକୁର । ମୁଁ ତୁମକୁ କ'ଣ କରିବା ପାଇଁ ଚାହିଁଥିଲି ଆଉ ତୁମେ କ'ଣ ହୋଇଗଲ । ଏହା କେବେହେଲେ ଭାବିବ ନାହିଁ ଯେ ତୁମର ବୁଢ଼ା ବାପ ବିନା ବୁଦ୍ଧିବାଲା ଗୋଟେ କଣ୍ଢେଇ ଯିଏ କି ଶୁଣି ପାରିବନି, ଦେଖି ପାରିବନି । ମୁଁ ତୁମର ପ୍ରତ୍ୟେକ କାମର ପୁରା ଖବର ରଖୁଛି । ମୁଁ ତୁମକୁ ସ୍ୱାଧୀନତା ଦେଇଥିଲି ଏଥିପାଇଁ ନୁହେଁ ଯେ ତୁମେ ସ୍ୱାଧୀନ ପକ୍ଷୀ ପରି ମୋ ହାତରୁ ଫୁର କରି ଉଡ଼ିଯିବ । ମୁଁ ତୁମକୁ ଧନ ଦେଇଥିଲି ଏଥିପାଇଁ ନୁହେଁ ଯେ ତୁମେ ତାକୁ ମାଟି ଗୋଡ଼ି ବୋଲି ଭାବି ଏଠି ସେଠି ଫୋପାଡ଼ିବ । ମୁଁ ତୁମକୁ ଜନ୍ମ ଦେଇଥିଲି ଏଇଥିପାଇଁ ନୁହେଁ ଯେ ତୁମେ ମୋ ଆଖିରେ ଧୂଳି ଝାଙ୍କି ଅବାଧ ହୋଇ ମନଇଛା କାମ କରିବ ।"

ଜୟରାଜ ଟେଲିଫୋନର ରିସିଭର କାନରେ ଲଗାଇ ନିଜ ବାପାଙ୍କର କଠୋର କଥା ଗୁଡ଼ାକ ଶୁଣୁଥିଲା । ଆଗରୁ କେବେ ହେଲେ ତା'ର ବାପା ଏତେ କଡ଼ା ଶବ୍ଦ ଏହି ଢଙ୍ଗରେ ତା' ପ୍ରତି ପ୍ରୟୋଗ କରିନଥିଲେ । ସେଠ୍ ଗଙ୍ଗା ଦାସ ଯେ କି ପୁଅର ଚେହେରା ଆଗରେ ଦେଖିକରି ନିଜର ସାରା ରାଗ ରୋଷ ଭୁଲିଯାଉଥିଲେ, ଏହି ସମୟରେ ଟେଲିଫୋନରେ ଗର୍ଜନ କରୁଥିଲେ ।

"ତୁମେ ମୋତେ ଅନ୍ଧ ବୋଲି ଭାବିଛି, ତୁମେ ମୋତେ ବୋକା ବୋଲି

ଭାବିଛ, ତୁମେ ମୋତେ ଦୁର୍ବଳ ବୁଢ଼ା ବୋଲି ଭାବି ନେଇଛ, ନୁହେଁ ! କିନ୍ତୁ ମନେରଖ, ଯଦି ତୁମେ ଅତିଶୀଘ୍ର ନିଜର ବଦ୍‌ଭ୍ୟାସକୁ ଠିକ୍ ବାଟକୁ ନ ଆଣିଛ ତେବେ ମୋତେ ବାଧ ହୋଇ ମୋ ସମ୍ପତ୍ତି ବାଡ଼ିର ଅନ୍ୟ କେଉଁ ବାଟରେ ଉପଯୋଗ କରିବାକୁ ପଡ଼ିବ । ସେତେବେଳେ ତୁମର ଏ ବାବୁଗିରି, ଏ ଧଳା ଶଇତାନର ଢଙ୍ଗ ଢାଙ୍ଗ ରହିବନି । ଛାଡ଼ ! ଯାହା କିଛି ହୋଇଯାଇଛି ତାକୁ ଭୁଲିକରି ଏବେ ଠିକ୍ ରାସ୍ତାକୁ ଆସିଯାଅ । କାଲି ତୁମେ ମୋ ବଙ୍ଗଳାକୁ ଆସିଲ ନାହିଁ । ଆଜି ବାରଟା ବେଳେ ନିଶ୍ଚୟ ଆସିଯାଅ ।" ସେଠ୍‌ଜୀ କଥାବାର୍ତ୍ତାର ଶେଷଭାଗ କିଛିଟା ନମ୍ର ସ୍ୱରରେ କହିଥିଲେ ।

ଜୟରାଜ ଫୋନର ରିସିଭର ରଖିକରି ଧଡ଼କରି ଚୌକିରେ ବସିପଡ଼ିଲା । ଆଜି ତାକୁ ବହୁତ ଆତ୍ମଗ୍ଲାନୀ ଅନୁଭବ ହେଉଥିଲା । ଯଦି ସେ ପ୍ରଥମରୁ ହିଁ ତା'ର ଚରିତ୍ର ଉତ୍ତମ କରିବାକୁ ଚେଷ୍ଟା କରିଥାନ୍ତା ତେବେ ତା'ର ପିତାଙ୍କୁ ଆଜି ଏତେ କଠୋର ଶବ୍ଦ କହିବାର ଆବଶ୍ୟକତା ପଡ଼ି ନ ଥାନ୍ତା । ଏକ ଦୃଢ଼ ସଂକଳ୍ପରେ ଜୟରାଜର ଦୁଇ ମୁଠା ବନ୍ଦ ହୋଇଯାଇଥିଲା । ଆଉ କେବେହେଲେ ସେ ରୁପର ବଜାରକୁ ଯିବନାହିଁ ଏବଂ ମଦ ପିଇବା ମଧ୍ୟ ଆସ୍ତେ ଆସ୍ତେ ଛାଡ଼ି ଦେବ । ଏହି ପ୍ରତିଜ୍ଞା କରିବା ପରେ ଜୟରାଜ ନିଜର ଅନ୍ତରାତ୍ମାରେ କିଛି ଶାନ୍ତି ଅନୁଭବ କରିଥିଲା । ଏହି ସମୟରେ ତାକୁ ଏକ ପ୍ରକୃତ ବନ୍ଧୁର ଅଭାବ ଅନୁଭବ ହେଉଥିଲା । ଏ ପର୍ଯ୍ୟନ୍ତ ସେ ତ କେବେହେଲେ ଜଣେ ବିଶ୍ୱସ୍ତ ସାଥୀକୁ ଖୋଜି ବି ନ ଥିଲା ।

ସେହି ସମୟରେ ଲଖନା ଆସିଥିଲା । ଲଖନାର ଆସିବାଟା ଜୟରାଜକୁ ବହୁତ ଖରାପ ଲାଗିଥିଲା । କାହିଁକି ନା ବାପାଙ୍କ ଗାଳି ଦ୍ୱାରା ଉତ୍ପନ୍ନ ହୋଇଥିବା ଗ୍ଲାନିର ପ୍ରଭାବ ଏବେ ବି ତା' ମୁଖମଣ୍ଡଳରେ ପ୍ରତୀତ ହେଉଥିଲା । ତା' ଚେହେରା ଏବେବି ରାଗ ତମତମ ହେଲାପରି ଲାଗୁଥିଲା ।

"ସରକାର ! ସେ ମଦାରୀ ଆସିଛି ।"- ଲଖନା କହିଲା ।

"ତାକୁ ପଠାଇଦିଅ ।"- ଲଖନାର କଥା ଭଲ ଭାବରେ ନ ଶୁଣି, ବିନା ଭାବିଚିନ୍ତି ଜୟରାଜ କହିଦେଲା । ଲଖନା ଚାଲି ଆସିଥିଲା । ଜୟରାଜ ପୁଣି ମୁଣ୍ଡ ତଳକୁ କରି କିଛି ଭାବିବାକୁ ଲାଗିଥିଲା ।

"ଜୟ ରାମଜୀ, ସରକାର !"

ଜୟରାଜ ଚମକି ପଡ଼ି ମୁଣ୍ଡ ଉଠାଇ ଦେଖିଲା ପଞ୍ଚମ କବାଟ ପାଖରେ

ଠିଆ ହୋଇଛି । ଜୟରାଜ ଲଖନା ଉପରେ ରାଗି ଉଠିଥିଲା । ଏହି ଅସମୟରେ ସେ କାହିଁକି ଏ ମଦାରୀକୁ ଏଠାକୁ ପଠାଇଲା । "କ'ଣ ଚାହୁଁଛ ?" ଜୟରାଜ ନିଜ ସ୍ୱରରେ ନମ୍ରତା ଆଣିବାକୁ ଚେଷ୍ଟା କରିଥିଲା କିନ୍ତୁ ଅସଫଳ ରହିଥିଲା । ପଞ୍ଚମ ବୁଝି ପାରିଥିଲା ଯେ ବାବୁ ଏବେ ରାଗିକରି ଅଛନ୍ତି ।

"ଗୋଟେ କଥା କହିବାକୁ ଚାହୁଁଥିଲି, ସରକାର !" ପଞ୍ଚମ କିଛି ଦ୍ୱିଧାଭରା ସ୍ୱରରେ କହିଥିଲା ।

"ଏହି ନା, ତୁମର କିଛି ଟଙ୍କା ଦରକାର । କୁହ କେତେ ଦେବି ।" ଜୟରାଜ ସେମିତି ରୁକ୍ଷ ସ୍ୱରରେ କହିଲା ।

ପଞ୍ଚମକୁ ଜୟରାଜର ଏହି କଥା ଗୁଡ଼ା ବହୁତ ଦୁଃଖ ପହୁଁଞ୍ଚାଇ ଥିଲା । ତେବେ କ'ଣ ତା'ର ବାବୁ ତାକୁ ଏତେ ଛୋଟ ଲୋକ ବୋଲି ଭାବୁଛନ୍ତି ଯେ, ସେ ତାଙ୍କ ପାଖକୁ ଟଙ୍କା ମାଗିବା ଲୋଭରେ ଆସିଛି ବୋଲି ତାଙ୍କର ଧାରଣା ହୋଇଛି ? କ'ଣ ପାଖରେ ଧନ ନାହିଁ ବୋଲି ସେ ଭିକାରୀ ହୋଇଗଲା ?

"ଭିକ ନୁହେଁ ସରକାର । ମୁଁ ଗୋଟେ ଚାକିରୀ ଚାହୁଁଛି ।"- କ୍ଷୀଣ ସ୍ୱରରେ ପଞ୍ଚମ କହିଲା ।

"ଚାକିରୀ !" ଜୟରାଜ କିଛି ଭାବିବାକୁ ଲାଗିଲା- "ଦେଖ, ଏବେ ମୁଁ ଗୋଟେ କାମରେ ବ୍ୟସ୍ତ ଅଛି । ତୁମେ କାଲି ଆସିଲେ କ'ଣ କରିହେବ କହିବି ।" ଜୟରାଜ ପକେଟରୁ ଗୋଟେ ପାଞ୍ଚ ଟଙ୍କିଆ ନୋଟ ବାହାର କରି ପଞ୍ଚମ ଆଗରେ ଫୋପାଡ଼ି ଦେଇଥିଲା । "ସେତେବେଳ ପର୍ଯ୍ୟନ୍ତ ଏହାକୁ ନେଇ କାମ ଚଳାଅ ।"

ଜୟରାଜର ଏହି ପ୍ରକାର ରୁକ୍ଷ ବ୍ୟବହାରରେ ପଞ୍ଚମ ବହୁତ ଅପମାନିତ ଅନୁଭବ କରିଥିଲା । ସେ ଜୟରାଜକୁ ବହୁତ ଦୟାବାନ ଭାବିଥିଲା କିନ୍ତୁ ଆଜି ତା'ର ଧାରଣା ଭୁଲ ପ୍ରମାଣିତ ହୋଇଥିଲା । ସେ ତଳେ ଭୂମି ଉପରେ ପଡ଼ିଥିବା ନୋଟ ଉଠାଇ ନ ଥିଲା । ମୁଣ୍ଡ ତଳକୁ କରି ଚୁପ୍ ଚାପ୍ ସେ ଘରୁ ବାହାରକୁ ଆସି ଯାଇଥିଲା । ବଙ୍ଗଳାର ଅଗଣା ମଝିରେ ଥିବା ସରୁ ରାସ୍ତା ଦେଇ ସେ ମୁଖ୍ୟ ଦ୍ୱାର ଆଡ଼କୁ ଯାଉଥିଲା ।

"ଆରେ ପଞ୍ଚମ ଭାଇ !"- ପଞ୍ଚମ ବୁଲିପଡ଼ି ଦେଖିଲା ବେଳକୁ ସେ ଧନ୍ନା ଥିଲା ।

ଧନ୍ନା ବଡ଼ ବଡ଼ ପାହୁଣ୍ଡ ପକାଇ ପଞ୍ଚମ ପାଖକୁ ଆସିଲା- "ବହୁତ ଉଦାସ ଜଣାପଡୁଛ, ପଞ୍ଚମ ଭାଇ !"

"ତୁ ଏଠି କ'ଣ କରୁଛୁ ଧନ୍ନା ?"- ପଞ୍ଚମ ପଚାରିଲା ।

"ମୋତେ କ'ଣ ପଚାରୁଛ ଭାଇ ? ଯେଉଁଠାରେ ମଜଦୁରୀ ମିଳିଗଲା ସେଠି କାମରେ ଲାଗିଗଲି । ଆଜି ପୁରାଦିନର କାମ ଏହି ବାବୁଙ୍କ ଘରେ ମିଳିଗଲା । ଭାବିଲି ଦିନଯାକ ଖଟିକରି ଚାରି ଛଅ ଅଣା ରୋଜଗାର କରିନେବି । ଠିକ୍ ନା !"

"ଠିକ୍ ଅଛି ଭାଇ !" ପଞ୍ଚମର ସ୍ୱରରେ ତା' ଅନ୍ତରର ଦୁଃଖ ପରିପ୍ରକାଶ ହେଉଥିଲା ।

"ତୁମେ ଏଠାକୁ କାହିଁକି ଆସିଥିଲ, ପଞ୍ଚମ ଭାଇ ?" ଧନ୍ନା ପଚାରିଲା- "ବହୁତ ଦୁଃଖୀ କାହିଁକି ଦେଖାଯାଉଛ ?"

ପଞ୍ଚମ ଧନ୍ନାର କୁଟିଳ ପ୍ରକୃତିକୁ ଜାଣି ନ ଥିଲା । କହିଲା- "ଦୁଃଖର କାରଣ ପଚାରନା । ଏହି ଲୋକମାନେ ଧନୀ । ସେମାନଙ୍କର ଚମକ୍ ଦମକ୍, ଜାକଜମକ ଆକାଶକୁ ଛୁଇଁଥାଏ ।"

"କ'ଣ ହେଲା ଭାଇ !"

"ଆସିଥିଲି ଚାକିରୀ ପାଇଁ ।"- ପଞ୍ଚମ କହିଲା- "ସେ ମୋତେ ଗୋଟେ ମାମୁଲି ଭିକାରୀ ଭାବି ପାଞ୍ଚ ଟଙ୍କା ଫୋପାଡ଼ି ଦେଲା । କାଲି ଆସିବୁ । ଯଦି ଚାକିରୀ ଦେବାର ନଥିଲା ତେବେ ଅପମାନ ଦେବାର କ'ଣ ଅଧିକାର ଅଛି ।"

"ଟଙ୍କା କାଇଁ ?"

"ମୁଁ ତାକୁ ଭୂଇଁ ଉପରେ ପଡ଼ିଥିବା ଅବସ୍ଥାରେ ଛାଡ଼ି ଚାଲି ଆସିଲି ।" - ପଞ୍ଚମ କହିଲା ।

"କିଛି ପଚାରିନି ପଞ୍ଚମ ଭାଇ !" ଧନ୍ନା କହିଲା- "ଏହି ଧନୀଲୋକ ମାନଙ୍କର ଗର୍ବ ଅହଂକାର କଥା କିଛି ପଚାରନି । ତାହା ତ ତାଙ୍କର ସପ୍ତମ ସ୍ୱର୍ଗରେ ଥାଏ ।"

"ଏବେ କେବେହେଲେ ଏଠାକୁ ଆସିବି ନାହିଁ ।"

"ଆସିବାର କଥା କହୁଛ ପଞ୍ଚମ ଭାଇ !"- ମୁହଁ ଉପରେ ଗୋଟେ କୁଟିଳ ହସ ଖେଳାଇ ଧନ୍ନା କହିଲା- "ତୁମ ଜାଗାରେ ଯଦି ମୁଁ ହୋଇଥାନ୍ତି ନା ଧଡ଼କରି ଛୁରୀ ବାହାର କରି ବେଇମାନର ଛାତିରେ ଭୁସି ଦେଇଥାନ୍ତି ।"

ପଞ୍ଚମ କିଛି କହି ନ ଥିଲା । ମୁଣ୍ଡ ତଳକୁ କରି ଚାଲିଯାଇଥିଲା । ତା'ର ଯିବା ପରେ ଧନ୍ନାର ମୁଖ ମଣ୍ଡଳରେ ଗୋଟେ ନିଷ୍ଠୁର ହସ ଖେଳି ଉଠିଥିଲା । ସେ

ଖୁବ୍ ଗମ୍ଭୀରତା ସହ ମୁଣ୍ଡ ହଲାଇ କିଛି ଭାବିନେଲା ଏବଂ ତା'ପରେ ସେ ଜୟରାଜର ରୁମ୍ ଆଡ଼କୁ ଚାଲିଲା ।

ପଞ୍ଚମ ଚାଲିଯିବା ପରେ ବି ଜୟରାଜ ସେମିତି ଚିନ୍ତିତ ଅବସ୍ଥାରେ ଚୌକି ଉପରେ ବସିଥିଲା । ସେ ଏହା ମଧ୍ୟ ଦେଖି ନ ଥିଲା ଯେ ପଞ୍ଚମ ସେ ଫୋପାଡ଼ି ଥିବା ଟଙ୍କା ଉଠାଇଥିଲା ନା ନାହିଁ ।

"ସରକାର !"- ଜୟରାଜ ମୁଣ୍ଡ ଉଠାଇ ଦେଖିଲା ଧନ୍ନା ଠିଆ ହୋଇଛି । ତା' ହାତରେ ସେହି ପାଞ୍ଚ ଟଙ୍କିଆ ନୋଟଟା ଦେଖାଯାଉଥିଲା, ଯାହାକୁ ସେ ଆସିଲା ମାତ୍ରେ ବଡ଼ ସତର୍କତାର ସହ ଭୂଇଁ ଉପରୁ ଉଠାଇ ଆଣିଥିଲା ।

"ତୁମେ ! କ'ଣ ହେଲା ? କ'ଣ କହିବାକୁ ଚାହୁଁଛ ?- ଜୟରାଜ ପଚାରିଲା । ଧନ୍ନା ବିନା କୌଣସି ବାକ୍ୟ ନ କହି ସେହି ନୋଟ ଆଣି ଜୟରାଜ ଆଗରେ ରଖିଦେଲା ।"

"ଏ ନୋଟ କେଉଁଠି ଥିଲା ?"

"ସରକାର ! ଯେଉଁ ଲୋକ ଏଇନେ ଆପଣଙ୍କ ପାଖକୁ ଚାକିରୀ ମାଗିବାକୁ ଆସିଥିଲା ସେ ମୋ ଗାଁର । ସେ ଏହି ନୋଟ ମୋତେ ଦେଲା ଆପଣଙ୍କୁ ଫେରାଇ ଦେବାକୁ ।"

"କାହିଁକି ?"- ଜୟରାଜ ମୁହଁରେ ଆଶ୍ଚର୍ଯ୍ୟର ଭାବ ଫୁଟି ଉଠିଥିଲା ।

"ସରକାର ! ସେ ବଡ଼ ଭୟାନକ ଲୋକ । ସେଇଥିପାଇଁ ମୁଁ ଆପଣଙ୍କୁ କହିବାକୁ ଆସିଥିଲି ଯେ ତାହାକୁ ଏଠାକୁ ଆସିବାକୁ ଦେବାଟା ଠିକ୍ ହେବନାହିଁ । ଅଳ୍ପ କିଛି ଟଙ୍କା ପାଇଁ ସେ ଖୁନ୍ ମଧ୍ୟ କରିପାରେ ।" ଧନ୍ନା ଏହି କଥା ଗୁଡ଼ାକ ନାଟକୀୟ ଢଙ୍ଗରେ କହିଥିଲା ।

"ଆଚ୍ଛା !"

"ହଁ ଆଜ୍ଞା, ସରକାର !" ଆପଣ ତାକୁ ଚାକିରୀ ନ ଦେବାରୁ ସେ ଆପଣଙ୍କ ଉପରେ ବହୁତ ରାଗୁଥିଲା । ମୋତେ ଏବେ ବହୁତ କଥା କହୁଥିଲା ।"

"କ'ଣ କହୁଥିଲା ?"- ଜୟରାଜ ପଚାରିଲା ।

"ସରକାର ମୋତେ କ୍ଷମା କରିଦେବେ । ମୁଁ ଗରିବ ଲୋକ ।" ଧନ୍ନା କହିଲା- "ସେ କହୁଥିଲା ଏ ଧନୀ ଶଳା ମାନେ ପୁରା କଂସେଇ ପରି । ସେ ନିର୍ଲଜ ମୋତେ ଭିକାରୀ ବୋଲି ଭାବିଥିଲା ।"

ଜୟରାଜର ଚକ୍ଷୁଦ୍ୱୟ ପୁଣି ଅଙ୍ଗାର ପରି ଜଳି ଉଠିଥିଲା ।

"ପୁଣି ମୋ ହାତରେ ଏକ ନୋଟ ଦେଇକରି କହିଲା, ଏହାକୁ ନେଇ ତାକୁ ଦେଇଦେବୁ । ଏହି ଟଙ୍କାରେ ମଦ ପିଇନେବ । ଆଉ ଗୋଟେ କଥା ସେ କହିଥିଲା, ସରକାର । ବହୁତ ଭୟଙ୍କର ।"

"ତୁମେ କୁହ, ସେ କ'ଣ କହିଥିଲା ।"

"କାଲି ଆପଣ ତାକୁ ଡକାଇଛନ୍ତି ନା ?" ଧନ୍ନା କହିଲା- "କାଲି ସେ ଅଣ୍ଟାରେ ଛୁରୀ ଖୋସିକରି ଆସିବ ଏବଂ କଥା କଥାରେ ଆପଣଙ୍କ ସାଙ୍ଗରେ କଳି କରିବ । ସରକାର ବହୁତ ସାବଧାନରେ ରହିବେ । କହୁଥିଲା କାଲି ଟୋକାର କଲିଜାରେ ଛୁରୀ ଭୁଷି ନ ଦେବି ତ ଗୋଟେ ବାପର ପିଲା ନୁହେଁ ।"

"ଏମିତି କଥା !"- ରାଗିକରି ଜୋର ସ୍ୱରରେ ଜୟରାଜ କହିଲା- "କାଲି ତାକୁ ଆସିବାକୁ ଦିଅ । ତା' ପାଇଁ ପ୍ରଥମରୁ ପୋଲିସ ପ୍ରସ୍ତୁତ ରହିଥିବେ । ମୁଁ ତାକୁ ଦେଖିନେବି । ତୁମେ ଯାଇକରି ନିଜ କାମ କର । କିନ୍ତୁ ଏହି କଥା କାହାକୁ କହିବନାହିଁ ।"

ଧନ୍ନା ଗମ୍ଭୀର ଚେହେରା ଆଉ ହୃଦୟ ଭିତରେ ହସ ନେଇ ଚାଲିଯାଇଥିଲା । ଆଜି ସେ ଯେଉଁ ନିଆଁ ଲଗାଇଛି ବୋଧହୁଏ ତାହା ସବୁକିଛି ଜାଳି ପୋଡ଼ି ଭସ୍ମ କରିଦେବ । ଧନ୍ନାର କେସର ସାଙ୍ଗରେ ଶତ୍ରୁତା ଥିଲା ଏବଂ ପଞ୍ଚମ ଥିଲା କେସରର ପ୍ରେମିକ ଆଉ ଧନ୍ନାର ପ୍ରତିଦ୍ୱନ୍ଦୀ । ସେହି କାରଣରୁ ଧନ୍ନା ମନରେ ପଞ୍ଚମ ପ୍ରତି କୁଟିଳ ଭାବନା ବହୁତ ଦିନରୁ ବସା ବାନ୍ଧି ରହିଥିଲା । ସେହି କପଟ ଭାବନା ବିଶ୍ୱାସ-ଘାତକତାର ପ୍ରବଳ ଦାବାଗ୍ନି ହୋଇ ବାହାରକୁ ବାହାରି ଆସିଥିଲା ଯାହା ପଞ୍ଚମ ଏବଂ ଜୟରାଜକୁ ଜଣା ନ ଥିଲା ।

॥ ୨୯ ॥

ଜୟରାଜର ଅନ୍ତରକୁ ଧନ୍ନାର କଥାଗୁଡ଼ା ଆନ୍ଦୋଳିତ କରି ଦେଇଥିଲା । ସେ ଏବେ ପଞ୍ଚମକୁ ଅତିଶୟ କପଟୀ ଏବଂ କୃତଘ୍ନ ବୋଲି ଭାବିବାକୁ ଲାଗିଲା । ଧନ୍ନା ଚାଲିଯିବା ପରେ ମଧ୍ୟ ସେ ଅନ୍ୟମନସ୍କ ହୋଇ ସୋଫା ଉପରେ ବସି ରହିଥିଲା । ସେ ଭାବୁଥିଲା, ଆଜି ପର୍ଯ୍ୟନ୍ତ ସେ ଯେତେ ଲୋକ ମାନଙ୍କ ସଂସ୍ପର୍ଶରେ ଆସିଛି, ସେମାନେ ସମସ୍ତେ କପଟୀ ଆଉ ବିଶ୍ୱାସଘାତକ ହୋଇ ବାହାରିଛନ୍ତି । କାହାର ହୃଦୟରେ ମଧ୍ୟ ସେ ନିଜ ପ୍ରତି ସହାନୁଭୂତି ଦେଖିପାରିନାହିଁ । ଯେଉଁମାନେ ଆସିଛନ୍ତି କେବଳ ସେମାନଙ୍କ ସ୍ୱାର୍ଥ ପାଇଁ ହିଁ ଆସିଛନ୍ତି ।

ଶରାବର ବୋତଲ !

ଏହା ବି ବହୁତ ଦିନ ହେଲା ତା'ର ସାଥୀ ହୋଇ ରହିଛି । ଏବେ ତ ସେ ପକ୍କା ମଦୁଆ ହୋଇଯାଇଛି । କିନ୍ତୁ କେବଳ କଲିଜା ପୋଡ଼ିଦେବା ବ୍ୟତୀତ ଏହି ଜ୍ୱାଳାମୟ ମଦ ବୋତଲ ଗୁଡ଼ାକ ତା' ପାଇଁ କ'ଣ କରିଛନ୍ତି ? କେବଳ ତା' ଇନ୍ଦ୍ରିୟ ମାନଙ୍କରେ ଉତ୍ତେଜନାର ଭାବନା ଉତ୍ପନ୍ନ କରିବା ବ୍ୟତୀତ ଏ ହଳାହଳ ତା'ର କେଉଁ କାମରେ ଆସିଛନ୍ତି ? ଅତ୍ୟଧିକ ମଦ୍ୟପାନ କରିବା ଯୋଗୁଁ ଜୟରାଜ ଛାତିରେ ଗତ କେତେମାସ ହେଲା ବେଳେବେଳେ ଅସହନୀୟ ଯନ୍ତ୍ରଣା ହେଉଥଲା ଏବଂ ଜୟରାଜ ଛଟପଟ ହୋଇଯାଉଥିଲା । ଦୁଇ ଚାରି ପେଗ ଅଧିକ ମଦ ପିଇଦେଲା ପରେ ଯାଇ ତା'ର ଯନ୍ତ୍ରଣା ଦୂର ହୋଇ ପାରୁଥିଲା । ମଦ ହିଁ ଏହି ଯନ୍ତ୍ରଣାର ଔଷଧ ଥିଲା ।

ବେଶ୍ୟା ମାନେ !

ଏମାନେ ମଧ୍ୟ ପ୍ରତିଦିନ ରାତିରେ ତା'ର ସଙ୍ଗିନୀ ହେଉଥିଲେ । କିନ୍ତୁ ସେମାନଙ୍କର ପ୍ରତିଟି ଅଙ୍ଗରେ, ସେମାନଙ୍କର ସୌନ୍ଦର୍ଯ୍ୟରେ, ସେମାନଙ୍କର

ମୁଖମଣ୍ଡଳରେ, ସେମାନଙ୍କ ମନମୋହିନୀ ଆଖି ମାନଙ୍କରେ, ସବୁଥିରେ ଯେପରି ଏକ ଲେଲିହାନ ଜ୍ୱାଳା ପ୍ରଜ୍ୱଳିତ ହେଉଥିଲା ଏବଂ ଜୟରାଜକୁ ଏପରି ଲାଗୁଥିଲା ଯେମିତି କି ତା' ହୃଦୟର ସମସ୍ତ ରକ୍ତ କଣିକାକୁ ସେମାନେ ଅଗ୍ନି ଶିଖା ହୋଇକରି ଶୋଷଣ କରୁଛନ୍ତି ।

ପଞ୍ଚମ !

ଏହି ଗରିବ ମଦାରୀକୁ ସେ ଦୟା ଦେଖାଇଥିଲା । ଭାବିଥିଲା, ଯେଉଁ ସହାନଭୁତି ତାକୁ କେଉଁଠାରୁ ମିଳିପାରିନଥିଲା ସମ୍ଭବତ ଏହି ଗରିବ ପାଖରୁ ତାହା ତାକୁ ମିଳି ପାରିବ କିନ୍ତୁ ତା'ର ଆଶା ଉପରେ ତୁଷାରାପାତ ହୋଇଯାଇଥିଲା ଯେତେବେଳେ ସେ ଧନ୍ନା ଠାରୁ ପଞ୍ଚମର ଖରାପ ଗୁଣ ବିଷୟରେ ଶୁଣିଥିଲା ।

ଲବଙ୍ଗ !

ଏହି ବନ୍‌ଜାର ଝିଅଟି ତା'ର ସରଳ ମାଧୁର୍ଯ୍ୟ ଦ୍ୱାରା ଅଳ୍ପ ସମୟ ଭିତରେ ହିଁ ତା'ର ନୀରସ ଜୀବନର ବୀଣାକୁ ଝଙ୍କୃତ କରି ଦେଇପାରିଥିଲା । ଲବଙ୍ଗ ମନେ ପଡ଼ିବାରୁ ଜୟରାଜର ଶରୀରରେ ଏକ ମୃଦୁ କମ୍ପନର ଶିହରଣ ଖେଳିଯାଇଥିଲା । ସେ ମୁଣ୍ଡ ଉଠାଇଲା ବେଳକୁ ଲଖନାକୁ ଆସିବାର ଦେଖିଥିଲା । ଲଖନା ହାତରେ ଧରିଥିବା ଥାଳୀ ଜୟରାଜ ଆଗରେ ଟେବୁଲ ଉପରେ ରଖିଦେଲା । ଥାଳୀରେ ଦୁଇଟା ଆମଲେଟ ଆଉ କପରେ ଚା ଥିଲା । ଜୟରାଜ ଏ ପର୍ଯ୍ୟନ୍ତ ଜଳଖିଆ କରି ନ ଥିଲା । ସେ ଆମଲେଟ ଖାଇବାକୁ ଲାଗିଲା ।

"ସରକାର ! ସେ ତାମସାବାଲୀ ଆସିଛି ।" ଲଖନା ଧୀର ସ୍ୱରରେ କହିଲା । ଏହି ଘରର ଚାକର ମାନଙ୍କ ମଧ୍ୟରେ ଯଦି କିଏ ଜୟରାଜର ପ୍ରକୃତି ସହିତ ପରିଚିତ ଥିଲା ତ ସିଏ ଥିଲା ଲଖନା । ସେ ଜାଣିଥିଲା ଯେ, ସରକାରଙ୍କ ରାଗ ଶାନ୍ତ କରିବାକୁ ହେଲେ ଚା ନ ହେଲେ ବିଅର ବା ବ୍ରାଣ୍ଡି, ହ୍ୱିସ୍କିର ଆବଶ୍ୟକତା ପଡୁଥିଲା ।

"ତାମସାବାଲୀ !" ଜୟରାଜ ମୁହଁରେ ଉଦ୍‌ବିଗ୍ନତା ବଦଳରେ ପ୍ରସନ୍ନତାର ଝଲକ ଦେଖା ଯାଇଥିଲା । "ତାକୁ ପଠାଇଦିଅ ।"

ଲଖନା ଚାଲିଗଲା ଏବଂ ପାଞ୍ଚ ମିନିଟ ପରେ ଲବଙ୍ଗ ସେଠାରେ ପ୍ରବେଶ କରିଥିଲା । ଜୟରାଜ ମୁଣ୍ଡ ଉପରକୁ ଉଠାଇ ଲବଙ୍ଗକୁ ଦେଖିଲା । ଲବଙ୍ଗ ମଧ୍ୟ ଜୟରାଜକୁ । ଦୁଇଜଣ ପରସ୍ପରକୁ ଦେଖି ହସି ଦେଇଥିଲେ ।

"ତାମସା ଦେଖିନିଅ ବାବୁ !"- ଲବଙ୍ଗ ମଧୁର ସ୍ୱରରେ କହିଲା ।

"ତୁମର ତାମସାରେ ଆଉ ଆକର୍ଷଣ ରହିନାହିଁ ।"- ଜୟରାଜ କହିଲା- "ମୋତେ ତୁମର ତାମସା ଅପେକ୍ଷା ତୁମର ସୁନ୍ଦର ଚେହେରା ଭଲଲାଗୁଛି । ମନ ଇଚ୍ଛୁଛି ରାତିଦିନ ଆଗରେ ବସାଇ ଦେଖିବାକୁ ।"

ଲବଙ୍ଗର ପୁରିଲା ପୁରିଲା ଗାଲରେ ଲଜ୍ଜାର କୋମଳ ସ୍ପର୍ଶ, ଲାଲିମାର ଛିଟା ଆଙ୍କି ଦେଇଥିଲା । ସେ ମୁଣ୍ଡ ତଳକୁ କରି ଠିଆ ହୋଇଥିଲା ଏକ ଅତ୍ୟନ୍ତ ଆକର୍ଷଣୀୟ ପ୍ରତିମା ପରି ।

"ବସିଯାଅ !"- ଜୟରାଜର ସ୍ୱରରେ ଆଦେଶର ଗାମ୍ଭୀର୍ଯ୍ୟ ନ ଥିଲା ବରଂ ସ୍ନେହର ପରଶ ଥିଲା ।

"ତାମସା ଦେଖିବ ନାହିଁ ତ ମୋତେ ଛୁଟି ଦେଇଦିଅ । କିଛି ପଇସା ରୋଜଗାର କରିନିଏ ।"

"ପଇସା ପାଇଁ ଚିନ୍ତା କରନାହିଁ । ମୁଁ ତୁମକୁ ପର୍ଯ୍ୟାପ୍ତ ଦେଇଦେବି ।"- ଜୟରାଜ କହିଲା ।

"ମୁଁ ଆପଣଙ୍କ ପଇସା ଏମିତି ଖାଲିଟାରେ ନେବି ନାହିଁ, ବାବୁ ! ମୋ ଦ୍ୱାରା କୌଣସି କାମ କରାଇ ତା'ପରେ ପଇସା ଦେଲେ ମୁଁ ନେଇ ପାରିବି ।"- ଲବଙ୍ଗ କହିଲା ।

"କାମ ?"- ଜୟରାଜ କିଛି ଭାବିଲା- "ଆଚ୍ଛା ତାହେଲେ ଏଇ ଯେଉଁ ମୋର ଫଟୋ ସବୁ ଟଙ୍ଗା ହୋଇଛି, ସେ ସବୁକୁ ତଳକୁ ଆଣି ସଫାକର ଏବଂ ପୁଣି ତାକୁ ଯଥା ସ୍ଥାନରେ ଟାଙ୍ଗି ଦିଅ ।"

"ବହୁତ ଉପରେ ଅଛି । ମୁଁ ତାକୁ କେମିତି ବାହାର କରିପାରିବି ।"

"ମୁଁ ତୁମକୁ ଉପରକୁ ଉଠାଇ ଦେବି ।"- ଜୟରାଜ ହସିକରି କହିଲା ।

"ନାଇଁ ନାଇଁ ବାବୁ !" କିଛି ବିଚଳିତ ହୋଇଯାଇଥିଲା ଲବଙ୍ଗ । ତା' ହୃଦୟ ଏକ ମଧୁର ଯନ୍ତ୍ରଣାରେ ଧଡ଼ଧଡ଼ କରୁଥିଲା ।

"ତା' ହେଲେ ଏ ଷ୍ଟୁଲଟା ନେଇଯାଅ ।"- ଜୟରାଜ କହିଲା- "କିନ୍ତୁ ନିଜକୁ ପଡ଼ିଯିବାରୁ ରକ୍ଷା କରିବ । କାହିଁକି ନା ତା'ର ଗୋଟେ ଗୋଡ଼ ଭାଙ୍ଗି ଯାଇଛି ।"

ଲବଙ୍ଗ ଷ୍ଟୁଲ ନେଇକରି ଗୋଟେ ଫଟୋର ତଳେ ରଖିଲା ଏବଂ ତାହା ଉପରେ ଧୀରେ ଧୀରେ ଚଢ଼ିଗଲା । ତା'ପରେ ଜୋର୍ କରି ଫଟୋ ବାହାର କରି ନିଜ ଛାତିରେ ଚପି ରଖିଲା କାହିଁକିନା ଓହ୍ଲାଇଲା ବେଳେ ସେ ପଡ଼ି ଗଲେବି ଫଟୋ ଭାଙ୍ଗିଯିବ ନାହିଁ । ଜୟରାଜ ଗୋଟେ ଥଣ୍ଡା ନିଶ୍ୱାସ ନେଲା । ସେ

ଦେଖୁଥିଲା ଯେ ସେ ନିରୀହ ଝିଅଟି ତାକୁ ଆଗରେ ପାଇ ମଧ୍ୟ ତା'ର ଫଟୋକୁ ଛାତିରେ ଚାପି ରଖିଥିଲା ।

"ଦେଖ, ପଡ଼ିଯାଅ ନାହିଁ ।"- ଜୟରାଜ କହୁଥିବା ସମୟରେ ଲବଙ୍ଗର ପତଳା ଶରୀର ଷ୍ଟୁଲ ଉପରୁ ଚଟାଣକୁ ଖସୁଥିଲା । ପକ୍କା ଚଟାଣରେ ମୁଣ୍ଡ ବାଡ଼େଇ ହୋଇଯିବାରୁ ଲବଙ୍ଗର ମୁଣ୍ଡରେ ଯନ୍ତ୍ରଣା ହୋଇଥିଲା । କିଛି ମୁହୂର୍ତ୍ତ ପାଇଁ ଯେମିତି ତା'ର ହୋସ ନ ଥିଲା । ସେତେବେଳେକୁ ଜୟରାଜ ବିଦ୍ୟୁତ ବେଗରେ ଉଠି ତା' ପାଖରେ ପହଞ୍ଚି ଯାଇଥିଲା । ଏବଂ ତା'ର ଫୁଲ ପରି ହାଲୁକା ଶରୀରକୁ ନିଜ ହାତରେ ଉଠାଇ ନେଇଥିଲା । ଜୟରାଜ ଲବଙ୍ଗକୁ ନେଇ ସୋଫା ଆଡ଼କୁ ଆଗେଇଲା । ଲବଙ୍ଗର ଚେତା ଆସିଯାଇଥିଲା । କିନ୍ତୁ ସେ ଚୁପ୍ ରହିଥିଲା । କିଏ ଜାଣେ ସେ କେଉଁ ମଧୁର ସ୍ୱପ୍ନ ଦେଖୁଥିଲା । ଜୟରାଜର ଶରୀର ସେ କୋମଳ ପ୍ରତିମାର ଶରୀରକୁ ଜୋର୍‌ରେ ଚାପି ରଖିଥିଲା । ତା'ର ହୃଦୟ ଅତ୍ୟଧିକ ଆବେଗରେ ଥରି ଉଠୁଥିଲା । ପରମୁହୂର୍ତ୍ତରେ ଜୟରାଜର ବାହୁ ଯୁଗଳ ସେ ସୌନ୍ଦର୍ଯ୍ୟ ପ୍ରତିମାକୁ ନିଜ ଛାତିରେ ଜୋର୍‌ରେ ଚାପି ରଖିଥିଲା ଏବଂ ତୃଷାର୍ତ୍ତ ଅଧର ଯାଇ ସେ ମଧୁର ଅଧରରେ ମିଶିଯାଇଥିଲା । ଜୟରାଜ ଓଠର ସମ୍ପର୍କରେ ଲବଙ୍ଗ ଦେହରେ ଯେମିତି ଶରାବର ନଈ ବୋହିଯାଇଥିଲା । ତାହାର ଶରୀରରେ ଶିହରଣ ଖେଳିଯାଇଥିଲା । ଏବଂ ତା'ର କୋମଳ ହାତର ମାଳା ଯାଇ ଜୟରାଜ ଗଳାରେ ପଡ଼ିଥିଲା । ସେ ଲବଙ୍ଗକୁ ଆସ୍ତେ କରି ସୋଫାରେ ଶୁଆଇ ଦେଇଥିଲା । ଲବଙ୍ଗ ଆଖି ଖୋଲିଲା ପୁଣି ଲାଜରେ ଆଖି ବନ୍ଦ କରିଦେଇଥିଲା ।

"କେଉଁଠି ଆଘାତ ଲାଗି ନାହିଁ ତ, ଲବଙ୍ଗ !"- ଜୟରାଜର ସ୍ୱରରେ ସରଳତା ଥିଲା । ଲବଙ୍ଗ ଚୁପ୍ ରହିଥିଲା ।

"କୁହ ଲବଙ୍ଗ, ମୋ ରାଣୀ !"- ଜୟରାଜର ଏକ ଉଷ୍ଣ ନିଶ୍ୱାସ ଲବଙ୍ଗର ଓଠ ଉପେର ପଡ଼ିଥିଲା । "କେଉଁଠି ଆଘାତ ଲାଗିଛି ?"

"ଏହିଠାରେ ।"- ହସିକରି ଲବଙ୍ଗ ନିଜ ଓଠ ଉପରେ ଆଙ୍ଗୁଠି ରଖିଥିଲା ।

ସେତେବେଳେ ଜୟରାଜ ଜାଣିପାରିଥିଲା ଯେ ସେହି କୋମଳ ଅଧରକୁ ତା'ର ଅଭ୍ୟସ୍ତ ଓଠ ପ୍ରକୃତରେ ବହୁତ ଆଘାତ ଦେଇଛି । କିନ୍ତୁ ତାହା ଏପରି ଏକ ଆଘାତ ଥିଲା ଯାହାର ଔଷଧ କେବଳ ଆଘାତ ହିଁ ହୋଇପାରେ । ତେଣୁ ଜୟରାଜ ଅତ୍ୟନ୍ତ ତୃଷାର୍ତ୍ତ ଭାବରେ ଲବଙ୍ଗର ରସପୂର୍ଣ୍ଣ ଓଠରେ ଆଉ ଏକ ଆଘାତ ଆଙ୍କି ଦେଇଥିଲା ।

"ତୁମେ କେତେ ଭଲ, ଲବଙ୍ଗ !"

"ତୁମେ ମୋର ସବୁକିଛି ଲୁଟିନେଇ, ବାବୁ !" କହୁ କହୁ ଲବଙ୍ଗ ଯେପରି ଚେତାଶୂନ୍ୟ ହୋଇଯାଇଥିଲା । ତାହାର ଜୀବନ ସମୁଦ୍ରରେ ଆଜି ପ୍ରଥମଥର ପାଇଁ ତୋଫାନ ଆସିଥିଲା ଯାହା ତାହାକୁ ଜ୍ଞାନଶୂନ୍ୟ କରିଦେଇଥିଲା । ସେ ବଞ୍ଚି ଥାଉ ଥାଉ ସେହିଠାରେ ପହଞ୍ଚିଯାଇଥିଲା ଯେଉଁଠାରେ ଇନ୍ଦ୍ରଧନୁର ସପ୍ତରଙ୍ଗର ଉଜ୍ଜଳତା ତା' ଦେହ ଉପରେ ବିଚ୍ଛୁରିତ ହୋଇ ତା' ଜୀବନକୁ ସାତ ରଙ୍ଗର ସ୍ୱପ୍ନର ଦୁନିଆକୁ ନେଇଯାଇଥିଲା ।

ଏହି ଭିତରେ ଲଖନା କବାଟ ପାଖକୁ ଆସିଥିଲା ଏବଂ ସେହି ଦୁଇଜଣଙ୍କୁ ଏମିତି ଅବସ୍ଥାରେ ଦେଖିକରି ଚୁପ୍ ଚାପ୍ କବାଟ ବନ୍ଦ କରି ଚାଲିଯାଇଥିଲା । କାହାକୁ ଏହାର ଖବର ମଧ୍ୟ ନ ଥିଲା ।

"ମନ କହୁଛି ଯେ ଏବେ ଏ ବୋତଲରୁ ମଦ୍ୟ ପାନ କରିବା ଛାଡ଼ିଦେଇ ତୁମ ଓଠ ଆଉ ଆଖିର ମଦିରା ପାନ କରିବାକୁ ।"- ଜୟରାଜ କହିଲା ।

"ମୋର ସବୁକିଛି ଲୁଟିନେଇ କରି ମୋତେ ଦ୍ୱାର ଦ୍ୱାରର ଭିକାରୁଣୀ ବନେଇ ଦିଅନ୍ତୁନି ବାବୁ ।"- ଲବଙ୍ଗ କହିଥିଲା ।

ସେହି ସମୟରେ ଜୟରାଜକୁ ଏମିତି ଲାଗିଥିଲା ଯେମିତି ତା' ଛାତିରେ କିଏ ସେ ଶହ ଶହ କିଳା ଭୂଷି ଦେଉଛି । ସେ ତା'ର ଛାତିକୁ ଜାବୁଡ଼ି ଧରି ଯନ୍ତ୍ରଣାରେ ଚିତ୍କାର କରି ଉଠିଥିଲା ।

"କ'ଣ ହେଲା ବାବୁ !" ଘବରାଇ ଯାଇ ଉଠିପଡ଼ିଥିଲା ଲବଙ୍ଗ । ଜୟରାଜ ସେମିତି ଯନ୍ତ୍ରଣାରେ ଚିତ୍କାର କରି କରି ତା'ର ଦୁଇ ହାତରେ ଛାତିକୁ ଜାବୁଡ଼ି ଧରି ସୋଫା ଉପରେ ଶୋଇଗଲା ।

"ବାବୁ !" କରୁଣ ଭରା ସ୍ୱରରେ ଲବଙ୍ଗ ଡାକିଲା ।

"ଲବଙ୍ଗ !" ଧୀମା ସ୍ୱରରେ ଜୟରାଜ କହିଲା- "ମୋ ପକେଟରୁ ଚାବି ବାହାର କରି ସେ ଆଲମାରୀ ଖୋଲ । ସେଠାରୁ ବୋତଲ...ବୋତଲ..." କହୁ କହୁ ଅତ୍ୟନ୍ତ କଷ୍ଟରେ ଜୟରାଜ ବ୍ୟସ୍ତ ହୋଇପଡ଼ିଥିଲା । ସେ ଜାଣିଥିଲା ଯେ, ଏ ରୋଗର ମୂଳ କାରଣ କ'ଣ ? ସେ ଜାଣିଥିଲା ଯେ ମଦର ଅଗ୍ନି ତା'ର କଲିଜାକୁ ପୋଡ଼ି ଦେଇଛି । ଏବେ ତାକୁ ଏହି ବିକଟ କଷ୍ଟ ବ୍ୟତୀତ ଆଉ କ'ଣ ହୋଇପାରିବ ? ଏହିପରି ଘଟଣା ତାକୁ ସାତଥର ହୋଇଗଲାଣି । ପ୍ରଥମେ ପ୍ରଥମେ ଦୁଇ ଚାରି ମାସରେ ଥରେ ଥରେ ହେଉଥିଲା କିନ୍ତୁ ଏଥର ତ କୋଡ଼ିଏ ଦିନ ପରେ ହେଲା ।

"ଆପଣ ମଦ ପିଅନ୍ତୁ ନାହିଁ ।"- ଲବଙ୍ଗ କହିଲା- "ଆପଣଙ୍କ ଶରୀର ଅସୁସ୍ଥ ଅଛି ।" ଲବଙ୍ଗ ଆଲମାରୀ ଖୋଲି ବୋତଲ ବାହାର କଲା, ଗ୍ଲାସରେ ଢାଳିଲା ଏବଂ ଜୟରାଜର ଦୁର୍ବଳ ତଥା ଶୁଖିଲା ଓଠରେ ଲଗାଇ ଦେଇଥିଲା । ଲାଗେ ଲାଗେ ସାତ ଗ୍ଲାସ ପିଇଲାପରେ ଜୟରାଜର ଯନ୍ତ୍ରଣା କିଛି କମ ହୋଇଥିଲା । ସେ ଆସ୍ତେ ଆସ୍ତେ ଉଠିକରି ସୋଫା ଉପରେ ବସିଯାଇଥିଲା ।

"ଏ ମଦ ମୋ ଦେହକୁ ଚଲୁଣୀ କରିଦେଲାଣି, ଲବଙ୍ଗ !"- ଜୟରାଜ କହିଲା- "ତୁମେ ମୋତେ ମିଳିଲ କିନ୍ତୁ ସେତେବେଳକୁ ଯେତେବେଳେ ମୁଁ ମୃତ୍ୟୁର ଦ୍ୱାରରେ ମୋର ପାଦ ରଖି ସାରିଛି ।"

"କୌଣସି ଡାକ୍ତରଙ୍କୁ ଦେଖାନ୍ତୁ, ବାବୁ !"

"ଡାକ୍ତର କ'ଣ କରିବେ ?"ଗୋଟେ ଶୁଷ୍କ ହସ ଜୟରାଜ ମୁହଁରେ ଖେଳିଯାଇଥିଲା । "ଯେଉଁ ମଣିଷ ନିଜ ପଇସା ବରବାଦ କରି ନିଜର ମରଣ କିଣିଛି, ତା'ର ଚିକିତ୍ସା ଡାକ୍ତର କ'ଣ କରିବ ?"

"ଆପଣ ଏମିତି କୁହନ୍ତୁ ନାହିଁ । ଖୁବ୍ ଶୀଘ୍ର ଭଲ ହୋଇଯିବେ ।"- ଲବଙ୍ଗ କହିଲା । ତାହାର ସୁଖର ସଂସାର ଉପରେ ପ୍ରଳୟର ବାଦଲ ଘେରିଯାଇଥିଲା । ଲବଙ୍ଗକୁ ପଞ୍ଚମର ସେହିଦିନର କଥା ଗୁଡ଼ାକ ମନେପଡ଼ିଯାଇଥିଲା । ସେ କହିଥିଲା- "ଯିଏ ମଦ୍ୟପାନ କରେ ସେ ନିଜେ ନିଜର ମୃତ୍ୟୁ କ୍ରୟ କରିଥାଏ ।" ଲବଙ୍ଗ ଥରି ଉଠିଥିଲା । ସେ ବା କ'ଣ କରିପାରିଥାନ୍ତା ? ଜୟରାଜକୁ ସେ ଭୁଲି ପାରୁ ନ ଥିଲା । ଯେମିତିକି ଜୟରାଜର ଜୀବନ-ମରଣ ସାଙ୍ଗରେ ତା'ର ଜନ୍ମ ଜନ୍ମାନ୍ତରର ସଂପର୍କ ଗଢ଼ି ଉଠିଥିଲା । ଲବଙ୍ଗ ସାରା ଦିନ ଜୟରାଜ ପାଖରେ ରହିଥିଲା । ସଂଧ୍ୟା ବେଳକୁ ଜୟରାଜର ଦେହସୁସ୍ଥ ହୋଇ ଉଠିଥିଲା ଏବଂ ତାହାର ମୁଖ ମଣ୍ଡଳରେ ଆଗପରି ଉଜ୍ଜଳତା ଆସିଯାଇଥିଲା । ଲବଙ୍ଗ ପରଦିନ ଦ୍ୱିପ୍ରହରକୁ ଆସିବାକୁ କଥାଦେଇ ଚାଲି ଆସିଥିଲା । ରାସ୍ତା ସାରା ସେ ଜୟରାଜର ସ୍ୱାସ୍ଥ୍ୟ ବିଷୟରେ ଭାବି ଚାଲିଥିଲା । ଦେଖିବାକୁ ହୃଷ୍ଟ ପୁଷ୍ଟ, ହସିଲା ହସିଲା ମୁହଁ କିନ୍ତୁ ଛାତି ଭିତରେ ଏତେ ଭୀଷଣ ଯନ୍ତ୍ରଣା ? ଦେହ ଭିତରେ ଏତେ ବିରାଟ ରୋଗ ? ଏ ରୋଗ ବି କେମିତି, ଯିଏ ହସୁଥିବା ମଣିଷକୁ ହଠାତ୍ ଆକ୍ରାନ୍ତ କରିନିଏ ଏବଂ କେତେ ଘଣ୍ଟା ଯନ୍ତ୍ରଣା ଦେଇକରି ଚାଲିଯାଇଥାଏ । ଲବଙ୍ଗର ସରଳ ହୃଦୟ ଡାକ୍ତର ମାନଙ୍କର ଏହି ଜଟିଳ ସମସ୍ୟାକୁ କେମିତି ସମାଧାନ କରିପାରିବ ?

।। ୩୦ ।।

ମୁଣ୍ଡ ତଳକୁ କରି ଖଟିଆ ଉପରେ ଆସି ବସିଲା ପଞ୍ଚମ। ବୁଢ଼ୀ ଏହାସବୁ ଦେଖୁଥିଲା । ସେ ପଞ୍ଚମର ଦୁଃଖୀ ହେବାର କାରଣ ମଧ୍ୟ କିଛି କିଛି ଜାଣିପାରିଥିଲା ଯେ ପଞ୍ଚମର ବାବୁ ତାକୁ ଚାକିରୀ ଦେଲା ନାହିଁ । ସେଥିପାଇଁ ପଞ୍ଚମ ଉଦାସ ହୋଇ ବସିଛି । ବୁଢ଼ୀ ଯାଇକରି ତା' ପାଖରେ ବସିଯାଇ ପଚାରିଲା- "କ'ଣ କିରେ ! ଚାକିରୀ ମିଳିଗଲା ?"

ପଞ୍ଚମ ନୀରବ ହୋଇ ବସି ରହିଥିଲା । କିଛି କହି ନ ଥିଲା ।

"କହୁଥିଲି ନା, ଆଜିକାଲି ଚାକିରୀ ପାଇବା ଏତେ ସହଜ ନୁହେଁ । କିନ୍ତୁ ତୋ ଉପରେ ତ ତୋ ବାବୁର ଭୂତ ଚଢ଼ିଥିଲା । ଲବଙ୍ଗର ବାବୁକୁ ଦେଖ । ଆଜି ସେ ବହୁତ ଟଙ୍କା ନେଇକରି ଆସିଛି । ଲବଙ୍ଗ ! ଆରେ ହେ ଲବଙ୍ଗିୟା !"- ବୁଢ଼ୀ ଡାକ ପକାଇଲା ।

ଲବଙ୍ଗ କୁଡ଼ିଆ ଭିତରୁ ଦଉଡ଼ି ଆସିଥିଲା- "କ'ଣ ହେଲା ମା' !"

"ପଞ୍ଚମିୟାର ଚେହେରା ଟିକିଏ ଦେଖ । ଯାହା ଜଣା ପଡୁଛି ତା' ବାବୁ ତାକୁ ଚାକିରୀ ଦେବା ବଦଳରେ ଚାପୁଡ଼ା ମାରିଛି । ନୁହଁ କିରେ ।"

ଅନ୍ୟମନସ୍କ ହୋଇ ପଞ୍ଚମ ବସିବା ଜାଗାରୁ ଉଠି ଠିଆହେଲା ଏବଂ ଗାଁ ଗୋହିରୀ ଆଡ଼କୁ ଚାଲିଲା ।

"ତୁ କୁଆଡ଼େ ଯାଉଛୁ ?" ବୁଢ଼ୀ ତାକୁ ପଚାରିଲା- "ଚାଲ କିଛି ରୁଟି ଖାଇନେ, ତା' ପରେ ଯୁଆଡ଼େ ଯାଉଛୁ ଯା ।"

"ମୁଁ ଆଜି ଖାଇବି ନାହିଁ ।"- କହିକରି ପଞ୍ଚମ ଆଗକୁ ଚାଲିଲା । ବୁଢ଼ୀ ଧଇଁ ସଇଁ ହୋଇ ଆଗକୁ ଦୌଡ଼ିଯାଇ ସ୍ନେହରେ ତା'ର ହାତ ଧରିନେଇଥିଲା ।

"ଆରେ ତୋତେ ଚାକିରୀ ମିଳିଲାନି ବୋଲି କ'ଣ ତୋର ମା'

ମରିଯାଇଛି, ଯେଉଁଥିପାଇଁ ଏତେ ଦୁଃଖୀ ହେଉଛୁ । ଋକିରୀ ନ ହେଉ, ତୋର କାମ ତ ଚଳିଯିବ ।”

କିନ୍ତୁ ପଞ୍ଚମ ତା’ ହାତକୁ ଛିଞ୍ଚାଡ଼ି ଦେଇ ଆଗକୁ ବଢ଼ି ଋଲିଥିଲା । ବୁଢ଼ୀକୁ ଆଜି ପଞ୍ଚମର ରାଗ ବହୁତ ଭୟାନକ ଲାଗିଥିଲା । ଯେମିତିକି ଶାନ୍ତ ସମୁଦ୍ରର ପୃଷ୍ଠଭୂମିରେ ତୋଫାନର ପ୍ରବଳ ଗତି ଲୁଚି ରହିଥାଏ ସେମିତି ପଞ୍ଚମର ଗମ୍ଭୀରତା ପଛରେ କେଉଁ ଭୟଙ୍କର ପ୍ରତିଜ୍ଞା ଅର୍ନ୍ତନିହିତ ଥିବ । ପଞ୍ଚମ ଯାଉଥିଲା ନଈ କୂଳକୁ । ନଈ କୂଳରେ ତା’ର ଦେଖା ହୋଇଯାଇଥିଲା ଧନ୍ନା ସହ ।

“କୁଆଡ଼େ ଯାଉଛ ପଞ୍ଚମ ଭାଇ ?” ବେହିଆଙ୍କ ପରି ହସିକରି କହିଲା- “କେସର ଘରକୁ ନା ? ଯାଅ ଯାଅ । କିନ୍ତୁ ତୁମକୁ ଗୋଟେ କଥା କହିବାର ଥିଲା ।”

“କହୁନୁ !”

“ନିଅ, ବିଡ଼ି ଟାଣ ।” ଧନ୍ନା ପଞ୍ଚମକୁ ଗୋଟେ ବିଡ଼ିଦେଲା । ପଞ୍ଚମ ସେଥିରେ ନିଆଁ ଲଗାଇ ଟାଣିବାକୁ ଲାଗିଲା ।

“ପଞ୍ଚମ ଭାଇ, ତୁମେ ଯେତେବେଳେ ସେଠାରୁ ଋଲି ଆସିଥିଲ, ସେତେବେଳେ ସେ ବହୁତ ବଡ଼ ବଡ଼ କଥା କହୁଥିଲା ।”- ଧନ୍ନା କହିଲା ।

“କିଏ ସେ ? ସେ ବାବୁ ?”

“ହଁ ଭାଇ !”- ଧନ୍ନା କହିଲା- “କହୁଥିଲା ଯେ, ଏ ଶଳା ମାନେ ଟଙ୍କାର ଋକର । ଲୋକକୁ ଟିକେ ଶାନ୍ତିରେ ରହିବାକୁ ଦେଉ ନାହାନ୍ତି । ଯେତେବେଳେ ଦେଖ ଋକିରୀ ପାଇଁ ମୁହଁ ଶୁଖାଇ ଠିଆ ହୋଇଯିବେ ଏବଂ ନାହିଁ ତ ଦଶ କୋଡ଼ିଏ ଟଙ୍କା ମାଗିବାକୁ ଋଲି ଆସିବେ ।”

“ଏମିତି କହୁଥିଲା ସେ କମିନା !”- ପଞ୍ଚମ ରାଗି ଉଠିଥିଲା ।

“ହଁ ପଞ୍ଚମ ଭାଇ ! ସେ କହୁଥିଲା ଯେ, କାଲି ଯେତେବେଳେ ସେ ଆସିବ ସେତେବେଳେ ଜୋତାରେ ତା’ ସାଙ୍ଗରେ କଥାହେବି, ତା’ପରେ...” ଧନ୍ନା ରହିଯାଇଥିଲା ।

“ତା’ପରେ ସେ କ’ଣ କହିଲା ?”- ଦାନ୍ତ ରଗଡ଼ି କରି ପଞ୍ଚମ ପଋରିଲା ।

“ଛାଡ଼ିଦିଅ ଭାଇ ! ଗାଳିଗୁଲ୍ଢା କ’ଣ ଶୁଣିବ ।”

“ତୁ ମୋତେ କୁହ, ସେ କ’ଣ ଗାଳି ଦେଇଥିଲା ?”

"ସେ ତୁମ ଭଉଣୀକୁ ଗାଳି ଦେଇଥିଲା, ପଞ୍ଚମ ଭାଇ !"

"ଭଉଣୀକୁ ଗାଳି !"- କ୍ରୋଧରେ ଗର୍ଜନ କରି ଉଠିଥିଲା ପଞ୍ଚମ- "ମୁଁ ସେ କମିନାର ରକ୍ତ ପିଇଯିବି । ସକାଳ ହେବାକୁ ଦେ ।" ପଞ୍ଚମ ଜୋର୍‌ରେ ଘର ଆଡ଼କୁ ଫେରି ଆସିଥିଲା । ସେଥିପାଇଁ ସେ ଧନ୍ନା ମୁହଁରେ କ୍ରୁର ହସ ଦେଖି ପାରି ନ ଥିଲା ।

କପଟୀ ଧନ୍ନା, ନିୟତି ହାତରେ ଖେଳନା ହୋଇକରି ନାଚୁଥିଲା । ସେ ଦୁଇଆଡୁ ନିଆଁ ଲଗାଇ ଦେଇଥିଲା । ସେ ଜାଣିଥିଲା ଯେ, ଦୁଇଟି ଭୟଙ୍କର ଅଗ୍ନିଶିଖା ପରସ୍ପର ଭିତରେ ଲଢ଼ିକରି ପ୍ରଳୟଙ୍କର ବିସ୍ଫୋରଣ କରିବେ, ସେଥିରେ ପଞ୍ଚମର ତ ବିନାଶ ନିଶ୍ଚୟ ହୋଇଯିବ ଏବଂ ସେତେବେଳେ କେସର ତାହାର ହୋଇଯିବ ।

ପଞ୍ଚମ ଜୋର୍ ଜୋର୍‌ରେ ପାଦ ପକାଇ କୁଡ଼ିଆ ଆଡ଼କୁ ଚାଲିଯାଉଥିଲା । ତା' ମୁଣ୍ଡ ସେହି ସମୟରେ ଗୋଟେ ଭୟାନକ ପ୍ରତିଜ୍ଞାରେ ପୁରି ଉଠିଥିଲା । ଭଉଣୀକୁ ଗାଳି ! ପଞ୍ଚମ ସବୁ କିଛି ସହି ପାରିବ କିନ୍ତୁ ଲବଙ୍ଗ ପ୍ରତି ଗୋଟିଏ ଅପଶବ୍ଦ ମଧ୍ୟ ତା' ପାଇଁ ବିଷମଖା ତୀର ପରି ଥିଲା । ଧନ୍ନା ଜାଣିଥିଲା, ପଞ୍ଚମ ଲବଙ୍ଗକୁ କେତେ ସ୍ନେହ କରେ ଏବଂ ସେଇଥିପାଇଁ କ୍ଷତକୁ ଆହୁରି କ୍ଷତାକ୍ତ କରିବା ପାଇଁ ସେ ଏହି ବିଷାକ୍ତ ତୀର ଛାଡ଼ିଥିଲା । ସେହି ସମୟରେ ପଞ୍ଚମ ନିଜର ଅପମାନ କଥା ଭୁଲିଯାଇଥିଲା । ନିଜର ସବୁ ସୁଖକୁ ଜଳାଞ୍ଜଳି ଦେଇ ସେ ଲବଙ୍ଗକୁ ଆରାମରେ ରଖିଥିଲା । ତାକୁ ନିଜର ସ୍ନେହ ଜଳରେ ସିଞ୍ଚନ କରି କରି ଏକ ଛୋଟ ଚାରାରୁ ସୁନ୍ଦର ଗଛର ରୁପ ଦେଇଥିଲା । ସେହି ଲବଙ୍ଗକୁ ଜଣେ ଧନୀକ ନିଜ ଧନ ବଳରେ ଅନ୍ଧ ହୋଇ ଗାଳି ଦେଇଛି, ଅପଶବ୍ଦ କହିଛି । ସେଏହାକୁ ସହି ପାରିବ ନାହିଁ ।

ପଞ୍ଚମ ରାସ୍ତା ଚାଲୁ ଚାଲୁ ତା'ର ଦୁଇ କାନ ବନ୍ଦ କରିଦେଲା । ତାକୁ ଏମିତି ଲାଗୁଥିଲା ଯେମିତି ଗାଁର କୋଣ ଅନୁକୋଣରେ ଲବଙ୍ଗ ଉପରେ ଗାଳିର ଧ୍ୱନି ପ୍ରତିଧ୍ୱନିତ ହେଉଥିଲା ! ପ୍ରକୃତରେ ଲବଙ୍ଗ ପାଇଁ ପଞ୍ଚମ ସବୁ କିଛି କରିବାକୁ ସକ୍ଷମ ଥିଲା ।

କୁଡ଼ିଆର କବାଟ ପାଖକୁ ଆସି ସେ ଡାକିଲା- "ମା !"

ବୁଢ଼ୀ ଭିତରୁ ଦୌଡ଼ି ଆସିଥିଲା- "କ'ଣ ହେଲାରେ ପଞ୍ଚମ ?"

"ଦାଆ କେଉଁଠି ଅଛି ?"

"ତୁ ଦାଆ ନେଇ କ'ଣ କରିବୁ ? କ'ଣ କାଟିବୁ ?" ବୁଢ଼ୀକୁ ଆଶ୍ଚର୍ଯ୍ୟ ଲାଗିଥିଲା, ପଞ୍ଚମକୁ ଦାଆ ମାଗିବାର ଦେଖିକରି ।

"କାମ ଅଛି, ତୁ ଦେ ତ !"- ପଞ୍ଚମ କହିଲା ।

ବୁଢ଼ୀ କୁଡ଼ିଆ ଭିତରୁ ଦାଆ ଆଣି ପଞ୍ଚମକୁ ଦେଇ ଦେଲା । ପଞ୍ଚମ ଦାଆକୁ ନେଇ ଧାର କରିବାକୁ ପଥର ଉପରେ ଘସିବାକୁ ଲାଗିଲା । ଘଣ୍ଟା ଘଣ୍ଟା ଧରି ଘସି ଚାଲିଥିଲା । ତା'ପରେ ଖଣ୍ଡେ ରୁଟି ଖାଇକରି ଖଟିଆ ଉପରେ ଶୋଇ ପଡ଼ିଥିଲା । ଦାଆ ଟାକୁ ମୁଣ୍ଡ ଉପରେ ରଖିଥିଲା । ସେଦିନ ସେ ବିଡ଼ି ମଧ୍ୟ ଟାଣି ନ ଥିଲା ।

॥ ୩୧ ॥

ଜୟରାଜର ଚାକର ମାନଙ୍କୁ ଧକ୍କା ଦେଇ ପଞ୍ଚମ ଦଉଡ଼ି ଯାଇଥିଲା ଜୟରାଜର କୋଠରୀ ଆଡ଼କୁ । ସେହି ବଡ଼ ଦାଆଟା ତା' ଅଣ୍ଟାରେ ଲୁଚିକରି ସମୟର ପ୍ରତୀକ୍ଷା କରୁଥିଲା । ଜୟରାଜ ସକାଳୁ ସକାଳୁ ମଦର ଗ୍ଲାସ ଧରି ବସିଥିଲା । ପଞ୍ଚମ ଖୁବ୍ ସହଜରେ ତା' ଆଗରେ ଠିଆ ହୋଇଯାଇଥିଲା । ଜୟରାଜ ଚମକି ପଡ଼ିଥିଲା ।

"କ'ଣ ଚାହୁଁଛ ?- ସେ ପଚାରିଲା ।

"ଆମକୁ ଗରିବ ଭାବି ଅଇଁଠାଖିଆ କହୁଛ, ବାବୁ !" ଗର୍ଜି ଉଠିଥିଲା ପଞ୍ଚମ- "ଆମେ ଏମିତି ନୁହଁ ଯେ, ତୁମେ ଆମ ଭଉଣୀକୁ ଗାଳି ଦେବ ଆଉ ଆମେ ଚୁପ୍ ଚାପ ସହି ନେବୁ ।"

"ଚୁପ୍ କର କମିନା କାହାଁକା !" ଜୟରାଜ ରାଗିକରି ପାଟିଯାଇଥିଲା । "ଭଉଣୀକୁ ଗାଳି ତୁମେ ମୋତେ ଦେଇଥିଲ । ଏବେ ଓଲଟି ମୋତେ ଧମକାଇବାକୁ ଆସିଛୁ ?"

"ଜିଭ ସମ୍ଭାଳି କଥାବାର୍ତ୍ତା କର, ବାବୁ !"- ରାଗିକରି ପଞ୍ଚମ କହିଥିଲା- "ମୁଁ ଭାଲୁ ସାଙ୍ଗରେ ଲଢୁଛି । ତୁମର ହାତ ଗୋଡ଼ ଭାଙ୍ଗି ଦେବି ।"

"ଭାଲୁ ସାଙ୍ଗରେ ତୁ ଲଢ଼ିଥାଇ ପାରୁ । କିନ୍ତୁ ଟଙ୍କାର ଶକ୍ତିର ସାମନା କରିବାର ଶକ୍ତି ତୋ ପାଖରେ ନାହିଁ ।"- ଜୟରାଜ କହିଲା ।

"ତୁମେ ତୁମର ଟଙ୍କା ଉପରେ ବହୁତ ଗର୍ବ କରୁଛ ନା ? ହାରାମୀ ପିଲା କାହାଁକା ।" ଏମିତି ଖରାପ ଗାଳି ଦେଇ ପଞ୍ଚମ ଲୁଚାଇ ରଖିଥିବା ଦାଆ ବାହାର କଲା ଏବଂ ଖୁବ୍ ଜୋର୍‌ରେ ଜୟରାଜ ଉପରେ ଝାମ୍ପି ପଡ଼ିଥିଲା । କିନ୍ତୁ ସେ କିଛି କରି ପାରି ନ ଥିଲା । ସେହି ସମୟରେ ପଛରୁ କେତେଜଣ ଲୋକ ପଞ୍ଚମକୁ ଧରି ନେଇଥିଲେ । ପଞ୍ଚମ ବୁଲିପଡ଼ି ଦେଖିଲା ବେଳକୁ ପୋଲିସ । ତା'ର ମୁଣ୍ଡ ବୁଲାଇ ଦେଇଥିଲା ।

ଜୟରାଜ ସବୁକିଛି ଆଗରୁ ଠିକ୍ କରି ରଖିଥିଲା । ଜମାଦାର ବୁଟର ଗୋଇଠା ଖାଇ ପଞ୍ଚମର ହୋଶ ଠିକ୍ ବାଟକୁ ଆସିଥିଲା । ତଥାପି ସେ ଲାଲ ଲାଲ ଆଖି କରି ଜୟରାଜକୁ ଅନାଉଥିଲା । ପୋଲିସ ପଞ୍ଚମ ହାତରେ ହାତକଡ଼ି ଲଗାଇଦେଲା ଏବଂ ଦାଆ ସହ ତାକୁ ନେଇ ଯାଇଥିଲା ।

"ମୁଁ ତ ଯାଉଛି ।"- ଯାଉ ଯାଉ ପଞ୍ଚମ କହିଲା- "କିନ୍ତୁ ମନେରଖ ବାବୁ ! ମୁଁ ରକ୍ତ ପାଇଁ ତୃଷାର୍ତ୍ତ ଅଛି । ଯଦି ମୁଁ ବଞ୍ଚି ରହେ ତେବେ ତୁମର ରକ୍ତରେ ଏ ଭୂଇଁକୁ ଲାଲ କରିଦେବି ।" ମୁଣ୍ଡ ଉପରକୁ ଉଠାଇ ଗର୍ବର ସହ ସେ ଚାଲିଯାଇଥିଲା । ଜୟରାଜକୁ ଏପରି ଲାଗିଥିଲା ଯେପରି ସେ ଜଣେ ନିରୀହ ଲୋକ ସାଙ୍ଗରେ ବଳ ପ୍ରୟୋଗ କରି ଭଲ କାମ କରିନାହିଁ । କିନ୍ତୁ ଏହା ବ୍ୟତୀତ ସେ କ'ଣ ବା କରିପାରିଥାନ୍ତା ? କ'ଣ ପଞ୍ଚମର ଦାଢୁଆ ଦାଆ ହାତରେ ପ୍ରାଣ ଦେଇଥାନ୍ତା ? ଚଞ୍ଚଳ ପୋଷାକ ପତ୍ର ପିନ୍ଧିକରି ଜୟାରାଜ ତା'ର ବାପାଙ୍କ କୋଠାକୁ ଯିବା ଲାଗି ପ୍ରସ୍ତୁତ ହୋଇଗଲା । କାହିଁକିନା କାଲି ତା' ମୁଣ୍ଡ ଗରମ ଥିବାରୁ ଦିନଯାକ ଭିତରେ ଯାଇ ପାରି ନ ଥିଲା ।

ସେହି ଦ୍ୱିପ୍ରହର ପରେ ଯେତେବେଳେ ଲବଙ୍ଗ ଜୟରାଜର ବଙ୍ଗଳାରେ ପହଞ୍ଚିଥିଲା ସେତେବେଳେ ଲଖନା ତାକୁ ସମ୍ମାନ ଦେଖାଇ ସଲାମ କରିଥିଲା ଏବଂ ତାକୁ ନେଇକରି ଜୟରାଜର କୋଠରୀରେ ବସାଇଥିଲା । "ଆପଣ ବସନ୍ତୁ ।"-ଲଖନା କହିଥିଲା- "ସରକାର ତାଙ୍କ ବାପାଙ୍କ କୋଠାକୁ ଯାଇଛନ୍ତି । ଏବେ ଆସୁଥିବେ ।"

ଲଖନା ଚାଲିଗଲା । ଲବଙ୍ଗ ସୋଫା ଉପରେ ବସି ରହିଥିଲା । ଆଜି ସେ ତା'ର ଖେଳ ଦେଖାଇବାର ବାକ୍ସ ଆଣି ନ ଥିଲା । ଯେତେବେଳେ ଲୋକ ଅନ୍ତରର ଖେଳ ଦେଖିବାକୁ ଲାଗେ ସେତେବେଳେ ଏ ବାହାର ଖେଳର ଆବଶ୍ୟକତା କ'ଣ ଥାଏ ? ଲବଙ୍ଗର ଦ୍ୱିଧା ବହୁତ ଗୁଣରେ ଦୂର ହୋଇଯାଇଥିଲା । ସେ ଟେବୁଲ ଉପରେ ଥିବା ଜୟରାଜର ଫଟୋ ଉଠାଇଲେ ନିଜ ଛାତିରେ ଲଗାଇଦେଲା ।

"ମୁଁ ନିଜେ ଆସିଯାଇଛି ।"- କବାଟ ପାଖରେ ଜୟରାଜ କହିଲା- "ଫଟୋକୁ ବେଶୀ କଷ୍ଟ ଦିଅନାହିଁ ।" ଆଉ ସେ ଆଗକୁ ଯାଇ ଲବଙ୍ଗକୁ ଏପରି ଜାବୁଡ଼ି ଧରିଥିଲା ଯେମିତିକି ଜଣେ ଗଣ୍ଡିଲିକୁ ଜାବୁଡ଼ି ଧରିଥାଏ । ଲବଙ୍ଗର ଓଠ ଉପରେ ଚୁମ୍ବନର ମୋହର ଲାଗି ଚାଲିଥିଲା । ଆଉ ସେ ନିଜକୁ ହଜାଇ ଦେଇ ଜୟରାଜ ଶରୀର ସାଙ୍ଗରେ ଜଡ଼େଇ ହୋଇଯାଇଥିଲା ।

ସେତେବେଳେ ଜୟରାଜ ତା'ର ସରୁ ଆଙ୍ଗୁଠିରେ ସୁନାର ମୁଦି ପିନ୍ଧାଇ ଦେଇଥିଲା । "ମୁଁ ଆଉ ତୁମେ ଅନନ୍ତ କାଳ ପର୍ଯ୍ୟନ୍ତ ଏମିତି ରହିବା, ରାଣୀ !"- ଜୟରାଜ କହିଲା । ଲବଙ୍ଗକୁ ଯେମିତି ତା'ର ସୌଭାଗ୍ୟ ଉପରେ ବିଶ୍ୱାସ ହେଉ ନ ଥିଲା । ଜଣେ ଦରିଦ୍ର ଧନ ସଂପଦର ଅମାପ ଭଣ୍ଡାର ଦେଖୁଥିଲା । ଜୟରାଜ ଲବଙ୍ଗକୁ ସୋଫା ଉପରେ ବସାଇ, ମଦ ବୋତଲ ଆଣିବାକୁ ଉଠିଗଲା । ଗ୍ଲାସରେ ଢାଳି ସେ ପିଇବାକୁ ଯାଉଥିଲା ବେଳେ ଲବଙ୍ଗ ହାତ ବଢ଼ାଇ ତାହାକୁ ଧରିନେଲା ।

"ଏହାକୁ ପିଅନାହିଁ ।"- ସେ କହିଲା- "ଏହା ଦେହର କ୍ଷତି କରିଥାଏ ।"

"ଏବେ ଏହାକୁ ମୁଁ ଛାଡ଼ି ପାରିବି ନାହିଁ, ଲବଙ୍ଗ ! ମୁଁ କେତେ ଥର ଚେଷ୍ଟା କରିକି ଦେଖିଛି । କିନ୍ତୁ ଏହା ବିନା ସବୁଥର ମୋର ପେଟ ଭିତରୁ ଯନ୍ତ୍ରଣା ମାଡ଼ି ଆସିଥାଏ ।"

"ମୁଁ ଆପଣଙ୍କୁ ଏହା ପିଇବାକୁ ଦେବି ନାହିଁ ।"- ଲବଙ୍ଗ ଅଭିମାନ କରିବାକୁ ଲାଗିଲା ।

"ଆଚ୍ଛା, ପିଇବି ନାହିଁ । ମୁଁ ଚାହୁଁଛି ତୁମେ ଖୁସୀରେ ରୁହ"-ଜୟରାଜ କହିଲା - "କିନ୍ତୁ କାଲି ଏଠାକୁ ଆସି ତୁମେ ମୋତେ ବହୁତ ରୋଗାକ୍ରାନ୍ତ ଅବସ୍ଥାରେ ଦେଖିବ ।"

"କାହିଁକି ?"

"ଏହି ତ ଔଷଧ । ଯିଏକି ମୋତେ ଆଜି ପର୍ଯ୍ୟନ୍ତ ଚାଲିବା ବୁଲିବାରେ ସାହାଯ୍ୟ କରୁଛି ।"

"ଆପଣ ଏତେ ମଦ ପିଉଛନ୍ତି କିନ୍ତୁ ଆପଣଙ୍କୁ କେବେହେଲେ ନିଶା ହେଉନାହିଁ ?"

"ନିଶା ଚଢୁନାହିଁ, ଏହାହିଁ ତ ଖରାପ ।"- ଜୟରାଜ କହିଲା- "ମଦ ନିଶା ରୂପରେ ଉପରକୁ ନ ଆସି ମୋର କଲିଜାକୁ ପୋଡ଼ି ଦେଉଛି ଆଉ ସେହିଥିରେ ମୋତେ ସୁଖ ମିଳୁଛି । କିନ୍ତୁ ତୁମର ଇଚ୍ଛା ନାହିଁ ତ ମୁଁ ପିଇବି ନାହିଁ ।" ପ୍ରକୃତରେ ସେହିଦିନ ଜୟରାଜ ମଦ ଛୁଇଁ ନ ଥିଲା ।

ସଂଧ୍ୟାବେଳ ଯାଏଁ ଲବଙ୍ଗ ଜୟରାଜ ପାଖରେ ରହିଥିଲା । ସେଠାରେ ସେ ଖାଦ୍ୟ ଖାଇଥିଲା ମଧ୍ୟ । ଧନୀଲୋକ ମାନଙ୍କର ସ୍ୱାଦିଷ୍ଟ ଖାଦ୍ୟ ଖାଇକରି ତାକୁ ବହୁତ ତୃପ୍ତି ଆସିଥିଲା । ତା' ଜୀବନର ଆଜି ଗୋଟେ ଅନନ୍ୟ ଦିବସ ଥିଲା । ଯେଉଁଦିନ ସେ ନିଜ ପରିଶ୍ରମ ଦ୍ୱାରା ତିଆରି କରିଥିବା ରୁଟି ଛାଡ଼ିକରି ପୁଡ଼ିଙ୍ଗ ଖାଇଥିଲା ।

ଜଣେ ଧନୀ ଜଣେ ଗରୀବ-ଦୁଇଜଣଙ୍କର ହୃଦୟରେ ପ୍ରେମ ତା'ର ମଧୁର ହାତରେ ଛାଇ ଘୋଡ଼ାଇ ପକାଇଥିଲା ଏବଂ ସେହି ଦୁଇ ପ୍ରାଣୀ ସେହି ପ୍ରେମ ସରୋବରରେ ଉବୁଟୁବୁ ହୋଇ ନିଜର ଧନୀ ଏବଂ ଗରୀବର ଅସ୍ତିତ୍ୱ ପର୍ଯ୍ୟନ୍ତ ଭୁଲିଯାଇଥିଲେ । ଏହା ଥିଲା ପ୍ରେମ ! ଯାହାର ଆଗରେ ସଂସାରର ସମସ୍ତ ଭେଦ-ଭାବ ନିହାତି ତୁଚ୍ଛ ଏବଂ ହେୟ ମନେ ହେଉଥିଲା ।

।। ୩୨ ।।

ରାତି ପ୍ରାୟ ଦଶଟା ବାଜି ଯାଇଥିଲା । ସପ୍ତମୀର ଚନ୍ଦ୍ର ଆକାଶରେ ଚମକୁ ଥିଲା । ଘରିଆଡ଼େ ନିସ୍ତବ୍ଧତା ଛାଇ ଯାଇଥିଲା । କେବଳ ଚୌଧୁରୀଙ୍କ ଚନ୍ଦିନୀ ଆଡ୍ରୁ ହୋ ହଲ୍ଲାର ଶବ୍ଦ ଭାସି ଆସୁଥିଲା । ଖଟିଆ ଉପରେ ଶୋଇ ଲବଙ୍ଗ ଏପଟ ସେପଟ କଡ଼ ଲେଉଟାଉ ଥିଲା । ଏବଂ ବୁଢ଼ୀ କବାଟ ମଝିରେ ବସି ଗୋହିରୀ ଆଡ଼କୁ ଦେଖୁଥିଲା ।

"ଭାଇ ଏ ପର୍ଯ୍ୟନ୍ତ ଆସିଲେ ନାହିଁ, ମା !"- ଲବଙ୍ଗ ବ୍ୟସ୍ତ ହୋଇ ପଚାରିଲା ।

"ନାହିଁରେ ।"- ମା' ଚିଡ଼ିକରି କହିଲା- "ଆସୁଥିବ ନା । ପଞ୍ଚମ ଆସିବାରେ ଟିକିଏ ଡେରି ହୋଇଗଲେ ଏତେ ବ୍ୟସ୍ତ ହୋଇଯାଉଛୁ କାହିଁକି ?"

"ଅଧରାତି ହେବାକୁ ଯାଉଛି, ମା'।" ଲବଙ୍ଗର ବ୍ୟସ୍ତତା ବହୁତ ବଢ଼ିଯାଇଥିଲା- "ପଞ୍ଚମ ଭାଇ ଏତେ ଡେରି କେବେ ତ କରନ୍ତି ନାହିଁ ।"

ପଞ୍ଚମ ସକାଳୁ ସକାଳୁ ଯାଇଥିଲା, ଏ ପର୍ଯ୍ୟନ୍ତ ଫେରି ନାହିଁ । ଭାଲୁକୁ ମଧ୍ୟ ସାଙ୍ଗରେ ନେଇ ନ ଥିଲା । ତଥାପି ତା'ର ଏ ପର୍ଯ୍ୟନ୍ତ ନ ଫେରିବାର କାରଣ କ'ଣ ହୋଇପାରେ ?

"ଆରେ ! ଇଏତ ଗରୀବର ଦୁନିଆ ।"- ବୁଢ଼ୀ କହିଲା- "ଚେଷ୍ଟା କଲେ ବି ଦିନ ସରୁ ନାହିଁ । ନାଇଁ ତ ଫୁଲ ପରି ପୁଅ ମୋର, ଦୁଇ ଚାରି ପଇସା ପାଇଁ ଦୁଆର ଦୁଆର ବୁଲୁଥାନ୍ତା ?"

"ମା' ! ମୋତେ ବଡ଼ ବ୍ୟସ୍ତ ଲାଗୁଛି । ଭାଇର କିଛି ହୋଇଯାଇ ନାହିଁ ତ ?" ବୁଢ଼ୀ ଥରି ଉଠିଥିଲା । ସତକୁ ସତ ପଞ୍ଚମ କୌଣସି ବିପଦରେ ପଡ଼ିଯାଇ ନାହିଁ ତ ?

"ତୁ କବାଟ ଭିତର ପଟରୁ ବନ୍ଦ କରି ଶୋଇ ଯା । ମୁଁ ଟିକିଏ ଚୌଧୁରୀ ଘରୁ ଆସୁଛି ।" କହିକରି ବୁଢ଼ୀ ଉଠି ଠିଆ ହେଲା ଏବଂ ହାତରେ ଠେଙ୍ଗା ନେଇକରି ଚୌଧୁରୀଙ୍କ ଘର ଆଡ଼େ ଚାଲିଲା ।

ଲବଙ୍ଗ ଉଠିକରି କୁଡ଼ିଆର କବାଟ ଭିତରୁ ବନ୍ଦ କରିଦେଲା । କବାଟ ପାଂଙ୍କରୁ ଯେଉଁ ଟିକେ ଆଲୋକ ଭିତରକୁ ଆସୁଥିଲା, ତାହା ବନ୍ଦ ହୋଇଯାଇଥିଲା ଏବଂ କୁଡ଼ିଆ ଭିତରେ ଘନ ଅନ୍ଧକାର ଛାଇ ଯାଇଥିଲା । ଲବଙ୍ଗ ପୁଣି ଖଟିଆ ଉପରେ ଗଡ଼ିପଡ଼ିଥିଲା କିନ୍ତୁ ତା' ଆଖିରେ ନିଦ ନ ଥିଲା । ପଞ୍ଚମ ନ ଆସିବା ଦ୍ୱାରା ତା' ମନ ଅତ୍ୟନ୍ତ ବ୍ୟସ୍ତ ହୋଇ ଉଠୁଥିଲା ଏବଂ ସେହି ବ୍ୟସ୍ତତା ଭିତରେ ବେଳେବେଳେ ଜୟରାଜର ମଧୁର ଚୁମ୍ବନ ମନେ ପଡ଼ିଯାଉଥିଲା । ଆଉ ଲବଙ୍ଗର ହୃଦୟ ବ୍ୟସ୍ତତା ଏବଂ ମଧୁରତାର କ୍ରୀଡ଼ାସ୍ଥଳ ପାଲଟି ଯାଇଥିଲା । ବହୁତ ବେଳଯାଏଁ ସେ ଖଟିଆ ଉପରେ କଡ଼ ଲେଉଟାଉ ଥିଲା ଏବଂ ମତୁଆଲା ନିଦ ତା' ଆଖିର କଳା କଳା ପିତୁଳା ଉପରେ ନିଜର ଅଧିକାର ସାବ୍ୟସ୍ତ କରିବା ଆରମ୍ଭ କରିଦେଇଥିଲା ।

ସେ ଏମିତି ଅର୍ଦ୍ଧ ଜାଗ୍ରତ ଆଉ ଅର୍ଦ୍ଧ ଶୁପ୍ତ ଅବସ୍ଥାରେ ଥିଲାବେଳେ ତାକୁ ଲାଗିଲା ଯେମିତି କିଏ ଜଣେ କବାଟ ଆସ୍ତେ କରି ଖୋଲିଲା ଏବଂ ଭିତରକୁ ଆସି ତା'ର ଖଟିଆ ପାଖରେ ଠିଆ ହୋଇଗଲା । ଲବଙ୍ଗ ଅର୍ଦ୍ଧ ନିଦ୍ରାବସ୍ଥାରେ ଥିଲା । ତା'ର ଛାତି ଧଡ଼ ଧଡ଼ ହେବାକୁ ଲାଗିଥିଲା । କିନ୍ତୁ ସେ ଚୁପ୍ ଚାପ୍ ଖଟିଆ ଉପରେ ପଡ଼ି ରହିଥିଲା । ସେହି ସମୟରେ ତା'ର ମୁହଁ ଏବଂ ବେକ ଉପରେ କେହି ଜଣେ ହସ୍ତ ଚାଳନା କରିଥିଲା । ସେ ଚମକି କରି ଉଠି ବସିଯାଇଥିଲା । ଦେଖିଲା ମଣିଷ ଆକୃତିର କେହିଜଣେ ତା' ଖଟିଆ ପାଖରେ ଠିଆ ହୋଇଛି ।

"କିଏ ସେ, ମା' !" ଯଦିଓ ଲବଙ୍ଗ ଜାଣିଥିଲା ଯେ, ତା' ମା'ର ଚେହେରା ଏତେ ଲମ୍ବା ନୁହେଁ ଏବଂ ସେ ଜଣେ ପୁରୁଷଲୋକ ଥିଲା, ତଥାପି ମଧ୍ୟ ସେ ଏମିତି ଡାକିଥିଲା ।

ସେ ଆକୃତି ଲବଙ୍ଗ ପାଖରେ ଖଟିଆ ଉପରେ ବସିଯାଇଥିଲା ଏବଂ ଲବଙ୍ଗର କାନ୍ଧରେ ତା' ହାତ ପକାଇ ଦେଇଥିଲା- "ଆସ୍ତେ କୁହ ଲବଙ୍ଗ ରାଣୀ !"- ଆକୃତିଟି କହିଲା ।

"ତୁମେ କିଏ ସେ ?" ଭୟଭୀତ ସ୍ୱରରେ ଲବଙ୍ଗ ପଚାରିଲା .

"ମୁଁ ଧନ୍ନା ।"

"ଧନ୍ନା !"- ଥରି ଉଠିଥିଲା ଲବଙ୍ଗ- "ତୁ ଏଠାକୁ କାହିଁକି ଆସିଛୁ, ଧନ୍ନା ?"

"ନିଜ ସୁନ୍ଦର ଚେହେରାକୁ ପଚାର, କାହିଁକି ଆସିଛି, ରାଣୀ !" ଧନ୍ନା ଲବଙ୍ଗର ହାତ ଧରି ପକାଇଥିଲା ।

"ଦୂରରେ ରୁହ କମୀନା, କୁକୁର କାହାଁକା"- ଲବଙ୍ଗ ରାଗିକରି କହିଲା- "ଗାଁର ଝିଅ ବୋହୂଙ୍କ ଇଜ୍ଜତ ସାଙ୍ଗେ ଖେଲିବାକୁ ଲାଜ ଲଗୁନାହିଁ, ଲୋଫର ଲୁଙ୍ଗୁଡ଼ା କାହାଁକା ।"

"ତୁମର ଚିତ୍କାର କରିବାରେ କିଛି ଫଳ ହେବନାହିଁ । ପାଖରେ କୌଣସି କୁଡ଼ିଆ ନାହିଁ ଯେ କିଏ ଶୁଣିପାରିବ । ଚିତ୍କାର କର, ପାଟିକର, ଯେତେ ଚାହଁ..." ଆଗକୁ ଆସି ଧନ୍ନା ନିଷ୍ଠୁରତା ସହ ଲବଙ୍ଗର ହାତକୁ ଧରି ମୋଡ଼ିଦେଲା । ଲବଙ୍ଗ ଯନ୍ତ୍ରଣାରେ ଚିତ୍କାର କରି ଉଠିଥିଲା । ଧନ୍ନା ଲବଙ୍ଗକୁ ଉଠାଇ କରି ଖଟିଆ ଉପରେ କଚାଡ଼ି ଦେଇଥିଲା । ଲବଙ୍ଗ ଛଟପଟ ହେଉଥିଲା, ତା'ର ଲୁଗାପଟା ଅସ୍ତବ୍ୟସ୍ତ ହୋଇପଡୁଥିଲା । କିନ୍ତୁ ଧନ୍ନାର ଏଥିପ୍ରତି ଧ୍ୟାନ ନ ଥିଲା । ତା' ଉପରେ ତ ନାରୀ ଉପଭୋଗର ଭୂତ ଚଢ଼ିଥିଲା । ଲବଙ୍ଗ ଚିତ୍କାର କରି ଚାଲିଥିଲା ।"

ସେହି ସମୟରେ କବାଟ ପାଖରେ ଏକ ବିଶାଳକାୟ ଜୀବର ଛାୟା ଦୃଷ୍ଟି ଗୋଚର ହୋଇଥିଲା । ଭୟରେ ଥରି ଉଠି ଧନ୍ନା ଲବଙ୍ଗକୁ ଛାଡ଼ି ଦେଲା । ଲବଙ୍ଗ କବାଟ ଆଡ଼କୁ ଦେଖିଲା । "ଜମ୍ବୁ !" କବାଟ ମଝିରେ ନିଜ ଭାଇର ବିଶାଳକାୟ ଭାଲୁକୁ ଦେଖିକରି ଅତି ପ୍ରସନ୍ନତାରେ ଲବଙ୍ଗ ପାଟିରୁ ବାହାରିଯାଇଥିଲା । ସେ ଜମ୍ବୁ ହିଁ ଥିଲା । କୁଡ଼ିଆ ଭିତରୁ ଲବଙ୍ଗର ଭୟାତୁର ଚିତ୍କାର ଶୁଣିକରି ଏ ଚାଲାକ ଜୀବ ଖୁଣ୍ଟ ଉପାଡ଼ିକରି ଏବଂ ଦଉଡ଼ି ଛିଣ୍ଡାଇ ତା'ର ସହାୟତା ପାଇଁ ଆସି ପହଞ୍ଚି ଯାଇଥିଲା . ଧନ୍ନାର ଅବସ୍ଥା ଭୟରେ ପୁରା ଖରାପ ଥିଲା । ସେ ଭଲ ଭାବରେ ଜାଣିଥିଲା ଯେ ପଞ୍ଚମ ତା'ର ଏ ଭୟାନକ ଭାଲୁର ନାକରେ ରଶି ବାନ୍ଧେ ନାହିଁ କି ତା' ପାଟି ଚମଡ଼ାର ପଟି ଦ୍ୱାରା ବନ୍ଦ କରେନାହିଁ । ଚତୁର୍ଦ୍ଦିଗ କମ୍ପମାନ କରି ଜମ୍ବୁର ମୁହଁରୁ ଏକ ଗର୍ଜନ ବାହାରିଲା ଏବଂ ସେ ଧନ୍ନା ଆଡ଼କୁ ଝାମ୍ପ ଦେଲା ।

"ମୋତେ ବଞ୍ଚାଅ ଲବଙ୍ଗ ! ଏଇ ଭାଲୁଠାରୁ ମୋତେ ବଞ୍ଚାଅ ।"- ଧନ୍ନା ଦୌଡ଼ିକରି ଲବଙ୍ଗ ପଛରେ ଠିଆ ହୋଇଯାଇଥିଲା । କିନ୍ତୁ ଲବଙ୍ଗ ମଧ୍ୟ ଭୟଭୀତ ହୋଇ ପଡ଼ିଥିଲା । ଏହି ଦୁର୍ଦ୍ଦାନ୍ତ ପଶୁକୁ ଖୋଲା ଅବସ୍ଥାରେ ଦେଖିକରି । ଜଣାନାହିଁ, ଅତ୍ୟନ୍ତ ରାଗିକରି ଏ ଭୀଷଣ ଜନ୍ତୁ ଧନ୍ନାର ହତ୍ୟା ମଧ୍ୟ କରିଦେଇପାରେ । ଜମ୍ବୁ

ଲବଙ୍ଗ ଆଗରେ ଆସି ଠିଆ ହୋଇଗଲା । ଧନ୍ନାର ପାଦ ଭୟରେ ଥର ଥର କମ୍ପି ଉଠୁଥିଲା । କବାଟ ଖୋଲା ଥିବାର ଦେଖିକରି ସେ କବାଟ ବାଟରେ ପଳାଇବାକୁ ଚେଷ୍ଟା କରିଥିଲା କିନ୍ତୁ ଜମ୍ବୁ ତା' ଠାରୁ ମଧ୍ୟ ଅଧିକ ଫୁର୍ତ୍ତିବାଲା ତଥା ଚାଲାକ ଥିଲା । ଧନ୍ନା ଦୌଡ଼ିକରି କବାଟର ମଝିଆ ମଝି ପହଞ୍ଚିଛି କି ନାହିଁ ଜମ୍ବୁ ତା'ର ଗୋଡ଼କୁ ନିଜ ଭୀଷଣ ମୁହଁରେ କାମୁଡ଼ି ଧରି ପକାଇଲା । ଚିତ୍କାର କରି ଧନ୍ନା ତଳେ ପଡ଼ିଗଲା । ପରମୁହୂର୍ତ୍ତରେ ସେ ଦୁର୍ଦ୍ଦାନ୍ତ ଭାଲୁ ତଳେ ପଡ଼ିଯାଇଥିବା ଧନ୍ନାକୁ ତା'ହାତରେ ଉପରକୁ ଉଠାଇକରି ଜୋର୍‌ରେ ଭୂଇଁ ଉପରେ କଚାଡ଼ି ଦେଲା ଏବଂ ତା' ପିଠିରେ ନିଜର ତୀକ୍ଷ୍ଣ ନଖକୁ ଭୁଷାଇ ଦେଇଥିଲା ।

॥ ୩୩ ॥

ଚୌଧୁରୀଙ୍କ ଚନ୍ଦିନୀରେ ପାଟି ତୁଣ୍ଡ ବନ୍ଦ ହୋଇଯାଇଥିଲା । ସବୁ ବନ୍‌ଜାର ମାନେ ମନ ପୁରାଇ ମନରଞ୍ଜନ କରି ନିଜ ନିଜ କୁଡ଼ିଆକୁ ଫେରିଯାଇଥିଲେ । ଚୌଧୁରୀ ମଧ୍ୟ ସବୁ ଜିନିଷ ପତ୍ର ସଜାଡ଼ି ରଖି ଶୋଇବାକୁ ଯାଉଥିଲେ । ସେତିକିବେଳକୁ ଠେଙ୍ଗା ଠକ୍ ଠକ୍ କରି ପଞ୍ଚମର ମା' ଆସି ପହଞ୍ଚିଥିଲା ।

"ସରୁପା ଭାଉଜ !"- ବୁଢ଼ୀକୁ ଦେଖିକରି ଚୌଧୁରୀ କହିଲେ- "ବହୁତ ଦିନ ପରେ ଦେଖା ହେଲା । ହାଲଚାଲ ସବୁ ଠିକ୍ ଅଛି ତ ?"

"ନାଇଁ ଚୌଧୁରୀ ଦିଅର !"- ବୁଢ଼ୀର ସ୍ୱର ଭୟଭୀତ ଥିଲା । "ପଞ୍ଚମ ସକାଳୁ ସହର ଯାଇଥିଲା । ଏ ପର୍ଯ୍ୟନ୍ତ ଫେରିଲାନାହିଁ ।" "ଏ ପର୍ଯ୍ୟନ୍ତ ଫେରିନାହିଁ ?"- ଆଶ୍ଚର୍ଯ୍ୟ ହୋଇ ଚୌଧୁରୀ କହିଲେ- "ଭାଲୁ ତା' ସାଙ୍ଗରେ ଥିଲା ନା ?"

"ନାଇଁ, ସେ ଭାଲୁ ନେଇ ନ ଥିଲା ।"

"ତେବେ !" ଚୌଧୁରୀ କିଛି ଭାବିବାକୁ ଲାଗିଲେ, ମଥା ଉପରେ ଆଙ୍ଗୁଠି ରଖିକରି ।- "ତାକୁ ଖୋଜିବା ଦରକାର, ଭାଉଜ । ମୁଁ ଏବେ ଆସୁଛି ।" ଚୌଧୁରୀ ଗୋଟେ ଲମ୍ବା ଠେଙ୍ଗା ଧରିଲେ ଏବଂ ପାଦରେ ଚମଡ଼ାର ଚପଲ ପିନ୍ଧିକରି, କେସରକୁ ସାବଧାନରେ ରହିବାକୁ କହି ଗାଁ ଗୋହିରୀ ଆଡ଼କୁ ଚାଲିଲେ । ବୁଢ଼ୀ ମଧ୍ୟ ତାଙ୍କ ପଛେ ପଛେ ଚାଲିଥିଲା ।

ହଠାତ୍ ବୁଢ଼ୀର କୁଡ଼ିଆ ଆଡୁ କୌଣସି ଜନ୍ତୁର ଭୟାନକ ଗର୍ଜନ ଶୁଣା ଯାଇଥିଲା । "ଓହୋ ! ଜଣାଯାଉଛି ଭାଲୁ ଖୁଣ୍ଟରୁ ଫିଟିଗଲା ।"- ବୁଢ଼ୀ କହିଲା । ସେହି ସମୟରେ ଜଣେ ମଣିଷର ଆର୍ତ୍ତନାଦ ଶୁଣାଗଲା । ଦୁଇଜଣ ତରତର ହୋଇ କୁଡ଼ିଆ ପାଖକୁ ଚାଲି ଆସିଥିଲେ । ଦେଖିଲେ, ଭାଲୁ ଧନ୍ନାକୁ ତଳେ ପକାଇ

କାମୁଡ଼ି ଚାଲିଛି ଏବଂ ଲବଙ୍ଗ ଗୋଟେ କୋଣରେ ଭୟରେ ଜଡ଼ ସଡ଼ ହୋଇ ଠିଆ ହୋଇଛି । "ଜମ୍ବୁ !" ଜୋର୍‌ରେ ପାଟିକରି ବୁଢ଼ୀ ଡାକିଲା ଏବଂ ସାଙ୍ଗେ ସାଙ୍ଗେ ସେ ଭୟଙ୍କର ଭାଲୁ ଧନ୍ନାକୁ ଛାଡ଼ିକରି ଅଲଗା ହୋଇଯାଇଥିଲା । ସମ୍ଭବତ ସେ ଜାଣି ପାରିଥିଲା ଯେ ଲବଙ୍ଗର ସାହାଯ୍ୟକାରୀ ଆସି ପହଞ୍ଚିଗଲେ । ବୁଢ଼ୀ ଜମ୍ବୁକୁ ଖୁଣ୍ଟରେ ବାନ୍ଧି ଦେଲା । ଧନ୍ନା ଭୟଗ୍ରସ୍ତ ହୋଇ ଠିଆ ହୋଇଥିଲା । ତାକୁ ଯଦିଓ ଅଧିକ ଆଘାତ ଲାଗି ନ ଥିଲା ତଥାପି ଭାଲୁର ଗୋଟେ ଦାନ୍ତ ତା' ପିଠିରେ ପଶିଯାଇଥିଲା । ଫଳରେ ସେଠାରୁ ରକ୍ତ ବୋହୁଥିଲା ।

"ତୁ ଏଠାକୁ କ'ଣ କରିବାକୁ ଆସିଥିଲୁ ?"- ରାଗିକରି ଚୌଧୁରୀ ପଚାରିଲେ ।

"ମୁଁ ଏହି ବାଟ ଦେଇ ଗଲାବେଳେ ଏହି ଭାଲୁ ମୋତେ ଆକ୍ରମଣ କଲା ।"- ଧନ୍ନା କହିଲା ।

"ନାଇଁ ଚୌଧୁରୀ ଦାଦା !"- ଲବଙ୍ଗ କହିଲା- "ଏ ମୋ ସହ ଅଭଦ୍ରାମି କରିବାକୁ ଚେଷ୍ଟା କରୁଥିଲା ।"

"କମୀନା, ବଦ୍‌ମାଶ କାହାଁକା !"- କହିକରି ଚୌଧୁରୀ ତାକୁ କେତେ ଚାପଡ଼ା ମାରିଦେଲେ । ଧନ୍ନା ମୁଣ୍ଡ ତଳକୁ କରି ଅନ୍ୟ ବାଟ ଦେଇ ଚାଲିଯାଇଥିଲା ।

ଚୌଧୁରୀ ହାତରେ ଠେଙ୍ଗା ଧରି ସହରକୁ ଯାଇଥିବା ଗୋହିରୀ ରାସ୍ତା ଆଡ଼େ ଚାଲିବାକୁ ଲାଗିଲେ । ଚାନ୍ଦ ପଶ୍ଚିମ ଆକାଶରେ ଅସ୍ତ ହୋଇଯାଇଥିଲେ ଏବଂ ଅନ୍ଧାର ରାତିରେ ଶୁନସାନ୍ ରାସ୍ତା ବଡ଼ ଭୟଙ୍କର ଲାଗୁଥିଲା । କିନ୍ତୁ ଚୌଧୁରୀ ନିର୍ଭିକ ଥିଲେ । ସେ ଆଗକୁ ଆଗକୁ ଚାଲିଯାଉଥିଲେ । ସହରର ସୀମା ଯାଏଁ ଚୌଧୁରୀ ଚାଲିଯାଇଥିଲେ କିନ୍ତୁ କୌଣସି ଠାରେ ପଞ୍ଚମକୁ ନ ପାଇ ପୁଣି ଗାଁ ଆଡ଼କୁ ଫେରି ଆସିଲେ । ରାତି ତିନିଟା ବାଜି ଯାଇଥିଲା, ଯେତେବେଳେ ସେ ଗୋଟେ ଘଞ୍ଚ ବରଗଛ ତଳେ ପହଞ୍ଚିଥିଲେ ଯେଉଁଟା ତାଙ୍କ ଗାଁ ଠାରୁ ତିନି ଶହ ଗଜ ଦୂରରେ ଥିଲା ଏବଂ ବନ୍‌ଜାର ମାନଙ୍କ ମନରେ ସେ ଗଛ ଭୂତମାନଙ୍କର ବାସସ୍ଥଳୀ ବୋଲି ବିଶ୍ୱାସ ଥିଲା । ଯେତେବେଳେ ଚୌଧୁରୀ ସେ ଗଛ ତଳେ ପହଞ୍ଚିଥିଲେ ତାଙ୍କୁ କିଛି ଗୋଟେ ଶବ୍ଦ ଶୁଣା ଯାଇଥିଲା । କିନ୍ତୁ ସେ କିଛି ବୁଝି ପାରିବା ଆଗରୁ ଗୋଟେ ବଡ଼ ପଥର ଖଣ୍ଡେ ତାଙ୍କ ମୁଣ୍ଡ ଉପରେ ଆସି ପଡ଼ିଥିଲା । ସେ ପଥର ବହୁତ ବଡ଼ ଥିଲା ଏବଂ କେହି ଜଣେ ବଳିଷ୍ଠ ପୁରୁଷ ଗଛ ଉପରୁ ସେ ପଥରକୁ ତାଙ୍କ ମୁଣ୍ଡ ଉପରକୁ ପକାଇ ଦେଇଥିଲା । ଚୌଧୁରୀଙ୍କ ମୁହଁରୁ ଭୟାନକ

ଆର୍ତ୍ତନାଦ ବାହାରି ଆସିଥିଲା ଏବଂ ସେ ଚେତାଶୂନ୍ୟ ହୋଇ ସେହିଠାରେ ଟଳି ପଡ଼ିଥିଲେ ।

ଧନ୍ନା ! ଚୌଧୁରୀଙ୍କ ଦ୍ୱାରା ବାରମ୍ବାର ଅପମାନିତ ଧନ୍ନା ଏହିଥର ନିଜର ଅପମାନକୁ ସହି ପାରି ନ ଥିଲା । ତାହାର ପ୍ରଳୟଙ୍କରୀ ବୁଦ୍ଧି ଭୟାନକ ପ୍ରତିଶୋଧ ନେବା ପାଇଁ ଦୃଢ଼ ସଂକଳ୍ପ କରିଥିଲା । ସେ ସେହି ବରଗଛରେ ଲୁଚିକରି ଚୌଧୁରୀଙ୍କର ଫେରିବାକୁ ଅପେକ୍ଷା କରିଥିଲା । ଏବଂ ଯେତେବେଳେ ଚୌଧୁରୀ ଫେରିଥିଲେ ସେତେବେଳେ ଯାହା ହେଲା ତାହା ଅତ୍ୟନ୍ତ ଭୟଙ୍କର ଥିଲା । ଧନ୍ନାର ପ୍ରତିଶୋଧ ଯେପରି ଚୌଧୁରୀଙ୍କର ମୃତ୍ୟୁ ଦୂତ ଥିଲା । ଚୌଧୁରୀ ଅଚେତ ହୋଇ ପଡ଼ିଗଲା ପରେ ଧନ୍ନା ଗଛରୁ ଓହ୍ଲାଇ ସହର ଆଡ଼କୁ ପଳାଇଥିଲା । ଆଉ କେବେ ହେଲେ ବନ୍‌ଜାର ମାନଙ୍କ ଗାଁକୁ ନ ଆସିବାକୁ ଶପଥ କରିନେଇଥିଲା ।

ରାତିଯାକ ଅନିଦ୍ରା ରହି କେସର ତା' ବାପାଙ୍କ ଆସିବାକୁ ଅପେକ୍ଷା କରିଥିଲା । ଲବଙ୍ଗ ଏବଂ ବୁଢ଼ୀ ମଧ୍ୟ ଚୌଧୁରୀଙ୍କ ଆସିବା ବାଟକୁ ଅନାଇ ବସିଥିଲେ । କିନ୍ତୁ ଚୌଧୁରୀ ଆସି ନ ଥିଲେ । ଭୋର ହେଲା ପରେ ସେ ଗୋହିରୀରେ ଯାଉଥିବା କିଛି ବନ୍‌ଜାର ମାନେ ସେ ଭୂତ ବରଗଛ ମୂଳରେ ଚୌଧୁରୀଙ୍କୁ ବେହୋଶ ପଡ଼ିଥିବାର ଦେଖିଥିଲେ । ମୁଣ୍ଡ ଫାଟି ଯାଇଥିଲା । ଆଖି ପାଖ ଭୂଇଁ ଲାଲ ରଙ୍ଗ ହୋଇଯାଇଥିଲା । ଚେତାଶୂନ୍ୟ ଚୌଧୁରୀଙ୍କୁ ଉଠାଇ କରି ଘରକୁ ଅଣାଯାଇଥିଲା । କେସର ତା' ବାପାଙ୍କର ଏମିତି ଦଶା ଦେଖିକରି ଜୋରରେ କାନ୍ଦିବାକୁ ଲାଗିଥିଲା । ଲବଙ୍ଗ ଏବଂ ବୁଢ଼ୀ ମଧ୍ୟ ବହୁତ ଅନୁତାପ କରୁଥିଲେ । କେଜାଣି କେଉଁ ଅଶୁଭ ମୁହୂର୍ତ୍ତରେ ସେମାନେ ଚୌଧୁରୀଙ୍କୁ ପଞ୍ଚମକୁ ଖୋଜିବାକୁ ପଠାଇଥିଲେ । ଚୌଧୁରୀଙ୍କ ଚିକିତ୍ସା ହେବାକୁ ଲାଗିଲା କିନ୍ତୁ ତାଙ୍କର ଚେତା ଆସି ପାରୁ ନ ଥିଲା ।

॥ ୩୪ ॥

ଜୟରାଜ ସତରେ ମଦ ପିଇବା ଛାଡ଼ି ଦେଇଥିଲା । ଲବଙ୍ଗର ସ୍ନେହ ଭରା ଅନୁରୋଧରୁ ଯେପରି ତାକୁ ଗୋଟେ ନୂଆ ଜୀବନର ପ୍ରେରଣା ମିଳିଥିଲା । ସେ ଭାବୁଥିଲା, ଲବଙ୍ଗ ଯଦି ତା' ଜୀବନର ପରିଧିକୁ ଦୁଇ ଚାରିବର୍ଷ ଆଗରୁ ଆସିଯାଇଥାନ୍ତା ତେବେ ସେ ଏତେ ନଷ୍ଟ ହୋଇଯାଇ ନ ଥାନ୍ତା । ଜୟରାଜ ଏବେ ପ୍ରତିଦିନ ସକାଳେ ଚା ଆମଲେଟ ନ ହେଲେ ଟୋଷ୍ଟ ଖାଉଥିଲା । ଆଜିକୁ ଚାରିଦିନ ହେଲା ଲବଙ୍ଗ ଏଠାକୁ ଆସି ନ ଥିଲା । କିନ୍ତୁ ସେ ସୋଫା ଉପରେ ବସି ତାହାର ପ୍ରତୀକ୍ଷା କରୁଥିଲା । ତା'ର ବିଶ୍ୱାସ ଥିଲା ଯେ ସେ ନିଶ୍ଚୟ ଆସିବ । ସବୁ ଦିଗରୁ ନିରାଶ ହୋଇ ଜୟରାଜର ଦୁଃଖଭରା ହୃଦୟ ଲବଙ୍ଗ ପାଖରୁ ସହାନୁଭୂତିର କୋମଳ କିରଣ ଦେଖି ପାରିଥିଲା ଏବଂ ସେଇଥିପାଇଁ ଅଳ୍ପ ସମୟ ଭିତରେ ହିଁ ସେ ଲବଙ୍ଗକୁ ତା' ହୃଦୟର ଅମୂଲ୍ୟ ସ୍ଥାନରେ ବସାଇ ଦେଇଥିଲା । ଆଜିକାଲି ଲବଙ୍ଗ ନ ଆସିଲେ ତା' ହୃଦୟରେ କେମିତି ଗୋଟେ ଖାଲି ଖାଲି ଭାବ ଜାଗି ଉଠୁଥିଲା ଏବଂ ଜୟରାଜ ନିଜେ ଏହି ପରିବର୍ତ୍ତନରେ ଆଶ୍ଚର୍ଯ୍ୟ ହୋଇ ଉଠିଥିଲା । ସେହି ସମୟରେ ଜୟରାଜ ଏହିସବୁ ଚିନ୍ତା ନେଇ ବସି ରହିଥିଲା ଏବଂ ଲବଙ୍ଗ ର ଅପେକ୍ଷା କରୁଥିଲା । ଶେଷରେ ଚାତକର ପ୍ରତୀକ୍ଷାର ଅନ୍ତ ହୋଇଥିଲା । ଲବଙ୍ଗ ଆସି ଯାଇଥିଲା ।

କିନ୍ତୁ ସେଦିନ ଲବଙ୍ଗର ଚେହେରା ଗମ୍ଭୀର ଥିଲା । ମୁହଁ ଉପରେ ଚିନ୍ତାର ଲହରୀ ଖେଳୁଥିଲା । ଆସିକରି ସେ ହସିକରି ଜୟରାଜ ଆଡ଼କୁ ଚାହିଁ ନ ଥିଲା ବରଂ ସୋଫାର ଗୋଟେ ବାଡ଼କୁ ଧରି ମୁଣ୍ଡ ଲଟକାଇ ଠିଆ ହୋଇ ରହିଥିଲା ।

"ଆସ ଲବଙ୍ଗ !"– ଜୟରାଜ ତାକୁ ଘୋଷାଡ଼ି ନେଇ ତା' କୋଳରେ ବସାଇ ଦେଲା । ସେତେବେଳକୁ ସେ ଦେଖିପାରିଥିଲା ଯେ ଲବଙ୍ଗ ଆଜି କାହିଁକି

ମନ ଶୁଖାଇ ଦୁଃଖିତ ଅଛି । ଜୟରାଜର ହୃଦୟରେ ଯେପରି ଏକ କଷ୍ଟଦାୟକ ଯନ୍ତ୍ରଣା ଖେଳିଗଲା, ନିଜ ପ୍ରେମିକାର ଶୁଖିଲା ମୁହଁ ଦେଖିକରି ।

"ଲବଙ୍ଗ !... ରାଣୀ ! ..."- ଜୟରାଜ ସ୍ନେହଭରା ସ୍ୱରରେ ଲବଙ୍ଗକୁ ଡାକିଲା ।- "କଥା କ'ଣ ? ମୋତେ କୁହ, ତୁମେ ଏତେ ଅସ୍ତବ୍ୟସ୍ତ କାହିଁକି ହୋଇଛ ?"

ଜୟରାଜର ସହାନୁଭୂତି ପୂର୍ଣ୍ଣ କଥା ଶୁଣି ଲବଙ୍ଗର ହୃଦୟ କାନ୍ଦି ଉଠିଥିଲା । କଷ୍ଟ ଆହୁରି ତୀବ୍ର ହୋଇ ଉଠିଥିଲା ଏବଂ ଆଖି ଦୁଇଟିରୁ ଶ୍ରାବଣ ଭାଦ୍ର ପରି ଲୁହ ବୋହିବାକୁ ଲାଗିଲା । ଜୟରାଜ ବହୁତ ଜିଦ୍ କରିବାରୁ ଲବଙ୍ଗ ତା' ଭାଇ ଘରକୁ ନ ଫେରିବା ଏବଂ ଚୌଧୁରୀଙ୍କର ଆହତ ହେବା କଥା କହିଥିଲା ଏବଂ କହିଥିଲା ଯେ ଏହି କାରଣ ଯୋଗୁଁ ସେ କିଛିଦିନ ହେଲା ଆସି ପାରି ନ ଥିଲା । ଜୟରାଜ ଜାଣି ନ ଥିଲା ଯେ, ତା'ର କ୍ରୋଧାଗ୍ନିର ଶୀକାର ସେ ମଦାରୀ ହିଁ ଲବଙ୍ଗର ଭାଇ ଥିଲା ।

"ସବୁ କିଛି ଧୀରେ ଧୀରେ ଠିକ୍ ହୋଇଯିବ, ଲବଙ୍ଗ ! ଧୈର୍ଯ୍ୟ ରଖ ।"- ଜୟରାଜ ସାନ୍ତ୍ୱନା ଦେଇଥିଲା ଏବଂ ଲବଙ୍ଗ ଅବୋଧ ବାଳିକା ପରି ଜୟରାଜ ଛାତିରେ ଲାଗିରହିଥିଲା । "ଲବଙ୍ଗ !" ଜୟରାଜ ଲବଙ୍ଗର ଚିବୁକକୁ ଉପରକୁ ଉଠାଇ କହିଲା- "ଥରେ ହେଲେ ହସିଦିଅ ଲବଙ୍ଗ ! କେବଳ ଥରେ ଏହି ନୟନ ଯୁଗଳରେ ହସର ମାଧୁର୍ଯ୍ୟ ଭରିକରି ମୋ ଆଡ଼କୁ ଦେଖ ।"

ଲବଙ୍ଗ ଓଠରେ ହସ ଖେଳି ଯାଇଥିଲା ଏବଂ ଜୟରାଜ ଉପରେ ଯେମିତି ବଜ୍ରପାତ ହୋଇଗଲା । ଜୟରାଜ ସେ କୋମଳ ଶରୀରକୁ ନିଜ ବାହୁବନ୍ଧନରେ ଜଡ଼ାଇ ରଖିଥିଲା । ଏବଂ ଖିର ପାଣି ପରି ଦୁଇଟି ପ୍ରାଣ, ଦୁଇଟି ଶରୀର ମିଶିକରି ଏକ ହୋଇଯାଇଥିଲେ । ଲବଙ୍ଗ ନିଜ ଓଠ ଉପରେ ଜୟରାଜର ମଧୁର ପ୍ରେମର ଚିହ୍ନ ସ୍ୱରୂପ ଏକ ଉଷ୍ମ ଚୁମ୍ବନ ପାଇଥିଲା ଏବଂ ଜୟରାଜ ପାଇଥିଲା ଲବଙ୍ଗର ଫୁଲର ହାର ପରି ବାହୁଯୁଗଳ ତା'ର ଗଳାରେ ।

।। ୩୫ ।।

ଯଦିଓ ଜୟରାଜ ଗୁଲଶନ ସାଙ୍ଗରେ ଅପମାନଜନକ ବ୍ୟବହାର କରିଥିଲା । କିନ୍ତୁ ଗୁଲଶନ ସବୁକିଛି ଭୁଲିଯାଇଥିଲା କେବଳ ପ୍ରତିଶୋଧ ନେବାର ପ୍ରବଳ ଆକାଂକ୍ଷା ନେଇ । ଏହି କାରଣ ଥିଲା, ଯେତେବେଳେ ସେ ଦେଖିଲା ଜୟରାଜ ତା' ପାଖକୁ କିଛି ଦିନ ହେଲା ଆସୁନାହିଁ ସେତେବେଳେ ସେ ନିର୍ଲଜ ହୋଇ ଜୟରାଜ ପାଖକୁ ଯିବାକୁ ଭାବିଥିଲା । ଜୟରାଜର ବଙ୍ଗଳା ଆଗରେ ସେ ଟାଙ୍ଗାରୁ ଓହ୍ଲାଇଥିଲା ଏବଂ ସିଧା ଜୟରାଜର କୋଠରୀ ଆଡ଼କୁ ଯାଇଥିଲା । କୋଠରୀର କବାଟ ପାଖରେ ପହଞ୍ଚି ସେ ଯେଉଁ ଦୃଶ୍ୟ ଦେଖିଥିଲା ତାହା ତାକୁ ଆଶ୍ଚର୍ଯ୍ୟ ଚକିତ ତଥା କ୍ରୋଧିତ କରିଦେବା ପାଇଁ ଯଥେଷ୍ଟ ଥିଲା । ଗୁଲଶନ ଲବଙ୍ଗକୁ ଚିହ୍ନିବାରେ ଅସୁବିଧା ହୋଇ ନ ଥିଲା । ଜୟରାଜ ସୋଫା ଉପରେ ବସି ଖବରକାଗଜ ପଢୁଥିଲା । ଲବଙ୍ଗ ତା' ପାଖରେ ବସିଥିଲା । ସେ ସାଙ୍ଗେ ସାଙ୍ଗେ ଫେରି ଆସିଥିଲା । ସେ ଭାବୁଥିଲା, ଏ ଜୟରାଜ କେତେ ମୂର୍ଖ ଯେ ମଦିରା ପାଖରେ ଥିଲେ ମଧ୍ୟ ଶୀତଳ ଜଳରେ ନିଜର ଶୋଷ ମେଣ୍ଟାଇବାକୁ ଚାହୁଁଛି । ସଡ଼କ ଉପରକୁ ଯାଇ ସେ ଟାଙ୍ଗା ଉପରେ ବସିଯାଇଥିଲା । ତା'ର ଇଶାରା ପାଇ ଟାଙ୍ଗା ସେଠ୍ ଗଙ୍ଗା ଦାସଙ୍କ କୋଠୀ ଆଡ଼େ ଚାଲିଲା । ରାୟବାହାଦୁର ସେଠ୍ ଗଙ୍ଗା ଦାସ ଟେବୁଲ ପାଖରେ ବସି କିଛି କାଗଜ ପତ୍ର ଦେଖୁଥିଲେ । ଆଖି ଉଠାଇଲା ବେଳକୁ ଦେଖିଲେ ଗୁଲଶନ ।

"ତା' ହେଲେ ତୁମେ ଆସିଗଲ ?"- ସେଠ୍‌ଜୀ ବ୍ୟଙ୍ଗପୂର୍ଣ୍ଣ ସ୍ୱରରେ କହିଲେ ।

"ମୋତେ ଆସିବାକୁ ପଡ଼ିଲା ସେଠ୍‌ଜୀ ।"ଆଗେଇ ଆସି ଗୁଲଶନ ସେଠ୍‌ଜୀଙ୍କର ଟେବୁଲ ପାଖକୁ ଚାଲି ଆସିଲା । "ଆପଣ ଜୟରାଜ ବାବୁଙ୍କୁ ମୋ ଠାରୁ ଅଲଗା କରିଦେଲେ, କାହିଁକି ନା ଗୋଟେ ବେଶ୍ୟା ସାଙ୍ଗରେ ସଂପର୍କ

ରଖିଲେ ବରବାଦ ହୋଇଯିବାର ଡର ଥିଲା । କିନ୍ତୁ ମୁଁ ପଚାରୁଛି ଯେ ଗାଁର କୌଣସି ତୁଚ୍ଛ ଝିଅ ସାଙ୍ଗରେ ଉପଭୋଗରେ ମାତି ସମୟ ବିତାଇବା କ'ଣ ଠିକ୍ ? ଆପଣ କ'ଣ ଏହାକୁ ଠିକ୍ ବୋଲି ଭାବୁଛନ୍ତି ?"

"କ'ଣ କହୁଛ ତୁମେ ?"- ସେଠ୍‌ଜୀ ଉତ୍ତେଜିତ ସ୍ୱରରେ କହିଲେ

"ମୁଁ ଠିକ୍ କଥା କହୁଛି ।"- ଗୁଲଶନ ଦୃଢ଼ ସ୍ୱରରେ କହିଲା- "ଆଜିକାଲି ଜୟରାଜ ବାବୁ ଗାଁର ଗୋଟେ ଝିଅ ପଛରେ ପାଗଳ ପରି ପଡ଼ିଛନ୍ତି । ଆପଣ ମୋ ସାଙ୍ଗରେ ଆସନ୍ତୁ । ମୁଁ ଦେଖାଇ ପାରିବି ।"

"ଚାଲ !"- ଏକ ଝଟକାରେ ସେଠ୍‌ଜୀ ଠିଆ ହୋଇଗଲେ ଏବଂ ହାତରେ ଗୋଟେ ସରୁ ଛଡ଼ି ଧରି ବାହାରି ପଡ଼ିଲେ ।

ଡ୍ରାଇଭର କାର ପାଖରେ ଠିଆ ହୋଇଥିଲା । ସେଠ୍‌ଜୀ ଏବଂ ଗୁଲଶନ ଯାଇ ସେଥିରେ ବସି ଯାଇଥିଲେ । କାର ଚାଲିବାକୁ ଲାଗିଲା । କିନ୍ତୁ ସେଠାକୁ ଯାଇ ନିରାଶା ହେବାକୁ ପଡ଼ିଥିଲା । ଜୟରାଜ ଏକୁଟିଆ ସୋଫା ଉପରେ ବସି ଖବର କାଗଜ ପଢୁଥିଲା । ଲବଙ୍ଗ ଚାଲିଯାଇଥିଲା । ସେଠ୍‌ଜୀ ରାଗିଲା ଆଖିରେ ଗୁଲଶନ ଆଡ଼କୁ ଅନାଇଥିଲେ । ଗୁଲଶନ ଆଶ୍ଚର୍ଯ୍ୟ ଚକିତ ହୋଇ ଠିଆ ହୋଇଥିଲା ।

॥ ୩୬ ॥

ଅଭାଗା ପଞ୍ଚମ ନିରପରାଧ ହୋଇ ମଧ୍ୟ ଜେଲରେ ପବନ ଖାଉଥିଲା । ଏ ପର୍ଯ୍ୟନ୍ତ ତା' ମକଦମାର ତାରିଖ ପଡ଼ି ନ ଥିଲା । ସେ ଚୁପ୍ ଚାପ୍ ନିଜ ଦୁଃଖର ଭାରକୁ ସମ୍ଭାଳି ଜେଲରେ ସଢୁଥିଲା । ତା'ର ଲବଙ୍ଗ ଏବଂ ବୁଢ଼ୀ ମା' ମନେପଡୁଥିଲେ ଏବଂ ସେ ଜେଲର ସୁଦୃଢ଼ ପାଚେରୀ ଭାଙ୍ଗିକରି ପଳାଇଯିବାକୁ ବ୍ୟାକୁଳ ହୋଇ ଉଠୁଥିଲା । କିନ୍ତୁ ସେ କ'ଣ ବା କରିପାରିବ ? ତା' ହୃଦୟର ବହୁତ ନିକଟକୁ ଆସିଯାଇଥିବା କେସରର ସ୍ମୃତି ତାକୁ ସବୁବେଳେ ବ୍ୟଥିତ୍ କରୁଥିଲା । ଶୋଇ ଶୋଇ ସେ ଲବଙ୍ଗ, ବୁଢ଼ୀ ମା' ଏବଂ କେସରର ସ୍ୱପ୍ନ ଦେଖୁଥିଲା । ତା' ମନରେ ଏକ ଭୀଷଣ ଦାବାନଳ ଜଳି ଉଠୁଥିଲା । ପ୍ରତିଶୋଧ ନେବାର ତୀବ୍ର ଆକାଂକ୍ଷା ତାକୁ ସବୁବେଳେ ବିବ୍ରତ କରୁଥିଲା । ତା' ଆଖି ଆଗରେ ସବୁବେଳେ ଜୟରାଜର ଛବି ନାଚି ଉଠୁଥିଲା । ସେ ଚାହୁଁଥିଲା ଯେ ସେହି ଛବି, ଯିଏକି ସମୟେ ସମୟେ ତା' ଆଖି ଆଗରେ ନାଚି ଉଠେ, ଯଦି ବାସ୍ତବିକ ହୋଇ ଯାନ୍ତା ତେବେ ସେ ଦଉଡ଼ି କରି ତାହାର ଗଳା ଚିପି ଦିଅନ୍ତା ଏବଂ ନିଜ ହୃଦୟର ପ୍ରଳୟଙ୍କର ପ୍ରତିଶୋଧର ଅଗ୍ନିକୁ ଶାନ୍ତ କରି ଦିଅନ୍ତା ।

ଜୟରାଜ ପ୍ରତି ତା' ମନରେ ଅତ୍ୟଧିକ ଘୃଣା ଥିଲା, ଅତ୍ୟନ୍ତ କ୍ରୋଧ ଥିଲା । ସେ ଦୃଢ଼ ପ୍ରତିଜ୍ଞା କରିଥିଲା ଯେ ଏହି ଜେଲରୁ ମୁକୁଳିବା ମାତ୍ରେ ପ୍ରଥମେ ସେ ଜୟରାଜର ଛାତିରେ ନିଜ ରକ୍ତପିପାସୁ ଶକ୍ତ ଆଙ୍ଗୁଠି ଗୁଡ଼ାକ ପୁରାଇ ଦେବ ଏବଂ ମନ ଶାନ୍ତିକରି ତା'ର ରକ୍ତପାନ କରିବ । ଜୟରାଜ ହିଁ ତ ତାକୁ ତା'ର ଭଉଣୀ, ମା' ତଥା ପ୍ରେମିକା ଠାକୁ ଦୂରେଇ ରଖିଥିଲା ।

ଜୟରାଜ ! ସେ ବିଚରା କ'ଣ ଜାଣିଥିଲା ଯେ ପଞ୍ଚମ ତା' ପ୍ରେମିକା ଲବଙ୍ଗର ଭାଇ ।

ଲବଙ୍ଗ ! ଯିଏ ଜୟରାଜର କାମୁକ ହୃଦୟରେ ସ୍ୱଚ୍ଛ ପ୍ରେମର ନିର୍ଝରିଣୀ ପ୍ରବାହିତ କରି ଦେଇଥିଲା, ଯିଏ ବୋତଲର ମଦିରା ଛଡ଼ାଇ କରି ନିଜ ପ୍ରେମର ରସ ପିଆଇଥିଲା ।

ପ୍ରକୃତରେ ଜୟରାଜ ଆଜିକାଲି ମଦ ଛାଡ଼ି ଦେଇଥିଲା । ବେଳେବେଳେ ତା'ର ମନ ମଦ୍ୟପାନ କରିବା ପାଇଁ ଏତେ ବ୍ୟାକୁଳ ହୋଇ ଉଠୁଥିଲା ଯେ ତାକୁ ଲାଗୁଥିଲା ଯେମିତି ସେ ଏବେ ମଦ ପିଇବା ବିନା ବଞ୍ଚି ପାରିବ ନାହିଁ । ତଥାପି ମଧ୍ୟ ସେ ନିଜ ମନ ଉପରେ କଠୋର ନିୟନ୍ତ୍ରଣ ରଖିଥିଲା ଏବଂ ମଦ ଛୁଉଁ ନ ଥିଲା ନା ପିଉଥିଲା ।

ଆଜି ସକାଳୁ ହିଁ ଜୟରାଜର ମନ ମଦ୍ୟପାନ କରିବା ପାଇଁ ଅତ୍ୟନ୍ତ ବ୍ୟାକୁଳ ଥିଲା । ସେ କୋଠରୀ ଭିତରେ ଏଠାକୁ ସେଠାକୁ ବୁଲିବୁଲି ସେହି ଇଚ୍ଛାକୁ ଭୁଲି ଯିବାକୁ ଚାହୁଁଥିଲା ଏବଂ ସେଥିପାଇଁ ସେ ଚାରି କପ୍ ଚା ମଧ୍ୟ ପିଇ ସାରିଥିଲା । କିନ୍ତୁ ରହି ରହି କରି ତା'ର ମନ ଶରାବର ଏକ ବୁନ୍ଦା ପାଇଁ ବ୍ୟାକୁଳ ହୋଇ ଉଠୁଥିଲା । ଗୋଟେ ବୁନ୍ଦା ପିଇଦେଲେ କ'ଣ ଅସୁବିଧା ହୋଇଯିବ ? ସେ ଭାବିବାକୁ ଲାଗିଲା । ପନ୍ଦର କୋଡ଼ିଏ ଦିନରୁ କଠୋର ନିୟନ୍ତ୍ରଣର ଶିକୁଳୀରେ ବନ୍ଧା ହୋଇଥିବା ମନ ଶେଷରେ ବନ୍ଧନ ଛିଡ଼ାଇ ବାହାରି ଆସିଥିଲା । ସେ ଆଲମାରୀ ଖୋଲିଲା । ବୋତଲ ଏବଂ ଗ୍ଲାସ ବାହାର କରି ଟେବୁଲ ଉପରେ ରଖିଲା, ନିଜେ ଚୌକି ଉପରେ ବସିଗଲା । ଥରିଲା ହାତରେ ବୋତଲର ଠିପି ଖୋଲି ମଦକୁ ଗ୍ଲାସରେ ଢାଳିଲା ଏବଂ ସେହି ଗ୍ଲାସ ଆସ୍ତେ ଆସ୍ତେ ତା'ର ତୃଷିତ ଓଠ ଆଡ଼କୁ ଆଗେଇବାକୁ ଲାଗିଲା ।

ସେହି ସମୟରେ କିଏ ଜଣେ ପଛରୁ ତା'ର ହାତ ଧରିନେଇଥିଲା । ଚମକି ପଡ଼ିଲା ଜୟରାଜ । ଗୁଲଶନର ହସିଲା ଚେହେରା ତା' ଆଗରେ ଥିଲା ।

"ହଜୁରଙ୍କୁ ନିଜ ହାତରେ ପିଇଲେ ବହୁତ କଷ୍ଟ ହେବ ।"- ଆଖିକୁ ନଚାଇ ନଚାଇ ଗୁଲଶନ କହିଲା- "ଦାସୀକୁ ଏହି ସୁଯୋଗ ଦୟାକରି ଦିଅନ୍ତୁ ।" ଗୁଲଶନ ଜୟରାଜ ହାତରୁ ଗ୍ଲାସ ନେଇଗଲା । ଚୌକିର ହାତ ଉପରେ ବସିକରି ସେ ଜୟରାଜକୁ ମଦ ପିଆଇବା ଆରମ୍ଭ କରିଦେଇଥିଲା । ଯେମିତିକି ଯୁଗ ଯୁଗ ଧରି ତୃଷିତ ଅଧର ଶୀତଳ ଜଳ ପାଇକରି ତୃପ୍ତ ହୋଇଉଠିଥିଲା । ଜୟରାଜ କିଛି ବି କହି ନ ଥିଲା । ପିଇ ଚାଲିଲା ଏବଂ ଗୁଲଶନ ପିଆଇ ଚାଲିଥିଲା । ବହୁତ ଦିନରୁ ଛାଡ଼ି ଦେଇଥିବା ହଳାହଳ ପେଟ ଭିତରକୁ ଯାଇ ଜ୍ୱଳନ୍ତ ଅଗ୍ନି ପାଲଟି ଯାଇଥିଲା । ଜୟରାଜର ଚକ୍ଷୁ ଦ୍ୱୟ ରକ୍ତବର୍ଣ୍ଣ ଧାରଣ କରିଥିଲା । ତା'ର ଆଉ ହୋସ ନ ଥିଲା ।

ସେ ଗୁଲଶନକୁ ଦେଖିଲା । ଶୂନ୍ୟରେ ଉଡୁଥିବା ମସ୍ତିଷ୍କର ଆଖିରେ ଗୁଲଶନର ଚେହେରା ଉପରେ ଲବଙ୍ଗର ଛାୟା ଦେଖି ପାରିଥିଲା ।

"ଲବଙ୍ଗ !"- ଅତ୍ୟଧିକ ନିଶାରେ ପାଟିକରି ଜୟରାଜ ଗୁଲଶନକୁ ନିଜ ଆଡ଼କୁ ଟାଣି ଆଣିଥିଲା । "ଆହୁରି ପିଆଅ ଲବଙ୍ଗ ! ତୁମେ ଏହିପରି ପିଆଇବା ଚାଲୁ ରଖ ଏବଂ ମୁଁ ଏହିପରି ପିଇ ପିଇ ମରିଯିବି । ଏହାହିଁ ମୋର ଶେଷ ଇଚ୍ଛା ।"

ଗୁଲଶନ ଆଉ ଦୁଇ ଗ୍ଲାସ ପିଆଇ ଦେଲା । ଜୟରାଜ ଯେପରି ବେହୋସ ଥିଲା । ଗୁଲଶନକୁ ଲବଙ୍ଗ ଭାବିକରି ସେ ଏପରି ଭିଡ଼ି ଧରିଥିଲା ଯେପରି ସେ ତାକୁ ଛାଡ଼ିବ ନାହିଁ ।

ଗୁଲଶନର କପଟୀ ହୃଦୟରେ ମଧ୍ୟ ଏକ ମୁହୂର୍ତ୍ତ ପାଇଁ ସଦ୍‌ଭାବନାର ଗୋଟେ କ୍ଷୀଣ ରେଖା ଟାଣି ହୋଇଯାଇଥିଲା, ଏହି ବାତରା ଧନୀକର ପାଗଳାମୀ ଦେଖିକରି । ଗୁଲଶନ ଭାବିବାକୁ ଲାଗିଲା, ଜୟରାଜ ସବୁବେଳେ ତା' କୋଳରେ ଏମିତି ନିଶାଶକ୍ତ ହୋଇ ପଡ଼ି ରହିଥାଉ ଏବଂ ସେ ତା'ର ଶୁଷ୍କ ଚେହେରାକୁ ଯୁଗ ଯୁଗ ଧରି ଦେଖୁଥାଉ । ଗୁଲଶନର ବିଚାରଧାରାରେ କିଛିକ୍ଷଣ ପାଇଁ ଭାବପ୍ରବଣତା ଆସିଯାଇଥିଲା ଏବଂ ସେହି ଭାବନା ଯୋଗୁଁ ସେ ଜୟରାଜକୁ ନମ୍ର ସ୍ୱରରେ କହିଥିଲା ଯେ, ଏବେ ତାକୁ ଆଉ ମଦ୍ୟପାନ କରିବା ଉଚିତ ନୁହେଁ କାହିଁକି ନା ପୂର୍ବରୁ ସେ ଅତ୍ୟଧିକ ପିଇ ସାରିଛି ।

"ଲଖନା !" ଜୟରାଜ ଡାକିଲା ।

ଆଉ ଠିକ୍ ସେହି ସମୟରେ କବାଟ ପାଖରେ ଲବଙ୍ଗ ପହଞ୍ଚିଯାଇଥିଲା; ନିଜର ପ୍ରିୟତମକୁ ଖୋଜି ଖୋଜି । କିନ୍ତୁ ସେଠାର ଦୃଶ୍ୟ ଦେଖି ତା' ମନ ଆତ୍ମଗ୍ଲାନିରେ ପୁରି ଉଠିଥିଲା । ଲବଙ୍ଗକୁ ଦେଖିକରି ଗୁଲଶନର ଭାବପ୍ରବଣତା ମଧ୍ୟ ଶେଷ ହୋଇଯାଇଥିଲା । ସେ ପୁଣି ଗ୍ଲାସ ଭର୍ତ୍ତି କରିଥିଲା ଏବଂ ଜୟରାଜର ଓଠରେ ଲଗାଇ ଲଗାଇଦେଲା ।

ଲବଙ୍ଗ ଦେଖୁଥିଲା । କିଛି ମୁହୂର୍ତ୍ତ ନିର୍ଲିପ୍ତ ହୋଇ ନିଜ ସଂସାର ଉଜୁଡ଼ି ଯାଉଥିବା ଦେଖୁଥିଲା । ସେ ଗୋଟେ ପଥର ମୂର୍ତ୍ତି ପାଲଟି ଯାଇଥିଲା; ଜୟରାଜର ତା' ସାଙ୍ଗରେ ବିଶ୍ୱାସଘାତକତା ଦେଖିକରି । କିନ୍ତୁ ଜୟରାଜର ଏଥିରେ ଅପରାଧ ନ ଥିଲା । ତାହା ତ ତୋଫାନର ପ୍ରଚଣ୍ଡ ବେଗ ଥିଲା ଯାହା ତାକୁ ଉଠାଇ ନେଇଥିଲା ।

"ଦେଖ !" ଲବଙ୍ଗ ଆଡ଼କୁ ଅନାଇ ଜୟରାଜ ପାଟିକଲା- "ଲକ୍ଷେଥର

କହି ସାରିଛି ଯେ, ଯେତେବେଳେ ଆମେ ଦୁହେଁ ସାଙ୍ଗ ହୋଇ ଥିବୁ ସେତେବେଳେ ଏଠାକୁ ଆସିବୁ ନାହିଁ । ପଳା ! ଯଦି ପୁଣି କେବେ ଏଠାରେ ପାଦ ରଖିଛୁ ତେବେ ତୋର ମୁଣ୍ଡ ଫଟାଇ ଦେବି ।"

ଜୟରାଜ ଲବଙ୍ଗକୁ ଲଖନା ଭାବିକରି ଏହି ସବୁ କଥା କହିଥିଲା କିନ୍ତୁ ଲବଙ୍ଗର ହୃଦୟ ଦର୍ପଣ ପରି ଭାଙ୍ଗି ଚୁରମାର ହୋଇଯାଇଥିଲା, ଏହି ସବୁ ଶୁଣି କରି । ଭାଙ୍ଗି ଯାଇଥିବା ହୃଦୟର ଖଣ୍ଡ ଗୁଡ଼ିକ ଯତ୍ନରେ ଶରୀର ଭିତରେ ଲୁଚେଇ କରି ଏବଂ ଝରି ପଡ଼ିବାକୁ ବସିଥିବା ଅଶ୍ରୁକୁ ଆଖି ଭିତରେ ସମ୍ଭାଳି ଲବଙ୍ଗ ଫେରି ଆସିଥିଲା ।

କବାଟ ପଖରେ ଲଖନା ଠିଆ ହୋଇଥିଲା । ଲବଙ୍ଗକୁ ଏତେ ଚଞ୍ଚଳ ଫେରି ଆସିବା ଦେଖିକରି ସେ ଆଶ୍ଚର୍ଯ୍ୟ ହୋଇଯାଇଥିଲା । ଲବଙ୍ଗ ପାଖକୁ ଆସିଥିଲା । ଲଖନା ଦେଖିଲା ଲବଙ୍ଗର ନେତ୍ରରେ ମଧୁରତା ବଦଳରେ ଲୁହର ଲହରୀ । ଲବଙ୍ଗ ତା'ର ପତଳା ଆଙ୍ଗୁଠିରୁ ଜୟରାଜ ଦେଇଥିବା ସୁନାର ମୁଦି ବାହାର କରିଥିଲା ଏବଂ ଲଖନା ହାତରେ ରଖିକରି କହିଲା "ଏହାକୁ ବାବୁଙ୍କୁ ଦେଇଦେବ ।" କହୁ କହୁ କେତେ ବୁନ୍ଦା ଲୁହ ଭୂମି ଉପରେ ପଡ଼ିଯାଇଥିଲା । ଲଖନା ଚମକି ପଡ଼ି ଭାରି ମନରେ ଯାଉଥିବା ଲବଙ୍ଗକୁ ଦେଖୁଥିଲା ।

|| ୩୭ ||

ବୁଢ଼ୀ ଲବଙ୍ଗର ମୁଣ୍ଡ ଉପରେ ହାତ ରଖିଦେଲା । ସେହି ସ୍ପର୍ଶରେ ମା'ର ମମତା ଭରପୁର ଥିଲା । ମା' ଠାରୁ ଟିକିଏ ସହାନଭୂତି ପାଇ ଲବଙ୍ଗ ଅନ୍ତରର ଦୁଃଖ ଆହୁରି ତୀବ୍ରତର ହୋଇ ଉଠିଥିଲା । କାନ୍ଦି କାନ୍ଦି ତା'ର ଗାଲ ଓଦା ହୋଇଯାଇଥିଲା । ବାରମ୍ବାର କୋହ ଉଠୁଥିଲା ।

"ତୋର ଆଜି କ'ଣ ହୋଇଛି ଯେଉଁଥିପାଇଁ ତୁ ଏମିତି କାନ୍ଦୁଛୁ, ପାଗଳୀ !"- ବୁଢ଼ୀ ପଚାରିଲା । ଲବଙ୍ଗ କାନ୍ଦିବା ବ୍ୟତୀତ ଆଉ କିଛି କହି ନ ଥିଲା । କେମିତି ସେ କହିଥାନ୍ତା ଯେ ଆଜି ତା'ର ସାରା ସଂସାର ଉଜୁଡ଼ି ଯାଇଥିଲା । ନିରୀହ ପକ୍ଷୀଟି ଘାସ, କୁଟାକୁ ବାଛିବାଛି ଯେଉଁ ନୀଡ଼ ତିଆରି କରିଥିଲା, ତାହା ଜଣେ ନିର୍ଦ୍ଦୟ, ନିଷ୍ଠୁର ହାତରେ ନଷ୍ଟ ହୋଇଯାଇଥିଲା ।

"ପଞ୍ଚମ ପାଇଁ ତ ଦେହ, ମନ ଖରାପ ଲାଗୁଥିଲା । ଏବେ ତୁ ମଧ୍ୟ କାନ୍ଦି କାନ୍ଦି ମୋତେ ବଞ୍ଚିବାକୁ ଦେବୁନି, ଏମିତି ହିଁ ଜଣା ପଡୁଛି ।"- ବୁଢ଼ୀ ଚିଡ଼ିଯାଇ କହିଲା ।

ଲବଙ୍ଗ ଚୁପ୍ ଚାପ୍ ରହିଗଲା । ପାଣି ମାଠିଆ ହାତରେ ଧରିଲା ଏବଂ ଲୁହକୁ ଲୁଗା କାନିରେ ପୋଛିଦେଇ ନଈ ଆଡ଼େ ଚାଲିଲା । ନଦୀ କୂଳକୁ କେସର ଆଗରୁ ଆସିଯାଇଥିଲା । ସେ ମଧ୍ୟ ଚିନ୍ତିତ ଅବସ୍ଥାରେ ପଥର ଉପରେ ବସି ରହିଥିଲା । ସେତେବେଳେ ତା' ମନ ଭିତରେ ଯାହା ଘଟି ଯାଉଥିଲା ତାହା କେବଳ ସେ ହିଁ ଜାଣିପାରୁଥିଲା । ପଞ୍ଚମକୁ ସେ ତା'ର କୋମଳ ହୃଦୟ ପୂରାପୂରି ସମର୍ପଣ କରିଦେଇଥିଲା । କିନ୍ତୁ ସେ ନିର୍ଦ୍ଦୟ ତା'ର ମମତାକୁ ପରିତ୍ୟାଗ କରି କୁଆଡ଼େ ଚାଲିଗଲା । ପିତାଙ୍କର ସାହାଭରସା ଥିଲା କିନ୍ତୁ ସେ ମଧ୍ୟ ଆହତ ହୋଇ ଖଟିଆ ଉପରେ ପଡ଼ିଛନ୍ତି । ତାଙ୍କର ଭଲ ହେବାର କୌଣସି ଆଶା ଦେଖାଯାଇ

ନଥିଲା । ଲବଙ୍ଗ ଚୁପ୍ ଚାପ୍ ଯାଇ କେସର ପାଖରେ ବସିପଡ଼ିଲା । କେସର ଲବଙ୍ଗକୁ ଦେଖିଲା । ତା' ଆଖିରେ ଲୁହ ଥିଲା ।

"ଚୌଧୁରୀ ଦାଦା କେମିତି ଅଛନ୍ତି ?"- ଲବଙ୍ଗ ପଚାରିଲା ।

"ସେମିତି ଅଛନ୍ତି ।"- କେସର କହିଲା- "କ୍ଷତ ଉପରେ ଔଷଧ ପତ୍ର ଛେଚିକରି ରଖାଯାଉଛି କିନ୍ତୁ କୌଣସି ଉପକାର ହେବାର ଦେଖା ଯାଉନି । ଚେତା ଆସିଗଲାଣି କିନ୍ତୁ କଥା କହି ପାରୁ ନାହାନ୍ତି । କ'ଣ ହେବ ଲବଙ୍ଗ ?"

କେସର କାନ୍ଦିବାକୁ ଲାଗିଲା । ଲବଙ୍ଗ ତାକୁ ସାନ୍ତ୍ୱନା ଦେଇ ଚୁପ୍ କରିଥିଲା । ପ୍ରକୃତରେ ସେହି ସମୟରେ କେସର ଉପରେ ମହାବିପତ୍ତି ପଡ଼ିଥିଲା । ଚୌଧୁରୀଙ୍କ ଉପରେ ଯେଉଁ ଆଘାତ ଲାଗିଥିଲା, ତାହା ଏପରି ଜଣାପଡୁଥିଲା ଯେମିତିକି ତାଙ୍କର ମୃତ୍ୟୁ ଦ୍ରୁତ ହୋଇ ଆସିଥିଲା । ଆଘାତ ଲାଗିବା ଦିନଠାରୁ ଆଜି ପର୍ଯ୍ୟନ୍ତ ଦଶ ଦିନ ବ୍ୟତୀତ ହୋଇ ଯାଇଥିଲେ ବି ଚୌଧୁରୀ ଥରୁଟିଏ ମଧ୍ୟ କଥା କହି ନ ଥିଲେ, କଥା କହିପାରୁ ନ ଥିଲେ ।

"ଗୋଟେ କଥା କହିବି !"- ଲବଙ୍ଗ କହିଲା- ବୋଧହୁଏ ତତେ ବିଶ୍ୱାସ ହେବନାହିଁ ।"

"କହ ! ବିଶ୍ୱାସ କରିବି ।"

"ଏ ସବୁ କାମ ଧନ୍ନା ହିଁ କରିଛି ।

"ଧନ୍ନା କରିଛି !" ଆଶ୍ଚର୍ଯ୍ୟ ହୋଇ କେସର କହିଲା ।

"ହଁ ! ଯୋଉ ରାତିରେ ଯେ ଘଟଣା ସବୁ ଘଟିଥିଲା,ସେହି ରାତିରେ ସେ ମୋ ପାଖକୁ ଦୁଷ୍କର୍ମ କରିବା ପାଇଁ ଆସିଥିଲା ଏବଂ ଚୌଧୁରୀ ଦାଦା ତାକୁ ଜୋର୍‌ରେ ଥାପୁଡ଼ା ମାରିଥିଲେ । ନିଶ୍ଚୟ ଏ ସବୁ ତାହାରି କାମ । ସେହିଦିନ ଠାରୁ ସେ ଗାଁରେ ମଧ୍ୟ ଦେଖାଯାଉନାହିଁ ।"

"ସେ ବେଇମାନ ମୋ ପରି ଦୁଃଖିନୀକୁ ବରବାଦ କରିଦେଲା ।"- ସୁଁ ସୁଁ ହୋଇ କାନ୍ଦିକରି କେସର କହିଲା । କେବଳ କାନ୍ଦିବା ବ୍ୟତୀତ ସେ ବା କ'ଣ କରିପାରିବ ? କିଛି ସମୟ ପରେ ଯେତେବେଳେ ଘନ ଅନ୍ଧକାର ନିଜର ଭୀଷଣ ଛାୟା ଦେଖାଇଥିଲା ସେତେବେଳେ ଦୁଇଜଣ ଯାକ ଉଠିଥିଲେ ଏବଂ ପାଣି ଭର୍ତ୍ତିକରି ନିଜ ନିଜ ଘରକୁ ଚାଲିଯାଇଥିଲେ ।

।। ୩୮ ।।

ବହୁତ ଦିନ ପରେ ସେଦିନ ଜୟରାଜ ମନ ଶାନ୍ତି କରି ମଦ ପିଇଥିଲା । ଏମିତି ତ ତାକୁ କୌଣସି ଜିନିଷ ଦୃଷ୍ଟିଗୋଚର ହୋଇ ନ ଥିଲା । କିନ୍ତୁ ସେ ନିଶ୍ଚିତ ଥିଲା ଯେ, କିଛି ଦିନ ପରେ ଏହାର କୁପରିଣାମ ତାକୁ ଅବଶ୍ୟ ଭୋଗିବାକୁ ପଡ଼ିବ । ଜୟରାଜ ସେଦିନ ଏତେ ଅଧିକ ମଦ ପିଇ ଦେଇଥିଲା ଯେ, ସେ ଦିନ ସାରା ଏବଂ ରାତି ସାରା ତା'ର ହୋଶ ନ ଥିଲା । ଲଖନା ତା' ପାଖରେ ପୁରା ରାତି ବସି ରହିଥିଲା । ତା' ପରଦିନ ସକାଳୁ ତା'ର ମୁଣ୍ଡ କିଛି ଠିକ୍ ଲାଗିଥିଲା । ସେ ଗାଧୋଇ ସାରି ଚା ପିଇଥିଲା । ଯେତେବେଳେ ସେ ଚା ପିଉଥିଲା ସେତେବେଳେ ଲଖନା ଲବଙ୍ଗ ଫେରାଇଥିବା ସୁନାର ମୁଦିଟିକୁ ଚୁପ୍ ଚାପ୍ ତା' ସାମନା ଟେବୁଲ ଉପରେ ରଖି ଦେଇଥିଲା ।

"ଏ ତୋ ପାଖକୁ କେମିତି ଆସିଲା ?"- ଜୟରାଜ ପଚାରିଲା ।

"ସେ ନିଜେ ଆସି ଫେରାଇ ଦେଇଛି, ସରକାର ।"- ଦ୍ୱିଧାଭରା ସ୍ୱରରେ ଲଖନା କହିଲା । ଜୟରାଜ କିଛି ଭାବିଲା, ତା'ପରେ ପଚାରିଲା- "ସେ କେତେବେଳେ ଆସିଥିଲା ?"

"କାଲି । ଯେତେବେଳେ ଆପଣ ଗୁଲଶନ ବାଇ ସାଙ୍ଗରେ ଥିଲେ ।"

"ଓହୋ !" କହିକରି ଜୟରାଜ ତା' ମୁଣ୍ଡକୁ ଚାପି ଧରିଥିଲା । ସବୁକଥା ସେ ବୁଝିପାରିଥିଲା । ସେ ଆସିଥିବ । ତାକୁ ଗୁଲଶନର କୋଳରେ ଶୋଇ ରହି ତା' ହାତରୁ ମଦ ପିଇବା ଦେଖିଥିବ । ତାକୁ କେତେ କଷ୍ଟ ହୋଇଥିବ ? ଜୟରାଜ ଅନୁତାପ କରିବାକୁ ଲାଗିଲା ।

"ସେ କ'ଣ କିଛି କହିଥିଲା ?"

"କହିଥିଲା ଆଜ୍ଞା !"- ଲଖନା କହିଲା- "କହିଥିଲା ଯେ, ବାବୁଙ୍କୁ

କହିଦେବ ଯେ ମୁଁ ଏବେ କେବେହେଲେ ତାଙ୍କ ପାଖକୁ ଆସିବି ନାହିଁ । ମୋତେ ଭୁଲିଯିବାକୁ ଚେଷ୍ଟା କରିବେ ।"

"ଭୁଲିବାର ଚେଷ୍ଟା !"- ଜୟରାଜ ଅନୁତାପର ଅଗ୍ନିରେ ଜଳି ଉଠୁଥିଲା- "ସମସ୍ତଙ୍କୁ ଭୁଲିଯାଇ ପାରେ କିନ୍ତୁ ତାକୁ ଭୁଲି ପାରିବି ନାହିଁ । ସେ ମୋ ପାଇଁ ସଦ୍‌ଭାବନାର ପ୍ରେରଣା ହୋଇକରି ଆସିଥିଲା । ମୋତେ ଏତେ କଷ୍ଟ ଦେଇ ସେ ଏମିତି ଯାଇ ପାରିବ ନାହିଁ ।" ଛ କପ୍‌ଟା ଜୟରାଜ ରଖିଦେଲା ଏବଂ ସୋଫା ଉପରେ ଆଖି ବନ୍ଦକରି ଗଡ଼ି ପଡ଼ିଲା । ସେ ସମୟରେ ତା' ହୃଦୟରେ ତୀବ୍ର ହାହାକାରର ଜ୍ୱାଳା ବ୍ୟାପି ଯାଇଥିଲା । ଅନୁତାପର କ୍ଷତ ତା' ହୃଦୟକୁ ଖଣ୍ଡ ବିଖଣ୍ଡିତ କରିପକାଉଥିଲା ।

"ଲଖନା !"- ହଠାତ୍ ଚିତ୍କାର କରି ଜୟରାଜ ଡାକିଲା । ଯଦିଓ ଲଖନା ସେ ପର୍ଯ୍ୟନ୍ତ ସେହିଠାରେ ଠିଆ ହୋଇ ରହିଥିଲା ।

"ମୁଁ ଏଇଠି ଠିଆ ହୋଇଛି, ସରକାର ।"

"ଏଇ ଚାବି ନେ !"- ଚାବି ପେନ୍ଥାଟା ଜୟରାଜ ଲଖନା ଆଡ଼କୁ ଫୋପାଡ଼ି ଦେଲା । "ଏ ଆଲମାରୀ ଖୋଲି ଦେ ଆଉ ସେଥିରେ ଯେତେ ବୋତଲ, ଗ୍ଲାସ ଅଛି ସବୁ ନେଇକରି ସଡ଼କ ଉପରେ ଫିଙ୍ଗି ଦେ ।

"ଆପଣ ନିଜକୁ ସମ୍ଭାଳନ୍ତୁ, ଛୋଟ ସରକାର !"

"ତୁ କରୁଛୁ ନା ନାହିଁ, ମୁଁ କହୁଛି ।" - ଜୟରାଜ ପାଟିକରି କହିଲା ।

ଡରି ଡରି ଲଖନା ଆଲମାରୀ ଖୋଲିଥିଲା । ସେ ଜାଣିଥିଲା ଯେ ଗୋଟେ ଆବେଗରେ ଆସି ଜୟରାଜ ଏହି ସମୟରେ ବୋତଲ ଏବଂ ଗ୍ଲାସ ଗୁଡ଼ାକ ଫୋପାଡ଼ିବାକୁ କହୁଛି କିନ୍ତୁ ଏ ପାଗଳାମୀ ଛାଡ଼ିଗଲା ପରେ ସେ ତାକୁ ହିଁ ପୁଣି ମଦ ମାଗିବ । ଲଖନା ଗୋଟେ ବୋଝରେ ବୋତଲ ଏବଂ ଗ୍ଲାସ ଗୁଡ଼ାକ ରଖି ତା ନିଜ କୋଠରୀରେ ରଖି ଆସିଲା ।

ଜୟରାଜ ପୁଣି ଦୁର୍ଭାବନାପୂର୍ଣ୍ଣ ଭାବନାରେ ମଗ୍ନ ହୋଇ ସୋଫା ଉପରେ ଗଡୁଥିଲା । ଆଖି ବନ୍ଦ ଥିଲା । ହୃଦୟ ଭିତରେ ଯେପରି ତୋଫାନ ଉଠୁଥିଲା ।

"ମୁଁ ଭିତରକୁ ଆସି ପାରିବି, ମୋ ରାଜା !"- କବାଟ ପାଖରୁ ସ୍ୱର ଶୁଣାଗଲା ଏବଂ ଜୟରାଜ ମୁଣ୍ଡ ଉପରକୁ ଉଠାଇକରି ଦେଖିଲା, ଗୁଲଶନ ଠିଆ ହୋଇଥିଲା । ଆଖି ଉପରେ ତୀର ଚଢ଼ାଇ ସେ ଜୟରାଜ ଆଡ଼କୁ ଫିଙ୍ଗିଥିଲା, ଯାହା ଶହ ଶହ ଲୋକଙ୍କୁ ଆହତ କରିଦେଉଥିଲା । ଜୟରାଜ ହଠାତ୍ ସୋଫା ଉପରୁ

ଉଠି ଠିଆ ହୋଇଗଲା । ତାହାର ଆଖି ରକ୍ତବର୍ଣ୍ଣ ଧାରଣ କରିଥିଲା । ରାଗରେ ତା'ର ପାଦ ଥରୁଥିଲା ।

"ନାଗୁଣୀ !"- ଚିତ୍କାର କଲା ସେ- "ମୋତେ ଦଂଶନ କରି ବରବାଦ କରିଦେଲୁ । ଏବେ ତୁ କ'ଣ ଚାହୁଁଛୁ, କ'ଣ ପାଇଁ ଏଠାକୁ ଆସିଛୁ ?"

ଗୁଲଶନ କିଛି ଅପ୍ରସ୍ତୁତ ହୋଇ ପଡ଼ିଲା କିନ୍ତୁ ସେ ପୁଣି କହିଲା- "ଆସ୍ତେ କୁହ ମୋ ସରକାର ! ତୁମର ଦେହ ଭଲନାହିଁ ।" ସେ ଚାହୁଁଥିଲା ଯେ, ସେ ଜୟରାଜର ହାତଧରି ସୋଫା ଉପରେ ଶୁଆଇ ଦେବ କିନ୍ତୁ ଜୟରାଜ ତା' ହାତକୁ ନିଷ୍ଠୁରତା ପୂର୍ବକ ଠେଲି ଦେଇଥିଲା ।

"ମୁଁ ପୁରାପୁରି ଠିକ୍ ଅଛି । ମୋତେ ଛୁଅଁ ନାହିଁ । ତୁମେ ଏଠାରୁ ଚାଲିଯାଅ ।"

"ମୁଁ କ୍ଷମା ମାଗିବାକୁ ଆସିଛି, ମୋର ପ୍ରାଣ !"- ଗୁଲଶନ କହିଲା- "କାଲି ଆପଣଙ୍କୁ ମଦ ପିଆଇ ପ୍ରକୃତରେ ମୁଁ ବହୁତ ବଡ଼ ଭୁଲ କରି ଦେଇଛି ।" ଗୁଲଶନ ବେଶ୍ୟା ଥିଲା । ସେ ବେଶ୍ୟା ମାନଙ୍କ ପରି ନିଷ୍ଠୁର ହୃଦୟ ମଧ୍ୟ ପାଇଥିଲା । କିନ୍ତୁ ଏବେ କେତେଦିନ ହେଲା ଅନୁଭବ କରୁଥିଲା ଯେ, ସେ ଜୟରାଜ ପ୍ରତି କ୍ରମଶଃ ଆକୃଷ୍ଟ ହୋଇଯାଉଥିଲା । ଯଦିଓ ଗୁଲଶନ ଜୟରାଜ ଉପରେ ପ୍ରତିଶୋଧ ନେବା ପାଇଁ ପ୍ରତିଜ୍ଞା କରିଥିଲା କିନ୍ତୁ ଏବେ ତା'ର ଏହି ପ୍ରତିଜ୍ଞା ଜୟରାଜ ପ୍ରତି ଆକର୍ଷଣରେ ପରିବର୍ତ୍ତିତ ହୋଇଯାଇଥିଲା । ଗୁଲଶନ ବେଶ୍ୟା ଥିଲା ଏବଂ ନାରୀ ମଧ୍ୟ ଥିଲା । ଆଉ ଏହାହିଁ ଥିଲା ନାରୀ ହୃଦୟର ବିଶେଷତା ।

ଆଜି ରାତିସାରା ଗୁଲଶନ ଉଜାଗର ରହିଥିଲା ଏବଂ ସେ ଏହା ବୁଝି ପାରିଥିଲା ଯେ, ତା'ର କଠୋର ହୃଦୟ ଏବେ ମହମ ପରି ତରଳିବାକୁ ଲାଗିଛି । ଗୁଲଶନ ଏହା ମଧ୍ୟ ଭଲ ଭାବରେ ବୁଝି ପାରିଥିଲା ଯେ, ତାକୁ ଟଙ୍କା ପଇସା ଦେବାବାଲା ଶହ ଶହ ଧନୀ ଲୋକ ମିଳି ଯାଇ ପାରିବେ କିନ୍ତୁ ଜୟରାଜ ପରି ଭଗ୍ନ ହୃଦୟ ବାଲା ଧନାଢ଼୍ୟ ମିଳି ପାରିବେନି । ଗୁଲଶନ ହୃଦୟରେ ଏ ପରିବର୍ତ୍ତନ ହଠାତ୍ ଆସିଯାଇଥିଲା ।

"କ୍ଷମା ମାଗିବାକୁ ଆସିଛ ?"- କିଛି ସମୟ ଚୁପ୍ ରହିକରି ଜୟରାଜ କହିଲା- "ଆଜି ଜଣେ ବେଶ୍ୟାକୁ କ୍ଷମା ମାଗିବା ପ୍ରଥମ ଥର ପାଇଁ ଶୁଣିବାର ସୌଭାଗ୍ୟ ମିଳିଲା । ନାହିଁ ତ ତୁମେ ମାନେ ଲୋକ ବଦଳାଇ ଦିଅ, କ୍ଷମା ମାଗନାହିଁ ।"

"ମୋତେ ଆଉ ଅଧିକ ଲଜ୍ଜା ଦିଅନ୍ତୁ ନାହିଁ।"

"ଚାଲିଯାଅ, ନାହିଁ ତ ମୋତେ ବାଧ୍ୟ ହୋଇ ଚାକରକୁ ଡାକିବାକୁ ପଡ଼ିବ, ଲଖନା..." କିନ୍ତୁ ଲଖନାର ଆସିବା ଆଗରୁ ଗୁଲଶନ ବୁଲିପଡ଼ି ଚାଲିଗଲା ।

ଜୋର୍‌ରେ ଡାକିବାରୁ ହେଉ ଅବା ଅନ୍ୟ କୌଣସି କାରଣରୁ ଜୟରାଜର ଛାତିରେ ଯନ୍ତ୍ରଣା ହୋଇଥିଲା ଏବଂ ସେ ସେହିଠାରେ ଭୂଇଁ ଉପରେ ଛାତିକୁ ଧରି ବସିପଡ଼ିଥିଲା । ଡାକ ଶୁଣି ଲଖନା ଆସିଲା ବେଳକୁ ଗୁଲଶନ ଚାଲିଯାଇଥିଲା ଏବଂ ଯନ୍ତ୍ରଣାରେ ଜୟରାଜ ଭୂମି ଉପରେ ପଡ଼ି ଛଟପଟ ହେଉଥିଲା ।

"ସରକାର !"

"ମୋତେ ... ମୋତେ ... ଉଠାଇକରି ... ସୋଫା ଉପରେ ଶୁଆଇ ଦେ, ଲଖନା !" - ଥଙ୍ଗେଇ ଥଙ୍ଗେଇ ଜୟରାଜ କହିଲା ।

ଲଖନା ଜୟରାଜକୁ ଆସ୍ତେ ଉଠାଇକରି ସୋଫା ଉପରେ ଶୁଆଇ ଦେଲା । ତାହାର ଶରୀର ମରିଯାଇଥିବା ସାପ ପରି ମୋଡ଼ି ହୋଇ ଯାଉଥିଲା । ମୁହଁରୁ ଚିତ୍କାର ବାହାରି ଆସୁଥିଲା ।

"ସରକାର !"- ଧୀର ସ୍ୱରରେ ଲଖନା ଡାକିଲା । ଜୟରାଜ ତା' ଆଡ଼କୁ ଅନାଇଲା "ଟିକିଏ ପିଇ ନିଅ ସରକାର ! କଷ୍ଟ ଦୂର ହୋଇଯିବ । "ଚୁପ୍... ଚୁପ୍ ରୁହ କମୀନା କହାଁକା !" ଜୟରାଜ ଅତ୍ୟନ୍ତ ପିଡ଼ାରେ କଷ୍ଟରେ କହିଲା । "ମରିଯିବି ପଛେ ପିଇବି ନାହିଁ।" ଲଖନା ଚୁପ ରହିଯାଇଥିଲା ।

ଦୁଇଦିନ ଅତିବାହିତ ହୋଇଯାଇଥିଲା । କିନ୍ତୁ ଜୟରାଜ ଛାତିର ଯନ୍ତ୍ରଣା କମ ହେଉ ନ ଥିଲା । ରାୟବାହାଦୂର ସେଠ୍ ଗଙ୍ଗା ଦାସ ବ୍ୟତିବ୍ୟସ୍ତ ହୋଇ ପଡ଼ିଥିଲେ । ନାମୀ ଦାମୀ ଡାକ୍ତର ମାନେ ଆସିଥିଲେ ଏବଂ ଔଷଧ ଦେଇକରି ଚାଲିଯାଇଥିଲେ କିନ୍ତୁ କୌଣସି ଔଷଧରେ କିଛି ବି ଉପକାର ହେଉ ନ ଥିଲା । ଏହି ଯନ୍ତ୍ରଣା ପାଇଁ ଯେଉଁ ଔଷଧ ଦରକାର ତାହା ଜୟରାଜ ଜାଣିଥିଲା କିନ୍ତୁ ତାହାକୁ ସେ ପିଇ ପାରିବନି । ଥରକର ଭୁଲ ତ ତା' ପ୍ରେମିକା ଲବଙ୍ଗକୁ ଛଡ଼େଇ ନେଲା ତେବେ ସେ ବାରମ୍ବାର ସେହି ଭୁଲ କେମିତି କରି ପାରିବ ? ଜୟରାଜର ଛାତିରେ ଯନ୍ତ୍ରଣା ଥିଲା ଏବଂ ମାନସିକ କଷ୍ଟ ମଧ୍ୟ ଥିଲା । ଲବଙ୍ଗକୁ ମନେ ପକାଇ ତା' ହୃଦୟ ଅସହ୍ୟ ଯନ୍ତ୍ରଣାରେ ଫାଟି ପଡୁଥିଲା । କେତେଥର ଲଖନା କହିଥିଲା ଯେ, ସେ ଯାଇ ଲବଙ୍ଗକୁ ଡାକି ଆଣିବ କିନ୍ତୁ ନିଜକୁ ଦୋଷୀ ଭାବୁଥିବା ଜୟରାଜ ରାଜି ହୋଇ ନ ଥିଲା । କୋଉ ମୁହଁରେ ସେ ଲବଙ୍ଗକୁ ଡାକିବ ?

॥ ୩୯ ॥

ଓସ୍ତାଦ ତାଲ ଖାଁ ପୁରା ଆଶ୍ଚର୍ଯ୍ୟ ହୋଇ ଯାଇଥିଲା, ଗୁଲଶନକୁ ଅସ୍ତବ୍ୟସ୍ତ ହୋଇ ଖଟ ଉପରେ ପଡ଼ି ଥିବାର ଦେଖିକରି । ତା' ଚକ୍ଷୁଦ୍ୱୟର କୋଣରେ ଦୁଇବୁନ୍ଦା ଅଶ୍ରୁ ଚମକୁ ଥିଲା ଯାହା ସମୟ ସମୟରେ ତା'ର ଶୁଖିଲା ଗାଲ ଉପରକୁ ବୋହି ଆସୁଥିଲା ।

ଓସ୍ତାଦ ତାଲ ଖାଁ ଗୁଲଶନର ଖଟ ପାଖକୁ ଆସି ପଚାରିଲା- "ବିବି ! ତୋର କ'ଣ ହୋଇଛି ? କାହିଁକି ତୁମେ ଏପରି ହତାସ ଦେଖାଯାଉଛ ?"

"କ'ଣ କହିବି ଓସ୍ତାଦ ! କହି ହେଉ ନାହିଁ ।"- ଗୁଲଶନ ଗାଲରେ ଲାଗିଥିବା ଲୁହର ବୁନ୍ଦା କିଛି ସମୟ ଉଜ୍ଜଳ ଦେଖାଯାଇ ଆସ୍ତେ ଆସ୍ତେ ବୋହିକରି ତଳେ ପଡ଼ିଯାଇଥିଲା । ଓସ୍ତାଦ ଚମକି ପଡ଼ିଲା ।

"ତୁମର କ'ଣ ହୋଇଗଲା ? କିଛି କୁହତ ?"

"ଆଜି ସେ ପୁଣି ମୋତେ ଅପମାନିତ କରିଛି, ଓସ୍ତାଦ ।"

"କିଏ ସେ ?" ତାଲ ଖାଁ ପଚାରିଲା ।

"ସେହି ଜୟରାଜ ।"- ଆସ୍ତେ କରି ଉତ୍ତର ଦେଲା ଗୁଲଶନ ।

"ଜୟରାଜ ତୁମକୁ ଅପମାନ ଦେଲା ।" ଓସ୍ତାଦ ବ୍ୟଙ୍ଗପୂର୍ଣ୍ଣ ସ୍ୱରରେ କହିଲା ।- "ଏମିତି ତ ଆଗରୁ କେତେଥର ହୋଇଛି । ସେତେବେଳେ ତ ରାଗ ଆସୁଥିଲା ଆଉ ଏବେ ତୁମକୁ କାନ୍ଦ ଆସୁଛି ? ବଡ଼ ଆଶ୍ଚର୍ଯ୍ୟ କଥା ।" ଓସ୍ତାଦ ଟିକିଏ ରହିଗଲା । ପୁଣି କହିଲା- "ଗୁଲଶନ ତୁମର ମନ ତୁମ ଆୟତରେ ଅଛି ତ ?" ଗୁଲଶନ କିଛି କହି ନ ଥିଲା ।

"ତୁମେ ଚୁପ୍ ଅଛ ?" ଓସ୍ତାଦର ସ୍ୱର କିଛି ରୁକ୍ଷ ହୋଇଗଲା- "ମନେରଖ ଗୁଲଶନ, ଯେ ବଳବାନ ତାକୁ ରାଗ ଆସିଥାଏ ଏବଂ ଯେଉଁମାନେ ଦୁର୍ବଳ ଓ ଭୀରୁ ସେମାନଙ୍କୁ କାନ୍ଦ ଆସିଥାଏ ।"

"ନାଇଁ ଓସ୍ତାଦ !" ଗୁଲଶନ କହିଲା- "ରାଗ ତାହାକୁ ଆସେ ଯେ ଅତ୍ୟନ୍ତ ନିର୍ବଳ ହୋଇଥାଏ ଏବଂ କାନ୍ଦ ତାହାକୁ ଆସେ ଯେ ସବୁକିଛି କରିପାରିବାର ସକ୍ଷମ ହୋଇଥିଲେବି କିଛି କରିପାରିନଥାଏ ।"

"ଗୁଲଶନ !"- ଓସ୍ତାଦ ଚିତ୍କାର କରି କହିଲା- "ତୁମର ଆଜି କ'ଣ ହୋଇଛି ? ନିଜ ମନକୁ ଏବେଠାରୁ ସମ୍ଭାଳି ନେବା ତୁମ ପାଇଁ ଭଲ ହେବ ।"

"ମୋତେ ଏ ବୃତ୍ତିକୁ କ୍ରମଶଃ ଘୃଣା ଲାଗୁଛି, ଓସ୍ତାଦ !"- ଗୁଲଶନ ସାହାସ ସଞ୍ଚୟ କରି କହିଲା ।

"ଘୃଣା ?" ଆଶ୍ଚର୍ଯ୍ୟ ହୋଇ ପାଟି କରି ଉଠିଲା ତାଲ ଖାଁ ।

"ହଁ ଓସ୍ତାଦ !"- ଭିଜା ଭିଜା ସ୍ୱରରେ ଗୁଲଶନ କହିଲା- "ମୁଁ ଦେଖୁଛି ଯେ ଜୟରାଜ ଗାଁର ଗୋଟେ ଝିଅ ପଛରେ ପାଗଳ ପରି ପଡ଼ିଛି ଏବଂ ମୋତେ ସେ ବାରମ୍ବାର ଅପମାନିତ ଏଇଥିପାଇଁ କରୁଛି ଯେ ମୁଁ ଗୋଟେ ବେଶ୍ୟା । ଏମିତି କାମକୁ ଧିକ୍ ।"

"ଚୁପ୍ ରୁହ ! ନିକମା ଝିଅ !" ଗର୍ଜି ଉଠିଲା ଓସ୍ତାଦ- "ମୋ ସବୁ ଉପଦେଶକୁ ଧୂଳିରେ ମିଶାଇଦେଇ, ମୋର ସବୁ ଆଶା ଉପରେ ପାଣି ଢାଳି ଦେବାକୁ ଚାହୁଁଛ ? ତୁମକୁ କ'ଣ ଦେଖାଯାଉନି ଯେ ଆଜି ସାରା ସହର ତୁମ ପାଇଁ ପାଗଳ ହୋଇ ଉଠିଛି । ତୁମ ଆଖିର ଗୋଟିଏ ଇଙ୍ଗିତରେ ଟଙ୍କାର ବର୍ଷା ହେବାରେ ଲାଗିଯାଉଛି ।" ଗୁଲଶନ ଚୁପ୍ ରହିଥିଲା ।

"ତୁମେ ଏହା କ'ଣ ଜାଣିନାହଁ ଯେ, ତୁମର ଏହି କୋମଳ ଶରୀରକୁ ପିଲା ଦିନୁ ହିଁ ମୁଁ ନିଜ ହାତରେ ସଜାଇଛି; ମନରେ ଏହି ଆଶା ରଖିକରି ଯେ ଅଳ୍ପକିଛି ବର୍ଷ ପରେ ଏ ସହରୀ କୀଟ ପତଙ୍ଗ ମାନଙ୍କୁ ମୁଁ ଏପରି ଏକ ଦୀପ ଯୋଗାଇଦେବି ଯେ ସେମାନେ ତାହା ଉପରେ ଛଟପଟ ହୋଇ ନିଜ ଜୀବନର ବଳିଦାନ କରିବାକୁ ପଛେଇବେ ନାହିଁ ଏବଂ ଆଜି ସେହି ପ୍ରଜ୍ୱଳିତ ଦୀପ ମନକୁ ମନ ଲିଭି ଯିବାକୁ ଚାହୁଁଛି ?"

"ଓହୋ ! ! ଗୋଟେ ଅନାଥ ଝିଅକୁ ତୁମେ ପାଳି ପୋଷି କରି ବଡ଼ କଲ ଏଇଥିପାଇଁ ଯେ ବଡ଼ ହୋଇକରି ଏ ମଣିଷ ରୁପି କୁକୁର ମାନଙ୍କର ଶୋଷ ମେଣ୍ଟାଇବ ଏବଂ ସବୁକିଛି ପାଖରେ ଥାଇ ବି ଦୁନିଆର ନଜରରେ ସେ ବେଇଜ୍ଜତ ହେବ ?" ଗୁଲଶନ କହିଲା । ଏହା ଆଗରୁ ସେ କେବେହେଲେ ଓସ୍ତାଦ ତାଲ ଖାଁ ଆଗରେ ଏତେ ସାହାସରେ କଥାବାର୍ତ୍ତା କରି ନ ଥିଲା ।

"ବେଇମାନ ଝିଅ ! ତୁ ମୋର ଉପକାରକୁ ପୁରାପୁରି ଭୁଲିଯିବାକୁ ଚାହୁଁଛୁ ?" ଓସ୍ତାଦ ଆଗକୁ ଯାଇ ଧଡ଼ା ଧଡ଼୍ କେତେ ଚାପୁଡ଼ା ଗୁଲଶନ ଗାଲରେ ବସାଇ ଦେଲା ।

"ମୋତେ ମାରିଦିଅ ଓସ୍ତାଦ କିନ୍ତୁ ମୁଁ ଏବେ ଏ କାମ କେବେହେଲେ କରିବି ନାହିଁ, କରିବି ନାହିଁ ।"

"ମୁଁ ତୋ ରୋଗର ଔଷଧ ଏବେ ଦେଇ ଦେଉଛି ।"

କହିକରି ଓସ୍ତାଦ ବାହାରୁ ଶିକୁଳୀ ବନ୍ଦକରି ଚାଲିଗଲା । ଗୁଲଶନ ଖଟ ଉପରେ ପଡ଼ି କାନ୍ଦୁଥିଲା । ଆଜି ତା' ହୃଦୟରେ ନିଜର ଜୀବୀକା ପ୍ରତି ପ୍ରଚଣ୍ଡ ଘୃଣା ଉତ୍ପନ୍ନ ହୋଇଯାଇଥିଲା । ସେ ଏବେ ମଧ୍ୟ ଏକ ଘରୋଇ ସ୍ତ୍ରୀ ପରି ଜୀବନଯାପନ କରିବାକୁ ଲାଳାୟିତ ଥିଲା । ସେ ଭଲ ଭାବରେ ବୁଝିପାରିଥିଲା ଯେ, ରୁପ ଲାବଣ୍ୟ ସବୁ କିଛି ତା' ପାଖରେ ଥାଇ ବି ସେ ଲୋକମାନଙ୍କ ଦୃଷ୍ଟିରେ କେବେହେଲେ ସମ୍ମାନାସ୍ପଦ ହୋଇପାରିବ ନାହିଁ । ଲୋକମାନେ ତାକୁ ଏମିତି ଏକ କୁତିବୋଲି ଭାବୁଛନ୍ତି ଯାହା ପଛରେ ଶହ ଶହ ପାଗଳ କୁକୁର ଘୁରି ବୁଲୁଛନ୍ତି ।

ସେତେବେଳେ କୋଠରୀର କବାଟ ଖୋଲିଯାଇଥିଲା ଏବଂ ଗୋଟେ ହୃଷ୍ଟ ପୃଷ୍ଟ ଗୁଣ୍ଡାକୁ ନେଇ ଓସ୍ତାଦ ତାଲ ଖାଁ ଭିତରକୁ ଆସିଲା । ଗୁଲଶନ ଥରି ଉଠିଥିଲା । ଏ ପିରୁ ଗୁଣ୍ଡା ଥିଲା ସହରର ସବୁଠାରୁ ନୀଚ ବଦ୍‌ମାସ । ମଦ ନିଶାରେ ଟୁଲୁଟୁଲୁ ।

"ପିରୁ !" ଓସ୍ତାଦ ସେ ଗୁଣ୍ଡାକୁ କହିଲା- "ଏ ଝିଅର ମନ ଆକାଶରେ ଉଡୁଛି । ତୁମେ ତାକୁ ଯେଉଁ ପ୍ରକାରେ ଚାହିଁବ ଠିକ୍ କରିଦିଅ ।"

"ଆପଣ ନିଶ୍ଚିତ ରୁହନ୍ତୁ ।"- ସେ ଗୁଣ୍ଡା କହିଲା- "ଆଜିଯାଏଁ ଏହିପରି ଶହ ଶହ ଝିଅ ମାନଙ୍କୁ ମୁଁ ଠିକ୍ ବାଟକୁ ନେଇ ଆସିଛି ।" ପିରୁ ଆଗକୁ ବଢ଼ି ଚାଲିଲା । ତା'ର ବଳିଷ୍ଠ ହାତ ଦ୍ୱାରା ସେ ଗୁଲଶନକୁ ଧରିନେଇଥିଲା । ଗୁଲଶନ ଚଢ଼େଇ ପରି ଛଟପଟ ହେଲା କିନ୍ତୁ ସେହି ଦତ୍ୟାକାର ଗୁଣ୍ଡା ଆଗରେ ତା'ର କାନ୍ଦିବା, ଛଟପଟ ହେବା ସବୁ ନିଷ୍ଫଳ ହୋଇଥିଲା । ପିରୁ ଗୁଲଶନକୁ ଉଠାଇକରି ଖଟ ଉପରେ କଚାଡ଼ି ଦେଇଥିଲା ଏବଂ ଅସ୍ତବ୍ୟସ୍ତ ହୋଇ ପଡ଼ିଥିବା ଶାଢ଼ୀକୁ ଭିଡ଼ିକରି ଦୂରକୁ ଫୋପାଡ଼ିଦେଲା । ବିବସ୍ତ୍ର ଗୁଲଶନର ହାତ ଗୋଡ଼ ଗୋଟେ ରଶିଦ୍ୱାରା ଖଟରେ ବାନ୍ଧି ଦିଆଯାଇଥିଲା । ପାଖରେ ଚମଡ଼ାର ଗୋଟେ ଚାବୁକ ଟଙ୍ଗା ହୋଇଥିଲା । ତାକୁ ଉଠାଇ ପିରୁ ଗୁଲଶନର ନଗ୍ନ ସ୍ଥଳ ଉପରେ ସଟାସଟ ବାଡ଼େଇ ଚାଲିଲା । ଗୁଲଶନ ମୁହଁରୁ ହୃଦୟ ବିଦାରକ ଚିତ୍କାର ବାହାରୁଥିଲା ।

"କୁହ ! ଠିକ୍ ଭାବରେ କାମ କରିବୁ ନା ନାହିଁ ?- ଓସ୍ତାଦ ପଚାରିଲା ।

ଗୁଲଶନ ଚୁପ୍ ରହିଥିଲା । ଯେମିତି କି ସେ ଆଜି ତା' ଭାଗ୍ୟର ନିର୍ଣ୍ଣୟ କରି ନେବାକୁ ଚାହୁଁଥିଲା ।

"ଆହୁରି ମାର, ପିରୁ !"

ପିରୁ ପୁଣି ଚାବୁକ ଚଳାଇଲା । କୋମଳ ନଗ୍ନ ଶରୀର ଉପରେ ଚମଡ଼ାର ଚାବୁକ, ଚମଡ଼ା ଫାଟିକରି ଦେହ ରକ୍ତାକ୍ତ ହୋଇଯାଇଥିଲା । କିନ୍ତୁ ଗୁଲଶନ କେବଳ କାନ୍ଦିବା, ଚିତ୍କାର କରିବା ବ୍ୟତୀତ ଆଉ କିଛି କହି ନ ଥିଲା ।

"ଆପଣ କିଛି ସମୟ ପାଇଁ ବାହାରକୁ ଚାଲି ଯାଆନ୍ତୁ, ଓସ୍ତାଦ ।"- ପିରୁ କହିଲା ।

ଓସ୍ତାଦ ସେ କୋଠରୀରୁ ବାହାରକୁ ଆସି ଠିଆ ହୋଇ ରହିଥିଲା । ପିରୁ ଭିତରୁ କବାଟବନ୍ଦ କରିଦେଲା । ଭିତରୁ ଗୁଲଶନର ପାଟି କରିବା, ଚିତ୍କାର କରିବା ଆହୁରି ବଢ଼ିଯାଇଥିଲା ।

"ଛାଡ଼ି ଦେ ପାଜି, ବଦମାଶ ! ଏ କ'ଣ କରୁଛୁ ?" ଭିତରୁ ଗୁଲଶନର ସ୍ୱର ଶୁଣାଗଲା । ପାଞ୍ଚ ମିନିଟ ଯାଏଁ କାନ୍ଦିବା, ଚିତ୍କାର କରିବା ଚାଲିଥିଲା । ତା'ପରେ ବାତାବରଣ ପୁରା ଶାନ୍ତ ପଡ଼ିଗଲା । ଝାଳ ପୋଛି ପୋଛି ପିରୁ ବାହାରକୁ ଚାଲି ଆସିଥିଲା ।

"କ'ଣ ହେଲା ?"- ଓସ୍ତାଦ ପଚାରିଲା ।

"ବେହୋଶ ହୋଇଗଲା ।"- ପିରୁ କହିଲା- "ଏବେ ବହୁତ ଗୁରୁତର ଅଛି । ଚେତା ଫେରିଲେ ମନ ଠିକ୍ ବାଟକୁ ଆସିଯିବ ।"

ଓସ୍ତାଦ ପିରୁ ହାତରେ ପାଞ୍ଚ ଟଙ୍କା ରଖିଦେଲା ଏବଂ ସେ ଚାଲିଯାଇଥିଲା ।

॥ ୪୦ ॥

ଉଜ୍ଜଳ ଚାନ୍ଦିନୀ ରାତି ଧଳା ଚାଦର ତଳେ ନିସ୍ତବ୍ଧ ହୋଇ ଶୋଇରହିଥିଲା । ବନ୍‌ଜାର ଗାଁର ଗୋହିରୀ ରାସ୍ତା ଶୁନଶାନ ଥିଲା । ପାଖ ବିଲ ଆଡୁ କେବେ କେବେ ବିଲୁଆ ମାନଙ୍କର ବୋବାଇବା ଶବ୍ଦ ଭାସି ଆସୁଥିଲା ଯାହା ଏହି ଭୀଷଣ ନୀରବତାରେ ବାଧା ଉତ୍ପନ୍ନ କରୁଥିଲା । ଅଧ ରାତି ପାର ହୋଇଯାଇଥିଲା ।

କିନ୍ତୁ ଲବଙ୍ଗ ଏବଂ ତା'ର ବୁଢ଼ୀ ମା' ଦୁଇଜଣ ଏ ପର୍ଯ୍ୟନ୍ତ ଚିଆଁଇ ରହିଥିଲେ । ଭାଙ୍ଗି ପଡ଼ିବା ପରି ଦେଖା ଯାଉଥିବା କୁଡ଼ିଆ ଭିତରେ ଖଟିଆ ଉପରେ ଦୁଇଜଣ ବସି ରହିଥିଲେ ଏବଂ ପଞ୍ଚମ ବିଷୟରେ ଭାବି ଭାବି କରି ଲୁହ ଗଡ଼ଉଥିଲେ । କାନ୍ଦି କାନ୍ଦି କରି ଚିନ୍ତା କରୁଥିଲେ ।

"ଭାଇ କେଉଁଠାରେ ଥିବେ ମା' !" ଲବଙ୍ଗ କାନ୍ଦିକରି ପଚାରିଲା ।

"ପାଗଳୀ ! ମୋତେ ଏମିତି ପଚାରୁଛୁ ଯେମିତି ମୁଁ ସବୁ ଜାଣିଛି ।" ବୁଢ଼ୀର ସ୍ୱର ମଧ୍ୟ ଏମିତି ଜଣା ପଡୁଥିଲା ଯେମିତି ଆଖିର ଲୁହ ତା'ର ଭାଷାକୁ ଓଦା କରି ଦେଇଛି । -"ଝିଅ ତୁ କାନ୍ଦେନା । ତୋ ଭାଇ କେତେବେଳେ ତ ହେଲେ ଆସିଯିବ ।"

"ଏମିତି ଲାଗୁଛି ମା' !" ଲବଙ୍ଗ କହିଲା- "ଯେମିତି ଆମେ ପଞ୍ଚମ ଭାଇକୁ ସବୁଦିନ ପାଇଁ ହଜେଇ ଦେଇଛେ । ମୁଁ ଆଉ ତୁ ସହରକୁ ଯାଇକରି ତାଙ୍କୁ ଖୋଜି ପାରିବାନି ମା' ?"

"ସହର ବହୁତ ବଡ଼ରେ । ଆମେ ମା' ଝିଅ ଦୁଇଜଣ କେଉଁଠି ଖୋଜି ପାଇବା ।"- ବୁଢ଼ୀ କହିଲା ।

"ତୁ ବେକାରରେ ଆଗପଛ ହେଉଛୁ ମା' ! କାଲି ସହର ଚାଲ, ଆମେ ଆମ ପଞ୍ଚମ ଭାଇକୁ ଖୋଜି ବାହାର କରିବା ।"

"ଦୁଇଜଣ ଯାକ ଯିବା ଠିକ୍ ହେବନାହିଁ"- ଜମ୍ମୁକୁ ଦାନା ପାଣି କିଏ ଦେବ ?"

"ଭାଲୁକୁ କେସର ଘରେ ଛାଡ଼ିଦେଇ ଯିବା ।"

"କେସର ଘରେ ?"

"ହଁ ।"

"କେସରର ବାପା ତ ଏ ପର୍ଯ୍ୟନ୍ତ ଆହତ ହୋଇ ପଡ଼ି ରହିଛନ୍ତି, କେବଳ ଆମରି ପାଇଁ । ନା ମୁଁ ଚୌଧୁରୀଙ୍କୁ ପଞ୍ଚମକୁ ଖୋଜିବାକୁ ପଠାଇଥାନ୍ତି, ନା ତାଙ୍କର ଏମିତି ଅବସ୍ଥା ହୋଇଥାନ୍ତା । ବିଚରା ଏ ପର୍ଯ୍ୟନ୍ତ ଖଟିଆ ଉପରେ ପଡ଼ି ରହିଛନ୍ତି । ଭଲ ହେବାର କୌଣସି ଆଶା ନାହିଁ । ଆଉ ତୁ କହୁଛୁ କି ଜମ୍ମୁକୁ ବି କେସର ପାଖରେ ଛାଡ଼ିଦେବୁ ।"- ବୁଢ଼ୀ କହିଲା ।

"ଏଥିରେ ଅସୁବିଧା କ'ଣ ମା' ?"

"ଅସୁବିଧା ! ପାଗଳୀ ପଚାରୁଛି ଅସୁବିଧା କ'ଣ ?"- ବୁଢ଼ୀ ଆଶ୍ଚର୍ଯ୍ୟ ହୋଇ କହିଲା- "ଯେମିତି କିଛି ବୁଝି ପାରୁନାହିଁ । ଯେମିତି ଆମେ କେସରକୁ ବହୁତ ସୁଖ ଦେଇଛେ, ସେମିତି ଏହି ଭାଲୁର ବୋଝ ମଧ୍ୟ ତାକୁ ଦେଇଦେବା ।"

"କେସର ଟିକିଏ ହେଲେ ବି ଖରାପ ଭାବିବନି, ମା'।"

"କାହିଁକି ଖରାପ ଭାବିବ " ତୋର ସେ ସାଙ୍ଗ ନା !"- ବୁଢ଼ୀ ବ୍ୟଙ୍ଗ କରି କହିଲା- "ଆଚ୍ଛା ତେବେ କାଲି ତୁ ଜମ୍ମୁକୁ ନେଇକରି ଚାଲି ଯା ଏବଂ କେସରର କବାଟ ପାଖରେ ବାନ୍ଧିଦେଇ ଆସେ ।"

"ବହୁତ ଭଲ ।"- ଲବଙ୍ଗ କହିଲା ଏବଂ ଏକଡ଼ ସେକଡ଼ ହୋଇ ଶୋଇବାକୁ ଚେଷ୍ଟା କଲା କିନ୍ତୁ ନିଦ ଯେମିତି ତା' ଆଖିଠାରୁ ରୁଷି ଯାଇଥିଲା । ବହୁତ ଚେଷ୍ଟା କରି ମଧ୍ୟ ତାକୁ ନିଦ ଆସି ନ ଥିଲା । କିନ୍ତୁ ବୁଢ଼ୀ ଚଞ୍ଚଳ ଶୋଇ ପଡ଼ିଥିଲା । ଆଖିକୁ ନିଦ ଆସୁ ନ ଥିଲା ବରଂ ମନ ଭିତରେ ବିଭିନ୍ନ ଚିନ୍ତାର ଧାରା ଯା ଆସ କରୁଥିଲା । ଲବଙ୍ଗ ଚାହୁଁଥିଲା ଯେ ସେ ସେହି କଷ୍ଟଦାୟକ କଥା ଗୁଡ଼ାକ ନ ଭାବିବାକୁ କିନ୍ତୁ ସେ କଥା ଗୁଡ଼ାକ ରହି ରହି କରି ତା'ର ମନେ ପଡ଼ିଯାଉଥିଲା । ଆଜିକୁ କିଛିଦିନ ହେଲା ଲବଙ୍ଗ ଯେଉଁ ଚିନ୍ତାର ଦାବାନଳରେ ଜଳୁଥିଲା, ତାହା ସେ ହିଁ କେବଳ ଜାଣିପାରୁଥିଲା । ତଥାପି ସେ ତା'ର ଚେହେରାରେ ଖୁସିର ଆବରଣ ପକାଇ ରଖିଥିଲା । ତା' ହେଲେ ନିଜ ଭାଇ ପାଇଁ ଦୁଃଖରେ ବ୍ୟାକୁଳ ତା'ର ମା'କୁ ତାହାର ଦୁଃଖ ଦେଖି ପୁଣି ବେଶୀ ଆଘାତ ନ ହେଉ ।

ଜୟରାଜର ଅବହେଳା ଲବଙ୍ଗର ହୃଦୟକୁ ଭାଙ୍ଗି ଦେଇଥିଲା । କାହିଁକି ତା' ହୃଦୟ ଭାଙ୍ଗି ଯିବନି ଯେତେବେଳେ ସେ ତା' ନିଜ ଆଖିରେ ନିଜର ସର୍ବସ୍ୱ ଲୁଟି ଯିବାର ଦେଖିଥିଲା । କିନ୍ତୁ ସେ ଲୁଟିବା ବାଲା କିଏ ଥିଲା ? ଗୋଟେ ବେଶ୍ୟା । ତାହାର ଉଗ୍ର ରୁପ ଏବଂ ଯୌବନ ! ଯାହାର ତୀବ୍ର ଗତିରେ ଶୁଖିଲା ପତ୍ର ପରି ଜୟରାଜ ଏଠିକି ସେଠିକି ଉଡ଼ି ଯାଉଥିଲା । ଲବଙ୍ଗ ଏହି ଅସହନୀୟ ଆବେଗକୁ ସହି ନ ପାରି କାନ୍ଦିବାକୁ ଲାଗିଥିଲା । ସେତେବେଳେ ବୁଢ଼ୀ କଡ଼ ଲେଉଟାଇଥିଲା ଏବଂ ପଚାରିଲା- "କାହିଁକି କାନ୍ଦୁଛୁ ?"

"କେଉଁଠି କାନ୍ଦୁଛି ମା !"- ଲବଙ୍ଗ କହିଦେଲା ।

କିନ୍ତୁ ଯଦି ଦିନର ଆଲୋକ ହୋଇଥାନ୍ତା ତେବେ ବୁଢ଼ୀ ଦେଖିପାରିଥାନ୍ତା ଯେ, ଲବଙ୍ଗର ସେ ନିଦୁଆ ଆଖି ନାଲି ନାଲି ଟମାଟୋ ପରି ହୋଇଯାଇଛି ଏବଂ ଛାତି ଉଠ୍‌ପଡ଼ ହେଉଛି ।

"ଏବେ ତ ତୁ ସୁକୁ ସୁକୁ ହୋଇ କାନ୍ଦୁଥିଲୁ । କୁହ କାହିଁକି କାନ୍ଦୁଥିଲୁ ?"

"ଏବେ ଆଉ କାନ୍ଦିବିନି ମା' !- ଲବଙ୍ଗ କହିଲା ।

"କାନ୍ଦିବୁନି । କହୁଛି ଏବେ ଆଉ କାନ୍ଦିବିନି ।"- ବୁଢ଼ୀ ମନକୁ ମନ କହିବାକୁ ଲାଗିଲା- ମୁଁ ପଚାରୁଛି, ଯେ ତୁ କାହିଁକି ପଞ୍ଚମ ପାଇଁ କାନ୍ଦି କାନ୍ଦି ମରୁଛୁ ଆଉ ମରି ମରି ବଞ୍ଚୁଛୁ ? ମୋତେ ଦେଖ ! ମୁଁ ତା'ର ମା' । ନଅ ମାସ କାଳ କଷ୍ଟ ସହି ସହି କରି ନିଜ ପେଟରେ ମୁଁ ପାଳିଥିଲି । କେତେବେଳେ ହେଲେ ସେ ଆସିଯିବ । କାନ୍ଦିକରି ଲାଭ କ'ଣ ?" ଅଜ୍ଞାନ ବୁଢ଼ୀ କ'ଣ ଜାଣିପାରିଥିଲା ଯେ ଲବଙ୍ଗର ଏହି କାନ୍ଦ ଭିତରେ କ'ଣ ଗୁପ୍ତ ରହସ୍ୟ ଅଛି ? କଥାବାର୍ତ୍ତା ବନ୍ଦ ହୋଇଗଲା ଏବଂ ନିଦର ପ୍ରହାର ଦୁଇଜଣଙ୍କୁ ମାରି ମାରି କରି ଅଚେତ କରିଦେଇଥିଲା ।

ପ୍ରାତଃକାଳ ! ଯେତେବେଳେ ବାଲ ସୂର୍ଯ୍ୟ ରାତିର ସୁଖନିଦ୍ରାରୁ ଉଠିକରି ପୂର୍ବ ଆକାଶରେ ଖେଳି ଉଠିଥିଲେ ସେତେବେଳେ ପାଖରେ ଥିବା ଅଶ୍ୱତ୍ଥ ଗଛ ସ୍ୱର୍ଗୀୟ କିରଣରେ ରଞ୍ଜିତ ହୋଇ ଉଠିଥିଲା । ନଦୀ କୂଳରେ କେସର ଏବଂ ଲବଙ୍ଗ ବସିଥିଲେ ପରସ୍ପର ର କାନ୍ଧରେ ହାତ ରଖିକରି ।

"ଦାଦା କେମିତି ଅଛନ୍ତି ?" ଲବଙ୍ଗ ପଚାରିଲା ।

"ମୁଣ୍ଡର କ୍ଷତ ତ ଭଲ ହୋଇ ଆସୁଛି । ଆଶା ହେଉଛି ଶୀଘ୍ର ଭଲ ହୋଇଯିବେ ।" କେସର କହିଲା- "ଆଜି କଥା ମଧ୍ୟ ହୋଇଥିଲେ ।"

“କଥା ହୋଇଥିଲେ ?”

“ହଁ ! ମୋତେ ଝିଅ କହିକରି ଡାକିଥିଲେ ଏବଂ ପାଣି ମାଗିଥିଲେ ।”

“ଈଶ୍ୱର କରନ୍ତୁ, ଖୁବ୍ ଶୀଘ୍ର ଭଲ ହୋଇଯାନ୍ତୁ ।” ଲବଙ୍ଗ କହିଲା- “ଆମରି ପାଇଁ ହିଁ ଏହା ସବୁ ଘଟିଗଲା । ତୁ ମୋତେ କ୍ଷମା କରିବୁନି କେସର ?”

“କେମିତି କଥା କହୁଛୁ ମୋ ରାଣୀ !”କେସର ନିଜ ବାହୁରେ ଲବଙ୍ଗକୁ ଜାବୁଡ଼ି ନେଲା- “ତୁମ ମାନଙ୍କର ଏଥିରେ କ’ଣ ଅପରାଧ ଅଛି ।”

“ମୋ ଭାଇକୁ ଖୋଜିବାକୁ ତ ଚୌଧୁରୀ ଦାଦା ଯାଇଥିଲେ ।”

“ସେ ତୋର ଭାଇ ଥିଲେ ତେବେ ମୋର କ’ଣ କିଛି ନ ଥିଲେ, ଲବଙ୍ଗ ?” -କେସରର ଗଳା ରୁନ୍ଧି ହୋଇ ଯାଇଥିଲା ଏବଂ ଲୁହର ଧାର ତା’ ଗାଲ ଉପରେ କେତେକ ରେଖା ଆଙ୍କି ଦେଇଥିଲା ।

“ଆଚ୍ଛା! ଏବେ ତ ମୋତେ ଛାଡ଼ି ଦେ ।”- ଲବଙ୍ଗ କହିଲା- “ହେ ଭଗବାନ ! ତୁ ତ ଦିନକୁ ଦିନ ପୁରୁଷ ପରି ହୋଇଯାଉଛୁ । ଏତେ ଟାଣ କରି ଜାବୁଡ଼ି ଥିଲୁ ଯେ ମୋର....।” ଲବଙ୍ଗର ଏହି ଥଟ୍ଟାରେ କେସର ମଧ୍ୟ ହସି ପଡ଼ିଥିଲା । କିଛି ସମୟ ଇଆଡୁ ସିଆଡୁ କଥାବାର୍ତ୍ତା ଚାଲିଥିଲା ।

“କେସର !”

“କହ !”

“ଭାଇକୁ ଖୋଜିବାକୁ ମୁଁ ଆଉ ମା’ ଆଜି ସହରକୁ ଯିବୁ ।”- ଲବଙ୍ଗ କହିଲା- “ଆଉ ଯେ ପର୍ଯ୍ୟନ୍ତ ଭାଇର ଖୋଜ ଖବର ମିଳିବନି ସେ ପର୍ଯ୍ୟନ୍ତ ଆମେ ସହରରେ ରହିକରି ତାକୁ ଖୋଜିବୁ ।”

“କିନ୍ତୁ ସହରରେ ରହିବା ପାଇଁ ଟଙ୍କା ପଇସା ଦରକାର ।”

“ଆମେ ଭିକ ମାଗିନେବୁ, କେସର । ଗରିବର ଭିକ ମାଗିବାରେ ଅସୁବିଧା କ’ଣ ?”

“ଠିକ୍ କହିଛୁ ।”- କେସର କହିଲା- “କ’ଣ କରିବି, ଯଦି ବାପାଙ୍କର ଦେହ ଠିକ୍ ଥାନ୍ତା ତେବେ ମୁଁ ମଧ୍ୟ ତୁମ ମାନଙ୍କ ସାଙ୍ଗରେ ଯାଇଥାନ୍ତି ।”

“ଆମେ ଶୀଘ୍ର ଫେରି ଆସିବୁ, କେସର ! ସେତେବେଳେ ପର୍ଯ୍ୟନ୍ତ ଭାଇର ଜମ୍ମୁକୁ ତୋ ପାଖରେ ଛାଡ଼ିଦେଇ ଯିବି ।”- ଲବଙ୍ଗ କହିଲା ।

“ଠିକ୍ ହେବ ।”- ଗମ୍ଭୀର ସ୍ୱରରେ କେସର କହିଲା- “ମୁଁ ଦିନେ ନିଜେ ତୋ ପାଖରୁ ତାଙ୍କର ଭାଲୁ ମାଗିବାକୁ ଭାବିଥିଲି । ଭାବିଥିଲି ସେ ନ ହୁଅନ୍ତୁ ତାଙ୍କ

ଭାଲୁ ପଛେ ମୋ ପାଖରେ ରହିଥାଉ । ହୃଦୟକୁ ଶାନ୍ତ ରଖିବାକୁ କିଛି ତ ଗୋଟେ ଦରକାର ନା, ଲବଙ୍ଗ ! ପୁଣି ଏବେ ତୁ ମଧ ଯାଉଅଛୁ । କିଏ ଜାଣେ କେବେ ଫେରିବୁ ? ଏଠାରେ ରହିଥିଲେ ମୋର ଶୂନ୍ୟ ହୃଦୟରେ କିଛିହେଲେ ଧୈର୍ଯ୍ୟ ରହିଥାନ୍ତା ।"

"ମୁଁ ଅତିଶୀଘ୍ର ଫେରି ଆସିବି କେସର !"

"କିଏ ଜାଣେ, କେବେ ଫେରି ଆସିବୁ !"- ଏକ ଶୁଷ୍କ ହସ ହସି ସେ କହିଲା- "ସହର ରେ ବହୁତ ଆକର୍ଷଣର ଜିନିଷ ଅଛି । ହୋଇପାରେ ସେତେବେଳେ କେସର ମନେ ପଡ଼ିବନି ।"

ଲବଙ୍ଗ କିଛି କହି ନ ଥିଲା । କିଛି ସମୟ ପରେ ଦୁଇଜଣ ପାଣି ମାଠିଆ ଧରି ଉଠି ଠିଆ ହେଲେ । ସେହିଦିନ ଜମ୍ବୁକୁ କେସର ଦୁଆର ପାଖରେ ବାନ୍ଧିକରି, ଲବଙ୍ଗ ଏବଂ ବୁଢ଼ୀ ସହରକୁ ଚାଲିଯାଇଥିଲେ, ପଞ୍ଚମର ସନ୍ଧାନରେ ।

॥ ୪୧ ॥

ଲଖନା କାଚ ଗ୍ଲାସରେ ପାଣି ଭର୍ତ୍ତିକରି ଜୟରାଜ ଓଠରେ ଲଗାଇଦେଲା । ଜୟରାଜ ଏ ପର୍ଯ୍ୟନ୍ତ ଅସୁସ୍ଥ ଥିଲା ଯଦିଓ ଅନ୍ୟଦିନ ମାନଙ୍କ ଅପେକ୍ଷା ଆଜି ତା' ଦେହ ଟିକେ ଭଲ ଥିଲା । ଡାକ୍ତର ମାନଙ୍କର ଅକ୍ଳାନ୍ତ ପରିଶ୍ରମ ଏବଂ ଧନର ପ୍ରଭାବରେ ତାହାର ଛାତିର ଯନ୍ତ୍ରଣା କିଛି କମ୍ ହୋଇଯାଇଥିଲା । ପ୍ରଭୁ ଭକ୍ତ ଲଖନା ସବୁବେଳେ ଜୟରାଜର ଖଟ ପାଖରେ ଉପସ୍ଥିତ ରହୁଥିଲା ।

ପାଣି ପିଇଲା ପରେ ଜୟରାଜ ନିଜ ଭିତରେ ଏକ ପ୍ରକାର ଶୀତଳତା ଅନୁଭବ କରିଥିଲା । ଲଖନା ତାକୁ ଧରି ଖଟ ଉପରେ ଶୁଆଇ ଦେଇଥିଲା ।

"ଏଠାକୁ ସେ ଆସିଥିଲା ଲଖନା !"- ଜୟରାଜ ପଚାରିଲା ।

"ଲବଙ୍ଗ କଥା ପଚାରୁଛନ୍ତି, ଛୋଟ ସରକାର !"- ସହାନଭୁତିପୂର୍ଣ୍ଣ ସ୍ୱରରେ ଲଖନା କହିଲା ଏବଂ ଧୀରେ ଧୀରେ ଜୟରାଜର ମୁଣ୍ଡକୁ ଚିପିବାରେ ଲାଗିଲା ।

"ହଁ ! ଲବଙ୍ଗ ସେଦିନ ଯେଉଁ ଫେରି ଯାଇଥିଲା ପୁଣି ଆଉ ଆସି ନାହିଁ ନା ?"

"ନାହିଁ ସରକାର !"- ଲଖନ କହିଲା- "ଏବେ ସେ ଆଉ ଆସିବ ନାହିଁ । ସରକାର ଆପଣ ତା' ମନକୁ ବହୁତ ଆଘାତ ଦେଇଛନ୍ତି ।"

"ତୁ ମଧ ମୋତେ ଅପରାଧୀ ବୋଲି ଭାବି ନେଇଛୁ, ଲଖନା ।"- ଆହତ ସ୍ୱରରେ ଜୟରାଜ କହିଲା- "ଠିକ୍ ଅଛି, ଠିକ୍ ଅଛି । ମୋର ହିଁ ଅପରାଧ ହୋଇଚି । ନଈର ନିର୍ମଳ ଜଳ ଛାଡ଼ିକରି ଦୂଷିତ ନାଳର ପାଣି ପିଇବାକୁ ଯାଉଥିଲି ନା !"

"ବୋଧହୁଏ ଏବେ ସେ କେବେହେଲେ ଆସିବ ନାହିଁ, ସରକାର ।"

"ଏ ତ ନିଶ୍ଚୟ । ସେ ଏବେ ଆସିବ ନାହିଁ ।"- ଜୟରାଜର ଚକ୍ଷୁଦ୍ୱୟ ଅଶ୍ରୁ ଛଳ ଛଳ ହୋଇଯାଇଥିଲା ।

"ଗୋଟେ କଥା କହିବି, ସରକାର !"

"କୁହ ।"

"ମୋତେ ଥରେ ହେଲେ ତା' ପାଖକୁ ଯିବାକୁ ଦିଅନ୍ତୁ ।"- ଲଖନା କହିଲା- "ମୁଁ କୁହାବୋଲା କରି, ହାତ ଗୋଡ଼ ଧରିକରି ତାକୁ ଏଠାକୁ ନେଇ ଆସିବି ।"

"ନାହିଁ !"- ଜୟରାଜ ଚୁପ୍ ରହିଥିଲା ।

ଲଖନା ମୁଣ୍ଡଚିପା ଜାରି ରଖିଥିଲା ଏବଂ ଜୟରାଜ ଚୁପ୍ ଚାପ୍ ଶୋଇ ରହି କେଜାଣି କ'ଣ ଭାବୁଥିଲା । ହଠାତ୍ ଜୟରାଜ ଉଠିକରି ବସିଗଲା ଏବଂ ଖଟର ତଳକୁ ଓହ୍ଲାଇ ପଡ଼ିଲା । ଲଖନା ! ମୋ କୋଟ ମୋତେ ପିନ୍ଧାଇ ଦେ ଆଉ ତୁ ମଧ୍ୟ ଯିବାକୁ ପ୍ରସ୍ତୁତ ହୋଇ ଯା । ଡ୍ରାଇଭାରକୁ କାର ପ୍ରସ୍ତୁତ କରିବାକୁ କହି ଦେ ।

"କୁଆଡ଼େ ଯିବେ ସରକାର ?"- ଲଖନା ପଚାରିଲା ।

"ତା' ପାଖକୁ, ଯିଏ ମୋ ଛାତି ରେ ନିଆଁ ଲଗାଇ ଦେଇଛି ।"

"ମୁଁ ବୁଝିପାରିଲିନି, ସରକାର ।"

"ସେ ନିଜେ ଏଠାକୁ ଆସିବନି କିନ୍ତୁ ମୁଁ ତ ସେଠାକୁ ଯାଇ ପାରିବି ।"

"ଆପଣଙ୍କ ଦେହ ଠିକ୍ ନାହିଁ, ସରକାର । ଆପଣ ବିଶ୍ରାମ ନେଉଥାନ୍ତୁ । ମୁଁ ଏବେ ଯାଇକରି ତାକୁ ନେଇ ଆସିବି ।"

"ନାଇଁ ଲଖନା ନାଇଁ ।"- ଜୟରାଜ କହିଲା- "ମୁଁ ଯିବି... ଶୀଘ୍ର ବାହାର ।"

ଲଖନା ଜୟରାଜକୁ କୋଟ ପିନ୍ଧାଇଦେଲା ଏବଂ ହାତରେ ଗୋଟେ ସରୁ ଛଡ଼ି ଧରାଇ ଦେଲା । ଦୁଇଜଣ ବାହାରକୁ ଆସିଲେ । ଡ୍ରାଇଭର ସାଙ୍ଗେ ସାଙ୍ଗେ କାର ନେଇ ଆସିଥିଲା ଏବଂ ଲଖନା ତଥା ଜୟରାଜକୁ ନେଇ ବନ୍‌ଜାର ମାନଙ୍କ ଗାଁ ଆଡ଼େ ଚାଲିଲା । କାରର ଗତିଠାରୁ ଜୟରାଜର ବ୍ୟଥିତ ହୃଦୟ ଆହୁରି ଜୋର୍‌ରେ ଗତି କରୁଥିଲା । ସେ ଭାବୁଥିଲା, ସେ କ'ଣ ମୋତେ କ୍ଷମା କରିଦେବ ? ସେ କ'ଣ ତା' ହୃଦୟର ସମସ୍ତ ଗ୍ଲାନି ଭୁଲିକରି ତା' ପାଖକୁ ଚାଲି ଆସିବ ?

ନାହିଁ ! ବୋଧହୁଏ ସେ ଏପରି କରିବନି । ନାରୀ ମାନଙ୍କର ହୃଦୟ

କୋମଳ ହୋଇଥାଏ ଆଉ କଠୋର ମଧ୍ୟ । ମୋର ଅବହେଳା ତଥା ବିଶ୍ୱାସଘାତକତା ଦେଖିକରି ତାକୁ କେତେ ରାଗ ଆସି ନ ଥିବ, କେତେ କଷ୍ଟ ହୋଇ ନ ଥିବ । ସେ ତାକୁ କ୍ଷମା କରି ପାରିବ । ନାହିଁ ! ନାହିଁ ! ନାହିଁ! ଜୟରାଜର ମନ ଆତ୍ମଗ୍ଲାନିରେ ଭରି ଉଠିଥିଲା । ସେ ତା'ର ଦୁଇ ପାପୁଲି ମଝିରେ ନିଜ ମୁହଁ ଲୁଚାଇ ଦେଲା । ତାକୁ ଲାଗିଲା ଯେପରି ଲବଙ୍ଗର ଚେହେରା ତା' ଚାରିପଟେ ନାଚି ନାଚି ବ୍ୟଙ୍ଗପୂର୍ବକ ହସୁଅଛି ଯେମିତିକି ଦୁନିଆ ଯାକର ବିଶ୍ୱାସଘାତକତାର ଲହରୀ ଜୟରାଜ ଶରୀରରେ ପଶି ଉଚ୍ଛୁଳି ପଡୁଛି ।

"ଲଖନା !" ଚିତ୍କାର କରି ଉଠିଲା ଜୟରାଜ ।

"ଆଜ୍ଞା ସରକାର !" ଡ୍ରାଇଭର ପାଖରେ ବସିଥିବା ଲଖନା କହିଲା ।

"କାର ବୁଲାଇ ଦେ ଆଉ ଘର ଆଡ଼େ ଚାଲ ।"

"ବହୁତ ଭଲ ସରକାର !" - ଲଖନା କହିଲା ।

କିନ୍ତୁ ମଟର କାର ବୁଲି ନ ଥିଲା । ସେ ଅବିରାମ ଗତିରେ ଆଗକୁ ଆଗକୁ ମାଡ଼ି ଚାଲିଥିଲା ଏବଂ ଖୁବ୍ ଚଞ୍ଚଳ ପ୍ରଗାଢ଼ ଚିନ୍ତାରେ ମଗ୍ନ ହୋଇଯିବା ଯୋଗୁଁ ଜୟରାଜ ଏହା ଉପରେ ଧ୍ୟାନ ଦେଇ ନ ଥିଲା ।

ଜୟରାଜର ଧ୍ୟାନ ସେତେବେଳେ ଭଗ୍ନ ହେଲା ଯେତେବେଳେ ଏକ ହାଲୁକା ଝଟକା ଦେଇ କାର ରହିଯାଇଥିଲା । ଜୟରାଜ ଆଶ୍ଚର୍ଯ୍ୟ ହୋଇ ନିଜର ଚାରିପଟକୁ ଦେଖିଲା । ମାଟିର ଚଲା ରାସ୍ତା ଏବଂ ପାଖରେ ବୋହି ଯାଉଥିବା ନଈ ଆଉ ନଈ କୂଳରେ ଗୋଟେ ପଥର ଉପରେ ସେମାନଙ୍କ ଆଡ଼କୁ ପିଠି କରି ବସିଥିବା ଜଣେ ବନ୍‌ଜାର ଲଳନା ଏବଂ ତା' ପାଖରେ ହିଁ ଥୁଆ ହୋଇଥିଲା ଗୋଟେ ମାଟିର ମାଠିଆ । ଜୟରାଜ ଗୋଟିଏ ନଜର ରେ ହିଁ ଏ ସବୁ ଦେଖିନେଲା ଏବଂ ତା'ପରେ ଛଡ଼ି ନେଇକରି ଆସ୍ତେକରି କାରରୁ ଓହ୍ଲାଇ ପଡ଼ିଲା । ଲଖନା ତାକୁ ସାହାଯ୍ୟ କରିଥିଲା ।

"ଲଖନା ! ସେ କିଏ ସେ ?"- ସେ ଝିଅଟିକୁ ଦେଖାଇ ଜୟରାଜ ପଚାରିଲା ।

"ସେହି ସରକାର ! ଧୀରେ ଧୀରେ ଚାଲନ୍ତୁ ।"

ଜୟରାଜ ଛଡ଼ି ସାହାଯ୍ୟରେ ସେହି ଆଡ଼କୁ ଚାଲିଲା, ଯେଉଁଠାରେ ଗଭୀର ଚିନ୍ତାରେ ତନ୍ମୟ ସେ ଝିଅଟି ବସିଥିଲା । ତା'ର ପିଠି ଏହି ଆଡ଼କୁ ଥିଲା । ଚିନ୍ତାରେ ସେ ଏତେ ମଗ୍ନ ଥିଲା ଯେ, କାରର ରହିବା ତଥା ଏହି ଲୋକ ମାନଙ୍କର ଆସିବା ସେ ଆଦୌ ଜାଣିପାରି ନ ଥିଲା । ଧୀରେ ଧୀରେ ଜୟରାଜ ଏବଂ ଲଖନା

ଯାଇକରି ସେ ଝିଅଟି ପଛରେ ଠିଆ ହୋଇଗଲେ । ତଥାପି ମଧ୍ୟ ସେ ଝିଅଟି ଜାଣି ପାରି ନ ଥିଲା । ବୋଧହୁଏ ସେ କାନ୍ଦୁଥିଲା । ତା'ର କୋହ ଜୟରାଜର କାନରେ ପଡ଼ିଥିଲା । ସେ ବ୍ୟାକୁଳ ହୋଇ ଉଠିଥିଲା ।

ନିଜ କାନ୍ଧରେ କାହାର ସ୍ପର୍ଶ ଅନୁଭବ କରି ସେ ଝିଅଟି ଚମକି ପଡ଼ିଥିଲା । ତା'ର ଚିନ୍ତାଧାରା ରେ ବିଘ୍ନ ପହଞ୍ଚିଥିଲା ଏବଂ ସେ ଆଶ୍ଚର୍ଯ୍ୟ ହୋଇ ମୁଣ୍ଡ ବୁଲାଇ ପଛକୁ ଅନାଇଲା । ସେ ଝିଅଟିର ମୁହଁ ଦେଖିଲା ମାତ୍ରେ ଚମକି ପଡ଼ି ଜୟରାଜ ତା' କାନ୍ଧରୁ ନିଜ ହାତ ହଟେଇ ନେଇଥିଲା । ସେ ଆଉ କିଏ ଥିଲା । ଲବଙ୍ଗ ନୁହେଁ କିନ୍ତୁ ଲବଙ୍ଗ ପରି ଶାଢ଼ୀ ପିନ୍ଧିଥିଲା ।

"ମୋତେ କ୍ଷମା କରିଦିଅ ।"- ଜୟରାଜ ଦୁର୍ବଳ ସ୍ୱରରେ କହିଲା- "ମୁଁ ଭାବିଥିଲି ଲବଙ୍ଗ ହୋଇଥିବ ।"

"ଲବଙ୍ଗ !"- ଝିଅଟି ଆଶ୍ଚର୍ଯ୍ୟ ଭରା ସ୍ୱରରେ କହିଲା- "ତେବେ କ'ଣ ଲବଙ୍ଗଙ୍କୁ ଆପଣ ଜାଣନ୍ତି ?"

"ଜାଣିଛି ଏବଂ ଭଲ ଭାବରେ ଜାଣିଛି ।"- ଜୟରାଜ ଟଳମଳ ପାଦରେ ବୁଲିପଡ଼ି ଯିବାକୁ ଲାଗିଲା ।

"ଆପଣ ଅସୁସ୍ଥ ପରି ଜଣା ପଡୁଛନ୍ତି, ବାବୁ !"- ଝିଅଟି କହିଲା- "ଆପଣଙ୍କର କ'ଣ ରୋଗ ହୋଇଛି ?"

"ରୋଗ, ଅସୁସ୍ଥତା !"- ବୁଲିପଡ଼ି ଟିକିଏ ରହିକରି ଜୟରାଜ କହିଲା- "ଏକ ଅଭାଗା ଲୋକକୁ ସହାନୁଭୂତି ଦେଖାଇବା ବାଲା ତୁମେ କିଏ ସେ ?"

"ମୋତେ କେସର କହନ୍ତି । ମୁଁ ଚୌଧୁରୀଙ୍କ ଝିଅ ।"

"କେସର ! ତୁମେ ଲବଙ୍ଗଙ୍କୁ ଜାଣିଛ ?"- ଜୟରାଜ ପଚାରିଲା ।

"ଆଜ୍ଞା ହଁ । ସେ ମୋର ସାଙ୍ଗ ।"- କେସର ଉତ୍ତର ଦେଲା- "ଆଜି ସକାଳୁ ସେ ତା' ମା' ସାଙ୍ଗରେ ସହର ଯାଇଛି ।"

"କାହିଁକି ?"- ଜୟରାଜ ପଚାରିଲା ।

"ନିଜ ଭାଇକୁ ଖୋଜିବାକୁ ।"

"ହଁ ! ଦିନେ ସେ ତା' ଭାଇର ନିଖୋଜ ହୋଇଯିବା କଥା କହୁଥିଲା । ଭଗବାନ କରନ୍ତୁ ତା' ଭାଇ ଖୁବ୍ ଶୀଘ୍ର ମିଳିଯାଉ ।"- ଜୟରାଜ କହିଲା ।

"କ'ଣ ଆପଣଙ୍କ ଘରକୁ ଲବଙ୍ଗ ଯିବା ଆସିବା କରୁଥିଲା ?"- କେସର ପଚାରିଲା ।

"ହଁ, ଆସୁଥିଲା"- ଜୟରାଜ କହିଲା- "ମୋତେ ଲୁଟିକରି ସେ ପଳାଇ ଆସିଲା ।"

"ଲୁଟିବା ତ ସେ ଜାଣି ନ ଥିଲା, ବାବୁ ! ବୋଧହୁଏ ଆପଣ ତାକୁ ଶିଖାଇ ଦେଇଛନ୍ତି ।" କେସର ଓଠରେ ଗୋଟେ ମଧୁର ହସ ଝରି ପଡ଼ିଥିଲା ।

"ମୁଁ ତ ନିଜେ ଧ୍ୱଂସ ହୋଇଯାଇଛି, କେସର !"- ଗଭୀର ନିଶ୍ୱାସ ନେଇ ପଥର ଉପରେ ବସିଗଲା ଜୟରାଜ । ହାଲିଆରେ ତା'ର ପାଦ ଦୁର୍ବଳ ହୋଇ ପଡ଼ିଥିଲା ।

"ଆପଣ ବହୁତ ଦୂର୍ବଳ ହୋଇଯାଇଛନ୍ତି, ବାବୁ ! ଅଳ୍ପ କିଛି ଶରାବ ପିଇନେଲେ ଶରୀରରେ ଫୁର୍ତ୍ତି ଆସିଯିବ । କହିବେ ତ ଆଣିଦେବି ।"

"ଶରାବ ?"- ଏକ ମଳିନ ହସ ହସିକରି ଜୟରାଜ କହିଲା- "ଶରାବ ହିଁ ମୋତେ... ଶରାବ... ଶରାବ କ'ଣ ତୁମ ପାଖରେ ଅଛି ?"

"ଅଛି । ମୋ ବାପାଙ୍କ ପାଖରେ ଶହ ଶହ ବୋତଲ ଅଛି ।"- କେସର କହିଲା- "ଆପଣ ଧୀରେ ଧୀରେ ଆମ ଘର ପର୍ଯ୍ୟନ୍ତ ଆସନ୍ତୁ । ମୁଁ ଆପଣଙ୍କୁ ଦେବି ।"

"ଚାଲ ।" ଆଗେ ଆଗେ କେସର ଏବଂ ପଛେ ପଛେ ଜୟରାଜ ଏବଂ ଲଖନା । ମଦୁଆ ଜୟରାଜର ମନ ମଦର ନାଁ ଶୁଣିକରି ବିଚଳିତ ହୋଇ ପଡ଼ିଥିଲା । ସେ ଜାଣିଥିଲା ଯେ, ମଦ ଏକ ଏମିତି ନାଗୁଣୀ ଯିଏ ଚୋଟ ମାରିଲେ ତା'ର କୌଣସି ଔଷଧ ନାହିଁ କିନ୍ତୁ ସବୁକିଛି ଜାଣିକରି ମଧ୍ୟ ସେ ଅଜଣା ପରି ହେଉଥିଲା । କେସରର ଘର ଆସିଯାଇଥିଲା । ଚୌଧୁରୀ ଭିତରେ ଖଟିଆ ଉପରେ ପଡ଼ିଥିଲେ । କେସର ଚନ୍ଦିନି ଉପରେ ଗୋଟେ ଖଟିଆ ପକାଇଦେଲା । ଜୟରାଜ ତା' ଉପରେ ବସି ପଡ଼ିଲା । କେସର ଭିତରକୁ ଗଲା । ଚୌଧୁରୀ ଚେତାରେ ଥିଲେ । ଦୂର୍ବଳ ସ୍ୱରରେ ସେ ପଚାରିଲେ "କିଏ ସେ ଆସିଛି କି, ଝିଅ ?"

"ହଁ ଦାଦା ! ଜଣେ ବାବୁ ।"- କେସର କହିଲା- "ତାଙ୍କୁ କିଛି ମଦ ଦରକାର ।"

"ନେଇକରି ଦେଇ ଦେ ।"

"ମାଟିର ଗୋଟେ ପାତ୍ରରେ କେସର ଦେଶୀ ମଦ ଢାଳିଲା ଏବଂ ନେଇକରି ଜୟରାଜକୁ ଦେଇଥିଲା । ଜୟରାଜ ଥରିଲା ହାତରେ ସେ ପାତ୍ରକୁ ଧରିଲା ଏବଂ ମୁହଁ ପାଖକୁ ନେବାକୁ ଲାଗିଲା ।"

ଲଖନା କିଛି କହୁ ନ ଥିଲା କିନ୍ତୁ ତା' ଆଖିରୁ ଅବାରିତ ଲୁହ ବୋହି ଚାଲିଥିଲା ।

ହଠାତ୍ ଜୟରାଜ ଗୋଟେ ଝଟକାରେ ମଦ ଭର୍ତ୍ତି ହୋଇଥିବା ମାଟି ପାତ୍ରକୁ ଗୋଟେ ଆଡ଼କୁ ଫୋପାଡ଼ି ଦେଲା । ସେ ମାଟି ପାତ୍ରଟି କିଛି ଦୂରରେ ବନ୍ଧା ହୋଇଥିବା ଗୋଟେ ବିରାଟ ଭାଲୁ ଉପରେ ଯାଇ ପଡ଼ିଥିଲା, ଯାହାକୁ ଏ ପର୍ଯ୍ୟନ୍ତ ଜୟରାଜ ଦେଖି ପାରି ନ ଥିଲା । ଆଘାତ ପାଇ ସେ ଭୟାନକ ଜୀବ ଗର୍ଜନ କରି ଉଠିଲା । ଚମକି ପଡ଼ି ଜୟରାଜ ସେହିଆଡ଼େ ଦେଖିଲା ଏବଂ ସେତେବେଳେ ତା'ର ସେ ମଦାରୀ କଥା ମନେ ପଡ଼ିଯାଇଥିଲା, ଯିଏକି ତା'ରି ପାଇଁ ଜେଲରେ ପବନ ଖାଉଛି ।

"କ'ଣ ହେଲା ବାବୁ ? ସେ ପାତ୍ର କାହିଁକି ଫୋପାଡ଼ି ଦେଲେ ?" - କେସର ଆଶ୍ଚର୍ଯ୍ୟ ହୋଇ ପଚାରିଲା ।

"ଯିବାକୁ ଦିଅ କେସର ! ଏବେ ଏ ନାଗୁଣୀକୁ ଟିକିଏ ହେଲେ ବି ଗଳାର ତଳକୁ ନେଇ ପାରିବି ନାହିଁ । ତାହା ହିଁ ଭଲ ।" ଜୟରାଜ କହିଲା- "ତୁମକୁ ବହୁତ କଷ୍ଟ ଦେଲି, କ୍ଷମା କରିଦେବ ।"

ଆଉ କୁଡ଼ିଆ ଭିତରେ ! ଦୂର୍ବଳ ଚୌଧୁରୀର ଆଖି ଗୋଟେ ବୋତଲ ଉପରେ ପଡ଼ିଥିଲା । ସେ ମଦ ପିଇବା ଯେମିତି ଯୁଗଟେ ବିତିଗଲାଣି । ତାଙ୍କର ଲୋଭଥିଲା କେବଳ କିଛି ବୁନ୍ଦା ମଦ ପାଇଁ । କେବଳ ଗୋଟେ ବୁନ୍ଦା । କେସର ବାହାରେ କଥାବାର୍ତ୍ତାରେ ବ୍ୟସ୍ତ ଥିଲା । ସୁଯୋଗ ଭଲ ଥିଲା । ଥରିଲା ପାଦରେ ଚୌଧୁରୀ ଉଠିଲେ । ଗୋଟେ ବୋତଲ ଉଠାଇ ନେଇଥିଲେ । ଗଟ ! ଗଟ ! ଗଟ ! ଶରୀରରେ ସ୍ୱତଃ ଟିକେ ବଳ ଆସିଯାଇଥିଲା । ଚୌଧୁରୀ ଘର ଭିତରେ ଏପଟ ସେପଟ ଚାଲିବାକୁ ଲାଗିଲେ । ମୁଣ୍ଡରେ ଏ ପର୍ଯ୍ୟନ୍ତ ପଟି ବନ୍ଧା ହୋଇ ରହିଥିଲା । ଯାହାର ତଳେ ଚାରି ଆଙ୍ଗୁଳି ଓସାରର କ୍ଷତ ଥିଲା । ଦୂର୍ବଳ ଶରୀର ମଦର ଜୋର୍ ପାଇ ଅସ୍ଥିର ହେବାକୁ ଲାଗିଲା ।

କୁଡ଼ିଆର ବାହାରେ !

"ଏ ଭାଲୁ କ'ଣ ତୁମର ?"- ଜୟରାଜ ପଚାରିଲା ।

"ଏ ଭାଲୁ ଲବଙ୍ଗ ଭାଇର ।'

"ଲବଙ୍ଗ ଭାଇର !" ଜୟରାଜ ଏମିତି କଷ୍ଟ ଅନୁଭବ କଲା ଯେମିତିକି କେହିଜଣେ ତା'ର ଛାତିରେ ଧାରୁଆ ଛୁରୀ ଭୁଷିଦେଲା- "ଲବଙ୍ଗ ଭାଇର ?"

ତା'ର ମସ୍ତିଷ୍କ ତୀବ୍ର ବେଗରେ ଆନ୍ଦୋଳିତ ହୋଇ ଉଠିଥିଲା । ସେହିଦିନର ଦୃଶ୍ୟ ରହି ରହି କରି ତା' ଆଖି ଆଗରେ ଭାସି ଉଠୁଥିଲା । ଲବଙ୍ଗ ଭାଇର ଭାଲୁ ! ତେବେ କ'ଣ ସେ ଲବଙ୍ଗର ଭାଇ ଥିଲା ?

"ଶୁଣୁଛୁ ତ ଲଖନା ! ତୁ ଶୁଣି ପାରୁଛୁ ତ ?"

"ଶୁଣି ପାରୁଛି ସରକାର !" ଧୀର ସ୍ୱରରେ ଲଖନା କହିଲା ।

"ସେ ଲବଙ୍ଗର ଭାଇ ଥିଲା । ସେ ଲବଙ୍ଗର ଭାଇ ଥିଲା ଯାହାକୁ ଜେଲ ପଠାଇଦେଲି । ହେ ଭଗବାନ !"- ଜୟରାଜର ମୁଣ୍ଡ ବୁଲାଇ ଦେଲା ।

"ଆପଣ କ'ଣ କହିଲେ, ବାବୁ ! ଆପଣ ତାକୁ ଜେଲ ପଠାଇଦେଲେ ?"- କେସର ପଚାରିଲା ।

"ହଁ କେସର ! ମୁଁ ଧନର ନିଶାରେ ମସଗୁଲ ହୋଇ ସେ ମଦାରୀକୁ ଜେଲ ପଠାଇଦେଲି । ମୁଁ ଜାଣି ନ ଥିଲି । ଜାଣି ନ ଥିଲି ଯେ ସେ ଲବଙ୍ଗର ଭାଇ ବୋଲି ।"

"ଓହ !"- ଚିତ୍କାର କରି ଉଠିଲା କେସର ଏବଂ ତା'ର ଚେତାଶୂନ୍ୟ ଶରୀର ଭୂଇଁ ଉପରେ ଲୋଟି ପଡ଼ିଥିଲା । ମୁହଁରେ ପାଣି ଛାଟିବା ପରେ କେସରର ଚେତା ଆସିଥିଲା ।

"ତୁମେ ମୋତେ ବରବାଦ କରିଦେଲ ବାବୁ !"- କେସର କାନ୍ଦିବାକୁ ଲାଗିଲା ।

ଲୋକମାନେ ଦେଖିଲେ କବାଟ ମଝିରେ ଥରୁଥିବା ଚୌଧୁରୀ ଠିଆ ହୋଇଛନ୍ତି । ଆଖି ଗୁଡ଼ିକ ଲାଲ ଲାଲ ଏବଂ ମୁଖ ମଣ୍ଡଳ ରାଗରେ ଗମ୍ଭୀର ଦେଖା ଯାଉଛି ।

"ଦାଦା ! ଭିତରକୁ ଚାଲ ।"- କେସର ପାଟିକରି କହିଲା ।

"ଭିତରକୁ ଯିବି ! ନାହିଁ ! ସହରର ନାଗ ଦୁଆର ପାଖକୁ ଆସିଛି, ଟିକେ ଦର୍ଶନ କରିନିଏ ।" ସ୍ଥିର ରହୁ ନ ଥିବା ପାଦରେ ଆସି ଚୌଧୁରୀ ଜୟରାଜ ଆଗରେ ଠିଆ ହୋଇଗଲେ । "ବାବୁ !" ଶରାବର ନିଶାରେ ଚୌଧୁରୀ ପାଟି କରି ଉଠିଲେ- "ତୁମ ପାଖରେ ପଇସା ଅଛି । ତୁମେ ଆମ ପରି ଗରିବ ମାନଙ୍କର ରକ୍ତ ଶୋଷଣ କରି ପାରିବ । ସେଇଥିପାଇଁ ତ..... ସେଇଥିପାଇଁ ତ....."ଚୋଧୁରୀ ଅଣନିଶ୍ୱାସୀ ହୋଇଗଲେ- "ସେଇଥିପାଇଁ ତ ଧନର ନିଶାରେ ଭୋଳ ହୋଇ ବିଚରା ପଞ୍ଚମକୁ ଜେଲ ପଠାଇ ଦେଲ । ଏହା ବି ଭାବିଲନି ଯେ,

ତା'ର ଭଉଣୀ ଅଛି, ମା' ଅଛି, ତାକୁ ଚାହୁଁଥିବା ଲୋକ ବି ଅଛନ୍ତି, କୁଟୁମ୍ବ - କବିଲାର ଲୋକ ମାନେ ବି ଅଛନ୍ତି । ତୁମର ଧନକୁ ଧିକ୍, ତୁମକୁ ବି ଧିକ୍ ।"

"ବେଶି କଥା କୁହନା, ଦାଦା !"- କେସର କହିଲା ।

"ଚୁପ୍ ରହ ଝିଅ ।"- ସେ ସମୟରେ ଯେପରି ଚୌଧୁରୀଙ୍କ ଠାରେ ଭୂତ ଲାଗି ଯାଇଥିଲା- "ବାବୁ ! ଏଠାକୁ ଦେଖ । ତୁମେ ପଞ୍ଚମକୁ ଜେଲ ପଠାଇଦେଇ କେତେ ଘରର ସର୍ବନାଶ କରିଦେଇଛ । ମୋତେ ଦେଖ, ମୋ ମୁଣ୍ଡର କ୍ଷତକୁ ଦେଖ, ଏହି ଛୋଟ ଝିଅଟିର ହୃଦୟର ଆଶା ଆକାଂକ୍ଷାକୁ ଦେଖ, ମନ କହୁଛି ତୁମର ମୁଣ୍ଡ ଫଟାଇ ଦେବାକୁ ।"

ମଦର ନିଶାରେ ଚୌଧୁରୀ ଉତ୍ତେଜିତ ହୋଇ ପଡୁଥିଲେ । ପାଦର ଦୂର୍ବଳତା ଶରୀରର ବୋଝ ସମ୍ଭାଳିବାକୁ ସକ୍ଷମ ନ ଥିଲା । କେସର ଆଗକୁ ଯାଇ ଚୌଧୁରୀଙ୍କୁ ଧରିନେଲା କିନ୍ତୁ ସେ କୋମଳାଙ୍ଗୀ କନ୍ୟା ଦ୍ୱାରା କ'ଣ ହୋଇ ପାରିଥାନ୍ତା । ଚୌଧୁରୀଙ୍କ ଶରୀର କଟା ହୋଇଥିବା ଗଛ ପରି ଧଡ଼୍ କରି ଭୂମି ଉପରେ, ପଥୁରିଆ ଭୂମି ଉପରେ ପଡ଼ିଯାଇଥିଲା । ମୁଣ୍ଡ ଏକ ବଡ଼ ପଥର ଖଣ୍ଡରେ ଯାଇ ବାଡ଼େଇ ହୋଇଗଲା । ଚୌଧୁରୀଙ୍କ ମୁହଁରୁ ଏକ ଭୟଙ୍କର ଆର୍ତ୍ତନାଦ ବାହାରିଗଲା ଏବଂ ସେତେବେଳେ ମୃତ୍ୟୁର ଦାରୁଣ ବିଭୀଷିକା ଚୌଧୁରୀଙ୍କ ଚେତନା ଛଡ଼ାଇ ନେଇଥିଲା ।

ଘଟଣା ବହୁତ ଆକସ୍ମିକ ଘଟିଥିଲା । ଚୌଧୁରୀଙ୍କ ଆଘାତ ବହୁତ ଭୟଙ୍କର ଲାଗୁଥିଲା । କେସର କାନ୍ଦିବାକୁ ଲାଗିଲା । ଲଖନା ଚୌଧୁରୀଙ୍କୁ ଉଠାଇ ଖଟିଆ ଉପରେ ଶୁଆଇ ଦେଲା । ତା'ପରେ ଜୟରାଜର ଆଦେଶ ପାଇ ଡାକ୍ତର ଡାକିବାକୁ କାର ନେଇ ଚଞ୍ଚଳ ଚାଲିଯାଇଥିଲା । ଡାକ୍ତର ଆସିଥିଲେ କିନ୍ତୁ ସେତେବେଳେ ଆସିଥିଲେ ଯେତେବେଳେ ଚୌଧୁରୀଙ୍କ ନିର୍ଜୀବ ଶରୀର ଖଟିଆ ଉପରେ ପଡ଼ିଥିଲା । କେସର କଣ୍ଠ ଫଟାଇ କାନ୍ଦୁଥିଲା । ବନ୍‌ଜାର ଗାଁର ସବୁ ଲୋକ ଜମା ହୋଇଯାଇଥିଲେ । ଜୟରାଜ ଆଖିର ଲୁହ ପୋଛି ଠିଆ ହେଲା ଏବଂ ଜଣେ ବନ୍‌ଜାର ହାତରେ ଶହେ ଟଙ୍କା ରଖିକରି କାର ଆଡ଼କୁ ଆଗେଇ ଚାଲିଲା । ସେ ଶହେ ଟଙ୍କା ଥିଲା ଚୌଧୁରୀଙ୍କର କ୍ରିୟା କର୍ମ କରିବା ପାଇଁ ।

॥ ୪୨ ॥

ସହରକୁ ଆସିକରି ଲବଙ୍ଗ ଓ ବୁଢ଼ୀ କିଂକର୍ତ୍ତବ୍ୟବିମୁଢ଼ ହୋଇ ଏଠାକୁ ସେଠାକୁ ହେବାକୁ ଲାଗିଥିଲେ । ପଞ୍ଚମକୁ କେଉଁଠି ଖୋଜିବେ ତାହା ତାଙ୍କୁ ଜଣା ନ ଥିଲା । ଦୁଇଜଣ ଯାକ ଅସହାୟ ହୋଇ ଧୈର୍ଯ୍ୟର ସହ ଏ ଗଳିରୁ ସେ ଗଳି, ଏ ସଡ଼କରୁ ସେ ସଡ଼କ ଘୁରିବାକୁ ଲାଗିଥିଲେ । ଭାବୁଥିଲେ ବୋଧହୁଏ କେଉଁଠି ହେଲେ ପଞ୍ଚମ ସାଙ୍ଗରେ ଦେଖା ହୋଇଯିବ ।

କିଛିଦିନ ଏମିତି ଚାଲିଗଲା । ପାଖରେ ପଇସା ପତ୍ର କିଛି ନ ଥିଲା କିନ୍ତୁ ସେମାନେ ଭିକ ମାଗିକରି ପେଟ ଭର୍ତ୍ତି କରି ନେଉଥିଲେ ଏବଂ ରାତିରେ ସଡ଼କର ଫୁଟପାଥରେ ନ ହେଲେ କୌଣସି ବଡ଼ କୋଠାର ଶେଡ଼ ତଳେ ଆଶ୍ରୟ ନେଉଥିଲେ । ପଞ୍ଚମକୁ ନ ନେଇକରି ଗାଁକୁ ଫେରିବାକୁ ସେମାନେ ଶପଥ ନେଇଥିଲେ । ଲବଙ୍ଗ ବହୁତ ଦୁଃଖ ସହିଥିଲା । ତା' ପାଖରେ ଉଦ୍ଧତ ଯୌବନ ଥିଲା, ସୁନ୍ଦର ରୁପ ଥିଲା, ଟଣା ଟଣା ଆଖି ଥିଲା ଏବଂ ସହରୀ ଲୋକମାନଙ୍କ ପାଖରେ କାମୁକ ହୃଦୟ ଥିଲା, ବିଷାକ୍ତ ଆଖି ଥିଲା, ଅଭଦ୍ର ବ୍ୟବହାର ଥିଲା । କିନ୍ତୁ ସବୁ କିଛି ସହି ଯାଉଥିଲା ଲବଙ୍ଗ ଏବଂ ଏମିତି ଏକ ଦ୍ୱିପ୍ରହରରେ ଏକ ସହରୀ ଗୁଣ୍ଡା ତା' ହାତ ଧରିନେଇଥିଲା ।

ରାଗରେ ଲବଙ୍ଗ ମୁଣ୍ଡ ଉଠାଇକି ଦେଖିଲା ବେଳକୁ ଜୟରାଜ, ବାଡ଼ି ସାହାଯ୍ୟରେ ସଡ଼କ ଉପରେ ଠିଆ ହୋଇଥିଲା । ପାଖରେ କାର ଏବଂ ଲଖନା ଠିଆ ହୋଇଥିଲେ । ଲବଙ୍ଗ ମୁଣ୍ଡ ତଳକୁ କରିଦେଇଥିଲା । ତାକୁ ଲାଗିଲା ଏଇ କିଛିଦିନରେ ଜୟରାଜ ଶୁଖିକରି କାଠ ହୋଇଯାଇଛି, ଯେମିତିକି ତା'ର ଶୁଷ୍କ, ଚକ୍ଷୁ ଗହ୍ୱରରୁ କରୁଣାର କୋମଳତା ବାହାରି ଆସୁଛି । ଅଭାଗା ଜୟରାଜ ।

"ମୋତେ କ୍ଷମା କରିଦିଅ ଲବଙ୍ଗ !"- ଜୟରାଜ ଧୀର ସ୍ୱରରେ କହିଲା ।

ଲବଙ୍ଗର ସୁପ୍ତ ଅଭିମାନ ଚେଇଁ ଉଠିଥିଲା । -"ଯାଅ ବାବୁ ! ଲୋକମାନେ ଯିବା ଆସିବା କରୁଛନ୍ତି । ତୁମ ଇଜ୍ଜତରେ ମଇଲା ଲାଗିଯିବ । ମୁଁ ଦୁଃଖୀ ଗରିବ ଆପଣଙ୍କୁ କ'ଣ କ୍ଷମା କରିପାରିବି..." ଲବଙ୍ଗ ଆଖିରୁ ଲୁହ ଉଛୁଳି ପଡ଼ିବାକୁ ଚାହୁଁଥିଲା । ସେ ତା' ମା'ର ହାତ ଧରିପକାଇ କହିଲା- 'ଚାଲ ମା' ।" ଏବଂ ସେ ବୁଢ଼ୀର ହାତ ଧରି ଜୋର୍‌ରେ ଆଗକୁ ବଢ଼ି ଚାଲିଥିଲା । ଜୟରାଜ ଆଗକୁ ବଢ଼ି ତା'ର ହାତ ଧରିନେଇ କହିଲା- "ଲବଙ୍ଗ କେବଳ ଗୋଟିଏ କଥା ଶୁଣିକରି ଯାଅ ।"

"ଚାଲିଯାଆନ୍ତୁ ବାବୁ ! ତୁମ ପାଖରେ ଟଙ୍କା ପଇସା ଅଛି । ତୁମକୁ ହଜାର ହଜାର ମିଳିଯିବେ, ମୋତେ ଆଉ ଦୁଃଖ ଦିଅ ନାହିଁ । ନ ହେଲେ ମୁଁ କେଉଁ ମଟର ଚକା ତଳେ ଆସିଯିବି ।" କହିକରି ଲବଙ୍ଗ ଜୟରାଜ ହାତକୁ ଜୋର୍‌ରେ ଛାଟି ଦେଲା । ଦୁର୍ବଳ ଜୟରାଜ ଟଳମଳ ହୋଇ ଉଠିଥିଲା ଏବଂ ଲଖନା ଦୌଡ଼ି ଆସି ଯଦି ଧରି ନେଇ ନ ଥାନ୍ତା ତେବେ ସେ ନିଶ୍ଚୟ ତଳେ ପଡ଼ିଯାଇଥାନ୍ତା । ଲବଙ୍ଗ ସବୁକିଛି ଦେଖିକରି ବି କିଛି ନ ଦେଖିଲା ପରି ବୁଲି ପଡ଼ିଲା ଏବଂ ଚାଲିବାକୁ ଲାଗିଲା । ଏହା ନୁହେଁ ଯେ ଜୟରାଜର ଅବସ୍ଥା ଦେଖି କରି ତାକୁ କଷ୍ଟ ଲାଗି ନ ଥିଲା କିନ୍ତୁ ଜୟରାଜ ମଧ୍ୟ ତାକୁ କମ୍ କଷ୍ଟ ଦେଇ ନ ଥିଲା ।

କିଛିବାଟ ଗଲାପରେ ବୁଢ଼ୀ ପଚାରିଲା- "ସେ କିଏ ଥିଲା, ଲବଙ୍ଗ ?"

ଲବଙ୍ଗ କାନ୍ଦି ପକାଇଥିଲା- "ଚୁପ୍ ରହ ମା'! ମୁଁ ଜାଣିନି ସେ କିଏ ଥିଲେ । ହୋଇଥିବ କିଏ ଗରିବ ମାନଙ୍କ ହୃଦୟ ଟଙ୍କାରେ କିଣିବା ବାଲା ଧନୀ ଲୋକ ।" ବୁଢ଼ୀ ଆଉ କିଛି କହି ନ ଥିଲା । ଦୁଇଜଣ ଚାଲିବାକୁ ଲାଗିଲେ ।

ଗୋଟେ ଘର ଆଗରେ ରହିଯାଇ ବୁଢ଼ୀ ଭିକ୍ଷା ପାଇଁ ଡାକ ପକାଇଲା । କିଛି ସମୟ ପରେ ଭିତରୁ ଜଣେ ଚାକରାଣୀ କିଛି ନେଇକରି ବାହାରିଥିଲା । ଲବଙ୍ଗ ଚମକି ପଡ଼ିଲା, ଚାକରାଣୀ ପଛରେ ଧଳା ଶାଢ଼ୀ ପିନ୍ଧିଥିବା ଜଣେ ସ୍ତ୍ରୀ ଲୋକକୁ ଦେଖିକରି । ସେ ଗୁଲଶନ ଥିଲା । ସେ ଘର ତାହାରି ହିଁ ଥିଲା ।

ଗୁଲଶନ ହୃଦୟରେ ଯେଉଁ ଉତ୍ତମ ଭାବନାର ବୀଜ ହଠାତ୍ ଅଙ୍କୁରିତ ହୋଇ ଉଠିଥିଲା ତା' ଉପରେ ଓସ୍ତାଦ ତାଲ ଖାଁର କଠୋରତା ତୁଷାରପାତ କରିଦେଇଥିଲା ଏବଂ ସେହି କାରଣ ଥିଲା ଯେ ଗୁଲଶନ ବାଧ୍ୟ ହୋଇ ଓସ୍ତାଦର କଥା ମାନିବାକୁ ପଡ଼ିଥିଲା । ଏବେ ସେ ପୂର୍ବପରି କାମ କରୁଥିଲା । ତଥାପି ତା' ହୃଦୟରେ ଗୋଟେ ତୀବ୍ର ଇଚ୍ଛା ଜାଗ୍ରତ ହୋଇ ଉଠିଥିଲା । ନିଜ ପ୍ରତି

ଲୋକମାନଙ୍କର ଅସୀମ ଘୃଣା ଦେଖିକରି ସେ ଭାବୁଥିଲା ଯେ, ସେ କ'ଣ କେବେ ଜଣେ ଗୃହସ୍ଥର ଗୃହିଣୀ ହୋଇ ପାରିବ ? ଏହା ଅସମ୍ଭବ ଥିଲା। ତଥାପି ଗୁଲଶନ ଆଶା ଛାଡ଼ି ନ ଥିଲା। ଜୟରାଜ ପ୍ରତି ଏବେ ତା' ହୃଦୟରେ ସହାନୁଭୂତି ଥିଲା, ପ୍ରେମ ଥିଲା।

"ମା'! ଏଠାରୁ ଭିକ୍ଷା ନେବାନାହିଁ। ଚାଲ !"- ଲବଙ୍ଗ ଆସ୍ତେକରି ବୁଢ଼ୀକୁ କହିଲା ଏବଂ ସେ ଦୁଇ ଜଣ ଭିକ୍ଷା ନ ନେଇ ଫେରିବାକୁ ଲାଗିଲେ। ଚାକରାଣୀ ଆଶ୍ଚର୍ଯ୍ୟ ହୋଇଯାଇଥିଲା।

"କ'ଣ ହେଲା ? ଭିକ୍ଷା ତ ନେଇଯାଅ, ଭଉଣୀ !"- ଗୁଲଶନ କହିଲା।

ଭଉଣୀ ! ଗୋଟେ ବେଶ୍ୟା ତାକୁ ଭଉଣୀ ବୋଲି ଡାକୁଛି ? କେତେ ଆତ୍ମୀୟତା ଅଛି ସେ ସ୍ୱରରେ। ଲବଙ୍ଗର ହୃଦୟ କିଛିଟା ତରଳିଯାଇଥିଲା। ବୁଲିପଡ଼ି କହିଲା- "ମୋର ସବୁକିଛି ଲୁଟିନେଇ ଆଜି ଭିକ ଦେବାକୁ ଆସିଛ ?"

ଯାଉ ଯାଉ ଲବଙ୍ଗ ଗୁଲଶନର କଥା ଗୁଡ଼ାକ ଶୁଣିପାରିଥିଲା। "ମୁଁ କେତେ ଚାହୁଁଛିଯେ, ଯାହାକିଛି ତୁମଠାରୁ ଛଡ଼େଇ ଆଣିଛି ତାକୁ ତୁମକୁ ଫେରାଇ ଦେବାକୁ, ଭଉଣୀ ! କିନ୍ତୁ ମୁଁ ନାଚାର।" ଗୁଲଶନର ଏ କଥାର ଅର୍ଥ ଲବଙ୍ଗ ବୁଝି ପାରି ନ ଥିଲା, କି ସେ ଭିକ୍ଷା ଗ୍ରହଣ କରି ନ ଥିଲା। ସେ ଚାଲି ଯାଇଥିଲା। ଦିନଯାକ ଭୋକ ଶୋଷରେ ଦୁଇଜଣ ବୁଲୁଥିଲେ ଏବଂ ତୃତୀୟ ପ୍ରହରରେ-

ଯେତେବେଳେ ସୂର୍ଯ୍ୟଙ୍କର ସୁନେଲୀ କିରଣ ଅଶ୍ୱତ୍ଥ ଗଛ ଉପରେ ନୃତ୍ୟ କରୁଥିଲା, ସେ ଦୁଇ ଜଣ ପଞ୍ଚମକୁ ଦେଖି ପାରିଥିଲେ। ସିପାହୀ ମାନଙ୍କ ଦ୍ୱାରା ପରିବେଷ୍ଟିତ ହୋଇ ସେ କଚେରୀରୁ ଆସୁଥିଲା। ହାତରେ ହାତକଡ଼ି ଥିଲା, ପାଦରେ ବେଡ଼ି ଏବଂ ବେକରେ ମୋଟା ଦଉଡ଼ି ଥିଲା। ଆଜି ସେ ଅଭାଗାର ବିଚାର ଥିଲା। ଛଅ ମାସର କଠୋର ସଜା ତାକୁ ମିଳିଥିଲା।

"ପୁଅ ପଞ୍ଚମ !"- ଆଶ୍ଚର୍ଯ୍ୟ ବିସ୍ଫାରିତ ଆଖିରେ ତା' ଆଡ଼କୁ ଦେଖି ଚିତ୍କାର କରି ଉଠିଥିଲା ବୁଢ଼ୀ।

"ଭାଇ !"- ହର୍ଷ ବିଷାଦ ସ୍ୱରରେ ଆର୍ତ୍ତନାଦ କରି ଲବଙ୍ଗ ଦୌଡ଼ିଗଲା ଏବଂ ପଞ୍ଚମର ବେଡ଼ି ପଡ଼ିଥିବା ଗୋଡ଼କୁ ଜାବୁଡ଼ି ଧରିଥିଲା, ଯେପରି ସେ ଏବେ ଆଉ ଅଲଗା ହେବନାହିଁ।

"ଦୂରକୁ ହଟିଯା ! ଦୁରକୁ ହଟିଯା !" ଲାଲ ପଗଡ଼ି ପିନ୍ଧିଥିବା କେତେକ ଲୋକ ପାଟିକରି ଉଠିଲେ କିନ୍ତୁ ଲବଙ୍ଗ ପଞ୍ଚମର ଗୋଡ଼କୁ ଛାଡ଼ି ନ ଥିଲା। ଆଉ

ସେତିକିବେଳେ ଜଣେ ନିର୍ଦ୍ଦୟତା ପୂର୍ବକ ତା' ଜୋତାରେ ଜୋର୍‌ରେ ଗୋଟେ ଗୋଇଠା ତା'ର ଛାତିକୁ ପକାଇଥିଲା ଏବଂ ସେ କୋମଳ ବାଳିକାର ଅଚେତ ଶରୀର ଭୂଇଁରେ ଲୋଟି ପଡ଼ିଥିଲା ।

ନିଜ ଆଦର ଭଉଣୀର ଏ ଦୁର୍ଦ୍ଦଶା ଦେଖିକରି ପଞ୍ଚମ ଆଖିରେ ରକ୍ତ ବାହାରି ଆସିଥିଲା । କିନ୍ତୁ ସେ ଚୁପ୍ ରହିଥିଲା । ସେ ଧନୀ ମାନଙ୍କର ନିର୍ଦ୍ଦୟତା ଦେଖିଥିଲା, ଅଧିକାରୀ ମାନଙ୍କର ଅତ୍ୟାଚାର ସହିଥିଲା, ସେ ଜାଣିଥିଲା ଯେ ଏଠାରେ କିଛି ହୋଇ ପାରିବ ନାହିଁ । କିଛି ହୋଇ ପାରିବ ନାହିଁ । ଏହି ଲାଲ ପଗଡ଼ି ବାଲାଙ୍କ ଜୋତାର ଠୋକରର ସାମନା କରିବା ପାଇଁ ଧନ ରୁପି ଜୋତାର ଠୋକର ପଡ଼ିବା ଦରକାର । ଗୋଟେ ବୁନ୍ଦା ଲୁହ ପଞ୍ଚମ ଆଖିରୁ ବୋହି ନ ଥିଲା । ସିପାହୀ ମାନଙ୍କ ସାଙ୍ଗରେ ସେ ଚାଲିଗଲା । ଏବେ ପୁରା ଛଅ ମାସ ତାକୁ ଜେଲରେ ରହିବାକୁ ପଡ଼ିବ । ଏହି ସମୟ ଭିତରେ ତା' ମା' ମରିଗଲେ କି ଲବଙ୍ଗ ଏମିତି ଗୋଇଠା ଖାଇଲେ ମଧ୍ୟ ସେ କିଛି କରିପାରିବ ନାହିଁ ।

ବୁଢ଼ୀ ସେ ପର୍ଯ୍ୟନ୍ତ ଠିଆ ହୋଇ ରହିଥିଲା ଯେମିତିକି ଗୋଟେ ପଥରର ମୂର୍ତ୍ତି । ପଞ୍ଚମ ଯେତେବେଳେ ତା' ଆଖି ଆଗରୁ ଅଦୃଶ୍ୟ ହୋଇଯାଇଥିଲା ସେତେବେଳେ ସେ ରକ୍ତ ମାଂସ ହୀନ ଶରୀରରେ କିଛି ହଲଚଲ ହୋଇଥିଲା । ବୁଢ଼ୀ ସଡ଼କ ଉପରେ ବେହୋଶ ପଡ଼ିଥିବା ଲବଙ୍ଗ ପାଖକୁ ଆସିଲା । ତୀବ୍ର ଆଘାତ ପାଇ ବିଚାରୀ ଅଚେତ ହୋଇଯାଇଥିଲା । ମୁହଁରେ ଛାଟିବାକୁ ପାଣିର ଆବଶ୍ୟକତା ଥିଲା । ପାଣି ପାଇପ ସେଠାରୁ କିଛି ଦୂର ଗଳିରେ ଥିଲା । ବୁଢ଼ୀ ସେହିଆଡ଼େ ଚାଲିଲା । ପାଣି ପାଇପ ପାଖରେ ପହଞ୍ଚି ବୁଢ଼ୀ ତା'ର ଫଟା ପୁରୁଣା ଶାଢ଼ୀ କାନି ପାଣିରେ ଓଦାକଲା ଏବଂ ସଡ଼କ ଉପରେ ପଡ଼ିଥିବା ଲବଙ୍ଗ ପାଖକୁ ଆସିଥିଲା । କିନ୍ତୁ ସେଠାରେ ପହଞ୍ଚି ସେ ସ୍ତବ୍ଧ ହୋଇ ଯାଇଥିଲା । ସଡ଼କ ଶୂନ୍ୟ ଥିଲା । ବେହୋଶ ଲବଙ୍ଗ ଯେମିତି ପର ଲଗାଇ ଉଡ଼ିଯାଇଥିଲା ।

॥ ୪୩ ॥

ଅଗଣାରେ ଜୋସ୍ନା ତା'ର କଡ଼ ଲେଉଟାଉ ଥିଲା । ଜୟରାଜ କୋଠରୀରେ ବିଜୁଳୀ ବଲ୍‌ବ ହସିଉଠୁଥିଲା ଏବଂ ସେ ଗୋଟେ ସୁନ୍ଦର ଖଟ ଉପରେ ଶୋଇ ରହିଥିଲା । ସାମନା ସୋଫାରେ ତା'ର ବାପା ରୟବାହାଦୁର ସେଠ୍ ଗଙ୍ଗାଦାସ ବସିଥିଲେ ।

"ଏବେ ତୁମର ଦେହ କିପରି ଅଛି, ଜୟରାଜ ?" ସେଠ୍‌ଜୀ ପଚାରିଲେ ।

"ଏବେ ତ ଧୀରେ ଧୀରେ ଠିକ୍ ହେଉଛି, ବାପା !"- ଜୟରାଜ ଉତ୍ତର ଦେଲା ।

"ଦେଖ !"- ସେଠ୍‌ଜୀ ଗମ୍ଭୀର ସ୍ୱରରେ କହିଲେ- "ମୁଁ ଆଗରୁ ତୁମକୁ କେତେଥର କହି ସାରିଛି ଆଉ ଆଜି ମଧ୍ୟ କହୁଛି ଯେ, ତୁମେ ଏଠାରେ ରୁହନାହିଁ । ନିଜ କୋଠାକୁ ଯାଇ ରୁହ । ଏଠି ରହିଲେ ତୁମ ଦେହ ଭଲ ହୋଇ ପାରିବ ନାହିଁ । ମୁଁ ଏଠାରେ ତୁମ ପାଖରେ ରହି ପାରିବି ନାହିଁ । କାହିଁକିନା, କୋଠାରେ କାମ ସବୁ ବାକି ରହିଯିବ ।"

"ଆପଣ ଚିନ୍ତା କରନ୍ତୁନି ବାପା !- ଜୟରାଜ କହିଲା- "ମୁଁ ଏମିତି ବି ଠିକ୍ ହୋଇଯିବି ଏବଂ ଭବିଷ୍ୟତରେ ନିଜ ସ୍ୱାସ୍ଥ୍ୟ ପ୍ରତି ପୁରା ଧ୍ୟାନ ରଖିବି ।"

"ଯେମିତି ତୁମର ଇଚ୍ଛା ।"- କିଛି ଭାବିକରି ସେଠ୍‌ଜୀ କହିଲେ- "ଆଚ୍ଛା ! ମୁଁ ତାହେଲେ ଯାଉଛି । ଟିକିଏ ବି ଦେହ ଖରାପ ହେଲେ ଲଖନାକୁ ପଠାଇ ମୋତେ ଡକାଇ ଦେବ ।"

"ଆଜ୍ଞା !"

ସେଠ୍‌ଜୀ ଉଠି ଠିଆ ହେଲେ ଏବଂ ଚାଲିଯାଇଥିଲେ । ଲଖନା ଟୋଷ୍ଟ ଏବଂ

ଗୋଟେ କପ୍ ଚା ଆଣି ଜୟରାଜକୁ ଦେଲା । ଜୟରାଜ ପିଇବାକୁ ଲାଗିଲା । "ଦେଖ ! କାଲି ସକାଳେ ଟୋଷ୍ଟ ବନାଇବୁ ନାହିଁ ।" ଜୟରାଜ କହିଲା- "କେବଳ ସ୍ଲାଇସ ଆଉ ବଟରରେ କାମ ଚଳିଯିବ ।" ଚା ପିଇସାରି ଜୟରାଜ ଉଠିଲା ଏବଂ ବଙ୍ଗଳାର ପଛପଟ ବଗିଚା ଭିତରେ ବୁଲିବାକୁ ଲାଗିଲା । ଚାନ୍ଦିନୀ ରାତିର ଶୀତଳତାର ପରଶରେ ତା'ର ଦୁର୍ବଳ ଶରୀର କିଛି ସ୍ୱସ୍ଥ ଲାଗିଥିଲା । ସେ ଲବଙ୍ଗ ବିଷୟରେ ଭାବିବାକୁ ଲାଗିଲା । ଆଜି ଯେତେବେଳେ ସେ କାରରେ ଡାକ୍ତରଙ୍କ ପାଖରୁ ଔଷଧ ନେଇ ଫେରୁଥିଲା ସେତେବେଳେ ସେ ସଡ଼କର ଫୁଟପାଥରେ ଲବଙ୍ଗ ଆଉ ଜଣେ ବୁଢ଼ୀକୁ ସାଥି ହୋଇ ଯାଉଥିବାର ଦେଖିଥିଲା । ଲବଙ୍ଗକୁ ଦେଖିକରି ତା' ହୃଦୟର ଅବସ୍ଥା କ'ଣ ହୋଇଥିଲା ତାହା ସେହି ହିଁ କେବଳ ଜାଣିପାରିଥିଲା । କିନ୍ତୁ ସେ ଯେତେବେଳେ କାରରୁ ଓହ୍ଲାଇ ଲବଙ୍ଗ ପାଖକୁ ଗଲା ସେତେବେଳେ ତାକୁ କ'ଣ ମିଳିଲା ? କେବଳ ଲବଙ୍ଗର ଗାଳି ! ଜୟରାଜର ବ୍ୟଥିତ ହୃଦୟ ଉପରେ ଯେପରି କିଏ ସେ ଚାବୁକରେ ପ୍ରହାର କରିଦେଲା, ଯେମିତିକି ରକ୍ତ ବୋହୁଥିବା କ୍ଷତ ଉପରେ କିଏ ସେ ଲୁଣଲଙ୍କା ଗୁଣ୍ଡ ଛିଞ୍ଚି ଦେଲା, ଯେମିତିକି ଜ୍ୱରାକ୍ରାନ୍ତ ଉତ୍ତପ୍ତ ଶରୀର ଉପରେ କିଏ ସେ ବରଫର ଗୋଟେ ଚଟାଣ ରଖିଦେଲା ।

"ସରକାର !"

ଜୟରାଜର ବିଚାର ଧାରାରେ ବାଧା ପହୁଞ୍ଚିଥିଲା । ମୁଣ୍ଡ ଉଠାଇକରି ସେ ଦେଖିଲା । ଲଖନା ଠିଆ ହୋଇଥିଲା, ହାତରେ ଖଣ୍ଡେ ଧଳା କାଗଜ ଧରି ।

"କ'ଣ ହେଲା ?"- ଜୟରାଜ ପଚାରିଲା ।

"ଜଣେ ଲୋକ ଏ କାଗଜ ଆଣିଛି, ସରକାର !"

"କାହାର କାଗଜ ?"

"ଗୁଲଶନ ବାଇ ର ।"

"ସେ କାଗଜକୁ ଫୋପାଡ଼ି ଦେ ।"- ଗର୍ଜି ଉଠିଲା ଜୟରାଜ- "ଆଉ ଯେଉଁ ଲୋକ ତାହାକୁ ଆଣିଛି ତାକୁ ଧକା ମାରିକରି ବାହାର କରି ଦେ ।"

ମୁଣ୍ଡ ତଳକୁ କରି ଲଖନା ଠିଆ ହୋଇ ରହିଥିଲା ।

"ଯାଉନୁ କ'ଣ ପାଇଁ ?"- ରାଗିକରି ପାଟିକରି ଉଠିଲା ଜୟରାଜ ।

ଧୀରେ ଧୀରେ ସେ ଯିବାକୁ ଲାଗିଲା । ଜୟରାଜ ବୁଲିବାକୁ ଲାଗିଲା । ପୁଣି ବିଚାରଧାରା ଦୌଡ଼ି ଚାଲିଲା । ଗୁଲଶନର କାଗଜ ? ସେ କ'ଣ ଲେଖିଥିବ ? ବୋଧହୁଏ କିଛି ଜରୁରୀ କଥା ହୋଇଥିବ ।

"ଲଖନା !"- ଜୟରାଜ ଡାକିଲା ।

ଲଖନା କବାଟ ପାଖରେ ପହଞ୍ଚି ଯାଇଥିଲା । ଫେରି ଆସିଲା ।

"ଦେ ! ଦେଖିବା ସେ କାଗଜରେ କ'ଣ ଲେଖା ହୋଇଛି ?"- ଜୟରାଜ କହିଲା ।

ଲଖନା ନୀରବରେ ସେ କାଗଜ ଖଣ୍ଡକ ଜୟରାଜ ହାତରେ ରଖିଦେଲା ଏବଂ ସେଠାରେ ଠିଆ ହୋଇ ରହିଲା । ଜୟରାଜ ସେ ଚିଠି ପଢ଼ିବାକୁ ଲାଗିଲା । ଚନ୍ଦ୍ର କିରଣ ବହୁତ ତୋଫା ଥିଲା ଏବଂ ଚିଠିର ଅକ୍ଷର ଗୁଡ଼ାକ ବହୁତ ବଡ଼ ବଡ଼ ଥିଲା । ତେଣୁ ପଢ଼ିବାରେ କୌଣସି ଅସୁବିଧା ହୋଇ ନ ଥିଲା । ଚିଠିରେ ଏହିପରି ଲେଖାଥିଲା-

ମୋର ରାଜା;

ଜାଣିଛି, ଏ ଚିଠି ଲେଖିକରି ମୁଁ ଅପରାଧ କରୁଛି । କାହିଁକିନା ତୁମେ ମୋ ଉପରେ ବହୁତ ରାଗିକରି ଅଛ । କିନ୍ତୁ କ'ଣ କରିବି ଏ ମନ ତ ମାନୁ ନାହିଁ, ଗୋଟେ ନାରୀର ହୃଦୟ ନା । ମୋତେ ତୁମେ ଘୃଣା କର, କିନ୍ତୁ ମୋର ରାଜା ! ବେଶ୍ୟା ବି ଗୋଟେ ନାରୀ । ବୋଧହୁଏ ବୁଝିପାରିବ ନାହିଁ । ତୁମକୁ ବି ବୁଝାଇବାକୁ ଚାହୁଁନାହିଁ । ଯିଏ ତୁମକୁ ପାଇକରି ବି ପାଇ ପାରିଲା ନାହିଁ, ସେ ତୁମକୁ ହଜାଇ କରି ବି ପାଇ ପାରିଛି । କ୍ଷମା କରିବ, ଗୋଟେ ଜରୁରୀ କାମରେ ତୁମକୁ ମନେ ପକାଇଲି । ଏ ଚିଠି ପାଇବା ମାତ୍ରେ ହିଁ ଦୟାକରି ଚଞ୍ଚଳ ଆସିବ,ଫିସ ପାଇଁ ଡରିବ ନାହିଁ । ବୋଧହୁଏ ଏବେ ତୁମଠାରୁ କିଛି ନେଇ ମଧ ପାରିବି ନାହିଁ । କିନ୍ତୁ ନିଶ୍ଚୟ ଆସିବ । ତୁମକୁ ତୁମ ହୃଦୟର ବ୍ୟଥାର ରାଣ, ଭୀଷଣ କଷ୍ଟରେ ଛଟପଟ ହେବାର ରାଣ, ଲବଙ୍ଗର ପ୍ରଗାଢ଼ ପ୍ରେମର ରାଣ, ନିଶ୍ଚୟ ଆସିବ । ଆସିକରି ତୁମକୁ ପଶ୍ଚାତାପ କରିବାକୁ ପଡ଼ିବ ନାହିଁ ।

ତୁମର ଦାସୀ, ଗୁଲଶନ

ଚିଠିଟି ପଢ଼ି ଜୟରାଜ କିଛି ଭାବିବାକୁ ଲାଗିଲା । ଯିବା ଉଚିତ ହେବ ନା ନାହିଁ, ବୋଧହୁଏ ସେ ଏହା ହିଁ ଭାବୁଥିଲା । ଶେଷରେ ସେ ଯିବାକୁ ହିଁ ଠିକ୍ ଭାବିଥିଲା । କାରରେ ଯାଇ ସେ ଯେତେବେଳେ ଗୁଲଶନ ଘରେ ପହଞ୍ଚିଥିଲା ସେତେବେଳେ ଗୁଲଶନ ଏବଂ ଜୟରାଜ ଦୁଇଜଣ ପରସ୍ପରକୁ ଦେଖି ଚମକି ପଡ଼ିଥିଲେ । ଗୁଲଶନକୁ ଆଶ୍ଚର୍ଯ୍ୟ ଲାଗିଥିଲା ଜୟରାଜର ଶୁଖିଲା ଚେହେରା ଏବଂ ଟଳମଳ ହେଉଥିବା ପାଦ ଉପରେ ଠିଆ ହୋଇଥିବା ଦୁର୍ବଳ ଶରୀର । ଜୟରାଜ

ଆଶ୍ଚର୍ଯ୍ୟ ହୋଇଥିଲା ଗୁଲଶନ ପିନ୍ଧିଥିବା ଗୋଟେ ସାଧା ଶାଢ଼ୀ ଆଉ ଶୃଙ୍ଗାର ହୀନ ରୁପ ଦେଖିକରି । ଗୁଲଶନ ମୁଣ୍ଡ ନୁଆଁଇ ସମ୍ମାନ ଜଣାଇ ଥିଲା । ଜୟରାଜ ଯାଇ ଚୌକୀ ଉପରେ ବସିଗଲା ।

"ଆପଣ ବହୁତ ଦୁର୍ବଳ ହୋଇଯାଇଛନ୍ତି ।"- ଗୁଲଶନ ପଚାରିଲା- "କାରଣ କ'ଣ ?"

"ମୋର ଦେହ ଖରାପ ଥିଲା"- ଜୟରାଜ କହିଲା- "କିନ୍ତୁ ତୁମେ ଏମିତି କ'ଣ ଚେହେରା କରିଛ ?"

ଗୁଲଶନ ଅନ୍ୟ ଗୋଟେ ଚୌକୀରେ ବସି କହିଲା- "ଓସ୍ତାଦ କିଛିଦିନ ହେଲା ବାହାରକୁ ଯାଇଛନ୍ତି । ଭାବିଲି ତାଙ୍କର ଅନୁପସ୍ଥିତିରେ ଟିକିଏ ଆରାମ କରିନିଏ ।"

ଜୟରାଜକୁ ବହୁତ ଆଶ୍ଚର୍ଯ୍ୟ ଲାଗିଥିଲା ଏହା ଦେଖିକରି ଯେ, ସେହି ଚଞ୍ଚଳ ବେଶ୍ୟାର ସବୁ ଚପଳତା, ସବୁ ଭଙ୍ଗୀମା (Style), ସବୁ ନଖରାମୀ ସମାପ୍ତ ହୋଇ ଯାଇଥିଲା । ଆଖିର କମାଣରେ ଶର ଚଢ଼େଇ କରି ଆଉ ମରାଯାଉନାହିଁ । ଏମିତି ଲାଗୁଛି ଯେମିତି ଏବେ ସେଥିରୁ ଶୀତଳ ଜଳର ବର୍ଷା ହେବାକୁ ଯାଉଛି ।

"ଆପଣଙ୍କର ବିମାରୀ କ'ଣ ଥିଲା ?"- ଗୁଲଶନ ପଚାରିଲା ।

"ହଠାତ୍ ଛାତିରେ ପ୍ରବଳ ଯନ୍ତ୍ରଣା ଅନୁଭୁତ ହେଉଥିଲା । ଏ ମଦ କଲିଜାକୁ ପୋଡ଼ି ଦେଇଛି ନା !"

"ମଦ ଗୋଟେ ନାଗୁଣୀ ପରି ।"- ଗୁଲଶନ କହିଲା- "ଆଶା କରୁଛି, ଏବେ ଆପଣ ପିଉ ନ ଥିବେ ।"

"କେବେ ନୁହେଁ ।"

"ଧନ୍ୟବାଦ !"

"ତୁମେ ମୋତେ କାହିଁକି ଡକାଇଲ ?"- ଜୟରାଜ ପଚାରିଲା ।

"ମୋର ଖରାପ ବ୍ୟବହାର ପାଇଁ କ୍ଷମା ମାଗିବା ପାଇଁ ।"- ଗୁଲଶନ କହିଲା ।

"ବାସ୍ ! କେବଳ କ୍ଷମା ମାଗିବା ପାଇଁ ?"- ହସିଲା ଜୟରାଜ- "ଏବେ ତ ତୁମେ ବହୁତ ଭଲ ହୋଇଗଲଣି । କିନ୍ତୁ ଯଦି ମୁଁ କ୍ଷମା ଦେଇ ନ ପାରିବି ତାହେଲେ ?"

“ଆପଣଙ୍କୁ ଦେବାକୁ ପଡ଼ିବ, ମୋ ସରକାର !” ଗୁଲଶନ ଉଠିକରି ଠିଆ ହୋଇଗଲା- “ମୋ ସାଙ୍ଗରେ ଆସନ୍ତୁ ।” ଗୁଲଶନ ପଛେ ପଛେ ଜୟରାଜ ପାଖ କୋଠରୀରେ ପଶିଲା । ଗୋଟେ ମଶାରୀ ପଡ଼ିଥିଲା, ଯାହା ଭିତରେ ଏକ ଅସୁସ୍ଥ ସ୍ତ୍ରୀ ଲୋକ ଶୋଇ ରହିଥିଲା । ଜଣେ ନର୍ସ ତାହାର ସେବା କରୁଥିଲା । ଗୁଲଶନଙ୍କୁ ଦେଖିକରି ସେ ନର୍ସ ପାଖକୁ ଚାଲି ଆସିଲା । କହିଲା, ଏବେ ତ ରୋଗୀର ଦେହ ବହୁତ ଭଲ ହୋଇ ଆସିଲାଣି । ଏବେ ନିଦ ଆସିଯାଇଛି ।

“ତୁମେ ବାହାରକୁ ଯାଅ । ଏବେ ତୁମର ବ୍ୟସ୍ତ ହେବାର ଦରକାର ନାହିଁ । ରୋଗୀର ଔଷଧ ମୁଁ ସାଙ୍ଗରେ ଆଣିଛି ।”- କହିକରି ହସି ହସି ଗୁଲଶନ ଜୟରାଜ ଆଡ଼କୁ ଅନାଇଲା । ନର୍ସ ବାହାରକୁ ଚାଲିଯାଇଥିଲା । ଜୟରାଜ ଏ ପର୍ଯ୍ୟନ୍ତ କିଛିହେଲେ ବୁଝିପାରୁ ନ ଥିଲା । ଗୁଲଶନ ତାକୁ ନେଇ ମଶାରୀ ପାଖକୁ ଆସିଲା । ଜୟରାଜ ଚମକି ପଡ଼ିଲା, ମଶାରୀ ଭିତରେ ଲବଙ୍ଗଙ୍କୁ ଶୋଇଥିବାର ଦେଖିକରି । ସେ ତ ଯେମିତି ବିଶ୍ୱାସ କରି ପାରୁ ନ ଥିଲା ।

“ଆଜି ମୁଁ ଗୋଟେ କାମରେ ସେଠ୍ ବଦ୍ରି ପ୍ରସାଦଙ୍କ ପାଖକୁ ଯାଇଥିଲି ।”- ଗୁଲଶନ ପରିସ୍ଥିତିକୁ ବୁଝାଇବାକୁ ଯାଇ କହିଲା- “ତାଙ୍କରି କାରରେ ଫେରିବା ବେଳେ ସିଭିଲ ଲାଇନ୍‌ସ ପାଖରେ ଶୁନ୍‌ଶାନ୍ ସଡ଼କ ଉପରେ ଏହାଙ୍କୁ ପଡ଼ିଥିବାର ଦେଖି ପାରିଥିଲି ।”

“ଆଉ ସେ ବୁଢ଼ୀ ?”

ଆଖ ପାଖରେ ଆଉ କେହି ନ ଥିଲେ । କେବଳ ସେ ବେହୋଶ ହୋଇ ପଡ଼ିଥିଲା । ବାଧ ହୋଇ ମୁଁ ତାକୁ ସେଠାରୁ ଉଠାଇ ଆଣିଲି । ଚାରିଘଣ୍ଟା ହେଲାଣି ତା'ର ଚେତା ଫେରିଲାଣି । ସେତେବେଳୁ ସେ ଖାଲି ମା' ମା' ହେଉଛି । ଏବେ ଟିକେ ନିଦ ଲାଗି ଯାଇଛି । ଏବେ ଆପଣ ଯାଇକରି ତାକୁ ବୁଝାନ୍ତୁ ଏବଂ ମୋତେ କ୍ଷମା...” କହୁ କହୁ କେଜାଣି କାହିଁକି ଗୁଲଶନର ଗଳା ରୁନ୍ଧି ହୋଇଯାଇଥିଲା । ଜୟରାଜ ବଡ଼ ସ୍ନେହରେ ଗୁଲଶନର ହାତ ଧରି ନିଜ ଛାତିରେ ଚାପି ଧରିଲା ଏବଂ କହିଲା- “ଗୁଲଶନ ! ତୁମେ କ'ଣ, ମୁଁ ଏ ପର୍ଯ୍ୟନ୍ତ ଜାଣି ପାରିଲିନି ।”

ଗୁଲଶନ କିଛି ନ କହି କୋଠରୀରୁ ବାହାରକୁ ଚାଲିଆସିଥିଲା । ଜୟରାଜ ମଶାରୀ ପାଖକୁ ଆସି ଠିଆ ହୋଇଥିଲା । ଆସ୍ତେ କରି ମଶାରୀ ଉଠାଇଦେଲା ଏବଂ ଖଟ ଉପରେ ବସିଗଲା । ସେହି ସମୟରେ ଶୋଇଥିବା ଲବଙ୍ଗର ମୁହଁ ଉପରେ ଦୁଃଖ ଏବଂ ଯୌବନର ଅଜୀବ ସମିଶ୍ରଣ ଥିଲା । ଜୟରାଜ ମୁଗ୍ଧ ହୋଇ

ଚାହିଁ ରହିଲା । ସେହି ସମୟରେ ଲବଙ୍ଗର ସୁପ୍ତ ଶରୀରରେ କିଛି ହଲଚଲ ହୋଇଥିଲା ଏବଂ ଶୁଖିଲା ଆଉ ଦୂର୍ବଳ ଓଠ ମାଗିଥିଲା- "ପାଣି ।"

ଜୟରାଜ ଧୀରେ ଉଠିଲା । ସୁରେଇରୁ ପାଣି ଆଣି ଲବଙ୍ଗ ମୁଣ୍ଡ ପାଖକୁ ଆସିଥିଲା । ଲବଙ୍ଗର ନିଦ କିଛି କିଛି ଭାଙ୍ଗି ଯାଇଥିଲା କିନ୍ତୁ ଦୂର୍ବଳତା ଯୋଗୁଁ ଆଖି ବନ୍ଦ କରି ଶୋଇ ରହିଥିଲା । ଜୟରାଜ ଆସ୍ତେ କରି ସାହାରା ଦେଇ ତା'ର ମୁଣ୍ଡ ଉଠାଇଲା । ତାହାକୁ ନିଜ କୋଳରେ ରଖି ପାଣିର ଗ୍ଲାସ ଲବଙ୍ଗ ଓଠରେ ଲଗେଇଦେଲା । ଲବଙ୍ଗ ଭାବିଥିଲା ନର୍ସ ବୋଲି । ତେଣୁ ପାଣି ପିଇ ନେଇଥିଲା । କିନ୍ତୁ ନର୍ସର ସ୍ପର୍ଶ ତ ଏତେ ମଧୁର ଆଉ ସୁଖଦ ଲାଗୁ ନ ଥିଲା ? ନର୍ସର ସ୍ପର୍ଶରେ ତା'ର ଦୁଃଖପୂର୍ଣ୍ଣ ହୃଦୟରେ ଖୁସିର ଲହରୀ ତ ଉଠୁ ନ ଥିଲା ? ତା' ହେଲେ ?

ଲବଙ୍ଗ ଆଖି ଖୋଲିବାକୁ ଚାହିଁକରି ବି ଖୋଲି ନ ଥିଲା । ତାକୁ ଲାଗିଲା ଯେପରି ତା'ର ବାଳକୁ କାହାର ହାତ ସାଉଁଳି ଦେଉଛି, ଯେମିତି ତା'ର ଶରୀରକୁ କିଏ ସେ କୋଳରେ କେଳେଇ ନେଉଛି, ଯେମିତି ମଧୁର ଆନନ୍ଦରେ ବିଭୋର ହୋଇକରି ତା'ର ଛାତି ଜୋର୍‌ରେ ଧଡ୍ ଧଡ୍ ହେଉଛି, ଯେମିତି ତା'ର ଦୂର୍ବଳ ଶରୀରରେ ଯୌବନର ମଧୁରତା ପୁରି ଉଠୁଛି, ଯେମିତି...। ତାକୁ ଯେମିତି ଏପରି କ'ଣ କ'ଣ ସବୁ ଲାଗିଥିଲା ଏବଂ ସେହି ସମୟରେ ଦୁଇଟି ଉଷ୍ଣ ଅଧର ତା'ର ରକ୍ତିମ ଓଠ ଉପରେ ଚାପି ହୋଇ ଯାଇଥିଲା । ଲବଙ୍ଗ ଚମକି ପଡ଼ିଥିଲା । ଆଖି ଖୋଲିକରି ସେ ଦେଖିଲା । ଯେମିତି ତା' ଆଖି ଆଗରେ ଭୂମି ଥରି ଉଠିଥିଲା । ବହୁତ ଦୁଃଖ ଏବଂ ପୀଡ଼ା ରେ ସେ ଜୟରାଜ କୋଳରୁ ଅଲଗା ହୋଇ ଯାଇଥିଲା ।

"ଆପଣ !"

"ଲବଙ୍ଗ ! ମୋତେ କ୍ଷମା କରିଦିଅ, ଲବଙ୍ଗ !"

"ମୋତେ ଆପଣ ବରବାଦ କରିଦେଇଛନ୍ତି, ବାବୁ । ଏବେ ଏଠାକୁ କାହିଁକି ଆସିଛନ୍ତି ?"

"ଲବଙ୍ଗ ! ମୋର ରାଣୀ ! ମୋର କୌଣସି ଅପରାଧ ନ ଥିଲା ।"

"ଆପଣଙ୍କର ଅପରାଧ ନ ଥିଲା ବାବୁ । ଅପରାଧ ତ ମୋର ଥିଲା । ସେଇଥିପାଇଁ ତ ନିଜ ମା'କୁ ହଜେଇ କରି ଏଠାରେ ପଡ଼ିଛି । ଏ ସବୁ ଆପଣଙ୍କ ପାଇଁ । ଗୁଲଶନ ଏବଂ ଆପଣ ମିଶିକରି ମୋତେ ନଷ୍ଟ କରିଦେଲେ ।

"ମୁଁ ତୁମ ମା'ଙ୍କୁ ଖୋଜିକରି ଆଣିଦେବି, ଲବଙ୍ଗ !"

"ଆପଣ ଏଠାରୁ ଚାଲି ଯାଆନ୍ତୁ ।"- ପାଟି କରି ଉଠିଲା ଲବଙ୍ଗ ଏବଂ ଆବେଗରେ ତା'ର ଆଖି ଜୟରାଜ ମୁହଁ ଉପରେ ପଡ଼ିଯାଇଥିଲା । ତା'ର କଥା ଗୁଡ଼ାକ ଯେପରି ମୁହଁ ଭିତରେ ଅଟକି ଗଲା । ଦୃଷ୍ଟି ତଳକୁ ହୋଇ ଯାଇଥିଲା । ସେ ସମୟରେ ଜୟରାଜର ଦୁଇ ଗାଲ ଲୁହରେ ଭିଜି ଯାଇଥିଲା । ଲବଙ୍ଗର ମୁଣ୍ଡ ବୁଲାଇଦେଲା, ଜଣେ ପୁରୁଷ ଆଖିରୁ ଅବିରତ ଅଶ୍ରୁଧାରାର ସ୍ରୋତ ଦେଖିକରି । ତେବେ କ'ଣ ଜୟରାଜ ନିରପରାଧ ? ତା'ର କ'ଣ କିଛି ବି ଦୋଷ ନାହିଁ ? ହୋଇପାରେ, ଏମିତି ବି ହୋଇପାରେ । ଜୟରାଜ ଉଠିବାକୁ ଲାଗିଲା ।

"ମୁଁ ଯାଉଛି । ମୋତେ ଭୁଲିବାକୁ ଚେଷ୍ଟା କରିବ, ଲବଙ୍ଗ ! ବୋଧହୁଏ ଏବେ ତୁମ ସାଙ୍ଗରେ ଆଉ କେବେହେଲେ ଦେଖା ହୋଇ ନ ପାରେ ।"

ଲବଙ୍ଗର ହୃଦୟ ଫାଟି ପଡ଼ିଲା ପରି ଜଣା ଯାଉଥିଲା । ସେ ଜୟରାଜର ହାତ ଧରିବାକୁ ଚେଷ୍ଟା କଲା କନ୍ତୁ ସେତେବେଳକୁ ତା'ର ହାତ ତା' ଠାରୁ ଦୁରେଇ ଯାଇଥିଲା ।

"ଯାଅନା ବାବୁ ! ଯାଅନା..." ସେ ଚିତ୍କାର କରି ଉଠିଥିଲା ।

ଜୟରାଜ ଫେରି ଆସିଲା । ଲବଙ୍ଗ ବହୁତ ବିଚଳିତ ହୋଇ ପଡ଼ିଥିଲା । ସେ ତାକୁ ପୁଣି କୋଳାଗ୍ରତ କରିଥିଲା । ଲବଙ୍ଗ ଦୁର୍ବଳ ସ୍ୱରରେ କହିଲା- "ବାବୁ ! ମୋତେ କ୍ଷମା କରିଦିଅ ।"

ଜୟରାଜ କିଛି କହି ନ ଥିଲା । ସେ ସେହି କୋମଳ ଶରୀରକୁ ନିଜ ବାହୁବନ୍ଧନରେ ଭିଡ଼ି ଧରିଥିଲା ଯେପରିକି କେବେହେଲେ ସେ ବନ୍ଧନ ଫିଟିଯିବ ନାହିଁ । ଆଉ ସେତେବେଳେ ଯେମିତି ଯୁଗ ଯୁଗର ବ୍ୟଥିତ ଦୁଇଟି ହୃଦୟ ତଥା ଯୁଗ ଯୁଗର ତୃଷାର୍ତ୍ତ ଦୁଇଟି ଅଧର ମିଶିଯାଇ ନିଜ ନିଜର ଯନ୍ତ୍ରଣା ଉପଶମ କରିବାରେ ଲାଗିଥିଲେ । ଜୟରାଜ ଲବଙ୍ଗ ଫେରାଇ ଦେଇଥିବା ସୁନା ମୁଦି ପୁଣି ତା'ର ଆଙ୍ଗୁଠିରେ ପିନ୍ଧାଇଦେଲା । ଲବଙ୍ଗ ମୁଖ ମଣ୍ଡଳରେ ସନ୍ତୋଷର ଏକ ଆକର୍ଷକ ହସ ଖେଳି ଉଠିଥିଲା ।

କବାଟ ଆଢୁଆଳରେ ଗୁଲଶନ ସବୁକିଛି ଦେଖୁଥିଲା । ଆଖିରୁ ବାହାରି ଆସୁଥିବା ଲୁହକୁ ପୋଛିଦେଇ ସେ ତା'ର କୋଠରୀକୁ ଚାଲିଯାଇଥିଲା । ସେ ଲବଙ୍ଗ ଠାରୁ ଯାହାକିଛି ଲୁଟିଥିଲା, ଆଜି ଆକର୍ଷକ ଢଙ୍ଗରେ ତାକୁ ଫେରାଇ ଦେଇଥିଲା ।

ସେହି ରାତିରେ ଲବଙ୍ଗକୁ ନେଇକରି ଜୟରାଜ ନିଜ ବଙ୍ଗଳାକୁ

ଆସିଥିଲା । ସତରେ ସେହିଦିନ ଜୟରାଜ ଏବଂ ଲବଙ୍ଗ ଠାରୁ ସୁଖୀ ଲୋକ ଆଉ କେହି ନ ଥିଲେ ।

ଲବଙ୍ଗ ନିଜ ମା' ପାଇଁ ବହୁତ ଦୁଃଖି ଥିଲା କିନ୍ତୁ ଜୟରାଜର ଶତ ଚେଷ୍ଟା ସତ୍ତ୍ୱେ ବୁଢ଼ୀ ମିଳି ନ ଥିଲା । ଦିନ ଗଡ଼ି ଚାଲିଥିଲା । ଲବଙ୍ଗର ପ୍ରେମ ପାଇକରି ଜୟରାଜ ମଦ ପୁରା ଛାଡ଼ି ଦେଇଥିଲା । ସ୍ୱାସ୍ଥ୍ୟ ଅବସ୍ଥା ଭଲ ହୋଇ ଆସୁଥିଲା । କିନ୍ତୁ କିଏ ଜାଣିଥିଲା କି ଏକ ଭୀଷଣ ରୋଗର ସ୍ଫୁଲିଙ୍ଗ ଏ ପର୍ଯ୍ୟନ୍ତ ଭିତରେ ଭିତରେ ଦହକୁ ଥିଲା । ଜୟରାଜର ମଧୁର ପ୍ରେମ ପାଇକରି ଲବଙ୍ଗ ଆତ୍ମହରା ହୋଇ ପଡ଼ିଥିଲା । ସେ ସବୁକିଛି ଭୁଲି ଯାଇଥିଲା । ଯୌବନର ଦିନ ଥିଲା, ମାଦକତା ଭରା ରାସ୍ତା ଥିଲା, ଯେଉଁଥିରେ ଲବଙ୍ଗ ନିଜ ଭାଇ ପଞ୍ଚମକୁ ତଥା ନିଜ ମା' ବୁଢ଼ୀକୁ ସମସ୍ତଙ୍କୁ ଭୁଲି ଯାଇଥିଲା । ସବୁଠାରୁ ଭଲ ଖାଦ୍ୟ, ସବୁଠାରୁ ଭଲ ପୋଷାକ ଏବଂ ଜୟରାଜ କାନ୍ଧରେ ହାତ ପକାଇ ବୁଲାବୁଲି ସବୁକିଛି ଏମିତି ଭୁଲାଇ ଦେବାପରି ଘଟଣା ଥିଲା ଯେ ଲବଙ୍ଗ ସେହି ନଦୀର ପ୍ରବଳ ଧାରାରେ ଭାସି ଯାଇଥିଲା ।

।। ୪୪ ।।

ଆଜିକୁ କିଛିଦିନ ହେଲା ଜୟରାଜର ମନ ବିଚଳିତ ହୋଇ ଉଠୁଥିଲା । ଲବଙ୍ଗକୁ ସେ ଏତେ ଭଲ ପାଉଥିଲା ଯେ, ତା' ଠାରୁ କୌଣସି କଥା ଲୁଚାଇ କରି ରଖି ପାରିବା ସମ୍ଭବ ନ ଥିଲା ଏବଂ ସେଇଥିପାଇଁ ସେ ଏକ ହୃଦୟ ବିଦାରକ ଗୁପ୍ତ କଥା ଲବଙ୍ଗକୁ କହିବାକୁ ଚାହୁଁଥିଲା କିନ୍ତୁ ଡର ଥିଲା, କେଜାଣି ଏ କଥା ଶୁଣିକରି ସେ ପୁଣି ବିରକ୍ତ ହୋଇଯିବ କି ସେ ପୁଣି ଘୃଣା କରିବାକୁ ଲାଗିବ ।

ଲବଙ୍ଗର ଭାଇ ପଞ୍ଚମ ଜୟରାଜ ଯୋଗୁଁ ହିଁ ଜେଲରେ ଯନ୍ତ୍ରଣା ଭୋଗୁଥିଲା । କିନ୍ତୁ ଲବଙ୍ଗକୁ କ'ଣ ଏ ସବୁ ଜଣାଥିଲା ? ସେ ଦିନ ଏହି ସବୁ ଭାବି ଭାବି ଜୟରାଜ ସୋଫା ଉପରେ ବସିଥିଲା । ଲବଙ୍ଗ ଚା'ର ଟ୍ରେ ନେଇକରି ଆସିଥିଲା । ଆଜିକାଲି ଲବଙ୍ଗ ଘରର ସବୁ କାମ ନିଜ କାନ୍ଧ ଉପରେ ନେଇ ଯାଇଥିଲା ଏବଂ ଲଖନାକୁ ପ୍ରତି କଥାରେ ତା' ସରକାରଙ୍କ ପାଖକୁ ଆସିବା ପାଇଁ ପଡୁ ନ ଥିଲା । ଲବଙ୍ଗ ଚା'ର ଟ୍ରେ ଟେବୁଲ ଉପରେ ରଖିଦେଲା ଏବଂ ଗୋଟେ କପ୍ ଚା ତିଆରି କରି ଜୟରାଜକୁ ଦେଲା । ଜୟରାଜ ଚା କପ୍ ନେଇଗଲା ଏବଂ କହିଲା "ତୁମେ ବି ଆସ ଲବଙ୍ଗ ।"

ଲବଙ୍ଗ ପାଖ ସୋଫାରେ ବସି କହିଲା- "ଆଜି ଆପଣ କାହିଁକି କମ୍‌ଜୋର ଦେଖା ଯାଉଛନ୍ତି ?"

"ନାହିଁ ତ !" ଜୟରାଜ କହିଲା- "ଆଜିକୁ କିଛିଦିନ ହେଲା ତମକୁ ଗୋଟେ କଥା କହିବାକୁ ଚାହୁଁଛି, ଲବଙ୍ଗ ! କିନ୍ତୁ..."

"କହନ୍ତୁ ନା ! କ'ଣ କହିବାକୁ ଚାହାନ୍ତି ।"

"ସେ ଗୋଟେ କାହାଣୀ, ଶୁଣିବ ଲବଙ୍ଗ !"

"ଶୁଣାନ୍ତୁ !"- ଆଉ ସେ ସଜାଗ ହୋଇ ବସିଗଲା କାରଣ କାହାଣୀ ଶୁଣିବାକୁ ତାକୁ ବହୁତ ଭଲ ଲାଗେ ।

"ଜଣେ ମଦାରୀ ଆସିଥିଲା ଜଣେ ବାବୁଙ୍କ ପାଖକୁ । ବାବୁ ତା'ର ଖେଳ ଦେଖିକରି ଏବଂ ତା'ର ଦୀନତା ଦେଖିକରି, ଦୟା ଦେଖାଇ ତାକୁ କିଛି ଟଙ୍କା ଦେଇଥିଲେ । ଦ୍ୱିତୀୟ ଦିନ ସେ ମଦାରୀ ଆସିକରି ସେ ବାବୁଙ୍କୁ ଚାକିରୀ ମାଗିଥିଲା । ବାବୁ କିଛି କାମରେ ବ୍ୟସ୍ତ ଥିଲେ । ତେଣୁ ତାକୁ ଆଉ ଦିନେ ଆସିବାକୁ କହିଥିଲେ । ସେହି ଦିନ ସେହି ମଦାରୀର ସାଙ୍ଗ, ଯେ କି ସେହିଦିନ ସେହି ବାବୁଙ୍କ ଘରେ ମୂଲ ଲାଗିଥିଲା, ଆସିକରି କହିଥିଲା ଯେ ସେ ମଦାରୀ ବାବୁଙ୍କ ଭଉଣୀକୁ ଗାଳି ଦେଉଥିଲା । ବାବୁଙ୍କୁ ବହୁତ ରାଗ ଆସିଥିଲା । ତା' ଆରଦିନ ସେ ମଦାରୀ ଗୋଟେ ଅସ୍ତ୍ର ନେଇକରି ଆସିଥିଲା ଏବଂ ବାବୁଙ୍କୁ ମାରିବାକୁ ଦୌଡ଼ିଥିଲା । ବାଧ୍ୟ ହୋଇ ବାବୁ ତାକୁ ପୋଲିସକୁ ଦେଇ ଦେଇଥିଲା । କିନ୍ତୁ ସେ ବାବୁ ଜାଣି ନ ଥିଲା ଯେ ସେ ମଦାରୀ ତା' ପ୍ରେମିକାର ଭାଇ । ତେବେ ଏଥିରେ ସେ ବାବୁର ଦୋଷ କ'ଣ ଲବଙ୍ଗ ?"

ସେ ପର୍ଯ୍ୟନ୍ତ ଲବଙ୍ଗ କିଛି ବୁଝି ପାରି ନ ଥିଲା କହିଲା- "ସେ ବାବୁର କୌଣସି ଦୋଷ ହୋଇ ପାରିବ ନାହିଁ । ମୋ ବିଚାରରେ ସବୁତକ ଦୋଷ ସେ ତୃତୀୟ ଲୋକର ।"

"ମୋର ମଧ୍ୟ ସେହି ଧାରଣା ଯେ, ସାରା କାମ ସେ ବେଇମାନ ଧନ୍ନାର ହିଁ ହୋଇଥିବ"- ଜୟରାଜ କହିଲା ।

"ଧନ୍ନା !"- ଚମକି ପଡ଼ିଲା ଲବଙ୍ଗ- "କେଉଁ ନା ଆପଣ କହିଲେ, ଧନ୍ନା ?"

"ହଁ ଲବଙ୍ଗ !"- ଜୟରାଜ କହିଲା- "ସେହି ଶ୍ରମିକର ନାଁ ଧନ୍ନା ଥିଲା । ସେ କେବଳ ଗୋଟେ ଦିନ ପାଇଁ ମୋର ଏଠାକୁ କାମ କରିବାକୁ ଆସିଥିଲା ।"

"ଆପଣଙ୍କର ଏଠାକୁ ?"- ଲବଙ୍ଗର ଆଶ୍ଚର୍ଯ୍ୟ ବଢ଼ି ବଢ଼ି ଯାଉଥିଲା- "କ'ଣ ସେ ବାବୁ ଆପଣହିଁ ଥିଲେ ?"

"ହଁ ଲବଙ୍ଗ, ମୁଁ ହିଁ ଥିଲି ।"

"ଆଉ ସେ ମଦାରୀ ?"

"ତୁମର ଭାଇ ।"- ଜୟରାଜ କହିଲା ।

ଆର୍ତ୍ତନାଦ କରି ଲବଙ୍ଗ ଜୟରାଜର କୋଳରେ ପଡ଼ିଯାଇ କାନ୍ଦିବାକୁ

ଲାଗିଲା । ଜୟରାଜ ତାକୁ ତା'ର କୋଳରେ ଆଶ୍ରୟ ଦେଇଥିଲା । ଲବଙ୍ଗ ଜୟରାଜ ଉପରେ ରାଗି ନ ଥିଲା କାରଣ ସେ ଜାଣିଯାଇଥିଲା ଯେ ଏ ସାରା କାମ ଧନ୍ନାର ଥିଲା । ତଥାପି ମଧ୍ୟ ନିଜର ପଞ୍ଚମ ଭାଇକୁ ମନେ ପକାଇ ତା'ର ବୁକୁ ଫଟାଇ କାନ୍ଦ ବାହାରି ଆସୁଥିଲା । ସେହି ସମୟରେ ତାକୁ ତା'ର ମା ମଧ୍ୟ ମନେ ପଡ଼ିଯାଇଥିଲା । ଜୟରାଜ ବୁଝି ପାରିଥିଲା ଯେ ଲବଙ୍ଗର ମନ ଏହି ପ୍ରକାରେ ବଦଳିବ ନାହିଁ । ତେଣୁ କାର ପ୍ରସ୍ତୁତ କରିବାକୁ ଆଦେଶ ଦେଇଥିଲା ।

କାର ଚଢ଼ିକରି ଜୟରାଜ ଓ ଲବଙ୍ଗ ନଦୀ କୂଳକୁ ଆସିଯାଇଥିଲେ । ସେଦିନ ସେଠାରେ କେଉଁ ଗୋଟେ ମେଳା ଲାଗିଥିଲା । ଭିଡ଼ ବହୁତ ଥିଲା । ସେହି ବାତାବରଣରେ ଲବଙ୍ଗର ମନ ଟିକିଏ ହାଲୁକା ଲାଗିଥିଲା । ସେହି ସମୟରେ ଡୁଗ୍‌ଡୁଗି ବାଜିବାର ଶବ୍ଦ ଜୟରାଜ ଶୁଣିପାରିଥିଲା । ସେ ଦେଖି ପାରିଲା ଗୋଟେ ଝିଅ କିଛି ଦୂରରେ ଠିଆ ହୋଇ ଲୋକମାନଙ୍କୁ ଭାଲୁର ଖେଳ ଦେଖାଉଛି ।

"କେସର !"- ଜୟରାଜ ମୁହଁରୁ ହଠାତ ବାହାରି ପଡ଼ିଲା ।

ସତକୁ ସତ ସେ ହିଁ କେସର ଥିଲା । ଚୌଧୁରୀଙ୍କ ନିଧନ ପରେ ବିଚ୍ଚରୀ ଅନାଥ ହୋଇ ଯାଇଥିଲା ଏବଂ ଛତରା ବନ୍‌ଜାର ମାନେ ତାକୁ ହଇରାଣ କରୁଥିଲେ । ତଥାପି ମଧ୍ୟ ସେ ଗାଁରେ କୌଣସି ପ୍ରକାରେ ଚଳି ଯାଉଥିଲା । ଦିନରେ ପଞ୍ଚମର ଭାଲୁକୁ ଧରି ସହର ଚାଲି ଆସୁଥିଲା ଏବଂ ପଇସା କମେଇ ନେଉଥିଲା । ସେ ଦୁର୍ଦ୍ଦାନ୍ତ ଭାଲୁ ପଞ୍ଚମ ପରି କେସର ସାଙ୍ଗରେ ମଧ୍ୟ ମିଳି ମିଶି ଯାଇଥିଲା ।

କେସର ଆଗକୁ ଦେଖିଲା ତ ତା' ଆଗରେ ଲବଙ୍ଗ ଏବଂ ସେ ବାବୁ । ଲବଙ୍ଗ ଦଉଡ଼ିଯାଇ କେସରକୁ କୁଣ୍ଢାଇ ପକାଇଲା । ଜମ୍ଭୁ ଆସି ଲବଙ୍ଗର ପାଦ ଶୁଙ୍ଘିବାକୁ ଲାଗିଲା । ଲବଙ୍ଗ ଆଖିରୁ ଲୁହ ବୋହି ଯାଉଥିଲା କିନ୍ତୁ କେସର ଆଖିର ଲୁହ ଯେମିତି ହୃଦୟର ଜ୍ୱାଳାରେ ଶୁଖି ଯାଇଥିଲା । ତା' ପାଖରେ କାନ୍ଦିବାକୁ ଆଉ ଲୁହ ନ ଥିଲା । କେସର ନିଜକୁ ଲବଙ୍ଗ ଠାରୁ ଅଲଗା କରିନେଲା । କାହିଁକିନା ଲବଙ୍ଗର ବେଶଭୁଷା ସେତେବେଳେ ପରୀ ମାନଙ୍କ ପରିଥିଲା । ଆଉ କେସରର ଚେହେରାରେ ଯେପରି ନିର୍ଦ୍ଧନତାର ଛାପ ପଡ଼ିଥିଲା ।

"ଏବେ ତ ହଜୁର ନିଜ ସୌନ୍ଦର୍ଯ୍ୟର ଶୋଭା ବହୁତ ବଢ଼ାଇ ଦେଇଛନ୍ତି ।"- କେସର ଲବଙ୍ଗକୁ କହିଲା । ଲବଙ୍ଗ ଟିକିଏ ଲାଜେଇ ଯାଇଥିଲା । କେସରକୁ ଏହା ବୁଝିବାକୁ ଡେରି ଲାଗି ନ ଥିଲା ଯେ ଲବଙ୍ଗର ବାବୁ ସେହି ହିଁ ଥିଲେ ।

"ଚୌଧୁରୀ ଦାଦା କେମିତି ଅଛନ୍ତି ?- ଲବଙ୍ଗ ପଚାରିଲା ।

"ବାବୁ କ'ଣ ତୋତେ କିଛି କହି ନାହାନ୍ତି ?"- କେସର କହିଲା ବେଳେ ତା' ଆଖି ଲୁହ ଛଳ ଛଳ ହୋଇ ଯାଇଥିଲା । -"ଦାଦା ତ ଛାଡ଼ିକରି ଚାଲିଗଲେ"- କେସର କାନ୍ଦି ପକାଇଥିଲା- "ଏବେ ତ କେବଳ ଜମ୍ମୁ ହିଁ ମୋର ସାହାରା ।"

"ସେଠାରେ ତୋର ବାପା ଚାଲିଗଲେ, ଏଠାରେ ମୋ ମା'ର ପତ୍ତା ମିଳୁନାହିଁ ।" ଲବଙ୍ଗ କହିଲା- "ତୁ ଆସିକରି ଆମ ସାଙ୍ଗରେ ରୁହ ।"

"ଭାଗ୍ୟ ବଦଳାଇ ଦେଲେ ବଦଳି ଯାଏ ନାହିଁ, ଲବଙ୍ଗ ବିବି !" କେସର ଶୁଖିଲା ହସ ହସିକରି କହିଲା- "ଆମକୁ ଆମର ଗାଁ ବହୁତ ଭଲ । ତୁ ତ ତୋ ମା'କୁ ହଜାଇକରି ବାବୁଙ୍କ ପରି ଜଣେ ସହୃଦୟ ବ୍ୟକ୍ତି ପାଇ ପାରିଲୁ । ଆଉ ମୁଁ ବାପାଙ୍କୁ ହରାଇ କ'ଣ ପାଇଲି ? ଏହି ପଶୁଟିକୁ ତ ? ଏହି ତ ନିଜ ନିଜର ଭାଗ୍ୟ । ତା'ପରେ ଭାଲୁର ରଶି ଧରି କେସର ଏମିତି ଚାଲିଗଲା ଯେ ତାକୁ କେହି ଅଟକାଇ ପାରି ନ ଥିଲେ ।

॥ ୪୫ ॥

ଜେଲର କବାଟ ଯେପରି ଏକ ମାୟାବୀ ଗୁମ୍ଫାର ଭୟଙ୍କର ମୁହଁ ପରି ଜଣା ପଡୁଥିଲା । ବହୁତ ବଡ଼ ଫାଟକ ଲାଗିଥିଲା । ବାହାରେ ଲମ୍ବା ଲମ୍ବା ବନ୍ଧୁକ ଧରି ଦୁଇଟି ଜଗୁଆଳୀ ପହରା ଦେଉଥିଲେ । ଆଜିକୁ ଚାରିମାସ ହେଲା ଏକ ଦୂର୍ବଳ ବୁଢ଼ୀ ଜେଲ ଫାଟକର ଆଗରେ ବସି ଗଳା ଫଟାଇ ଚିତ୍କାର କରୁଥିଲା । "ତାକୁ ଛାଡ଼ିଦିଅ, ସେ ମୋର ପୁଅ, ତା'ର କୌଣସି ଭୁଲନାହିଁ, ସେ କିଛି କରି ନ ଥିବ । ସେ କିଛି କରି ପାରିବ ନାହିଁ.... ଛାଡ଼ିଦିଅ.... ଛାଡ଼ିଦିଅ ତାକୁ... !" ଚିତ୍କାର କରି କରି ଯେତେବେଳେ ହାଲିଆ ହୋଇ ପଡୁଥିଲା- "ହେ ମୋର ପୁଅ ପଞ୍ଚମ"- କହିକରି ଘଣ୍ଟା ଘଣ୍ଟା କାନ୍ଦିବାରେ ଲାଗିଥାଏ । ଲୋକମାନେ ହସୁଥିଲେ । କହୁଥିଲେ ପାଗଳ ବୋଲି ।

ପିଲାମାନେ ତାକୁ ଚିଡ଼ଉ ଥିଲେ । କିନ୍ତୁ ସେ ଦିନ ରାତି ଜେଲର ଫାଟକ ଛାଡ଼ିକରି କୁଆଡ଼େ ଯାଉ ନ ଥିଲା ଏବଂ ଯଦି କେହି ଦୟାକରି କିଛି ଦେଉଥିଲା ତେବେ ସେ ଖାଇ ନେଉଥିଲା । ବେଳେବେଳେ ସେ କେଉଁ ଏକ ପ୍ରହରୀ ପାଖକୁ ଦଉଡ଼ି ଯାଉଥିଲା । ଏବଂ କାନ୍ଦି କାନ୍ଦି ତା'ର ଗୋଡ଼ ତଳେ ପଡ଼ି କହୁଥିଲା- "ସରକାର ! ତାକୁ ଛାଡ଼ି ଦିଅନ୍ତୁ । ମୋର କୋମଳ ପିଲାଟି କେମିତି ରହିଥିବ ? ସେ କେବେହେଲେ ଏତେ ଦୁଃଖ ସହି ନ ଥିଲା । ମୁଁ ତୁମ ପାଦତଳେ ପଡୁଛି, ସରକାର !"

ସରକାର କୁହା ଯାଉଥିବା, ମାସକୁ ଦଶ ଟଙ୍କା ପାଉଥିବା ଚାକର, ହୃଦୟହୀନ ସେ ପ୍ରହରୀର ବୁଟ ପିନ୍ଧା ଗୋଡ଼ ଉଠିକରି କାନ୍ଦୁଥିବା ସେ ବୁଢ଼ୀର ଛାତିରେ ଜୋର୍‌ରେ ବସୁଥିଲା । କରୁଣ ଆର୍ତ୍ତନାଦ ସହ ସେ ବୁଢ଼ୀର ଦୂର୍ବଳ ଶରୀର ଚେତାଶୂନ୍ୟ ହୋଇ ଦୂରରେ ପଡୁଥିଲା । ଯେତେବେଳେ ଚେତା

ଫେରୁଥିଲା ପୁଣି ସେ ଚିତ୍କାର କରିବାରେ ଲାଗୁଥିଲା । ଏହା ପାଗଳାମି ନ ଥିଲା ବରଂ ଥିଲା ମା'ର ମମତା । ଯେତେବେଳେ ଜେଲର ସାହେବ ଭିତରୁ ବାହାରୁଥିଲେ କିମ୍ବା ବାହାରୁ ଭିତରକୁ ଯାଉଥିଲେ ସେ ଦୌଡ଼ିଯାଇ ତାଙ୍କ ଆଗରେ ଭୂଇଁ ଉପରେ ଗଡ଼ି ଯାଉଥିଲା । କିନ୍ତୁ ସେ ନିଷ୍ଠୁର ଜେଲର ହସିକରି ଭିତରକୁ ଚାଲିଯାଉଥିଲା । ପାଗଳ ଥିଲା ନା ସେ ! ବିଚାରୀ ବୁଢ଼ୀ ! ବୁଟର ଠୋକର, ଖାଇବା ପିଇବାର କମି ଏବଂ ଯନ୍ତ୍ରଣା ଯୋଗୁଁ ଦିନକୁ ଦିନ ମରଣର ନିକଟତର ହେଉଥିଲା । ସେହି ଥିଲା ପଞ୍ଚମର ମା' ।

ଆଉ ପଞ୍ଚମ ? ଜେଲର ଚାରି କାନ୍ଥ ଭିତରେ ବନ୍ଦ, ଗାର୍ଡ଼ ମାନଙ୍କର ଧମକ ଶୁଣୁଥିଲା, ଜେଲର ରକ୍ଷୀ ମାନଙ୍କର ଗୋଇଠା ଖାଉଥିଲା ଆଉ ଚକି ପେଷୁଥିଲା । ରାତ୍ରୀର ଅନ୍ଧକାରରେ ଯେତେବେଳେ ସେ ଫଟା ଲୁଗା ପାରିକରି କମ୍ବଳ ଘୋଡ଼ି ହୋଇ ଶୋଉଥିଲା ସେତେବେଳେ ତା' ଆଖିରୁ ଲୁହ ବୋହି ଯାଉଥିଲା । ଲବଙ୍ଗ, ମା' ଆଉ କେସରକୁ ମନେ ପକାଇ କାନ୍ଦି ପକାଉଥିଲା । କିନ୍ତୁ ପରକ୍ଷଣରେ ତା'ର ମନ ରାଗରେ ଥରି ଉଠୁଥିଲା ଏବଂ ତାକୁ ଏମିତି ଲାଗୁଥିଲା ଯେପରି ଜୟରାଜର ବେକ ତା'ର ପଞ୍ଝା ଭିତରକୁ ଆସି ଯାଇଛି ଏବଂ ସେ ତା'ର ସମସ୍ତ ଶକ୍ତି ଲଗାଇ ଦାନ୍ତ ଚାପି ତା'ର ବେକ ଦବାଉଛି । ସକାଳ ହେଉ ହେଉ ହାଜିରି ପକାଇବା ପାଇଁ ସେ ଦୌଡ଼ିଯାଏ । ସକାଳ ଜଳଖିଆ ପାଇଁ କେତେବେଳେ ଚଣା ତ କେତେବେଳେ ଚାଉଳ କି ଗହମର ଜାଉ ମିଳୁଥିଲା । ବେଳେବେଳେ ବୁଢ଼ୀର ପ୍ରବଳ ଆର୍ତ୍ତନାଦ ଜେଲ ଭିତରେ ପ୍ରତିଧ୍ୱନିତ ହୋଇ ଉଠୁଥିଲା ଏବଂ ସେତେବେଳେ ଚମକି ପଡ଼ି ପଞ୍ଚମ ଚକି ପେଷିବା ବନ୍ଦ କରିଦେଇ ମୁଣ୍ଡରୁ ଝାଳ ପୋଛି ଭାବିବାକୁ ଲାଗୁଥିଲା । ଏ ତ ତା' ମା'ର କଣ୍ଠସ୍ୱର ? ସେ ଏଠାକୁ କ'ଣ କରିବାକୁ ଆସିଛି ? ସେହି ସମୟରେ ଜେଲ ରକ୍ଷୀର ମୋଟା ବାଡ଼ି ତା' ପିଠି ଉପରେ ପଡୁଥିଲା ଓ ଯନ୍ତ୍ରଣାରେ ଚିତ୍କାର କରି ସେ ପୁଣି ଚକି ପେଷିବାରେ ଲାଗିଯାଉଥିଲା । ଜୀବନ କ'ଣ ଥିଲା ? ଗୋଟେ ପଶୁର ଜୀବନ । ମନୁଷ୍ୟତା ସେଠାରେ ନ ଥିଲା । ପଶୁ ପରି ବ୍ୟବହାର ଥିଲା । ଏ ସବୁ ଭିତରେ ପଞ୍ଚମ ଧୈର୍ଯ୍ୟ ଧରି ଦିନ କାଟୁଥିଲା । ଚାରି ମାସ ଗତ ହୋଇ ଯାଇଥିଲା, ଆଉ ଦୁଇ ମାସ ବାକି ଥିଲା ।

॥ ୪୬ ॥

ଲବଙ୍ଗ ଏବଂ ଜୟରାଜ କାରରୁ ଓହ୍ଲାଇ ବଙ୍ଗଳା ଆଡ଼କୁ ଯାଉଥିଲେ । ସେହି ସମୟରେ ପାଖରେ ଠିଆ ହୋଇଥିବା ଜଣେ ଦୀନହୀନ, ଦୁଷିତ କ୍ଷତ ହୋଇଯାଇଥିବା ଭିକାରି ଚିତ୍କାର କରି ସେ ଦୁଇଜଣଙ୍କ ଆଗରେ ଭୂମି ଉପରେ ଲୋଟିଯାଇଥିଲା । ତା'ର ଏ ଦୟନୀୟ ଦୁର୍ଦ୍ଦଶା ଦେଖିକରି ଜୟରାଜ ଓ ଲବଙ୍ଗ ଚମକି ପଡ଼ିଥିଲେ । ଶରୀର ଶୁଖି କରି କଣ୍ଟା ହୋଇଯାଇଥିଲା ଏବଂ ତାହା ଉପରେ ବଡ଼ ବଡ଼ ଦୁଷିତ, ଦୁର୍ଗନ୍ଧମୟ କ୍ଷତ ଥିଲା ଯାହା ଉପରେ ମାଛି ମାନେ ଭଣ ଭଣ ହେଉଥିଲେ । ତାକୁ ଦେଖିଲେ ବହୁତ ଘୃଣାଭାବ ଉଦ୍ରେକ ହେଉଥିଲା ।

"ବାବୁ ! ମୋତେ କ୍ଷମା କରିଦିଅ ।" ଭୂମି ଉପରେ ପଡ଼ି ରହି ସେ ଭିକାରି ବଡ଼ କଷ୍ଟରେ କହିଲା ।

"ତୁମେ କିଏ ସେ ?"- ଜୟରାଜ ପଚାରିଲା ।

ଲବଙ୍ଗ ତାହାର ଚେହେରାକୁ ନିରେଖି କରି ଦେଖୁଥିଲା । ଶେଷରେ କହିଲା "ଏ ଧନ୍ନା ଅଟେ । ନିଜ କର୍ମର ଫଳ ଭୋଗୁଛି ।" ସେ ଧନ୍ନା ହିଁ ଥିଲା । ଯିଏ ଜୟରାଜ ଏବଂ ପଞ୍ଚମ ମଧ୍ୟରେ ଗୋଟେ ଅଲଂଘ୍ୟ ପାଚେରୀ ଠିଆ କରି ଦେଇଥିଲା, ଯାହା ପାଇଁ ନିରପରାଧ ପଞ୍ଚମ ଜେଲରେ ଚକି ପେଷୁଥିଲା ଏବଂ ଯିଏ ଚୌଧୁରୀର ହତ୍ୟାକାରୀ ଥିଲା, ସେହି ଧନ୍ନା ! ଗୋଟେ ରାତିରେ କାଳିମାର ଆଞ୍ଚଳରେ ଲୁଚିକରି ଏହି ଦୁଷ୍ଟ ଲବଙ୍ଗର ଇଜ୍ଜତ ଲୁଟିବାକୁ ଚେଷ୍ଟା କରିଥିଲା ଏବଂ ସ୍ୱାମୀଭକ୍ତ ଜମ୍ବୁ ତାହାକୁ କ୍ଷତାକ୍ତ କରିଦେଇଥିଲା । ଜମ୍ବୁର ଭୟାନକ ଦାନ୍ତ ତଥା ତୀକ୍ଷ୍ଣ ନଖର ବିଷ ସେ ସମୟରେ ଧନ୍ନାର ସମଗ୍ର ଶରୀରରେ ଖେଳି ଯାଇଥିଲା । ଯେଉଁ ଜାଗା ମାନଙ୍କର ସେ ଭୟାନକ ଭାଲୁର ଦାନ୍ତ ଏବଂ ନଖ ଲାଗିଥିଲା ସେହି ଜାଗା ମାନଙ୍କର ମାଂସ ପଚିଯାଇ ଗଳି ପଡୁଥିଲା ।

“ମୋତେ କ୍ଷମା କରିଦିଅ, ସରକାର !” ସେ ବିକଳ ହୋଇ କହିଲା ।

କ୍ରୋଧିତ ଜୟରାଜ ତା’ର କ୍ଷତପୂର୍ଣ୍ଣ ଶରୀରକୁ ଜୋତାରେ ଗୋଟେ ଗୋଇଠା ପକାଇ ଲବଙ୍ଗର ହାତ ଧରି ବଙ୍ଗଳା ଭିତରକୁ ଚାଲିଯାଇଥିଲା । କିନ୍ତୁ ନିଜ କୋଠରୀକୁ ଯାଇ ହଠାତ୍ ଚମକି ପଡ଼ି ଠିଆ ହୋଇଗଲା । ତା’ର ଥରିଲା ହାତରୁ ଲବଙ୍ଗର ହାତ ଖସି ଯାଇଥିଲା । ଯେମିତି ତା’ର ପାଦତଳୁ ମାଟି ଖସି ଯାଉଥିଲା ।

ତା’ ଆଡ଼କୁ ଅନାଇ ତା’ର ବାପା ସେଠ୍ ଗଙ୍ଗା ଦାସ ସୋଫା ଉପରେ ବସିଥିଲେ । “ଦେହ ଟିକିଏ ଭଲ ନ ହେଉଣୁ ତୁମେ ପୁଣି ବୁଲିବା ଆରମ୍ଭ କରିଦେଲ ।”- ରୁକ୍ଷ କଣ୍ଠରେ ସେଠ୍‌ଜୀ କହିଲେ- “ଏ ଝିଅଟି କିଏ ସେ ?”

“ଏ ଝିଅଟି ବାପା ! ଏ...” ଜୟରାଜର ମୁହଁରେ ଯେମିତି ତାଲା ଲାଗିଯାଇଥିଲା ।

“ଠିକ୍ କରି କୁହ ! ଏ କିଏ ସେ ?”- ସେଠ୍‌ଜୀଙ୍କ ସ୍ୱର ଆଗ ଅପେକ୍ଷା ଅଧିକ ରୁକ୍ଷ ଥିଲା । ଜୟରାଜ ଦେଖିଲା ଯେ ବିନା ସାହାସରେ କାମ ଚଳିବ ନାହିଁ । କହିଲା- “ଇଏ ମୋର ଭାବୀ ପତ୍ନୀ, ବାପା !”

“ଚୁପ୍ ରୁହ !”- ସେଠ୍‌ଜୀ ଗର୍ଜି ଉଠିଲେ- “ନିଜ ବାପକୁ ଏହା ସବୁ କହିବାକୁ ଲାଜ ଲାଗୁନି ? ମୁଁ ଏ ଝିଅ ବିଷୟରେ ସବୁ ଶୁଣି ସାରିଛି । ଗୋଟେ ଭିକାରୁଣୀକୁ ମୋ ପୁଅ ବାହା ହେବାକୁ ମୁଁ ବରଦାସ୍ତ କରି ପାରିବି ନାହିଁ ।” ଏହା ସେଠ୍‌ଜୀଙ୍କ ଅନ୍ତରର ମମତା କହୁ ନ ଥିଲା ବରଂ କହୁଥିଲା ତାଙ୍କ ଅନ୍ତରରେ ବସିଥିବା ଧନର ଅହଙ୍କାର । ସେ ତାଙ୍କ ପୁଅକୁ ଖୁଲମ୍ ଖୁଲା ମଦ ପିଇବାର ଦେଖି ପାରିବେ, ତାକୁ ଅଭଦ୍ର ବେଶ୍ୟା ସାଙ୍ଗରେ ଶୋଇବା ଦେଖି ପାରିବେ କିନ୍ତୁ ଗୋଟେ ଗରିବ ଝିଅ ସାଙ୍ଗରେ ସୌଭାଗ୍ୟପୂର୍ଣ୍ଣ ସୁନ୍ଦର ଜୀବନ ଯାପନ କରିବା ଦେଖି ପାରିବେ ନାହିଁ ।

“ମୁଁ ଲବଙ୍ଗକୁ ମୋର ଧର୍ମ ପତ୍ନୀ ରୁପରେ ବାଛି ନେଇଛି, ବାପା ।”- ସାହାସ ସଞ୍ଚୟ କରି ଜୟରାଜ କହିଲା ।

“ଧର୍ମପତ୍ନୀ ବାଛିନେଲ ?”- କଠୋର ସ୍ୱରରେ ସେଠ୍‌ଜୀ କହିଲେ- “ନିଜ ଜାତିର ପ୍ରତିଷ୍ଠାକୁ ଗୋଇଠା ମାରି କରି ଗୋଟେ ନୀଚ ଜାତିର ଝିଅ ସାଙ୍ଗରେ ତୁ ବିବାହ କରିବୁ ? ଦୁନିଆ କ’ଣ କହିବ ?”

“ଦୁନିଆ ଯାହା କିଛି କହୁ, ବାପା ! ମୁଁ ତାକୁ ଖାତିର କରେ ନାହିଁ ।” ନିଜ

ଜୀବନରେ ଆଜି ପ୍ରଥମ ଥର ପାଇଁ ଜୟରାଜ ତା' ବାପାଙ୍କ ସମ୍ମୁଖରେ ଏମିତି ସାହାସପୂର୍ଣ୍ଣ କଥା କହିଥିଲା ।

"ବୋକା ଟୋକା !'- ସେଠ୍‌ଜୀ ଉଠିକରି ଠିଆ ହୋଇଗଲେ- "ଏହା ଭାବେନା ଯେ ମୋ ଧନର କୌଣସି ଭାଗ ତୋତେ ମିଳି ପାରିବ ।"

"ଆପଣ ଧନର ଗର୍ବରେ ଉଚିତ ଏବଂ ଅନୁଚିତର ଜ୍ଞାନ ଭୁଲି ଯାଉଛନ୍ତି । ଭଲ ହେବ ଯେ ସ୍ୱାର୍ଥ ପୁରଣ ଆଉ ବିଶ୍ୱାସଘାତକତା ଦ୍ୱାରା ଉପାର୍ଜିତ ଏ ଧନ ଠାରୁ ମୁଁ ଦୂରରେ ରହିବି । ମୁଁ ମଧ୍ୟ ଆପଣଙ୍କ ଘରୁ ବାହାରି ଯାଉଛି ।" ସତରେ ଜୟରାଜ ଲବଙ୍ଗର ହାତ ଧରି ବାହାରିଯିବାକୁ ଲାଗିଲା । ସେଠ୍‌ଜୀଙ୍କ ହୃଦୟ ଏକାଥରେ କ୍ରୋଧ ଏବଂ କଷ୍ଟରେ ପୁରି ଉଠିଥିଲା । କ୍ରୋଧ ଥିଲା ପୁତ୍ରର ଅବିଚାରପୂର୍ଣ୍ଣ କାମରେ ଏବଂ କଷ୍ଟ ଥିଲା ପିତା ଏବଂ ପୁତ୍ରର ସଂପର୍କ ନେଇ ।

"ଶୁଣ !" ସେଠ୍‌ଜୀ ଡାକିଲେ ।

"ଜୟରାଜକୁ ଏମିତି ଲାଗିଲା ଯେମିତି ତା' ପିତାଙ୍କ ସ୍ୱର କିଛି କୋମଳ ହୋଇ ଉଠିଥିଲା । ସେ ଲବଙ୍ଗକୁ ସାଙ୍ଗରେ ନେଇ ଫେରି ଆସିଥିଲା ।

"ତୁମେ ଯାଇ ପାରିବ ନାହିଁ ।"- ସେଠ୍‌ଜୀ କିଛି ପାଦ ଆଗେଇ ଆସିଲେ ପୁଣି ଲବଙ୍ଗକୁ କହିଲେ- "ମୋ ସାଙ୍ଗରେ ଚାଲ ।" ଲବଙ୍ଗର ହାତ ଧରି ସେଠ୍‌ଜୀ ଏକ ପ୍ରକାର ଭିଡ଼ିକରି ବାହାରକୁ ନେଇ ଆସିଲେ । ଜୟରାଜ କିଛି କହିପାରି ନ ଥିଲା । ବାହାରେ ସେଠ୍‌ଜୀଙ୍କ କାର ଠିଆ ହୋଇଥିଲା । ସେ ଲବଙ୍ଗକୁ କାରରେ ବସାଇଲେ ଏବଂ ତା'ପରେ କାର ଚାଲି ଯାଇଥିଲା ।

॥ ୪୭ ॥

ରାୟବାହାଦୁର ସେଠ୍ ଗଙ୍ଗା ଦାସଙ୍କ କୋଠାକୁ ଆସି ଲବଙ୍ଗ ଆଶ୍ଚର୍ଯ୍ୟ ଚକିତ ହୋଇଯାଇଥିଲା । ସେଠାର ସାଜସଜା ତାହା ପାଇଁ ନୂଆ ନୁହେଁ ବରଂ ଅଦ୍‌ଭୁତ ଥିଲା । ତାହା ବ୍ୟତୀତ ଲବଙ୍ଗ ଏ ପର୍ଯ୍ୟନ୍ତ ବୁଝିପାରି ନ ଥିଲା ଯେ ସେଠ୍‌ଜୀ ତାକୁ ଏଠାକୁ କାହିଁକି ଆଣିଛନ୍ତି ? ତାଙ୍କର ଉଦ୍ଦେଶ୍ୟ କ'ଣ ? ଏହି ଗମ୍ଭୀର ସେଠ୍‌ଙ୍କୁ ବୁଝିବାକୁ ଲବଙ୍ଗ ପରି ସରଳ ବାଳିକା ପାଇଁ ଅସମ୍ଭବ ଥିଲା । ସେ ଏମିତି ଆଶ୍ଚର୍ଯ୍ୟ ଚକିତ ଏବଂ ଭୟଭୀତ ହୋଇ ଠିଆ ହୋଇ ରହିଥିଲା ବେଳେ ସେଠ୍‌ଜୀ ଆସିଥିଲେ । କହିଲେ- "ସୋଫା ଉପରେ ବସି ଯା, ଝିଅ !"

ଝିଅ ! ଏହି ସମ୍ବୋଧନ ଯେମିତିକି ଲବଙ୍ଗ ହୃଦୟରେ ସୁପ୍ତ ମମତାକୁ ଜାଗ୍ରତ କରି ଦେଇଥିଲା । ଯେମିତିକି ସେ ବୁଝିପାରିଥିଲା ଯେ, ଉପରକୁ କଠିନ, ହୃଦୟହୀନ ଦେଖା ଯାଉଥିବା ଏହି ସେଠ୍ ମଧ୍ୟ ମଣିଷ ଅଟନ୍ତି ଏବଂ ତାଙ୍କ ହୃଦୟରେ ମଧ୍ୟ ଦୟା ଏବଂ ମମତାର ଭାବନା ଏବେବି ବିଦ୍ୟମାନ ଅଛନ୍ତି । ସେ ଚୁପ୍ ଚାପ୍ ସୋଫା ଉପରେ ବସିଯାଇଥିଲା ।

"ପଶ୍ଚାତାପ କରନାହିଁ" - ସେଠ୍‌ଜୀ କହିଲେ "ବିବାହ ପୂର୍ବରୁ ପତି ପତ୍ନୀ ମିଳାମିଶା କରିବା ଠିକ୍ ନୁହେଁ । ସେଥିପାଇଁ ତୁମକୁ ଏଠାକୁ ନେଇ ଆସିଲି । ଏହାକୁ ନିଜଘର ବୋଲି ଭାବିନିଅ । ଖୁବ୍ ଶୀଘ୍ର ତୁମ ଦୁଇଜଣଙ୍କର ବିବାହ ବୈଦିକ ରିତୀରେ କରିଦିଆଯିବ ।

"ବାବୁଜୀ !" ଲବଙ୍ଗ ଦୌଡ଼ିଯାଇ ସେଠ୍‌ଜୀଙ୍କ ପାଦତଳେ ପଡ଼ିଗଲା ଏବଂ ସେଠ୍‌ଜୀ ତାକୁ ଉଠାଇ ସ୍ନେହରେ ତା'ର ମସ୍ତକକୁ ଆପୁଡ଼େଇ ଦେଲେ । ଲବଙ୍ଗ ପାଇଁ ଏହି ଖୁସିର ଗତି ପ୍ରଚଣ୍ଡ ଥିଲା । ସାରା ଦୁନିଆ ତା' ଆଗରେ ଆନନ୍ଦମୟ ହୋଇକରି ନାଚି ଉଠିଥିଲା ।

ସେଠ୍‌ଜୀ ଉଠିଯାଇ ତାଙ୍କ ଅଫିସକୁ ଚାଲି ଯାଇଥିଲେ ଏବଂ ଟେବୁଲ ପାଖରେ ବସିକରି କିଛି କାଗଜପତ୍ର ଦେଖିବାରେ ଲାଗିଥିଲେ । ପୂର୍ଣ୍ଣ ଏକାଗ୍ରତାରେ କାମ କରୁଥିଲା ବେଳେ ସେ ଜାଣି ପାରି ନ ଥିଲେ ଯେ କେହି ଜଣେ ତାଙ୍କ ପାଖରେ ଆସି ଠିଆ ହୋଇଯାଇଛି । କିଛି ସମୟ ପରେ ସେ ଯେତେବେଳେ ମୁଣ୍ଡ ଉପରକୁ ଉଠାଇଲେ ସେତେବେଳେ ଦେଖିଲେ, ଗୁଲଶନ । ସେଠ୍‌ଜୀ ଚମକି ପଡ଼ିଥିଲେ । ଗୁଲଶନକୁ ସେଠାରେ ଦେଖିକରି ନୁହେଁ ବରଂ ତାହାର ବେଶଭୁଷା ଦେଖିକରି । ଦେହ ଉପରେ କଳା ଧଡ଼ୀ ଥିବା ଗୋଟେ ଧଳା ଶାଢ଼ୀ, ହାତରେ ଦୁଇପଟ କଳା ଚୁଡ଼ି ଏବଂ ପାଦରେ ସାଣ୍ଡଲ । ଗୁଲଶନର ଏହି ମହାନ ପରିବର୍ତ୍ତନକୁ ଦେଖିକରି ସେଠ୍‌ଜୀଙ୍କୁ କମ୍ ଆଶ୍ଚର୍ଯ୍ୟ ହୋଇ ନ ଥିଲା ।

ଗୁଲଶନ ଗୋଟେ ଚୌକୀ ଟାଣି ଆଣି ସେଠ୍‌ଜୀଙ୍କ ପାଖରେ ବସିଗଲା ।

"ତୁମର ଦେହ ମୁଣ୍ଡ ଠିକ୍ ଅଛିତ ?" ସେଠ୍‌ଜୀ ପଚାରିଲେ ।

"ଆଜ୍ଞା ହଁ । ବିଲକୁଲ ଠିକ୍ ଅଛି ।"- ଗୁଲଶନ କହିଲା- "ବିନା କାରଣରେ ହଇରାଣ କଲି । ସେଥିପାଇଁ କ୍ଷମା ମାଗୁଛି । ଆଜି ଗୋଟେ ଜରୁରୀ କାମରେ ଆପଣଙ୍କ ପାଖକୁ ଆସିଛି ।"

"ତୁମେ ବିଚିତ୍ର ଚେହେରା ବନାଇ ରଖିଛ, କଥା କ'ଣ ?"

"କଥା !"- ଏକ ମଳିନ ହସ ହସିକରି ଗୁଲଶନ କହିଲା- "କ'ଣ କହିବି ସେଠ୍‌ଜୀ । ସେଠାରେ ଓସ୍ତାଦ ତାଲ ଖାଁ ଏବଂ ମୋର ଝଗଡ଼ା ହୋଇ ଯାଇଥିଲା । ଏଥିପାଇଁ ଯେ ମୁଁ ମୋର ଏହି ଜୀବନରେ ବିରକ୍ତ ହୋଇ ଯାଇଛି ଏବଂ ଭଦ୍ରଲୋକଙ୍କ ପରି ବଞ୍ଚି ରହିବାକୁ ଚାହୁଁଛି ।"

"ଆଶ୍ଚର୍ଯ୍ୟର କଥା, ତୁମଠାରେ ଏପରି ପରିବର୍ତ୍ତନ କେମିତି ହୋଇଗଲା ?"- ସେଠ୍‌ଜୀ ପଚାରିଲେ ।

"ମଣିଷ ନିଜକୁ ସମ୍ଭାଳି ନେବାକୁ ଡେରି ଲାଗେନି, ସେଠ୍‌ଜୀ । ମୁଁ ଆଜି ଓସ୍ତାଦ ତାଲ ଖାଁ ଘରକୁ ଗୋଇଠା ମାରିକରି ଆପଣଙ୍କ ଶରଣକୁ ଦୌଡ଼ି ଆସିଛି । ଏବେ କେବେହେଲେ ସେହି ଘରକୁ, ସେହି ଜୀବନକୁ ଫେରିବାର ଇଚ୍ଛା ନାହିଁ । କେବଳ ଆପଣଙ୍କ ଭରସା ଦରକାର ।"

"ମୋର !"- ଆଶ୍ଚର୍ଯ୍ୟ ହୋଇ କହିଲେ ସେଠ୍ ଗଙ୍ଗା ଦାସ -"ମୁଁ ତୁମକୁ କେମିତି ସାହାଯ୍ୟ କରି ପାରିବି ?"

"ଆପଣ ମୋ ପାଇଁ ବହୁତ କିଛି କରି ପାରିବେ, ଗରିବଙ୍କ ତ୍ରାଣକର୍ତ୍ତା !

ଯେଉଁ ଭ୍ରମର ନୂଆ ଫୁଟିଥିବା ଗୋଟେ କଢ଼ର ପ୍ରଥମ ରସ ଆସ୍ୱାଦନ କରିଥିଲା ତାକୁ କ'ଣ ଏବେ ତା'ପାଇଁ କିଛି ହେଲେ କଷ୍ଟ ହେବ ନାହିଁ ?"

"ସଫା ସଫା କୁହ । କ'ଣ ଚାହୁଁଛ ତୁମେ ?"- ଉଦାସୀନ ହୋଇ ସେଠ୍‌ଜୀ ପଚାରିଲେ ।

"ଯେଉଁ ଲୋକ ଦୁଇ ହଜାର ଟଙ୍କା ଦେଇ ନିରୀହ ଯୌବନର ପ୍ରଥମ ରାତିରେ ମୋ ହାତ ଧରିଥିଲେ, ସେ କ'ଣ ସାରା ଜୀବନ ମୋ ହାତ ଧରି ମୋର ଡଙ୍ଗାକୁ କୂଳରେ ଲଗାଇ ପାରିବେ ନାହିଁ ?"

"ଚୁପ୍ ରୁହ । ତୁମର ମୁଣ୍ଡ ଖରାପ ହୋଇ ଗଲାଣି ।"

"ସତ କହୁଛି ସେଠ୍‌ଜୀ ! ମୋ ହୃଦୟରେ ଦିନ ରାତି ଗୋଟେ ଆକାଂକ୍ଷାର ଜ୍ୱାଳା ଜଳି ଜଳି ରହୁଛି । ମୋର କଳିଜା ମୋଡ଼ି ମାଡ଼ି ହୋଇ ରହିଯାଉଛି । ମୁଁ ଚାହୁଁଛି, ନିଜର ଏହି ବେକାର ବ୍ୟବସାୟକୁ ଗୋଇଠା ମାରି କୌଣିସ ଗୃହସ୍ଥକୁ ବିବାହ କରିନେବି । ଆପଣ..."

"ମୁଁ ?" ଜୋର୍‌ରେ କହି ଉଠିଲେ ସେଠ୍‌ଜୀ- "କ'ଣ କହିଲ ? ମୁଁ ତୁମକୁ ବିବାହ କରିବି ? ତୁମ ପରି ବେଶ୍ୟାକୁ କିଏ ସେ ବିବାହ କରିବ ?"

"ବେଶ୍ୟା ! ମୋତେ ବେଶ୍ୟା କହୁଛନ୍ତି ସେଠ୍‌ଜୀ ! ଆଉ ଆପଣ ସଭା ସମିତିର ମଞ୍ଚ ଉପରେ ଠିଆ ହୋଇ ଭାଷଣ ଦେଉଛନ୍ତି କି ଏ ବେଶ୍ୟାମାନେ ସମାଜର କଳଙ୍କ । ସେମାନଙ୍କର ଉନ୍ନତି କର । ସେମାନଙ୍କୁ ଠିକ୍ ରାସ୍ତାକୁ ଆଣ । ଏବଂ ଆଜି ଯେତେବେଳେ ଗୋଟେ ବେଶ୍ୟା ନିଜେ ଭଲ ହେବାକୁ ଚାହିଁକରି ଆପଣଙ୍କ ପାଖକୁ ଆସିଛି ସେତେବେଳେ ଆପଣ ତାକୁ ଅପମାନିତ କରୁଛନ୍ତି । ତାହାକୁ ଅପମାନିତ କରୁଛନ୍ତି ଯାହା ସାଙ୍ଗରେ ରାତ୍ରୀର ଅନ୍ଧକାରରେ ତାହାର ସ୍ତ୍ରୀତ୍ୱ ଉପରେ ଧୂଳି ଫିଙ୍ଗି ଦେଇଥିଲେ, ମିଛ ଖୋସାମତି କରି ଯାହାକୁ "ପ୍ୟାରୀ" କହିକରି ଡାକିଥିଲେ ।

"ଚୁପ୍ ରୁହ !"- ଚିତ୍କାର କରି ଉଠିଲେ ସେଠ୍‌ଜୀ- "ଏଠାରେ ଚାକର ମାନେ ଅଛନ୍ତି ଏବଂ ଲୋକମାନେ ବି ଅଛନ୍ତି ।"

"ମୁଁ ଜାଣିଛି ସେଠ୍‌ଜୀ । ସେଥିପାଇଁ ଧୀରେ ଧୀରେ କହୁଛି । ଆପଣ ତ ଚିତ୍କାର କରୁଛନ୍ତି ।" ଗୁଲଶନ କହି ଚାଲିଥିଲା- "ଆପଣ ମୋତେ ତୁଚ୍ଛ, ନୀଚ ବୋଲି ଭାବୁଛନ୍ତି । କିନ୍ତୁ ଟିକିଏ ଭାବନ୍ତୁ ତ । ଆମକୁ ନିମ୍ନଗାମୀ କରିବା ବାଲା କେଉଁମାନେ ? ଆପଣଙ୍କ ପରି ଧୋବ ଧାଉଳିଆ ବାବୁ ଲୋକ ମାନେ ତ,

ଯେଉଁମାନେ ଦିନର ଆଲୋକରେ ସଫା ସୁତୁରା ଦେଖାଯାନ୍ତି ଏବଂ ରାତିର ଅନ୍ଧକାରରେ ନିଜର କଳା ମନ ନେଇ ଚାଲି ଆସନ୍ତି ଆମ ମାନଙ୍କ ପାଖକୁ ।"

"ତୁମେ ଏଠାରୁ ଚାଲିଯାଅ, ଗୁଲଶନ !"

"ଏବେ କୁଆଡ଼େ ଯାଇ ପାରି ବି ସେଠ୍‌ଜୀ ! ଗୋଟେ ଅନାଥକୁ ମନା କରି ଦିଅନ୍ତୁ ନାହିଁ । କେଉଁ ଏକ ରାତିରେ ଆପଣଙ୍କ ପରି କେଉଁ ଶିକାରୀ ଜଣେ ନିରୀହ ଅବଳାକୁ ଫୁସୁଲାଇ ଥିଲା । ସେ ଅବଳା ମଧ୍ୟ ଯୌବନର ଜୋଶରେ ଆସିକରି ତା'ର ସବୁକିଛି ହରାଇ ବସିଥିଲା ସେହି ଶିକାରୀ ହାତରେ । ଆଉ ଯେତେବେଳେ ସେ ଜୋଶର ପରିଣାମ ପାପର ରୁପନେଇ ପେଟରେ ଆସି ଯାଇଥିଲା ସେତେବେଳେ ସେ ବିଚାରୀ ପାପର ଝିଅଟିକୁ ସଡ଼କ ଉପରେ ଫୋପାଡ଼ି ଦେଇଥିଲା । ସେ ଝିଅଟିର କ'ଣ ଦୋଷ ଥିଲା ସେଠ୍‌ଜୀ ? ସବୁ ଭୁଲ ତ ଆପଣଙ୍କର, ଆପଣଙ୍କ ପରି ବାବୁ ଲୋକ ମାନଙ୍କର ।"

"ତୁମକୁ ବିବାହ କରି ସମାଜରେ ମୁଁ ତଳକୁ ଖସି ଯିବାକୁ ଚାହେଁନା ।"- ସେଠ୍‌ଜୀଙ୍କର କ୍ରୋଧିତ ସ୍ୱର କ୍ରମେ ହତାଶାରେ ପରିଣତ ହେଉଥିଲା ।

"ସମାଜ !"- ବ୍ୟଙ୍ଗଭରା ହସ ହସି ଗୁଲଶନ କହିଲା- "ଆପଣ ତ ସମାଜର କର୍ଣ୍ଣଧାର ନା ? ଏମିତି ହିଁ ସବୁ ଲୋକ ଛୁପାରୁସ୍ତମ ହୋଇଥିବେ । ଛପି ଛପି କେତେ ଯେ ନିରୀହ ଅବଳା ମାନଙ୍କ ଇଜ୍ଜତ ଲୁଟିବାକୁ ଆପଣ ମାନେ ପଛାନ୍ତି ନାହିଁ । ତେବେ ବାସ୍ତବିକ କ୍ଷେତ୍ରରେ କୌଣସି ଜଣକୁ ନିଜ ପାଖରେ ରଖିବାକୁ ଏତେ ଘବରାଉଛନ୍ତି କାହିଁକି ? କ'ଣ ଲୁଚି ଲୁଚି ପାପ କରିବା ଭଲ ଏବଂ ଖୋଲା ଖୋଲି ରେ ଭଲ କରିବା ପାପ ?"

ଗୁଲଶନ ସେଠ୍‌ଜୀଙ୍କୁ ତୀକ୍ଷ୍ଣ ଦୃଷ୍ଟିରେ ଦେଖିବାକୁ ଲାଗିଲା ଏବଂ ସେଠ୍‌ଜୀ ଚୁପ୍ ହୋଇକରି ତଳକୁ ଅନାଇ ରହିଥିଲେ । ଗୁଲଶନର ଏହି କଥାର ତାଙ୍କ ପାଖରେ କି ଉତ୍ତର ଥିଲା ?

"ଆପଣ ଚୁପ୍ ରହିଛନ୍ତି !" ଆବେଗ ବଶତଃ ଗୁଲଶନର ଗଳା ରୁନ୍ଧି ହୋଇଯାଇଥିଲା- "ଆପଣ କାହିଁକି ଚୁପ୍ ଅଛନ୍ତି ? କୁହନ୍ତୁ ! ଆଜି ସେହି ଝିଅଟି ଯାହାକୁ ପ୍ରଥମ ରାତିରେ ଆପଣ ଯୌବନର ପାଠ ପଢ଼ାଇଥିଲେ, ଆଜି ସେ ଆପଣଙ୍କ ପାଖକୁ ତା'ର ସାରା ଯୌବନ ଏବଂ ସାରା ଜୀବନ ନେଇ କରି ଆସିଛି । ତାକୁ ଗୋଇଠା ମାରୁଛନ୍ତି, ସେଠ୍‌ଜୀ !"

ସେଠ୍‌ଜୀ ଥରେ ଗୁଲଶନର ବିକଳ ଚେହେରା ଆଡ଼କୁ ଦେଖିଲେ ।

କହିଲେ- "ଗୁଲଶନ ! ତୁମେ ମୋର ଝିଅ ପରି । ତୁମକୁ ବିବାହ କରିବି ତ ଲୋକମାନେ କ'ଣ କହିବେ ?"

"ସେହି ରାତିରେ, ଯେବେ ଓସ୍ତାଦ ହାତରେ ଦୁଇ ହଜାର ଟଙ୍କା ରଖିଦେଇ ଆପଣ ଆସ୍ତେ କରି ମୋ କୋଠରୀ ଭିତରକୁ ପଶି ଆସିଥିଲେ ଏବଂ ପାଟି କରିବା, ଚିତ୍କାର କରିବା ସତ୍ତ୍ୱେ ବି ଆପଣ ଯେଉଁ ସବୁ କାମ ମୋ ସାଙ୍ଗରେ କରିଥିଲେ, ଏମିତି କାମ କ'ଣ କୌଣସି ବାପ ତା' ଝିଅ ସାଙ୍ଗରେ କରି ପାରିବ ?"

"ଛି ! କେମିତି କଥା କହୁଛ ?"

"ସେଦିନ ତ ଆପଣଙ୍କ ନଜରରେ ମୋର ବୟସ ଝିଅ ବୟସର ନ ଥିଲା । ତେବେ ଆଜି ଆପଣ କାହିଁକି ଏମିତି କଥା କହୁଛନ୍ତି ?"

ରାୟବାହାଦୁର ସେଠ୍ ଗଙ୍ଗା ଦାସ କିଛି ଭାବିବାକୁ ଲାଗିଥିଲେ । ଆଜି ତାଙ୍କ ଜୀବନରେ ଯେମିତି ଏକ ନୂତନ ପୃଷ୍ଠା ଖୋଲିବାକୁ ଯାଉଛି । ଗୁଲଶନର କଥା ଗୁଡ଼ାକ ତାଙ୍କ ଉପରେ ବହୁତ ପ୍ରଭାବ ପକାଇଥିଲା । ସେଠ୍‌ଜୀ ସମାଜକୁ ଡରିବା ବାଲା ବ୍ୟକ୍ତି ନ ଥିଲେ । ସେ ତ ପରିବର୍ତ୍ତନର ପୃଷ୍ଠପୋଷକ ଥିଲେ । ତଥାପି ଯୁଗ ଯୁଗର ସଂସ୍କାର ବାଧା ଦେଉଥିଲା ।

"ମୁଁ ଭାବିକରି କାଲି ଉତ୍ତର ଦେବି ।"- ସେଠ୍‌ଜୀ କହିଲେ ।

ଗୁଲଶନ ନିଜ ଚୌକୀରୁ ଉଠିପଡ଼ି ସେଠ୍‌ଜୀଙ୍କ ଚୌକୀର ହାତ ଉପରେ ଆସି ବସିଗଲା । "ଏଥିରେ ଭାବିବା କି ବିଚାର କରିବା ପରି କିଛି କାମ ନାହିଁ । ମୁଁ ବହୁତ ଆଶା ନେଇକରି ଆପଣଙ୍କ ପାଖକୁ ଆସିଛି । ମୋ ଜୀବନ ସୁଧୁରୀ ଯିବ । ମନର ଇଚ୍ଛା ପୁରଣ କରି ଦିଅନ୍ତୁ । ଆପଣଙ୍କ ପାଖରେ ପଇସା ଅଛି । ଏବଂ ଦୁନିଆର ଲୋକମାନେ ପଇସାର ଚାକର । ସେମାନେ ଆପଣଙ୍କୁ କିଛି କହି ପାରିବେ ନାହିଁ ।"

ସେଠ୍‌ଜୀ ପୁଣି ଭାବିବାକୁ ଲାଗିଲେ । ଆଜି ତାଙ୍କୁ ଯେପରି ଏକ ମଧୁର ଅନୁଭବ ହେଉଛି । ଏହି ବୃଦ୍ଧାବସ୍ଥାରେ ମଧ୍ୟ ତାଙ୍କ ଶରୀର ରୋମାଞ୍ଚିତ ହୋଇ ଉଠୁଛି ।

"ଗୁଲଶନ ! ମୁଁ ବୁଢ଼ା ହୋଇଯାଉଛି । ତୁମେ କୌଣସି ଯୁବକ ସାଙ୍ଗରେ ବିବାହ କରିନିଅ ।"

"ଯୁବକ ସାଙ୍ଗରେ ! ମୋତେ ଆଉ କେଉଁ ଯୁବକର ଇଚ୍ଛା ନାହିଁ

ସେଠ୍‌ଜୀ । ମୁଁ କେତେ କେତେ ଯୁବକଙ୍କର ଗଳାର ହାର ହୋଇ ସାରିଛି । ଏବେ ଆଉ ଏ ଶରୀରରେ ଉପଭୋଗ କରିବାର ଇଚ୍ଛା ରହିନାହିଁ । ଏବେ ତ ଆଶା ଏହି କି, ଇଚ୍ଛା ଏହି କି କାହାର ଜଣକର ହୋଇ ଜୀବନ ଅତିବାହିତ କରିବାକୁ ।

"ତୁମେ ନିଜକୁ ସୁଧାରୀ ପାରିବ ?"

"ମଣିଷ ଭୁଲ କରି ଯଦି ପରେ ତାକୁ ସୁଧାରୀ ନିଏ ତେବେ ତ ତାହା ସୁଖର କଥା, ସନ୍ତୋଷଜନକ କଥା ।"- ଗୁଲଶନ କହିଲା- "ସେ ସବୁ ମୋର ପୁରୁଣା ଭୁଲ ଥିଲା ।"

ଆଉ ସେତେବେଳେ ଯେମିତି ରାୟବାହାଦୁର ସେଠ୍ ଗଙ୍ଗା ଦାସ ପୁଣି ଥରେ ଯୁବକ ହୋଇ ଉଠିଥିଲେ, ଯେମିତି ତାଙ୍କର ସମଗ୍ର ଶରୀର ଉଷ୍ଣ ରକ୍ତରେ ଆନ୍ଦୋଳିତ ହୋଇ ଉଠିଥିଲା, ଯେମିତି ଯୁଗ ଯୁଗର ତୃଷ୍ଣା ଏହି ବୃଦ୍ଧାବସ୍ଥାରେ ମାଡ଼ି ଆସିଥିଲା, ଯେମିତି କି ଦୁଇ ହଜାର ଟଙ୍କା ଦେଇ କରି ସେ ଏହି ଝିଅର ପ୍ରଥମ ରାତିକୁ କିଣି ନ ଥିଲେ ବରଂ ପୁରା ଜୀବନ ମଧ୍ୟ କିଣି ନେଇଥିଲେ ।

ସେଠ୍‌ଜୀ ଚୌକୀ ଉପରୁ ଉଠି ଠିଆ ହେଲେ । ଆଜି ସେ ଏ ଦୁନିଆର ଲୋକମାନଙ୍କ ଆଗରେ ଏକ ନୂତନ ଉଦାହରଣ ରଖିବାକୁ ଠିକ୍ କରି ନେଇଥିଲେ । ସେ ସମାଜର କର୍ଣ୍ଣଧାର ମାନଙ୍କୁ ଦେଖାଇ ଦେବାକୁ ଚାହୁଁଥିଲେ କି ସୁଧାରବାଦି ହେବତ ଏମିତି ହେବ । ତାଙ୍କର ଏତିକି ମାତ୍ର ଦୁଃଖ ଥିଲା ଯେ, ଗୁଲଶନ ପରି ଅତ୍ୟନ୍ତ ସୁନ୍ଦର ନାରୀ ତାଙ୍କୁ ତାଙ୍କର ଯୌବନ କାଳ ଭିତରେ ମିଳି ନ ଥିଲା ଏବଂ ଏହି ବୃଦ୍ଧାବସ୍ଥାରେ ଗୁଲଶନକୁ ବିବାହ କରି ସେ ତାକୁ କିଛି ବି ସୁଖ ଦେଇ ପାରିବେ ନାହିଁ ।

କିନ୍ତୁ ଗୁଲଶନ ସୁଖର ଆଶାୟୀ ନ ଥିଲା । ସେ ତ ଗୃହିଣୀ ହେବାକୁ ଇଚ୍ଛା କରୁଥିଲା । ତା' ହେଲେ ଲୋକମାନେ ତାକୁ ଘୃଣା ଦୃଷ୍ଟିରେ ଦେଖି ପାରିବେନି ।

"ତୁମେ ମୋ ସାଙ୍ଗରେ ରହିପାର ଗୁଲଶନ !" ସେଠ୍‌ଜୀ କହିଲେ ।

ଗୁଲଶନର ମୁଖ ମଣ୍ଡଳ ଆରକ୍ତ ହୋଇ ଉଠିଥିଲା । ଯେମିତିକି କେଉଁ ଏକ ଗୃହିଣୀର ମୁଖ ମଣ୍ଡଳରେ ଲାଜର ଲାଲିମା ଖେଳି ଯାଇଥିଲା ।

॥ ୪୮ ॥

ଗୁଲଶନର ଇଚ୍ଛା ପୁରଣ ହୋଇ ଯାଇଥିଲା । ସେଠ୍‌ଜୀଙ୍କ ଆଶ୍ୱାସନାରୁ ସେ ଜାଣି ଯାଇଥିଲା ଯେ, ଅତି ଶୀଘ୍ର ତା' ପଣତରୁ ବେଶ୍ୟା ନାମର କଳଙ୍କ ଲିଭିଯିବ । ଏହାଠାରୁ ବଳିକରି ଖୁସିର କଥା ଆଉ କ'ଣ ହୋଇପାରେ ? ସେ ନଇଁପଡ଼ି ସେଠ୍‌ଜୀଙ୍କର ପାଦ ଛୁଇଁ ନେଲା ଏବଂ ଅତ୍ୟଧିକ ଆନନ୍ଦ ସ୍ୱରରେ କହିଲା- "ମୋର ଦେବତା ।'

"ତୁମେ ଭିତରେ ଲବଙ୍ଗ ସାଙ୍ଗରେ ବସିଥାଅ । ମୁଁ ଏବେ ବିବାହର ସବୁ ପ୍ରକାର ଆୟୋଜନ କରି ଦେଉଛି ।"- ସେଠ୍‌ଜୀ କହିଲେ ।

ସେହିଦିନ ସଂଧ୍ୟାରେ ଗୁଲଶନକୁ ବୈଦିକ ରୀତିରେ ଶୁଦ୍ଧ କରାଯାଇଥିଲା । ଏବଂ ତା'ର ବିବାହ ସେଠ୍‌ଜୀଙ୍କ ସାଙ୍ଗରେ ହୋଇଯାଇଥିଲା । ସହରର ବଛା ବଛା ସୁଧାରବାଦୀ ବିଚାରଧାରାର ଭଦ୍ରଲୋକ ମାନେ ଉପସ୍ଥିତ ଥିଲେ । ଜୟରାଜକୁ କିଛି ବି ଖବର ଦିଆ ଯାଇ ନ ଥିଲା । ସମସ୍ତ କାର୍ଯ୍ୟ ବିଧି ପୂର୍ବକ ସଂପୂର୍ଣ୍ଣ ହୋଇଥିଲା ।

ସେଠ୍‌ଜୀଙ୍କ କୋଠାକୁ ଫେରିଆସି ଗୁଲଶନ ଜଣେ କୁଶଳ ଗୃହିଣୀ ପରି ପତିଦେବଙ୍କର ପଦ ସ୍ପର୍ଶ କରିଥିଲା ଏବଂ ସେଠ୍‌ଜୀ ତାକୁ ଆଶୀର୍ବାଦ ଦେଇଥିଲେ । ତା'ପରେ ବହୁତ ଖୁସୀରେ ଗୁଲଶନ କୋଠା ଭିତରକୁ ଚାଲିଯାଇଥିଲା ଏବଂ ସେଠ୍‌ଜୀ ହାଲିଆ ହୋଇ ଗୋଟେ ସୋଫା ଉପରେ ବସି ପଡ଼ିଥିଲେ । ସେ ଆଜି ଯାହାକିଛି କରିଥିଲେ, ତାହା ସମାଜର ପରିବର୍ତ୍ତନ ଦୃଷ୍ଟିରୁ ଅନୁପମ ଥିଲା, ପ୍ରଶଂସାଯୋଗ୍ୟ ଥିଲା, ସାହାସିକ ଥିଲା । ତଥାପି ତାଙ୍କର ଦୁଃଖ ଥିଲା ଯେ ସେ ନିଜର ଗୋଟେ ପାଦ ମୃତ୍ୟୁ ପଥରେ ରଖି ସାରିଲେଣି ଏବଂ ଯୌବନରେ ଚମକୁ ଥିବା କେଶ ଅଧା ଅଧି ପାଚିଗଲାଣି ।

"ନମସ୍କାର କରୁଛି, ହଜୁର !"

ସେଠ୍‌ଜୀ ମୁଣ୍ଡ ଉଠାଇକରି ଦେଖିଲେ ଓସ୍ତାଦ ତାଲ ଖାଁ କବାଟ ପାଖରେ ଠିଆ ହୋଇଛି ।

"କେମିତି ଆସିଲ ତାଲ ଖାଁ !" ସେଠ୍‌ଜୀ ପଚାରିଲେ ।

"ସେମିତି କିଛି ଖାସ କାମ ନାହିଁ ହଜୁର !" ତାଲ ଖାଁ ହସିକରି କହିଲା- "ଏମିତି ଆପଣଙ୍କ ସେବାରେ ଚାଲି ଆସିଲି । ଆଜି ସକାଳୁ ଗୁଲଶନ ଲୁଚିକରି ଘରୁ ପଳାଇ ଆସିଛି । ଶୁଣିଲି ଯେ ସେ ଆପଣଙ୍କ ପାଖରେ ଅଛି ।"

"ସେ ଏବେ ତୁମର ସେଠାକୁ ଯିବ ନାହିଁ ତାଲ ଖାଁ !" ଗମ୍ଭୀର ସ୍ୱରରେ ସେଠ୍‌ଜୀ କହିଲେ ।

"କାହିଁକି ହଜୁର ? କ'ଣ ହେଲା ?"- ଆଶ୍ଚର୍ଯ୍ୟ ହୋଇ ତାଲ ଖାଁ କହିଲା- "କ'ଣ ଏବେ ସେ ବେଇମାନ, ହଜୁରଙ୍କ ଦରବାର ରେ ଦାସୀର କାମ କରିବ ?"

"ପାଟି ସମ୍ଭାଳି କଥାବାର୍ତ୍ତା କର ତାଲ ଖାଁ !"- ସେଠ୍‌ଜୀ ରାଗିକରି କହିଲେ- "ସେ ଏବେ ମୋର ସ୍ତ୍ରୀ ।"

"ଆଶ୍ଚର୍ଯ୍ୟ !" ବ୍ୟଙ୍ଗପୂର୍ଣ୍ଣ ସ୍ୱରରେ ସେ କହିଲା- "ଏବେ ହଜୁରଙ୍କୁ ଏ ବୁଢ଼ା ବୟସରେ ବି ଦିନରେ ତାରା ଦେଖାଯାଉଛନ୍ତି ? ବାପା ହେବା ବଦଳରେ ସ୍ୱାମୀ ହେବାର ସ୍ୱପ୍ନ ହଜୁର ଦେଖୁଛନ୍ତି । କିନ୍ତୁ ହଜୁର ସେ ମୋର ପ୍ରତିଦିନ ରୋଜଗାରର ପନ୍ଥା । ମୁଁ ତାକୁ ଏମିତି ଛାଡ଼ି ପାରିବି ନାହିଁ । ଲୁହ ରକ୍ତ ଏକାଠି କରିଦେବି ।"

ବୋଧହୁଏ ସେଠ୍‌ଜୀଙ୍କର ଆଙ୍ଗୁଠି କଲିଂବେଲ ଉପରେ ପଡ଼ିଥିଲା । ଗୋଟେ ହୃଷ୍ଟ ପୃଷ୍ଟ ଦରଓ୍ୱାନ କବାଟ ପାଖରେ ଆସି ଛିଡ଼ା ହୋଇଯାଇଥିଲା ଏବଂ ସେଠ୍‌ଜୀଙ୍କ ଆଦେଶକୁ ଅପେକ୍ଷା କରୁଥିଲା । ତାଲ ଖାଁ କୁ ଏ ସବୁ ବିଷୟରେ କିଛି ବି ଖବର ନ ଥିଲା ।

"ସେ ତୁମର ଝିଅ ନୁହେଁ ତାଲ ଖାଁ ! ତା' ଉପରେ ତୁମର କେଉଁ ହିସାବରେ ଅଧିକାର ହୋଇ ପାରିବ ?"- ସେଠ୍‌ଜୀ କହିଲେ ।

"ମୋ ଝିଅ ନୁହେଁ ? ଯାହାକୁ ପିଲାଦିନୁ ମନରେ ଅଫୁରନ୍ତ ଆଶା ନେଇ ପାଳି ପୋଷି ବଡ଼ କରିଛି, ସେ ମୋର ଝିଅ ନୁହେଁ ତ ଆଉ କ'ଣ ? ଆପଣଙ୍କ ପରି ଭଦ୍ରଲୋକ ମାନେ ଆପଣଙ୍କ ଝିଅ ମାନଙ୍କୁ ଭଲ ଶିକ୍ଷା, ସଂସ୍କୃତି ଦେଇଥାନ୍ତି ।

କିନ୍ତୁ ଆମପରି ନର୍କର କୁକୁର ମାନେ ସେମାନଙ୍କୁ ଏହି ସବୁ ଶିଖାଇଥାଉ । ଏମିତି ନ କରିଲେ ଅନ୍ଧାର ରାତିରେ ଆପଣଙ୍କ ପରି ଭଦ୍ରଲୋକ ମାନେ ହାତରେ ଟଙ୍କାର ଥଳି ଧରି ଆମ ମାନଙ୍କ ଘରେ ପାଦ କାହିଁକି ରଖୁଥାନ୍ତେ ?"

"ତାଲ ଖାଁ ! ଭୁଲି ଯାଉଛ ଯେ ତୁମେ କିଏ ସେ ଏବଂ କାହା ସାଙ୍ଗରେ କଥା ହେଉଛ ? ସେଠ୍‌ଜୀ ଗର୍ଜି ଉଠିଥିଲେ ।"

"ମୋର ମୁଣ୍ଡ ପୁରାପୁରି ଠିକ୍ ଅଛି ହଜୁର !" ତାଲ ଖାଁ କହିବାକୁ ଲାଗିଲା- "ମୁଁ ଜାଣିଛି ଯେ ମୁଁ ରୁପର ବଜାରରେ ଜଣେ ନୀଚ ତାବଲା ବାଦକ ଏବଂ ଆପଣ ହେଉଛନ୍ତି ସମୟ ପଡ଼ିଲେ ମୋତେ ଖୁସାମତ କରିବା ବାଲା ରାୟବାହାଦୁର ସେଠ୍ ! ହଜୁର ! ମୋ ଝିଅକୁ ଫେରାଇ ଦିଅନ୍ତୁ, ମୁଁ ଚୁପ୍ ଚାପ୍ ଚାଲିଯିବି ।"

"ସେ ହିଁ ମୋ ଝିଅ ହଜୁର ! ଏ ପର୍ଯ୍ୟନ୍ତ ସେ ମୋ ପାଖରେ ଥିଲା । ତାହାରି ଯୋଗୁଁ ମୋର ଗୁଜୁରାଣ ମେଣ୍ଟୁଥିଲା । ଆଜି ଆପଣ ତାକୁ ଆପଣଙ୍କ ସ୍ତ୍ରୀ କହୁଛନ୍ତି । ଆପଣ କେଉଁଠି ଥିଲେ ଯେତେବେଳେ ସେ ପିଲାଟିଏ ହୋଇ ଅନ୍ଧାର ରାତିରେ ସଡ଼କ ମଝିରେ ପଡ଼ି ଚିତ୍କାର କରି କାନ୍ଦୁଥିଲା ? ଆପଣଙ୍କ ପରି ଭଦ୍ର ଲୋକ ମାନଙ୍କ ଦଳ ସେହି ସମୟରେ କେଉଁଠି ଥିଲେ ଯେତେବେଳେ ଦୁଇଜଣ ବେଇମାନ ନିଜ ନିଜର ଯୌବନର କ୍ଷୁଧାକୁ ଶାନ୍ତ କରି ଜନ୍ମକଲା ପିଲାଟିକୁ ଏ ଦୁନିଆ ଆଖିରୁ ଲୁଚାଇକରି ସଡ଼କ ଉପରେ ଫୋପାଡ଼ି ଦେଇଥିଲେ । ଆପଣଙ୍କ ପରି ଭଦ୍ରଲୋକଙ୍କର ଏ କାମ ଥିଲା । ଆମେମାନେ ନୀଚ ବଦମାସ କିନ୍ତୁ ନିର୍ଦ୍ଦୋଶ ପିଲାଙ୍କୁ ଏମିତି ଫୋପାଡୁ ନାହୁଁ । ଆମର ଝିଅ ବୋହୂ ମାନେ ଶହ ଶହ ଲୋକଙ୍କ ସାଙ୍ଗରେ ନିଜ ଯୌବନର ସୌଦା କରିଥାନ୍ତି ଏବଂ ପେଟରେ ପିଲା ମଧ୍ୟ ଆସିଯାଇଛନ୍ତି । ସେମାନଙ୍କୁ ସତର୍କତାର ସହ ଯତ୍ନରେ ଜନ୍ମ କରି ତାଙ୍କର ଲାଳନ ପାଳନ କରନ୍ତି କିନ୍ତୁ ଆପଣଙ୍କ ଝିଅ ବୋହୂ ମାନେ ବଜାରୀ, ଛତରା ଟୋକା ମାନଙ୍କ ସାଙ୍ଗରେ ବିଭ୍ରାନ୍ତ ହୋଇ ନିଜର ଯୌବନ ହରାଇ ବସନ୍ତି । ଆଉ ଯେତେବେଳେ ସେମାନଙ୍କ ଭୁଲର ଫଳ ପେଟ ଭିତରେ ଫଳିବାକୁ ଲାଗେ ସେତେବେଳେ ସେ ନିର୍ଦ୍ଦୋଷ ପିଲାକୁ ଜନ୍ମ ହେଲା ମାତ୍ରେ ମାଟିର ଗୁଣ୍ଡ ପରି ଫିଙ୍ଗି ଦିଅନ୍ତି । ଏହି ହେଉଛି ଆପଣ ମାନଙ୍କର ସାଧୁତା ?"

ଓସ୍ତାଦ ଆହୁରି ବହୁତ କିଛି ବକି ଯାଇଥାନ୍ତା କିନ୍ତୁ ତା' ପଛରେ ଠିଆ ହୋଇଥିବା ହୃଷ୍ଟ ପୃଷ୍ଟ ଦରୱାନକୁ ସେଠ୍‌ଜୀ କିଛି ଇଶାରା ଦେଇଥିଲେ । ଆଉ ସେ

ଦରଓ୍ୱାନର ଓସାରିଆ ପାପୁଲି ତାଲ ଖାଁର ମୁହଁ ଉପରେ ଏତେ ଜୋର୍‌ରେ ପଡ଼ିଲା ଯେ ତା'ର ମୁଣ୍ଡ ବୁଲାଇ ଦେଇଥିଲା ।

"ଧକ୍କା ଦେଇକରି ଏ ଘୁଷୁରୀକୁ ବାହାରକୁ ବାହାର କରି ଦେ ।" - ରାଗିକରି ସେଠ୍‌ଜୀ କହିଲେ ।

ତା'ପରେ ଦରଓ୍ୱାନର ମୁଥ, ଚପଡ଼ା ପଡ଼ିବାରେ ଲାଗିଥିଲା ତାଲ ଖାଁ ଉପରେ । ସେତେବେଳେ ତା'ର ଜ୍ଞାନ ହୋଇଥିଲା ଯେ ତାହାର ସାରା ବଳ ଧନର ବଳ ଆଗରେ କିଛି ନୁହେଁ । ଧକ୍କା ମାରିକରି ଓସ୍ତାଦକୁ ବାହାର କରିଦିଆ ଯାଇଥିଲା ।

ସେଠ୍‌ଜୀ ସୋଫା ଉପରେ ଚୁପ୍ ଚାପ୍ ବସି କିଛି ଭାବିବାକୁ ଲାଗିଥିଲେ । ସେ ଜାଣିଥିଲେ ଯେ କାଲି ସକାଳୁ ଲୋକ ମାନଙ୍କ ମଧ୍ୟରେ, ସମାଜରେ ଏ ବିବାହର ବହୁତ ଚର୍ଚ୍ଚା ହେବ । ଏବଂ ସେତେବେଳେ କିଛି ଲୋକ ତାଙ୍କୁ ପ୍ରଶଂସା କରିବେ ତ ଆଉ କିଛି ନିନ୍ଦା କରିବେ ।

।। ୪୯ ।।

ରାତିରେ ହିଁ ଜୟରାଜ ଓସ୍ତାଦ ତାଲ ଖାଁ ଠାରୁ ଶୁଣି ପାରିଥିଲା ଯେ ତା'ର ପିତା ରାୟବାହାଦୁର ସେଠ୍ ଗଙ୍ଗା ଦାସ ଗୁଲଶନକୁ ବିବାହ କରିଛନ୍ତି । ପ୍ରଥମେ ତ ସେ ନିଜ ପିତାଙ୍କ ଉପରେ ରାଗିଥିଲା । କାହିଁକିନା ସେ ଲବଙ୍ଗ ସାମନାରେ ହିଁ ତାକୁ ଗାଳି ଗୁଲଜ କରିଥିଲେ ଏବଂ ଲବଙ୍ଗକୁ ତାଙ୍କ କାରରେ ବସାଇ ନେଇଯାଇଥିଲେ । ଦ୍ୱିତୀୟରେ ଏ ବାହାଘରର ଖବର ତାକୁ ପାଗଳ ପରି କରିଦେଇଥିଲା ।

ଶେଷରେ ତା' ବାପା ଏ ବୁଢ଼ା ବୟସରେ କ'ଣ ଭାବିଲେ ? ବିବାହ ! ତା' ପୁଣି ଗୋଟେ ବେଶ୍ୟା ସାଙ୍ଗରେ । ରାତି ସାରା ତାକୁ ଭଲ ନିଦ ଆସି ନ ଥିଲା ଏବଂ ସକାଳେ ଯେତେବେଳେ ସେ ନଅଟା ବେଳେ ଉଠିଥିଲା ସେତେବେଳେ ଟେବୁଲ ଉପରେ ଥୁଆ ହୋଇଥିବା ସେଦିନର ଖବର କାଗଜ ଗୁଡ଼ାକ ଉପରେ ତା'ର ଦୃଷ୍ଟି ପଡ଼ିଥିଲା । ପ୍ରାୟ ସମସ୍ତେ ବଡ଼ ବଡ଼ ହେଡ଼ିଙ୍ଗ ଦେଇକରି ସେଠ୍‌ଜୀଙ୍କ ସାହାସିକ କାର୍ଯ୍ୟର ପ୍ରଶଂସା କରିଥିଲେ ଏବଂ କେତେକ ରେ ନବ ଦମ୍ପତିଙ୍କର ଫଟୋ ମଧ୍ୟ ଛପା ଯାଇଥିଲା । ସାରା ଶିକ୍ଷିତ ସମାଜ ସେଠ୍‌ଜୀଙ୍କ କାମରେ ଖୁସିଥିଲେ ଏବଂ ତାଙ୍କୁ "ଯୁଗ-ପ୍ରବର୍ତ୍ତକ" ଉପାଧି ମଧ୍ୟ ଦେଇ ଦେଇଥିଲେ ।

ରାଗରେ ଜୟରାଜ ଆଖିକୁ ରକ୍ତ ଚଢ଼ି ଯାଇଥିଲା । ଉଫ ! ଯେଉଁ ବାପ ପୁଅର ବିବାହ ଗୋଟେ ଗରିବ ଝିଅ ସାଙ୍ଗରେ ହେବାକୁ ମନା କରିଦେଇଥିଲେ, ସେ କ'ଣ ଜଣେ ପତିତା ବେଶ୍ୟା ସାଙ୍ଗରେ ନିଜର ବିବାହ କରି ପାରିବେ ? ଲଖନା ଚା ନେଇ ଠିଆ ହୋଇଥିଲା କିନ୍ତୁ ଜୟରାଜ ସିଆଡ଼େ ଦେଖିଲା ବି ନାହିଁ । କୋଟ ବାହାର କରି ପିନ୍ଧୁ ପିନ୍ଧୁ କହିଲା- "ଲଖନା ! ଡ୍ରାଇଭରକୁ କୁହ..."

ଲଖନା ଜୋର୍‌ରେ ବାହାରକୁ ଚାଲି ଯାଇଥିଲା ଏବଂ ପଛେ ପଛେ ଜୟରାଜ ମଧ୍ୟ ବାହାରକୁ ଆସିଥିଲା । କାର ପ୍ରସ୍ତୁତ ଥିଲା । ସେ ବସି ଯାଇଥିଲା । କାର ଚାଲିଲା ।

ସେଠ୍ ଗଙ୍ଗା ଦାସ ମୁହଁରେ ବ୍ରସ ପୁରାଇ ଦାନ୍ତ ଘଷୁଥିଲା ବେଳେ ଜୟରାଜକୁ ଏତେ ସକାଳୁ ଆସିବା ଦେଖି ବୁଝିବାକୁ ଡେରି ଲାଗି ନ ଥିଲା ଯେ ସେ କ'ଣ ପାଇଁ ଆସିଛି ।

"ଏହା ମୁଁ କ'ଣ ଶୁଣୁଛି ବାପା !"- ଆସୁ ଆସୁ ଜୟରାଜ ପ୍ରଶ୍ନ କଲା ।

"ତୁମେ କ'ଣ ଶୁଣିଛ ?" ଗମ୍ଭୀର ସ୍ୱରରେ ସେଠ୍‌ଜୀ ପଚାରିଲେ ।

"ଏହା ଯେ, ପୁଅକୁ ଏକ ଗରିବ ଝିଅ ସାଙ୍ଗରେ ବିବାହ କରିବାକୁ ମନା କରି ବାପା ଏକ କୁଳଟା ବେଶ୍ୟା ସାଙ୍ଗରେ ବିବାହ କରିନେଲେ ।"

"ଜୟରାଜ ତୁ କ'ଣ କହୁଛୁ ! ସେ ତୋର ମା' ।"

"ମା' !" ହତାଶ ସ୍ୱରରେ ଦୋହରାଇଲା ଜୟରାଜ- "ପିତାଙ୍କୁ ବେଶ୍ୟା ସାଙ୍ଗରେ ବିବାହ କରିବାକୁ ଲଜ୍ଜା ଲାଗିଲାନି କିନ୍ତୁ ପୁଅ ତାକୁ ମା' ଡାକିବାକୁ ଲାଜ ଲାଗିବ । ମୁଁ ତାକୁ ନିଜର ମା' ବୋଲି କେବେ ଭାବି ପାରିବି ନାହିଁ ।"

"ଆଉ ବୋଧହୁଏ କିଛିଦିନ ପରେ ମୋତେ ନିଜର ବାପା ବୋଲି ମଧ୍ୟ ଭାବିବୁନି, କ'ଣ ?" ସେଠ୍‌ଜୀ ତୀକ୍ଷ୍ଣ ଦୃଷ୍ଟିରେ ଜୟରାଜକୁ ଦେଖିଲେ ।

"ଆପଣ ମୋର ବାପା । କିନ୍ତୁ ଆପଣ ମୁହଁରେ କଳା ଲଗାଇଲା ଭଳି କାମ କଲେ । ବୁଢ଼ା ବୟସରେ ବିବାହ ଆପଣ କରି ପାରିବେ ଗୋଟେ ବେଶ୍ୟା ସାଙ୍ଗରେ କିନ୍ତୁ ମୁଁ ଯୁବକ ହୋଇ ମଧ୍ୟ ଏକ ଗରିବ ଝିଅ ସାଙ୍ଗରେ ବିବାହ କରି ପାରିବି ନାହିଁ । ଏହି ଆପଣଙ୍କର ନ୍ୟାୟ ଏବଂ ଏହି ନ୍ୟାୟର ଆପଣ ହେଉଛନ୍ତି ପୃଷ୍ଠପୋଷକ, ମୋର ପିତା ।"

"ସମ୍ବାଦ ପତ୍ର ମାନେ ଏହି କଥା ପାଇଁ ମୋର ପ୍ରଶଂସାର ପୋଲ ବାନ୍ଧି ଦେଇଛନ୍ତି । ତାକୁ ତୁମେ ଖରାପ ଭାବୁଛ ।"- ସେଠ୍‌ଜୀ କହିଲେ- "ବଡ଼ ହୀନ ବୁଦ୍ଧି ତୁମର । ଗୁଲଶନ ସାଙ୍ଗରେ ମୁଁ ବିବାହ କଲି କାହିଁକିନା ସେ ସେଥିପାଇଁ ପ୍ରସ୍ତୁତ ଥିଲା । ଗୋଟେ ବେଶ୍ୟାକୁ ଗୃହିଣୀର ମର୍ଯ୍ୟାଦା ଦେଇକରି ମୁଁ କ'ଣ ଭୁଲ କରିଛି ?"

"ଖବର କାଗଜ ବାଲା ଆପଣଙ୍କର ପ୍ରଶଂସା କରି ପାରିବେ କାହିଁକି ନା ସେମାନେ ଆପଣଙ୍କର ପଛରେ ଚାଲିବା ବାଲା ଅନୁଗାମୀ ।"- ଜୟରାଜ କହିଲା- "କିନ୍ତୁ ମୁଁ ଆପଣଙ୍କର ପ୍ରଶଂସା କରି ପାରିବି ନାହିଁ ।"

"କାହିଁକି ?"

"କାହିଁକି କି ଆପଣ ମୋର ଦୁନିଆ ଉଜାଡ଼ି ଦେଇ ନିଜର ଦୁନିଆ ବସାଇ ଦେଲେ । ଆପଣ ମୋର ଆଶା ଉପରେ କୁଠାରଘାତ କରି ନିଜେ ନିଜର ଆକାଂକ୍ଷା ପୁରଣ କରିନେଲେ ।

"ଚୁପ୍ ରୁହ ଜୟରାଜ ! ଜଣା ପଡୁଛି ଯେ ଆଜି ତୁ ଏମିତି ବିଛଣା ଉପରୁ ଉଠିକରି ଏଠାକୁ ଚାଲି ଆସିଛୁ । ଭିତରକୁ ଯାଇକରି ମୁହଁ ହାତ ଧୋଇ ନେ ଏବଂ ଟିକେ ନିଜର ନୂଆ ମା'ର ପାଦ ଛୁଇଁ ମନକୁ ହାଲୁକା କରି ନେ - ଜା !"

ଜୟରାଜ ଚୁପ୍‌ଚାପ୍ ଠିଆ ହୋଇ ରହିଥିଲା । ଆଉ ସେତେବେଳେ ସେଠ୍‌ଜୀ ଜୋର୍‌ରେ କହିଲେ "ଯାଇନୁ କାହିଁକି ! ଠିଆ ହୋଇ ରହିଛୁ କାହିଁକି ?"

ଜୟରାଜ ଧୀରେ ଧୀରେ ଭିତର କବାଟ ଆଡ଼କୁ ଚାଲିଲା । ଭିତରେ ଅନ୍ତପୁରରେ (ଯେଉଁଠାରେ ସ୍ତ୍ରୀଲୋକ ମାନେ ରୁହନ୍ତି) ଗୁଲଶନ ଏବଂ ଲବଙ୍ଗଙ୍କୁ ପାଖାପାଖି ବସିଥିବାର ଦେଖି ସେ ଚମକି ପଡ଼ିଥିଲା । ଜୟରାଜର ସ୍ୱପ୍ନରେ ମଧ୍ୟ ବିଶ୍ୱାସ ନ ଥିଲା ଯେ ସେ ଲବଙ୍ଗଙ୍କୁ ଏଠାରେ ଦେଖିବ । ସେ ଭାବିଥିଲା ଯେ ତା'ର ବାପା ତାକୁ ତା'ର ଗାଁରେ ଛାଡ଼ି ଆସିଥିବେ । ସେ ଆଗକୁ ବଢ଼ିଲା । ଗୁଲଶନ ତାକୁ ଦେଖି ପାରିଥିଲା । ସେ ଉଠିକରି ଠିଆ ହୋଇଗଲା । ତାକୁ ଦେଖିକରି ଜୟରାଜର ମୁଣ୍ଡ ବୁଲାଇଦେଲା । ଏ ସାମାନ୍ୟ ଝିଅ ତା'ର ମା' ହୋଇଗଲା ? ଦିନେ ଯିଏ ତା'ର ଛାତିରେ ଜଡ଼ିଯାଇ ତା'ର କାମନା ବାସନା ଶାନ୍ତ କରୁଥିଲା, ସେ ଆଜି ତା'ର ମା' ହୋଇଗଲା ? ଜୟରାଜ ବିଚଳିତ ହୋଇ ପଡ଼ିଥିଲା । ସେ ପାଖରେ ଥୁଆ ହୋଇଥିବା ଗୋଟେ ଚୌକୀ ଉପରେ ଧଡ଼୍‌କରି ବସିଗଲା । ଗୁଲଶନ ପାଖକୁ ଆସି ଯାଇଥିଲା ଏବଂ ଜୟରାଜ ମୁଣ୍ଡରେ ନିଜର କୋମଳ ହାତ ସଂଚାଳନ କରିବାରେ ଲାଗିଲା ।

॥ ୫୦ ॥

ଜେଲ ଭିତରେ ବିଚରା ପଞ୍ଚମର ହୃଦୟରେ ଆଜି ଏକ ଅଦ୍‌ଭୁତ ହଲଚଲ ଅନୁଭୁତ ହେଉଥିଲା । ଆଜି ତା’ ଜେଲ ଜୀବନର ଛଅ ମାସ ପୂର୍ଣ୍ଣ ହୋଇ ଯାଇଥିଲା ଏବଂ ସେ ଭାବି ନେଇଥିଲା ଯେ ଆଜି ସେ ଏହି ଯାତନାପୂର୍ଣ୍ଣ କାରାବାସରୁ ମୁକ୍ତ ହୋଇଯିବ । ସମୟ ବଡ଼ କଷ୍ଟରେ ଗଡ଼ି ଚାଲିଥିଲା । ଏବଂ ପଞ୍ଚମର ମନ ରହି ରହି କରି ବ୍ୟାକୁଳ ହୋଇ ଉଠୁଥିଲା । ଦ୍ୱିପ୍ରହରକୁ ଜଣେ ଜେଲ ରକ୍ଷୀ ପଞ୍ଚମର ନା ଧରି ଡାକିଲା । ପଞ୍ଚମର ମନ ଆନନ୍ଦ ଅତିଶଯ୍ୟାରେ ନାଚି ଉଠିଥିଲା । ସେ ନିଜର ଫଟା ଚିରା କମ୍ବଳ ତଥା ଅନ୍ୟ ଜିନିଷ ଧରି ଜେଲର ସାହେବଙ୍କ ଆଗରେ ଠିଆ ହୋଇଗଲା ।

ସେହି ସମୟରେ ଜେଲର ସୁଦୃଢ଼ ପାଚେରୀ ବାହାରେ ଏକ କରୁଣ ଧ୍ୱନି ପ୍ରତିଧ୍ୱନିତ ହୋଇ ଉଠୁଥିଲା । ଜେଲ ବାହାରେ ସଡକ ଉପରେ ପ୍ରହରୀର ଗୋଡ଼ ଧରି ଜଣେ ମରଣାସନ୍ନ ବୁଢ଼ୀ ଚିତ୍କାର କରୁଥିଲା- “ମୋର ପୁଅ ! ମୋର ପଞ୍ଚମ ! ସ୍ୱର କ୍ଷୀଣ ଥିଲା । ତଥାପି ମଧ୍ୟ ନିଜ ମା’ର ସ୍ୱର ପଞ୍ଚମ ଜାଣି ପାରିଥିଲା । ସେହି ସମୟରେ ପ୍ରହରୀର ଗର୍ଜନ ତା’ କାନରେ ପଡ଼ିଥିଲା ।

“ବେଇମାନ ମରୁ ନାହିଁ ! ଆଜିକୁ ପାଞ୍ଚ ମାସ ହେଲା ଆମକୁ ହଇରାଣ କରୁଛି ।” ଆଉ ତା’ପରେ ପ୍ରହରୀର ବୁଟରେ ଗୋଇଠା ମାରିବାର ଶବ୍ଦ ଏବଂ ବୁଢ଼ୀ ମୁହଁରୁ ଭୀଷଣ ଆର୍ତ୍ତନାଦ ଶୁଣାଯାଇଥିଲା । ପଞ୍ଚମ କୌଣସି ମତେ ଜେଲ ର ବାହାରକୁ ବାହାରି ଆସିଲା ଏବଂ ଇଆଡ଼େ ସିଆଡ଼େ ସେ ଆଖି ଘୁରାଇଲା । ପ୍ରଥମ ଦୃଷ୍ଟି ତା’ ମା’ ଉପରେ ପଡ଼ିଥିଲା ଯିଏ ସଜ୍ଞାହୀନ ହୋଇ ପ୍ରହରୀର ପାଦ ପାଖରେ ପଡ଼ିଥିଲା । ବୋଧହୁଏ ଜୀବନର ଲକ୍ଷଣ ନ ଥିଲା । ପଞ୍ଚମ ଆଗକୁ ଚାଲିଲା । ତାକୁ ରାଗ ଆସି ନ ଥିଲା; ଦୟା ମଧ୍ୟ ଆସି ନ ଥିଲା । ଶୂନ୍ୟ ଦୃଷ୍ଟିରେ ସେ ପ୍ରହରୀ ଆଡ଼କୁ

ଅନାଇଲା । ଏବଂ ତା'ପରେ ତା' ମା'ର ଦେହକୁ ହଲାଇ କରି ଦେଖିଲା । ସବୁ ସମାପ୍ତ ହୋଇ ଯାଇଥିଲା । ଗୋଇଠା ଖାଇ ଖାଇ ବୁଢ଼ୀ ଏତେ ଦୂରରେ ପଡ଼ିଥିଲା ଯେ ଯେଉଁଠାରୁ ଫେରି ଆସିବା ଅସମ୍ଭବ ଥିଲା ।

ନଇଁପଡ଼ି ସେ ତା'ର ଶବ ଉଠାଇ ନେଇଥିଲା ଏବଂ କାନ୍ଧ ଉପରେ ଲଦିକରି ନଈ ଆଡ଼େ ଚାଲିଲା । ସେ ସମୟରେ ତା' ମସ୍ତିଷ୍କରେ ତୋଫାନ ପ୍ରବଳ ବେଗରେ ବୋହୁଥିଲା । ସାରା ବ୍ରହ୍ମାଣ୍ଡ ତା' ଆଖି ଆଗରେ ନାଚୁଥିଲା । ଶୂନ୍ୟ ଦୃଷ୍ଟିରେ ସେ ଆଗକୁ ଦେଖିକରି ଚାଲି ଯାଉଥିଲା ଯେମିତିକି ତା'ର କାହାପ୍ରତି ଖାତିର ନାହିଁ, ଯେମିତିକି ମା'ର ମୃତ୍ୟୁ ତା' ପାଇଁ ଏକ ସାଧାରଣ ତଥା ତୁଚ୍ଛ ଘଟଣା ଥିଲା । ସେହି ସମୟରେ ପଞ୍ଚମର କୌଣସି କଥା ପ୍ରତି ଧ୍ୟାନ ନ ଥିଲା । କେବଳ ଗୋଟିଏ କଥା ତା' ମୁଣ୍ଡରେ ଆନ୍ଦୋଳିତ ହେଉଥିଲା - ପ୍ରତିଶୋଧ ! ଜୟରାଜ ଉପରେ ପ୍ରତିଶୋଧ ! ଯିଏ ତା'ର ଦୁନିଆ ବରବାଦ କରି ଦେଇଛି । ଯିଏ ତା'ର ଅପମାନ କରିଛି ।

ନଦୀ କୂଳ ଆସି ଯାଇଥିଲା । ବନ୍ଧ ଟିକେ ଉଚ୍ଚାଥିଲା । ସେ ଲାଶକୁ ହାତରେ ଟେକିକରି ଧପ୍ କରି ନଦୀ ଭିତରକୁ ଫିଙ୍ଗିଦେଲା । "ନେ । ଏହାକୁ ନିଜ ଭିତରେ ଲୀନ କରିଦେ ।" ଏବଂ ସେ ଠୋ ଠୋ କରି ପାଗଳ ପରି ହସି ଉଠିଥିଲା ।

ପାଖରେ ଖଣ୍ଡେ ମଜଭୁତ କାଠ ପଡ଼ିଥିଲା । ତାକୁ ସେ ଉଠାଇନେଲା ଏବଂ ମନକୁ ମନ କହିଲା- "ତାହାର ମୁଣ୍ଡ ଫଟାଇ ଦେବି ।" ତା'ପରେ ସେ ଟଳମଳ ପାଦରେ ବିଚଳିତ ଢଙ୍ଗରେ ଜୟରାଜ ବଙ୍ଗଳା ଆଡ଼େ ଚାଲିଲା ।

ବଙ୍ଗଳାରେ ବହୁତ ଭିଡ଼ ଥିଲା । ସଡ଼କ ଉପରେ ଶହ ଶହ କାର ଠିଆ ହୋଇଥିଲା । ସାଜସଜ୍ଜାରେ ଯେମିତି ଶେଷ ନ ଥିଲା । ଶହନାଇ ବାଜୁଥିଲା । ଆଜି ଜୟରାଜ ଏବଂ ଲବଙ୍ଗର ବାହାଘର ଥିଲା । ବିବାହ ହୋଇ ସାରିଥିଲା । ଏବେ ପ୍ରିତି ଭୋଜନ ଚାଲିଥିଲା । ଜୟରାଜ ବର ବେଶରେ ଦ୍ୱାର ପାଖରେ ଠିଆ ହୋଇ ଆସୁଥିବା ଭଦ୍ର ବ୍ୟକ୍ତି ମାନଙ୍କୁ ସ୍ୱାଗତ କରୁଥିଲା । ସେ କ'ଣ ଜାଣିଥିଲା ଯେ ବିକରାଳ ରୁପ ଧାରଣ କରି, ଠେଙ୍ଗା ହାତରେ ଧରି, ଭୟଙ୍କର ରୁପି ଏକ ମଣିଷ ତା'ର କାଳ ହୋଇକରି ଆସୁଅଛି ।

ସେ ସମୟରେ ପଞ୍ଚମର ଦଶା ବଡ଼ ବିଚିତ୍ର ଥିଲା । ଆଖି ଦୁଇଟା ଗୁମ୍ଫା ପରି ଭିତରେ ପଶି ଯାଇଥିଲା ଯେଉଁଥିରେ ସାଗର ପରି ଗମ୍ଭୀରତା ଥିଲା ଏବଂ

ଆକାଶ ପରି ଶୂନ୍ୟତା ଥିଲା । ଦାଢ଼ୀ ନିଶ ବଢ଼ିଯାଇଥିଲା ଏବଂ ତା'ର ମୁଖାକୃତି ବଡ଼ ଭୟାନକ ଲାଗୁଥିଲା । ତା'ର ଚକ୍ଷୁଦ୍ୱୟ ସେମାନଙ୍କର ଲକ୍ଷ ପାଇ ଯାଇଥିଲେ । ହାତରେ ଓଜନଦାର କାଠ ଖଣ୍ଡକୁ ଭଲକରି ଧରିନେଲା ଏବଂ ଆସ୍ତେ ଆସ୍ତେ ପାଦ ଦାବି ଦାବି ସେ ବଢ଼ି ଚାଲିଥିଲା ଜୟରାଜର ପଛକୁ ।

ଜୟରାଜର ପଛରେ ଯାଇ ସେ ଠିଆ ହୋଇଗଲା । କାଠ ଖଣ୍ଡକ ମୃତ୍ୟୁ ଦୂତ ହୋଇ ପବନରେ ଉପରକୁ ଉଠିଗଲା... ଏବଂ... ଏବଂ ସେହି ସମୟରେ ହଠାତ୍ ଗୋଟେ ଚିତ୍କାର ପଞ୍ଚମ କାନରେ ପଡ଼ିଥିଲା । "ପଞ୍ଚମ ଭାଇ !" ସ୍ୱର ପରିଚିତ ଥିଲା । ପଞ୍ଚମର ହାତ ଅଟକି ଯାଇଥିଲା । ଦେଖିଲା ବେଳକୁ ଲବଙ୍ଗ ଥିଲା, ଭୀତତ୍ରସ୍ତ, ବୋହୂ ବେଶରେ ସଜ୍ଜିତ ହୋଇ । ଜୟରାଜ ପଞ୍ଚମକୁ ଦେଖୁଥିଲା ଏବଂ ପଞ୍ଚମ ଦେଖୁଥିଲା ଜୟରାଜକୁ । "ଭାଇ !" ଲବଙ୍ଗ ଆଗକୁ ଆସିଲା ।

"ଦୂରକୁ ଚାଲିଯା ।" ସେ ଗର୍ଜନ କରି କହିଲା । ସେ ପରିସ୍ଥିତିକୁ ବୁଝିପାରିଥିଲା । "ବେଇମାନ କାହାଁକା ! ଏଇ ବିଷାକ୍ତ ନାଗ ସାଙ୍ଗରେ ନିଜର ମନ ବାନ୍ଧିନେଲୁ । ଏହା ଭାବିଲୁନି ଯେ ଭାଇ କେଉଁଠି ଥିବ ? ମା' କେଉଁଠାରେ ଥିବ ?"

"ପଞ୍ଚମ !"- ଜୟରାଜ କହିବାକୁ ଚେଷ୍ଟାକଲା ।

"ଚୁପ୍ ରୁହ !" ରାଗିକରି ପଞ୍ଚମ କହିଲା- "ମନ ଚାହୁଁଛି ତୁମର ରକ୍ତ ପିଇନେବି ଆଉ ତା'ପରେ ହସି ହସି ଫାଶୀରେ ଚଢ଼ିଯିବି । ଏହା ତ ମୁଁ କରିଥାନ୍ତି । କିନ୍ତୁ ଏ ନାଗୁଣୀ ଲବଙ୍ଗ ଯଦି ଏଠାରେ ନ ଥାନ୍ତା ।" ଦାନ୍ତ କଡ଼ ମଡ଼ କରି କହିଲା ପଞ୍ଚମ- "ଏବେ ଏବେ ମା'ର ଖୁନ୍ କରିକି ଆସିଛି, ମନ ହେଉଛି ଏ ଝିଅର ବି ଖୁନ୍ କରି ଦେବାକୁ ।"

"ତୁମେ... ତୁମେ... ତୁମେ..." ଜୟରାଜ କିଛି କହିବାକୁ ଚେଷ୍ଟା କରୁଥିଲା କିନ୍ତୁ ତା'ର ଶ୍ୱାସ ରୁଦ୍ଧ ହେଲାପରି ଲାଗିଲା । ଯେପରି କୌଣସି ଅଦୃଶ୍ୟ ଶକ୍ତି ତା'ର କଲିଜା ନିଜ ମୁଠାରେ ଧରି ମୋଡ଼ି ଦେଉଛି ଏବଂ ପର ମୁହୂର୍ତ୍ତରେ ସେ ନିଜର ଛାତିକୁ ଜାବୁଡ଼ି ଧରି ଆଗକୁ ଝୁଙ୍କି ପଡ଼ିଥିଲା । ଲବଙ୍ଗ ତା'ର ପଡ଼ିଯାଉଥିବା ଚେତାଶୂନ୍ୟ ଦେହକୁ ସମ୍ଭାଳି ନେଲା । ସମସ୍ତେ ଦୌଡ଼ି ଆସିଲେ । ସେଠ୍ ଗଙ୍ଗା ଦାସ ମଧ୍ୟ ଆସିଥିଲେ । ଏ ସବୁ ଦେଖିକରି ପଞ୍ଚମ ଖୁଣ୍ଟ ପରି ଠିଆ ହୋଇ ରହିଥିଲା । ସେହି ସମୟରେ ପୋଲିସ ଇନ୍‌ସପେକ୍ଟର କିଛି ସିପାହୀଙ୍କୁ ଧରି

ସେଠାରେ ପ୍ରବେଶ କରିଥିଲେ । ପଞ୍ଚମ ହାତରେ ହାତକଡ଼ି ପିନ୍ଧାଇ ଦିଆ ଯାଇଥିଲା ।

"ସେଠ୍‌ଜୀ !" ପୋଲିସ ଇନସ୍‌ପେକ୍ଟର କହିଲେ- "ଏହି ବଦ୍‌ମାଶ ପାଗଳ ଏବେ ଗୋଟେ ବଞ୍ଚିଥିବା ବୁଢ଼ୀକୁ ଉଠାଇ କରି ନଦୀରେ ଫିଙ୍ଗି ଦେଇଛି ।" ତା'ପରେ ପୋଲିସ ପଞ୍ଚମକୁ ଘୋଷାରି ଘୋଷାରି ନେଇଗଲା । ଯାଉ ଯାଉ ପଞ୍ଚମ ଭୂମି ଉପରେ ଛେପ ପକାଇଦେଲା ଏବଂ ଲବଙ୍ଗକୁ ଦେଖିକରି କହିଲା- "ସାରା ଜୀବନ ତୋର ମୁହଁ ଦେଖିବି ନାହିଁ, ସେହି ହିଁ ଭଲ ହେବ..." ଏବଂ ବଡ଼ କଷ୍ଟରେ ସେ ଚାଲି ଯାଇଥିଲା । ଜୟରାଜ ଉପରେ ତା'ର ଏବେ ମଧ୍ୟ ରାଗ ଥିଲା ।

|| ୫୧ ||

ଲୋକମାନେ କୁହନ୍ତି ଧନ ହିଁ ସଂସାରର ସବୁ କିଛି । କିନ୍ତୁ ରାୟବାହାଦୁର ସେଠ୍ ଗଙ୍ଗା ଦାସଙ୍କୁ ଆଜି ଏପରି ଲାଗୁଛି ଯେ ପାଖରେ ଅପାର ଧନ ସମ୍ପତ୍ତି ଥିଲେ ବି ମଣିଷ ଭାଗ୍ୟର ହାତରେ ଖେଳନା ମାତ୍ର । ତାଙ୍କ ପାଖରେ ଅପର୍ଯ୍ୟାପ୍ତ ଧନ ଥିଲା ଏବଂ ସେ ତାକୁ ପାଣି ପରି ଖର୍ଚ୍ଚ କରିବାକୁ ପ୍ରସ୍ତୁତ ଥିଲେ କିନ୍ତୁ, ତଥାପି ସେ ଜୟରାଜର କଷ୍ଟ ଦୂର କରିବାକୁ ଅସମର୍ଥ ଥିଲେ । ଜୟରାଜ ଖଟ ଉପରେ ପଡ଼ି ରହିବାର ଆଜିକୁ ପନ୍ଦର ଦିନ ହୋଇ ଯାଇଥିଲା ଏବଂ ଦିନକୁ ଦିନ ତା'ର ଅବସ୍ଥା ଚିନ୍ତା ଜନକ, ତା'ର କଷ୍ଟ ଅଧିକତର ହୋଇଯାଉଥିଲା । ସେଠ୍‌ଜୀ, ଗୁଲଶନ, ଲବଙ୍ଗ ତଥା ଲଖନା ବିନା ନିଦ୍ରାରେ ରାତି ବିତାଉ ଥିଲେ । ଅକର୍ମଣ୍ୟ ଡାକ୍ତର ମାନେ ଆସୁଥିଲେ ଏବଂ ଟଙ୍କାରେ ପକେଟ ଭର୍ତ୍ତିକରି ଚାଲି ଯାଉଥିଲେ । କିନ୍ତୁ କିଛି ବି କରିପାରୁ ନ ଥିଲେ ।

ଜୟରାଜକୁ ଜୀବିତ ରଖିବା ଲାଗି ଏହି ପନ୍ଦର ଦିନ ଭିତରେ ଲଖନା ପାଞ୍ଚଥର ଏବଂ ଲବଙ୍ଗ ତିନିଥର ଚାରି ଚାରି ଆଉନ୍‌ସ ରକ୍ତ ଦାନ କରି ସାରିଥିଲେ । କିନ୍ତୁ ରୋଗର ପ୍ରକୃତ କାରଣ ଦୂର ନ କରି କେବଳ ରକ୍ତ ଦାନରେ କାମ ଚଳି ପାରିବ ନାହିଁ । ଏହି ସବୁ କଥା ଭାବି ଭାବି କରି ସେଠ୍ ଗଙ୍ଗା ଦାସ ସୋଫା ଉପରେ ମନ ଦୁଃଖ କରି ବସି ରହିଥିଲେ । ସେହି କୋଠରୀରେ ଆଉ କେହି ନ ଥିଲେ । ଗୁଲଶନ, ଲବଙ୍ଗ ଓ ଲଖନା ଜୟରାଜ ପାଖରେ ଥିଲେ । ସେଠ୍‌ଜୀଙ୍କର ଜଣେ ନୂଆ ଚାକର ଭିତରକୁ ପଶିଆସି କହିଲା- "ସରକାର ! ଆପଣଙ୍କର ଶଶୁର ସାହେବ ଆସିଛନ୍ତି ।"

"ମୋ ଶଶୁର !" ଆଶ୍ଚର୍ଯ୍ୟ ହୋଇ ସେଠ୍‌ଜୀ କହିଲେ- "ତୁ କ'ଣ କହୁଛୁ ରେ ।"

କିନ୍ତୁ ସେହି ସମୟରେ ତାଙ୍କର ଦୃଷ୍ଟି ତାଲ ଖାଁ ଉପରେ ପଡ଼ିଥିଲା, ଯିଏକି କବାଟ ପାଖରେ ଠିଆ ହୋଇଥିଲା । ତାକୁ ଦେଖିଲା ମାତ୍ରେ ସେଠ୍‌ଜୀଙ୍କ ମୁଖାକୃତି ବଦଳି ଯାଇଥିଲା ।

"କ'ଣ ଚାହୁଁଛ ତାଲ ଖାଁ ?" ସେ ତାକୁ ପଚାରିଲେ ।

ତାଲ ଖାଁ କୋଠରୀ ଭିତରକୁ ଆସିଗଲା । ଚେହେରା କିଛି ଉଦାସ ଥିଲା । କହିଲା- "ଭାବିଲି ଯାଇକରି ନିଜ ଜୋଇଁଙ୍କ ସାଙ୍ଗରେ ଦେଖା କରିଦିଏ ଏବଂ ଟିକେ ଝିଅ ଗୁଲଶନକୁ ମଧ୍ୟ ଦେଖି ଆସେ । ଆପଣ ବହୁତ ଅସନ୍ତୁଷ୍ଟ ହେଉଛନ୍ତି, ସେଠ୍‌ଜୀ ।"

"ଏଠାକୁ ଆସିବାକୁ ତୁମର କ'ଣ ଆବଶ୍ୟକତା ଥିଲା ?"- ସେଠ୍‌ଜୀ କ୍ରମଶ ରାଗି ଉଠୁଥିଲେ ।

"ଝିଅର ସ୍ନେହ କାହାର ମନେ ପଡ଼େନାହିଁ ?" ତାଲ ଖାଁ ସ୍ୱରରେ ବ୍ୟଙ୍ଗ ନ ଥିଲା ବରଂ ଏକ ପ୍ରକାର ଗମ୍ଭୀରତା ଥିଲା, ଉଦାସୀ ଥିଲା- "ମାନୁଛି ସେ ମୋର ଝିଅ ନୁହେଁ କିନ୍ତୁ ଝିଅ ପରି ପାଳିପୋଷି ଥିଲି ତ ! ତା'ର ସବୁତକ ଗହଣା ଓ ଲୁଗାପଟା ମୋ ଘରେ ଛାଡ଼ିଦେଇ ଆସିଥିଲା । ସେ ଗୁଡ଼ାକ ତା' ପାଖକୁ ଆଣିବା ନିହାତି ଦରକାର ଥିଲା ।" ତାଲ ଖାଁ ହାତରେ ଗୋଟେ ଗଣ୍ଠିଲି ଥିଲା । ଯାହାକୁ ସେ ଖୋଲିକରି ସେଠ୍‌ଜୀଙ୍କୁ ଦେଖାଇଲା । ସେଠ୍‌ଜୀ ଆଶ୍ଚର୍ଯ୍ୟ ହୋଇ ଚମକି ପଡ଼ିଥିଲେ । ପଚାଶ ହଜାର ଟଙ୍କାର ଗହଣା ଥିଲା, ରତ୍ନ ଜଡ଼ିତ ସୁନାର ।

"ତା'ର ଲୁଗାପଟାର ବାକ୍ସ ବାହାରେ ରଖିଛି ।"- ଓସ୍ତାଦ କହିଲା ।

"ତୁମେ ପାଗଳ ହୋଇଯାଇ ନାହଁ ତ, ତାଲ ଖାଁ ?"

"ପାଗଳ ହିଁ ଭାବି ନିଅନ୍ତୁ ହଜୁର !"- ଏକ ମଳିନ ହସ ହସି ତାଲ ଖାଁ କହିଲା- "ମଣିଷ ଯେତେବେଳେ ଖରାପ ପଥ ପରିତ୍ୟାଗ କରି ଭଲ ଆଡ଼କୁ ଆକର୍ଷିତ ହୁଏ ସେତେବେଳେ ସମସ୍ତେ ତାକୁ ପାଗଳ ବୋଲି ଭାବନ୍ତି । ଆପଣ ବି ଯଦି ମୋତେ ପାଗଳ କହିବେ ତେବେ ଆଶ୍ଚର୍ଯ୍ୟର କଥା କିଛି ନାହିଁ ।"

ତାଲ ଖାଁର ଏପରି ବ୍ୟବହାର ରେ ସେଠ୍‌ଜୀ ଆଶ୍ଚର୍ଯ୍ୟ ଚକିତ ହୋଇ ଯାଇଥିଲେ । ସେ ବୁଝିପାରୁ ନ ଥିଲେ ଯେ ଆଜି ତାଲ ଖାଁର କ'ଣ ହୋଇଛି ?

"ଆପଣଙ୍କୁ ଆଶ୍ଚର୍ଯ୍ୟ ଲାଗୁଥିବ ହଜୁର !" ତାଲ ଖାଁ ପୁଣି କହିଲା- "କି ସବୁବେଳେ ଦଗାବାଜୀ, ଛଳକପଟ ଏବଂ ଖୁନ ପରି କାମରେ ନିଜର ଜୀବନ ବିତାଇବା ଗୋଟେ କୁଖ୍ୟାତ ଗୁଣ୍ଡା ଆଜି ଏମିତି ପାଗଳ ପରି କାହିଁକି ହେଉଛି ?

କିନ୍ତୁ ସେଠ୍‌ଜୀ ! ମଣିଷ ଗୋଟିଏ ଦିନରେ ଖରାପ ହୋଇଯାଇ ପାରିବ ଏବଂ ଗୋଟିଏ ଦିନରେ ଭଲ ମଧ୍ୟ ହୋଇପାରିବ । ଆଜି ମୁଁ ଭଲ ହୋଇଯାଇଛି ଏବଂ ସେଇଥିପାଇଁ ଗୁଲଶନର ସବୁତକ ଅଳଙ୍କାର ଏବଂ ଲୁଗାପଟା ନେଇ କରି ଏଠାକୁ ଆସିଛି । ସେ ଘର ମଧ୍ୟ ମୁଁ ଦଶ ହଜାର ଟଙ୍କାରେ ବିକ୍ରୀ କରି ଦେଇଛି ଏବଂ ଏହା ହେଉଛି ସେହି ଟଙ୍କା ।" ଓସ୍ତାଦ ତାଲ ଖାଁ ସେଠ୍‌ଜୀଙ୍କ ଆଗରେ ଟେବୁଲ ଉପରେ ନୋଟର ଗୋଟେ ବଣ୍ଡଲ ରଖି ଦେଇଥିଲା ।

"ମୁଁ ଗୁଲଶନକୁ ଭୁଲ ରାସ୍ତାରେ ଚାଲିବାକୁ ବାଧ୍ୟ କରିଥିଲି ।"- କହି ଚାଲିଥିଲା ତାଲ ଖାଁ - "କିନ୍ତୁ ସେ ଝିଅଟି ନିଜର ଭାଗ୍ୟ ଗଢ଼ିନେଲା ଏବଂ ଇଜ୍ଜତଦାର ହୋଇଗଲା । ମୁଁ ପ୍ରକୃତରେ ତାକୁ ବହୁତ ଭଲ ପାଉଥିଲି । ତେଣୁ ମୁଁ ଏହା କେବେହେଲେ ସହ୍ୟ କରି ପାରିବି ନାହିଁ ଯେ, ମୋ ଝିଅକୁ ଏହା କହିବାକୁ ସୁଯୋଗ ମିଳିଯିବ ଯେ, ତା' ବାପା ଗୋଟେ ଦଲାଲ । ଆଜିକୁ କେତେ ଦିନ ହେଲା ରାତି ରାତି ଧରି ଉଜାଗାର ରହି ମୁଁ ଏହି କଥା ଭାବି ଚାଲିଥିଲି । ଶେଷରେ ଏହି ନିଷ୍ପତ୍ତିରେ ପହଞ୍ଚିଛି ଯେ, ଏ ସବୁ ଗୁଲଶନ ରୋଜଗାରର ସମ୍ପତ୍ତି ଗୁଲଶନକୁ ହିଁ ଫେରାଇ ଦେବି । ମୋର ସେଥିରେ କିଛି ଅଧିକାର ନାହିଁ । ମୁଁ ପ୍ରଥମେ ଫକୀର ଥିଲି ଏବଂ ଏବେବି ଫକୀର ହୋଇଯିବି ।"

"ତୁମେ ବହୁତ ବଦଳି ଯାଇଛ ତାଲ ଖାଁ !"

"ବଦଳି ଯିବାର କଥା କ'ଣ କହୁଛନ୍ତି ହଜୁର ! ପ୍ରତିଦିନ ଦୁଃଖ, ଅନୁତାପରେ ମୁଁ ମରି ମରି ଯାଉଛି । ମୋତେ ବହୁତ ଅନୁତାପ ହେଉଛି ଯେ ଗୋଟେ ନିରୀହ, ନିରାଶ୍ରୟା ପିଲାକୁ ମୁଁ କିଛି ଭଲ ଶିକ୍ଷା ଦେଇ ପାରି ନ ଥିଲି ବରଂ ତାକୁ କଣ୍ଟକିତ ରାସ୍ତାରେ ଘୋଷାରୀ ଆଣିଥିଲି । ମଣିଷ ପାଖରେ ଏ ନିର୍ଦ୍ଦୟ ପେଟ ଅଛି, ହଜୁର ! ଏବଂ ଏହି ପେଟ ପାଇଁ ହିଁ ସବୁ ନାଟ ହୋଇଥାଏ । କିନ୍ତୁ ଏବେ ମୁଁ ପ୍ରତିଜ୍ଞା କରିଛି ଯେ ଖରାପ ବାଟରୁ ଆସିଥିବା ଗୋଟେ ବି ପଇସା ରଖିବି ନାହିଁ, ଭୋକ ଉପାସରେ ଛଟପଟ ହୋଇ ମରିଯିବ ପଛେ । ଆପଣ ଦେଖି ପାରୁଛନ୍ତି ମୋ ପାଖରେ ଏତେ ଗହଣା, ପଇସା ଅଛି କିନ୍ତୁ ମୁଁ ତିନି ଦିନ ହେଲା କିଛି ଖାଇ ନାହିଁ କି ପିଇ ନାହିଁ ।"

ସେଠ୍‌ଜୀ ଓସ୍ତାଦକୁ ଦେଖିଲେ । ଓସ୍ତାଦର ଆଖି କୋଟରାଗତ ହୋଇଯାଇଥିଲା । ମୁହଁ ଶୁଖି ଯାଇଥିଲା । ଶରୀର ଦୁର୍ବଳ ହୋଇ ଯାଇଥିଲା । ତା'ପରେ ସେଠ୍‌ଜୀ ଗୋଟେ ଚୌକୀ ଭିଡ଼ିକରି ଓସ୍ତାଦ ଆଗରେ ରଖିଦେଇ

କହିଲେ "ଏହା ଉପରେ ବସ ଓସ୍ତାଦ ।" କିଛି ନ କହି ଓସ୍ତାଦ ଚୌକୀ ଉପରେ ବସିଗଲା । କିଛି ମିନିଟ୍ ନୀରବତାରେ କଟିଯାଇଥିଲା ।

ପୁଣି ସେଠ୍‌ଜୀ ପଚାରିଲେ- "ଆପଣଙ୍କ ପାଇଁ କିଛି ଖାଇବା ମଗାଇବି ?"

"ଏତେ ସମ୍ମାନ ମୋତେ ଦିଅନ୍ତୁ ନାହିଁ ସରକାର ! - ଓସ୍ତାଦ ଗଦ୍ ଗଦ୍ ହୋଇ କହିଲା- "କେହି ହେଲେ ମୋ ବାପକୁ ମଧ୍ୟ ଆପଣ କହି ନ ଥିଲା । ପୁଣି ମୁଁ ଜଣେ ନୀଚ ମୁସଲମାନ ଆପଣଙ୍କ ଘରେ ଖାଇବାକୁ କେମିତି ସାହାସ କରି ପାରିବି ?"

"ମୁସଲମାନ ! ତୁମେ ନିଜକୁ ଏତେ ନୀଚ ବୋଲି କାହିଁକି ଭାବୁଛ ତାଲ ଖାଁ ?"

"ହଜୁର ! ଆପଣ ହେଉଛନ୍ତି ହିନ୍ଦୁ ।"- ଦ୍ୱିଧାଭରା ସ୍ୱରରେ ତାଲ ଖାଁ କହିଲା ।

"ଠିକ୍ ଅଛି । ଏ ମତଲବି ଦୁନିଆ ନିଜର ସ୍ୱାର୍ଥ ପାଇଁ ଏହି ଜାତି ମାନଙ୍କର ସୃଷ୍ଟି କରିଛି । ତା' ନ ହେଲେ ଆମେ ସବୁ ଭାରତୀୟ । ଭାରତରେ ପାଳନ ହୋଇ ବଡ଼ ହୋଇଛେ ।"

"ଯଦି ଆପଣଙ୍କ ପରି ନିର୍ମଳ ହୃଦୟ ସବୁ ମଣିଷ ମାନଙ୍କର ହୋଇଯିବ ହଜୁର ତେବେ ଖୁଦାଙ୍କ ରାଣ ! କେବେହେଲେ ଦଙ୍ଗା ଫସାଦ ଏଠାରେ ହେବନାହିଁ ।"

"ଦଙ୍ଗା ଫସାଦ କାହିଁକି ହୁଏ ଜାଣିଛ ?"- ପ୍ରଶ୍ନ ସୂଚକ ଦୃଷ୍ଟିରେ ସେଠ୍‌ଜୀ ତାଲ ଖାଁ ଆଡ଼କୁ ଦେଖିଲେ- "ଯଦି ଭାଇ ଭାଇ ଭିତରେ ଭଲ ସଂପର୍କ ରହିଲା ତେବେ କାହାର ସାହାସ ଅଛି ଆମ ଉପରକୁ ଆଖି ଉଠାଇ ଦେଖିବାକୁ ? କିନ୍ତୁ ସାମ୍ରାଜ୍ୟବାଦ ଏହା ଚାହୁଁ ନାହିଁ ଯେ ଭାଇ ଭାଇ ମିଶିକରି ତା' ମୂଳକୁ ଖୋଳି ଉପାଡ଼ି ଫିଙ୍ଗି ଦିଅନ୍ତୁ ଏବଂ ସେଇଥିପାଇଁ ଛଳ କପଟ ଦ୍ୱାରା ଆମ ଭିତରେ ମତଭେଦର ପ୍ରାଚୀର ଠିଆ କରାଯାଉଛି ଏବଂ ଆମେ ପରସ୍ପର ରକ୍ତରେ ହୋଲି ଖେଳିବା ପାଇଁ ବ୍ୟଗ୍ର ହୋଇ ଉଠୁଛେ । ଇଏତ ପୁରା ଧର୍ମାନ୍ଧତା, ତାଲ ଖାଁ !"

"ଠିକ୍ କହିଛନ୍ତି ଆପଣ ।"- ଓସ୍ତାଦ କହିଲା- "ଶୁଣୁଥିଲି ପୁଅ ଜୟରାଜର ଦେହ ବହୁତ ଖରାପ ଅଛି । ଦେଖିବାକୁ ଇଚ୍ଛା ହେଉଛି ।"

ସେଠ୍‌ଜୀ ଉଠି ଠିଆ ହୋଇଗଲେ । ଦୁଇଜଣ ଜୟରାଜର କୋଠରୀକୁ

ଆସିଥିଲେ । ଜୟରାଜ ଶୋଇଥିଲା । ଗୋଟେ ନଜର ପକାଇ ପୁଣି ସେମାନେ ସେହି କୋଠୀକୁ ଫେରି ଆସିଲେ । ଗୋଟିଏ ସୋଫା ଉପରେ ଦୁଇଜଣ ବସିଗଲେ । "ଏବେ କ'ଣ କରିବାକୁ ତୁମେ ଭାବିଛ ?" ସେଠ୍‌ଜୀ ପଚାରିଲେ ।

"କ'ଣ କରିବି କିଛି ଭାବିପାରୁ ନାହିଁ ।"- ବିବଶତା ଭରା ସ୍ୱରରେ ତାଲ ଖାଁ କହିଲା- "ଭାବୁଛି, ଆଜି ପର୍ଯ୍ୟନ୍ତ ଏହି ଦୁନିଆରେ ଗ୍ରାହକ ଯୋଗାଇବାର ଦଲାଲି କରୁଥିଲି ଏବେ ଗ୍ରାହକ ହଟାଇବାର ଦଲାଲି କରିବି । ସତ କହୁଛି ହଜୁର ! ଯଦି ମୁଁ ମୋର କିଛି ଗୁଣ୍ଡା ମାନଙ୍କୁ ସାଥିରେ ନେଇକରି ସଂଧ୍ୟା ବେଳେ ସଡ଼କ ଉପରେ ଠିଆ ହୋଇଯିବି ତେବେ କେଉଁ ପୁରୁଷ ପୁଅର ସାହାସ ଅଛି ସେ କୋଠୀ ମାନଙ୍କ ଉପରେ ପାଦ ରଖି ପାରିବାକୁ ।"

"ଏପରି କରି ପାରିବ ତ ବହୁତ ଭଲ ହେବ । ମୁଁ ତୁମକୁ ସବୁ ପ୍ରକାର ସାହାଯ୍ୟ ଦେବାକୁ ପ୍ରସ୍ତୁତ ଅଛି । ଏମିତି କରିଲେ ଅତି କମରେ ଅନ୍ଧ ଯୁବକ ମାନେ ବେଶ୍ୟା ମାନଙ୍କ ଚକରରେ ପଡ଼ି ନଷ୍ଟ ହେବାରୁ ରକ୍ଷା ପାଇଯିବେ ।" ସେଠ୍‌ଜୀ କହିଲେ । ତାଙ୍କ ଚକ୍ଷୁ ସମକ୍ଷରେ ଜୟରାଜ ନଷ୍ଟ ହୋଇଯିବାର ଚିତ୍ର ନୃତ୍ୟ କରି ଉଠିଥଲା । ଯଦି ଜୟରାଜ ଖରାପ ପଥକୁ ପାଦ ବଢ଼ାଇ ନ ଥାନ୍ତା ତା' ହେଲେ ଏମିତି ସବୁ କାହିଁକି ହୋଇଥାନ୍ତା ?

"ମୁଁ କ'ଣ କରିବି ହଜୁର ?"

ଆଉ ତା'ପରେ ସେଠ୍ ଗଙ୍ଗାଦାସ ଏବଂ ତାଲ ଖାଁ ଜାତି ପ୍ରଥାକୁ ଦୂର କରି ଗୋଟିଏ ଟେବୁଲ ଉପରେ ଖାଦ୍ୟ ଖାଇଥିଲେ । ଗୁଲଶନ ଖାଦ୍ୟ ପରିବେଷଣ କରିଥିଲା ।

ସେହିଦିନ ସଂଧ୍ୟାରେ ବେଶ୍ୟା ମାନଙ୍କର ସବୁ କୋଠୀ ଶୁନ୍‌ଶାନ ଲାଗୁଥିଲା । ଓସ୍ତାଦ ତାଲ ଖାଁ ତା'ର କିଛି ସାଥୀ ମାନଙ୍କୁ ନେଇକରି ସଡ଼କ ଉପରେ ଏଠାକୁ ସେଠାକୁ ଟହଲ ମାରୁଥିଲା ଏବଂ କୋଠୀକୁ ଆସୁଥିବା ଲୋକମାନଙ୍କୁ ଅଟକାଉ ଥିଲା । କେତେବେଳେ ଅନୁରୋଧ କରି ତ ଆଉ କେତେବେଳେ ଡରାଇ ଧମକାଇ ।

|| ୫୨ ||

ସେହିଦିନ ଅନ୍ଧାର ରାତି ଯେପରି ମୃତ୍ୟୁ ଦୂତ ହୋଇକରି ଆସିଥିଲା । ସାରା ସଂସାର ଅନ୍ଧକାରରେ ଲୀନ ହୋଇ ନୀରବରେ ଶୋଇ ଯାଇଥିଲା । ଜୟରାଜ ମଧ୍ୟ କଷ୍ଟରେ କଡ଼ ଲେଉଟାଇ ଶୋଇଯାଇଥିଲା । ଗୁଲଶନ ତା'ର ମୁଣ୍ଡ ପାଖରେ ବସିଥିଲା । ସେଠ୍ ଗଙ୍ଗା ଦାସ ଆଗରେ ସୋଫା ଉପରେ ବସି ରହି ଶୂନ୍ୟ ଦୃଷ୍ଟିରେ ଜୟରାଜର ଶୁଖିଲା ମୁହଁକୁ ଚାହିଁ ରହିଥିଲେ । ଘର ଭିତରେ ଗୋଟେ ପ୍ରକାର ଭୟଙ୍କର ହତାଶାର ବାତାବରଣ ଖେଳିଯାଇଥିଲା ଏବଂ ରାତ୍ରୀର ଅନ୍ଧକାରରେ ଏହି ହତାଶ ଭାବ ଆହୁରି ଭୟାନକ ଲାଗୁଥିଲା । ସମସ୍ତେ ନିରାଶ ହୋଇ ଯାଇଥିଲେ । ସେ ସମୟରେ ଜୟରାଜ ଜୀବନ ମରଣର ସନ୍ଧିସ୍ଥଳରେ ଝୁଲୁଥିଲା ।

ଲବଙ୍ଗର ଯେମିତି ସବୁ ସ୍ୱପ୍ନ ଉଜୁଡ଼ି ଯାଇଥିଲା । ସେ ସେହି କୋଠରୀରୁ ଉଠିକରି ନିଜ କୋଠରୀକୁ ଚାଲି ଆସିଥିଲା ଏବଂ ଖୋଲା ହୋଇଥିବା ଝରକା ପାଖରେ ଠିଆ ହୋଇ ବାହାରର ଘନୀଭୂତ ଅନ୍ଧକାର ଭିତରୁ ଆଲୋକର ଛୋଟ କିରଣଟିଏ ଖୋଜୁଥିଲା । ତା'ର ଅନ୍ତର ଉଦ୍‌ବେଳିତ ହୋଇ ଉଠୁଥିଲା । ତା' ହୃଦୟ ବ୍ୟାକୁଳ ହୋଇ ଉଠୁଥିଲା କିନ୍ତୁ ବାହାରକୁ ସେ ଶାନ୍ତ ଦେଖାଯାଉଥିଲା । ବୋହି ଆସୁଥିବା ଅଶ୍ରୁ ଆଖିର କୋଣରେ ଆସି ଅଟକି ଯାଇଥିଲା । ଏହି କୋମଳ ହୃଦୟା ଯୁବତୀପାଇଁ ଏ କଷ୍ଟ ଅସହ୍ୟ ଥିଲା ।

ତା' ଝରକା ଆଗରେ ଗୋଟେ କୋଠରୀ ଥିଲା । ସେଥିରେ ସେ ସମୟରେ ମଧ୍ୟ ଗୋଟେ ରେଡ଼ିଓ ବାଜୁଥିଲା । ଯେମିତି କି ସେଠାର ବାସିନ୍ଦା ତା' ଦୁଃଖକୁ ପରିହାସ କରୁଥିଲେ, ଯେମିତିକି ସେମାନେ ଜଣାଇ ଦେବାକୁ ଚାହୁଁଥିଲେ ଯେ, ଏ ସଂସାରରେ କେବଳ ଲବଙ୍ଗ ହିଁ ଦୁଃଖୀ ଅଛି, ଆଉ କେହି ନୁହେଁ । ଲବଙ୍ଗ ତା' କାନରେ ଆଙ୍ଗୁଠି ଦାବିଦେଲା । ତାକୁ ଲାଗୁଥିଲା ଯେମିତିକି ରେଡ଼ିଓର ସ୍ୱର

ସାଙ୍ଗରେ ତା'ର ହୃଦୟ ମଧ୍ୟ ଖଣ୍ଡ ଖଣ୍ଡ ହୋଇ ଭାଙ୍ଗି ପଡ଼ିବ । ସେ ରେଡ଼ିଓର ଗୀତ ଶୁଣିବାକୁ ଚାହୁଁନଥିଲା । କିନ୍ତୁ ରେଡ଼ିଓ ଥିଲା ଯେ ବାଜି ଚାଲିଥିଲା ।

ଆଶ୍ଚର୍ଯ୍ୟ ଅନ୍ଧାର ରାତି,

ସାଥି, ଆଶ୍ଚର୍ଯ୍ୟ ଅନ୍ଧାର ରାତି

ଲବଙ୍ଗ ଆହୁରି ଜୋର୍‌ରେ ତା' କାନ ଦାବିନେଲା କିନ୍ତୁ ରେଡ଼ିଓର ସ୍ୱର ତା' କାନ ଭିତରେ ଗୁଣୁଗୁଣୁ କରି ଉଠିଥିଲା ।

ଚାରିଆଡ଼େ ଛାଇଗଲା ଅନ୍ଧକାର

ବୋହି ଯାଉଥିଲା ଧାରା ଜୀବନର

ନୟନରେ ସଖୀ ତୋର

ଖେଳୁଅଛି ଆଜି ଧାରା ବରଷାର

ସାଥି ଆଶ୍ଚର୍ଯ୍ୟ....

ଲବଙ୍ଗକୁ ଲାଗିଲା ଯେମିତି ପ୍ରକୃତରେ ତା' ଆଖିରେ ବର୍ଷା ଘେରି ଆସୁଛି । ମନରେ ବେଦନାର ପ୍ରତିଫଳନ ସ୍ୱରୂପ ଅଶ୍ରୁକଣା ଭୂମି ଉପରେ ପଡ଼ିଯିବାକୁ ଚାହୁଁଥିଲେ । ରେଡ଼ିଓର ସ୍ୱର ପରିହାସ କଲାପରି ପୁଣି ଶୁଣାଯାଉଥିଲା ।

ଉଦାସର ଛାଇ ତୋର ମୁଖରେ

ଶୁଖିଗଲା ଯୌବନର ମଧୁରତା ତା' ବିରହରେ

ସାଥି ଆଶ୍ଚର୍ଯ୍ୟ....

କଷ୍ଟ ଦିଏ ସ୍ମୃତି ତା'ର ରହି ରହି କରି

ଭିଜି ଯାଏ ଚକ୍ଷୁତାର ଅଶ୍ରୁ ଝରିଝରି

ଆଜି ତୋର ଦୁଃଖ ଦେଖିକରି

ତାରା ବି ଲୁଚିଲେଣି କାନ୍ଦିକରି

ସାଥି ଆଶ୍ଚର୍ଯ୍ୟ....

ତୁ ବି କାନ୍ଦି ନେ ସ୍ମୃତି ରେ ତାହାରି

ତୋର ନୟନର ମଣି ଆସିବେ ନା ଦିନେ ଫେରି

ସାଥି ଆଶ୍ଚର୍ଯ୍ୟ....

ସେତେବେଳେ ଲବଙ୍ଗ ଦେଖିଲା ଯେ ବାସ୍ତବରେ ତା' ଆଖିରୁ ଧାର ଧାର ଲୁହ ବୋହିଯାଉଛି । ରେଡ଼ିଓର ଧ୍ୱନି ବନ୍ଦ ହୋଇ ଯାଇଥିଲା । ଲବଙ୍ଗ ଚମକି ପଡ଼ିଥିଲା । ସେ ନ ଚାହିଁ କରି ବି ରେଡ଼ିଓର ଗୀତ ଶୁଣିବାକୁ ଚାହୁଁଥିଲା । ଚାହିଁଥିଲା

ଯେ, ସେ ଏମିତି ରାତି ସାରା ବାଜୁଥାଉ ଏବଂ ସେ ଝରକା ପାଖରେ ଠିଆ ହୋଇ ସାରା ରାତି ବିତାଇ ଦେଉ ।

"ଲବଙ୍ଗ !"- ଜୟରାଜର ସ୍ୱର ଥିଲା । କ୍ଷୀଣ, ଦୂର୍ବଳ ।

ଲବଙ୍ଗ ଦୌଡ଼ି ଯାଇଥିଲା ସେହି କୋଠରୀ ଆଡ଼କୁ ଏବଂ ଯାଇକରି ଜୟରାଜ ଖଟ ପାଖରେ ଠିଆ ହୋଇଗଲା । ଜୟରାଜର ନିଦ ଭାଙ୍ଗି ଯାଇଥିଲା ଏବଂ ଶୋଇରହି ଏବେ ସେ ଶୂନ୍ୟ ଦୃଷ୍ଟିରେ ଏପଟ ସେପଟ ଦେଖୁଥିଲା ।

"ଲବଙ୍ଗ !"- କ୍ଷୀଣ ସ୍ୱରରେ ସେ ପୁଣି ଡାକିଲା ।

"କୁହନ୍ତୁ !"- କାନ୍ଦିଲା ସ୍ୱରରେ ସେ କହିଲା ।

"ଲବଙ୍ଗ ! ତୁମେ କେଉଁଠି ଅଛ ?"

"ଆପଣଙ୍କ ଆଗରେ ତ ଠିଆ ହୋଇଛି ।"- ଲବଙ୍ଗଙ୍କୁ ଆଶ୍ଚର୍ଯ୍ୟ ଲାଗିଲା ଯେ କ'ଣ ଆଖି ଖୋଲା ରହିକରି ବି ଜୟରାଜ ତାକୁ ଦେଖି ପାରୁନାହିଁ ?

"ନାହିଁ ! ମୋତେ କିଛି ଦେଖାଯାଉନାହିଁ । ଚାରିଆଡ଼େ ଅନ୍ଧକାରମୟ ଲାଗୁଛି । ବାପା !"

ବିଚରା ସେଠ୍ ଗଙ୍ଗା ଦାସ କାନ୍ଦି ପକାଇଲେ । ଜୟରାଜ ଆଖିର ଶକ୍ତି ଦୂର୍ବଳ ହୋଇ ହୋଇ ପୁରା ଲୁପ୍ତ ହୋଇ ଯାଇଥିଲା । ଏବେ ସେ କିଛି ବି ଦେଖି ପାରୁ ନ ଥିଲା ।

ରାତ୍ରୀ କୌଣସି ମତେ ବିତିଯାଇଥିଲା । ଗୁଲଶନ, ସେଠ୍‌ଜୀ ତଥା ଲବଙ୍ଗ ରାତି ସାରା ଅନିଦ୍ରା ଥିଲେ । ସେମାନଙ୍କୁ ଏମିତି ଲାଗିଲା ଯେମିତି ଯୁଗ ଯୁଗର ଅନ୍ଧକାର ପରେ ସେମାନେ ଆଲୋକର ରେଖା ଦେଖୁଛନ୍ତି । କିନ୍ତୁ ଜୟରାଜର ଅବସ୍ଥା ଚିନ୍ତା ଜନକ ହୋଇ ଉଠିଥିଲା । ଆଖିରେ ଦେଖି ପାରୁ ନ ଥିଲା, କାନରେ ଶୁଣିପାରୁ ନ ଥିଲା, ହାତ ଗୋଡ଼ ତଥା ଅନ୍ୟ ଅଙ୍ଗ ପ୍ରତ୍ୟେଙ୍ଗ ହଲେଇ ପାରୁ ନ ଥିଲା । ତା'ର କଣ୍ଠ ସ୍ୱର ଏତେ କ୍ଷୀଣ ହୋଇ ଯାଇଥିଲା ଯେ, ଅତି ନିକଟରୁ ବି ଶୁଣିବା କଠିନ ହୋଇ ଯାଇଥିଲା । ମୃତ୍ୟୁର ଭୟାନକ ଛାଇ ଧୀରେ ଧୀରେ ଆସୁଥିଲା- ବହୁତ ଧୀରେ ଧୀରେ ।

ସେତେବେଳେ ଲବଙ୍ଗ ମନର ଦଶା କ'ଣ ଥିଲା ତାହା କେହି କ'ଣ ଜାଣି ପାରିଥିଲେ ? ତା' ହୃଦୟରେ ସେତେବେଳେ ଯାହା ଘଟୁଥିଲା ତାହା କେବଳ ସେ ହିଁ ଜାଣି ପାରୁଥିଲା । ଏଠାରେ ଜୟରାଜର ଅବସ୍ଥା ବହୁତ ଖରାପ ଥିଲା, କିଏ ଜାଣେ କେତେବେଳେ ପ୍ରାଣ ପକ୍ଷୀ ତା'ର ପିଞ୍ଜରା ଛାଡ଼ିଦେବ ଏବଂ ସେଠାରେ

ପଞ୍ଚମ ଉପରେ ଚାଲୁଥିବା ମକଦ୍ଦମାର ଆଜି ଶୁଣାଣୀ ଥିଲା । ପଞ୍ଚମକୁ ବୁଢ଼ୀର ହତ୍ୟାକାରୀ ରୁପେ ବିବେଚନା କରାଯାଇଥିଲା । ଲବଙ୍ଗ ବ୍ୟସ୍ତ ବିବ୍ରତ ଥିଲା । ସେ ଭାବିପାରୁ ନ ଥିଲା ଯେ ସେ ଜୟରାଜ ପାଖରେ ରହିବ ନା କଚେରୀ ଯାଇ ନିଜ ଭାଇ ଭାଗ୍ୟର ନିଷ୍ପତ୍ତି ଶୁଣିବ । ଭାଇର ନିଷ୍ପତ୍ତି ! ସେହି ଭାଇ ଯିଏ ତା' ପାଇଁ ନିଜର ପ୍ରାଣ ପର୍ଯ୍ୟନ୍ତ ଦେଇ ପାରିବ । ସେହି ଭାଇ ଯିଏ ଲବଙ୍ଗର ସୁଖରେ ନିଜର ସୁଖ ଦେଖିପାରେ, ତା' ଆଖିର ଲୁହ ଦେଖିକରି ନିଜେ ମଧ୍ୟ କାନ୍ଦି ପକାଏ । ତାହାରି ନିଷ୍ପତ୍ତି ଆଜି ଏବଂ ପରିସ୍ଥିତି ଏପରି ହୋଇଛି ଯେ ସେ ଯାଇ ମଧ୍ୟ ପାରିବ ନାହିଁ ଏବଂ ଜେଲ ଯିବା ଆଗରୁ ଭାଇର ଚେହେରା ମଧ୍ୟ ଦେଖି ପାରିବନି । କିନ୍ତୁ ସେ ଯିବ, ନିଶ୍ଚୟ ଯିବ ।

ଏ ଯେଉଁ ଜୟରାଜ ଖଟ ଉପରେ ମୃତବତ୍ ପଡ଼ି ରହିଛି, ତା' ସାଙ୍ଗରେ ତା'ର ପ୍ରେମ କେବଳ ଚାରି ଛଅ ମାସର କିନ୍ତୁ ସେ ଯିଏ ଲୁହା ବେଡ଼ିରେ ବନ୍ଧା ହୋଇ ଜେଲରେ ଜୀବନ ବ୍ୟତୀତ କରୁଛି ଏବଂ ଯାହାର ମକଦ୍ଦମାର ଆଜି ଶୁଣାଣୀ ହେବ, ସେ ! ସେହି ପଞ୍ଚମ ସାଙ୍ଗରେ ତା'ର ଜନ୍ମ ଜନ୍ମାନ୍ତରର ସମ୍ବନ୍ଧ । ଯେବେଠାରୁ ସିଏ ସଂସାରକୁ ଆସିଛି ସେବେଠାରୁ ସେ ତାହା ସାଙ୍ଗରେ ଅଛି । ତାକୁ ହସାଇଛି, କନ୍ଦାଇଛି । ତେବେ ସେ ତାକୁ ଭୁଲି ପାରିବ ନାହିଁ । ଯୌବନର ମଧୁର ପ୍ରେମରେ ଭାସିଯାଇ ସେ ନିର୍ମଳ ଭାତୃ ପ୍ରେମକୁ ଭୁଲି ପାରିବ ନାହିଁ । ସେ ଯିବ । ଆଉ ଯେତେବେଳେ ସେ ଲାଲ ପଗଡ଼ିବାଲା ମାନଙ୍କ ଦ୍ୱାରା ପରିବେଷ୍ଟିତ ହୋଇ, ବେଡ଼ି ପକା ଯାଇଥିବା ଗୋଡ଼ରେ ଧୀରେ ଧୀରେ ଚାଲି କଚେରୀକୁ ଆସିବ, ସେତେବେଳେ ସେ ଦୌଡ଼ି ଯାଇ ତା'ର ପାଦତଳେ ପଡ଼ିଯିବ ଏବଂ ନିଜ ଆଖିର ଲୁହ ଦ୍ୱାରା ତା' ପାଦର ମଇଳା ଧୋଇଦେବ । ସେହି ସମୟରେ ପଞ୍ଚମ ଭାଇ ତାକୁ ଉଠାଇକରି ଛାତିରେ କୁଣ୍ଢାଇ ପକାଇବ ଏବଂ ସବୁକିଛି ଭୁଲିଯିବ । ଭୁଲିଯିବ ଯେ ଲବଙ୍ଗ ତା'ର ବରବାଦୀ ଆଡ଼କୁ ଧ୍ୟାନ ନ ଦେଇ ନିଜେ ବିବାହ କରି ନେଇଥିଲା । ସେ ନିଶ୍ଚୟ ଯିବ । ସେହି ସମୟରେ ଭାତୃପ୍ରେମର ଆବେଗରେ ଆସିଯାଇ ଲବଙ୍ଗ ଜୟରାଜ କଥା ଭୁଲିଯାଇଥିଲା । ସେ ଚଞ୍ଚଳ ଗୋଟେ ଭଲ ଶାଢ଼ୀ ଏବଂ ବ୍ଲାଉସ ପିନ୍ଧିନେଲା ଏବଂ ଗୋଡ଼ରେ ଚପଲ ଗଳାଇ ବାହାରକୁ ଚାଲି ଆସିଥିଲା ଆଉ ଡ୍ରାଇଭରକୁ କାର ବାହାର କରିବାକୁ ଆଦେଶ ଦେଇଥିଲା ।

ଦିନର ତୃତୀୟ ପ୍ରହର । ଜୟରାଜର ଦେହ ବହୁତ ଅଧିକ ଖରାପ ହୋଇ ଯାଇଥିଲା । ଶରୀର ମୋଡ଼ି ମୋଡ଼ି ହୋଇ ଯାଉଥିଲା । ପାଦ ଆସ୍ତେ ଆସ୍ତେ ଥଣ୍ଡା

ହେବାକୁ ଲାଗିଥିଲା । ସହରର ସବୁ ବଡ଼ ବଡ଼ ଡାକ୍ତରଙ୍କୁ ଡକା ହୋଇଥିଲା । ସମସ୍ତେ ପାରୁ ପର୍ଯ୍ୟନ୍ତ ଜୟରାଜକୁ ପରୀକ୍ଷା କରିଥିଲେ ଏବଂ ସମସ୍ତ ଡାକ୍ତରଙ୍କ ମୁଖ ମଣ୍ଡଳରେ ନିରାଶାର ଛାଇ ଖେଳି ଯାଇଥିଲା । ମୁଣ୍ଡ ହଲାଇ ସେ କହିଲେ- "କିଛି ଆଶା ନାହିଁ । ଏବେ ଶେଷ ସମୟ ଉପସ୍ଥିତ । ଆପଣ ତାକୁ ଯାହା ଖୁଆଇବାକୁ ପିଆଇବାକୁ ଚାହିଁବେ ଦେଇ ପାରନ୍ତି । ତା'ର ଶେଷ ଇଚ୍ଛା ପୁରଣ କରିବାକୁ ଦିଅନ୍ତୁ ।"

ଗୁଲଶନ ଜୋର୍ ଜୋର୍‌ରେ କାନ୍ଦି ଉଠିଥିଲା । ସେଠ୍‌ଜୀ ସୋଫା ଉପରେ ବସି ପଡ଼ିଲେ ଏବଂ ଡାକ୍ତର ମାନେ ଚାଲି ଯାଇଥିଲେ । ଜୟରାଜ ହୋଶରେ ଥିଲା । ଆଖି ଖୋଲା ଥିଲା କିନ୍ତୁ ନିଜର ପିତା ତଥା ଅନ୍ୟ ମାନଙ୍କ ଦୁର୍ଦ୍ଦଶାଜନକ ଅବସ୍ଥା ଦେଖି ପାରି ନ ଥିଲା । କାନ ମଧ୍ୟ ଖୋଲାଥିଲା କିନ୍ତୁ ସେମାନଙ୍କର କରୁଣ କ୍ରନ୍ଦନ ଶୁଣିପାରୁ ନ ଥିଲା । କିଛି ସମୟ ଚାଲିଗଲା । ସେତେବେଳେ ଜୟରାଜ ଗଳାରୁ ଏକ ଭୀଷଣ ଆବାଜ ବାହାରିଥିଲା ଯେମିତିକି କୌଣସି ଗୁମ୍ଫା ଭିତରୁ ଆବାଜ ଆସୁଛି ସାଁୟ-ସାଁୟ- "ଲ...ବ...ଙ୍ଗ..."

ଗୁଲଶନ ଜୟରାଜର ମୁଣ୍ଡ ଉପରେ ହାତ ରଖିଦେଲା । ସ୍ପର୍ଶରୁ ବୋଧେ ଜୟରାଜ ତାକୁ ଜାଣି ପାରିଥିଲା । କହିଲା- "ତୁ...ମେ...ତ...ନୂ...ଆ...ମା' ! ଲବଙ୍ଗ କେ...ଉଁ...ଠି.... ?" ଲବଙ୍ଗ ସେ ପର୍ଯ୍ୟନ୍ତ ଫେରି ନ ଥିଲା । "ଏବେ... ମୁଁ... ଚାଲିଲି...ଲବଙ୍ଗ !" ଜୟରାଜ କଣ୍ଠରୁ ଆବାଜ ବାହାରୁଥିଲା । "ଶେଷ... ଥର... ପାଇଁ...ଦୁଇ...ବୁନ୍ଦା...ପିଇବାକୁ...ଇଚ୍ଛା...ହେଉଛି..."

ଗୁଲଶନ ଉଠିଗଲା । ଆଲମାରୀରେ ବୋତଲ ରଖା ହୋଇଥିଲା । ଗ୍ଲାସରେ ଅଧ ଆଉନ୍‌ସ ଢାଳିକରି ଆଣିଲା । ଜୟରାଜକୁ ନିଜ କୋଳରେ ଉଠାଇନେଲା ଏବଂ ଗ୍ଲାସ ତା' ମୁହଁରେ ଲଗାଇଦେଲା । ନିଜ ଓଠରେ ଗ୍ଲାସରେ ସ୍ପର୍ଶ ପାଇକରି ତଥା ମଦର ଗନ୍ଧରୁ ବୋଧହୁଏ ଜୟରାଜ ଜାଣି ପାରିଥିଲା ଯେ ଶୋଷ ମେଣ୍ଟାଇବା ପାଇଁ ଗ୍ଲାସ ପ୍ରସ୍ତୁତ ହୋଇ ଯାଇଛି । ସେ ପାଟି ଖୋଲିଲା କିନ୍ତୁ ଚଞ୍ଚଳ ବନ୍ଦ କରିଦେଲା । କହିଲା- "ରହିବାକୁ...ଦିଅ । ଏ ପର୍ଯ୍ୟନ୍ତ...ପି...ନାହିଁ । ଏବେ...ମଧ୍ୟ...ପିଇବି...ନାହିଁ । ଛାଡ଼ି...ଦିଅ ।"

ଆଉ ସେହି ସମୟରେ ତା'ର ସ୍ୱର ମଧ୍ୟ ବନ୍ଦ ହୋଇ ଯାଇଥିଲା । ଆଖି ତରାଟି ହୋଇଗଲା । ଗୁଲଶନ ତା'ର ମୁଣ୍ଡ ନିଜ କୋଳରୁ ବାହାର କରି ତକିଆ ଉପରେ ରଖିଦେଲା । ସେଠ୍ ଗଙ୍ଗା ଦାସ ଦୌଡ଼ି ଆସିଲେ । ନାଡ଼ି ଦେଖିଲେ ।

ବହୁତ କ୍ଷୀଣ ଗତିରେ ଚାଲୁଥିଲା । ମୁଣ୍ଡ, ଛାତି ତଥା ପେଟ ଗରମ ଥିଲା । ପାଦ ତଳୁ ଜଙ୍ଘ ଯାଏଁ ଥଣ୍ଡା ହୋଇ ଯାଇଥିଲା । ନିର୍ବାଣର ସମୟ ନିକଟ ଥିଲା ।

ରାୟବାହାଦୁର ସେଠ୍ ଗଙ୍ଗା ଦାସ ଠିଆ ହୋଇ ଅଶ୍ରୁପୂର୍ଣ୍ଣ ଚକ୍ଷୁରେ ନିଜ ସଂସାର ଉଜୁଡ଼ି ଯାଉଥିବାର ଦେଖୁଥିଲେ । ଟ୍ରେଜରୀରେ ଟଙ୍କା ପଇସା ଭର୍ତ୍ତି ହୋଇ ରହିଥିଲା କିନ୍ତୁ ସେହି ଟଙ୍କା ପଇସାରେ ଜୟରାଜର ମୃତ୍ୟୁ କିଣାଯାଇ ପାରିବ ନାହିଁ । ଆଜି ସେଠ୍ ଗଙ୍ଗା ଦାସ ଟଙ୍କାର ତୁଚ୍ଛତା ଦେଖି ପାରିଥିଲେ । ଆଜି ତାଙ୍କର କାନ୍ଦୁଥିବା ହୃଦୟ ଏହା ମାନି ନେଇଥିଲା ଯେ ଜୟରାଜର ବିନାଶ କର୍ତ୍ତା ସେ ନିଜେ । ଆଜ୍ଞା ହଁ । ସେଠ୍ ଗଙ୍ଗା ଦାସ । ଆଜି କାଲିର ଧନୀ ପିତା ମାତା ନିଜ ଧନର ଗର୍ବରେ ଗର୍ବିତ ହୋଇ ନିଜ ପିଲା ମାନଙ୍କୁ ଆବଶ୍ୟକରୁ ଅଧିକ ସ୍ୱତନ୍ତ୍ରତା ତଥା ଖର୍ଚ୍ଚରୁ ଅଧିକ ଟଙ୍କା ଦେଇ ଦେଉଛନ୍ତି । ଆଖି ଉପରେ ଅହଙ୍କାର ର ପର୍ଦ୍ଦା ପଡ଼ିଯାଇ ଥିବାରୁ ସେମାନେ ଭାବୁଛନ୍ତି ଯେ ସେମାନେ ନିଜ ପିଲା ମାନଙ୍କୁ ସୁଖ ସୁବିଧା ଦେଉଛନ୍ତି । କିନ୍ତୁ ସେହି ହିଁ ସେ ଅଭାଗା ପିଲାମାନଙ୍କର ବିନାଶର କାରଣ ହୋଇ ଯାଉଛନ୍ତି ।

ଟଙ୍କା ! ଧନ ! ଇଏ ହେଉଛି ସବୁ ଅନର୍ଥର ମୂଳ । ତାହା ପୁଣି ଯଦି କୌଣସି ଅନୁଭବହୀନ ଯୁବକ ହାତରେ ପଡ଼ିଗଲା ତେବେ ଅନର୍ଥକୁ ପଚାରିବାକୁ ପଡ଼ିବ ନାହିଁ । ବେଶ୍ୟା ଆଉ ମଦ ! ତା'ପରେ ମୃତ୍ୟୁ ! ଏ ହେଉଛି ଜୟରାଜ ବିନାଶର ଇତିହାସ । ଏବଂ ସେହି ଜୟରାଜ ନିଜ ପିତାଙ୍କ ଦ୍ୱାରା ଦିଆଯାଇଥିବା ସ୍ୱତନ୍ତ୍ରତା ତଥା ଧନର ଅନୁଚିତ ଉପଯୋଗ କରିବା ଫଳରେ ଆଦି ମୃତ୍ୟୁ ଶଯ୍ୟାରେ ପଡ଼ିଥିଲା । ଆଉ ତା'ର ସେହି ଧନୀ ପିତା ଏକ ଅନାଥ ପିଲା ପରି, ଏକ ଦୁଃଖୀ ଗରିବ ପରି, ଏକ ନିରୀହ ଭିକାରୀ ପରି ଚିତ୍କାର କରୁଥିଲେ, କାନ୍ଦୁଥିଲେ, ମୁଣ୍ଡ ବାଡ଼ଉଥିଲେ ଏବଂ ନିଜ ମୂର୍ଖତା ପାଇଁ ପଶ୍ଚାତାପ କରୁଥିଲେ । ହାୟ ! ମୂର୍ଖ ପିତା ନିଜ ଧନ କେଉଁ ଦୂର୍ଭାଗ୍ୟପୂର୍ଣ୍ଣ ରୁପରେ ଉପଯୋଗ କରିଥିଲେ । ଜୟରାଜର ନାଡ଼ୀ କ୍ଷୀଣ ହୋଇ ଯାଉଥିଲା ।

॥ ୫୩ ॥

କାରରେ ବସିକରି ଲବଙ୍ଗ କଚେରୀ ଆଡ଼କୁ ଚାଲିଯାଉଥିଲା । ରାସ୍ତାରେ ଓସ୍ତାଦ ତାଲ ଖାଁ ମିଳିଯାଇଥିଲା । ସେ ହାତ ଦେଖାଇ କାର ଅଟକାଇଥିଲା । ବିଚରା ବିବ୍ରତ ଜଣା ପଡୁଥିଲା । ଲବଙ୍ଗ ପାଖକୁ ଆସି ପଚାରିଲା- "ଝିଅ, ଜୟରାଜର ଦେହ କେମିତି ଅଛି ?" ଲବଙ୍ଗ ଆଖିକୁ ଲୁହ ଆସିଯାଇଥିଲା । କ'ଣ କହିବ ? କ'ଣ ନ କହିବ ?

"କୁହ ! ଚୁପ୍ କାହିଁକି ରହିଲ ।"

"ଆଉ କିଛି ଆଶା ନାହିଁ ।" ବଡ଼ କଷ୍ଟ କରି ଲବଙ୍ଗ ଏ ଶବ୍ଦ ଗୁଡ଼ିକ କହିଥିଲା ।

"କିଛି କଥା ନାହଁ ଝିଅ ! ମୁଁ ଏମିତି ଜଣେ ବ୍ୟକ୍ତିଙ୍କୁ ଜାଣିଛି ଯିଏ ମୋର ପିଲାଦିନର ସାଙ୍ଗ ଏବଂ ନଈ ଆରପଟ ଗାଁରେ ବୈଦ୍ୟ ଅଛନ୍ତି । ଖୁଦା ତାଙ୍କ ହାତରେ ଆଶ୍ଚର୍ଯ୍ୟ ଜନକ ନିପୁଣତା ଏବଂ ଔଷଧରେ ଯାଦୁ ଭର୍ତ୍ତିକରି ଦେଇଛନ୍ତି । ଏବେ ଡାକ୍ତରମାନଙ୍କ ପାଖରେ ପଇସା ବରବାଦ କରିବା ବୋକାମୀ ।

ଲବଙ୍ଗ ଜାଣିଥିଲା ଯେ ଏବେ ଜୟରାଜର ଅବସ୍ଥା ଏତେ ଖରାପ ହୋଇଗଲାଣି ଯେ, କେଉଁ ଯାଦୁ ବା କେଉଁ ଔଷଧ ତାକୁ ଭଲ କରି ପାରିବ ନାହିଁ । ତଥାପି ମଧ୍ୟ ସେ କହିଲା "ଆପଣ ଅତି ଶିଘ୍ର ତାଙ୍କୁ ଡକାଇ ଆଣନ୍ତୁ । ମୁଁ କଚେରୀ ଯାଉଛି , ଆପଣ କାରରେ ଚାଲିଯାଆନ୍ତୁ । ମୁଁ କୌଣସି ଟାଙ୍ଗା କରିନେବି ।

"ତୁମେ କଚେରୀ କାହିଁକି ଯାଉଛ ?"

"ପଞ୍ଚମ ଭାଇ ମକଦ୍ଦମାର ଫୈସଲା ଆଜି ଅଛି ।"

ଆଉ ସେତେବେଳେ ତାଲ ଖାଁର ଆଖି ଆଗରେ ସବୁ କଥା ଚଳଚିତ୍ର ପରି ଖେଳିଯାଇଥିଲା । କାହିଁକିନା ଭୋଜନ କରିବା ସମୟରେ ସେଠ୍ ଗଙ୍ଗା ଦାସ ତାଙ୍କୁ

ସବୁକଥା ବିସ୍ତାର ପୂର୍ବକ ଶୁଣାଇଥିଲେ । ଓସ୍ତାଦ ଲବଙ୍ଗ, ପଞ୍ଚମ ତଥା ବୁଢ଼ୀ ବିଷୟରେ ସବୁକିଛି ଜାଣିଥିଲା ।

"ଠିକ୍ ଅଛି । ତେବେ ତୁମେ ଏହି ଟାଙ୍ଗାରେ କଚେରୀ ଯାଅ । ମୁଁ ଚାଲିଲି ସେହି ବୈଦ୍ୟ ର ଘରକୁ ।" ଓସ୍ତାଦ କାରରେ ବସିଗଲା ଏବଂ ଲବଙ୍ଗ ଓହ୍ଲାଇ ପଡ଼ିଥିଲା । କାର ଓସ୍ତାଦ ତାଲ ଖାଁକୁ ଧରି ପବନ ବେଗରେ ଦୌଡ଼ି ଚାଲିଥିଲା । ନଦୀ ପାର କରୁ କରୁ ଗୋଟେ ବଡ଼ ଖୋଲା ପଡ଼ିଆ ଥିଲା । ଏବଂ ସେହି ପଡ଼ିଆର ଗୋଟେ କୋଣରେ ଗୋଟେ ଛୋଟିଆ ଗାଁ ଥିଲା । କାର ରଖିକରି ତାଲ ଖାଁ ଓହ୍ଲାଇ ପଡ଼ିଥିଲା । ଗୋଟେ ଘରର କବାଟ ପାଖରେ ଚାଳିଶ ବର୍ଷର ଜଣେ ପୁରୁଷ ଏବଂ ପଚାଶ ଷାଠିଏ ବର୍ଷର ଜଣେ ବୃଦ୍ଧା ଠିଆ ହୋଇଥିଲେ । ତାଲ ଖାଁକୁ ଦେଖିକରି ସେ ପୁରୁଷ ଜଣଙ୍କ ବଡ଼ ଆନନ୍ଦରେ ସ୍ୱାଗତ କଲା ଏବଂ କହିଲା "ବହୁତ ଦିନ ପରେ ଆସିଲ ବନ୍ଧୁ ତାଲ ଖାଁ ! କୁହ କ'ଣ ସେବା କରିବି ?"

"ଦେଖ ବଳଦେବ !" ତାଲ ଖାଁ ଶୀଘ୍ର ଶୀଘ୍ର କହିଲା- "ମୋ ସେବା ପଛରେ ରଖ ଏବଂ ଶୀଘ୍ର ଶୀଘ୍ର ନିଜର ଔଷଧ ବାକ୍ସ ନେଇକରି ମୋ ସାଙ୍ଗରେ ଆସ । ଯଦି ଆଜି ତୁମର ବୈଦ୍ୟଗିରି କିଛି କାମରେ ଆସି ପାରିବତ ଜାଣିବି ତୁମେ ମୋର ପ୍ରକୃତ ବନ୍ଧୁ । ମୋର ଭଲ ଭାବରେ ମନେ ଅଛି ଯେତେବେଳେ ଗୁଲଶନ ଛୋଟ ପିଲାଥିଲା ସେତେବେଳେ ବୀମାର ପଡ଼ି ମୃତବତ ହୋଇ ଯାଇଥିଲା । ନିଃଶ୍ୱାସ ପ୍ରଶ୍ୱାସ ମଧ୍ୟ ବନ୍ଦ ହୋଇ ଯାଇଥିଲା । ସେତେବେଳେ ତୁମେ ପହଞ୍ଚି କରି ତାକୁ ବଞ୍ଚାଇଥିଲ ।"

"ଆରେ ଭାଇ ! ମୋ ପାଖରେ ବଞ୍ଚାଇବା ପାଇଁ ଶକ୍ତି କାହିଁ ? ଇଏ ତ ଭାରତର ଜଡ଼ିବୁଟିର ପ୍ରଭାବ । ଏଥିରେ ମୋର କୌଣସି ହାତ ନାହିଁ । କିନ୍ତୁ ଆଜିକାଲି ଏ ସଭ୍ୟ ନାମଧାରୀ ଧନୀ ଲୋକମାନେ ଇଂରାଜୀ ଔଷଧ ମାନଙ୍କୁ ହିଁ ଔଷଧ ବୁଝୁଛନ୍ତି । ଆମ ଆୟୁର୍ବେଦକୁ ଭୁଲିଯାଉଛନ୍ତି । ବୋଧହୁଏ ଏମିତି ଗୋଟେ ଦିନ ଆସିବ ଯେ ଆମେ ନିଜର ଆୟୁର୍ବେଦ ଔଷଧ ବିଷୟରେ ପୁରାପୁରି ଅନଭିଜ୍ଞ ହୋଇଯିବା । ଆମେ ତ ଗୁଲାମ ଅଛୁ । ତା' ପରେ ଇଂରାଜୀ ଶିକ୍ଷା, ଇଂରାଜୀ ସଭ୍ୟତା, ଇଂରାଜୀ ଡାକ୍ତର ଏବଂ ଇଂରାଜୀ ଔଷଧ । ଆଉ କ'ଣ କହିବା ? ବଳଦେବ କହିଲା ।

"ଏ ବୁଢ଼ୀ ଜଣକ କିଏ ?"

"ଏ ବୁଢ଼ୀ !" ବଳଦେବ କହିଲା- "ବିଚାରୀକୁ ବିପଦ ମାଡ଼ି ବସିଛି ।

ଦିନେ ମୁଁ ନଦୀର ଏହି ପଟ ଘାଟରେ ଗାଧୋଇବା ବେଳେ ଦେଖିଥିଲି ଯେ ସହର ପଟ ଉଚ୍ଚ ବନ୍ଧ ଉପରେ ଠିଆ ହୋଇ ଜଣେ ପାଗଳ ହସୁଥିଲା । ବହୁତ ଡେରି ପର୍ଯ୍ୟନ୍ତ ହସିଲା ପରେ ସେ ଗଣ୍ଠିଲି ପରି ଗୋଟେ ବସ୍ତୁ ପାଣିକୁ ଫିଙ୍ଗି ଦେଇଥିଲା । ମୋତେ ସେ ଗଣ୍ଠିଲି ଗୋଟେ ମଣିଷର ଭ୍ରମ ସୃଷ୍ଟି କରିଥିଲା । ମୁଁ ପହଁରୀ କରି ସେ ପର୍ଯ୍ୟନ୍ତ ଯାଇଥିଲି ଏବଂ ସେତେବେଳେ ଏ ବୁଢ଼ୀକୁ ଦେଖିଥିଲି । କାନ୍ଧ ଉପରେ ଲଦି ଘରକୁ ନେଇ ଆସିଥିଲି । ଦେଖିଲି ନାଡ଼ୀ ଚାଲୁ ନ ଥିଲା କିନ୍ତୁ କାଖ ଗରମ ଥିଲା । ମୁଁ ତ ତା'ର ଜୀବନ ନେଇ ନିରାଶ ହୋଇ ଯାଇଥିଲି ତଥାପି ମଧ୍ୟ ମୋର ଚେଷ୍ଟା ଜାରି ରଖିଥିଲି ଏବଂ ସେହି କାରଣରୁ ଆଜି ସେ ଜୀବିତ ହୋଇ ଯାଇଛି ।"

ଓସ୍ତାଦ ତାଲ ଖାଁକୁ ଏ କାହାଣୀ କିଛି ଜାଣିଲା ଜାଣିଲା ପରି ଲାଗିଥିଲା ।

"ଏ ବିଚାରୀର ଗୋଟେ ପୁଅ ଜେଲରେ ବନ୍ଦ ଅଛି ଏବଂ ଗୋଟେ ଝିଅ ସହରରେ ହଜି ଯାଇଛି । ସେହି ଦୁଇ ଜଣଙ୍କୁ ଖୋଜିବା ପାଇଁ ଆମେ ଦୁଇଜଣ ଏବେ ସହରକୁ ବାହାରିଥିଲୁ ।"

"ତା' ପୁଅର ନାଁ କ'ଣ ?"- ଓସ୍ତାଦ ପଚାରିଲା ।

"ପଞ୍ଚମ ।" ବୁଢ଼ୀ ନିଜେ କହିଲା ।

"ଆଉ ଝିଅର ନାଁ ?"

"ଲବଙ୍ଗିୟା ।"

ଓସ୍ତାଦ ଚମକି ପଡ଼ିଥିଲା । ବୁଢ଼ୀ ଏବେ ବଞ୍ଚିକରି ଏ ଦୁନିଆରେ ଚଲାବୁଲା କରୁଛି ଆଉ ବିଚରା ପଞ୍ଚମକୁ ମିଛରେ ତା'ର ହତ୍ୟାକାରୀ ବୋଲି ଧରି ନିଆଯାଇଛି । ତାଲ ଖାଁ ବୁଢ଼ୀକୁ ସବୁ କଥା ଶୀଘ୍ର ଶୀଘ୍ର କହି ଦେଇଥିଲା । ଲବଙ୍ଗର ବିବାହ ଏବଂ ଜୟରାଜର ଦେହ ଖରାପ କଥା ମଧ୍ୟ କହିଦେଇଥିଲା ।

ଆଉ ସେତେବେଳେ ବୈଦ୍ୟରାଜ ବଳଦେବ ହାତରେ ଔଷଧର ଗୋଟେ ଛୋଟିଆ ବାକ୍ସ ଧରି କାରରେ ବସିଗଲେ । ତାଲ ଖାଁ ଏବଂ ବୁଢ଼ୀ ମଧ୍ୟ ବସିଯାଇଥିଲେ ।

"କଚେରୀ ।" ତାଲ ଖାଁ ଡ୍ରାଇଭରକୁ ଗନ୍ତବ୍ୟ ସ୍ଥଳର ଠିକଣା ବତାଇଦେଲା । କଚେରୀ ରେ ଖଚାଖଚ ଭିଡ଼ ଥିଲା । ନାୟାଧୀଶ ଚୌକୀ ଉପରେ ବସିଥିଲେ । ପଞ୍ଚମ କାଠଗଡ଼ାରେ ଠିଆ ହୋଇଥିଲା । ଲବଙ୍ଗ କବାଟରେ ଆଉଜି ଠିଆ ହୋଇଥିଲା । ପୂର୍ଣ୍ଣ ନିସ୍ତବ୍ଧତା ଥିଲା । ହାତରେ କାଗଜର କିଛି ଦଲିଲ ଧରି ନ୍ୟାୟାଧୀଶ ଉଠି ଠିଆହେଲେ । ପଞ୍ଚମ ଶୂନ୍ୟ ଦୃଷ୍ଟିରେ ସେ କାଗଜ ଆଡ଼କୁ

ଦେଖୁଥିଲା ଯେଉଁଥିରେ ତା'ର ଭାଗ୍ୟର ଫୈସଲା ଲେଖାଥିଲା । ଲବଙ୍ଗ ଥରି ଉଠିଥିଲା ।

"ଏକ ବଞ୍ଚିଥିବା ବୁଢ଼ୀକୁ ଜବରଦସ୍ତୀ ନଦୀରେ ଫିଙ୍ଗି ଦେଇଥିବା ଅପରାଧରେ ପଞ୍ଚମ ବନ୍‌ଜାରକୁ"- ନ୍ୟାୟାଧୀଶଙ୍କ ସ୍ୱର ଟିକିଏ ଅଟକି ଯାଇଥିଲା- "ଫାଶୀର ସଜା ଦିଆଯାଉଛି ।"

ପଞ୍ଚମ ନିଶ୍ଚଳ ହୋଇ ଠିଆ ହୋଇଥିଲା । ସେ ନିରୀହ ଲୋକଟି କ'ଣ ବା କହିପାରିଥାନ୍ତା ? ଏହି ଧୋକା ଦେବା ବାଲା ମିଛ ନିୟମର ଜଞ୍ଜିରରେ ବନ୍ଧା ହୋଇ କେତେ ଯେ ନିରପରାଧ ଲୋକ ନିଜର ଅସ୍ତିତ୍ୱ ହଜାଇ ଦେଇଛନ୍ତି । ଏମିତି ନିୟମକୁ ଛେପ ପକାଇବା କଥା, ଏମିତି କାନୁନକୁ ଧିକ୍କାର କରିବା କଥା । ଆଉ ଇଏ, ଯିଏ ନିଜ ମୁଣ୍ଡରେ ନ୍ୟାୟର ମାଳା ବାନ୍ଧି ନ୍ୟାୟାଧିଶ ହୋଇ ନ୍ୟାୟର ଚୌକୀ ଉପରେ ବସିଛନ୍ତି, ସେମାନେ ନିଜ ଭାଇ ମାନଙ୍କର ବେକ କାଟୁଛନ୍ତି । ନିଜ ଉଚ୍ଚପଦର ଅହଙ୍କାରରେ ଅନ୍ଧ ହୋଇ ନ୍ୟାୟ କରୁଛନ୍ତି । ସେମାନଙ୍କ ହାତରେ କଲମ ରହୁଛି ଏବଂ ସେହି କଲମ କୃପାଣ ହୋଇକରି ଆମର ଗଳା କାଟୁଛି । ପଶ୍ଚିମ ସଭ୍ୟତାର ରଙ୍ଗରେ ରଙ୍ଗୀନ ହୋଇ, ଇଂରାଜୀ ପାଠ ପଢ଼ିକରି, ଭାରତର ପ୍ରାଚୀନ ଗୌରବ ଭୁଲିଯାଇ, କାରରେ ଚଢ଼ି ଗରିବ ଲୋକଙ୍କୁ ନିଜର ଗାରିମା ପ୍ରଦର୍ଶନ କରିବା ବାଲା ମାନେ ଆଜି ଆମର ନ୍ୟାୟାଧୀଶ ହୋଇଛନ୍ତି ।

ଲବଙ୍ଗ କାନ୍ଥରେ ଆଉଜି ପଡ଼ି କବାଟକୁ ଧରି ଠିଆହୋଇ କାନ୍ଦୁଥିଲା । ସେହି ସମୟରେ ତାଲ ଖାଁ ସହ ବୁଢ଼ୀ ପ୍ରବେଶ କରିଥିଲା । ପଞ୍ଚମ ଚମକି ପଡ଼ିଲା । ଲବଙ୍ଗ ଆଶ୍ଚର୍ଯ୍ୟାନିତ ହୋଇ ରହିଗଲା ଏବଂ ନ୍ୟାୟାଧୀଶ ପଚାରିଲେ "ବୁଢ଼ୀ କ'ଣ ଚାହୁଁଛି ?"

ବୁଢ଼ୀ କାନ୍ଦିକାନ୍ଦି ପୁରା ଘଟଣା ଶୁଣାଇଲା । ନ୍ୟାୟାଧୀଶ ମୁଣ୍ଡ ଉପରେ ଆଙ୍ଗୁଠି ରଖି କିଛି ଭାବିବାକୁ ଲାଗିଲେ ।

"ଦୋଷୀକୁ ଛାଡ଼ି ଦିଆଯାଉ ।"- କେତେ ମିନିଟ ପରେ ସେ କହିଲେ ।

ତା'ପରେ ପଞ୍ଚମ ହାତକଡ଼ୀ, ବେଡ଼ିରୁ ମୁକ୍ତ ହୋଇ ବାହାରକୁ ଆସିଥିଲା । ସେ ଦୌଡ଼ି କରି ନିଜ ମା'କୁ କୁଣ୍ଢାଇ ପକାଇଥିଲା । ତା'ର ମା' ଆଖିରୁ ଲୁହର ବର୍ଷା କରି ପଞ୍ଚମର ମୁହଁକୁ ଧୋଇ ଦେଇଥିଲା । ପଞ୍ଚମ ବୈଦରାଜ ବଳଦେବଙ୍କର ପାଦ ଛୁଇଁଲା ଏବଂ ବଳଦେବ ତାକୁ ଆଶୀର୍ବାଦ ଦେଇଥିଲେ ।

ପାଖରେ ଲବଙ୍ଗ ଠିଆ ହୋଇଥିଲା । ଦୌଡ଼ିକରି ସେ ପଞ୍ଚମ ପାଦତଳେ ପଡ଼ିଯାଇଥିଲା । କିନ୍ତୁ ପଞ୍ଚମ ତା'ର ହାତ ଧରି ନିଷ୍ଠୁରତା ସହ ଉପରକୁ ଉଠାଇ ଦେଇଥିଲା । ଲବଙ୍ଗର ଆଖିରୁ ଲୁହର ଧାର ବୋହିଗଲା କିନ୍ତୁ ପଞ୍ଚମ କିଛି କହିଲା ନାହିଁ । ଧୀରେ ଧୀରେ ସବୁ ଲୋକ ଶିଡ଼ି ଓହ୍ଲାଇବାକୁ ଲାଗିଲେ ।

ତଳେ ଗୋଟେ ବିଚିତ୍ର ଦୃଶ୍ୟ ଦେଖା ଯାଉଥିଲା । ଗୋଟେ ଭୟଙ୍କର ଭାଲୁର ଦଉଡ଼ି ଧରି ଏବଂ ହାତରେ ଗୋଟେ ଡୁଗ୍‌ଡୁଗି ଧରି ଏକ ଗରିବ ଝିଅ ଠିଆ ହୋଇଥିଲା ଏବଂ ତା' ପାଦତଳେ ପଡ଼ିଥିଲା ଗୋଟେ ପାଗଳ । ସେହି ପାଗଳର ସାରା ଶରୀରରେ ବହୁତ ବିଭତ୍ସ କ୍ଷତ ହୋଇ ଯାଇଥିଲା । ସେ ସେହି ଗରିବ ଝିଅର ପାଦ ଧରି ଚିତ୍କାର କରୁଥିଲା- "ଭଉଣୀ କେସର ! ମୋତେ କ୍ଷମା କରିଦିଅ । ମୁଁ ତୁମ ସାଙ୍ଗରେ ଏବଂ ପଞ୍ଚମ ଭାଇ ସାଙ୍ଗରେ ବହୁତ ଦଗାବାଜୀ କରିଛି । ମୁଁ ହିଁ ପଞ୍ଚମ ଭାଇକୁ ଜେଲ ପଠାଇବାର କାରଣ ଏବଂ ତୁମ ବାପାଙ୍କ ମୃତ୍ୟୁର କାରଣ ମଧ୍ୟ ।"

ସେ ଥିଲା ଧନ୍ନା । ସେ ଥିଲା କେସର । ସେ ଥିଲା ଜମ୍ବୁ - ପଞ୍ଚମର ଭାଲୁ ।

"କେସର ଭାଉଜ !" ଲବଙ୍ଗ ଦୌଡ଼ିକରି କୁଣ୍ଢାଇ ପକାଇଲା ସେ ଝିଅକୁ । ସମସ୍ତେ ପାଖକୁ ଆସି ଯାଇଥିଲେ । କେସରର ଦୃଷ୍ଟି ପଞ୍ଚମ ଉପରେ ଏବଂ ପଞ୍ଚମର ଦୃଷ୍ଟି କେସର ଉପରେ ପଡ଼ିଥିଲା । ଯୁଗ ଯୁଗ ଧରି ଅଲଗା ହୋଇ ଯାଇଥିବା ପ୍ରେମୀ ଯୁଗଳ ଚାହୁଁଥିଲେ ପରସ୍ପରକୁ ନିଜ ବାହୁ ବନ୍ଧନରେ ଆବଦ୍ଧ କରି ନେବାପାଇଁ କିନ୍ତୁ ସେଥିରେ ଦିନର ଆଲୋକ ବାଧା ଦେଇଥିଲା, ଲୋକମାନଙ୍କର ଆଖି ଗୁଡ଼ାକ ବାଧା ଦେଇଥିଲା । ସେ ଦୁଇଜଣ ଆତ୍ମବିସ୍ମୃତ ହୋଇକରି ଜଣେ ଅନ୍ୟଜଣକୁ ଅପଲକ ନୟନରେ ଦେଖୁଥିଲେ । ଦୁଇ ଜଣଙ୍କ ଆଖିରୁ ପ୍ରେମର ଆନନ୍ଦାଶ୍ରୁ ବୋହି ଆସୁଥିଲା । ଜମ୍ବୁ ପଞ୍ଚମର ପାଦ ଚାଟୁଥିଲା । ସେତେବେଳେ ସେ ପାଗଳ ଦୌଡ଼ି ଆସିଥିଲା ପଞ୍ଚମ ପାଖକୁ ଏବଂ ତା'ର ପାଦ ଧରି କହିଲା- "ପଞ୍ଚମ ଭାଇ ! ମୋତେ ମା'ର, ଗାଳି ଦିଅ, ଗୋଇଠା ମାର । ମୁଁ ତୁମର ଅପରାଧୀ ।"

ଏବେ ପଞ୍ଚମ ବୁଝିପାରିଥିଲା ଯେ ଲବଙ୍ଗର କୌଣସି ଦୋଷ ନାହିଁ, ଜୟରାଜର ମଧ୍ୟ କୌଣସି ଦୋଷ ନାହିଁ । ସବୁତକ ଦୋଷ ଏହି ନୀଚ ଧନ୍ନାର । ସବୁକିଛି ଜାଣିକରି ବି ସେ ଘୃଣିତ କ୍ଷତ ଭରା ଧନ୍ନାକୁ ଉଠାଇକରି ଛାତିରେ ଭିଡ଼ି ଧରିଥିଲା ଏବଂ କହିଥିଲା- "ତୁ ତ ମୋର ଛୋଟ ଭାଇରେ ! ତୁ ଏମିତି କ'ଣ

ନିଜର ଅବସ୍ଥା ବନାଇ ରଖିଛୁ ?" ଦିନେ ଏହି ଧନ୍ନା ଯେତେବେଳେ ଜୟରାଜର ଗୋଡ଼ ଧରି କ୍ଷମା ମାଗିବାକୁ ଚାହିଁଥିଲା ସେତେବେଳେ ସେ ତାକୁ ଜୋତାରେ ଗୋଇଠା ମାରିଥିଲା । ତାହା ଥିଲା ସହରର ସଭ୍ୟତା । ଆଉ ଆଜି ସେ ପଞ୍ଚମର ପାଦ ଧରିଥିଲା ସେତେବେଳେ ପଞ୍ଚମ ତାକୁ ଛାତିରେ ଭିଡ଼ି ଧରିଥିଲା । ତାହା ଥିଲା ଗାଁର ସରଳତା ଏବଂ ନିଷ୍କପଟ ସ୍ନେହ ।

ଧନ୍ନା ଚିତ୍କାର କରି ଉଠିଲା- "ନାହିଁ, ନାହିଁ ! ମୋତେ ଛୁଅଁ ନାହିଁ ପଞ୍ଚମ ଭାଇ । ତୁମେ ଦେବତା ଆଉ ମୁଁ ଗୋଟେ ରାକ୍ଷାସ ।" ପାଗଳ ଧନ୍ନା ଚିତ୍କାର କରି କରି ଆଗକୁ ଦୌଡ଼ି ଚାଲିଯାଇଥିଲା ।

ସେତେବେଳେ ପଞ୍ଚମ ଲବଙ୍ଗ ଆଡ଼କୁ ଅନାଇଲା । ଗୋଟେ ମୁହୂର୍ତ୍ତ ପାଇଁ ଦୁଇଜଣ ସଂକୋଚରେ ଥିଲେ ଏବଂ ତା'ପରେ "ଭାଇ" କହିକରି ଲବଙ୍ଗ ପଞ୍ଚମର କାନ୍ଧରେ ମୁଣ୍ଡ ରଖି ଦେଇଥିଲା । ଆଉ ପଞ୍ଚମ ଅତି ସ୍ନେହରେ ତା' ମୁଣ୍ଡ ଉପରେ ତା'ର ହସ୍ତ ଚାଳନା କରିଥିଲା ।

|| ୫୪ ||

କଥାରେ ଅଛି "ଯେତେବେଳ ଯାଏଁ ଶ୍ୱାସ ଚାଲିଛି, ସେତେବେଳ ଯାଏଁ ଆଶା ଅଛି ।" ସେଇଥିପାଇଁ ସେଠ୍ ଗଙ୍ଗା ଦାସଙ୍କର ଯେତେବେଳେ ମନେପଡ଼ିଗଲା ଯେ ଆଜି ସକାଳର କୌଣସି ଖବର କାଗଜରେ ସେ ପଢ଼ିଥିଲେ କି ସହରକୁ ଭିଏନାର ଜଣେ ବହୁତ ବଡ଼ ଡାକ୍ତର ଆସିଛନ୍ତି । ଯିଏକି ଯେ କୌଣସି ଦୁରୁହ ରୋଗର ଚିକିତ୍ସା ସାଙ୍ଗେ ସାଙ୍ଗେ କରି ଦେଉଛନ୍ତି, ସେତେବେଳେ ସେ ଚଞ୍ଚଳ କାରରେ ତାଙ୍କ ପାଖକୁ ଦୌଡ଼ି ଯାଇଥିଲେ ।

ସେ ଜଣେ ଲମ୍ୱା ଚୌଡ଼ା, ହୃଷ୍ଟ ପୁଷ୍ଟ ଇଂରେଜ ଥିଲା । ବହୁତ ଭିଡ଼ ଲାଗିଥିଲା । କିନ୍ତୁ ଯେତେବେଳେ ସେଠ୍ ଗଙ୍ଗା ଦାସ ସ୍ପେସିଆଲ ଫିସ୍ ଦେଇଦେଲେ ସେତେବେଳେ ତାଙ୍କୁ ଖୁବ୍ ଶୀଘ୍ର ଡାକ୍ତରଙ୍କ ପାଖରେ ଉପସ୍ଥିତ କରାଯାଇଥିଲା । ଏକ ହଜାର ଟଙ୍କା ଫିସ ନେଲାପରେ ଯାଇ ସେ ଜୟରାଜକୁ ଦେଖିବାକୁ ରାଜି ହୋଇଥିଲା । ସେ ପର୍ଯ୍ୟନ୍ତ ଜୟରାଜର ଅବସ୍ଥା ସେହିପରି ଥିଲା । ଡାକ୍ତର ଅଚେତନ ଜୟରାଜର ଛାତିର ପରୀକ୍ଷା ଷ୍ଟେଥୋସ୍କୋପ (stethoscope) ଦ୍ୱାରା କଲେ ଏବଂ ତା'ପରେ ହଠାତ୍ ତାଙ୍କର ଭାବଭଙ୍ଗୀ ଗମ୍ଭୀର ହୋଇ ଉଠିଥିଲା । ସେହି ସମୟରେ ସେଠ୍ ଗଙ୍ଗା ଦାସ ଜୟରାଜର ଏକ୍ସରେ (X-ray) ହୋଇଥିବା ଛାତିର ଫଟୋ ତାଙ୍କୁ ଦେଖାଇଥିଲେ । ବହୁତ ସମୟ ଯାଏଁ ଧ୍ୟାନ ପୂର୍ବକ ସେ ତାହାକୁ ଦେଖିବାକୁ ଲାଗିଲେ । ପୁଣି ମୁଣ୍ଡ ହଲାଇ କହିଲେ- "ହୋପଲେଶ ! ଫୁସଫୁସ ପୁରାପୁରି ଖରାପ ହୋଇ ଯାଇଛି । ଆଉ ଆମ ସରି ! (I am sorry)"

ନିରାଶାରେ ସେଠ୍‌ଜୀଙ୍କ ହୃଦୟ ଭାଙ୍ଗି ପଡ଼ିଥିଲା । କାନ୍ଦି କାନ୍ଦି କରି କହିଲେ- "କ'ଣ ହେଲେ କରନ୍ତୁ ଡାକ୍ତର ସାହେବ ! ମୁଁ ଦଶ କୋଡ଼ିଏ ଲକ୍ଷ ଖର୍ଚ୍ଚ କରି ପାରିବି ।"

"ଟଙ୍କା ଖର୍ଚ୍ଚ କଲେ ମଧ୍ୟ ଏବେ ବୋଧହୁଏ...ବୋଧହୁଏ..." କିଛି ସମୟ ରହି ଡାକ୍ତର କହିଲେ- "କିନ୍ତୁ ରହନ୍ତୁ । ଗୋଟେ ବାଟ ଅଛି । କିନ୍ତୁ କାମ ବହୁତ ବିପଦ ପୂର୍ଣ୍ଣ ।"

"ସେ କ'ଣ ?"

"ମୋତେ ଅସ୍ତ୍ରୋପଚାର କରି ଏହାଙ୍କର ଦୁଇଟାଯାକ ଫୁସଫୁସ ବାହାର କରି ଦେବାକୁ ପଡ଼ିବ ଏବଂ ତା' ଜାଗାରେ ଏକ ସୁସ୍ଥ ମଣିଷର ଫୁସଫୁସ କାଟିକରି ଲଗାଇ ଦିଆଯାଇ ପାରିବ । ଏଥିରେ ଏହାଙ୍କର ଜୀବନ ବଞ୍ଚିଯାଇପାରେ ଏବଂ ଏହା ମଧ୍ୟ ହୋଇପାରେ ଯେ ଅସ୍ତ୍ରୋପଚାର କରୁଥିବା ସମୟରେ ଆଙ୍କର ଜୀବନ ଚାଲିଯାଇପାରେ । ମୁଁ କୌଣସି ଗ୍ୟାରେଣ୍ଟି ଦେଇ ପାରିବି ନାହିଁ ।" ଡାକ୍ତର କହିଗଲେ- "କିନ୍ତୁ ପ୍ରଶ୍ନ ଉଠୁଛି ଯେ ଜଣେ ସୁସ୍ଥ ସବଳ ମଣିଷ ନିଜର ଜୀବନ ଦେଇ ତା'ର ଫୁସଫୁସ ଏହାକୁ ଦେବାକୁ କାହିଁକି ଚାହିଁବ ? ଆପଣଙ୍କ ପାଖରେ ଏପରି କୌଣସି ଲୋକ ଅଛି କି ?"

ସେଠ୍‌ଜୀ ମୁଣ୍ଡ ତଳକୁ କରିନେଇଥିଲେ ।

"ମୁଁ ପ୍ରସ୍ତୁତ ଅଛି ସେଠ୍‌ଜୀ ।"- ଗୋଟେ ସ୍ୱର ଶୁଣାଗଲା- "ମୁଁ ମୋର ଫୁସଫୁସ ଦେବି ।"

ଚମକି ପଡ଼ି ସେଠ୍‌ଜୀ ପଛକୁ ଅନାଇଲେ । ଲବଙ୍ଗ, ତାଲ ଖାଁ, ପଞ୍ଚମ, କେସର, ବୁଢ଼ୀ ଆଦି ଠିଆ ହୋଇଥିଲେ ଏବଂ ତାଲ ଖାଁ ପାଖରେ ଠିଆ ହୋଇଥିଲେ ବୈଦ୍ୟରାଜ ବଳଦେବ ।

ଉପରଲିଖିତ ବାକ୍ୟ କହିବା ଲୋକ ଥିଲା ପଞ୍ଚମ ଯିଏକି ଅନ୍ୟ ମାନଙ୍କ ଠାରୁ ଦୁଇ ପାଦ ଆଗେଇ ଆସିଥିଲା । ସେଠ୍‌ଜୀ ହତାଶ ଦୃଷ୍ଟିରେ ଦେଖୁଥିଲେ ଏହି ହୃଷ୍ଟ ପୁଷ୍ଟ ଯୁବକ ଆଡ଼କୁ । ଡାକ୍ତରଙ୍କର ତୀବ୍ର ଦୃଷ୍ଟି ପଞ୍ଚମର ଛାତି ଉପରେ ଥିଲା । ଯେମିତିକି ସେ ନଜରରେ ହିଁ ଚିରିକରି ତାହାର ଫୁସଫୁସ ବାହାର କରି ଆଣିବେ । ପଞ୍ଚମ ଜୟରାଜର ଜୀବନ ବଞ୍ଚାଇବା ପାଇଁ, ନିଜ ଜୀବନ ଦେଇକରି ନିଜର ଫୁସଫୁସ ଦେବାକୁ ପ୍ରସ୍ତୁତ ଥିଲା । ଯିଏ ଲବଙ୍ଗ ପାଇଁ ଶହ ଶହ ତ୍ୟାଗ କରିଥିଲା ସିଏ ଆଜି ଲବଙ୍ଗର ସିନ୍ଦୁରର ରକ୍ଷା ପାଇଁ ନିଜ ଜୀବନକୁ ବାଜି ଲଗାଇ ଠିଆ ହୋଇଥିଲା ।

"ଠିକ୍ ଅଛି"- ଡାକ୍ତର କହିଲା- "ପଚିଶ ହଜାର ଅସ୍ତ୍ରୋପଚାର ପାଇଁ ଫିସ ଏବଂ ଦଶହଜାର ଔଷଧର ଦାମ ।"

"ମୁଁ ଦେବି । ଶୀଘ୍ର କରନ୍ତୁ ଡାକ୍ତର ସାହେବ ।"- ସେଠ୍‌ଜୀ କହିଲେ ।

"ରୁହନ୍ତୁ !"- ମୁଣ୍ଡ ଉପରେ ବଡ଼ ପଗଡ଼ି ବାନ୍ଧି, ଘାସ ପରି ବଢ଼ିଥିବା ବାଳ ନେଇ, ଦେହ ଉପରେ ଫାଟି ଯାଇଥିବା କୁର୍ତ୍ତା ଏବଂ ଆଣ୍ଠୁଯାଏଁ ପଡ଼ିଥିବା ମଇଳା ଧୋତି ପିନ୍ଧିଥିବା ବୈଦ୍ୟରାଜ ବଳଦେବଙ୍କର ଏହି ଆବାଜ ଥିଲା । ବଳଦେବ ଆଗକୁ ଚାଲି ଆସିଥିଲା । ପଛେ ପଛେ ତାଲ ଖାଁ ବି ଆସିଗଲା । ସେଠ୍ ଗଙ୍ଗା ଦାସ ଗୋଟେ ଉପେକ୍ଷାର ଦୃଷ୍ଟି ବଳଦେବ ଉପରେ ପକାଇଲେ ଏବଂ ପଚାରିଲେ ।

"ତୁମେ କ'ଣ ଚାହୁଁଛ ?"

"ମୁଁ ଏହା ପଚାରିବାକୁ ଚାହେଁ ଯେ ଏହି ଡାକ୍ତର ସାହେବ ଜଣେ ଲୋକର ଜୀବନ ନେଇ ଦ୍ୱିତୀୟ ଲୋକର ଜୀବନ ବଞ୍ଚାଇବାକୁ ଚାହୁଁଛନ୍ତି । ତା' ମଧ୍ୟ ନିଶ୍ଚିତ ହୋଇ କହିପାରୁ ନାହାନ୍ତି ଯେ ସେ ସଫଳ ହେବେ ନା ନାହିଁ । ଏହା ବ୍ୟତୀତ ସେ ଏପରି ଟଙ୍କା ମାଗୁଛନ୍ତି ଯାହା କେବଳ ଆପଣ ହିଁ ଦେଇ ପାରିବେ । ଏମିତି ଚିକିତ୍ସାର ଲାଭ କ'ଣ ?"

"ତୁମେ କିଏ ସେ ?"

"ସେ ହେଉଛନ୍ତି ବୈଦ୍ୟରାଜ ବଳଦେବ, ସେଠ୍‌ଜୀ"- ତାଲ ଖାଁ, କହିଲା- "ମୋର ଗଭୀର ବନ୍ଧୁ । ଆପଣ ଏହାଙ୍କୁ ମଧ୍ୟ ନିଜର ଔଷଧ ପରୀକ୍ଷା କରିବାକୁ ସୁଯୋଗ ଦିଅନ୍ତୁ ।"

"ତୁମେ କେଉଁ ଜଙ୍ଗଲୀ ଜନ୍ତୁକୁ ଧରି ଆଣିଛ ତାଲ ଖାଁ ! ଇଏ କ'ଣ ଚିକିତ୍ସା କରିବ ?" ରାଗିକରି ସେଠ୍‌ଜୀ କହିଲେ ।

"ଜଙ୍ଗଲୀ ଜନ୍ତୁ ହେଉ ପଛେ । ପଶ୍ଚିମି ପବନ ଭାରତ ଉପରେ ଏମିତି ରଙ୍ଗ ଜମେଇଛି ଯେ ଆପଣ ଆପଣଙ୍କ ଦେଶର ପ୍ରାଚୀନ ବେଶଭୁଷା ଭୁଲିକରି ଏକ ମଣିଷକୁ ଜଙ୍ଗଲୀ ଜନ୍ତୁ କହୁଛନ୍ତି ଏଥିରେ ଆପଣଙ୍କର ଦୋଷ ନାହିଁ ସେଠ୍‌ଜୀ ! ଏହା ସେହି ଗୋରା ମାଲିକ ମାନଙ୍କର ପ୍ରଭୁତ୍ୱ ଯେଉଁମାନେ ଆମ ଉପରେ ଶାସନ କରୁଛନ୍ତି ଏବଂ ଏ ଆମର ନୀଚତା ଯେ ଆମେ ତାଙ୍କୁ ନକଲ କରୁଛେ । ଜଣେ ଇଂରେଜ କେବେହେଲେ ଧୋତି, କୁର୍ତ୍ତା ପିନ୍ଧେ ନାହିଁ, କେବେହେଲେ ଆୟୁର୍ବେଦ ଔଷଧ ସେବନ କରେନାହିଁ । ତେଣୁ ଆମେ କାହିଁକି ଆମର ଆତ୍ମ ସମ୍ମାନ ଭୁଲିକରି ଏତେ ହୀନମନ୍ୟତାର ଶୀକାର ହେବା ।"- ବଳଦେବ କହିଲା ।

ବଳଦେବ ଆବେଗରେ କହିଯାଉଥିଲା ଏବଂ ସେଠ୍‌ଜୀ ତୀବ୍ର ନଜରରେ ତା' ଆଡ଼କୁ ଅନାଇ ରହିଥିଲେ । କିନ୍ତୁ ବଳଦେବ ଉପରେ ଏହାର କୌଣସି ପ୍ରଭାବ ପଡ଼ି ନ ଥିଲା । ସେ ପୁଣି କହିଲା- "ଶହ ଶହ ବର୍ଷ ଧରି ଗୁଲାମୀର ଶିକୁଳିରେ ବାନ୍ଧି ହୋଇ ଆମେ ନିଜର ପ୍ରାଚୀନ ବିଦ୍ୟା ଗୁଡ଼ିକର ଉପଯୋଗିତା ଭୁଲିଯାଇଛେ । ଏ ପର୍ଯ୍ୟନ୍ତ ଆପଣ ଡାକ୍ତର ମାନଙ୍କ ପଛରେ ହଜାର, ଦଶ ହଜାର ଟଙ୍କା ବୁହାଇ ଦେଇଛନ୍ତି । କିନ୍ତୁ ଆପଣ କ'ଣ କୌଣସି ବୈଦ୍ୟ ବା ହକିମକୁ ମଧ୍ୟ କିଛି କରିବାର ସୁଯୋଗ ଦେଇଛନ୍ତି ? ନାହିଁ । କାହିଁକି ନା ଆପଣଙ୍କୁ ଜଣା ନାହିଁ ଯେ ଆମ ଦେଶର ପବିତ୍ର ଭୂମିରୁ ଉତ୍ପନ୍ନ ଗୋଟେ ଗୋଟେ ଜଡ଼ିବୁଟିରେ ନୂତନ ଜୀବନ ସଂଚ୍ଚର କରିବାର ଶକ୍ତି ଅଛି ।"

ତା'ପରେ ଆଉ କୁଆଡ଼େ ନ ଦେଖି ବଳଦେବ ଆଗକୁ ଯାଇ ଜୟରାଜର ନାଡ଼ି ଧରି ପରୀକ୍ଷା କରିବାରେ ଲାଗିଗଲା । ବହୁତ ଡେରିଯାଏଁ ନାଡ଼ି ଧରି ରଖିଥିଲା ।

"ଇଏ ଭଲ ହୋଇ ପାରିବେ ।" ବଳଦେବ କହିଲା- "ମୁଁ ଭଲ କରିଦେବି ।"

"ତୁମେ...ତୁମେ ତାକୁ ଭଲ କରି ପାରିବ ?" ଆଶ୍ଚର୍ଯ୍ୟଭରା ସ୍ୱରରେ ସେଠ୍‌ଜୀ କହିଲେ । ତାଙ୍କୁ ବଳଦେବଙ୍କ କଥାରେ ଟିକିଏ ହେଲେବି ବିଶ୍ୱାସ ହୋଇ ନ ଥିଲା । "ଘାସ ପତ୍ର ଉପରେ ମୋର ବିଶ୍ୱାସ ନାହିଁ । ଯଦି ତୁମେ ଏହାକୁ ଭଲ ନ କରି ପାରିବ ତେବେ ? ଯଦି ତା'ର ଜୀବନ ଚ୍ଚଲିଯିବ ତେବେ ?"

"ମୁଁ ବାଜି ଲଗାଇବା ପାଇଁ ପ୍ରସ୍ତୁତ ଅଛି ।" ବଳଦେବ କହିଲା- "ଯେଉଁ ସର୍ତ୍ତ ହେଉ ପଛେ । ଯଦି ଆଙ୍କର ଜୀବନ ଚ୍ଚଲିଯିବ ତେବେ ମୁଁ ମଧ୍ୟ ମୋର ଜୀବନ ଦେବାକୁ ପ୍ରସ୍ତୁତ ଅଛି । କହିଲେ ମୁଁ ଲେଖିଦେବି । ଏହା ମନେ ରଖନ୍ତୁ ଯେ ଚିକିତ୍ସାର ଫଳ ଦୁଇଘଣ୍ଟା ଭିତରେ ଆପଣଙ୍କୁ ଜଣା ପଡ଼ିଯିବ ।" ତା'ପରେ ଆଉ କାହାର ଉତ୍ତରକୁ ଅପେକ୍ଷା ନ କରି, ସେ ତାଙ୍କର ଔଷଧ ବାକ୍ସ ଖୋଲିଲେ ଏବଂ ଗୋଟେ ଶିଶି ତଥା ଔଷଧ ଚୂର୍ଣ୍ଣ କରିବା ପାଇଁ ଗୋଟେ ଛୋଟ ପାତ୍ର ବାହାର କଲେ । ସେ ପାତ୍ରରେ କିଛି ଔଷଧ ବାଟିକରି ଜୟରାଜ ମୁହଁରେ ରଖିଦେଲେ ।

ଜୟରାଜର ଚେତା ନ ଥିଲା କି ଶକ୍ତି ମଧ୍ୟ ନ ଥିଲା । ସବୁ ଲୋକ ଏକାଗ୍ର ଚିତ୍ତରେ ଠିଆ ହୋଇ ଦେଖୁଥିଲେ ଯେ ଶେଷରେ ବଳଦେବର ଔଷଧ କ'ଣ ପ୍ରଭାବ ପକାଉଛି । ଭିଏନାର ସେ ଡାକ୍ତର ମଧ୍ୟ ଉତ୍ସୁକତାର ସହ ଦେଖୁଥିଲା ।

ଅଧଘଣ୍ଟା ବିତିଯାଇଥିଲା । ବଳଦେବ ନାଡ଼ୀ ଦେଖିଲା । ଆଗ ଅପେକ୍ଷା ନାଡ଼ୀ ବହୁତ କ୍ଷୀଣ ହୋଇଯାଇଥିଲା । ବଳଦେବ କିଛି ଘବରାଇ ଯାଇଥିଲା । ଲୋକମାନେ ତା' ଚେହେରାରେ ବ୍ୟସ୍ତ ହୋଇଯିବାର ଚିହ୍ନ ଦେଖି ପାରିଥିଲେ ଏବଂ ସେତେବେଳେ ତା'ର ମନ କେଜାଣି କ'ଣ ହେଲା ସେ ଉଠିକରି ଝରକା ପାଖରେ ଠିଆ ହୋଇଥିଲା । ଡାକ୍ତର ବଳଦେବର ବିବ୍ରତାରୁ ବୁଝିଯାଇଥିଲା ଯେ ରୋଗୀର ଅବସ୍ଥା କ୍ଷଣ ପ୍ରତିକ୍ଷଣ ଖରାପ ହୋଇ ଯାଉଛି । ଷ୍ଟେଥୋସ୍କୋପ ଲଗାଇକି ଗୋଟେ କ୍ଷଣ ଦେଖିଲା ଏବଂ ମୁଣ୍ଡ ହଲାଇକରି ଚୌକୀ ଉପରେ ବସିଗଲା- କହିଲା- "ଶରୀରରେ ଆଉ ଜୀବନ ନାହିଁ ।"

ରାଗରେ ସେଠ୍ ଗଙ୍ଗା ଦାସଙ୍କ ଅବସ୍ଥା ଖରାପ ଥିଲା । ତା' ସାଙ୍ଗରେ ସେ କାନ୍ଦି ପକାଇଥିଲେ ମଧ୍ୟ। ସେ ଦୌଡ଼ିକରି ବଳଦେବ ପାଖକୁ ଆସିଲେ - "ବେଇମାନ ! ତୁ କ'ଣ କରିଦେଲୁ ? ମୋ ପୁଅର ଜୀବନ ନେଇଗଲୁ ?"

"ବ୍ୟସ୍ତ ହୁଅନ୍ତୁ ନାହିଁ ସେଠ୍‌ଜୀ !" ବଳଦେବ ଗମ୍ଭୀର ସ୍ୱରରେ କହିଲା ।

ସେହି ସମୟରେ ଜୟରାଜର ଗଳାରୁ ଚିତ୍କାର କରିବାର ଶବ୍ଦ ଆସିବାକୁ ଲାଗିଲା । ନିରାଶା ଭିତରେ ଆଶାର ଆଲୋକ ଦେଖି ସେଠ୍‌ଜୀ ଉତ୍‌ଫୁଲିତ ହୋଇ ଉଠିଥିଲେ । ଚାରିଘଣ୍ଟା ପରେ ଜୟରାଜର ଅବସ୍ଥା ଆଗ ଅପେକ୍ଷା ବହୁତ ଭଲ ହୋଇ ଯାଇଥିଲା । ଥଣ୍ଡା ହାତ ଗୋଡ଼ରେ ଉଷ୍ଣତା ଖେଳିଯାଇଥିଲା । ଶରୀର ହଲଚଲ ହେବାକୁ ଲାଗିଥିଲା ।

ଡାକ୍ତର ପରୀକ୍ଷା କରି କହିଲେ- "ଏବେ ଏ ଠିକ୍ ହୋଇଯିବ ।" ଆଉ ସେ ପ୍ରଶଂସା ଦୃଷ୍ଟିରେ ବଳଦେବ ଆଡ଼କୁ ଦେଖିଲା, ହାତ ମିଳାଇଲା ଏବଂ ଚାଲିଗଲା । ଆଜି ଭାରତର ଏକ ପ୍ରାଚୀନ ବିଦ୍ୟା ୟୁରୋପର ଆଧୁନିକ ବିଦ୍ୟା ଉପରେ ବିଜୟ ପାଇଥିଲା ।

ସକାଳ ସୂର୍ଯ୍ୟଙ୍କର ଉଦୟ ସାଙ୍ଗରେ ଜୟରାଜର ବିଲୁପ୍ତ ବାକ୍‌ଶକ୍ତି ପୁଣି ଫେରି ଆସିଥିଲା । ଏବଂ ପ୍ରଥମ ସ୍ୱର ଯାହା ତା'ର ଦୁର୍ବଳ ମୁହଁରୁ ବାହାରିଥିଲା ତାହା ଥିଲା "ଲବଙ୍ଗ" । ଲବଙ୍ଗ ପାଖକୁ ଦୌଡ଼ି ଆସିଥିଲା ଏବଂ ତାହାର ମୁଣ୍ଡ ଉପରେ ସ୍ନେହ ଭରା ହାତ ଚଳାଇବାକୁ ଲାଗିଲା । ସେହିଦିନ ସଂଧ୍ୟା ବେଳକୁ ଜୟରାଜର କାନ ସଜାଗ ହୋଇ ଉଠିଥିଲା ଏବଂ ସେ ଶୁଣି ପାରିଥିଲା । ତୃତୀୟ ଦିନ ତା'ର ଚକ୍ଷୁ ଦ୍ୱୟରେ ପ୍ରକାଶ ଫେରି ଆସିଥିଲା ଏବଂ ସେସବୁ ଦେଖି ପାରିଥିଲା, ଶୁଣି ପାରୁଥିଲା, କ୍ଷୀଣ ସ୍ୱରରେ କହି ପାରୁଥିଲା । ଗୋଟେ ସପ୍ତାହ

ପରେ ଜୟରାଜ ଏପରି ହୋଇଗଲା ଯେ ସେ ନିଜେ ଖଟ ଉପରେ ଉଠିକରି ବସି ପାରିଲା ।

ବୈଦ୍ୟରାଜ ବଳଦେବ ଦୁଇ ସପ୍ତାହ ପର୍ଯ୍ୟନ୍ତ ରାତିଦିନ ସେଠ୍‌ଜୀଙ୍କ ଘରେ ରହିଥିଲା । ତା'ପରେ ସେ ନିଜ ଘରକୁ ଚାଲି ଆସିଥିଲା । ସକାଳେ ସଂଧ୍ୟାରେ ଆସି ସେ ଜୟରାଜକୁ ଦେଖି ଯାଉଥିଲା ଏବଂ ଔଷଧ ଦେଉଥିଲା । ପ୍ରତ୍ୟେକ ଦିନ ସୂର୍ଯ୍ୟୋଦୟ ସାଙ୍ଗରେ ଜୟରାଜ ନିଜ ଦେହରେ ନୂଆ ଜୀବନର ସଂଚାର ପାଇବାକୁ ଲାଗିଲା । ତାହାର ଦୂର୍ବଳ ଶରୀର ଏବେ ଆରୋଗ୍ୟ ବାଟରେ ଅଗ୍ରସର ହେଉଥିଲା ।

ପଞ୍ଚମ କେସର ପ୍ରଭୃତି ଆଜି ପର୍ଯ୍ୟନ୍ତ ସେହିଠାରେ ଥିଲେ କିନ୍ତୁ ଜୟରାଜ ଦେହ କିଛି ଠିକ୍ ହୋଇଗଲା ପରେ ପଞ୍ଚମ ଜୟରାଜର ଗୋଡ଼ ଧରି ତା'ର କୃତ କର୍ମ ପାଇଁ କ୍ଷମା ପ୍ରାର୍ଥନା କରିଥିଲା ଏବଂ ଜୟରାଜ ସସ୍ନେହରେ ତାକୁ କ୍ଷମା କରି ଦେଇଥିଲା । ତା'ପରେ ପଞ୍ଚମ କେସର ଏବଂ ବୁଢ଼ୀକୁ ନେଇକରି ନିଜ ଗାଁକୁ ଚାଲି ଯାଇଥିଲା । ଚୌଧୁରୀଙ୍କ ଘର ଏବଂ ଚାନ୍ଦିନି ଖାଲିଥିଲା । ସେହିଠାରେ ସେମାନେ ଡେରା ପକାଇଥିଲେ ।

କିଛିଦିନ ପରେ ନଦୀ କୂଳରେ ଅତି ଉତ୍ସାହର ସହ ବନ୍‌ଜାର ମାନଙ୍କର ଉତ୍ସବ ହୋଇଥିଲା ଏବଂ ପଞ୍ଚମ ଓ କେସର ବିବାହ ସୁତ୍ରରେ ବାନ୍ଧି ହୋଇ ଯାଇଥିଲେ । ଏହି ଅବସରରେ ଆଧୁନିକ ବେଶଭୁଷାରେ ସଜ୍ଜିତ ହୋଇ ଲବଙ୍ଗ ମଧ୍ୟ ଆସିଥିଲା । ସମସ୍ତେ ତା'ର ଭାଗ୍ୟ ଉପରେ ଈର୍ଷାନ୍ୱିତ ହୋଇଥିଲେ ।

ବିବାହ ଉତ୍ସବରେ ବନ୍‌ଜାର ମାନଙ୍କ ମଧ୍ୟରେ ବହୁତ ଉତ୍ସାହ ଥିଲା । ଦୁଇ ଦୁଇ ବୋତଲ ଦେଶୀ ମଦ ପିଇକରି ସମସ୍ତେ ନାଚୁଥିଲେ, ଗାଉଥିଲେ ।

ତାରା ମାନଙ୍କ ଛାଇରେ ଜମୁନା କୁଳରେ
ଗାଇଜା ଖୁସିର ଗୀତ, ମିଳିମିଶି ଗାଇ ଯା ଖୁସି ର ଗୀତ

ବନ୍‌ଜାର ଝିଅମାନେ ସେହିଠାରେ ଏକ ନୃତ୍ୟ ପରିବେଷଣ କରିଥିଲେ । ନିଜର କୋକିଳ କଣ୍ଠରେ ଗାଇ କରି ସେମାନେ ନୃତ୍ୟ କରୁଥିଲେ ।

ନା ମୁଁ ଚାହେଁ କୋଠାବାଡ଼ି, ନା ମୁଁ ଚାହେଁ ସାଥି
ପ୍ରେମୀର କୋଳରେ ଯାଉ ଆମ ଏ ଜୀବନ ବିତି
ମିଳିମିଶି ଗାଇ ବା ଖୁସିର ଗୀତ ।

ବିବାହ ପରେ କେତେ ସପ୍ତାହ ପର୍ଯ୍ୟନ୍ତ ପଞ୍ଚମ ଏବଂ କେସରକୁ ଜଣା ପଡ଼ି

ନ ଥିଲା ଯେ ରାତି କେମିତି ପକ୍ଷୀ ପରି ଉଡ଼ି ଯାଉଛି । ଏବେ ପଞ୍ଚମ ବନ୍‌ଜାର ରୁ ଚୈଧୁରୀ ହୋଇ ଯାଇଥିଲା ।

ଚନ୍ଦିନିରେ ସଂଧ୍ୟା ବେଲୁ ଅଧରାତି ଯାଏଁ ଖୁବ୍ ହୋ ହଲ୍ଲା ହେଉଥିଲା । ଚୌଧୁରୀଙ୍କର ଖଟିଆ ଉପରେ ବସୁଥିବା ପଞ୍ଚମ ବହୁତ ମଦ ବିକ୍ରୀ କରୁଥିଲା । ସୁନାର ଦିନ ଆସି ଯାଇଥିଲା । ଭାଗ୍ୟ ତାଙ୍କ ଉପରେ ହସୁଥିଲା ।

ଆଉ ଜୟରାଜ ! ସେ ମଧ୍ୟ ସୁସ୍ଥ ହେଉଥିଲା । ସବୁ ମାସରେ ତା' ଫୁସଫୁସର ଏକ୍‌ସରେ ନିଆ ଯାଉଥିଲା । ଛଅ ମାସ ପରେ ତା'ର ଫୁସଫୁସର ଅବସ୍ଥା ପୁରାପୁରି ସୁଧୁରି ଯାଇଥିଲା ଏବଂ ସେ ହୃଷ୍ଟ ପୃଷ୍ଟ ଏକ ସୁସ୍ଥ ସବଳ ଯୁବକ ପରି ଦେଖା ଯିବାକୁ ଲାଗିଲା ।

ରାୟବାହାଦୁର ସେଠ୍ ଗଙ୍ଗା ଦାସ ଯାଇକରି ବୈଦ୍ୟରାଜ ବଳଦେବଙ୍କ ଗୋଡ଼ ଧରି ଭୁଲ ମାଗିଥିଲେ । ଏବଂ ତାଙ୍କ ପାଦ ତଳେ ଦଶ ହଜାର ଟଙ୍କାର ମୁଣି ରଖିଦେଇଥିଲେ । ବଳଦେବ ଉପେକ୍ଷାରେ ସେ ମୁଣି ସେଠ୍‌ଜୀଙ୍କ ଆଗକୁ ପକାଇ ଦେଇ କହିଲେ- "ଆମେ ଏ ସବୁ ନେଇକରି କ'ଣ କରିବୁ ସେଠ୍‌ଜୀ ? ଡାକ୍ତର ମାନେ ହିଁ ଏହାର ଚହିଁବା ଲୋକ । ଆପଣ ଚହିଁଲେ ମୋତେ ମୋର ଔଷଧର ମୂଲ୍ୟ ଦେଇ ପାରନ୍ତି ।"

"କେତେ ?" ସେଠ୍‌ଜୀ ପଚରିଲେ ।

"ସଓ୍ୟା ସାତ ଅଣା ।"- ବଳଦେବ କହିଲା ।

ସେଠ୍‌ଜୀ ଆନନ୍ଦ ଅତିଶଯ୍ୟାରେ ସେ ଗାଉଁଲୀ ମଣିଷ ଆଡ଼େ ଚହିଁ ରହିଥିଲେ ଯାହାର ହାତ ଆଶ୍ଚର୍ଯ୍ୟଜନକ ଥିଲା ଆଉ ଯାହାର ଔଷଧରେ ଯାଦୁ ଥିଲା ।

ସେହି ରାତିରେ ଯେତେବେଳେ ବଙ୍ଗଳାର ପଛଆଡ଼େ ଚନ୍ଦିନୀ ହସୁଥିଲା, ଚମ୍ପା ଗଛରୁ ମଧୁର ମହକ ବାହାରି ପବନରେ ଖେଳାଇ ହୋଇ ଯାଉଥିଲା ଏବଂ ନିର୍ମଳ ଆକାଶ ବକ୍ଷରେ ଖଣ୍ଡେ ଧଳା ବାଦଲ ପହଁରୁଥିଲା ସେତେବେଳେ ଜୟରାଜ ଏବଂ ଲବଙ୍ଗ ବସିଥିଲେ ପରସ୍ପରକୁ ଆଲିଙ୍ଗନ କରି । ଯୁଗ ଯୁଗର ବିୟୋଗ ପରେ ଏ ଦୁଇଜଣ ଆତ୍ମବିଭୋର ହୋଇ ଜଣେ ଅନ୍ୟଜଣଙ୍କର କଥା ଶୁଣୁଥିଲେ ।

"ଲବଙ୍ଗ ! ତୁମର ଚେହେରା ଉପରେ ଜହ୍ନ ହସୁଛି ।"- ଜୟରାଜ କହିଲା ।

"ଆଉ ଆପଣଙ୍କ ନଜରରେ ଚକୋର ରହୁଁଛି।"- ଲବଙ୍ଗ କହିଲା।

ସେତେବେଳେ ଅତ୍ୟଧିକ ଆବେଗରେ ଜୟରାଜ ଲବଙ୍ଗଙ୍କୁ ଅଧିକ ନିକଟକୁ ଭିଡ଼ିନେଲା ଏବଂ ଧୀରେ ଧୀରେ ପ୍ରବାହିତ ହେଉଥିବା ପବନ ଚୁମ୍ବନର ଏକ ସୁମଧୁର ଧ୍ୱନି ଶୁଣି ରୋମାଞ୍ଚିତ ହୋଇ ଉଠିଥିଲା।

■■

BLACK EAGLE BOOKS

www.blackeaglebooks.org
info@blackeaglebooks.org

Black Eagle Books, an independent publisher, was founded as
a nonprofit organization in April, 2019. It is our mission to
connect and engage the Indian diaspora and the world at large
with the best of works of world literature published on a
collaborative platform, with special emphasis on
foregrounding Contemporary Classics and New Writing.